CB062558

O BICHO-DA-SEDA

SOBRE O AUTOR

Robert Galbraith é pseudônimo de J.K. Rowling, autora da série Harry Potter e de *Morte súbita*.

ROBERT GALBRAITH

O BICHO-DA-SEDA

Tradução de
RYTA VINAGRE

Rocco

Título original
THE SILKWORM

Primeira publicação na Grã-Bretanha em 2014 pela Sphere

Copyright © 2014 Robert Galbraith Limited.

O direito moral do autor foi assegurado.

Todos os personagens e acontecimentos neste livro, com exceção dos claramente em domínio público, são fictícios, e qualquer semelhança com pessoas reais, vivas ou não, é mera coincidência.

Todos os direitos reservados.
Nenhuma parte desta obra pode ser reproduzida ou transmitida por qualquer forma ou meio eletrônico ou mecânico, inclusive fotocópia, gravação ou sistema de armazenagem e recuperação de informação, sem a permissão escrita do editor.
A reprodução sem a devida autorização constitui pirataria.

'Oh Santa!': Letra e música de Mariah Carey, Bryan Michael Paul Cox e Jermaine Mauldin Dupri © 2010, reproduzida por autorização of EMI Music Publishing Ltd, Londres W1F 9LD / © 2010 W.B.M. MUSIC CORP. (SESAC) AND SONGS IN THE KEY OF B FLAT, INC. (SESAC) ALL RIGHTS ON BEHALF OF ITSELF AND SONGS IN THE KEY OF B FLAT, INC. ADMINISTERED BY W.B.M. MUSIC CORP. © 2010 Publicado por Universal/MCA Music Ltd.

'Love You More': Letra e música de Oritsé Williams, Marvin Humes, Jonathan Gill, Aston Merrygold, Toby Gad & Wayne Hector © 2010 BMG FM Music Ltd., a BMG Chrysalis company / BMG Rights Management UK Ltd., a BMG Chrysalis company / EMI Music Publishing Ltd./ Todos os direitos reservados. International Copyright Secured. / Reproduzida com autorização de Music Sales Limited / Reproduzida com autorização de EMI Music Publishing Ltd., Londres W1F 9LD

Direitos para a língua portuguesa reservados
com exclusividade para o Brasil à
EDITORA ROCCO LTDA.
Av. Presidente Wilson, 231 – 8º andar
20030-021 – Rio de Janeiro, RJ
Tel.: (21) 3525-2000 – Fax: (21) 3525-2001
rocco@rocco.com.br / www.rocco.com.br

Printed in Brazil/Impresso no Brasil

CIP-Brasil. Catalogação na fonte.
Sindicato Nacional dos Editores de Livros, RJ.

G148b Galbraith, Robert
   O bicho-da-seda / Robert Galbraith; tradução
  de Ryta Vinagre. – 1ª ed. – Rio de Janeiro: Rocco, 2014.

   Tradução de: The silkworm
   Capa dura
   ISBN 978-85-325-2958-9

   1. Romance inglês. I. Vinagre, Ryta. II. Título.

14-16618   CDD-823
               CDU-821.111-3

Para Jenkins,
sem o qual...
ele sabe o resto

... sangue e vingança na cena, morte na história,
uma espada manchada de sangue, a pena que escreve,
e o poeta um sujeito trágico de terrível borzeguim,
na cabeça uma grinalda de fósforos acesos em vez de louros.

Thomas Dekker
O nobre soldado espanhol

1

> PERGUNTA
> O que vos alimenta?
> RESPOSTA
> O sono interrompido.
>
> Thomas Dekker,
> *O nobre soldado espanhol*

— Alguém muito famoso – disse a voz rouca do outro lado da linha –, e é melhor que tenha morrido, Strike.

O grandalhão de barba por fazer, movendo-se pela escuridão da madrugada com o telefone preso à orelha, sorriu.

— É quase isso.

— São seis da manhã, merda!

— Seis e meia, mas se quiser o que tenho, terá de vir buscar – disse Cormoran Strike. – Não fica longe de sua casa. Tem uma...

— Como sabe onde moro? – A voz exigiu saber.

— Você me contou – disse Strike, contendo um bocejo. – Está vendendo seu apartamento.

— Ah. – O outro se tranquilizou. – Que boa memória.

— Tem uma cafeteria 24 hor...

— Foda-se. Venha ao escritório mais tarde...

— Culpepper, tenho outro cliente esta manhã, ele paga mais do que você e passei a noite em claro. Você precisa disso agora, se pretende usar.

Um suspiro. Strike ouviu um farfalhar de lençóis.

— Espero que seja coisa da boa.

— Smithfield Café, na Long Lane – disse Strike e desligou.

A leve instabilidade em seu andar ficou mais pronunciada ao descer a ladeira para o Smithfield Market, monolítico na escuridão de inverno, um vasto e retangular templo vitoriano à comida, onde em quatro manhãs por semana a carne animal era descarregada, como vem acontecendo há séculos, cortada e vendida a açougueiros e restaurantes de toda Londres. Strike ouvia vozes na penumbra, instruções aos gritos e o ronco e o bipe de caminhões dando a ré para descarregar suas carcaças. Ao entrar na Long Lane, não era mais do que um entre os muitos homens bem agasalhados que andavam decididos para resolver seus assuntos matinais de segunda-feira.

Um amontoado de mensageiros com casacos fluorescentes segurava canecas de chá nas mãos enluvadas sob um grifo de pedra montando sentinela na esquina do prédio do mercado. Do outro lado da rua, brilhando como uma lareira aberta na escuridão circundante, ficava o Smithfield Café, aberto 24 horas por dia, um espaço do tamanho de um guarda-louça, cheio de calor e comida gordurosa.

A cafeteria não tinha banheiro, mas um acordo com os agenciadores de apostas a algumas portas dali. As casas de apostas só abririam dali a três horas, então Strike virou num beco e em uma porta escura aliviou a bexiga cheia do café fraco ingerido durante o trabalho de uma noite. Exausto e faminto, voltou enfim para a atmosfera carregada de gordura de ovos e bacon fritos com o prazer que só um homem obrigado a vencer os próprios limites físicos pode sentir.

Dois homens de *fleece* e impermeáveis tinham acabado de desocupar uma mesa. Strike manobrou o corpanzil no espaço pequeno e arriou, com um grunhido de satisfação, na dura cadeira de madeira e aço. Antes mesmo de pedir, o proprietário italiano colocou diante dele uma caneca branca e alta com chá, acompanhada de triângulos de pão de fôrma com manteiga. Cinco minutos depois, um café da manhã inglês completo era disposto a sua frente em um grande prato oval.

Strike não se destacava entre os fortões que entravam e saíam ruidosamente da cafeteria. Era corpulento e moreno, de cabelo curto, basto e crespo com entradas discretas, a testa curva encimando um nariz largo de pugilista e sobrancelhas grossas e ameaçadoras. Seu queixo era escuro de pelos e as sombras arroxeadas ampliavam os olhos escuros. Ele comeu olhando sonhadoramente o mercado do outro lado da rua. A entrada em arco mais próxima, de número dois, ganhava substância com o esmaecimento da escuridão: uma face de pedra severa, ancestral e barbada encarava-o por sobre a soleira da porta. Algum dia existiu um deus das carcaças?

Tinha acabado de começar com as salsichas quando Dominic Culpepper chegou. O jornalista era quase tão alto quanto Strike, porém magro, com uma compleição de menino de canto coral. Uma estranha assimetria, como se alguém tivesse torcido seu rosto no sentido anti-horário, impedia que tivesse uma beleza de menina.

— É melhor que isso seja bom — disse Culpepper ao se sentar, tirar as luvas e olhar a cafeteria quase com desconfiança.

— Quer comer alguma coisa? — perguntou Strike com a boca cheia de salsicha.

— Não — respondeu Culpepper.

— Prefere esperar até poder comer um croissant? — Strike sorria.

— Vai se foder, Strike.

Era quase ridiculamente fácil dar corda no ex-aluno de escola pública, que pedia chá com um ar desafiador, chamando o garçom indiferente de (como Strike notou, se divertindo) "parceiro".

— E então? — exigiu saber Culpepper, a caneca quente nas mãos longas e brancas.

Strike pegou um envelope no bolso do sobretudo e o deslizou pela mesa. Culpepper retirou o conteúdo e começou a ler.

— Puta que pariu — disse ele em voz baixa depois de um tempo. Folheou febrilmente a papelada, parte dela coberta com a própria caligrafia de Strike. — Mas onde você conseguiu isso?

Strike, mastigando a salsicha, apontou uma das folhas de papel em que estava escrito um endereço comercial.

— Com a própria secretária fodida dele — disse, quando finalmente engoliu. — Ele andou transando com ela, além das duas que você já sabe. Ela simplesmente percebeu que não será a próxima Lady Parker.

— E como você descobriu *isso*? — perguntou Culpepper, olhando para Strike por sobre os papéis que tremiam em suas mãos.

— Trabalho de detetive — disse Strike grosseiramente, no meio de outra dentada na salsicha. — Gente como você não costumava fazer isso antes de começar a terceirizar para gente como eu? Mas ela precisa pensar em suas futuras perspectivas de emprego, Culpepper, assim não quer aparecer na história, entendeu?

Culpepper bufou.

– Ela devia ter pensado nisso antes de roubar...

Com um movimento habilidoso, Strike puxou a papelada dos dedos do jornalista.

– Ela não os roubou. Ele mandou que ela imprimisse tudo isso para esta tarde. O único erro que ela cometeu foi mostrar a mim. Mas se você vai espalhar a vida particular da moça em todos os jornais, Culpepper, vou pegar de volta.

– Sem essa. – Culpepper tentou arrebanhar as provas da substancial evasão fiscal, presas nas mãos peludas de Strike. – Tudo bem, vamos deixar a moça de fora. Mas ele vai saber onde conseguimos isso. Não é um completo idiota.

– E o que ele vai fazer, arrastá-la para o tribunal, onde ela pode soltar cada coisinha duvidosa que testemunhou nos últimos cinco anos?

– É, tem razão. – Culpepper suspirou depois de refletir por um momento. – Me devolve isso. Eu a deixarei de fora da matéria, mas vou precisar falar com ela, não vou? Ver se é autêntica.

– *Isto* é autêntico. Não precisa falar com ela. – Strike foi firme.

A mulher trêmula, apatetada e amargamente traída que ele acabara de deixar não ficaria a salvo sozinha com Culpepper. Em seu desejo selvagem de retaliação contra um homem que lhe prometeu casamento e filhos, ela prejudicaria irreparavelmente a si mesma e suas perspectivas. Strike não precisou de muito tempo para conquistar sua confiança. A mulher tinha quase 42 anos; pensou que teria filhos de Lord Parker; agora uma espécie de sede de sangue se apoderou dela. Strike teve de se sentar com ela por várias horas, ouvindo a história de sua paixão, observando-a andar aos prantos pela sala de estar, balançar-se no sofá, bater os nós dos dedos na testa. Por fim concordou com isto: uma traição que representava o enterro de todas as suas esperanças.

– Vai deixá-la fora dessa – disse Strike, segurando firmemente os papéis no punho que tinha quase duas vezes o tamanho da mão de Culpepper. – Entendeu? Ainda é uma puta matéria sem ela.

Depois de um momento de hesitação e com uma careta, Culpepper se curvou.

— Tá, tudo bem. Me dá isso.

O jornalista enfiou as declarações num bolso interno e engoliu o chá, e seu desprazer momentâneo com Strike pareceu esvair-se diante da gloriosa perspectiva de demolir a reputação de um nobre britânico.

— Lord Parker de Pennywell – disse ele, feliz, à meia-voz –, você vai se ferrar, parceiro.

— Devo supor que o seu chefinho receberá isto? – perguntou Strike, enquanto a conta pousava entre eles.

— Sim, sim...

Culpepper jogou uma nota de dez libras na mesa e os dois saíram da cafeteria juntos. Strike acendeu um cigarro assim que a porta se fechou atrás deles.

— Como conseguiu que ela falasse? – perguntou Culpepper ao partirem juntos no frio, passando por motos e caminhões que ainda chegavam e saíam do mercado.

— Escutando – disse Strike.

Culpepper o olhou de banda.

— Todos os outros detetives particulares que conheço costumam ocupar seu tempo violando mensagens telefônicas.

— Ilegal. – Strike soprou a fumaça na escuridão minguante.

— Então, como...

— Você protege suas fontes e eu protejo as minhas.

Eles andaram cinquenta metros em silêncio, a claudicação de Strike mais acentuada a cada passo.

— Isso vai cair como uma bomba – disse Culpepper, animado. – Uma bomba. Aquele velho hipócrita de merda sempre se lamuriando da ganância corporativa e malocando vinte milhões nas Ilhas Cayman...

— É um prazer satisfazê-lo – disse Strike. – Mandarei minha conta por e-mail.

Culpepper o olhou de banda mais uma vez.

— Viu o filho do Tom Jones no jornal, na semana passada? – perguntou ele.

— Tom Jones?

– O cantor galês.

– Ah, ele – disse Strike sem entusiasmo. – Conheci um Tom Jones no exército.

– Você viu a matéria?

– Não.

– Deu uma entrevista longa e boa. Disse que não conheceu o pai, que nunca soube dele. Aposto que ele ganhou mais do que você vai receber com isso.

– Você ainda não viu minha conta.

– Só estou falando. Uma entrevistazinha legal e você pode folgar umas noites sem precisar entrevistar secretárias.

– Pode parar de sugerir isso – disse Strike – ou terei de parar de trabalhar para você, Culpepper.

– É claro que posso publicar a matéria mesmo assim. Filho afastado de astro do rock é um herói de guerra, não conheceu o pai, trabalha como detetive particular...

– Instruir as pessoas a grampear telefones também é ilegal, pelo que soube.

No final da Long Lane, eles reduziram o passo e se viraram um para o outro.

O riso de Culpepper era apreensivo.

– Esperarei sua conta, então.

– Combinado.

Tomaram rumos diferentes, Strike indo para a estação do metrô.

– Strike! – A voz de Culpepper teve eco no escuro atrás dele. – Você comeu a mulher?

– Espero ansiosamente ler o artigo, Culpepper! – gritou Strike, cansado, sem virar a cabeça.

Ele mancou para a entrada escura da estação e Culpepper o perdeu de vista.

2

> Por quanto tempo brigaremos?
> Pois não posso ficar,
> Nem ficarei! Tenho meus assuntos.
>
> Francis Beaumont e Philip Massinger,
> *O pequeno advogado francês*

O metrô já lotava. Rostos de segunda-feira de manhã: decaídos, abatidos, retesados, resignados. Strike encontrou um lugar de frente para uma jovem loura de olhos inchados cuja cabeça arriava continuamente de lado, adormecida. Por várias vezes se sobressaltou e pôs-se ereta, correndo os olhos freneticamente pelas placas indistintas das estações, preocupada em ter perdido sua parada.

O trem chacoalhava e matraqueava, despachando Strike de volta aos dois cômodos e meio sob um telhado de isolamento ruim que ele chamava de lar. Nas profundezas de seu cansaço, cercado por aqueles semblantes apáticos de ovelha, viu-se meditando sobre os acidentes que levaram todos eles a existir. Cada nascimento, se visto adequadamente, era um mero acaso. Com cem milhões de espermatozoides nadando às cegas no escuro, a probabilidade de uma pessoa vir a ser era ínfima. Quantos neste metrô lotado foram planejados, perguntou-se ele, tonto de cansaço. E quantos, como ele, foram acidentais?

Havia uma garotinha em sua turma do primário que tinha no rosto uma mancha da cor de vinho do Porto, e Strike sempre sentiu uma afinidade secreta por ela, pois ambos carregavam algo indelevelmente diferente desde o nascimento, algo que não era culpa deles. Não conseguiam ver o que era, mas todos os outros sim, e estes tinham a descortesia de não parar de falar nisso. O ocasional fascínio de estranhos, que aos cinco anos de idade ele achava ter algo a ver com sua própria singularidade, ele enfim percebeu se dever ao fato de que o viam no máximo como um zigoto de um cantor famoso, a prova incidental de apalpadelas infiéis de uma celebridade. Strike só encontrou o pai biológico duas vezes. Foi preciso um teste de DNA para que Jonny Rokeby aceitasse a paternidade.

Dominic Culpepper era a essência ambulante da lascívia e presunções que Strike encontrou nas raras ocasiões daquele tempo em que relacionaram o ex-soldado de ar rabugento ao astro do rock envelhecido. O pensamento dessas pessoas saltou de imediato a fundos fiduciários e belas esmolas, a aviões particulares e salas VIP, às dádivas a auferir de um multimilionário. Incomodadas com a modesta existência de Strike e as horas punitivas que trabalhava, elas se perguntavam: o que Strike deve ter feito para afastar o pai? Será que fingia penúria para arrancar mais dinheiro de Rokeby? O que ele fez com os milhões que sua mãe certamente espremeu do amante rico?

E, nessas ocasiões, Strike pensava com nostalgia no exército, no anonimato de uma carreira em que seu passado e seu parentesco não contavam para quase nada, apenas a capacidade de fazer seu trabalho. Na Divisão de Investigação Especial, a questão mais pessoal que ele enfrentou numa apresentação foi um pedido para repetir o estranho par de nomes que a mãe extravagante e pouco convencional impôs a ele.

O trânsito já estava movimentado na Charing Cross Road quando Strike saiu do metrô. O amanhecer de novembro abria caminho agora, cinzento e desanimado, repleto de sombras persistentes. Ele entrou na Denmark Street, esgotado e dolorido, ansiando pela soneca que poderia tirar antes da chegada do próximo cliente às nove e meia. Com um aceno para a garota da loja de instrumentos musicais, com quem costumava fumar na rua durante as pausas do trabalho, Strike deixou-se passar pela portaria preta ao lado do 12 Bar Café e subiu a escada de metal que se enroscava em torno do elevador de gaiola quebrado. Passou pelo designer gráfico no primeiro andar, passou por seu próprio escritório com sua porta de vidro gravado no segundo e foi para o terceiro e menor patamar, onde agora ficava seu lar.

O ocupante anterior, gerente do bar no térreo, mudou-se para um domicílio mais salubre, e Strike, que ficara dormindo no escritório por alguns meses, aproveitou a oportunidade de alugar o local, grato por uma solução tão fácil para o problema da falta de moradia. O espaço sob os beirais era pequeno por quaisquer padrões, especialmente para um homem de um metro e noventa. Ele mal podia se virar no box; a cozinha e a sala eram incomodamente ligadas e o quarto era quase inteiramente preenchido pela cama de casal. Parte dos pertences de Strike continuava encaixotada no patamar, apesar da proibição do senhorio.

Suas janelas pequenas davam para os telhados, com a Denmark Street bem abaixo. O constante pulsar do baixo do bar soava tão abafado que a própria música de Strike o encobria.

O senso de ordem inato de Strike manifestava-se em toda parte: a cama estava arrumada, a louça, lavada, tudo em seu lugar. Ele precisava fazer a barba e tomar um banho, mas isso podia esperar; depois de pendurar o sobretudo, ajustou o despertador para as nove e vinte e se esticou na cama, totalmente vestido.

Adormeceu em segundos, e pouco tempo depois – ou assim lhe pareceu – acordou. Alguém batia na porta.

– Desculpe, Cormoran, eu peço mil desculpas...

Sua assistente, uma jovem alta de cabelo louro-arruivado e comprido, parecia tímida quando ele abriu a porta, mas, ao vê-lo, sua expressão ficou horrorizada.

– Você está bem?

– Tavadormino. Acordado a noite toda... duas noites.

– Eu peço mil desculpas mesmo – repetiu Robin –, mas são nove e quarenta, William Baker chegou e está ficando...

– Merda – resmungou Strike. – Não ajustei o despertador direito... Me dê cinco minu...

– Não é só isso – disse Robin. – Tem uma mulher aqui. Não marcou hora. Eu disse que você não tinha espaço para outro cliente, mas ela se recusa a ir embora.

Strike bocejou, esfregando os olhos.

– Cinco minutos. Prepare um chá para eles ou coisa assim.

Seis minutos depois, com uma camisa limpa, cheirando a pasta de dentes e desodorante, mas ainda com a barba por fazer, Strike entrou na antessala, onde Robin estava sentada ao computador.

– Ora, antes tarde do que nunca – disse William Baker com um sorriso duro. – Sorte sua ter uma secretária bonita, ou eu podia me entediar e ir embora.

Strike viu Robin ruborizar de raiva enquanto se virava, fingindo organizar a correspondência. Havia algo de inerentemente ofensivo no jeito como Baker disse "secretária". Imaculado em seu terno risca de giz, o diretor de empresa contratara Strike para investigar dois colegas seus da diretoria.

— Bom-dia, William – disse Strike.

— Sem um pedido de desculpas? – resmungou Baker, com os olhos no teto.

— Olá, e você quem é? – perguntou Strike, ignorando-o e dirigindo-se à mulher magra e de meia-idade com um velho sobretudo marrom que estava sentada no sofá.

— Leonora Quine – respondeu ela no que parecia, aos ouvidos treinados de Strike, um sotaque de West Country.

— Tenho uma manhã muito atarefada pela frente, Strike – disse Baker.

Ele entrou sem convite na sala do detetive. Como Strike não o seguiu, Baker perdeu um pouco de sua amabilidade.

— Duvido que você se safasse com essa pontualidade fajuta no exército, Strike. Vamos, por favor.

Strike pareceu não ouvir.

— O que exatamente queria que eu fizesse pela senhora, Sra. Quine? – perguntou ele à mulher desmazelada no sofá.

— Bem, é meu marido...

— Sr. Strike, tenho um compromisso daqui a uma hora – disse William Baker, aumentando o tom de voz.

— ... sua secretária disse que o senhor não tinha nada marcado comigo, mas falei que esperaria.

— Strike! – berrou William Baker, tentando discipliná-lo.

— Robin – rosnou o exausto Strike, perdendo enfim a paciência. – Feche a conta do Sr. Baker e lhe dê o arquivo. Está atualizado.

— Como é? – William Baker ficou perplexo. Voltou à antessala.

— Ele está te dispensando – disse Leonora Quine com satisfação.

— Você não terminou o trabalho – disse Baker a Strike. – Você disse que havia mais...

— Outra pessoa pode terminar o trabalho para você. Alguém que não se importe de ter clientes imbecis.

O clima na sala parecia se petrificar. Inexpressiva, Robin pegou a pasta de Baker no armário e entregou a Strike.

– Como *se atreve*...

– Há muita coisa boa nesta pasta que se sustentará no tribunal. – Strike entregou-a ao diretor. – Vale bem o dinheiro.

– Você não terminou...

– Ele está terminando com *você* – intrometeu-se Leonora Quine.

– Cale essa sua boca, idiot... – começou William Baker, recuando repentinamente quando Strike avançou meio passo.

Ninguém falou nada. De súbito, o ex-soldado parecia preencher o dobro do espaço que ocupara segundos antes.

– Sente-se em minha sala, Sra. Quine – disse Strike em voz baixa.

Ela obedeceu.

– Acha que ela pode pagar por seus serviços? – rosnou um William Baker em retirada, agora segurando a maçaneta.

– Meus honorários podem ser negociados, se eu gostar do cliente.

Strike seguiu Leonora Quine à sala e fechou a porta com um estalo.

3

... e sozinho para suportar todos esses males...

Thomas Dekker,
O nobre soldado espanhol

– Ele é um bobalhão, não é? – comentou Leonora Quine ao se sentar de frente para a mesa de Strike.

– É – concordou Strike, arriando na cadeira de frente para ela. – Ele é, sim.

Apesar da pele branca e rosada que mal exibia uma ruga e do branco imaculado dos olhos azul-claros, ela parecia ter uns cinquenta anos. O cabelo fino, solto e grisalho era afastado do rosto por duas presilhas de plástico e ela piscava para Strike através dos óculos antigos de armação plástica grande demais. Seu casaco, embora limpo, certamente fora comprado nos anos 1980. Tinha ombreiras e grandes botões de plástico.

– Então, veio aqui por causa de seu marido, Sra. Quine?

– Sim – disse Leonora. – Ele desapareceu.

– Há quanto tempo ele sumiu? – Strike estendeu automaticamente a mão para um bloco.

– Dez dias – disse Leonora.

– Já procurou a polícia?

– Não preciso da polícia – disse ela com impaciência, como se estivesse cansada de explicar isso às pessoas. – Liguei para eles uma vez e todos ficaram irritados comigo porque ele estava com uma amiga. Owen às vezes some de casa. É escritor – disse ela, como se isso explicasse tudo.

– Ele já desapareceu antes?

— Ele é sensível — disse ela, taciturna. — Sempre tem ataques de raiva, mas já faz dez dias e sei que está muito chateado, mas preciso dele em casa agora. Tem Orlando, eu tenho coisas para fazer e tem...

— Orlando? — repetiu Strike, sua mente cansada no resort da Flórida. Ele não tinha tempo para ir à América, e Leonora Quine, com seu casaco velho, certamente não parecia poder lhe pagar uma passagem de avião.

— Nossa filha, Orlando. Ela precisa de cuidados. Consegui que uma vizinha ficasse com ela enquanto eu vinha aqui.

Houve uma batida na porta e apareceu a cabeça dourada e brilhante de Robin.

— Gostaria de um café, Sr. Strike? E a senhora, Sra. Quine?

Quando fizeram seus pedidos e Robin se retirou, Leonora falou:

— Não tomarei muito de seu tempo, porque acho que sei onde ele está, só não tenho como arrumar o endereço e ninguém vai atender a meus telefonemas. Já faz dez dias — repetiu ela — e precisamos dele em casa.

Strike considerava uma grande extravagância recorrer a um detetive particular nesta circunstância, em especial porque a aparência de Leonora Quine exalava pobreza.

— Se é uma simples questão de dar um telefonema — disse ele com gentileza —, você não teria uma amiga ou um...?

— Edna não pode fazer isso — disse ela, e Strike se viu desproporcionalmente comovido (a exaustão às vezes o deixava vulnerável desse jeito) com sua confissão tácita de que tinha uma única amiga no mundo. — Owen disse a eles para não contar onde ele está. Eu preciso — disse ela simplesmente — que um homem faça isso. Que os obrigue a dizer.

— O nome de seu marido é Owen?

— É — respondeu ela —, Owen Quine. Ele escreveu *Hobart's Sin*.

O nome e o título do livro não significavam nada para Strike.

— E você acha que sabe onde ele está?

— Acho. Fomos a uma festa com um monte de editores, cheia de gente... Ele não queria me levar, mas eu disse, "Já arrumei uma babá, eu vou"... E aí ouvi Christian Fisher falando de um lugar com Owen, um retiro para escritores. Então eu disse a Owen, "Que lugar é esse de que ele estava te falando?", e Owen disse, "Não vou contar a você, é para isso que ele serve, para se afastar da mulher e dos filhos".

Ela quase convidava Strike a se juntar ao marido e também rir dela; orgulhosa, como às vezes as mães fingem ser, da insolência do filho.

— Quem é Christian Fisher? — perguntou Strike, obrigando-se a se concentrar.

— Editor. Um jovem todo moderninho.

— Já tentou telefonar para Fisher e pedir a ele o endereço deste retiro?

— Já, liguei para ele a semana inteira e disseram que anotariam o recado e ele me ligaria de volta, mas ele não ligou. Acho que Owen disse a ele para não me contar onde está. Mas *você vai* arrancar o endereço de Fisher. Sei que você é bom, pois resolveu aquele caso da Lula Landry, e a polícia, nada.

Apenas oito meses antes, Strike tinha um único cliente, seus negócios estavam às portas da morte, e suas perspectivas, desesperadoras. E então ele provou, para satisfação do Serviço de Promotoria da Coroa, que a famosa jovem não cometera suicídio, morreu por ter sido empurrada de uma sacada no quarto andar. A publicidade que se seguiu trouxe uma maré de trabalho; por algumas semanas, ele foi o detetive particular mais conhecido da metrópole. Jonny Rokeby tornou-se uma mera nota de rodapé em sua história; Strike transformou-se num nome por direito adquirido, embora um nome que a maioria das pessoas levasse a mal...

— Eu a interrompi — disse ele, tentando ao máximo prender-se a sua linha de raciocínio.

— Interrompeu?

— Sim. — Strike apertou os olhos para ler sua própria caligrafia errática no bloco. — Você disse, "Tem Orlando, eu tenho coisas para fazer e tem...".

— Ah, sim, tem acontecido uma coisa esquisita desde que ele saiu.

— Que coisa esquisita?

— Cocô — disse Leonora Quine sem rodeios —, na nossa caixa de correio.

— Alguém está colocando excremento na sua caixa de correio? — disse Strike.

— É.

— Desde que seu marido desapareceu?

— É. Cachorro — disse Leonora, e Strike levou uma fração de segundo para deduzir que isto se aplicava ao excremento, não ao marido. — Agora já são três ou quatro vezes, à noite. Uma coisa nada agradável de se encontrar de manhã. E teve uma mulher que bateu na porta e tudo, e ela era esquisita.

Ela parou, esperando que Strike a estimulasse. Leonora parecia gostar de ser interrogada. Muita gente solitária, Strike sabia, achava agradável ser o foco da atenção indivisa de alguém e procurava prolongar a experiência nova.

– Quando essa mulher apareceu na porta?

– Foi na semana passada, ela perguntou por Owen e quando eu disse, "Ele não está", ela falou, "Diga a ele que Angela morreu", e foi embora.

– E você não a conhecia?

– Nunca vi na vida.

– Conhece alguma Angela?

– Não. Mas às vezes umas fãs ficam se engraçando pra cima dele – disse Leonora, de repente expansiva. – Por exemplo, uma vez teve uma mulher que escrevia cartas e mandava fotos vestida como uma das personagens dele. Umas mulheres que escrevem para ele pensam que ele as compreende ou coisa assim, por causa dos livros. Uma besteira, né? – disse ela. – É tudo inventado.

– É normal as fãs saberem onde seu marido mora?

– Não. Mas ela pode ter sido aluna ou coisa parecida. Ele às vezes também dá cursos de redação.

A porta se abriu e Robin entrou com uma bandeja. Depois de colocar um café puro na frente de Strike e um chá diante de Leonora Quine, ela voltou a se retirar, fechando a porta.

– Aconteceu mais alguma coisa estranha? – perguntou Strike a Leonora.

– O excremento e essa mulher aparecendo na casa?

– Acho que estou sendo seguida. Uma garota alta e morena de ombros redondos – disse Leonora.

– E essa mulher é diferente daquela que...?

– É, a mulher que apareceu lá em casa era troncuda. Cabelo ruivo e comprido. Essa outra é morena e meio corcunda.

– Tem certeza de que ela a estava seguindo?

– Tenho, acho que sim. Eu já vi essa mulher atrás de mim duas ou três vezes. Ela não é do bairro, nunca a vi na vida e eu moro em Ladbroke Grove há trinta anos.

– Tudo bem – disse Strike lentamente. – Você disse que seu marido está chateado? O que aconteceu para chateá-lo?

– Ele teve uma briga feia com a agente dele.

— Sobre o quê, você sabe?

— Sobre o livro dele, o último. Liz, a agente dele, disse que foi a melhor coisa que ele fez, e aí, um dia depois, o levou para jantar e disse que era impublicável.

— Por que ela mudou de ideia?

— Pergunte *a ela*. — Leonora demonstrava raiva pela primeira vez. — É claro que ele ficou chateado depois disso. Qualquer um ficaria. Ele trabalhou dois anos naquele livro. Ele chega em casa daquele jeito, vai para seu escritório e pega tudo...

— Pega o quê?

— O livro dele, os originais, as anotações e tudo, xingando Deus e o mundo, mete tudo dentro de uma bolsa, sai e eu não o vejo desde então.

— Ele tem celular? Já tentou ligar para ele?

— Tem, mas não está atendendo. Ele nunca atende quando some desse jeito. Uma vez ele jogou o celular pela janela do carro – disse ela, mais uma vez com aquele leve tom de orgulho do espírito de seu marido.

— Sra. Quine – disse Strike, cujo altruísmo tinha necessariamente seus limites, apesar do que ele disse a William Baker –, serei franco com a senhora: eu não saio barato.

— Está tudo bem. — Leonora Quine era implacável. — A Liz vai pagar.

— Liz?

— *Liz*... Elizabeth Tassel. A agente de Owen. O sumiço de Owen é culpa dela. Ela pode tirar da comissão dela. Ele é seu melhor cliente. Liz vai querer Owen de volta quando perceber o que ela fez.

Strike não acreditava muito nessa garantia, não como a própria Leonora parecia acreditar. Colocou três cubos de açúcar no café e engoliu tudo, pensando na melhor maneira de agir. Lamentava vagamente por Leonora Quine, que parecia habituada aos erráticos acessos de raiva do marido, que aceitava o fato de que ninguém se dignaria a retornar seus telefonemas, que tinha certeza de que a única ajuda que podia esperar deveria ser paga. À parte sua ligeira excentricidade nas maneiras, havia uma sinceridade truculenta na mulher. No entanto, ele tem sido implacável e só aceitava casos lucrativos desde que os negócios receberam um impulso inesperado. Aquelas poucas pessoas que o procuraram com histórias azaradas, na esperança de que as dificuldades pessoais de Strike (narradas e enfeitadas na imprensa) o predisporiam a ajudá-las gratuitamente, ficavam decepcionadas.

Mas Leonora Quine, que bebeu seu chá com a rapidez com que Strike engoliu o café, já estava de pé, como se os dois tivessem chegado a um acordo e tudo estivesse combinado.

– É melhor eu ir andando – disse ela –, não gosto de deixar Orlando por muito tempo. Ela sente falta do pai. Eu disse a ela que conseguiria um homem para encontrá-lo.

Strike recentemente ajudara várias jovens ricas a se livrar dos maridos da City que se tornaram muito menos atraentes desde a crise financeira. Havia um certo atrativo em devolver o marido a uma mulher, para variar.

– Tudo bem – disse ele, bocejando e empurrando seu bloco para ela. – Vou precisar de suas informações de contato, Sra. Quine. Uma fotografia de seu marido também seria útil.

Ela escreveu seu endereço e telefone numa letra redonda e infantil, mas o pedido de uma foto pareceu surpreendê-la.

– Para que você precisa de uma foto? Ele está naquele retiro de escritores. É só obrigar Christian Fisher a lhe dizer onde fica.

Ela já passava pela porta antes que Strike, cansado e dolorido, conseguisse sair de trás da mesa. Ele a ouviu dizer rapidamente a Robin: "Brigada pelo chá", depois a porta de vidro que dava para o patamar se abriu num piscar de olhos, fechou-se com uma leve trepidação e sua nova cliente se foi.

4

> Ora, é raro ter um amigo engenhoso...
>
> William Congreve,
> *O impostor*

Strike jogou-se no sofá da antessala. Era quase novo, uma despesa essencial porque ele quebrou o outro, de segunda mão, com que inicialmente mobiliou o escritório. Revestido de couro sintético, que ele achou elegante na loja, fazia ruídos de peido quando alguém se mexia nele do jeito errado. Sua assistente – alta, curvilínea, com uma pele clara e brilhante e olhos azul-acinzentados e luminosos – examinou-o por cima da xícara de café.

– Você parece péssimo.

– Passei a noite toda arrancando de uma mulher histérica detalhes das irregularidades sexuais e malversação financeira de um par do reino – disse Strike com um bocejo monumental.

– Lord Parker? – perguntou Robin, quase engasgando.

– O próprio – disse Strike.

– E ele estava...?

– Traçando três mulheres ao mesmo tempo e depositando milhões num paraíso fiscal – disse Strike. – Se você tiver estômago forte, experimente ler o *News of the World* deste domingo.

– E como você conseguiu descobrir tudo isso?

– O contato de um contato de um contato – entoou Strike.

Ele bocejou de novo, tão à larga que pareceu doer.

– Você devia ir para a cama – disse Robin.

– É, devia – disse Strike, mas não se mexeu.

— Não tem ninguém para você até Gunfrey, às duas da tarde.

— Gunfrey. — Strike suspirou, massageando os globos oculares. — Por que todos os meus clientes são uma merda?

— A Sra. Quine não me parece uma merda.

Ele a espiou com os olhos embaçados por entre os dedos grossos.

— Como sabe que aceitei o caso dela?

— Eu sabia que você aceitaria. — Robin abriu um sorriso malicioso e irreprimível. — Ela faz o seu gênero.

— Uma mulher de meia-idade que veio a pé dos anos 1980?

— Seu gênero de cliente. E você queria contrariar Baker.

— Parece que deu certo, né?

O telefone tocou. Ainda sorrindo, Robin atendeu:

— Escritório de Cormoran Strike — disse ela. — Ah. Oi.

Era o noivo, Matthew. Ela olhou o chefe de lado. Strike tinha fechado os olhos e tombado a cabeça para trás, com os braços cruzados no peito largo.

— Escute — disse Matthew no ouvido de Robin; ele nunca era muito simpático quando ligava do trabalho. — Preciso transferir os drinques de sexta para quinta-feira.

— Ah, Matt. — Ela tentou eliminar da voz a decepção e a exasperação.

Seria a quinta vez que combinavam de sair para beber. Só Robin, dos três envolvidos, não tinha alterado a hora, data ou lugar, mas se mostrado disposta e disponível em todas as ocasiões.

— Por quê? — murmurou ela.

Um ronco repentino veio do sofá. Strike tinha adormecido sentado ali, a cabeça grande jogada contra a parede, ainda de braços cruzados.

— O pessoal do trabalho vai beber no dia 19 — disse Matthew. — Vai pegar mal se eu não for. Mostrar a cara.

Ela reprimiu o impulso de estourar com ele. Matthew trabalhava em uma grande firma de contabilidade e às vezes agia como se isto impusesse obrigações mais condizentes com um cargo diplomático.

Robin tinha certeza do verdadeiro motivo para a mudança. Os drinques foram adiados repetidas vezes a pedido de Strike; em cada ocasião, ele esteve ocupado com algum trabalho urgente e noturno, e as desculpas, apesar de verdadeiras, irritaram Matthew. Embora nunca tivesse expressado isso em palavras, Robin sabia que Matthew achava que, para Strike, o tempo dele era mais valioso do que o de Matthew, que o seu trabalho era mais importante.

Nos oito meses em que trabalhava para Cormoran Strike, seu chefe e o noivo não se conheceram, nem mesmo naquela deplorável noite em que Matthew foi buscá-la no pronto-socorro, onde ela acompanhara Strike, com o seu casaco enrolado fixamente no braço esfaqueado do chefe depois que um assassino encurralado tentou dar cabo dele. Quando ela saiu do lugar onde costuravam Strike, abalada e suja de sangue, Matthew declinou da oferta de Robin de apresentá-lo ao chefe ferido. Ficou furioso com toda a história, embora Robin tivesse lhe garantido que ela própria não correra perigo nenhum.

Matthew jamais quis que ela tivesse um emprego fixo com Strike, que no início ele considerou com desconfiança, reprovando sua penúria, sua situação de sem-teto e a profissão que Matthew parecia julgar absurda. Os fragmentos de informação que Robin levava para casa – a carreira de Strike na Divisão de Investigação Especial, uma seção paisana da Polícia Militar Real, sua condecoração por bravura, a perda da parte inferior da perna direita, a perícia em uma centena de áreas das quais Matthew, acostumado demais a ser especialista aos olhos dela, pouco ou nada sabia – não formaram (como Robin esperava inocentemente) uma ponte entre os dois homens, mas de algum modo reforçaram a muralha entre eles.

A fama repentina de Strike, sua rápida passagem do fracasso para o sucesso, no mínimo aprofundou a animosidade de Matthew. Robin percebeu tardiamente que ela só exacerbava os problemas ao observar as incoerências de Matthew: "Você não gostava dele por não ter onde morar e ser pobre e agora não gosta dele por ser famoso e conseguir um monte de trabalho!"

Mas o pior crime de Strike aos olhos de Matthew, como Robin bem sabia, foi o vestido justo de grife que o chefe lhe comprou depois da ida dos dois ao hospital, aquele que ele pretendia que fosse um presente de gratidão e despedida e que, depois de mostrá-lo a Matthew com orgulho e prazer, e ver a reação dele, ela nunca se atreveu a usar.

Tudo isso Robin esperava corrigir com um encontro cara a cara, mas os repetidos cancelamentos por parte de Strike apenas aprofundaram a antipatia de Matthew. Na última ocasião, Strike simplesmente não apareceu. Sua desculpa – de que foi obrigado a pegar um desvio para se livrar de um espia contratado pela mulher desconfiada de um cliente – foi aceita por Robin, que conhecia as complexidades daquele caso de divórcio particularmente sangrento, mas reforçou a opinião de Matthew sobre Strike como alguém que procurava atenção e era arrogante.

Ela teve alguma dificuldade para convencer Matthew a concordar com uma quarta tentativa de marcar os drinques. A hora e o lugar foram escolhidos por Matthew, mas agora, depois de Robin ter garantido a aquiescência de Strike mais uma vez, Matthew estava transferindo a noite e era impossível não perceber que ele fazia isso de propósito, para mostrar a Strike que ele também tinha outros compromissos, que ele também (Robin não podia deixar de pensar) podia desperdiçar o tempo dos outros.

– Tudo bem – suspirou ela ao telefone –, vou verificar com Cormoran e ver se pode ser na quinta.

– Não parece estar tudo bem para você.

– Matt, não comece. Vou perguntar a ele, tá legal?

– Então, a gente se vê mais tarde.

Robin colocou o fone no gancho. Strike agora estava a todo vapor, roncando como um motor de tração, de boca aberta, as pernas escancaradas, os pés plantados no chão e os braços cruzados.

Ela suspirou, olhando o chefe adormecido. Strike nunca mostrou nenhuma animosidade para com Matthew, nunca teceu comentário algum, de nenhuma maneira. Era Matthew que se remoía com a existência de Strike, que raras vezes perdia uma oportunidade de observar que Robin poderia ganhar muito mais se tivesse aceitado qualquer um dos outros empregos que lhe foram oferecidos antes de decidir ficar com um detetive particular turbulento, cheio de dívidas e incapaz de pagar o que ela merecia. A vida doméstica de Robin seria consideravelmente mais tranquila se Matthew fosse levado a partilhar a opinião que Robin tinha de Cormoran Strike, gostar dele, até admirá-lo. Robin era otimista: gostava dos dois, então por que eles não podiam gostar um do outro? Com um ronco súbito, Strike acordou. Abriu os olhos e piscou para ela.

– Eu estava roncando – declarou ele, limpando a boca.

– Não muito. – Ela mentiu. – Escute, Cormoran, estaria tudo bem se transferíssemos os drinques da sexta para quinta-feira?

– Drinques?

– Comigo e Matthew. Lembra? No King's Arms, na Roupell Street. Eu anotei para você – disse ela, com uma animação um tanto forçada.

– É verdade – disse ele. – Tá. Sexta-feira.

– Não, Matt quer... ele não pode na sexta. Tudo bem se for na quinta?

– Tá, tudo bem – disse ele, grogue. – Acho que vou tentar dormir um pouco, Robin.

– Está bem. Vou agendar para quinta-feira.

– O que vai acontecer na quinta?

– Uns drinques com... ah, deixa pra lá. Vá dormir.

Ela ficou sentada, encarando inexpressivamente a tela do computador depois que a porta de vidro se fechou, e deu um salto quando voltou a se abrir.

– Robin, telefone para um cara chamado Christian Fisher – disse Strike. – Diga a ele quem sou, diga que estou procurando Owen Quine e que preciso do endereço do retiro de escritores sobre o qual ele falou com a Sra. Quine, sim?

– Christian Fisher... Onde ele trabalha?

– Droga – murmurou Strike. – Não perguntei. Estou tão acabado. Ele é editor... um editor moderninho.

– Tudo bem, vou descobrir. Vá dormir.

Quando a porta de vidro se fechou pela segunda vez, Robin voltou a atenção ao Google. Trinta segundos depois, tinha descoberto que Christian Fisher era o fundador de uma pequena editora chamada Crossfire, com sede em Exmouth Market.

Enquanto discava o número do editor, ela pensou no convite de casamento que estava em sua bolsa já havia uma semana. Robin ainda não contara a Strike a data do seu casamento com Matthew, nem dissera a Matthew que queria convidar o chefe. Se tudo corresse bem nos drinques da quinta-feira...

– *Crossfire* – disse uma voz estridente no fone. Robin concentrou-se na tarefa que tinha a cumprir.

5

> Não há nada de tão infinita aflição
> Como os pensamentos de um homem.
>
> John Webster,
> *O diabo branco*

À s nove e vinte daquela noite, Strike encontrava-se deitado de camiseta e cueca boxer por cima do cobertor, com os restos de um curry de delivery na cadeira ao lado, lendo as páginas esportivas enquanto o noticiário era exibido na TV que ele instalara de frente para a cama. A haste de metal que lhe servia de tornozelo direito brilhava prateada na luz da luminária barata que ele colocara sobre uma caixa a seu lado.

Aconteceria um amistoso entre Inglaterra e França em Wembley na noite de quarta-feira, mas Strike estava muito mais interessado no confronto local entre Arsenal e Spurs no sábado seguinte. Ele era torcedor do Arsenal desde o início de sua juventude, imitando seu tio Ted. Por que motivo o tio Ted torcia para os Gunners, quando passou toda a vida na Cornualha, era uma pergunta que Strike jamais teve respondida.

Uma luminosidade enevoada, através da qual estrelas lutavam para cintilar, dominava o céu noturno pela minúscula janela a seu lado. O sono de poucas horas no meio do dia praticamente nada fez para aliviar-lhe o cansaço, mas ele ainda não se sentia preparado para dormir, não depois de um farto biryani de cordeiro e meio litro de cerveja. Um bilhete com a letra de Robin estava ao lado na cama; ela lhe entregara enquanto ele saía do escritório naquele fim de tarde. Havia dois compromissos anotados ali. O primeiro dizia:

Christian Fisher, 9h00, amanhã, Crossfire Publishing, Exmouth Market EC1

— Por que ele quer me ver? — Strike perguntara a ela, surpreso. — Só preciso do endereço do retiro de que ele falou a Quine.

— Eu sei — disse Robin —, foi o que eu disse, mas ele ficou muito animado em conhecer você. Disse que podia vê-lo amanhã às nove e que não aceitaria uma resposta negativa.

No que eu fui me meter?, perguntou-se Strike com irritação, olhando fixamente o bilhete.

Exausto, ele havia deixado que seu mau gênio levasse a melhor naquela manhã e dispensasse um cliente rico que poderia muito bem ter lhe dado um trabalho mais proveitoso. Depois permitiu que o rolo compressor de Leonora Quine o convencesse a aceitá-la como cliente com uma promessa de pagamento muito da duvidosa. Agora que ela não estava diante dele, era difícil lembrar o misto de compaixão e curiosidade que o fez aceitar o caso. No silêncio frio e absoluto daquele sótão, sua concordância em descobrir o paradeiro do marido temperamental parecia quixotesca e irresponsável. O motivo de tudo não foi tentar pagar suas dívidas para recuperar algum tempo livre: uma tarde de sábado no estádio Emirates, um domingo inteiro na cama? Enfim ele estava ganhando dinheiro depois de trabalhar quase direto há meses, atraindo clientes não só por conta daquele primeiro surto fulgurante de notoriedade, mas devido a um boca a boca mais tranquilo. Ele não poderia ter aturado William Baker por mais três semanas?

E o que deixava esse Christian Fisher, perguntou-se Strike, baixando os olhos para o bilhete de Robin mais uma vez, tão animado para querer conhecê-lo pessoalmente? Seria pelo próprio Strike, por ter resolvido o caso de Lula Landry ou (muito pior) por ser filho de Jonny Rokeby? Era muito difícil calcular o nível de sua própria celebridade. Strike supusera que sua explosão de fama inesperada estaria em declínio. Foi intenso enquanto durou, mas os telefonemas de jornalistas diminuíram meses antes e já fazia quase o mesmo tempo que ele dera seu nome em um contexto neutro e ouvia como resposta Lula Landry. Os desconhecidos mais uma vez faziam o que fizeram pela maior parte da vida: chamavam-no por alguma variação de "Cameron Strick".

Por outro lado, talvez o editor soubesse algo sobre o desaparecido Owen Quine e estivesse ansioso para contar a Strike, embora o detetive não conseguisse entender por que, neste caso, ele tivesse se recusado a contar à mulher de Quine.

O segundo compromisso que Robin escreveu para ele estava abaixo do de Fisher:

Quinta-feira, 18 de novembro, 18h30, The King's Arms,
Roupell Street, 25, SE1

Strike sabia por que ela escreveu a data com tanta clareza: estava decidida que desta vez – era a terceira ou quarta que eles tentavam? – ele e o noivo finalmente se conhecessem.

Mesmo que o contador desconhecido não acreditasse nisso, Strike era grato pela mera existência de Matthew e pela aliança de safira e diamante que brilhava no dedo médio de Robin. Matthew parecia um idiota (Robin nem imaginava a precisão com que Strike se lembrava de cada um de seus apartes fortuitos sobre o noivo), mas ele impunha uma barreira útil entre Strike e uma garota que, não fosse isso, poderia perturbar seu equilíbrio.

Strike não fora capaz de se proteger dos sentimentos afetuosos por Robin, que se manteve ao lado dele quando o detetive estava em sua maré mais baixa e ajudou-o a dar uma guinada na sorte; e também, por não ser cego, não lhe escapou o fato de ela ser uma mulher muito bonita. Ele via seu noivado como o bloqueio de uma corrente de ar fina e insistente, algo que, se lhe fosse permitido fluir desimpedida, poderia perturbar seriamente o seu conforto. Strike se considerava em recuperação depois de uma relação longa e turbulenta que terminou, assim como começou, em mentiras. Não desejava alterar sua condição de solteiro, que ele achava confortável e conveniente, e conseguira evitar qualquer envolvimento emocional por meses, apesar das tentativas de sua irmã Lucy de lhe arrumar mulheres que pareciam o rebotalho desesperado de algum site de namoro.

É claro que possivelmente, depois que Matthew e Robin se casassem, Matthew usaria seu status melhorado para convencer a nova esposa a deixar o emprego que tanto o desagradava (Strike interpretara corretamente as hesitações de Robin e suas evasivas a esse respeito). Porém, Strike tinha certeza de que Robin teria dito a ele se a data do casamento tivesse sido marcada e, assim, ele considerava o perigo, no momento presente, remoto.

Com outro imenso bocejo, ele dobrou o jornal e o jogou na cadeira, voltando a atenção ao noticiário na TV. Sua única extravagância pessoal desde que se mudara para o minúsculo apartamento do sótão foi uma TV por satélite. Seu pequeno aparelho portátil agora ficava em cima de um receptor da Sky, e a imagem, sem mais depender da fraca antena interna, era nítida e não granulada. Kenneth Clarke, o secretário de Justiça, anunciava planos de cortar 350 milhões de libras do orçamento de assistência jurídica. Com os olhos embaçados de cansaço, Strike viu aquele homem empolado e barrigudo dizer ao Parlamento que desejava "desestimular as pessoas de recorrer aos advogados sempre que enfrentavam um problema e, em vez disso, encorajá-las a considerar métodos mais adequados de solução de disputas".

O que ele pretendia dizer, óbvio, era que os pobres deviam abdicar dos serviços da lei. A clientela média de Strike ainda se beneficiaria de advogados caros. A maior parte de seu trabalho ultimamente era realizada para os ricos desconfiados e interminavelmente traídos. Eram as informações dele que alimentavam seus advogados astutos, que lhes permitiam contestar acordos melhores em seus divórcios virulentos e suas disputas acrimoniosas nos negócios. Um fluxo constante de clientes abastados passava seu nome a homens e mulheres semelhantes, com dificuldades tediosamente parecidas; era esta a recompensa pela distinção em sua linha de trabalho e, se repetida com frequência, também era lucrativa.

Quando o noticiário terminou, ele levantou-se com dificuldade da cama, retirou os restos de comida da cadeira a seu lado e andou rigidamente até sua pequena área de cozinha para limpar tudo. Nunca negligenciava essas coisas: os hábitos de respeito próprio aprendidos no exército não o abandonaram mesmo na extrema pobreza, nem se deviam inteiramente ao treinamento militar. Ele foi um menino organizado, imitando o tio Ted, cujo gosto pela ordem em tudo, de sua caixa de ferramentas ao embarcadouro, formava um contraste intenso com o caos que cercava Leda, mãe de Strike.

Dez minutos depois, após um último xixi no banheiro sempre molhado devido à proximidade com o chuveiro e uma escovada nos dentes na pia da cozinha, onde havia mais espaço, Strike estava de volta à cama, retirando a prótese.

A previsão do tempo para o dia seguinte encerrava o noticiário: temperatura abaixo de zero e neblina. Strike passou talco na extremidade da perna amputada; estava menos dolorida esta noite do que alguns meses antes. Apesar do café da manhã inglês completo de hoje e do curry pedido, ele perdera algum peso desde que começara a preparar a própria comida, e isto aliviava a pressão na perna.

Ele apontou o controle remoto para a tela da TV; uma loura risonha e seu sabão em pó sumiram no breu. Desajeitado, Strike manobrou o corpo para debaixo das cobertas.

É claro que seria fácil desentocar Owen Quine se estivesse escondido em seu retiro de escritores. Um egocêntrico filho da puta era o que ele parecia, fugindo desabalado pela escuridão com seu precioso livrinho...

A nebulosa imagem mental de um homem furioso saindo intempestivamente com uma bolsa no ombro se dissolveu quase com a rapidez com que foi formada. Strike resvalava em um sono bem-vindo, profundo e sem sonhos. A leve pulsação de um baixo no bar subterrâneo foi rapidamente tragada por seus próprios roncos ásperos.

6

> Oh, Sr. Tattle, tudo está a salvo com o senhor, bem sabemos.
>
> William Congreve,
> *Amor por amor*

Chumaços de uma névoa gelada ainda se grudavam nos prédios da Exmouth Market quando Strike chegou às dez para as nove da manhã seguinte. Não parecia uma rua de Londres, não com as cadeiras na calçada de seus muitos bares, as fachadas em tons pastel e uma igreja que parecia uma basílica, em dourado, azul e tijolos aparentes: a Igreja do Santíssimo Redentor, envolta em vapor enfumaçado. Neblina gelada, lojas cheias de antiguidades, mesas e cadeiras junto ao meio-fio; se pudesse acrescentar o travo de água salgada e o guincho lamentativo de gaivotas, pensaria estar na Cornualha, onde passou as partes mais estáveis de sua infância.

Uma plaquinha em uma porta discreta ao lado de uma padaria anunciava os escritórios da Crossfire Publishing. Strike tocou a campainha às nove em ponto e foi admitido a uma escada caiada e íngreme que subiu com certa dificuldade e com amplo uso do corrimão.

Foi recebido no patamar por um homem magro de óculos, meio dândi, e que devia ter uns trinta anos. Tinha cabelo ondulado na altura dos ombros e vestia jeans, colete e uma camisa de estampa paisley com uns babados nos punhos.

– Oi – disse ele. – Sou Christian Fisher. Você é Cameron, não?

– Cormoran – Strike o corrigiu automaticamente –, mas...

Estava prestes a dizer que atendia por Cameron, uma resposta comum a anos de equívoco, mas Christian Fisher rebateu de pronto:

– Cormoran, o gigante da Cornualha.

– É isso mesmo – disse Strike, surpreso.

– Publicamos um livro infantil sobre o folclore inglês no ano passado. – Fisher abriu portas duplas e brancas, levando Strike a um espaço abarrotado e aberto, com paredes repletas de cartazes e muitas estantes desarrumadas. Uma jovem desmazelada de cabelo preto levantou a cabeça com curiosidade para Strike enquanto ele passava.

– Café? Chá? – ofereceu Fisher, levando Strike para sua própria sala, pequena, junto à área principal, com uma vista agradável da rua sonolenta e enevoada. – Posso pedir a Jade que busque lá fora para nós. – Strike declinou, dizendo com sinceridade que já tomara café, mas perguntando-se também por que Fisher parecia se preparar para uma reunião mais longa do que Strike julgava justificadas as circunstâncias. – Só um latte, então, Jade – disse Fisher pela porta.

– Sente-se – disse Fisher a Strike, e começou a adejar pelas estantes que revestiam as paredes. – Ele não vivia no monte St. Michael, o gigante Cormoran?

– Sim – disse Strike. – E o menino João deve tê-lo matado. Pela fama do pé de feijão.

– Está aqui em algum lugar. – Fisher ainda procurava pelas prateleiras. – *Contos folclóricos das Ilhas Britânicas*. Você tem filhos?

– Não.

– Ah. Bom, então não preciso me dar a esse trabalho.

E, com um sorriso fixo, sentou-se na cadeira de frente para Strike.

– E então, posso perguntar quem o contratou? Me permite adivinhar?

– Fique à vontade – disse Strike, que por princípio nunca impedia especulações.

– Ou foi Daniel Chard, ou Michael Fancourt. Acertei?

As lentes de seus óculos conferiam aos olhos uma forte aparência de contas. Embora não transparecesse, Strike ficou surpreso. Michael Fancourt era um escritor muito famoso que recentemente ganhara um importante prêmio literário. Por que exatamente estaria interessado no desaparecido Quine?

– Infelizmente, não – disse Strike. – Foi a mulher de Quine, Leonora.

Fisher pareceu quase comicamente estupefato.

— A mulher dele? – repetiu Fisher, sem entender. – Aquela mulher opaca que mais parece a assassina serial Rose West? Para que *ela* contratou um detetive particular?

— O marido desapareceu. Sumiu faz onze dias.

— Quine *desapareceu*? Mas... mas então...

Strike sabia que Fisher previra uma conversa muito diferente, uma conversa pela qual ele esperava com ansiedade.

— Mas por que ela o mandou a mim?

— Ela acha que você sabe onde Quine está.

— E como é que vou saber? – Fisher parecia verdadeiramente espantado. – Ele não é amigo meu.

— A Sra. Quine disse que o ouviu falando com o marido sobre um retiro de escritores, em uma festa...

— *Ah* – disse Fisher –, a Bigley Hall, é verdade. Mas Owen não estaria *lá*! – Quando ele riu, transformou-se num Puck de óculos: alegria temperada com dissimulação. – Eles não permitiriam a entrada de Owen Quine, nem que ele pagasse. Um agitador nato. E uma das mulheres que mandam no lugar o odeia profundamente. Ele escreveu uma resenha nojenta de seu primeiro romance e ela nunca o perdoou.

— Pode me dar o número, mesmo assim? – perguntou Strike.

— Eu o tenho aqui. – Fisher pegou o celular no bolso traseiro do jeans. – Vou ligar agora...

E assim fez, colocando o celular na mesa entre os dois e ativando o viva-voz para que Strike ouvisse. Depois de um minuto inteiro tocando, atendeu uma voz feminina e esbaforida:

— Bigley Hall.

— Oi, é a Shannon? Aqui é Chris Fisher, da Crossfire.

— Ah, oi, Chris, como vai?

A porta da sala de Fisher se abriu e a morena desmazelada entrou, colocou sem dizer nada o latte na frente de Fisher e saiu.

— Estou telefonando, Shan – disse Fisher enquanto a porta se fechava num estalo –, para ver se você esteve recebendo Owen Quine. Ele não apareceu por aí, não?

— *Quine*?

Mesmo reduzido a um monossílabo distante e metálico, o desprazer de Shannon teve um eco desdenhoso pela sala forrada de livros.

— É, você o viu?

— Não, faz um ano ou mais. Por quê? Ele não está pensando em vir aqui, está? Não seria bem-vindo, isso eu posso te garantir.

— Não se preocupe, Shan, acho que a mulher dele trocou as bolas. A gente se fala.

Fisher interrompeu as despedidas dela, louco para voltar a Strike.

— Está vendo? — disse ele. — Eu te falei. Ele não poderia ir para Bigley Hall, mesmo que quisesse.

— Não poderia ter dito isso à mulher dele, quando ela lhe telefonou?

— Ah, é *isso* que ela está alegando! — disse Fisher com um ar de quem começa a entender. — Pensei que *Owen* a tivesse feito ligar para mim.

— Por que ele faria a mulher telefonar para você?

— Ah, sem essa. — Fisher abriu um sorriso forçado e, como Strike não correspondeu, riu rispidamente e falou: — Por causa de *Bombyx Mori*. Pensei que seria típico de Quine tentar conseguir que a mulher me telefonasse para me sondar.

— *Bombyx Mori* — repetiu Strike, tentando não soar nem interrogativo, nem confuso.

— É, pensei que Quine estivesse me importunando para ver se ainda havia uma chance de eu publicá-lo. É o tipo de coisa que ele faria, mandar a mulher telefonar. Mas, se alguém vai tocar em *Bombyx Mori* agora, não serei eu. Somos uma empresa pequena. Não podemos arcar com processos judiciais.

Como nada ganhou fingindo saber mais do que sabia, Strike mudou de rumo:

— *Bombyx Mori* é o último romance de Quine?

— É. — Fisher bebeu um gole do latte, seguindo sua própria linha de raciocínio. — Então ele desapareceu, foi? Pensei que ele ficaria por aqui para assistir à diversão. Achei que a questão fosse essa. Ou ele perdeu a coragem? Isto não parece do Owen.

— Há quanto tempo você publicou Quine? — perguntou Strike. Fisher o olhou com incredulidade.

— Nunca o publiquei!

— Pensei...

— Ele foi da Roper Chard nos últimos três livros... ou foram quatro? Não, o que aconteceu foi que alguns meses atrás eu estava numa festa com Liz Tassel, agente dele, e ela me contou, confidencialmente... ela havia tomado umas e outras... que ela não sabia por quanto tempo mais a Roper Chard o suportaria, e aí eu disse que ficaria feliz em dar uma olhada no livro seguinte dele. Ultimamente Quine entrou na categoria do tão-ruim-que-chega-a-ser-bom... Podíamos fazer alguma coisa original com o marketing. De qualquer modo – disse Fisher –, teve *Hobart's Sin*. Este foi um bom livro. Imaginei que ele ainda teria um certo toque.

— Ela lhe mandou o *Bombyx Mori*? – Strike tateava e se xingava por dentro pela falta de eficácia com que entrevistou Leonora Quine no dia anterior. Era nisso que dava aceitar clientes quando três partes de você estavam mortas de cansaço. Strike estava acostumado a ir às entrevistas sabendo mais do que o entrevistado e se sentiu curiosamente exposto.

— É, ela me mandou uma cópia por motoboy na sexta retrasada – disse Fisher, com o sorriso de Puck mais dissimulado do que nunca. – O maior erro da vida da pobre Liz.

— Por quê?

— Porque ela evidentemente não leu direito ou não leu até o fim. Umas duas horas depois de chegar, recebi um recado em pânico pelo telefone: "Chris, houve um erro, eu te mandei os originais errados. Por favor, não leia, pode simplesmente me devolver, passarei no escritório para pegar." Nunca ouvi Liz Tassel assim na minha vida. Em geral é uma mulher muito assustadora. Faz adultos se encolherem de medo.

— E você devolveu os originais?

— É claro que não. Passei a maior parte do sábado lendo.

— E?

— Ninguém te contou?

— Me contou...?

— O que estava nele – disse Fisher. – O que ele fez.

— O que ele fez?

O sorriso de Fisher desbotou. Ele baixou o café.

— Eu fui alertado por alguns dos maiores advogados de Londres para não revelar isto.

– Quem contratou os advogados? – perguntou Strike. Como Fisher não respondeu, ele acrescentou: – Alguém além de Chard e Fancourt?

– Só Chard. – Fisher caiu facilmente na armadilha de Strike. – Mas, se eu fosse Owen, ficaria mais preocupado com Fancourt. Ele pode ser um filho da puta cruel. Jamais esquece um rancor. Não diga que fui eu que te falei – acrescentou ele apressadamente.

– E o Chard de que você está falando? – disse Strike, tateando no escuro.

– Daniel Chard, diretor-executivo da Roper Chard – disse Fisher com um traço de impaciência. – Não entendo como Owen pensou que se safaria de ferrar um homem que é dono da editora dele, mas esse é o Owen. Ele é o cretino mais monumentalmente arrogante e iludido que já conheci. Acho que ele pensou que podia retratar Chard como...

Fisher se interrompeu com uma gargalhada inquieta.

– Estou me arriscando. Digamos que estou surpreso que mesmo Owen tenha pensado que podia se safar. Talvez ele tenha perdido a coragem quando percebeu que todo mundo sabia exatamente o que ele sugeria, e por isso ele deu no pé.

– É difamatório? – perguntou Strike.

– É uma área cinzenta na ficção, sabe? Se você disser a verdade de um jeito grotesco... não estou sugerindo – acrescentou ele apressadamente – que ele esteja dizendo a *verdade*. Pode não ser a verdade *literal*. Mas todos podem ser reconhecidos; ele deu uma repaginada em algumas pessoas e de um jeito muito inteligente... Parece bastante com os primeiros livros de Fancourt, na verdade. Muito sangue e simbolismo arcano... Não dá para saber muito bem o que ele quer dizer em algumas partes, mas a gente fica querendo saber o que tem dentro do saco, o que tem no fogo.

– O que tem dentro do...?

– Deixa pra lá, são coisas do livro. Leonora não te contou nada disso?

– Não.

– Estranho – disse Christian Fisher –, ela deve *saber*. Pensei que Quine fosse o tipo de escritor que dava palestras à família sobre seu trabalho em toda refeição.

– Por que você pensou que Chard ou Fancourt contratariam um detetive particular, se você não sabia que Quine estava desaparecido?

Fisher deu de ombros.

– Sei lá. Pensei que talvez um deles estivesse tentando descobrir o que ele pretende fazer com o livro para poder impedi-lo ou avisar ao novo editor que será processado. Ou que talvez eles tivessem esperança de conseguir alguma coisa contra Owen... Fogo contra fogo.

– Por isso você ficou tão ansioso para me ver? Tem alguma coisa contra Quine?

– Não – disse Fisher, rindo. – Só estou xeretando. Queria saber o que está acontecendo.

Ele olhou o relógio, virou uma cópia de capa de livro na frente dele e afastou um pouco a cadeira. Strike entendeu a deixa.

– Agradeço por seu tempo – disse ele, levantando-se. – Se souber alguma coisa de Owen Quine, vai me informar?

Ele entregou um cartão a Fisher. Fisher franziu a testa enquanto contornava sua mesa para acompanhar Strike à saída.

– Cormoran Strike... *Strike*... Conheço esse nome, não...?

A ficha caiu. De repente Fisher se reanimou, como se suas baterias tivessem sido carregadas.

– Ora essa, você é o cara da Lula Landry!

Strike sabia que podia voltar a se sentar, pedir um latte e desfrutar da completa atenção de Fisher por mais ou menos uma hora. Em vez disso, desembaraçou-se com firme cordialidade e, minutos depois, ressurgiu sozinho na rua enevoada e fria.

7

> Posso jurar, jamais fui culpado de ler algo semelhante.
>
> Ben Jonson,
> *Cada qual com seu humor*

Quando informada por telefone que o marido afinal não estava no retiro de escritores, Leonora Quine ficou ansiosa.

— Então, onde ele está? – perguntou ela, mais para si mesma, ao que parecia, do que para Strike.

— Aonde ele costuma ir quando some? – perguntou Strike.

— A hotéis – disse ela. – E uma vez ele ficou com uma mulher, mas não soube mais dela. Orlando – disse ela incisivamente, longe do fone –, *largue isto, é meu. Eu disse que é meu.* O quê? – disse ela, alto, no ouvido de Strike.

— Eu não disse nada. Quer que continue procurando seu marido?

— Claro que quero, quem mais vai encontrá-lo? Não posso deixar Orlando. Pergunte a Liz Tassel onde ele está. Ela o encontrou antes. No Hilton – disse Leonora inesperadamente. – Uma vez ele estava no Hilton.

— Qual Hilton?

— Sei lá, pergunte à Liz. Ela o fez ir embora, deve ajudar a trazê-lo de volta. Ela não atende a meus telefonemas. Orlando, *largue isto*.

— Há alguém mais em que você possa pensar...?

— Não, ou eu mesma teria perguntado a eles, não é? – vociferou Leonora. – O detetive é você, encontre-o! *Orlando!*

— Sra. Quine, temos de...

— Pode me chamar de Leonora.

— Leonora, temos de considerar a hipótese de que seu marido possa ter feito algum dano a si mesmo. Podemos encontrá-lo mais rapidamente — disse Strike, elevando a voz para superar o clamor doméstico do outro lado da linha — se envolvermos a polícia.

— Não quero. Liguei para eles daquela vez que ele sumiu por uma semana, ele apareceu na casa da amiga e eles não ficaram satisfeitos. Ele vai ficar irritado se eu fizer isso de novo. De qualquer forma, Owen não iria... *Orlando, larga isso!*

— A polícia pode divulgar o retrato dele com mais eficácia e...

— Eu só o quero em casa tranquilamente. Por que ele simplesmente não volta? — acrescentou ela de mau humor. — Ele teve tempo para se acalmar.

— Você leu o novo livro de seu marido? — perguntou Strike.

— Não. Sempre espero eles estarem prontos, assim posso ler com a capa direitinho e tudo isso.

— Ele lhe contou alguma coisa sobre o livro?

— Não, ele não gosta de falar de trabalho enquanto está... *Orlando, largue!*

Ele ficou sem saber se ela desligou de propósito ou não.

A neblina do início da manhã tinha se dissipado. A chuva salpicava as janelas do escritório. A chegada de um cliente era iminente, mais uma mulher em processo de divórcio que queria saber onde o futuro ex-marido escondia seu dinheiro.

— Robin — Strike foi para a antessala —, pode me imprimir uma foto de Owen Quine da internet, se conseguir encontrar alguma? E telefone para a agente dele, Elizabeth Tassel, veja se ela está disposta a responder a umas perguntas rápidas.

Prestes a voltar a sua sala, ele pensou em outra coisa.

— E pode procurar "bombyx mori" para mim e ver o que significa?

— Como se escreve isso?

— Só Deus sabe — disse Strike.

A iminente divorciada chegou no horário, às onze em meia. Era uma mulher de quarenta e poucos com aparência suspeitosamente juvenil emanando um charme palpitante e um perfume almiscarado que sempre fazia o escritório parecer apertado a Robin. Strike desapareceu em sua sala com ela e por duas horas Robin só ouviu o sobe e desce suave de suas vozes por sobre o tamborilar contínuo da chuva e o bater de seus dedos no teclado; ruídos calmos e plácidos. Robin acostumou-se a ouvir explosões repentinas de choro, gemidos, até gritos da sala de Strike. Os silêncios súbitos podiam ser os mais sinistros, como aconteceu quando um cliente desmaiou de verdade (e, como souberam depois, sofreu um pequeno ataque cardíaco) ao ver as fotografias da mulher e seu amante que Strike tirara com uma teleobjetiva.

Quando Strike e a cliente finalmente saíram e ela se despediu excessivamente dele, Robin entregou ao chefe uma foto grande de Owen Quine, tirada do site do Festival de Literatura de Bath.

– Meu Deus – disse Strike.

Owen era um homem largo, corpulento e pálido de uns sessenta anos, cabelo branco amarelado revolto e uma barba pontuda de Van Dyke. Parecia que os olhos tinham cores diferentes, o que conferia uma intensidade peculiar a seu olhar. Para a fotografia, ele se enrolara no que parecia uma capa estilo tirolês e usava um chapéu de feltro enfeitado com uma pena.

– Impossível pensar que ele poderia ficar incógnito por muito tempo – comentou Strike. – Pode fazer algumas cópias disto, Robin? Talvez tenhamos de mostrar pelos hotéis. A mulher dele acha que ele ficou uma vez no Hilton, mas não consegue se lembrar em qual, então, você pode começar ligando por aí para ver se ele se registrou? Não imagino que ele tenha usado o próprio nome, mas você pode tentar descrevê-lo... Alguma sorte com Elizabeth Tassel?

– Sim – disse Robin. – Acredite ou não, eu estava prestes a ligar quando ela me telefonou.

– Ela telefonou pra cá? Por quê?

– Cristian Fisher contou a ela que você foi vê-lo.

– E?

– Ela tem reuniões esta tarde, mas quer se encontrar com você às onze horas, amanhã, no escritório dela.

– Agora é ela que quer? – Strike parecia se divertir. – Cada vez mais interessante. Perguntou se ela sabe onde está Quine?

– Sim. Ela disse que não tem a menor ideia, mas ainda se manteve firme na intenção de encontrá-lo. É muito mandona. Parece uma diretora de escola. E *Bombyx mori* – concluiu Robin – é o nome latino do bicho-da-seda.

– O bicho-da-seda?

— É, e sabe do que mais? Sempre achei que fossem como aranhas tecendo suas teias, mas sabe como tiram a seda dos bichos?

— Nem desconfio.

— São fervidos — disse Robin. — Fervem os bichos vivos para que não rompam e danifiquem seus casulos ao saírem deles. Os casulos é que são feitos de seda. Não é muito legal, né? Por que você quer saber de bichos-da-seda?

— Queria saber por que Owen Quine intitulou seu romance de *Bombyx Mori* — disse Strike. — Ninguém pode dizer que não estou informado.

Ele passou a tarde com uma tediosa papelada relacionada com um caso de vigilância, torcendo para que o tempo melhorasse: precisaria sair, porque praticamente não tinha nada para comer no andar de cima. Depois de Robin ir embora, Strike continuou trabalhando enquanto a chuva que martelava a janela ficava cada vez mais forte. Por fim, vestiu o sobretudo e saiu, na chuva que agora era um aguaceiro, pela Charing Cross Road encharcada e escura, a fim de comprar comida no supermercado mais próximo. Andava pedindo muita comida fora ultimamente.

Ao voltar pela rua, com volumosas sacolas nas duas mãos, Strike entrou por impulso em um sebo de livros prestes a fechar. O homem no balcão não sabia se tinham um exemplar de *Hobart's Sin*, o primeiro livro de Owen Quine e supostamente o melhor deles, mas depois de muitos resmungos inconclusivos e um exame pouco convincente à tela do computador ofereceu a Strike um exemplar de *The Balzac Brothers*, do mesmo autor. Cansado, molhado e faminto, Strike pagou duas libras pelo livro usado em capa dura e o levou a seu apartamento no sótão.

Depois de guardar os mantimentos e preparar uma massa, Strike esticou-se na cama enquanto a noite densa, escura e fria pressionava sua janela, e abriu o livro do desaparecido.

O estilo era empolado e floreado, a história, gótica e surreal. Dois irmãos de nomes Varicocele e Vas estavam trancados em uma sala abobadada enquanto o cadáver do irmão mais velho se decompunha lentamente num canto. Entre discussões embriagadas sobre literatura, lealdade e o escritor francês Balzac, tentavam escrever juntos um relato da vida do irmão em decomposição. Varicocele apalpava constantemente o saco dolorido, o que pareceu a Strike uma metáfora grosseira para bloqueio de escritor. Vas parecia fazer a maior parte do trabalho.

Depois de cinquenta páginas e com um resmungo de "que besteirada", Strike jogou o livro de lado e começou o laborioso processo de se preparar para dormir.

O estupor profundo e abençoado da noite anterior perdeu-se de vista. A chuva batia no vidro da janela do sótão, perturbando seu sono; a noite foi repleta de sonhos confusos com catástrofes. Strike acordou pela manhã com a sequela do desassossego grudada em si como uma ressaca. A chuva ainda batia na janela e, ao ligar a TV, ele viu que a Cornualha havia sido atingida por uma forte enchente; houve gente presa nos carros ou abandonando as casas e agora se amontoando em centros de emergência.

Strike pegou o celular e digitou o número, que lhe era tão familiar como seu próprio reflexo no espelho e que por toda a vida representou segurança e estabilidade.

– Alô? – disse sua tia.

– É Cormoran. Vocês estão bem, Joan? Acabo de ver o noticiário.

– Estamos todos bem no momento, querido, é no litoral que está ruim – disse ela. – Está caindo uma tempestade, mas nada parecido como em St. Austell. Nós acabamos de ver o noticiário também. Como vai você, Corm? Já faz séculos. Ted e eu estávamos mesmo falando ontem à noite que não temos notícias de você e queríamos dizer, por que você não vem passar o Natal aqui, já que está sozinho de novo? O que acha?

Ele era incapaz de se vestir ou colocar sua prótese enquanto segurava o celular. Ela falou por meia hora, um fluxo interminável de fofocas locais e incursões repentinas e apressadas por territórios que ele preferia deixar intocados. Por fim, depois de uma última rodada de perguntas sobre sua vida amorosa, suas dívidas e a perna amputada, ela o deixou ir.

Strike chegou tarde ao escritório, cansado e irritadiço. Vestia terno escuro e gravata. Robin perguntou-se se ele almoçaria com a morena do divórcio depois de sua reunião com Elizabeth Tassel.

– Soube das notícias?

– A enchente na Cornualha? – perguntou Strike, ligando a chaleira, porque seu primeiro chá do dia esfriara enquanto Joan tagarelava.

— William e Kate ficaram noivos — disse Robin.

— Quem?

— O príncipe William — disse Robin, irônica. — E Kate Middleton.

— Ah — disse Strike com frieza. — Meus parabéns a eles.

Ele estivera na categoria dos noivos até alguns meses atrás. Não sabia a quantas ia o novo noivado de sua ex-noiva, nem gostava de imaginar quando teria um fim. (Não como o deles terminou, é claro, com ela metendo as garras na cara do noivo e revelando sua traição, mas com o tipo de casamento que ele jamais poderia lhe dar; mais parecido com aquele que William e Kate logo sem dúvida desfrutariam.)

Robin julgou que só era seguro romper o silêncio taciturno depois de Strike tomar meia xícara de chá.

— Lucy telefonou pouco antes de você descer para lembrar de seu jantar de aniversário na noite de sábado e para perguntar se você quer levar alguém.

O estado de espírito de Strike caiu mais alguns pontos. Ele havia se esquecido completamente do jantar na casa da irmã.

— Tudo bem — disse ele pesadamente.

— É seu aniversário no sábado? — perguntou Robin.

— Não.

— E quando é?

Ele suspirou. Não queria bolo, cartão nem presentes, mas a expressão dela era de expectativa.

— Na terça-feira — disse ele.

— Dia 23?

— É.

Depois de uma curta pausa, ocorreu a Strike que lhe devia uma recíproca.

— E quando é o seu? — Algo na hesitação dela o enervou. — Meu Deus, não é hoje, é?

Ela riu.

— Não, já passou. Foi em 9 de outubro. Está tudo bem, foi um sábado — disse Robin, ainda sorrindo da expressão sofrida dele. — Não fiquei sentada aqui o dia todo, esperando flores.

Ele também sorriu. Sentindo que devia fazer um esforço a mais, porque deixou passar o aniversário dela e jamais pensou em descobrir quando seria, ele acrescentou:

– Que bom que você e Matthew ainda não marcaram a data. Pelo menos não vão entrar em conflito com o casamento real.

– Ah – Robin ficou vermelha –, nós marcamos uma data.

– Marcaram?

– Sim. Vai ser em... 8 de janeiro. Trouxe seu convite aqui – disse ela, curvando-se apressadamente sobre a bolsa (ela nem mesmo perguntou a Matthew sobre convidar Strike, mas era tarde demais para isso). – Tome.

– Dia 8 de janeiro? – Strike pegou o envelope prateado. – Isso cai... quando?... daqui a sete semanas.

– Sim – disse Robin.

Houve uma pausa breve e estranha. Strike não conseguiu se lembrar de imediato o que mais queria que ela fizesse; depois tudo lhe voltou e ele, enquanto falava, batia o envelope prateado na palma da mão, todo prático.

– Como está indo com os Hiltons?

– Já eliminei alguns. Quine não esteve lá com o próprio nome e ninguém reconheceu a descrição. Mas há um monte deles, então estou percorrendo a lista. O que vai fazer depois do encontro com Elizabeth Tassel? – perguntou ela despreocupadamente.

– Fingir que quero comprar um apartamento em Mayfair. Parecer o marido de alguém tentando levantar algum capital e investi-lo no exterior antes que os advogados da mulher possam impedi-lo.

Strike empurrou o convite de casamento ainda fechado para o fundo do bolso do sobretudo.

– Bom, é melhor eu ir andando. Preciso localizar um escritor ruim.

8

> Peguei o livro, e o velho desapareceu.
>
> John Lyly,
> *Endimião ou O homem na lua*

O correu a Strike enquanto ele, de pé, seguia de metrô para o escritório de Elizabeth Tassel (ele nunca relaxava inteiramente nessas viagens curtas, pois, com medo de cair, apoiava-se na perna postiça, sobrecarregando-a) que Robin não o reprovou por aceitar o caso Quine. É claro que não cabia a ela reprovar seu empregador, mas ela recusara um salário muito mais alto para ficar com ele e suas agruras, e não teria sido desarrazoado para ela esperar, depois que as dívidas fossem pagas, que um aumento fosse o mínimo que ele fizesse por ela. Robin era incomum em sua ausência de críticas ou silêncio crítico; a única mulher na vida de Strike que parecia não desejar melhorá-lo ou corrigi-lo. As mulheres, segundo sua experiência, costumavam esperar que você entendesse que tentar ao máximo mudá-lo era uma medida do quanto elas o amavam.

Quer dizer que ela se casaria daqui a sete semanas. Sete semanas para tornar-se a Sra. Matthew... se ele um dia chegou a saber o sobrenome do noivo, não se lembrava.

Enquanto esperava pelo elevador na Goodge Street, Strike teve um impulso louco de ligar para a cliente morena em processo de divórcio – que deixou muito claro que uma manifestação dessas seria bem-vinda – com a intenção de transar com ela aquela noite no que ele imaginava que seria sua cama funda, macia e muito perfumada em Knightsbridge. Mas a ideia ocorreu apenas para ser desprezada de imediato. Uma atitude desta seria insanidade; pior do que aceitar o caso de um desaparecido pelo qual podia nem ver o pagamento...

E por que ele *perdia* tempo com Owen Quine?, perguntou-se Strike, de cabeça baixa contra a chuva inclemente. Curiosidade, respondeu ele intimamente depois de pensar por alguns instantes, e talvez algo mais indefinível. Ao andar pela Store Street, apertando os olhos sob o aguaceiro e concentrado em manter os pés fixos nas calçadas escorregadias, ele refletiu que seu paladar corria o risco de se esgotar com as variações intermináveis de cupidez e espírito vingativo que os clientes ricos não paravam de lhe trazer. Já fazia muito tempo que ele investigara um caso de desaparecimento. Seria uma satisfação devolver o foragido Quine a sua família.

A agência literária de Elizabeth Tassel ficava em uma rua pequena e basicamente residencial de tijolos aparentes escuros, um beco sem saída surpreendentemente tranquilo junto da movimentada Gower Street. Strike tocou a campainha ao lado de uma placa de bronze discreta. Um leve baque se seguiu e um jovem pálido com uma camisa aberta no colarinho abriu a porta ao pé da escada acarpetada de vermelho.

— É o detetive particular? — perguntou ele com o que parecia um misto de apreensão e empolgação. Strike o seguiu, pingando por todo o carpete puído, subiu a escada até uma porta de mogno e entrou em uma sala ampla e espaçosa que talvez em outros tempos fosse um vestíbulo e uma sala de estar separada.

A elegância envelhecida desintegrava-se aos poucos em deterioração. As janelas eram embaçadas de condensação e o ar denso de fumaça de cigarro antiga. Uma pletora de estantes de madeira abarrotadas revestia as paredes, e o papel de parede sujo era quase todo coberto de desenhos e caricaturas literárias emolduradas. Duas mesas pesadonas ficavam de frente uma para a outra em um tapete gasto, mas nenhuma delas estava ocupada.

— Posso ficar com seu casaco? — perguntou o jovem, e uma garota magra e de aparência assustada saltou de trás de uma das escrivaninhas. Estendia uma esponja suja numa das mãos.

— Não consigo tirar, Ralph! — sussurrou ela freneticamente ao jovem com Strike.

— Porcaria – resmungou Ralph, irritado. – O cachorro velho e decrépito de Elizabeth vomitou embaixo da mesa de Sally – confidenciou ele, *sotto voce*, enquanto pegava o Crombie ensopado de Strike e o pendurava em um cabideiro vitoriano junto da porta. – Vou dizer a ela que o senhor está aqui. Continue esfregando – ele aconselhou à colega ao atravessar a sala até uma segunda porta de mogno e abrir uma fresta.

– É o Sr. Strike, Liz.

Houve um latido alto, seguido de imediato por uma tosse humana grave e estrepitosa que podia muito bem ter sido emitida dos pulmões de um velho minerador de carvão.

– Pegue-o – disse uma voz rouca.

A porta da sala da agente se abriu, revelando Ralph, que segurava firme a coleira de um Dobermann velho, mas evidentemente ainda agressivo, e uma mulher alta e vigorosa em seus sessenta anos, de feições largas e firmemente comuns. O cabelo curto grisalho geometricamente perfeito, um terno preto de corte severo e um talho de batom carmim lhe conferiam certo arrojo. Ela emanava a aura de grandeza que substitui a atração sexual nas mulheres mais velhas e bem-sucedidas.

– É melhor levá-lo para fora, Ralph – disse a agente, seus olhos cor de oliva em Strike. A chuva ainda martelava as janelas. – E não se esqueça dos saquinhos de caca, hoje ele está meio frágil.

– Entre, Sr. Strike.

Com cara de nojo, seu assistente arrastou o cachorro grande, com sua cabeça de Anúbis vivo, para fora da sala dela; enquanto Strike cruzava com o Dobermann, este rosnou com energia.

– Café, Sally – disparou a agente à garota de aparência assustada que escondia a esponja. Ela deu um salto, desapareceu por uma porta atrás de sua mesa e Strike teve esperanças de que lavasse muito bem as mãos antes de preparar as bebidas.

O escritório sufocante de Elizabeth Tassel era uma espécie de concentração da sala lá fora: fedia a cigarro e cachorro velho. Havia uma cama de tweed para o animal embaixo de sua mesa; as paredes eram cobertas de antigas fotografias e gravuras. Strike reconheceu uma das maiores: um escritor razoavelmente famoso e idoso de livros infantis ilustrados chamado Pinkelman, que ele não sabia se ainda estava vivo. Depois de indicar sem dizer nada que Strike devia se sentar de frente para ela, numa cadeira da qual ele primeiro teve de retirar uma pilha de papéis e antigos exemplares da *Bookseller*, a agente pegou um cigarro numa caixa na mesa, acendeu com um isqueiro de ônix, puxou fundo e explodiu em um prolongado acesso de tosse fragoroso e ofegante.

— E então — disse com a voz rouca quando a tosse cedeu e ela voltou à cadeira de couro atrás da mesa —, Christian Fisher me disse que Owen apresentou outro de seus famosos números de desaparecimento.

— É verdade — disse Strike. — Sumiu na noite em que você e ele discutiram sobre o livro dele.

Ela começou a falar, mas as palavras se desintegraram de imediato em mais um acesso de tosse. Ruídos horríveis e rangentes saíram do fundo de seu peito. Strike esperou em silêncio que a crise passasse.

— Parece desagradável — disse ele por fim, quando ela tossiu no silêncio mais uma vez e, por incrível que pareça, deu outro trago fundo no cigarro.

— Gripe. Não consigo me livrar dela. Quando Leonora procurou por você?

— Antes de ontem.

— Ela pode pagar seus honorários? — disse a agente. — É de pensar que você cobre caro, o homem que solucionou o caso Landry.

— A Sra. Quine sugeriu que você pode me pagar — disse Strike.

As bochechas ásperas se arroxearam e seus olhos escuros, lacrimosos de tanto tossir, estreitaram-se.

— Ora, você pode voltar direto a Leonora — seu peito começou a subir por baixo do elegante paletó preto enquanto ela reprimia o desejo de tossir de novo — e lhe dizer que não vou pagar um c-centavo para ter aquele cretino de volta. Ele não é... não é mais meu cliente. Diga a ela... diga a ela...

Foi dominada por outra explosão gigantesca de tosse.

A porta se abriu e a secretária magra entrou, lutando sob o fardo de uma pesada bandeja de madeira carregada de xícaras e uma cafeteira. Strike se levantou para pegar a bandeja; não havia onde colocá-la na mesa. A garota tentou abrir espaço. Em seu nervosismo, derrubou uma pilha de papéis.

Um furioso gesto exprobatório da agente que tossia fez a garota correr assustada da sala.

— Co-coisinha inútil — ofegou Elizabeth Tassel.

Strike colocou a bandeja na mesa, ignorando os papéis espalhados por todo o carpete, e voltou a se sentar. A agente era uma tirana nos moldes conhecidos: uma daquelas mulheres mais velhas que tiravam proveito, conscientemente ou não, do fato de despertarem naqueles que eram suscetíveis lembranças de infância de mães exigentes e todo-poderosas. Strike era imune a tais intimidações. Primeiro, sua própria mãe, apesar de seus defeitos, era jovem e o adorava abertamente; em segundo lugar, ele sentia a vulnerabilidade naquele aparente dragão. Fumar como uma chaminé, as fotografias que desbotavam e a caminha do cachorro velho sugeriam uma mulher mais sentimental e menos cheia de si do que pensariam seus jovens assalariados.

Quando enfim ela terminou de tossir, ele lhe passou uma xícara de café que havia servido.

– Obrigada – murmurou ela bruscamente.

– E então, você dispensou Quine? – perguntou ele. – Você lhe disse isso, na noite do jantar?

– Não consigo me lembrar. As coisas ficaram acaloradas com muita rapidez. Owen se levantou no meio do restaurante para gritar melhor comigo, depois saiu num rompante, deixando-me a conta para pagar. Pode encontrar muitas testemunhas do que foi dito, se estiver interessado. Owen fez questão de fazer uma bela cena pública.

Ela estendeu a mão para pegar outro cigarro e, como quem pensa melhor, ofereceu um a Strike. Depois de acender os dois, falou:

– O que Christian Fisher disse a você?

– Não muito – respondeu Strike.

– Espero, pelo bem dos dois, que seja a verdade – rebateu ela.

Strike nada disse. Fumou e bebeu seu café enquanto Elizabeth esperava, claramente torcendo para obter mais informações.

– Ele falou no *Bombyx Mori*? – perguntou ela.

Strike assentiu.

– O que disse a respeito dele?

– Que Quine colocou muita gente no livro que pode ser reconhecida, mal disfarçada.

Houve uma pausa carregada.

– Espero que Chard o processe *mesmo*. Essa é a ideia dele de ficar de boca fechada, é?

– Você tentou entrar em contato com Quine desde que ele saiu do... de onde vocês estavam jantando? – perguntou Strike.

— O River Café — disse ela. — Não, não tentei entrar em contato com ele. Não havia mais nada a dizer.

— E ele não a procurou?

— Não.

— Leonora contou de você ter dito a Quine que o livro dele foi a melhor coisa que ele já produziu, depois mudou de ideia e se recusou a representá-lo.

— Ela disse *o quê*? Não foi *isso* que... não... o que eu di...

Foi seu pior paroxismo de tosse até então. Strike sentiu o impulso de arrancar à força o cigarro de sua mão enquanto ela tossia e balbuciava. Enfim, o acesso passou. Ela bebeu meia xícara de café quente direto, o que pareceu lhe dar algum alívio. Numa voz mais forte, repetiu:

— Não foi *isso* que eu disse. "A melhor coisa que ele já escreveu"... Foi o que ele falou a Leonora?

— Sim. O que você realmente disse?

— Eu estava doente — disse ela com a voz rouca, ignorando a pergunta. — Gripe. Fora do trabalho por uma semana. Owen telefonou para o escritório para me dizer que o romance estava concluído. Ralph disse a ele que eu estava de cama, assim Owen mandou o manuscrito por mensageiro diretamente a minha casa. Tive de me levantar para assinar o recibo. É bem típico dele. Eu tinha uma febre de 40 graus e mal conseguia ficar de pé. O livro dele foi concluído e por isso eu devia ler *imediatamente*.

Ela bebeu um pouco mais do café e voltou a falar:

— Joguei o manuscrito na mesa do vestíbulo e voltei direto para a cama. Owen desandou a me telefonar, praticamente de hora em hora, para saber o que eu achava. Por toda a quarta-feira e na quinta ele me enervou...

"Eu nunca fiz isso em trinta anos nesse negócio. Eu ia passar o fim de semana fora. Estava ansiosa por isso. Não queria cancelar e não queria Owen me telefonando de trinta em trinta minutos enquanto eu estava fora. Então... simplesmente para me livrar dele... eu ainda me sentia péssima... passei os olhos pelo livro."

Ela tirou um trago fundo do cigarro, tossiu, como de rotina, recompôs-se e falou:

— Não parecia pior do que os dois últimos dele. No máximo, havia uma melhora. Ou uma premissa bem interessante. Parte das imagens tinha certo apelo. Um conto de fadas gótico, uma versão macabra de *Pilgrim's Progress*.

– Reconheceu alguém nos trechos que leu?

– Os personagens pareciam em sua maioria simbólicos – disse ela, com certo caráter defensivo –, inclusive o autorretrato hagiográfico. Muito sexo p-pervertido. – Ela parou para tossir mais uma vez. – A mistura de sempre, pensei... mas eu... não estava lendo com atenção, serei a primeira a admitir isso.

Ele sabia que ela não estava acostumada a confessar suas falhas.

– Eu... bem, passei os olhos pelo último quarto do livro, as partes em que ele escreve sobre Michael e Daniel. Dei uma olhada no final, que era grotesco e meio bobo...

"Se eu não estivesse tão doente, se tivesse lido direito, naturalmente teria dito logo que ele não conseguiria se safar com aquilo. Daniel é um homem es-estranho, muito s-suscetível", sua voz falhava novamente; decidida a terminar a frase enquanto ofegava, "e M-Michael é o mais desagradável... o mais desagradável...", e explodiu em tosse.

– Por que o Sr. Quine tentaria publicar algo que lhe garantia ser processado? – perguntou Strike quando ela parou de tossir.

– Porque Owen não acredita que está sujeito às mesmas leis do resto da sociedade – disse ela rudemente. – Ele se considera um gênio, um *enfant terrible*. Orgulha-se de suas ofensas. Acha que é um bravo, heroico.

– O que fez com o livro quando o leu?

– Liguei para Owen – disse ela, fechando os olhos por um momento no que parecia raiva de si mesma. – E disse, "Sim, muito bom", e mandei Ralph pegar aquela porcaria na minha casa, pedi a ele que fizesse duas cópias e enviasse uma a Jerry Waldegrave, editor de Owen na Roper Chard, e a outra, D-Deus me ajude, a Christian Fisher.

– Por que não mandou simplesmente o manuscrito por e-mail ao escritório? – perguntou Strike com curiosidade. – Não o tinha em um cartão de memória ou algo assim?

Ela apagou o cigarro num cinzeiro de vidro cheio de guimbas.

– Owen insiste em usar a velha máquina elétrica com que escreveu *Hobart's Sin*. Não sei se é afetação ou burrice. Ele é estupendamente ignorante em tecnologia. Talvez tenha tentado usar o laptop e não conseguiu. É só outro jeito que ele inventa de ser inepto.

— E por que você mandou cópias aos dois editores? – perguntou Strike, embora já soubesse a resposta.

— Porque Jerry Waldegrave pode ser um santo abençoado e o homem mais gentil do mundo editorial – respondeu ela, bebendo mais café –, mas até *ele* perdeu a paciência com Owen e seus ataques de raiva ultimamente. O último livro de Owen pela Roper Chard não vendeu quase nada. Achei que seria sensato ter outro coelho na cartola.

— Quando foi que você percebeu do que realmente se tratava o livro?

— No início daquela noite – soou a voz rouca. – Ralph me telefonou. Ele mandou as duas cópias, depois deu uma folheada no manuscrito. Telefonou para mim e disse, "Liz, você leu mesmo isto?".

Strike podia imaginar muito bem o temor com que o jovem assistente pálido deu o telefonema, a coragem que exigiu, a discussão agoniada com sua colega antes de chegar a esta decisão.

— Tenho de confessar que não li... ou não li inteiramente – resmungou ela. – Ele leu para mim alguns trechos que deixei passar e...

Ela pegou o isqueiro de ônix e o estalou distraidamente antes de levantar os olhos para Strike.

— Bom, eu entrei em pânico. Telefonei para Christian Fisher, mas caía direto na secretária eletrônica, então deixei um recado dizendo que o manuscrito enviado era um primeiro esboço, que ele não deveria ler, que eu havia cometido um erro e pedia que, por favor, o devolvesse assim que... assim que fosse p-possível. Depois telefonei para Jerry, mas também não consegui falar com ele. Ele me disse que viajaria para o fim de semana de aniversário com a esposa. Tive esperanças de que ele não tivesse tempo nenhum para ler, assim deixei o recado na mesma linha daquele que deixei para Fisher. Depois liguei novamente para Owen.

Ela acendeu outro cigarro. Suas narinas largas inflavam enquanto inalava. As rugas em torno da boca se aprofundaram.

— Eu mal conseguia me expressar, e não teria importado se tivesse conseguido. Ele falou comigo como só Owen faria, completamente deliciado consigo mesmo. Disse que devíamos nos encontrar para jantar e comemorar a conclusão do livro.

"Assim, arrastei-me para dentro de uma roupa, fui até o River Café e esperei. E entrou Owen.

"Ele nem mesmo se atrasou. E ele sempre se atrasa. Praticamente flutuava no ar, em completo júbilo. Acreditava com sinceridade que tinha feito algo corajoso e maravilhoso. Começou a falar de adaptações para o cinema antes que eu conseguisse dar minha opinião."

Quando soltou a fumaça de sua boca escarlate, ela parecia verdadeiramente um dragão, com seus olhos pretos e cintilantes.

– Quando disse a ele que eu achava o que ele produziu odioso, maldoso é impublicável, ele deu um salto, fez a cadeira voar e começou a gritar. Depois de me ofender pessoal e profissionalmente, disse que eu não tinha mais coragem para representá-lo, ele publicaria o livro sozinho, jogaria na internet como e-book. Depois saiu de rompante, deixando a conta para mim. N-não... – ela resmungou – que isso fosse in-in-inco...

Sua emoção despertou um acesso de tosse ainda pior do que antes. Strike pensou que ela verdadeiramente sufocaria. Ele se ergueu um pouco da cadeira, mas ela gesticulou para afastá-lo. Enfim, de cara roxa, os olhos escorrendo, ela disse numa voz de cascalho:

– Fiz tudo que pude para consertar as coisas. Todo meu fim de semana na praia arruinado; fiquei ao telefone o tempo todo, tentando falar com Fisher e Waldegrave. Um recado depois de outro, metida nos malditos penhascos em Gwithian, tentando conseguir sinal...

– Você é de lá? – perguntou Strike, um tanto surpreso, porque não ouviu eco de sua infância da Cornualha na pronúncia da mulher.

– É onde mora uma de minhas autoras. Eu disse a ela que não saía de Londres havia quatro anos, e ela me convidou para o fim de semana. Queria me mostrar todos os lindos lugares onde ambientava seus livros. Alguns dos panoramas m-mais lindos que já vi, e só o que eu conseguia pensar era no m-maldito *Bombyx Mori* e tentar impedir que alguém o lesse. Não consegui dormir. Fiquei péssima.

"Enfim tive uma resposta de Jerry no domingo, na hora do almoço. Ele afinal não saiu para o fim de semana de aniversário e alegou não ter recebido nenhum recado meu, e então decidiu ler a merda do livro.

"Ele ficou enojado e furioso. Garanti a Jerry que faria tudo ao meu alcance para impedir aquela droga... mas tive de admitir que também o enviei a Christian, e nisso Jerry desligou o telefone na minha cara."

– Você contou a ele que Quine ameaçou colocar o livro na internet?

— Não, não contei — respondeu ela com a voz rouca. — Fiquei rezando para que fosse uma ameaça vazia, porque Owen não consegue distinguir um computador de outro. Mas fiquei preocupada...

Sua voz falhou.

— Ficou preocupada? — Strike a estimulou.

Ela não respondeu.

— Esta autopublicação explica alguma coisa — disse Strike despreocupadamente. — Leonora disse que Quine levou sua própria cópia do manuscrito e todas as suas anotações quando desapareceu à noite. Imaginei que ele pretendesse queimar ou jogar num rio, mas presumivelmente ele o levou com a intenção de transformar em um e-book.

Esta informação não melhorou em nada a disposição de Elizabeth Tassel. Entredentes, ela falou:

— Tem uma amante. Eles se conheceram em um curso de redação ministrado por ele. Ela é autopublicada. Sei a respeito dela porque Owen tentou atrair meu interesse para a merda de romances medonhos de fantasia erótica dela.

— Você entrou em contato com ela? — perguntou Strike.

— Sim, na realidade, tentei. Queria assustá-la, dizer que, se Owen tentasse induzi-la a ajudar a reformatar o livro ou vendê-lo on-line, ela provavelmente seria incluída num processo.

— E o que ela disse?

— Não consegui falar com ela. Tentei várias vezes. Talvez o número dela tenha mudado, não sei.

— Pode me dar os dados dela? — perguntou Strike.

— Ralph tem o cartão da mulher. Pedi que ele insistisse em telefonar por mim. *Ralph!* — ela berrou.

— Ainda está lá fora com Beau! — veio o guincho assustado da garota do outro lado da porta. Elizabeth Tassel revirou os olhos e se colocou de pé, com dificuldade.

— Não tem sentido pedir a *ela* para procurar.

Quando a porta se fechou às costas da agente, Strike colocou-se de pé de imediato, foi atrás da mesa e se abaixou para examinar uma fotografia na parede que chamara sua atenção, o que exigia a remoção de um retrato duplo na estante, mostrando dois Dobermanns.

A foto em que estava interessado era de tamanho A4, em cores, mas muito desbotada. A julgar pelo tipo de roupa usado pelas quatro pessoas, foi tirada pelo menos 25 anos antes, na frente daquele mesmo prédio.

A própria Elizabeth podia ser facilmente reconhecida, a única mulher no grupo, alta e comum, com o cabelo preto e comprido jogado pelo vento e um vestido inadequado de cintura baixa rosa-escuro e turquesa. De um lado dela estava um jovem magro de cabelo claro e extrema beleza; do outro, um homem baixo, de pele amarelada e um ar azedo cuja cabeça era grande demais para o corpo. Ele parecia um tanto familiar. Strike pensou que talvez o tivesse visto nos jornais ou na TV.

Ao lado do homem não identificado, mas possivelmente famoso, estava um Owen Quine muito mais novo. O mais alto dos quatro vestia um terno branco amarrotado e tinha um corte de cabelo mais bem descrito como mullet espigado. Strike teve a lembrança irresistível de um David Bowie gordo.

A porta se abriu num silvo em suas dobradiças bem lubrificadas. Strike não tentou disfarçar o que fazia, virando-se para a agente, que estendia uma folha de papel.

– Esse é Fletcher – disse ela, seus olhos na foto dos cães na mão dele. – Morreu no ano passado.

Ele recolocou o retrato dos cachorros na estante.

– Ah – disse ela, entendendo. – Você está vendo a outra.

Ela se aproximou da foto desbotada; ombro a ombro com Strike, ele notou que a agente tinha quase um metro e oitenta de altura. Tinha cheiro de John Player Special e Arpège.

– Foi no dia em que abri minha agência. Estes são meus três primeiros clientes.

– Quem é ele? – perguntou Strike sobre o louro bonito.

– Joseph North. O mais talentoso deles, de longe. Infelizmente, morreu jovem.

– E quem é...?

– Michael Fancourt, é claro – disse ela, mostrando surpresa.

– Achei que ele me parecia familiar. Você ainda o representa?

– Não! Pensei que...

Ele ouviu o resto da frase, embora ela não a pronunciasse: *pensei que todo mundo soubesse disso*. Mundos dentro de mundos: talvez toda a Londres literária *soubesse* por que o famoso Fancourt não era mais cliente de Liz Tassel, mas ele não sabia.

— Por que você não o representa mais? — Ele voltou a se sentar.

Ela passou a ele pela mesa o papel que tinha na mão; era uma fotocópia do que parecia um cartão de apresentação fino e sujo.

— Tive de escolher entre Michael e Owen, anos atrás — disse ela. — E como uma idiota de m-merda... — ela recomeçou a tossir; sua voz se desintegrava em um grasnado gutural — ... escolhi Owen.

"Estas são as únicas informações de contato que tenho de Kathryn Kent", acrescentou ela com firmeza, encerrando qualquer outra discussão sobre Fancourt.

— Obrigado. — Strike dobrou a folha de papel e a colocou na carteira. — Há quanto tempo Quine a estava vendo, você sabe?

— Algum tempo. Ele a levou a festas enquanto Leonora ficava em casa com Orlando. Uma completa sem-vergonhice.

— Não faz ideia de onde ele pode estar se escondendo? Leonora disse que você o encontrou das outras vezes que ele...

— Eu não "encontro" Owen — rebateu ela. — Ele me telefona depois de uma semana, mais ou menos, de um hotel, e me pede um adiantamento... o que ele chama de presente de dinheiro... para pagar a conta do frigobar.

— E você paga, não é? — perguntou Strike. Ela parecia muito longe de uma otária.

A careta que ela fez parecia reconhecer um ponto fraco do qual ela se envergonhava, mas sua resposta foi inesperada:

— Conheceu Orlando?

— Não.

Ela abriu a boca para continuar, mas pareceu pensar melhor e disse apenas:

— Owen e eu temos muita estrada. Fomos bons amigos... antigamente — acrescentou, com certa amargura profunda.

— Em que hotéis ele ficou antes disso?

— Não consigo me lembrar de todos. Uma vez no Kensington Hilton. O Danubius, em St. John's Wood. Hotéis grandes e anônimos com todo tipo de conforto que ele não pode ter em casa. Owen não é um cidadão da Boêmia... a não ser em sua abordagem à higiene.

— Você conhece Quine muito bem. Não acha que há alguma possibilidade de ele ter...?

Ela terminou a frase por ele com um leve escárnio:

— ... feito alguma besteira? É claro que não. Ele jamais sonharia em privar o mundo do gênio de Owen Quine. Não, ele está por aí, tramando sua vingança contra todos nós, ofendido por não haver uma caçada nacional em andamento.

— Ele esperava uma caçada, mesmo quando tinha o hábito de sumir?

— Ah, sim – disse Elizabeth. – Sempre que ele faz um desses números de desaparecimento, espera ganhar a primeira página. O problema é que na primeira vez que ele fez isso, anos e anos atrás, depois de uma discussão com o primeiro editor, deu certo. Houve *mesmo* um pequeno alvoroço de preocupação e saiu alguma coisa na imprensa. Desde então, ele vive esperando por isso.

— A mulher dele está convencida de que ele ficaria irritado se ela procurasse a polícia.

— Não sei de onde ela tirou essa ideia – disse Elizabeth, servindo-se de outro cigarro. – Owen pensaria que helicópteros e cães farejadores são o mínimo que o país pode fazer por um homem de sua importância.

— Bom, obrigado por seu tempo – disse Strike, preparando-se para se levantar. – Foi bondade sua me receber.

Elizabeth Tassel ergueu a mão e disse:

— Não, não foi. Quero lhe pedir uma coisa.

Ele esperou, receptivo. Ela não estava acostumada a pedir favores, e isso estava muito claro. Ela fumou por alguns segundos em silêncio, o que provocou outro acesso de tosse reprimida.

— Essa... essa... história com o *Bombyx Mori* me causou muito prejuízo – disse ela por fim. – Fui desconvidada da festa de aniversário da Roper Chard nesta sexta-feira. Dois manuscritos que submeti à apreciação deles foram devolvidos sem nada além de um obrigado. E estou ficando preocupada com o mais recente do coitado do Pinkelman. – Ela apontou a foto do idoso escritor infantil na parede. – Há um boato revoltante correndo por aí de que eu estava de conluio com Owen, de que eu o aticei a requentar um escândalo antigo sobre Michael Fancourt, agitar alguma controvérsia e tentar obter um leilão pelo livro.

"Se você vai lançar a rede por todo mundo que conhece Owen", disse ela, chegando ao que interessava, "eu ficaria muito grata se dissesse a eles... especialmente a Jerry Waldegrave, se o encontrar... que eu não tinha ideia do que estava nesse romance. Nunca o teria enviado, ainda menos a Christian Fisher, se não estivesse tão doente. Eu fui", ela hesitou, "*descuidada*, mas não passou disso."

Este, então, era o motivo para ela ficar tão ansiosa para se encontrar com Strike. Não parecia um pedido injusto em troca do endereço de dois hotéis e uma amante.

– Pode ter certeza de que vou falar nisso, se surgir a oportunidade – disse Strike, levantando-se.

– Obrigada – disse ela bruscamente. – Eu o acompanho até a porta.

Quando saíram da sala, foi para uma saraivada de latidos. Ralph e o Dobermann velho tinham voltado de seu passeio. O cabelo molhado de Ralph estava alisado para trás enquanto ele lutava para conter o cachorro de focinho cinzento, que rosnava para Strike.

– Ele jamais gostou de estranhos – disse Elizabeth Tassel com indiferença.

– Ele mordeu Owen uma vez – disse Ralph, como se pudesse fazer Strike se sentir melhor com o evidente desejo do cachorro de maltratá-lo.

– Sim – disse Elizabeth Tassel –, pena que...

Mas ela foi dominada por outro acesso de tosse estrepitosa e ofegante. Os três esperaram em silêncio que se recuperasse.

– Pena que não foi fatal – concluiu ela por fim. – Teria nos poupado de muitos problemas.

Os assistentes olharam em choque. Strike apertou sua mão e deu um adeus geral. A porta se fechou para os rosnados do Dobermann.

9

> Está aqui o Sr. Petulant, senhora?
>
> William Congreve,
> *A maneira do mundo*

Strike parou no final do beco encharcado de chuva e ligou para o número de Robin, ocupado. Recostando-se em uma parede molhada com a gola do sobretudo virada para cima, apertando o "redial" a cada poucos segundos, seu olhar caiu em uma placa azul afixada na casa da frente que registrava a ocupação de Lady Ottoline Morrell, a antiga anfitriã literária e patrona das artes. Sem dúvida, escabrosos *romans à clef* foram em outros tempos discutidos também dentro daquelas paredes...

— Oi, Robin – disse Strike quando ela enfim atendeu. – Estou atrasado. Por favor, telefone para Gunfrey por mim e diga que tenho um compromisso marcado com o alvo amanhã. E diga a Caroline Ingles que não houve mais nenhuma atividade, mas telefonarei a ela amanhã com um novo relatório.

Terminando de ajustar sua programação, ele lhe deu o nome do Danubius Hotel, em St. John's Wood, e pediu para tentar descobrir se Owen Quine esteve hospedado lá.

— Como está indo com os Hiltons?

— Mal – disse Robin. – Só me restam dois. Nada. Se ele está em algum deles, usa um nome diferente ou um disfarce... Ou os funcionários não são muito observadores, imagino. É de pensar que não o deixariam passar despercebido, ainda mais se estivesse usando aquela capa.

— Tentou o Kensington?

— Tentei. Nada.

— Ah, bom, tive outra pista: uma amante autopublicada chamada Kathryn Kent. Talvez eu faça uma visita a ela depois. Não vou conseguir atender ao telefone esta tarde, estou seguindo a Srta. Brocklehurst. Mande um torpedo, se precisar de alguma coisa.

— Tudo bem, boa caçada.

Mas foi uma tarde maçante e infrutífera. Strike vigiava uma secretária bem paga que seu chefe e amante paranoico acreditava partilhar com um rival não só favores sexuais, mas também segredos comerciais. Porém, parecia ser autêntica a alegação da Srta. Brocklehurst de que ela queria tirar a tarde de folga para fazer depilação, as unhas e o bronzeado falso para o prazer de seu amante. Strike esperou e observou a frente do spa por uma vidraça pontilhada de chuva do Caffè Nero, do outro lado da rua, durante quase quatro horas, angariando a ira das diversas mulheres com carrinhos de bebê que procuravam espaço para fofocar. Enfim surgiu a Srta. Brocklehurst, num castanho molho madeira e presumivelmente quase sem pelos do pescoço para baixo; depois de segui-la por uma curta distância, Strike a viu entrar num táxi. Quase que por milagre, em vista da chuva, Strike conseguiu um segundo carro antes que ela tivesse saído de vista, mas a perseguição tranquila pelas ruas engarrafadas e chuvosas terminou, como ele previa pelo itinerário, no apartamento do próprio chefe desconfiado. Strike, que tirara fotografias disfarçadamente o tempo todo, pagou seu táxi e mentalmente registrou o tempo.

Eram quase quatro horas da tarde e o sol já se punha, a chuva interminável ficava mais gelada. Luzes de Natal brilhavam na vitrine de uma trattoria enquanto ele passava e seus pensamentos resvalaram para a Cornualha, que ele sentia invadi-lo por três vezes em rápida sucessão, chamando por ele, sussurrando a ele.

Quanto tempo fazia que não ia a sua terra, aquela linda cidadezinha litorânea, onde passou as partes mais tranquilas da infância? Quatro anos? Cinco? Ele encontrava os tios sempre que os dois "davam um pulo em Londres", como diziam constrangidamente, hospedando-se na casa de Lucy, irmã de Strike, desfrutando da metrópole. Da última vez, Strike levou o tio ao Emirates Stadium para ver uma partida contra o Manchester City.

Seu telefone vibrou no bolso: Robin, seguindo instruções ao pé da letra, como sempre, mandou-lhe uma mensagem de texto, em vez de telefonar:

Sr. Gunfrey pede outra reunião amanhã em seu escritório às 10, tem mais a lhe dizer. Bjs

Obrigado, Strike respondeu por torpedo.

Ele nunca mandava beijos em torpedos, apenas à irmã ou à tia.

No metrô, ele refletiu sobre o que faria agora. O paradeiro de Owen Quine parecia uma comichão no cérebro; Strike se sentia entre irritado e intrigado que o escritor se provasse tão elusivo. Pegou na carteira a folha de papel que Elizabeth Tassel lhe dera. Abaixo do nome Kathryn Kent, estavam o endereço de um edifício em Fulham e um número de celular. Impressas ao longo da borda inferior havia duas palavras: *escritora indie*.

O conhecimento que Strike tinha de certas partes de Londres era tão detalhado quanto o de qualquer taxista. Embora nunca tivesse penetrado verdadeiramente em bairros de elite quando criança, morou em muitos outros endereços pela capital com sua finada e eternamente nômade mãe: em geral imóveis vazios de que tomavam posse ou moradias subsidiadas, mas, de vez em quando, se o namorado do momento pudesse pagar, em ambientes mais salubres. Ele reconheceu o endereço de Kathryn Kent: Clement Attlee Court era uma área que compreendia antigos prédios subsidiados, muitos que agora foram vendidos a mãos particulares. Torres quadradas e feias de tijolos aparentes, com varandas em cada andar, ficavam a algumas centenas de metros das casas milionárias de Fulham.

Ninguém o esperava em casa, e ele estava repleto de café e tortas depois de sua longa tarde no Caffè Nero. Em vez de embarcar no trem para o norte, ele pegou a linha distrital para West Kensington e partiu pela escura North End Road, passando por restaurantes de curry e várias lojas pequenas com tapumes nas vitrines, vergando sob o peso da recessão. Quando Strike chegou aos edifícios que procurava, a noite já caía.

O Stafford Cripps House era o bloco mais próximo da rua, pouco atrás de um centro médico baixo e moderno. O arquiteto otimista dos apartamentos subsidiados, talvez eufórico de idealismo socialista, dera a cada um deles sua própria varanda pequena. Será que imaginaram que os felizes habitantes cultivariam jardineiras nas janelas e se curvariam sobre as grades, gritando animadas saudações aos vizinhos? Praticamente todas as áreas externas eram usadas pelos ocupantes como depósito: colchões velhos, carrinhos de bebê, eletrodomésticos, o que pareciam braçadas de roupas sujas expostas aos elementos, como uma seção transversal de armários cheios de porcaria exposta para a visão do público.

Uma turma de jovens com casacos de capuz fumava ao lado de grandes lixeiras plásticas para reciclagem e o olhou com especulação quando ele passou. Strike era mais alto e mais largo do que qualquer um deles.

– Bundão. – Ele pegou um deles dizendo quando saía de vista do grupo, ignorando o elevador com defeito e seguindo para a escada de concreto.

O apartamento de Kathryn Kent ficava no terceiro andar e seu acesso era por uma varanda de tijolos aberta que corria pela extensão do prédio. Antes de bater na porta, Strike notou que Kathryn, ao contrário dos vizinhos, pendurara cortinas de verdade nas janelas.

Não houve resposta. Se Owen Quine se encontrava ali dentro, estava decidido a não se mostrar: não havia luz acesa, nenhum sinal de movimento. Uma mulher de aparência furiosa, com um cigarro metido na boca, enfiou a cabeça pela porta vizinha com uma afobação quase cômica, deu uma breve encarada curiosa em Strike e se retirou.

O vento gelado assobiava pela varanda. O sobretudo de Strike cintilava de gotas de chuva, mas sua cabeça descoberta, ele sabia, estaria como sempre foi; o cabelo crespo e curto era impermeável aos efeitos da chuva. Ele meteu as mãos no fundo dos bolsos e ali encontrou o envelope rígido que tinha esquecido. A lâmpada externa ao lado da porta de Kathryn Kent estava quebrada, assim Strike andou duas portas até chegar a uma lâmpada que funcionasse e abriu o envelope prateado.

O Sr. e a Sra. Michael Ellacott
solicitam o prazer de sua presença
no casamento de sua filha

Robin Venetia
e
Sr. Matthew John Cunliffe

na igreja de St. Mary the Virgin, Masham
sábado, 8 de janeiro de 2011
às 14 horas
seguido por recepção
no Swinton Park

O convite emanava a autoridade de ordens militares: este casamento acontecerá como descrito em seguida. Ele e Charlotte jamais chegaram ao ponto de imprimir rígidos convites de cor creme, gravados com uma letra preta, cursiva e reluzente.

Strike devolveu o cartão ao bolso e voltou a esperar ao lado da porta escura de Kathryn, entrincheirando-se, olhando a escura Lillie Road com seus faróis zunindo, postes de rua e reflexos deslizantes, rubi e âmbar. No térreo, os jovens de capuz agruparam-se, separaram-se, receberam outros agregados e se reagruparam.

Às seis e meia, a gangue ampliada galopou em bando. Strike os observou, até que quase saíram de vista, e a essa altura eles passaram por uma mulher que vinha na direção contrária. Enquanto ela andava pela pequena poça de uma luz de rua, ele viu uma cabeleira ruiva e brilhante flutuando embaixo de um guarda-chuva preto.

Seu andar era torto, porque a mão que não segurava o guarda-chuva carregava duas pesadas sacolas, mas a impressão que ela dava, de longe, volta e meia jogando os cachos para trás, não era pouco atraente; o cabelo soprado pelo vento chamava atenção e suas pernas por baixo do longo sobretudo eram magras. Ela se aproximava cada vez mais, alheia ao exame de Strike três andares acima, do outro lado do pátio de concreto e fora de vista.

Cinco minutos depois, ela surgiu na varanda onde Strike esperava. Ao se aproximar ainda mais, os botões retesados do casaco traíam um tronco pesado em formato de maçã. Ela só deu pela presença de Strike quando estava a dez metros, porque tinha a cabeça baixa, mas ao erguer os olhos ele viu uma cara enrugada e inchada muito mais velha do que o esperado. Parando abruptamente, ela arquejou.

– *Você!*

Strike percebeu que ela o via em silhueta devido às lâmpadas quebradas.

– Seu *filho da puta* escroto!

As sacolas bateram no chão de concreto com o tinido de vidro se quebrando: ela correu a toda para ele, agitando os punhos cerrados.

– Seu filho da puta, *filhodaputa*, nunca vou te perdoar, *nunca*, fique longe de mim!

Strike foi obrigado a aparar vários murros desvairados. Recuava enquanto a mulher gritava, lançando golpes ineficientes e tentando romper as defesas do ex-pugilista.

— Espere só... Pippa vai te matar... Espere só...

A porta da vizinha se abriu novamente: lá estava a mesma mulher com um cigarro na boca.

— Ei! – disse ela.

A luz do corredor inundou Strike, revelando-o. Com algo entre um ofegar e um grito, a ruiva cambaleou para trás, afastando-se dele.

— Que merda está acontecendo? – exigiu saber a vizinha.

— Um caso de confusão de identidade, eu acho – disse Strike num tom agradável.

A vizinha bateu a porta, mergulhando mais uma vez na escuridão o detetive e sua agressora.

— Quem é você? – sussurrou ela. – O que quer?

— Você é Kathryn Kent?

— *O que você quer?*

E então, com um pânico súbito:

— Se for o que penso que seja, eu não trabalho naquele lugar!

— Como disse?

— Então, quem é você? – Ela queria saber e parecia mais assustada do que nunca.

— Meu nome é Cormoran Strike e sou detetive particular.

Ele estava acostumado à reação das pessoas que o encontravam inesperadamente em sua porta. A reação de Kathryn – de um silêncio perplexo – era muito comum. Ela se afastou dele e quase caiu por cima das sacolas abandonadas.

— Quem colocou um detetive particular atrás de mim? Foi *ela*, não foi? – perguntou com ferocidade.

— Fui contratado para encontrar o escritor Owen Quine – disse Strike. – Ele está desaparecido há quase 15 dias. Sei que você é amiga dele...

— Não, não sou. – Ela se abaixou para pegar as sacolas; tilintavam, pesadas. – Pode dizer a ela que eu falei isso. Ela agradecerá a ele.

— Não é mais amiga dele? Não sabe onde ele está?

— Não estou nem aí para onde ele está.

Um gato aproximou-se furtivo e com arrogância pela beira da varanda de pedra.

— Posso perguntar quando foi a última vez que vocês...?

— Não, não pode – disse ela com um gesto colérico; uma das sacolas na mão balançou e Strike se encolheu, pensando que o gato, que alcançara o lado dela, seria lançado da borda para o espaço. Ele sibilou e pulou para baixo. Ela mirou um pontapé rápido e maldoso no felino.

— Desgraçado! – disse ela. O gato disparou dali. – Saia, por favor. Quero entrar na minha casa.

Ele recuou alguns passos para deixar que ela se aproximasse. Ela não conseguia encontrar a chave. Depois de alguns segundos desagradáveis tentando apalpar os bolsos enquanto segurava as sacolas, foi obrigada a baixá-las nos pés.

— O Sr. Quine está desaparecido desde que teve uma briga com a agente sobre seu último livro – disse Strike, enquanto Kathryn apalpava o casaco. – Eu estava me perguntando se...

— Não dou a mínima para o livro dele. Nem li – acrescentou ela. Suas mãos tremiam.

— Srta. Kent...

— Senhora – disse ela.

— Sra. Kent, a esposa do Sr. Quine disse que uma mulher ligou para casa, procurando por ele. Pela descrição, parecia...

Kathryn Kent encontrou a chave, mas a deixou cair. Strike se abaixou para pegá-la; ela a arrancou de sua mão.

— Não sei do que você está falando.

— A senhora não esteve procurando pelo Sr. Quine na casa dele semana passada?

— Já falei, não sei onde ele está, não sei de nada – vociferou ela, metendo a chave na fechadura e girando.

Ela pegou as duas sacolas, uma das quais mais uma vez tilintou fortemente. Era, pelo que viu Strike, de uma loja de ferragens do bairro.

— Isso parece pesado.

— A boia da caixa de descarga quebrou. – Ela foi veemente.

E bateu a porta na cara dele.

10

> VERDONE: Viemos para lutar.
> CLEREMONT: Lutai, cavalheiros,
> E lutai bastante; mas uma ou duas breves
> ocasiões...
>
> Francis Beaumont e Philip Massinger,
> *O pequeno advogado francês*

Robin saiu do metrô na manhã seguinte, agarrada a um guarda-chuva redundante e sentindo-se suada e intranquila. Depois de dias de aguaceiro, de trens do metrô tomados pelo cheiro de roupa molhada, de calçadas escorregadias e janelas pontilhadas de chuva, a súbita mudança para um dia luminoso pegou-a de surpresa. Outros espíritos poderiam iluminar-se com a trégua do dilúvio e das nuvens cinzentas e baixas, mas não o de Robin. Ela e Matthew tiveram uma briga feia.

Foi quase um alívio quando ela abriu a porta de vidro gravada com o nome de Strike e sua profissão, encontrando o chefe já ao telefone em sua própria sala, de porta fechada. De alguma forma obscura, ela sentia que precisava se recompor antes de encará-lo, porque Strike foi o motivo da discussão na noite anterior.

— Você o convidou para o casamento? — dissera Matthew com severidade.

Ela teve medo de que Strike falasse no convite durante os drinques naquela noite e que, se não avisasse Matthew primeiro, Strike tivesse de suportar o primeiro impacto do desagrado do noivo.

— Desde quando nós convidamos as pessoas sem contar um ao outro? — dissera Matthew.

— Eu pretendia contar a você. Pensei que já tivesse feito.

E então Robin teve raiva de si mesma: nunca mentira para Matthew.

— Ele é meu chefe, espera ser convidado!

O que não era verdade. Robin duvidava que Strike se importasse, de um jeito ou de outro.

— Bom, e eu gostaria que ele fosse – disse ela, o que, enfim, era sincero. Ela queria trazer a vida profissional, de que nunca desfrutou tanto, para mais perto da vida pessoal que atualmente se recusava a se misturar; queria alinhavar as duas num todo satisfatório e ver Strike na congregação, aprovando (aprovando! Por que ele teria de aprovar?) seu casamento com Matthew.

Ela sabia que Matthew não ficaria satisfeito, mas tinha esperanças de que com o tempo os dois se conheceriam e se gostariam, e não era culpa dela que isso ainda não tivesse acontecido.

— Depois de toda a amolação que tivemos quando eu quis convidar Sarah Shadlock – dissera Matthew; um golpe, Robin sentia, que a pegou abaixo da cintura.

— Então convide essa mulher! – dissera ela com raiva. – Mas não é a mesma coisa... Cormoran nunca tentou me levar para a cama... E está bufando por quê?

A discussão estava inflamada quando o pai de Matthew telefonou com a notícia de que uma alteração estranha sofrida pela mãe de Matthew na semana anterior fora diagnosticada como um miniderrame.

Depois disso, ela e Matthew viram que era de mau gosto brigar por causa de Strike, então foram para a cama em um estado insatisfatório de reconciliação teórica, ambos, Robin sabia, ainda fervilhando.

Era quase meio-dia quando Strike finalmente saiu de sua sala. Hoje não estava de terno, mas com um suéter sujo e esburacado, jeans e tênis. Seu rosto estava cheio da pesada barba por fazer que crescia se ele não se barbeasse a cada 24 horas. Esquecendo-se dos próprios problemas, Robin olhou: ela nunca, jamais, nos dias em que ele dormia no escritório, viu Strike parecendo um maltrapilho.

— Estive dando uns telefonemas para o arquivo Ingles e conseguindo alguns números para Longman – disse Strike a Robin, entregando-lhe as antigas pastas de papelão pardo, cada uma com um número de série escrito à mão na lombada, que ele usava na Divisão de Investigação Especial e ainda era seu jeito favorito de organizar informações.

— Esta aparência é... proposital? – perguntou ela, encarando o que pareciam marcas de graxa nos joelhos de seu jeans.

– É. É para Gunfrey. Uma longa história.

Strike preparou chá para os dois e eles conversaram sobre os detalhes de três casos atuais, Strike atualizando Robin com informações recebidas e pontos ainda a ser investigados.

– E quanto a Owen Quine? – perguntou Robin, aceitando sua xícara. – O que disse a agente dele?

Strike baixou-se no sofá, que soltou seus ruídos habituais de peido abaixo dele, e lhe deu os detalhes de sua entrevista com Elizabeth Tassel e sua visita a Kathryn Kent.

– Quando ela me viu, eu podia jurar que pensou ser Quine.

Robin riu.

– Você não é *tão* gordo assim.

– Valeu, Robin – disse ele com secura. – Quando percebeu que não era Quine, e antes de saber quem eu era, ela disse, "Eu não trabalho naquele lugar". Isso significa alguma coisa para você?

– Não... mas – acrescentou ela timidamente – consegui descobrir um pouco sobre Kathryn Kent ontem.

– Como foi isso? – perguntou Strike, surpreso.

– Bom, você me disse que ela era uma escritora autopublicada – lembrou-lhe Robin –, assim, pensei em dar uma olhada na internet para ver se encontrava alguma coisa e – com dois cliques do mouse ela abriu a página – ela tem um blog.

– Muito bom! – Strike saiu alegremente do sofá e contornou a mesa para ler por cima do ombro de Robin.

A página amadorística chamava-se "Minha Vida Literária", enfeitada com desenhos de penas e uma foto muito lisonjeira de Kathryn que Strike pensou ter uns bons dez anos de existência. O blog compreendia uma lista de postagens, organizadas por data, como um diário.

– Grande parte dele fala que os editores tradicionais não reconheceriam um bom livro mesmo que alguém o batesse na cabeça deles – disse Robin, rolando lentamente pela página, para que ele pudesse ver. – Ela escreveu três romances do que chama de uma série de fantasia erótica, intitulada a Saga Melina. Estão disponíveis para download em Kindle.

– Não quero ler mais nenhum livro ruim, já tive o suficiente com os *Brothers Balls* – disse Strike. – Alguma coisa sobre Quine?

– Muita – disse Robin –, supondo que ele seja o homem que ela chama de O Escritor Famoso. OEF, para resumir.

– Duvido que ela esteja dormindo com dois escritores – disse Strike. – Deve ser ele. Mas "famoso" é meio forçado. Você tinha ouvido falar de Quine antes de Leonora vir aqui?

– Não – admitiu Robin. – Aqui está ele, olha, no dia 2 de novembro.

Ótima conversa com OEF sobre Trama e Narrativa esta noite que, é claro, não são a mesma coisa. Para os que estão se perguntando: Trama é o que acontece, Narrativa é o quanto você mostra aos leitores e como mostra a eles.
    Um exemplo de meu segundo Romance "O Sacrifício de Melina".
    Enquanto eles iam para a Floresta de Harderell, Lendor ergueu seu belo perfil para ver o quanto tinham se aproximado de lá. Seu corpo bem conservado, afiado por cavalgadas e as habilidades no arco...

– Role para baixo – disse Strike –, veja o que diz mais sobre Quine.

Robin obedeceu, parando em uma postagem de 21 de outubro.

E aí OEF telefona e não pode me ver (de novo). Problemas de família. O que posso fazer além de dizer que compreendo? Eu sabia que seria complicado quando nos apaixonamos. Não posso explicitar abertamente isso mas direi apenas que ele está preso a uma esposa que não ama por causa de um Terceiro. Não é culpa dele. Nem do Terceiro. A mulher não o deixaria ir embora mesmo que fosse o melhor para todos, assim estamos presos ao que às vezes parece um Purgatório.
    A Esposa sabe de mim e finge não saber. Não sei como a mulher suprota morar com um homem que quer ficar com outra porque eu sei que eu não conseguiria. OEF diz que ela sempre coloca o Terceiro antes de tudo, inclusive DEle. É estranho a frequência com que uma "Carreira" mascara um profundo Egoísmo.
    Algumas pessoas dirão que é tudo culpa minha me apaixonar por um homem Casado. Vocês não me dizem nada meus amigos, minhairmã e minha própria Mãe não falam comigo o tempo todo. Tentei acabar e o que posso dizer senão que O Coração tem razões que a própria Razão desconhece. E agora esta noite estou chorando por ele de novo por uma Razão nova em folha. Ele me disse que quase terminou sua Obra-prima,

o livro que ele diz que é o Melhor que já escreveu. "Espero que você goste. Você está nele."

    O que dizer quando um Escritor Famoso coloca você no que ele diz que é seu melhor livro? Entendo o que ele me dá de um jeito que um Não Escritor não entende. Dá orgulho e humildade. Sim existe gente que nós Escritores deixamos que entre em nosso coração, mas em nossos Livros?! Isso é especial. É diferente.

    Não consigo deixar de amar OEF. O Coração tem suas Razões.

Havia uma troca de comentários abaixo.

O que você diria se eu te falasse que ele leu uma parte pra mim? Pippa2011
É melhor que esteja brincando Pip ele não leu nada pra mim!!! Kath
Espere só. Pippa2011 bjs

    — Interessante — disse Strike. — Muito interessante. Quando Kent me atacou na noite passada, ela me garantiu que alguém chamado Pippa queria me matar.

    — Então, veja só isso! — disse Robin, empolgada, rolando para 9 de novembro.

Quando conheci OEF ele me disse "Só se pode escrever bem se alguém estiver sangrando, provavelmente você". Como os seguidores deste Blog sabem eu abri Metaforicamente minhas veias aqui e também em meus romances. Mas hoje parece que fui apunhalada Mortalmente por alguém que aprendi a confiar.

    "Oh Macheath! Roubaste-me de meu Sossego — ver-te torturado dar-me-ia Prazer."

    — De quem é essa citação? — perguntou Strike.

    Os dedos ágeis de Robin dançaram pelo teclado.

    — *A ópera dos mendigos*, de John Gay.

    — Erudito, para uma mulher que escreve errado e usa maiúsculas ao acaso.

    — Nem todos somos gênios literários — disse Robin com censura.

    — Graças a Deus, depois de tudo que soube a respeito deles.

— Mas veja o comentário abaixo da citação — disse Robin, voltando ao blog de Kathryn. Ela clicou no link e revelou uma única frase:

Vou girar a p@#$% da roda do suplício pra você Kath.

Este comentário também foi feito por Pippa2011.

— Pippa parece complicada, não acha? — comentou Strike. — Alguma coisa aí sobre como Kent ganha a vida? Estou supondo que ela não paga as contas com suas fantasias eróticas.

— Isso também é meio estranho. Veja essa parte.

Em 28 de outubro, Kathryn escreveu:

Como a maioria dos Escritores também tenho um emprego diário. Não posso falar muito sobre ele por motivos de seguança. Essa semana a segurança foi reforçada em nossas Instalações mais uma vez o que significa em consequência que meu Colega de trabalho intrometido (cristão convertido, ipócrita no assunto minha vida particular) uma desculpa para sugerir para a gerência que os blogs e.tc devem ser visualizados caso informações confidenciais sejam reveladas. Felizmente parece que o senso prevaleceu e não foi tomada nenhuma medida.

— Misterioso — disse Strike. — Segurança reforçada... prisão feminina? Hospital psiquiátrico? Ou estamos falando de segredos industriais?

— E veja isso, em 13 de novembro.

Robin rolou para a postagem mais recente do blog, a única depois daquela em que Kathy alegava ter sido mortalmente apunhalada.

Minha amada irmã perdeu sua longa batalha contra o câncer de mama três dias atrás. Obrigada a todos pelos bons votos e o apoio.

Dois comentários foram acrescentados abaixo deste, que Robin abriu. Pippa2011 escreveu:

Sinto muito saber disso Kath. Todo o amor do mundo pra você bjs

Kathryn respondeu:

Obrigada Pippa você é uma amiga de verdade bjs

Os agradecimentos antecipados de Kathryn pelas várias mensagens de apoio caíam muito tristemente acima deste curto diálogo.

— Por quê? — perguntou Strike severamente.

— Por que o quê? — Robin o olhou.

— Por que as pessoas fazem isso?

— Quer dizer, um blog? Não sei... Alguém uma vez não disse que uma vida não examinada não vale a pena ser vivida?

— Sim, Platão — disse Strike. — Mas isto não é examinar uma vida, é exibi-la.

— Ah, meu Deus! — disse Robin, derramando chá em si mesma ao ter um sobressalto de culpa. — Esqueci, tem outra coisa! Christian Fisher ligou quando eu estava saindo ontem à noite. Quer saber se você está interessado em escrever um livro.

— Ele quer *o quê*?

— Um livro — disse Robin, reprimindo o impulso de rir da expressão de repulsa de Strike. — Sobre sua vida. Suas experiências no exército e a solução do caso Lula Landry...

— Ligue para ele — disse Strike — e diga que não, não estou interessado em escrever um livro.

Ele bebeu o que restava da caneca e foi a um gancho onde um casaco de couro antigo agora estava pendurado ao lado do sobretudo preto.

— Não se esqueceu desta noite, não é? — disse Robin, com o nó, temporariamente dissolvido, apertando seu estômago mais uma vez.

— Esta noite?

— Os drinques — disse ela, desesperada. — Comigo. E Matthew. No King's Arms.

— Não, não esqueci — disse ele, perguntando-se por que ela parecia tão tensa e infeliz. — Olha, vou ficar a tarde toda fora; então eu a verei lá. Às oito, não é?

— Seis em meia — disse Robin, mais tensa do que nunca.

— Seis e meia. Tudo bem. Estarei lá... Venetia.

Ela ficou estupefata:

— Como você soube...?

— Está no convite — disse Strike. — Incomum. De onde você é?

— Eu era... Bom, fui concebida lá, ao que parece – disse ela, rosada. – Em Veneza. Qual é seu nome do meio? – ela perguntou enquanto ele ria, entre a diversão e a irritação. – C.B. Strike... O B é de quê?

— Preciso ir – disse Strike. – Vejo você às oito.

— *Seis e meia!* – ela gritou para a porta que se fechava.

O destino de Strike naquela tarde era uma loja que vendia acessórios eletrônicos em Crouch End. Celulares e laptops roubados eram desbloqueados numa sala dos fundos, as informações pessoais contidas eram extraídas, e os dispositivos depurados e as informações eram depois vendidos separadamente àqueles que podiam usá-los.

O proprietário deste próspero negócio provocava considerável aborrecimento ao Sr. Gunfrey, cliente de Strike. O Sr. Gunfrey, que era em tudo tão desonesto quanto o homem que Strike localizara neste centro de operações, embora numa escala maior e mais extravagante, cometeu o erro de pisar nos calos errados. Era opinião de Strike que Gunfrey precisava dar no pé enquanto tinha a dianteira. Ele sabia do que este adversário era capaz; eles tinham um conhecido em comum.

O alvo recebeu Strike em uma sala no andar de cima que fedia tanto quanto o escritório de Elizabeth Tassel, enquanto dois jovens de agasalho esportivo recostavam-se ao fundo, roendo as unhas. Strike, disfarçado de bandido de aluguel recomendado por seu conhecido em comum, ouviu seu possível empregador confidenciar que pretendia atingir o filho adolescente do Sr. Gunfrey, sobre cujos movimentos ele estava espantosamente bem informado. Chegou a ponto de oferecer o trabalho a Strike: quinhentas libras para furar o garoto. ("Não quero assassinato nenhum, só um recado ao pai dele, tá me entendendo?")

Passava das seis quando Strike conseguiu sair do local. Seu primeiro telefonema, depois de ele ter certeza de que não era seguido, foi para o próprio Sr. Gunfrey, cujo silêncio horrorizado disse a Strike que ele enfim percebera com quem estava brigando.

Strike telefonou depois para Robin.

— Vou me atrasar, desculpe – disse ele.

— Onde você está? – Ela parecia tensa. Ele ouvia os ruídos do bar atrás dela: conversas e risos.

– Crouch End.

– Ah, meu Deus – ele a ouviu dizer a meia-voz. – Vai levar séculos...

– Vou pegar um táxi – garantiu-lhe ele. – Irei o mais rápido que puder.

Por que, perguntou-se Strike ao se sentar no táxi que roncava pela Upper Street, Matthew tinha de escolher um pub em Waterloo? Para ter certeza de que Strike teria de fazer um longo percurso? Represália por Strike ter escolhido bares convenientes a ele em suas tentativas anteriores de se encontrarem? Strike torcia para que o King's Arms servisse comida. De repente sentiu muita fome.

Ele levou quarenta minutos para chegar a seu destino, em parte porque o corredor de casinhas de trabalhadores do século XIX onde ficava o pub tinha o trânsito bloqueado. Strike decidiu sair e concluir a tentativa ranheta do taxista de entender a numeração da rua, que parecia não seguir uma sequência lógica, e continuou a pé, perguntando-se se a dificuldade de encontrar o lugar influenciara na escolha de Matthew.

O King's Arms revelou-se um bar de esquina pitoresco e vitoriano cuja entrada estava cercada de uma mescla de jovens profissionais de terno e o que pareciam estudantes, todos fumando e bebendo. O grupo se separou tranquilamente enquanto ele se aproximava, dando-lhe um espaço maior do que o estritamente necessário, mesmo para um homem de sua altura e largura. Ao atravessar a soleira para o pequeno bar, Strike perguntou-se, não sem uma leve esperança de que pudesse acontecer, se ele podia ser solicitado a sair devido a suas roupas sujas.

Enquanto isso, na barulhenta sala dos fundos, que era um pátio com teto de vidro constrangidamente atulhado de quinquilharias, Matthew olhava o relógio.

– Já se foram quase quinze minutos – disse ele a Robin.

Elegante de terno e gravata, ele era – como sempre – o homem mais bonito no ambiente. Robin estava acostumada a ver os olhos das mulheres rodarem quando ele passava; jamais conseguiu se decidir o quanto Matthew estava consciente de seus olhares ardentes e ligeiros. Sentado no banco de madeira comprido que foram obrigados a dividir com um grupo de estudantes tagarelas, com um metro e oitenta e quatro, queixo fendido firme e olhos azuis brilhantes, ele parecia um puro-sangue mantido em um *paddock* de pôneis escoceses.

— É ele – disse Robin, com uma onda de alívio e apreensão.

Strike parecia ter-se tornado maior e de aparência mais rude desde que saiu do escritório. Andou tranquilamente para eles através do salão abarrotado, de olho na cabeça dourada e brilhante de Robin, a mão larga segurando uma garrafa de Hophead. Matthew se levantou. Parecia estar se escorando.

— Cormoran... Oi... Você achou o lugar.

— Você é Matthew – disse Strike, estendendo a mão. – Desculpe-me pelo atraso, tentei me livrar mais cedo, mas estava com o tipo de sujeito a quem você não gostaria de dar as costas sem permissão.

Matthew respondeu com um sorriso vago. Esperava que Strike fosse cheio desse tipo de comentário: dramatizando a si mesmo, tentando fazer mistério de suas atividades. Pelo jeito dele, esteve trocando um pneu.

— Sente-se – disse Robin a Strike, nervosa, afastando-se tanto no banco que quase caiu pela ponta. – Está com fome? Estávamos falando agora mesmo em pedir alguma coisa.

— Eles fazem uma comida razoavelmente decente – disse Matthew. – Tailandesa. Não é o Mango Tree, mas é boa.

Strike sorriu sem nenhum calor humano. Esperava que Matthew fosse assim: citando restaurantes de Belgravia para provar, depois de um só ano em Londres, que era uma criatura urbana sofisticada.

— Como foi esta tarde? – perguntou Robin a Strike. Ela pensou que, se Matthew ouvisse o tipo de coisa que Strike fazia, ficaria igualmente fascinado com o processo de detecção, e todo seu preconceito ruiria.

Mas a breve descrição de Strike de sua tarde, omitindo todos os detalhes que identificassem os envolvidos, foi recebida com uma indiferença mal disfarçada por parte de Matthew. Strike então lhes ofereceu uma bebida, porque os dois seguravam copos vazios.

— Você podia mostrar algum interesse – sibilou Robin a Matthew depois que Strike estava no balcão, fora de alcance.

— Robin, ele se encontrou com um homem em uma loja – disse Matthew. – Duvido que vão comprar os direitos para o cinema muito em breve.

Satisfeito com seu próprio dito espirituoso, ele voltou a atenção ao cardápio no quadro-negro na parede oposta.

Quando Strike voltou com as bebidas, Robin insistiu em lutar para chegar ao balcão com os pedidos da comida. Ela morria de medo de deixar os dois a sós, mas sentia que de algum modo eles poderiam encontrar seu próprio equilíbrio sem ela.

O breve aumento na satisfação pessoal de Matthew murchou na ausência de Robin.

– Você foi do exército – ele se viu dizendo a Strike, embora estivesse decidido a não permitir que a experiência de vida do homem dominasse a conversa.

– É isso mesmo – disse Strike. – SIB.

Matthew não sabia o que isso significava.

– Meu pai foi da RAF – disse ele. – É, ele era da época de Jeff Young.

– De quem?

– O jogador galês de rúgbi. Que ganhou vinte e três partidas – disse Matthew.

– Ah, sim – disse Strike.

– É, meu pai foi líder de esquadrão. Saiu em 86 e desde então tem sua própria imobiliária. Ele se deu bem. Não como o seu velho – disse Matthew, na defensiva –, mas foi bem.

Imbecil, pensou Strike.

– Do que vocês estavam conversando? – disse Robin com ansiedade, voltando a se sentar.

– Só do meu pai – disse Matthew.

– Coitadinho – disse Robin.

– Coitadinho por quê? – rebateu Matthew.

– Bom... Ele está preocupado com sua mãe, não? O miniderrame?

– Ah – disse Matthew –, isso.

Strike conheceu homens como Matthew no exército: sempre aspirantes a oficiais, mas com aquele buraco de insegurança sob a superfície serena que os fazia compensar as deficiências e às vezes extrapolar.

– E como estão as coisas na Lowther-French? – perguntou Robin a Matthew, desejando que ele mostrasse a Strike o bom homem que era, mostrasse o verdadeiro Matthew, que ela amava. – Matthew está auditando uma empresa de publicidade pequena e estranha. Eles são muito esquisitos, não são? – disse ela ao noivo.

– Eu não chamaria de "esquisitos", eles vivem num pandemônio. – Matthew falou até a comida chegar, pontilhando a conversa com referências a "noventa mil" e "um quarto de milhão", e cada frase era virada, como um espelho, para mostrá-lo na melhor luz possível: sua astúcia, seu raciocínio rápido, sua superioridade em relação aos colegas mais lentos, mais estúpidos e ainda assim mais antigos no emprego, o apoio que tinha dos simplórios que trabalhavam para a empresa que ele auditava.

– ... tentando justificar uma festa de Natal, quando eles não fecharam as contas em dois anos; mais parecerá um velório.

As críticas seguras que Matthew fazia da pequena empresa foram seguidas pela chegada da comida e pelo silêncio. Robin, que estivera torcendo para que Matthew reproduzisse a Strike as coisas mais afetuosas e mais gentis que ele encontrou para contar das excentricidades na imprensa independente, não conseguia pensar no que dizer. Porém, a menção de Matthew de uma festa editorial acabara de dar uma ideia a Strike. Os maxilares do detetive trabalharam com mais lentidão. Ocorreu a ele que poderia ser uma oportunidade excelente de procurar informações sobre o paradeiro de Owen Quine, e sua vasta memória ofereceu-lhe uma pequena informação que ele se esquecera de que sabia.

– Tem namorada, Cormoran? – perguntou Matthew diretamente a Strike; era algo que ele estava louco para saber. Robin fora muito vaga nesse aspecto.

– Não – disse Strike, distraído. – Com licença... não vou demorar, preciso dar um telefonema.

– Sim, não tem problema – disse Matthew com irritação, mas apenas depois de Strike estar mais uma vez fora de alcance. – Você chegou quarenta minutos atrasado e aí some durante o jantar. Vamos ficar sentados aqui, esperando, até que você se digne a voltar.

– *Matt!*

Chegando na calçada às escuras, Strike pegou os cigarros e seu celular. Acendendo um, afastou-se dos companheiros fumantes a uma ponta sossegada da rua transversal para ficar no escuro abaixo dos arcos de tijolos aparentes que escoravam a ferrovia.

Culpepper atendeu no terceiro toque.

– Strike – disse ele. – Como vai?

– Bem. Ligando para pedir um favor.

– Pode falar – disse Culpepper na evasiva.

— Você tem uma prima chamada Nina que trabalha na Roper Chard...

— E como sabe disso?

— Você me contou – disse Strike com paciência.

— Quando?

— Quatro meses atrás, quando eu investigava aquele dentista fujão para você.

— Que memória da porra – disse Culpepper, parecendo menos impressionado do que irritado. – Isso não é normal. O que tem ela?

— Pode me colocar em contato com ela? A Roper Chard dará uma festa de aniversário amanhã à noite e eu gostaria de ir.

— Por quê?

— Tenho um caso – disse Strike, na evasiva. Ele nunca contava a Culpepper os detalhes dos divórcios na alta sociedade e as rupturas nos negócios que investigava, apesar dos frequentes pedidos de Culpepper. – E eu acabo de te dar o furo da merda da sua carreira.

— Tá, tudo bem – disse o jornalista, de má vontade, depois de uma breve hesitação. – Acho que posso fazer isso por você.

— Ela é solteira? – perguntou Strike.

— Que foi, tá querendo uns amassos também? – disse Culpepper, e Strike notou que ele parecia se divertir, em vez de se irritar, com a ideia de Strike dar em cima de sua prima.

— Não, quero saber se vai parecer suspeito se ela me levar à festa.

— Ah, tá. Acho que ela acaba de se separar de alguém. Sei lá. Vou te mandar o número por SMS. Espere só o domingo – acrescentou Culpepper com uma alegria mal reprimida. – Vai cair um tsunami de merda em cima do Lord "Porker".

— Ligue para Nina para mim primeiro, sim? – pediu-lhe Strike. – E pode dizer a ela quem sou, para ela entender o serviço?

Culpepper concordou e desligou. Sem pressa nenhuma para voltar a Matthew, Strike fumou seu cigarro até o filtro antes de voltar para dentro.

O salão abarrotado, pensou ele ao atravessá-lo, baixando a cabeça para não bater em panelas penduradas e placas de rua, era como Matthew: esforçado demais. A decoração incluía um fogão e uma caixa registradora antigos, vários cestos de compras, antigas gravuras e placas: uma panóplia artificial de achados de brechó.

Matthew torcia para ter terminado o macarrão antes de Strike voltar, para destacar a extensão de sua ausência, mas não conseguiu. Robin parecia infeliz, e Strike, perguntando-se o que se passou entre os dois enquanto ele esteve fora, teve pena dela.

— Robin disse que você joga rúgbi — disse ele a Matthew, decidido a fazer um esforço. — Podia ter jogado pelo condado, não é isso mesmo?

Eles tiveram uma conversa laboriosa por outra hora: as rodas giravam com mais facilidade quando Matthew podia falar de si mesmo. Strike notou o hábito de Robin de dar corda e dicas a Matthew, cada uma delas pretendendo abrir uma área de conversa em que ele pudesse brilhar.

— Há quanto tempo vocês estão juntos? — perguntou ele.

— Nove anos — disse Matthew, com um leve retorno de seu ar combativo anterior.

— Tudo isso? — Strike mostrou surpresa. — Vocês fizeram a universidade juntos?

— O colégio — disse Robin, sorrindo. — Sexta série.

— Não era um colégio grande — disse Matthew. — Ela era a única menina com algum miolo que era gostosa. Não tive alternativa.

Punheteiro, pensou Strike.

A ida para casa juntos durou até a estação Waterloo; eles caminharam pela escuridão, ainda batendo papo, depois se separaram na entrada do metrô.

— Pronto — disse Robin sem esperança, enquanto ela e Matthew iam para a escada rolante. — Ele é legal, não é?

— Uma pontualidade de merda — disse Matthew, que não conseguia encontrar nenhuma outra acusação para fazer contra Strike que não parecesse louca. — Provavelmente vai chegar quarenta minutos atrasado e estragar a cerimônia.

Mas havia um consenso tácito sobre o comparecimento de Strike e, na ausência de um entusiasmo autêntico, Robin supôs que podia ser pior.

Matthew, enquanto isso, ruminava em silêncio coisas que não confessaria a ninguém. Robin descrevera com precisão a aparência do chefe – o cabelo de pentelho, o perfil de pugilista –, mas Matthew não esperava que Strike fosse tão grande. Ele tinha uns cinco centímetros a mais do que Matthew, que gostava de ser o mais alto em seu emprego. Além de tudo, por mais que ele achasse uma vaidade detestável se Strike tivesse contado de suas experiências no Afeganistão e no Iraque, ou lhe dissesse como sua perna foi explodida, ou como ganhou a medalha que Robin parecia achar tão impressionante, o silêncio dele sobre esses temas foi quase mais irritante. O heroísmo de Strike, sua vida cheia de ação, suas experiências de viagens e perigo de algum modo pairaram, como um espectro, sobre a conversa.

Sentada ao lado dele no trem, Robin também estava em silêncio. Não gostou nem um pouco da noite. Nunca pensou que Matthew fosse desse jeito ou, pelo menos, nunca o *viu* assim. Era Strike, pensou ela, deslindando a questão enquanto o trem os sacudia. Strike de algum modo a fez ver Matthew pelos olhos dele. Ela não sabia bem como ele conseguiu isso – todas aquelas perguntas sobre rúgbi a Matthew –, algumas pessoas podiam pensar que foi educado, mas Robin sabia muito bem... Ou ela só estava irritada por ele ter se atrasado e o culpava de coisas que ele não pretendia fazer?

E assim o casal de noivos acelerava para casa, unidos em uma irritação muda com o homem que agora roncava alto ao estrepitar para longe deles na linha norte.

11

> Dizei-me
> Por que razão deveria eu ser negligenciada.
>
> John Webster,
> *A duquesa de Malfi*

— É Cormoran Strike? – perguntou a voz de menina de classe média alta às vinte para as nove da manhã seguinte.

— Sou eu – disse Strike.

— Aqui é Nina. Nina Lascelles. Dominic me deu seu número.

— Ah, sim – disse Strike, que estava de pé e sem camisa na frente do espelho de barbear que em geral mantinha ao lado da pia da cozinha, pois o banheiro era escuro e apertado. Limpando com o braço a espuma de barbear em volta da boca, ele disse:

— Ele lhe falou do que se tratava, Nina?

— Falou, você quer se infiltrar na festa de aniversário da Roper Chard.

— "Infiltrar" é meio forte.

— Mas fica muito mais emocionante quando usamos "infiltrar".

— Tá certo – disse ele, achando engraçado. – Devo entender que você está disposta a isso?

— Ooooh, sim, vai ser divertido. E posso perguntar por que você quer espionar todo mundo lá?

— Mais uma vez, "espionar" não é, sinceramente...

— Pare de estragar as coisas. Posso adivinhar?

— À vontade. – Strike tomou um gole da caneca de chá, com os olhos na janela. Estava enevoado novamente; o breve encanto do sol se extinguiu.

— *Bombyx Mori* – disse Nina. – Acertei? Acertei ou não? Diga que sim.

— Você acertou — disse Strike, e ela soltou um gritinho de prazer.

— Eu nem devia falar nisso. Houve um confinamento, e-mails circulando pela empresa, advogados entrando e saindo intempestivamente da sala de Daniel. Onde vamos nos encontrar? Precisamos nos reunir primeiro em algum lugar e aparecer juntos, não acha?

— É, sem dúvida nenhuma — disse Strike. — Onde será bom para você?

Mesmo ao pegar uma caneta no casaco pendurado atrás da porta, ele pensou nostalgicamente em uma noite em casa, um sono bom e longo, um interlúdio de paz e descanso antes de começar no sábado pela manhã cedo, seguindo o marido infiel de sua cliente morena.

— Conhece o Ye Olde Cheshire Cheese? — perguntou Nina. — Na Fleet Street? Ninguém do trabalho vai lá e dá para eu ir a pé. Sei que é meio antiquado, mas eu adoro.

Eles concordaram em se encontrar às sete e meia. Voltando a fazer a barba, Strike se perguntou quais eram as chances de conhecer alguém na festa da editora que soubesse do paradeiro de Quine. *O problema*, Strike admoestou mentalmente o reflexo no espelho redondo enquanto os dois atacavam os pelos do queixo, *é que você continua agindo como se ainda estivesse no SIB. A nação não está mais te pagando para ser meticuloso, amigo.*

Mas ele não conhecia outro jeito; era parte de um código de ética pessoal curto, mas inflexível, que ele carregava por toda a vida adulta: fazer o trabalho e que seja bem-feito.

Strike pretendia passar a maior parte do dia no escritório, o que, em circunstâncias normais, lhe agradava. Ele e Robin dividiriam a papelada; ela era inteligente, em geral uma caixa de ressonância útil e tão fascinada agora com a mecânica de uma investigação como era quando se juntou a ele. Hoje, porém, ele descia com algo que beirava a relutância e, certamente, sua antena tarimbada detectou no cumprimento dela uma aspereza constrangida que ele temia logo estourar em "O que você achou de Matthew?".

Este, refletiu Strike, retirando-se para sua sala e fechando a porta com o pretexto de dar alguns telefonemas, era o exato motivo para ser má ideia encontrar o único membro de sua equipe fora do horário de trabalho.

A fome o obrigou a sair algumas horas depois. Robin tinha comprado sanduíches, como sempre, mas não bateu na porta dele para informar que estavam ali. Isto também parecia apontar para sentimentos de embaraço depois da noite anterior. Para adiar o momento em que isto fosse mencionado e na esperança de que, protelando o assunto por tempo suficiente, ela talvez nem o abordasse (embora ele soubesse que a tática jamais dera certo antes com uma mulher), Strike disse a ela com seriedade que acabara de encerrar uma ligação com o Sr. Gunfrey.

– Ele vai procurar a polícia? – perguntou Robin.

– Humm... Não. Gunfrey não é tipo de sujeito que procura a polícia se alguém o incomoda. Ele é quase tão corrupto quanto o cara que quer furar o filho dele. Mas ele percebeu que desta vez está num beco sem saída.

– Não pensa em gravar o que esse gângster está pagando para você fazer e levar isso, você mesmo, à polícia? – perguntou Robin, sem pensar.

– Não dá, Robin, porque fica óbvio de onde veio a dica e eu vou esculhambar os negócios se tiver de fugir de assassinos de aluguel enquanto faço vigilância.

– Mas Gunfrey não pode trancar o filho em casa para sempre!

– Não terá de fazer isso. Vai levar a família a uma viagem de férias surpresa aos Estados Unidos, telefonar de Los Angeles para nosso amigo das facas e dizer que pensou um pouco no assunto, mudou de ideia e não vai interferir nos interesses comerciais dele. Não deve parecer muito suspeito. O cara já fez merdas suficientes com ele para garantir uma esfriada. Tijolos jogados pela vidraça dele, telefonemas ameaçadores à mulher.

"Acho que terei de voltar a Crouch End na semana que vem, dizer que o garoto não apareceu e devolver o dinheiro dele." Strike suspirou. "Não é muito plausível, mas não quero que eles venham atrás de mim."

– Ele te deu um...?

– Macaco... quinhentas libras, Robin – disse Strike. – Como chamam isso em Yorkshire?

– Absurdamente pouco para apunhalar um adolescente – disse Robin vigorosamente, e então, pegando Strike de guarda baixa: – O que você achou de Matthew?

– Um cara legal. – Strike mentiu no automático.

Ele absteve-se de dar maiores explicações. Ela não era boba. Strike já ficara impressionado antes com o instinto dela para as mentiras, para o tom falso. Mesmo assim, rapidamente, mudou o rumo da conversa.

— Estou começando a pensar que no ano que vem, se tivermos um bom lucro e você já tiver recebido seu aumento de salário, talvez possamos justificar a contratação de mais alguém. Estou trabalhando direto aqui, não posso continuar assim para sempre. Quantos clientes você recusou ultimamente?

— Dois — respondeu Robin com frieza.

Supondo ter sido insuficientemente entusiasmado com Matthew, mas decidido que não seria mais hipócrita do que já fora, Strike se retirou logo depois para sua sala e voltou a fechar a porta.

Porém, neste caso, Strike não tinha toda a razão.

Robin ficou murcha com a resposta dele. Sabia que, se Strike tivesse verdadeiramente gostado de Matthew, não teria dito nada tão definitivo como "um cara legal". Teria falado "É, ele é gente boa", ou "Acho que você podia arrumar pior".

O que a irritava e até magoava era a sugestão dele de contratar outro funcionário. Robin virou-se para o monitor do computador e começou a digitar com rapidez e fúria, batendo nas teclas com mais força do que o de costume, preparando a conta da semana para a morena em processo de divórcio. Havia pensado — claro que erroneamente — que ali ela era mais do que uma secretária. Ela ajudou Strike a conseguir as provas que condenaram o assassino de Lula Landry; até coletou parte delas sozinha, por iniciativa própria. Nos meses desde então, por várias vezes agiu bem além dos deveres de uma secretária, acompanhando Strike em trabalhos de vigilância quando seria mais natural para ele aparecer com uma parceira, seduzindo porteiros e testemunhas recalcitrantes que por instinto se ofendiam com a corpulência e a expressão rabugenta de Strike, sem falar que fingia ser uma variedade de mulheres ao telefone que Strike, com sua voz grave de baixo, não podia imitar.

Robin supôs que Strike pensasse na mesma linha que ela: de vez em quando ele dizia coisas como "É bom para seu treinamento como detetive" ou "Você podia fazer um curso de contravigilância". Ela supôs que depois que os negócios estivessem mais firmes (e ela pudesse alegar plausivelmente ter ajudado a chegar a esse ponto) ela receberia o treinamento que sabia ser necessário. Mas agora parecia que essas sugestões foram teatro, vagos tapinhas nas costas da digitadora. Então, o que ela estava fazendo ali? Por que desperdiçou algo muito melhor? (Em seu mau humor, Robin preferiu esquecer o pouco que desejava aquele emprego em recursos humanos, embora fosse bem remunerado.)

Talvez o novo funcionário fosse uma mulher, capaz de realizar estas tarefas úteis, e ela, Robin, se tornasse recepcionista e secretária dos dois, e nunca mais saísse de sua mesa. Não foi para isso que ela ficou com Strike, desistindo de um salário muito melhor e criando uma fonte recorrente de tensão em seu namoro.

Às cinco horas em ponto, Robin parou de digitar no meio da frase, pegou seu impermeável e saiu, fechando a porta de vidro com uma força desnecessária.

A pancada despertou Strike. Ele estava dormindo a sono solto na mesa, com a cabeça nos braços. Olhando o relógio, viu que eram cinco horas e perguntou-se quem teria entrado no escritório naquele momento. Só quando abriu a porta divisória e viu que o casaco e a bolsa de Robin não estavam mais ali e que o monitor de seu computador estava escuro, foi que percebeu que ela saíra sem se despedir.

– Ah, pelo amor de Deus – disse ele com impaciência.

Ela não costumava ficar aborrecida; era uma das muitas coisas que lhe agradavam nela. O que importava se ele não gostou de Matthew? Não era ele que ia se casar com o cara. Resmungando irritado, Strike trancou tudo e subiu a escada para o quarto no sótão, pretendendo comer e se trocar antes de encontrar Nina Lascelles.

12

> É uma mulher de excelente firmeza e de sagacidade e língua extraordinariamente afortunadas.
>
> Ben Jonson,
> *Epicoene ou A mulher silenciosa*

Naquele fim de tarde, Strike avançou pela fria e escura Strand na direção da Fleet Street com as mãos cerradas no fundo dos bolsos, andando com o ânimo permitido pelo cansaço e uma dor cada vez maior na perna direita. Arrependia-se de deixar a paz e o conforto de seu glorificado sótão; não tinha certeza se sairia algo de útil da expedição desta noite e ainda assim, quase a contragosto, voltou a se impressionar, na névoa glacial desta noite de inverno, com a beleza envelhecida da antiga cidade a que ele devia uma lealdade de infância dividida.

Cada mácula do turístico era lavada pela noite gelada de novembro: a fachada seiscentista do Old Bell Tavern, cintilando suas vidraças losangulares, emanava uma antiguidade nobre; o dragão montando sentinela no alto da placa do Temple Bar estava em silhueta, grave e feroz, contra a escuridão cravejada de estrelas; e, mais distante, o domo enevoado da St. Paul brilhava como uma lua nascente. No alto de uma parede de tijolos aparentes, acima dele, ao se aproximar de seu destino, estavam nomes que falavam do passado sombrio da Fleet Street – o *People's Friend*, o *Dundee Courier* –, mas Culpepper e sua classe jornalística há muito foram expulsos de seu lar tradicional para Wapping e Canary Wharf. Agora a lei dominava a área, o prédio da Real Corte de Justiça olhava de cima o detetive que passava, o templo definitivo do ofício de Strike.

Nesse estado de espírito complacente e estranhamente sentimental, Strike aproximou-se da lâmpada amarela e redonda do outro lado da rua marcando a entrada do Ye Olde Cheshire Cheese e subiu a passagem estreita que levava à entrada, curvando-se para não bater a cabeça no dintel baixo.

Uma entrada apertada, revestida de madeira e ladeada de antigas telas a óleo, abria-se para uma recepção mínima. Strike abaixou-se mais uma vez, evitando a placa de madeira desbotada "Cavalheiros somente neste bar" e foi recebido de imediato por um aceno entusiasmado de uma garota baixinha e pálida cujo traço dominante eram dois grandes olhos castanhos. Embrulhada num casaco preto ao lado da lareira, ela acalentava um copo vazio nas mãozinhas brancas.

– Nina?

– Eu sabia que era você, Dominic o descreveu com perfeição.

– Posso lhe pagar uma bebida?

Ela pediu vinho branco. Strike pegou para si uma garrafa de Sam Smith e se espremeu no desconfortável banco de madeira ao lado dela. Os sotaques londrinos enchiam o ambiente. Como se interpretasse seu humor, Nina disse:

– Ainda é um pub de verdade. Só quem nunca veio aqui pensa que é cheio de turistas. Dickens vinha aqui, e Johnson e Yeats... eu adoro.

Ela lhe sorriu radiante e ele também sorriu, invocando um verdadeiro calor humano com vários goles de cerveja no corpo.

– Seu trabalho fica muito longe?

– Uns dez minutos a pé – disse ela. – Fica perto da Strand. É um prédio novo e tem um jardim no terraço. Vai estar um gelo – acrescentou ela, dando um estremecimento preventivo e puxando mais o casaco em seu corpo. – Mas os chefes têm uma desculpa para não alugar outro imóvel. Os tempos estão difíceis para as editoras.

– Houve algum problema com o *Bombyx Mori*, foi o que você disse? – perguntou Strike, indo ao que interessava enquanto estendia a perna protética o máximo que podia embaixo da mesa.

– Problemas – disse ela –, esta é a meia-verdade do século. Daniel Chard está furioso. *Ninguém* transforma Daniel Chard no vilão de um romance sujo. Isso não se faz. Não. Má ideia. Ele é um homem estranho. Diz que foi engolido pelos negócios da família, que na realidade queria ser artista. Como Hitler – acrescentou ela com uma risadinha.

As luzes acima do bar dançavam em seus olhos grandes. Ela parecia, pensou Strike, um ratinho alerta e excitado.

— Hitler? – repetiu ele, divertindo-se um pouco.

— Ele arenga como Hitler quando está aborrecido... Descobrimos *isso* esta semana mesmo. Antes disso, ninguém jamais ouviu Daniel falar nada além de murmúrios. Gritava, berrava com Jerry; dava para ouvir pelas paredes.

— Você leu o livro?

Ela hesitou, com um sorriso malicioso brincando na boca.

— Oficialmente, não – disse ela por fim.

— Mas extraoficialmente...

— Talvez eu tenha dado uma espiadinha.

— Não está trancado a chave?

— Bom, está, fica no cofre de Jerry.

Um olhar dissimulado de banda convidou Strike a se juntar à leve zombaria do editor inocente.

— O problema é que ele contou a combinação a todo mundo porque está sempre se esquecendo, e assim pode nos pedir para lembrar. Jerry é o homem mais meigo e correto do mundo e não acho que tenha ocorrido a ele que teríamos lido, mesmo que não devêssemos.

— Quando foi que você o viu?

— Na segunda, depois de ele recebê-lo. A essa altura os boatos ganhavam força, porque Christian Fisher tinha telefonado para cinquenta pessoas no fim de semana e leu partes do livro pelo telefone. Também soube que ele escaneou o material e mandou umas partes por e-mail.

— E isto teria acontecido antes do envolvimento dos advogados?

— É. Eles reuniram a todos nós e fizeram um discurso ridículo sobre o que aconteceria se falássemos sobre o livro. Foi outro absurdo, querer nos dizer que a reputação da empresa sofreria se o presidente fosse ridicularizado... Estamos prestes a abrir o capital, ou assim dizem os boatos... E no fim das contas nossos empregos correriam perigo. Não sei como o advogado pôde dizer isso na maior cara dura. Meu pai é advogado do Queen's Counsel – continuou ela alegremente –, e ele disse que a Chard terá dificuldades para perseguir qualquer um de nós, já que tanta gente de fora da empresa sabe.

— Ele é um bom presidente, o Chard? – perguntou Strike.

— Acho que sim – disse ela, agitada –, mas é bem misterioso e todo honrado, então... Bom, é estranho o que Quine escreveu sobre ele.

– E foi o que mesmo...?

– Bom, no livro Chard é chamado de Phallus Impudicus e...

Strike engasgou com a cerveja. Nina riu.

– Ele é chamado de "pênis impudico"? – perguntou Strike, rindo, limpando a boca com as costas da mão. Nina riu; um casquinar surpreendentemente obsceno para alguém que parecia uma estudante ávida.

– Você estudou latim? Eu desisti, detestava... Mas todo mundo sabe o que significa "phallus", né? Tive de procurar, e *Phallus impudicus*, na realidade, é o nome correto de um cogumelo venenoso. Ao que parece, ele cheira mal e... bom – ela riu mais uma vez –, parece uma piroca podre. Isto é Owen clássico: obscenidades e todo mundo com os trecos pra fora.

– E o que o Phallus Impudicus apronta?

– Bom, ele anda como Daniel, fala como Daniel, parece Daniel e gosta de um pouco de necrofilia com uma escritora bonita que ele matou. É muito sangrento e repulsivo. Jerry sempre diz que Owen pensa que o dia foi um desperdício se ele não conseguiu que os leitores ficassem com ânsia de vômito pelo menos duas vezes. Coitado do Jerry – acrescentou ela em voz baixa.

– Por que "coitado do Jerry"?

– Ele também está no livro.

– E que tipo de Phallus ele é?

Nina riu mais uma vez.

– Não posso te contar, não li a parte sobre Jerry. Só folheei para encontrar Daniel porque alguém disse que era muito tosco e engraçado. Jerry só havia saído do escritório por meia hora, então não tive muito tempo... Mas todos nós sabemos que ele está ali, porque Daniel puxou Jerry de lado, obrigou-o a reuniões com advogados e colocou o nome dele em todos aqueles e-mails idiotas para nos dizer que o céu ia desabar se falássemos de *Bombyx Mori*. Acho que Daniel se sente melhor por Owen ter atacado Jerry também. Ele sabe que todo mundo adora Jerry, então imagino que pense que vamos todos ficar de boca fechada para protegê-lo.

"Mas só Deus sabe por que Owen também atacou Jerry", acrescentou Nina, o sorriso desbotando um pouco. "Porque Jerry não tem um só inimigo no mundo. Owen é *mesmo* um babaca", acrescentou ela, reconsiderando, olhando fixamente a taça de vinho vazia.

— Quer outra bebida? — perguntou Strike.

Ele voltou ao bar. Havia um papagaio cinza empalhado num estojo de vidro na parede oposta. Era a única excentricidade genuína que ele podia ver e Strike se dispunha, em seu espírito de tolerância por esta parte autêntica da antiga Londres, a fazer a cortesia de supor que um dia ele gritou e tagarelou dentro daquelas paredes e não foi comprado como um acessório imundo.

— Sabia que Quine está desaparecido? — perguntou Strike, de novo ao lado de Nina.

— É, ouvi um boato. Não fiquei surpresa, pelo estardalhaço que ele causou.

— Conheceu Quine?

— Na verdade, não. Ele foi ao escritório algumas vezes e tentou paquerar, sabe como é, com aquela capa idiota jogada por cima, se exibindo, sempre querendo chocar. Acho que ele é meio ridículo e sempre detestei seus livros. Jerry me convenceu a ler *Hobart's Sin* e eu o achei pavoroso.

— Sabe se alguém teve notícias de Quine ultimamente?

— Não que eu saiba — disse Nina.

— E ninguém sabe por que ele escreveu um livro que pode lhe garantir um processo?

— Todo mundo acha que ele teve uma briga feia com Daniel. No fim das contas, ele briga com todo mundo mesmo; já teve Deus sabe quantos editores nesses anos todos.

"Soube que Daniel só publica Owen porque pensa que isso dá a impressão de que Owen o está perdoando por ter sido horrível com Joe North. Na verdade, Owen e Daniel não se gostam, isso é de conhecimento comum."

Strike lembrou-se da imagem do jovem louro e bonito pendurada na parede de Elizabeth Tassel.

— Como Chard foi horrível com North?

— Não sei bem dos detalhes. Mas sei que ele *foi*. Sei que Owen jurou que nunca trabalharia para Daniel, mas depois esgotou quase todas as outras editoras, então teve de fingir que estava enganado sobre Daniel, e Daniel o aceitou porque pensou que isso o faria parecer bom. Pelo menos é o que todo mundo diz.

— E você sabe se Quine brigou com Jerry Waldegrave?

— Não, e é isso que é tão esquisito. Por que atacar Jerry? Ele é um amor! Apesar de que, pelo que eu soube, a gente não possa realmente...

Strike percebeu que pela primeira vez ela refletiu sobre o que estava prestes a falar antes de continuar num tom um pouco mais sóbrio:

— Bom, não se pode dizer realmente o que Owen inventou na parte sobre Jerry e, como eu disse, eu não li. Mas Owen repaginou um monte de gente — continuou Nina. — Soube que até a mulher dele está na história, e, ao que parece, ele foi *ignóbil* com Liz Tassel, que pode ser uma megera, mas todo mundo sabe que ela dá toda a força do mundo para Owen. Liz nunca mais conseguirá emplacar nada na Roper Chard, todo mundo está furioso com ela. Sei que ela foi desconvidada para esta noite por ordem de Daniel... muito humilhante. E deve haver uma festa para Larry Pinkelman, outro dos autores dela, daqui a duas semanas, e dessa eles *não podem* excluir Liz... Larry é muito querido, todo mundo gosta dele... Mas só Deus sabe que recepção ela vai ter se aparecer lá.

"Mas aí", Nina jogou para trás a franja castanho-clara e mudou de assunto de repente, "como você e eu nos conhecemos, depois que chegarmos à festa? Você é meu namorado ou o quê?"

— Eles permitem parceiros nessa coisa?

— Permitem, mas não contei a ninguém que estou saindo com você; então não podemos estar juntos há muito tempo. Vamos dizer que ficamos numa festa no fim de semana passado, está bem?

Strike ouviu, com uma quantidade quase idêntica de inquietação e vaidade satisfeita, o entusiasmo com que ela sugeriu um caso fictício.

— Preciso ir ao banheiro antes de sairmos — disse ele, levantando-se pesadamente do banco de madeira enquanto ela secava a terceira taça.

A escada que descia até o banheiro do Ye Old Cheshire Cheese era vertiginosa e o teto tão baixo que ele bateu a cabeça, mesmo se abaixando. Enquanto esfregava a têmpora, xingando em voz baixa, pareceu a Strike que ele acabara de levar uma cascudo divino na cabeça para lembrá-lo do que era e do que não era uma boa ideia.

13

> Diz-se que possuis um livro
> Em que citaste de conhecimento
> Os nomes de todos os pecadores,
> À espreita pela cidade.
>
> John Webster,
> *O diabo branco*

Strike aprendeu com a experiência que havia certo tipo de mulher a quem ele era estranhamente atraente. Suas características em comum eram a inteligência e a intensidade oscilante de lâmpadas mal instaladas. Em geral elas eram atraentes e, como seu mais antigo amigo Dave Polworth gostava de dizer, "totalmente birutas". Exatamente o que havia nele para atrair o gênero, Strike nunca teve tempo de considerar, embora Polworth, um homem de muitas teorias incisivas, defendesse a visão de que essas mulheres ("nervosinhas e refinadas demais") procuravam subconscientemente pelo que ele chamava de "sangue de cavalo de tração".

A ex-noiva de Strike, Charlotte, podia ser considerada a rainha da espécie. Bonita, inteligente, volátil e sequelada, ela voltou repetidas vezes para Strike, enfrentando a oposição familiar e a revolta mal velada dos amigos. Até que deu um fim a 16 anos de seu relacionamento vai-e-volta em março e ficou noiva quase de imediato do ex-namorado de quem Strike, muitos anos antes em Oxford, a conquistou. Salvo uma noite excepcional desde então, a vida amorosa de Strike foi voluntariamente estéril. O trabalho ocupava praticamente cada hora de vigília e ele conseguira resistir aos avanços, sutis ou francos, de semelhantes de sua cliente morena glamourosa, futuras divorciadas com tempo para matar e solidão a ser amenizada.

Mas sempre havia o perigoso impulso de se sujeitar, encarar complicações por uma ou duas noites de consolo, e agora Nina Lascelles andava apressadamente ao lado dele na escura Strand, dando dois passos para cada um de Strike, informando-lhe de seu endereço exato em St. John's Wood, "para parecer que você esteve lá". Ela mal chegava em seu ombro, e Strike jamais achou atraentes as mulheres muito baixas. Sua torrente de tagarelice sobre a Roper Chard era carregada de mais riso do que o estritamente necessário, e por uma ou duas vezes ela tocou seu braço para enfatizar um argumento.

– Chegamos – disse ela por fim enquanto se aproximavam de um prédio alto e moderno com uma porta de vidro giratória e as palavras "Roper Chard" destacando-se em Perspex laranja brilhante na cantaria.

Um amplo saguão pontilhado de gente com trajes de noite ficava de frente para uma fila de portas deslizantes de metal. Nina tirou um convite da bolsa e o mostrou ao que parecia um auxiliar contratado metido num smoking que lhe cabia mal, depois ela e Strike se juntaram a outras vinte pessoas em um grande elevador espelhado.

– Este andar é para as reuniões! – gritou-lhe Nina ao desembocarem em uma área aberta e apinhada onde tocava uma banda para uma pista de dança com uns gatos-pingados. – Em geral têm divisórias. Então... quem você quer conhecer?

– Qualquer um que tenha conhecido bem Quine e possa ter uma ideia de onde ele está.

– Só tem Jerry, na verdade...

Eles foram golpeados por uma nova onda de convidados saída do elevador atrás deles e avançaram com a multidão. Strike pensou sentir Nina segurar as costas de seu casaco, como uma criança, mas não retribuiu pegando sua mão nem fez o menor esforço para dar a impressão de que eram namorados. Por uma ou duas vezes ele a ouviu cumprimentar gente de passagem. Enfim, conseguiram atravessar até a outra parede, onde mesas tripuladas por garçons de paletó branco murmuravam com a comida de festa e era possível conversar sem gritar. Strike pegou duas delicadas tortinhas de caranguejo e as comeu, deplorando o tamanho minúsculo, enquanto Nina olhava em volta.

– Não vejo Jerry em lugar nenhum, mas ele deve estar no terraço, fumando. Vamos procurar lá? Aaaah, olhe ali... Daniel Chard, misturado com a massa!

– Qual deles?

– O careca.

Uma pequena distância respeitosa era guardada em torno do chefe da empresa, como o círculo aplainado de uma plantação de milho que cerca um helicóptero em decolagem, enquanto ele falava com uma jovem curvilínea de vestido preto e apertado.

Phallus Impudicus. Strike não conseguiu reprimir um sorriso de ironia, mas a careca de Chard lhe caía bem. Era mais jovem e parecia em melhor forma do que Strike esperava, bonito a sua maneira, com sobrancelhas pretas e grossas, olhos fundos, nariz aquilino e boca de lábios finos. Seu terno cinza-escuro não tinha nada de excepcional, mas a gravata, de um malva pálido, era muito mais larga do que a média e exibia desenhos de narizes humanos. Strike, cujo senso de vestuário sempre foi convencional, um instinto afiado pela caserna, não pôde deixar de se intrigar com aquela declaração pequena, porém intensa de não conformidade em um presidente de empresa, em especial porque atraía o olhar ocasional de surpresa ou ironia.

– Onde estão as bebidas? – disse Nina, inutilmente na ponta dos pés.

– Ali adiante – disse Strike, que avistou um bar na frente das janelas que davam para o Tâmisa escuro. – Fique aqui, vou buscar. Vinho branco?

– Champanhe, se Daniel abriu a carteira.

Ele pegou uma rota através da multidão para se colocar, sem chamar a atenção, próximo de Chard, que deixava que sua companheira se encarregasse de toda a conversa. A mulher tinha aquele ar de leve desespero do interlocutor que sabe estar fracassando. O dorso da mão de Chard, que agarrava com firmeza um copo de água, notou Strike, era coberto de eczemas de um vermelho vivo. Strike parou bem atrás de Chard, com o pretexto de permitir que um grupo de jovens mulheres passasse na direção contrária.

– ... e foi mesmo engraçadíssimo – dizia a mulher de vestido preto, nervosa.

– Sim – disse Chard, que parecia com um tédio profundo –, deve ter sido.

– E em Nova York foi maravilhoso? Quer dizer, maravilhoso não, foi proveitoso? Divertido? – perguntou sua companheira.

– Muito trabalho – disse Chard e Strike, embora não pudesse ver o presidente, pensou que ele de fato bocejava. – Muita comunicação digital.

Um homem corpulento num terno de três peças que já parecia embriagado, embora nem fossem oito e meia da noite, parou na frente de Strike e o convidou, com uma cortesia exagerada, a seguir em frente. Strike não teve alternativa senão aceitar o convite de pantomima elaborada e saiu do alcance da voz de Daniel Chard.

– Obrigada – disse Nina alguns minutos depois, pegando o champanhe com Strike. – E então, vamos subir para o terraço?

– Boa ideia. – Strike também optara por champanhe, não porque gostasse, mas porque não havia mais nada que quisesse beber. – Quem é aquela mulher que está conversando com Daniel Chard?

Nina esticou o pescoço para ver enquanto conduzia Strike para a metálica escada em espiral.

– Joanna Waldegrave, filha de Jerry. Ela acaba de escrever seu primeiro romance. Por quê? Faz seu gênero? – perguntou ela, com uma risadinha abafada.

– Não – disse Strike.

Eles subiram a escada telada, e Strike mais uma vez dependeu muito do corrimão. O gélido ar da noite depurou seus pulmões quando saíram para o alto do prédio. Trechos de grama aveludada, vasos de flores e árvores novas, bancos pontilhando aqui e ali; havia até um espelho-d'água iluminado onde disparavam peixes, como chamas, abaixo dos nenúfares pretos. Aquecedores para área externa, feito cogumelos de aço gigantes, foram colocados em grupos entre os perfeitos quadrados de grama, e as pessoas se reuniam em torno deles, de costas para a cena pastoral sintética, olhando seus companheiros fumantes, a ponta dos cigarros reluzindo.

A vista da cidade era espetacular, um veludo preto cravejado de joias, a London Eye brilhando em néon azul, a Oxo Tower com suas janelas rubi, o Southbank Centre, o Big Ben e o Palácio de Westminster reluzindo dourados à direita.

– Vem – disse Nina, e com atrevimento pegou a mão de Strike e o levou a um trio de mulheres, cujo hálito subia em lufadas de névoa branca mesmo quando não estavam exalando fumaça.

– Oi, gente – disse Nina. – Alguém viu Jerry?

– Está de porre – disse grosseiramente uma ruiva.

– *Ah, não* – disse Nina. – E ele que estava indo tão bem!

Uma loura desengonçada olhou por sobre o ombro e murmurou:

– Ele já ficou meio bebum no Arbutus semana passada.

– É o *Bombyx Mori* – disse uma garota de aparência irritada e cabelo preto e curto. – E o fim de semana de aniversário em Paris não rolou. Acho que Fenella teve outro ataque. *Quando é* que ele vai deixá-la?

– Ela está aqui? – perguntou avidamente a loura.

– Em algum lugar – disse a morena. – Não vai nos apresentar, Nina?

O alvoroço de apresentações deixou Strike sem saber qual das mulheres era Miranda, Sarah ou Emma, antes que as quatro voltassem a mergulhar numa dissecação da infelicidade e embriaguez de Jerry Waldegrave.

– Ele devia ter largado Fenella há anos – disse a morena. – Mulherzinha desprezível.

– Shhhh! – Nina sibilou e as quatro ficaram artificialmente imóveis à aproximação de um homem quase da altura de Strike. Seu rosto redondo e frouxo era parcialmente escondido por grandes óculos de aro de chifre e cabelo castanho emaranhado. Uma taça transbordando de vinho tinto ameaçava derramar de sua mão.

– O silêncio da culpa – observou ele com um sorriso afável. Sua fala tinha uma sonora deliberação exagerada que a Strike declarava a prática na embriaguez. – Três chutes do que vocês estão falando: *Bombyx... Mori...* Quine. Oi – acrescentou ele, olhando para Strike e estendendo a mão: seus olhos estavam no mesmo nível. – Já nos conhecemos?

– Jerry... Cormoran, Cormoran... Jerry – disse Nina de pronto. – Meu acompanhante – acrescentou ela, um adendo dirigido mais às três mulheres a seu lado do que ao editor alto.

– Cameron, é isso? – perguntou Waldegrave, colocando a mão em concha na orelha.

– Chegou perto – disse Strike.

– Desculpe – disse Waldegrave. – Surdo de um ouvido. E as senhoras estavam fofocando na frente do estranho moreno e alto – disse ele, com um humor grave –, apesar das instruções muito claras do Sr. Chard de que ninguém de fora da empresa deva privar de nosso condenável segredo?

– Não vai nos entregar, vai, Jerry? – perguntou a morena.

— Se Daniel realmente quisesse deixar esse livro quieto – disse a ruiva com impaciência, embora com um olhar rápido por sobre o ombro para ver se o chefe estaria por perto –, não devia ter mandado advogados por toda a cidade tentando calar a boca de todo mundo. As pessoas não param de me telefonar, perguntando o que está acontecendo.

— Jerry – disse a morena corajosamente –, por que você teve de falar com os advogados?

— Porque eu estou nele, Sarah – disse Waldegrave, com um gesto da taça que jogou um gole do conteúdo na grama bem cuidada. – Apareço com meus ouvidos deficientes. No livro.

Todas as mulheres soltaram ruídos de choque e protesto.

— O que Quine poderia dizer de você, se você foi tão correto com ele? – perguntou a morena.

— O refrão da música de Owen diz que sou gratuitamente brutal com suas obras-primas – disse Waldegrave, e fez um gesto de tesoura com a mão que não segurava a taça.

— Ah, é só isso? – falou a loura, com o mais leve tom de decepção. – Grande coisa. Ele tem sorte por ter um contrato, pelo jeito como age.

— Agora parece que ele está entocado de novo – comentou Waldegrave. – Não atende a telefonema nenhum.

— Cretino covarde – disse a ruiva.

— Na verdade, estou bem preocupado com ele.

— Preocupado? – repetiu a ruiva, sem acreditar. – Não pode estar falando sério, Jerry.

— Você também ficaria, se tivesse lido esse livro – disse Waldegrave, com um soluço mínimo. – Acho que Owen teve um colapso nervoso. Leia-se como um bilhete de suicida.

A loura soltou uma risadinha, apressadamente reprimida quando Waldegrave a olhou.

— Não estou brincando. Acho que ele está desmoronando. O subtexto, por baixo de todo o grotesco de sempre, é: todo mundo está contra mim, todo mundo quer me prejudicar, todo mundo me odeia...

— Mas todo mundo *o odeia mesmo* – intrometeu-se a loura.

— Ninguém em sã consciência teria imaginado que aquele livro podia ser publicado. E agora ele sumiu.

— Mas ele sempre faz isso – disse a ruiva com impaciência. – É sua performance favorita, não é, bancar o fugitivo? Daisy Carter, da Davis-Green, me contou que ele explodiu e sumiu duas vezes quando eles estavam produzindo *The Balzac Brothers* com ele.

— Estou seriamente preocupado com Quine – insistiu Waldegrave. Tomou um grande gole do vinho. – Ele pode ter cortado os pulsos...

— Owen não se mataria! – A loura escarneceu. Waldegrave baixou os olhos para ela com o que Strike julgou ser um misto de compaixão e aversão.

— As pessoas *se matam*, sabe, Miranda, quando pensam que estão lhe tirando todo o motivo para viver. Nem o fato de os outros pensarem que seu sofrimento é uma piada pode demovê-las disso.

A loura parecia incrédula, depois olhou a roda procurando apoio, mas ninguém veio em sua defesa.

— Os escritores são diferentes – disse Waldegrave. – Nunca conheci nenhum que fosse bom e não fosse maluco. Uma coisa que a idiota da Liz Tassel devia muito bem se lembrar.

— Ela alega não saber o que havia no livro – disse Nina. – Diz a todo mundo que esteve doente e não leu direito...

— Conheço bem Liz Tassel – engrolou Waldegrave, e Strike ficou interessado ao ver um lampejo de autêntica raiva naquele editor bêbado e afável. – Ela sabia o que estava fazendo quando apresentou o livro. Pensou que era sua última chance de ganhar algum dinheiro com Owen. Uma boa publicidade nas costas do escândalo sobre Fancourt, que ela odeia há anos... mas agora a merda bateu no ventilador e ela renega o cliente. Um comportamento ultrajante.

— Daniel a desconvidou esta noite – disse a morena. – Tive de telefonar e dizer a ela. Foi horrível.

— Sabe aonde Owen possa ter ido, Jerry? – perguntou Nina.

Waldegrave deu de ombros.

— Pode estar em qualquer lugar, não é? Mas espero que esteja bem, onde quer que seja. Não consigo deixar de gostar daquele babaca bobalhão, apesar de tudo.

— E qual *é* esse grande escândalo do Fancourt que ele escreveu no livro? – perguntou a ruiva. – Soube que alguém disse que tem algo a ver com uma resenha...

Todos no grupo, exceto Strike, começaram a falar ao mesmo tempo, mas a voz de Waldegrave carregou a dos outros, e as mulheres se calaram com a cortesia instintiva que o sexo feminino costuma demonstrar para com homens incapacitados.

— Pensei que todo mundo soubesse dessa história — disse Waldegrave com outro soluço fraco. — Em resumo, a primeira mulher de Michael, Elspeth, escreveu um romance muito ruim. Uma paródia anônima sobre ele foi publicada numa revista literária. Ela recortou a paródia, pregou na frente de seu vestido e se suicidou com gás, *à la* Sylvia Plath.

A ruiva ofegou.

— Ela *se matou*?

— É — disse Waldegrave, bebendo o vinho de novo. — Escritores: malucos.

— Quem escreveu a paródia?

— Todo mundo sempre pensou que tivesse sido Owen. Ele negou, mas depois supus que tivesse mesmo sido ele, em vista do que levou a isso — disse Waldegrave. — Owen e Michael nunca voltaram a se falar depois da morte de Elspeth. Mas, em *Bombyx Mori*, Owen encontra um jeito engenhoso de sugerir que o verdadeiro autor da paródia era o próprio Michael.

— *Meu Deus* — disse a ruiva, horrorizada.

— E por falar em Fancourt — disse Waldegrave, olhando o relógio —, devo dizer a todos vocês que haverá um grande anúncio lá embaixo às nove. Vocês, meninas, não vão querer perder.

Ele se afastou. Duas das mulheres apagaram os cigarros e o seguiram. A loura vagou para outro grupo.

— Jerry é adorável, não? — perguntou Nina a Strike, estremecendo nas profundezas de seu casaco de lã.

— Muito magnânimo — disse Strike. — Ninguém mais parece pensar que Quine não sabia o que fazia. Quer voltar para o calor?

O cansaço lambia a beira da consciência de Strike. Ele queria loucamente ir para casa, começar o cansativo processo de colocar sua perna para dormir (como ele descrevia para si mesmo), fechar os olhos e tentar ter oito horas seguidas de sono até precisar se levantar e se colocar novamente na vizinhança de outro marido infiel.

A sala no térreo estava mais abarrotada do que nunca. Nina parou várias vezes para gritar no ouvido de conhecidos. Strike foi apresentado a um romancista atarracado, que parecia deslumbrado com o glamour do champanhe barato e a banda barulhenta, e à mulher de Jerry Waldegrave, que cumprimentou Nina efusivamente e embriagada através de uma cortina de cabelo preto embaraçado.

— Ela é sempre falsa — disse Nina com frieza, desvencilhando-se e levando Strike para mais perto do palco improvisado. — Tem dinheiro de família e deixa claro que se casou com um pobre. Uma esnobe horrível.

— Que se impressiona com seu pai, o Queen's Counsel, não é? — perguntou Strike.

— Que memória assustadora você tem — disse Nina, olhando-o com admiração. — Não, acho que é... Bom, eu sou a Excelentíssima Nina Lascelles. Quer dizer, quem liga pra isso? Mas gente como Fenella se importa.

Um subalterno agora virava o microfone para um púlpito de madeira num palco ao lado do bar. O logotipo da Roper Chard, um nó de corda entre os dois nomes, e a palavra "Centenário" eram proclamados numa faixa.

Seguiu-se uma tediosa espera de dez minutos, durante a qual Strike respondeu educada e adequadamente à tagarelice de Nina, o que exigia grande esforço, uma vez que ela era muito mais baixa e a sala estava cada vez mais barulhenta.

— Larry Pinkelman está aqui? — perguntou ele, lembrando-se do velho escritor infantil na parede de Elizabeth Tassel.

— Ah, não, ele detesta festas — disse Nina alegremente.

— Pensei que vocês dariam uma para ele.

— Como você soube disso? — perguntou ela, assustada.

— Você me contou agora há pouco, no pub.

— Nossa, você presta mesmo atenção, né? É, vamos dar um jantar pela reedição de seus contos de Natal, mas será muito pequeno. Ele detesta multidões, o Larry, é muito tímido.

Daniel Chard enfim chegou ao palco. A conversa esmoreceu a um murmúrio, depois morreu. Strike detectou a tensão no ar enquanto Chard embaralhava suas anotações e dava um pigarro.

Ele devia ter muita prática, pensou Strike, mas seu discurso público não era competente. Chard olhava mecanicamente a intervalos regulares para o mesmo ponto acima da cabeça da multidão; não olhou nos olhos de ninguém; às vezes mal podia ser ouvido. Depois de levar os ouvintes a uma breve jornada pela ilustre história da Roper Publishing, fez um modesto desvio para os antecedentes da Chard Books, a empresa do avô, descreveu sua união e seu próprio prazer e orgulho humilde, expresso na mesma monotonia do resto, por se ver, dez anos depois, como diretor da empresa global. Suas piadinhas foram recebidas com risos exuberantes estimulados, pensou Strike, tanto pelo desconforto como pelo álcool. Strike viu-se encarando as mãos inflamadas que pareciam fervidas. Certa vez ele conheceu um jovem soldado no exército cujo eczema ficava tão ruim sob estresse que ele precisava ser hospitalizado.

— Não pode haver dúvida nenhuma — disse Chard, voltando-se ao que Strike, um dos homens mais altos na sala e perto do palco, podia ver que era a última página de seu discurso — de que o mercado editorial passa hoje por um período de rápidas mudanças e novos desafios, mas uma coisa é tão verdadeira hoje como era um século atrás: o conteúdo é o rei. Embora ostentemos os melhores escritores do mundo, a Roper Chard continuará a instigar, desafiar e divertir. E é nesse contexto — a aproximação do clímax foi declarada não por qualquer empolgação, mas por um relaxamento nas maneiras de Chard, induzido pelo fato de que sua provação estava quase no fim — que tenho a honra e o prazer de lhes dizer que esta semana adquirimos o talento de um dos mais refinados escritores do mundo. Senhoras e senhores, vamos dar as boas-vindas a Michael Fancourt!

Uma puxada perceptível de ar rolou como uma brisa pela multidão. Uma mulher soltou um gritinho animado. Romperam aplausos de algum lugar no fundo da sala, que se espalhou como fogo de rastilho para a frente. Strike viu uma porta distante se abrir, o vislumbre de uma cabeça grande demais, uma expressão azeda, antes de Fancourt ser tragado pelos funcionários entusiasmados. Vários minutos se passaram até que ele surgisse no palco para apertar a mão de Chard.

— Ah, meu Deus — dizia uma Nina que aplaudia animadamente. — Ah, meu *Deus*.

Jerry Waldegrave, que, como Strike, ficava cabeça e ombros acima da maioria da multidão feminina, estava de pé, quase diretamente oposto a eles, do outro lado do palco. Mais uma vez segurava uma taça cheia, a fim de não ter de aplaudir, e a levou aos lábios, sem sorrir, enquanto observava Fancourt gesticular pedindo silêncio na frente do microfone.

– Obrigado, Dan – disse Fancourt. – Bem, eu certamente não esperava me encontrar aqui – disse ele, e essas palavras foram recebidas por uma explosão áspera de gargalhadas –, mas parece que volto para casa. Escrevi para a Chard, depois para a Roper, e foram bons tempos. Eu era um jovem furioso – risadinhas dispersas – e agora sou um velho furioso – mais risos e até um leve sorriso de Daniel Chard. – Estou ansioso para me enfurecer para vocês – risos efusivos de Chard e da multidão; parecia que Strike e Waldegrave eram os únicos no ambiente que não se agitaram. – É um prazer estar de volta e farei o melhor para... como foi mesmo, Dan?... manter a Roper Chard instigante, desafiadora e divertida.

Uma tempestade de aplausos; os dois homens trocaram um aperto de mãos em meio aos flashes das câmeras.

– Meio milhão, calculo – disse um bêbado atrás de Strike –, e dez mil para aparecer esta noite.

Fancourt desceu do palco bem na frente de Strike. Sua expressão habitualmente ácida não variava para as fotografias, mas Fancourt parecia mais feliz com as mãos que se estendiam a ele. Michael Fancourt não desprezava a adulação.

– *Nossa* – disse Nina a Strike. – Dá pra *acreditar* nisso?

O cabeção de Fancourt sumiu na multidão. A curvilínea Joanna Waldegrave apareceu, tentando abrir caminho até o famoso escritor. Seu pai de repente estava atrás dela; com uma guinada embriagada, estendeu a mão e a segurou pelo braço sem muita gentileza.

– Ele precisa falar com outras pessoas, Jo, deixe-o.

– A mamãe foi direto pra lá, por que você não segurou o braço *dela*?

Strike observou Joanna afastar-se do pai, evidentemente zangada. Daniel Chard também desaparecera. Strike perguntou-se se ele escapulira por uma porta enquanto a multidão se ocupava com Fancourt.

– Seu presidente não gosta dos holofotes – comentou Strike com Nina.

– Dizem que ele melhorou muito. – Nina ainda olhava para o lado de Fancourt. – Dez anos atrás, ele nem conseguia tirar os olhos das anotações. Mas é um bom homem de negócios, sabe como é. Astuto.

A curiosidade e o cansaço brigavam no íntimo de Strike.

— Nina — disse ele, arrastando sua companheira para longe da turba que pressionava em volta de Fancourt; ela permitiu de bom grado que ele a levasse. — Onde você disse que estão os originais de *Bombyx Mori*?

— No cofre de Jerry. No andar de baixo. — Ela bebeu o champanhe, seus olhos imensos brilhando. — Está perguntando o que eu acho que é?

— Dá muito trabalho entrar lá?

— Demais — disse ela despreocupadamente. — Mas tenho meu cartão de acesso e está todo mundo ocupado, né?

O pai dela, pensou Strike insensivelmente, era um Queen's Counsel, advogado da alta hierarquia judiciária. Eles teriam cautela sobre como a demitiriam.

— Acha que pode tirar uma cópia?

— Vamos nessa — disse Nina, jogando para dentro o que restava da bebida.

O elevador estava vazio e o andar de baixo, escuro e deserto. Nina abriu a porta do departamento com o cartão de acesso e o levou com confiança entre monitores de computador apagados e mesas desertas até uma grande sala de esquina. A única luz vinha da Londres perpetuamente iluminada para além das janelas e a ocasional luz laranja e mínima indicando um computador em modo de espera.

A sala de Waldegrave não estava trancada, mas o cofre, que ficava atrás de uma estante articulada, era operado por um teclado. Nina entrou com uma senha de quatro números. A porta se abriu e Strike viu uma pilha desarrumada de papéis em seu interior.

— É isso — disse ela, feliz.

— Fale baixo — Strike a aconselhou.

Strike ficou vigiando enquanto Nina fazia uma cópia para ele na fotocopiadora do lado de fora da porta. O silvo e o zumbido intermináveis eram estranhamente tranquilizadores. Ninguém apareceu, ninguém viu. E, quinze minutos depois, Nina recolocava o manuscrito no cofre e o trancava.

— Aí vai.

Ela lhe entregou a cópia, com vários elásticos fortes segurando as folhas. Quando ele pegou, Nina se curvou para frente por uns segundos; uma vacilação de bêbada, um roçar prolongado nele. Ele lhe devia algo em troca, mas estava pavorosamente cansado; a ideia de voltar àquele apartamento em St. John's Wood ou a de levá-la a seu sótão na Denmark Street não eram atraentes. Quem sabe uma bebida, amanhã à noite, seja uma retribuição adequada? Depois ele se lembrou de que na noite seguinte era seu jantar de aniversário na casa da irmã. Lucy disse que ele podia levar alguém.

– Quer ir a um jantar tedioso amanhã à noite? – perguntou-lhe ele.

Ela riu, claramente exultante.

– O que ele terá de tedioso?

– Tudo. Você vai animá-lo. Quer?

– Bom... Por que não? – disse ela, feliz.

O convite pareceu pagar a conta; ele sentiu recuar a exigência de algum gesto físico. Ambos saíram do departamento às escuras num clima de camaradagem amistosa, o manuscrito copiado de *Bombyx Mori* escondido embaixo do sobretudo de Strike. Depois de anotar o endereço e o telefone de Nina, ele a colocou em segurança num táxi, com alívio e libertação.

14

> Ali se senta ele por vezes uma tarde inteira,
> lendo os mesmos abomináveis, odiosos
> (uma pústula, não os tolero!) e ignóbeis
> versos.
>
> Ben Jonson,
> *Cada qual com seu humor*

Eles marchavam contra a guerra em que Strike perdeu a perna no dia seguinte, milhares serpenteando pelo coração da gelada Londres, levando cartazes, famílias de militares à testa. Strike soubera por amigos em comum do exército que os pais de Gary Topley — morto na explosão que custou um membro a Strike — estariam entre os manifestantes, mas não ocorreu a Strike juntar-se a eles. Seus sentimentos pela guerra não podiam ser sintetizados em preto num cartaz branco e quadrado. Faça o trabalho e que seja bem-feito era seu credo na época e é agora, e marchar seria insinuar remorsos que ele não tinha. Assim, ele prendeu a prótese, vestiu o melhor terno italiano e foi para a Bond Street.

O marido traidor que ele procurava insistia que a mulher afastada, a cliente morena de Strike, perdera, por descuido de embriaguez, várias joias de muito valor enquanto o casal estava hospedado em um hotel. Strike por acaso sabia que o marido tinha um compromisso na Bond Street esta manhã e tinha o pressentimento de que parte das supostas joias perdidas faria um reaparecimento surpresa.

Seu alvo entrou na joalheria enquanto Strike examinava as vitrines de uma loja do outro lado da rua. Quando ele saiu, meia hora depois, Strike tirou uma folga para um café, permitiu que duas horas se passassem, entrou na joalheria e proclamou o amor de sua mulher pelas esmeraldas, pretexto que resultou, depois de meia hora de deliberação encenada sobre várias peças, na mostra do mesmo colar que a morena suspeitava que o marido errante tivesse embolsado. Strike o comprou de imediato, uma transação que só foi possível pelo fato de a cliente ter-lhe adiantado dez mil libras para este propósito. Dez mil libras para provar a velhacaria do marido nada significavam para uma mulher que poderia receber um acordo de milhões.

Strike comprou um kebab a caminho de casa. Depois de trancar o colar em um pequeno cofre que instalara no escritório (em geral usado para a proteção de fotografias incriminadoras), ele subiu a escada, preparou uma caneca de chá forte, tirou o terno e ligou a TV, para ficar de olho na preparação para a partida entre Arsenal e Spurs. Depois se esticou confortavelmente na cama e começou a ler o manuscrito que roubara na noite anterior.

Como lhe dissera Elizabeth Tassel, *Bombyx Mori* era um *Pilgrim's Progress* pervertido, ambientado em uma folclórica terra de ninguém em que o herói epônimo (um jovem escritor de gênio) parte de uma ilha povoada de idiotas inatos e cegos demais para reconhecer seu talento no que parecia uma jornada amplamente simbólica a uma cidade distante. A riqueza e a estranheza da linguagem e das imagens eram familiares a Strike por seu exame de *The Balzac Brothers*, mas seu interesse pelo tema o levou a continuar.

O primeiro personagem familiar a surgir das frases densamente escritas e frequentemente obscenas foi Leonora Quine. À medida que o jovem e brilhante Bombyx fazia sua viagem por uma paisagem povoada de vários perigos e monstros, ele deu com Succuba, uma mulher descrita sucintamente como "uma prostituta acabada", que o capturou, amarrou e conseguiu estuprá-lo. Leonora era descrita com fidelidade: magra e desalinhada, com seus óculos grandes e maneiras simplórias e inexpressivas. Depois de sofrer abusos sistemáticos por vários dias, Bombyx convenceu Succuba a libertá-lo. Ela ficou tão desolada com sua partida que Bombyx concordou em levá-la: o primeiro exemplo das estranhas e frequentes guinadas oníricas da história, pelas quais o que era ruim e assustador torna-se bom e sensato sem justificativas ou desculpas.

Algumas páginas adiante, Bombyx e Succuba foram atacados por uma criatura chamada Tick, que Strike reconheceu de imediato como Elizabeth Tassel: queixo quadrado, voz grave e assustadora. Mais uma vez, Bombyx teve pena da criatura depois de ela o violar e permitiu que se juntasse a ele.

Tick tinha o hábito desagradável de mamar no peito de Bombyx enquanto ele dormia. Ele emagrecia e se enfraquecia.

O sexo de Bombyx parecia ser estranhamente mutável. Além de sua aparente capacidade de amamentar, ele logo mostrava sinais de gravidez, apesar de continuar a dar prazer a várias mulheres aparentemente ninfomaníacas que costumavam errar por seu caminho.

Vadeando por aquela obscenidade adornada, Strike perguntou-se quantos retratos de pessoas reais ele estaria deixando de perceber. A violência dos encontros de Bombyx com outros humanos era perturbadora, a perversidade e crueldade deles não deixavam um orifício que fosse inviolado. Era um frenesi sadomasoquista. No entanto, a inocência e pureza essenciais de Bombyx eram um tema constante, a simples declaração de seu gênio aparentemente tudo o que o leitor precisava saber para absolvê-lo dos crimes que ele conspirava tão livremente quanto os supostos monstros a sua volta. Ao virar as páginas, Strike lembrou-se da opinião de Jerry Waldegrave de que Quine era mentalmente doente; ele começava a concordar com esta opinião...

O jogo estava prestes a começar. Strike deixou de lado o manuscrito, sentindo como se tivesse sido aprisionado por um bom tempo em um porão escuro e imundo, longe do ar e da luz naturais. Agora sentia apenas uma expectativa agradável. Tinha confiança de que o Arsenal ia vencer – o Spurs não conseguia derrotá-los jogando em casa há 17 anos.

E por 45 minutos Strike se perdeu no prazer e gritos frequentes de encorajamento enquanto seu time fazia dois a zero.

No intervalo antes do segundo tempo, e com certa relutância, ele tirou o som da TV e voltou ao mundo bizarro da imaginação de Owen Quine.

Não reconheceu ninguém, até que Bombyx se aproximou da cidade que era seu destino. Ali, numa ponte sobre o fosso que cercava as muralhas da cidade, postava-se uma figura grande, míope e vacilante: o Cutter.

Cutter exibia chapéu baixo, em vez de óculos de aro de chifre, e carregava no ombro um saco sujo de sangue que se contorcia. Bombyx aceitou a oferta de Cutter de levar Succuba, Tick e ele a uma porta secreta para a cidade. A essa altura habituado à violência sexual, Strike não ficou surpreso que o Cutter pretendesse castrar Bombyx. Na luta que se seguiu, o saco rolou das costas de Cutter e dele irrompeu uma criatura feminina e um tanto anã. Cutter deixou Bombyx, Succuba e Tick escaparem enquanto perseguia a anã; Bombyx e suas companheiras conseguiram encontrar uma fissura nas muralhas da cidade e olharam para trás, vendo Cutter afogar a pequena criatura no fosso.

Strike esteve tão envolvido na leitura que não percebeu que a partida recomeçara. Olhou a TV emudecida.

– *Porra!*

Dois a dois: inacreditável, o Spurs empatara. Strike jogou o manuscrito de lado, horrorizado. A defesa do Arsenal se esfarelava diante de seus olhos. Era para ser uma vitória. Eles deviam assumir a primeira colocação na liga.

– *MERDA!* – berrou Strike dez minutos depois, quando uma cabeçada passou zunindo por Fabiański.

O Spurs venceu.

Ele desligou a TV com vários outros palavrões e olhou o relógio. Tinha apenas meia hora para tomar um banho e se trocar antes de buscar Nina Lascelles em St. John's Wood; o trajeto a Bromley lhe custaria uma fortuna. Ele pensou com desprazer na perspectiva do último quarto do manuscrito de Quine, sentindo muita solidariedade por Elizabeth Tassel, que passara os olhos pelas páginas finais.

Ele nem sabia por que o estava lendo, a não ser por curiosidade.

Abatido e irritado, partiu para o banho, desejando passar a noite em casa e sentindo, irracionalmente, que, se não tivesse permitido que sua atenção fosse distraída pelo mundo obsceno e pesadelar de *Bombyx Mori*, o Arsenal poderia ter vencido.

15

> Digo-lhe que não está em voga conhecer parentes na cidade.
>
> William Congreve,
> *A maneira do mundo*

— E aí? O que achou de *Bombyx Mori*? – perguntou Nina enquanto os dois se afastavam do apartamento dela num táxi que Strike nem podia pagar. Se não a tivesse convidado, Strike teria feito a viagem de ida e volta a Bromley de transporte público, por mais que isso consumisse tempo e fosse inconveniente.

— Fruto de uma mente doentia – disse Strike.

Nina riu.

— Mas você não leu nenhum dos outros livros de Owen, são quase igualmente ruins. Admito que este é um agente nauseante *sério*. E a piroca supurada de Daniel?

— Ainda não cheguei lá. Algo a se aguardar ansiosamente.

Por baixo do quente casaco de lã da noite anterior, Nina trajava um vestido preto justo de alcinha, do qual Strike teve uma excelente vista quando ela o convidou a entrar em seu apartamento em St. John's Wood para que ela pegasse a bolsa e a chave. Nina também segurava uma garrafa de vinho que apanhara na cozinha quando viu Strike de mãos abanando. Uma garota bonita e inteligente com boas maneiras, mas sua disposição de se encontrar com ele na noite seguinte às apresentações, e ainda por cima nesta noite de sábado, sugeria imprudência ou talvez carência.

Strike perguntou-se mais uma vez no que ele pensou estar se metendo enquanto rodavam do centro de Londres para um reino da casa própria, para lares espaçosos apinhados de cafeteiras e televisores HD, para tudo que ele nunca teve e que sua irmã supunha, ansiosamente, que deveria ser sua ambição definitiva.

Era bem de Lucy jogá-lo em um jantar de aniversário em sua própria casa. Fundamentalmente, Lucy não tinha imaginação nenhuma e valorizava muito as atrações de sua casa, embora sempre parecesse mais atormentada ali do que em qualquer outro lugar. Era típico dela insistir em oferecer um jantar que ele não queria e que ela não conseguisse entender sua recusa. Os aniversários no mundo de Lucy sempre eram comemorados, jamais esquecidos: haveria bolo, velas, cartões e presentes; o tempo deve ser marcado, a ordem, preservada, as tradições, conservadas.

Enquanto o táxi passava pelo túnel Blackwall, levando-os acelerado abaixo do Tâmisa para o sul de Londres, Strike reconheceu que o ato de levar Nina à festa da família era uma declaração de inconformismo. Apesar da convencional garrafa de vinho no colo de Nina, ela era muito tensa, gostava de assumir riscos e acasos. Morava sozinha e falava de livros, e não de bebês; em suma, não era o tipo de mulher de Lucy.

Quase uma hora depois de ter deixado a Denmark Street, com a carteira 50 libras mais leve, Strike ajudou Nina a sair para o frio escuro da rua de Lucy e a levou por uma calçada abaixo da grande magnólia que dominava o jardim da frente. Antes de tocar a campainha, Strike disse, com certa relutância:

— Talvez eu precise lhe dizer: é um jantar de aniversário. Para mim.

— Ah, você devia ter dito! Feliz...

— Não é hoje – disse Strike. – Não é nada de mais.

E ele tocou a campainha.

O cunhado de Strike, Greg, os recebeu. Seguiu-se um monte de tapas no braço, bem como uma exibição exagerada de prazer ao ver Nina. Esta emoção tinha uma ausência evidente em Lucy, que se alvoroçou pelo corredor segurando uma espátula como uma espada e trajando um avental por cima do vestido de festa.

— *Você não disse que ia trazer alguém!* — ela sibilou no ouvido de Strike enquanto ele se abaixava para lhe dar um beijo no rosto. Lucy era baixa, loura e de cara redonda; ninguém teria imaginado que eles fossem parentes. Ela era o resultado de outra das ligações da mãe com um músico conhecido.

Rick era um guitarrista de apoio que, ao contrário do pai de Strike, mantinha um relacionamento amigável com sua prole.

– Achei que você tinha me pedido para trazer uma convidada – sussurrou Strike para a irmã enquanto Greg conduzia Nina para a sala de estar.

– Eu perguntei *se você ia trazer* – disse Lucy, com raiva. – Ah, meu Deus... terei de colocar um lugar a mais... e *a coitada da Marguerite*...

– Quem é Marguerite? – perguntou Strike, mas Lucy já corria para a sala de jantar, de espátula em riste, deixando seu convidado de honra sozinho no vestíbulo. Com um suspiro, Strike acompanhou Greg e Nina à sala de estar.

– Surpresa! – disse um homem de cabelo claro e calvície incipiente, levantando-se do sofá em que a esposa, de óculos, sorria radiante para Strike.

– Meu Deus do céu – disse Strike, avançando para apertar a mão estendida com um prazer autêntico. Nick e Ilsa eram dois de seus mais antigos amigos e estavam no único lugar em que se cruzavam as duas metades de sua vida anterior: Londres e Cornualha, casados e felizes.

– Ninguém me disse que vocês viriam aqui!

– É, bom, essa é a surpresa, Oggy – disse Nick enquanto Strike dava um beijo em Ilsa. – Conhece Marguerite?

– Não – disse Strike –, não conheço.

Então era por isso que Lucy queria saber se ele traria alguém; este era o tipo de mulher que ela imaginava agradar a ele, morando com ela para sempre numa casa com uma magnólia no jardim. Marguerite era morena, de pele oleosa e jeito carrancudo, num vestido roxo brilhante que parecia ter sido comprado quando ela era um pouco mais magra. Strike tinha certeza de que era divorciada. Ele desenvolveu um sexto sentido para isso.

– Oi – disse ela, enquanto a magra Nina, com seu vestido preto de alcinha, batia papo com Greg; a curta saudação continha um mundo de amargura.

E assim os sete se sentaram para jantar. Strike não vira muito seus amigos civis desde que saiu do serviço ativo do exército por invalidez. Sua carga de trabalho voluntariamente pesada toldava as fronteiras entre os dias úteis e os fins de semana, mas agora ele percebia novamente o quanto gostava de Nick e Ilsa, e como preferia infinitamente que fossem apenas os três sozinhos em algum lugar, curtindo um curry.

– E como conheceram Cormoran? – Nina perguntou avidamente a eles.

— Estudei com ele na Cornualha — disse Ilsa, sorrindo para Strike do outro lado da mesa. — Vez por outra. Indo e vindo, não foi, Corm?

E a história da infância fragmentada de Strike e Lucy foi mostrada enquanto se comia o salmão defumado, suas viagens com a mãe itinerante e as voltas constantes a St. Mawes e aos tios que agiram como pais substitutos por toda sua infância e adolescência.

— E então Corm foi levado a Londres pela mãe mais uma vez quando ele tinha o quê, uns 17 anos? — disse Ilsa.

Strike sabia que Lucy não estava gostando da conversa: detestava falar de sua criação incomum, da mãe famosa.

— E ele acabou numa boa e velha escola secundária comigo — disse Nick. — Bons tempos.

— Nick é um sujeito útil de se conhecer — disse Strike. — Conhece Londres como a palma da mão, o pai dele é taxista.

— Você também tem um táxi? — perguntou Nina a Nick, aparentemente animada com o exotismo dos amigos de Strike.

— Não — disse Nick alegremente. — Sou gastroenterologista. Oggy e eu tivemos uma festa de 18 anos conjunta...

— ... e Corm convidou o amigo Dave e eu, de St. Mawes, para ela. A primeira vez que vim a Londres fiquei tão animada... — disse Ilsa.

— ... e foi assim que nos conhecemos — concluiu Nick, sorrindo para a mulher.

— E ainda não têm filhos, todos esses anos depois? — perguntou Greg, o pai presunçoso de três meninos.

Houve uma pausa mínima. Strike sabia que Nick e Ilsa tentaram ter um filho, sem sucesso, por vários anos.

— Ainda não — disse Nick. — O que você faz, Nina?

A menção da Roper Chard deu certo ânimo a Marguerite, que estivera olhando Strike de mau humor do outro lado da mesa, como se ele fosse um petisco saboroso colocado impiedosamente fora de seu alcance.

— Michael Fancourt acaba de assinar com a Roper Chard — declarou ela. — Vi no site dele esta manhã.

— Ué, isso só foi divulgado ontem — disse Nina. O "ué" lembrou Strike do modo como Dominic Culpepper chamava os garçons de "parceiro"; era, pensou ele, por Nick, e talvez para demonstrar a Strike que ela também podia se misturar muito bem com o proletariado. (Charlotte, ex-noiva de Strike, nunca alterou seu vocabulário nem a pronúncia, onde quer que se encontrasse. Mas ela não gostava de nenhum de seus amigos.)

— Ah, eu sou uma grande fã de Michael Fancourt — disse Marguerite. — *House of Hollow* é um de meus romances preferidos. Adoro os russos e há algo em Fancourt que me faz pensar em Dostoiévski...

Lucy tinha dito a ela, imaginou Strike, que ele esteve em Oxford, que era inteligente. Ele queria Marguerite a milhares de quilômetros de distância e que Lucy o compreendesse melhor.

— Fancourt não sabe escrever sobre mulheres — disse Nina com desprezo. — Ele tenta, mas não consegue. As mulheres dele são todas trombas, tetas e tampões.

Nick engasgou com o vinho ao ouvir a inesperada palavra "tetas"; Strike riu do riso de Nick; Ilsa falou, aos risos:

— Vocês dois têm 36 anos. Pelo amor de Deus.

— Bom, eu o acho maravilhoso — repetiu Marguerite, sem o mais leve sorriso. Ela já fora privada de um possível parceiro, mesmo que tivesse uma perna só e fosse meio gordo; não ia desistir de Michael Fancourt. — E é incrivelmente atraente. Os complicados e inteligentes, eu sempre fico caída por eles — ela suspirou de lado para Lucy, claramente se referindo a calamidades passadas.

— A cabeça dele é grande demais para o corpo — disse Nina, alegremente renegando a empolgação da noite anterior ao ver Fancourt —, e é tremendamente arrogante.

— Sempre achei comovente o que ele fez por aquele jovem escritor americano — disse Marguerite enquanto Lucy tirava as entradas e gesticulava para Greg ajudá-la na cozinha. — Concluindo o romance por ele... aquele romancista jovem que morreu de Aids, qual era mesmo o nome...?

— Joe North — disse Nina.

— Estou surpreso de você ter tido vontade de vir esta noite — disse Nick em voz baixa a Strike. — Depois do que aconteceu hoje à tarde.

Nick, lamentavelmente, era torcedor do Spurs.

Greg, que voltava trazendo uma peça de cordeiro assado e entreouvira as palavras de Nick, imediatamente caiu em cima deles:

— Deve ter doído, hein, Corm? Quando todo mundo pensava que a vitória estava no papo?

— O que é isso? – perguntou Lucy como uma diretora de escola chamando a turma à ordem ao baixar pratos de batatas e legumes. – Ah, nada de futebol, por favor, Greg.

Assim, Marguerite estava mais uma vez de posse da bola da conversa:

— Sim, *House of Hollow* foi inspirado na casa que o amigo morto deixou a Fancourt, o lugar onde eles foram felizes na juventude. É muito comovente. É de fato uma história que fala de remorsos, perda, ambição frustrada...

— Na verdade, Joe North deixou a casa conjuntamente a Michael Fancourt e Owen Quine. – Nina corrigiu firmemente Marguerite. – E *os dois* escreveram romances inspirados nela. Michael ganhou o Booker Prize... e o livro de Owen foi criticado por todo mundo – acrescentou Nina de lado para Strike.

— O que houve com a casa? – perguntou Strike a Nina enquanto Lucy lhe passava um prato de cordeiro.

— Ah, isso já faz séculos, deve ter sido vendida – disse Nina. – Eles não queriam ser coproprietários de nada, detestavam-se há anos. Desde que Elspeth Fancourt se matou por causa daquela paródia.

— Sabe onde fica a casa?

— Ele não está *lá* – Nina falou, meio aos sussurros.

— Quem não está onde? – disse Lucy, sem esconder a irritação. Seus planos para Strike foram perturbados. Ela agora jamais ia gostar de Nina.

— Um de nossos escritores está desaparecido – disse-lhe Nina. – A mulher dele pediu a Cormoran para encontrá-lo.

— É um cara bem-sucedido? – perguntou Greg.

Sem dúvida Greg estava cansado de sua mulher preocupar-se voluvelmente com o irmão brilhante, mas sem recursos, com negócios que mal se pagavam apesar da enorme carga de trabalho, mas a palavra "bem-sucedido", com tudo que conotava quando pronunciada por Greg, afetava Strike como uma urticária.

— Não – disse ele –, não acho que se possa chamar Quine de bem-sucedido.

— Quem te contratou, Corm? O editor? – perguntou Lucy com ansiedade.

— A mulher dele — disse Strike.

— Mas ela vai poder pagar a conta, não é? — perguntou Greg. — Nada de inadimplentes, Corm, esta deve ser sua regra número um nos negócios.

— É uma surpresa que você não anote essas pérolas de sabedoria — Nick disse a Strike a meia-voz enquanto Lucy oferecia a Marguerite mais de alguma coisa na mesa (compensação por trazer Strike em casa e não conseguir que ele se casasse e morasse a duas ruas de distância de Lucy e Greg com uma cafeteira nova e reluzente).

Depois do jantar, eles se retiraram para o conjunto estofado de três peças bege na sala de estar, onde foram entregues presentes e cartões. Lucy e Greg lhe compraram um relógio novo, "Porque eu sei que o seu último quebrou", disse Lucy. Comovido por ela ter se lembrado, uma onda de afeto apagou temporariamente a irritação de Strike por ela tê-lo arrastado para ali aquela noite, importunado com as decisões que ele tomava na vida e se casado com Greg... Ele retirou o substituto barato e durável que tinha comprado e colocou o relógio de Lucy: era grande e reluzente, tinha pulseira de metal e parecia uma duplicata do relógio de Greg.

Nick e Ilsa lhe compraram "aquele uísque que você gosta": Arran Single Malt, que o lembrava intensamente Charlotte, com quem ele o provou pela primeira vez, mas qualquer possibilidade de recordações melancólicas foi afastada pelo aparecimento repentino na porta de três figuras de pijama, cuja mais alta perguntou:

— Já tem bolo?

Strike jamais quis ter filhos (uma atitude deplorada por Lucy) e mal conhecia os sobrinhos, que via com muito pouca frequência. O mais velho e o mais novo seguiram a mãe para fora da sala a fim de pegar o bolo de aniversário; o menino do meio, porém, foi direto a Strike e lhe estendeu um cartão feito em casa.

— Este é você — disse Jack, apontando a imagem —, recebendo sua medalha.

— Você recebeu uma medalha? — perguntou Nina, sorrindo de olhos arregalados.

— Obrigado, Jack — disse Strike.

— Eu quero ser soldado — disse Jack.

– Culpa sua, Corm – disse Greg, com o que Strike não deixou de sentir ser um certo rancor. – Comprando para ele soldadinhos de brinquedo. Falando de sua arma.

– Duas armas – Jack corrigiu o pai. – Você tinha duas armas – disse ele a Strike. – Mas precisou devolver.

– Boa memória – disse-lhe Strike. – Você vai longe.

Lucy apareceu com o bolo caseiro, luzindo com 36 velas e decorado com o que pareciam centenas de confeitos coloridos de chocolate. Enquanto Greg apagava a luz e todos começavam a cantar, Strike experimentou o desejo quase dominador de ir embora. Chamaria um táxi no instante em que pudesse escapar da sala; nesse meio-tempo, ele guindou um sorriso na cara e soprou as velas, evitando o olhar de Marguerite, que ardia para ele de uma cadeira próxima com uma irritante falta de comedimento. Não era culpa dele que os amigos e familiares bem-intencionados o tivessem obrigado a bancar o companheiro condecorado de mulheres abandonadas.

Strike chamou um táxi do banheiro do térreo e anunciou meia hora depois, com uma boa exibição de pesar, que ele e Nina tinham de ir embora; ele precisava acordar cedo no dia seguinte.

No vestíbulo apinhado e barulhento, depois de Strike se esquivar primorosamente de ser beijado na boca por Marguerite, enquanto os sobrinhos aos poucos gastavam a excitação excessiva e a onda de açúcar tarde da noite e Greg ajudava Nina a vestir o casaco, Nick sussurrou para Strike:

– Não sabia que você gostava de baixinhas.

– Não gosto – retorquiu Strike em voz baixa. – Ela afanou uma coisa para mim ontem.

– Ah, é? Bom, se eu fosse você, mostraria sua gratidão deixando que ela ficasse por cima – disse Nick. – Você pode esmagar a garota feito um besouro.

16

> ... não deixemos a ceia crua, pois terás
> sangue suficiente, teu ventre saciado.
>
> Thomas Dekker e Thomas Middleton,
> *A meretriz honesta*

Ao acordar na manhã seguinte, Strike entendeu de imediato que não estava na própria cama. Era confortável demais, os lençóis, macios demais; a luz do dia pontilhando as cobertas caía do lado errado do quarto e o barulho da chuva tamborilando na janela era abafado por cortinas fechadas. Ele se sentou, semicerrando os olhos para o quarto de Nina, apenas brevemente vislumbrado à luz do abajur na noite anterior, e apanhou o próprio tronco despido num espelho à frente, os pelos escuros e grossos do peito formando uma mancha preta contra a parede azul-clara a suas costas.

Nina estava ausente, mas ele sentia cheiro de café. Como ele previra, ela foi entusiasmada e vigorosa na cama, expulsando a leve melancolia que ameaçara segui-lo após as comemorações de aniversário. Agora, porém, Strike se perguntava com que rapidez conseguiria se desembaraçar. Demorar-se seria suscitar expectativas que não estava preparado para cumprir.

A prótese da perna estava encostada na parede ao lado da cama. No momento em que deslizava para fora, a fim de alcançá-la, ele se retraiu, porque a porta do quarto se abriu e Nina entrou, totalmente vestida e de cabelo molhado, com os jornais embaixo do braço, duas canecas de café em uma das mãos e um prato de croissants na outra.

— Saí para comprar — disse ela, esbaforida. — Meu Deus, está horrível lá fora. Sinta meu nariz, estou congelando.

— Não precisava fazer isso. — Ele gesticulou para os croissants.

— Estou morta de fome e tem uma padaria incrível aqui na rua. Olhe só isso... o *News of the World*... a grande exclusiva de Dom!

Uma fotografia do nobre em desgraça, cujas contas ocultas Strike revelou a Culpepper, enchia o meio da primeira página, flanqueada em três lados por fotos de duas de suas amantes e os documentos das Ilhas Cayman que Strike conquistou da secretária. LORD PORKER DE PAYWELL, arremedava a manchete. Strike pegou o jornal de Nina e passou os olhos pela reportagem. Culpepper cumprira com sua palavra: a secretária de coração partido não era mencionada em lugar nenhum.

Nina estava sentada ao lado de Strike na cama, lendo junto com ele, emitindo comentários vagamente irônicos: "Ah, meu Deus, como pode ser, olhe para ele" e "Ai, nossa, que nojento".

— Não fez mal nenhum a Culpepper — disse Strike, fechando o jornal quando os dois terminaram. A data no alto da primeira página chamou sua atenção: 21 de novembro. Era o aniversário da ex-noiva.

Um leve e doloroso puxão abaixo do plexo solar e uma onda repentina de lembranças nítidas e indesejadas... um ano antes, quase na mesma hora, ele acordou ao lado de Charlotte na Holland Park Avenue. Lembrava-se de seu cabelo preto e comprido, os olhos castanho-esverdeados e grandes, um corpo como ele nunca mais veria, jamais poderia tocar... Eles estavam felizes naquela manhã: a cama uma balsa salva-vidas boiando no mar turbulento de seus problemas interminavelmente recorrentes. Ele a presenteou com uma pulseira, cuja compra exigiu (embora ela não soubesse) um empréstimo a pavorosas taxas de juros... E, dois dias depois, no aniversário dele, ela lhe dera um terno italiano, eles saíram para jantar e de fato marcaram uma data quando enfim se casariam, 16 anos depois de terem se conhecido...

Mas programar o dia marcou uma fase nova e medonha na relação dos dois, como se tivesse prejudicado a precária tensão em que eles estavam acostumados a viver. Charlotte ficava cada vez mais volátil, mais caprichosa. Brigas e cenas, louça quebrada, acusações da infidelidade dele (quando fora ela, como agora ele acreditava, que esteve secretamente se encontrando com o homem de quem agora era noiva)... Eles lutaram por quase quatro meses, até que, no fim, numa explosão vulgar de recriminações e raiva, tudo terminou para sempre.

Um farfalhar de algodão: Strike olhou em volta, quase surpreso por ainda se ver no quarto de Nina. Ela estava a ponto de tirar a blusa, pretendendo voltar para a cama com ele.

— Não posso ficar — disse Strike, esticando-se novamente para a prótese.

— E por que não? — perguntou ela de braços cruzados, pegando a bainha da blusa. — Deixa pra lá... é domingo!

— Preciso trabalhar — ele mentiu. — As pessoas também precisam de investigação aos domingos.

— Ah — disse ela, tentando parecer prática, mas demonstrando decepção.

Ele tomou o café, mantendo a conversa animada, mas impessoal. Ela o observou prender a perna e ir ao banheiro, e quando ele voltou para se vestir ela estava enroscada numa poltrona, mastigando um croissant com certo ar de desamparo.

— Tem certeza de que não sabe onde fica essa casa? Aquela que Quine e Fancourt herdaram? — perguntou-lhe ao vestir a calça.

— O quê? — Ela ficou confusa. — Ah... Meu Deus, você não vai procurar por isso, vai? Já te falei que foi vendida há anos!

— Posso perguntar à mulher de Quine — disse Strike.

Ele lhe disse que telefonaria, porém rapidamente, para que ela entendesse que eram palavras vazias, uma formalidade, e saiu de sua casa sentindo uma leve gratidão, mas não culpa.

A chuva golpeava novamente seu rosto e suas mãos enquanto ele andava pela rua desconhecida, indo para a estação do metrô. Luzes mágicas e natalinas cintilavam da janela da padaria onde Nina acabara de comprar croissants. O reflexo grande e recurvado de Strike deslizou pela superfície molhada de chuva, segurando no punho frio a sacola plástica que Lucy prestativamente lhe dera para levar seus cartões, o uísque e a caixa com o relógio novo e reluzente de aniversário.

Seus pensamentos resvalaram irresistivelmente para Charlotte, 36, mas aparentando 29, comemorando o aniversário com o noivo atual. Talvez ela tenha ganho diamantes, pensou Strike; ela sempre disse que não ligava para essas coisas, mas, quando eles brigavam, o resplendor de tudo que ele não podia dar a ela às vezes era jogado na cara dele...

O cara é bem-sucedido?, Greg havia perguntado sobre Owen Quine, e com isso ele queria dizer: "Carrão? Casa bonita? Conta bancária gorda?"

Strike passou pela Beatles Coffee Shop com as cabeças do Quarteto Fantástico em preto e branco alegremente posicionadas olhando para ele, e entrou no calor relativo da estação. Não queria passar aquele domingo chuvoso sozinho em seus aposentos no sótão na Denmark Street. Queria se manter ocupado no aniversário do nascimento de Charlotte Campbell.

Parando para pegar o celular, ele telefonou a Leonora Quine.

– Alô? – disse ela bruscamente.

– Oi, Leonora, aqui é Cormoran Strike...

– Encontrou Owen? – ela exigiu saber.

– Infelizmente, não. Estou ligando porque soube que seu marido herdou uma casa de um amigo.

– Que casa?

Ela parecia cansada e irritadiça. Ele pensou nos vários maridos endinheirados com que ele tinha topado profissionalmente, homens que escondiam apartamentos de solteiro de suas mulheres, e se perguntou se acabara de entregar algo que Quine ocultava da família.

– Não é verdade? Um escritor chamado Joe North não deixou uma casa conjuntamente a...?

– Ah, *isso* – disse ela. – Na Talgarth Road, é isso mesmo. Mas já faz trinta anos. Pra que quer saber disso?

– Foi vendida, não?

– Não – disse ela com ressentimento –, porque o desgraçado do Fancourt nunca deixou. Por despeito, é isso mesmo, porque *ele* nunca a usa. A casa só fica ali, sem utilidade para ninguém, criando mofo.

Strike se recostou na parede ao lado da bilheteria, os olhos fixos num teto circular escorado por uma teia de vigas. É nisso que dá, disse ele a si mesmo, aceitar clientes quando você está um trapo. Ele devia ter perguntado se eles possuíam algum outro imóvel. Devia ter verificado.

– Alguém foi ver se seu marido está lá, Sra. Quine?

Ela soltou um pio de desdém.

– Ele não estaria *lá*! – disse ela, como se Strike sugerisse que o marido se escondera no Palácio de Buckingham. – Ele odeia aquela casa, nunca chega perto dela! De qualquer forma, não acho que esteja mobiliada nem nada.

– Você tem uma chave?

– Sei lá. Mas Owen *nunca* iria para lá! Ele não chega perto dela há anos. É um lugar horroroso de se ficar, velho e vazio.

— Se puder procurar a chave...

— Não posso despencar para a Talgarth Road, eu tenho Orlando! – disse ela, previsivelmente. – Aliás, estou te dizendo, ele não iria...

— Estou me oferecendo para ir até aí agora – disse Strike –, pegar a chave com você, se conseguir encontrá-la, e ir lá dar uma olhada. Só para ter certeza de que procuramos em toda parte.

— É, mas... é domingo – disse ela, demonstrando surpresa.

— Sei que é. Acha que pode procurar a chave?

— Tudo bem, então – disse ela depois de uma curta pausa. – Mas – com uma última explosão de vigor –, ele não estaria lá!

Strike pegou o metrô, trocou de linha para Westbourne Park e então, com a gola virada para cima contra o dilúvio gelado, foi a pé ao endereço que Leonora escrevera para ele em seu primeiro encontro.

Era outro daqueles estranhos bolsões de Londres onde milionários ficavam a uma curta distância de famílias de classe trabalhadora que ocupavam suas casas havia pelo menos quarenta anos. O ambiente banhado de chuva se apresentava como um estranho diorama: edifícios de apartamentos novos e elegantes atrás de casas geminadas tranquilas e indefinidas, o novo luxuoso e o antigo confortável.

A casa da família Quine ficava na Southern Row, uma rua afastada e sossegada de pequenas moradias de tijolos aparentes, a uma curta caminhada de um pub caiado chamado Chilled Eskimo. Com frio e molhado, Strike apertou os olhos para ver a placa no alto ao passar; retratava um inuíte feliz relaxando ao lado de um buraco no gelo onde pescava, de costas para o sol nascente.

A porta da casa dos Quine era verde-musgo e descascava. Tudo na fachada estava dilapidado, inclusive o portão, pendurado por uma só dobradiça. Strike pensou na predileção de Quine por quartos confortáveis de hotel ao tocar a campainha, e o conceito que tinha do desaparecido caiu um pouco mais.

— Você foi rápido – foi a saudação rude de Leonora ao abrir a porta. – Entre.

Ele a seguiu por um corredor escuro e estreito. À esquerda, uma porta estava entreaberta para o que claramente era o escritório de Owen Quine. Era desarrumado e sujo. Gavetas estavam abertas e havia uma antiga máquina de escrever elétrica torta na mesa. Strike podia imaginar Quine arrancando dela folhas de papel em sua fúria com Elizabeth Tassel.

— Teve sorte com a chave? — perguntou Strike a Leonora enquanto eles entravam na cozinha escura e malcheirosa no final do corredor. Todos os utensílios davam a impressão de ter pelo menos trinta anos. Strike pensou que a tia Joan possuía um micro-ondas marrom-escuro idêntico dos anos 1980.

— Bom, eu *as* encontrei — disse-lhe Leonora, gesticulando para meia dúzia de chaves colocadas na mesa da cozinha. — Não sei qual delas é a certa.

Nenhuma estava presa a um chaveiro e uma delas parecia grande demais para abrir algo além de uma porta de igreja.

— Qual é o número na Talgarth Road? — perguntou-lhe Strike.

— Cento e setenta e nove.

— Quando você esteve lá da última vez?

— Eu? Nunca fui lá — disse ela com o que parecia uma indiferença sincera. — Não fiquei interessada. Que coisa boba de se fazer.

— O quê?

— Deixá-la para eles. — Diante da expressão educadamente inquisitiva de Strike, ela disse com impaciência: — Aquele Joe North, deixando a casa para Owen e Michael Fancourt. Ele disse que era para os dois escreverem ali. Eles nunca a usaram desde então. Inútil.

— E você nunca esteve lá?

— Não. Eles a ganharam mais ou menos na época em que tive Orlando. Não me interessei — repetiu ela.

— Orlando nasceu nessa época? — perguntou Strike, surpreso. Ele imaginava vagamente Orlando como uma menina hiperativa de dez anos.

— Em 1986, foi — disse Leonora. — Mas ela é deficiente.

— Ah. Entendo.

— Agora tá lá em cima, amuada, porque tive de dizer a ela pra sair — disse Leonora, em uma de suas explosões de expansividade. — Ela rouba coisas. Sabe que é errado, mas não para de fazer. Eu a apanhei pegando a carteira na bolsa da nossa vizinha Edna quando ela apareceu ontem. Não foi por causa do dinheiro — disse ela rapidamente, como se ele fizesse alguma acusação. — Foi porque ela gostou da cor. Edna entende porque conhece a garota, mas nem todo mundo é assim. Eu digo a ela que tá errado. Ela sabe que tá errado.

— Tudo bem se eu levar estas chaves para experimentar, então? – perguntou Strike, pegando as chaves.

— Se é o que quer – disse Leonora, mas acrescentou, em desafio: – Ele não vai estar lá.

Strike colocou-as no bolso, rejeitou a oferta tardia de chá ou café de Leonora e voltou para a chuva fria.

Viu-se mancando de novo ao caminhar para a estação do metrô de Westbourne Park, o que significaria uma curta jornada com trocas mínimas de linha. Ele não tivera o cuidado habitual ao prender sua prótese, na pressa para sair do apartamento de Nina, nem conseguiu passar nenhum produto que desse alívio e ajudasse a proteger a pele por baixo dela.

Oito meses antes (no dia em que ele seria mais tarde apunhalado no braço), ele sofreu uma queda feia de uma escada. O clínico que o examinou logo depois disso informou que causara danos adicionais, provavelmente remediáveis, aos ligamentos mediais da articulação do joelho da perna amputada e aconselhou gelo, repouso e exames posteriores. Strike, porém, não tinha o luxo de descansar e não desejava fazer outros exames, assim enfaixou o joelho e tentou se lembrar de elevar a perna quando se sentava. A maior parte da dor havia cedido, mas, ocasionalmente, quando ele caminhava muito, voltava a latejar e inchar.

A rua pela qual Strike andava com dificuldade fazia uma curva à direita. Uma figura alta, magra e recurvada andava atrás dele, de cabeça baixa, de modo que só era visível a ponta de um capuz preto.

É claro que o sensato a fazer seria ir para casa agora e descansar o joelho. Era domingo. Não havia necessidade de andar por toda Londres debaixo de chuva.

Ele não vai estar lá, dizia Leonora em sua cabeça.

Mas a alternativa era voltar à Denmark Street, ouvindo a chuva bater na janela mal instalada ao lado de sua cama debaixo dos beirais, com álbuns de fotografias repletos de Charlotte perto demais, nas caixas do patamar...

É melhor andar, trabalhar, pensar nos problemas dos outros...

Piscando na chuva, ele ergueu os olhos para as casas por que passava e teve um vislumbre, em sua visão periférica, da figura que seguia vinte metros atrás. Embora o casaco preto fosse amorfo, Strike teve a impressão, pelos passos curtos e rápidos, de que a figura era uma mulher.

Agora Strike notava algo curioso no jeito de ela andar, algo artificial. Não havia o ensimesmamento do caminhante solitário em um dia frio e úmido. Sua cabeça não estava baixa, protegendo-a dos elementos, nem ela mantinha um ritmo constante com a simples visão de alcançar o destino. Ajustava a velocidade em incrementos mínimos, mas perceptíveis para Strike, e a cada poucos passos a cara oculta abaixo do capuz se apresentava ao assalto gelado da forte chuva, depois voltava a sumir na sombra. Ela o mantinha em vista.

O que foi mesmo que Leonora lhe disse em sua primeira reunião?

Acho que estou sendo seguida. Uma garota alta e morena de ombros redondos.

Strike experimentou um acelerar e reduzir infinitesimal do passo. O espaço entre eles permanecia constante; aquele rosto oculto erguia-se e baixava com mais frequência, um borrão rosa-claro, para verificar a posição dele. Ela não tinha experiência em seguir pessoas. Strike, o especialista, teria tomado a calçada do outro lado, fingido falar ao telefone; esconderia seu interesse concentrado e exclusivo no objeto...

Para sua própria diversão, ele fingiu uma hesitação repentina, como se fosse tomado pela dúvida quanto à direção correta. Apanhada de guarda baixa, a figura escura estacou, petrificada. Strike voltou a andar e depois de alguns segundos ouviu seus passos fazendo eco na calçada molhada atrás dele. Ela era tola demais até para perceber que tinha sido descoberta.

A estação de Westbourne Park entrou em seu campo de visão um pouco à frente: uma construção longa e baixa de tijolos dourados. Ele podia confrontá-la ali, perguntar a hora, dar uma boa olhada em seu rosto.

Entrando na estação, Strike rapidamente se retirou para o outro lado da entrada, esperando por ela, fora de vista.

Cerca de trinta segundos depois, vislumbrou a figura alta e escura correndo para a entrada pela chuva cintilante, com as mãos ainda nos bolsos; tinha medo de tê-lo perdido, que ele já estivesse em um trem.

Ele deu um passo confiante e rápido para fora da soleira, a fim de enfrentá-la – o pé postiço escorregou no piso de ladrilho molhado e derrapou.

– Merda!

Com uma descida indigna de perna entreaberta, ele perdeu o equilíbrio e caiu; nos longos segundos em câmera lenta, antes de atingir o chão molhado e sujo, caindo dolorosamente sobre a garrafa de uísque na sacola, ele a viu paralisada em silhueta na entrada, desaparecendo em seguida como uma corça assustada.

– Porcaria – ele ofegou, prostrado nos ladrilhos encharcados enquanto as pessoas na bilheteria olhavam-no fixamente. Torcera a perna de novo ao cair; parecia que talvez tivesse rompido os ligamentos; o joelho que antes estava meramente dolorido agora gritava seus protestos. Xingando intimamente os pisos mal-lavados e tornozelos protéticos de constituição rígida, Strike tentou se levantar. Ninguém quis se aproximar dele. Sem dúvida pensavam que estava bêbado – o uísque de Nick e Ilsa agora escapava da sacola e rolava pelo chão.

Enfim, um funcionário do metrô de Londres o ajudou a se levantar, resmungando sobre haver uma placa de alerta do piso molhado; o cavalheiro não a viu, a placa não tinha destaque suficiente? Ele entregou o uísque a Strike. Humilhado, Strike murmurou um agradecimento e mancou para as catracas, desejando apenas escapar dos incontáveis olhares fixos.

A salvo no trem para o sul, ele estendeu a perna que latejava e sondou o joelho o máximo que pôde através da calça do terno. Parecia sensível e inflamado, exatamente como ficou depois de ter caído daquela escada na primavera anterior. Agora furioso com a mulher que o estivera seguindo, ele tentou entender o que aconteceu.

Quando foi que ela se juntou a ele? Ela estava vigiando a casa de Quine, ela o viu entrar? Poderia ela (uma possibilidade nada lisonjeira) ter confundido Strike com Owen Quine? Kathryn Kent fez isso, brevemente, no escuro...

Ele se colocou de pé alguns minutos antes de trocar de trem em Hammersmith, preparando-se melhor para o que poderia ser uma descida perigosa. Quando chegou a seu destino, em Barons Court, mancava muito e desejava ter uma bengala. Saiu da área de venda de passagens ladrilhada de verde-ervilha vitoriano, colocando o pé com cuidado no piso coberto de pegadas molhadas e sujas. Logo deixava o abrigo seco da pequena joia da estação, com seu letreiro *art nouveau* e frontão de pedra, e prosseguia na chuva incansável para a barulhenta rua de mão dupla que ficava ali perto.

Para seu alívio e gratidão, ele percebeu ter saído no exato trecho da Talgarth Road onde ficava a casa que procurava.

Embora Londres estivesse cheia dessas anomalias arquitetônicas, ele nunca vira prédios que se chocavam tão patentemente com o ambiente. As casas velhas ficavam numa fileira distinta, relíquias de tijolos aparentes vermelho-escuros de uma época mais confiante e imaginativa, enquanto o trânsito trovejava implacavelmente por ela nos dois sentidos, pois ali era a artéria principal do oeste para Londres.

Eram ateliês decorados do final da era vitoriana, com as janelas de baixo chumbadas e gradeadas e janelões em arco dando para o norte nos andares superiores, como fragmentos do desaparecido Palácio de Cristal. Embora estivesse molhado, com frio e dolorido, Strike parou por alguns segundos para olhar o número 179, admirando-se de sua arquitetura diferente e perguntando-se quanto os Quine ganhariam se Fancourt mudasse de ideia e concordasse em vender.

Ele subiu os degraus da escada branca. A porta de entrada era protegida da chuva por um dossel de tijolos ricamente ornamentado com festões, pergaminhos e insígnias de pedra. Strike pegou as chaves, uma por uma, com os dedos frios e entorpecidos.

Na quarta tentativa, a chave deslizou sem protestar e girou como se fizesse isso há anos. Um estalo suave, e a porta da frente se abriu. Ele atravessou a soleira e fechou a porta.

Um choque, como uma bofetada na cara, como um balde de água fria sendo virado. Strike atrapalhou-se com a gola do casaco, puxando-a até a boca e o nariz para protegê-los. Onde deveria sentir apenas o cheiro de poeira e madeira velha, algo penetrante e químico o invadiu, tomando seu nariz e a garganta.

Ele estendeu a mão automaticamente para um interruptor na parede ao lado, gerando um dilúvio de luz de duas lâmpadas nuas penduradas no teto. O vestíbulo, estreito e vazio, era revestido de madeira cor de mel. Colunas salomônicas do mesmo material escoravam um arco a meio caminho de sua extensão. À primeira vista era sereno, gracioso e bem proporcionado.

Mas, fixando o olhar, aos poucos Strike viu manchas largas do que parecia queimadura na madeira original. Um fluido corrosivo e ácido – que ainda fazia arder o ar empoeirado – fora borrifado para todo lado no que parece ter sido um ato de vandalismo desenfreado; ele descascara o verniz das tábuas envelhecidas do piso, estragara a pátina da escada de madeira crua à frente e fora jogado até nas paredes, deixando grandes trechos de reboco pintado descorados e embranquecidos.

Depois de alguns segundos respirando através da gola grossa de sarja, ocorreu a Strike que o lugar estava quente demais para uma casa desabitada.

O aquecimento fora ligado no máximo, o que fazia o forte cheiro de química espalhar-se de forma mais pungente do que se tivesse se dispersado no frio de um dia de inverno.

Um papel farfalhou sob seus pés. Baixando os olhos, ele viu alguns cardápios de restaurantes delivery e um envelope endereçado AO MORADOR/ZELADOR. Strike abaixou-se e o pegou. Era um bilhete curto numa caligrafia áspera de um vizinho, reclamando do cheiro.

Strike deixou o bilhete cair no capacho e avançou pelo interior, observando as marcas deixadas em cada superfície em que foi jogada a substância química. À esquerda, havia uma porta; ele abriu. O cômodo estava escuro e vazio, não fora maculado pela substância alvejante. Uma cozinha dilapidada, também sem utensílios domésticos, era o único outro cômodo no andar térreo. O dilúvio de substâncias químicas não a poupou; até uma meia fatia de pão estragado na bancada foi espargida.

Strike subiu a escada interna. Alguém tinha subido ou descido por ali, despejando a substância tóxica e corrosiva de um recipiente de grande capacidade; foi respingada para todo lado, até no peitoril do patamar, onde a tinta formara bolhas e rachara.

No primeiro andar, Strike parou de repente. Mesmo através da grossa lã do sobretudo, ele sentiu o cheiro de outra coisa, algo que a substância industrial pungente não conseguia mascarar. Adocicado, pútrido, rançoso: o fedor de carne em decomposição.

Ele não experimentou nenhuma das portas fechadas do primeiro andar. Em vez disso, com o uísque de aniversário balançando-se estupidamente na sacola plástica, seguiu lentamente os passos de quem despejou o ácido, subindo um segundo lance da escada manchada, do qual o verniz fora queimado, pois o corrimão entalhado se crestara e perdera o brilho da cera.

O cheiro de decomposição ficava mais forte a cada passo dado por Strike. Lembrou-lhe da época em que metiam varas compridas no chão na Bósnia e puxavam para cheirar a ponta, uma forma à prova de falhas de localizar covas coletivas. Ele apertou ainda mais a gola na boca ao chegar ao último andar, ao ateliê onde um artista vitoriano antigamente trabalhou na inalterada luz do norte.

Strike não hesitou na soleira, a não ser pelos segundos necessários para puxar a manga para baixo e cobrir a mão exposta, a fim de não marcar a porta de madeira ao empurrá-la. Silêncio, exceto por um leve guincho das dobradiças, seguido do zumbido erradio de moscas.

Ele esperava a morte, mas não isto.

Uma carcaça: amarrada, fétida e apodrecida, vazia e estripada, jazendo no chão, em vez de pendurada em um gancho de metal, que certamente era seu lugar. Mas o que parecia um porco abatido trajava roupas humanas.

Jazia abaixo das vigas em arco do teto, banhada na luz daquela imensa janela romanesca e, embora aquela fosse uma residência particular e o trânsito se derramasse constantemente do outro lado do vidro, Strike sentiu que estava tendo ânsias involuntárias de vômito em um templo, testemunha de um abate sacrificial, de um ato de sacrilégio pecaminoso.

Sete pratos e sete jogos de talheres foram arrumados em volta do corpo em decomposição como se fosse uma gigantesca posta de carne. O tronco foi cortado do pescoço à pélvis e Strike era alto o suficiente para ver, mesmo da porta, a cavidade preta e escancarada que restou dele. Os intestinos desapareceram, como que devorados. Tecido e carne foram queimados por todo o cadáver, aumentando a impressão abominável de que foi cozido e dele se regalaram. Nos lugares queimados, o corpo em decomposição brilhava, de uma aparência quase líquida. Quatro radiadores sibilando apressavam a decomposição.

A face apodrecida jazia longe dele, perto da janela. Strike semicerrou os olhos para ela, sem se mexer, procurando não respirar. Um tufo de barba amarelada ainda se grudava no queixo, e um único globo ocular queimado ainda era visível.

E agora, mesmo com toda sua experiência de morte e mutilação, Strike teve de reprimir o impulso de vomitar com aquela mistura quase sufocante de odores de química e putrefação. Passou a sacola que carregava mais para cima do braço grosso, tirou o celular do bolso e fotografou a cena do maior número possível de ângulos sem avançar mais no cômodo. Depois saiu dali, deixando a porta se fechar, o que nada adiantou para mitigar a fetidez quase sólida, e ligou para a emergência.

Lenta e cuidadosamente, decidido a não escorregar e cair, embora estivesse desesperado para recuperar o ar fresco, limpo e banhado de chuva, Strike desceu pela escada manchada para esperar pela polícia na rua.

17

> Melhor tomá-la enquanto respiras,
> Não há bebida após a morte.
>
> John Fletcher,
> *O irmão sangrento*

Não era a primeira vez que Strike visitava a New Scotland Yard por insistência da Polícia Metropolitana. Seu interrogatório anterior também dizia respeito a um cadáver, e ocorreu ao detetive, enquanto esperava sentado em uma sala de interrogatório muitas horas depois, com a dor no joelho menos aguda depois de várias horas de inação forçada, que, naquela época, ele também fizera sexo na noite anterior.

Sozinho numa sala que não era maior do que a média dos armários para escritórios, seus pensamentos grudavam como moscas na obscenidade apodrecida que ele encontrou no ateliê. O horror daquilo não o abandonava. Em sua especialidade profissional, ele viu corpos que foram arrastados para posições que pretendiam sugerir suicídio ou acidente; examinou cadáveres com vestígios pavorosos de tentativas de disfarçar a crueldade a que foram submetidos antes da morte; vira homens, mulheres e crianças mutilados e desmembrados; mas o que viu no número 179 da Talgarth Road era algo inteiramente novo. O caráter maligno do que foi feito ali era quase orgiástico, uma exibição cuidadosamente calibrada de representação sádica. O pior a contemplar foi a ordem com que despejaram o ácido, o corpo estripado: uma tortura? Quine estaria vivo ou morto enquanto seu assassino dispunha pratos e talheres em volta dele?

A imensa sala abobadada onde agora jazia o corpo de Quine, sem dúvida nenhuma, estaria lotada de homens com traje de proteção examinando todo o corpo, coletando provas periciais. Strike desejava estar com eles. A inatividade após uma descoberta de tal porte lhe era detestável. Ele ardia de frustração profissional. Excluído desde o momento em que a polícia chegou, foi relegado a um mero trapalhão que topou com uma cena (e "cena", pensou ele repentinamente, era a palavra correta de várias maneiras: o corpo amarrado e arrumado à luz de uma janela gigantesca de igreja... um sacrifício a algum poder demoníaco... sete pratos, sete jogos de talheres...).

A janela fosca da sala de interrogatório bloqueava tudo que havia além, exceto a cor do céu, agora preto. Ele já estava nesta sala mínima havia muito tempo e a polícia ainda não terminara de tomar seu depoimento. Era difícil avaliar o quanto do desejo de prolongar o interrogatório era suspeita autêntica e o quanto era animosidade. É verdade que quem descobre uma vítima de homicídio deve ser submetido a um interrogatório completo, porque em geral sabe mais do que está disposto a falar e com bastante frequência sabe de tudo. Porém, na solução do caso Lula Landry, pode-se dizer que Strike humilhou a Polícia Metropolitana, que havia declarado com muita confiança sua morte por suicídio. Strike não achava ser paranoia sua pensar que a atitude da inspetora-detetive de cabelo batidinho, que acabara de deixar a sala, continha a determinação de fazê-lo suar. Também não achava que seria estritamente necessário que tantos colegas dela o observassem, alguns se demorando apenas para encarar, outros fazendo observações sarcásticas.

Se eles pensavam que estavam lhe causando um desconforto inconveniente, estavam enganados. Ele não tinha mais para onde ir e fizera uma refeição decente. Se o deixassem fumar, ficaria muito à vontade. A mulher que o interrogara por uma hora disse que ele podia sair, acompanhado, para fumar um cigarro na chuva, mas a inércia e a curiosidade o mantinham naquela cadeira. Seu uísque de aniversário estava ao lado, na sacola. Strike pensou que se o retivessem ali por muito mais tempo ele abriria a garrafa. Deixaram um copo plástico com água.

A porta a suas costas sussurrou sobre o carpete cinza e denso.

– Mystic Bob – disse uma voz.

Richard Anstis, da Polícia Metropolitana e do Exército Territorial, entrou sorridente na sala, o cabelo molhado de chuva, trazendo um maço de papéis debaixo do braço. Um lado de seu rosto tinha cicatrizes acentuadas, a pele abaixo do olho direito era repuxada. Salvaram seu olho no hospital de campo, em Cabul, enquanto Strike estava inconsciente, os médicos trabalhando para preservar o joelho da perna amputada.

— Anstis! — disse Strike, apertando a mão que o policial estendia. — Mas o que...?

— Usei minha autoridade, amigo, vou cuidar deste — disse Anstis, baixando na cadeira ocupada pela última vez pela detetive carrancuda. — Você não é popular por aqui e sabe disso. Para sorte sua, tem o tio Dickie do seu lado, dando fé por você.

Ele sempre disse que Strike salvou sua vida, e talvez fosse verdade. Eles estiveram sob fogo cruzado em uma estrada de terra amarela no Afeganistão. O próprio Strike não tinha certeza do que o fez sentir a explosão iminente. O jovem em disparada pela lateral da estrada à frente, com o que parecia o irmão mais novo, podia simplesmente estar fugindo do tiroteio. Só o que ele sabia é que gritou com o motorista do Viking para frear, uma injunção que não foi obedecida — talvez não tenha sido ouvida —, e ele se estendeu para frente, pegou Anstis pelas costas da camisa e o puxou com uma só mão para a traseira do veículo. Se Anstis tivesse continuado onde estava, provavelmente teria sofrido o destino do jovem Gary Topley, sentado bem à frente de Strike e de quem só conseguiram encontrar a cabeça e o tronco para enterrar.

— Preciso repassar essa história mais uma vez, amigo — disse Anstis, abrindo na frente dele o depoimento que deve ter apanhado com a policial.

— Algum problema se eu beber? — perguntou Strike, cansado.

Sob o olhar irônico de Anstis, Strike pegou a garrafa de puro malte Arran na sacola e serviu dois dedos na água morna do copo de plástico.

— Muito bem: você foi contratado pela mulher dele para encontrar um morto... estamos supondo que o corpo é desse escritor, esse tal de...

— Owen Quine, isso — completou Strike, enquanto Anstis dirigia os olhos para a caligrafia da colega. — A mulher dele me contratou há seis dias.

— E a essa altura ele estava desaparecido há...?

— Dez dias.

— Mas ela não procurou a polícia?

— Não. Ele costumava fazer isso: sumia de vista sem contar a ninguém onde estava, depois voltava para casa. Gostava de ir para hotéis sem a mulher.

— Por que desta vez ela o procurou?

— As coisas ficaram complicadas em casa. Há uma filha deficiente e pouco dinheiro. E ele ficou fora mais tempo do que o normal. Ela pensou que tivesse ido para um retiro de escritores. Não sabia o nome do lugar, mas eu verifiquei e ele não estava lá.

— Ainda não entendo por que ela procurou por você e não por nós.

— Ela disse que procurou seu pessoal uma vez, quando ele foi dar seus passeios, e ele ficou zangado com isso. Ao que parece, ele estava com uma amante.

— Vou verificar. — Anstis tomou nota. — O que o fez ir àquela casa?

— Descobri ontem à noite que os Quine são coproprietários dela.

Uma leve pausa.

— A mulher dele não mencionou isso?

— Não — disse Strike. — A história dela é que ele detestava o lugar e nunca chegava perto. Ela até deu a impressão de ter se esquecido de que eles eram donos dali...

— Isso é provável? — resmungou Anstis, coçando o queixo. — Se eles estão na pior?

— É complicado. O outro proprietário é Michael Fancourt...

— Já ouvi falar dele.

— ... e ela disse que ele não os deixa vender. Havia animosidade entre Fancourt e Quine. — Strike bebeu o uísque; aqueceu a garganta e o estômago. (O estômago de Quine, todo o trato digestivo, fora arrancado. Onde diabos estaria?) — De qualquer modo, fui até lá na hora do almoço e lá estava ele... ou a maior parte dele.

O uísque o fez ansiar por um cigarro mais do que nunca.

— O corpo estava totalmente fodido, pelo que me disseram — disse Anstis.

— Quer ver?

Strike tirou o celular do bolso, puxando as fotos do cadáver e estendendo pela mesa.

— Puta merda — disse Anstis. Depois de um minuto de contemplação silenciosa do cadáver apodrecido, ele perguntou, enojado: — O que é isso em volta dele... pratos?

— É — disse Strike.

— E isto significa alguma coisa para você?

— Nada.

— Alguma ideia de quando ele foi visto vivo pela última vez?

— Da última vez que a mulher o viu foi na noite do dia 5. Ele tinha acabado de jantar com a agente literária, que lhe disse que seu último livro não poderia ser publicado porque ele difamava sabe Deus quantas pessoas, inclusive dois homens muito litigiosos.

Anstis olhou as anotações deixadas pela detetive Rawlins.

— Você não contou isso a Bridget.

— Ela não perguntou. Não nos entendemos muito bem.

— Há quanto tempo este livro está no mercado?

— Não está – disse Strike, colocando mais uísque no copo. – Ainda não foi publicado. Já te falei, ele brigou com a agente porque ela disse que ele não podia publicá-lo.

— Você leu?

— A maior parte.

— A mulher dele te deu uma cópia?

— Não, ela disse que nunca leu.

— Ela se esqueceu de que era dona de uma segunda casa e não lê os livros do próprio marido – disse Anstis sem ênfase.

— A história dela é que ela quer ler quando eles estiverem com capa – disse Strike. – Por mais ridículo que pareça, acredito nela.

— Sei. – Anstis agora escrevia acréscimos ao depoimento de Strike. – Como conseguiu uma cópia do manuscrito?

— Prefiro não falar.

— Pode ser um problema – disse Anstis, erguendo os olhos.

— Não para mim.

— Talvez a gente precise voltar a isso, Bob.

Strike deu de ombros, depois perguntou:

— A mulher dele foi informada?

— A essa altura já deve ter sido, sim.

Strike não havia telefonado para Leonora. A notícia da morte do marido deveria ser dada pessoalmente por alguém com o treinamento necessário. Ele fez esse trabalho muitas vezes, mas estava sem prática; de qualquer modo, esta tarde se dedicou aos restos profanados de Owen Quine, montando guarda até entregá-los em segurança às mãos da polícia.

Ele não se esquecera do que Leonora estaria passando enquanto ele era interrogado na Scotland Yard. Imaginava a mulher abrindo a porta a um policial – dois, talvez –, o primeiro tremor de alarme ao ver a farda; a martelada dada no coração pelo convite calmo, compreensivo e solidário para entrar em casa; o horror da declaração (mas eles não contariam, pelo menos a princípio, sobre as cordas roxas e grossas que amarravam seu marido ou sobre a caverna escura e vazia que um assassino criou em seu peito e na barriga; eles não diriam que o rosto foi queimado por ácido ou que alguém arrumou pratos à volta como se ele fosse uma assado gigante... Strike lembrou-se da travessa de cordeiro que Lucy serviu quase 24 horas antes. Ele não era um homem melindroso, mas o malte suave pareceu se agarrar em sua garganta, e ele baixou o copo).

– Quantas pessoas sabem o que há no livro, tem como calcular? – perguntou lentamente Anstis.

– Não faço ideia – disse Strike. – A essa altura, podem ser muitas. A agente de Quine, Elizabeth Tassel... escreve-se como se fala – acrescentou ele prestativamente, enquanto Anstis tomava notas –, mandou o manuscrito para Christian Fisher, da Crossfire Publishing, e ele é um homem que gosta de uma fofoca. Contrataram advogados para tentar impedir o vazamento.

– Cada vez mais interessante – resmungou Anstis, escrevendo rapidamente. – Quer comer alguma coisa, Bob?

– Eu quero fumar.

– Não vai demorar muito – prometeu Anstis. – A quem ele difamou?

– A questão – Strike flexionou a perna dolorida – é que ou é calúnia, ou ele expôs a verdade sobre as pessoas. Mas os personagens que reconheci eram... me arranje papel e caneta – disse ele, porque era mais rápido escrever do que ditar. Ele disse os nomes em voz alta enquanto os anotava:
– Michael Fancourt, o escritor; Daniel Chard, que dirige a editora de Quine; Kathryn Kent, amante de Quine...

– Tem uma amante?

– Tem, e pelo visto eles ficaram juntos por mais de um ano. Fui procurá-la... Stafford Cripps House, em Clement Attlee Court... e ela alegou que ele não estava em seu apartamento e que ela não o vira... Liz Tassel, sua agente; Jerry Waldegrave, seu editor, e – hesitando por uma fração – sua mulher.

– Ele também pôs a mulher dele ali?

– Pôs. – Strike empurrou a lista pela mesa para Anstis. – Mas havia muitos outros personagens que eu não tenho como reconhecer. Vai precisar de um telescópio, se vai procurar quem ele colocou no livro.

– Ainda tem a cópia do manuscrito?

– Não. – Strike, esperando a pergunta, mentiu tranquilamente. Anstis que conseguisse uma cópia sozinho sem as digitais de Nina.

– Mais alguma coisa que você julgue útil? – perguntou Anstis, sentando-se mais reto.

– Tem. Não acho que foi a mulher dele.

Anstis lançou a Strike um olhar indagativo mesclado com a cordialidade. Strike era padrinho do filho de Anstis, que nasceu só dois dias antes de os dois sofrerem a explosão no Viking. Strike encontrou Timothy Cormoran Anstis algumas vezes e não teve uma boa impressão dele.

– Tudo bem, Bob, assine isto para nós e podemos te dar uma carona para casa.

Strike leu o depoimento atentamente, tendo o prazer de corrigir a ortografia da detetive Rawlins em alguns trechos, e assinou.

O celular tocou enquanto ele e Anstis andavam pelo longo corredor ao elevador, o joelho de Strike protestando dolorosamente.

– Cormoran Strike?

– Sou eu, Leonora – disse ela, parecendo quase exatamente como sempre foi, só que sua voz talvez estivesse um pouco menos maçante.

Strike gesticulou para Anstis que não estava pronto para entrar no elevador e afastou-se do policial, a uma janela escurecida abaixo da qual o trânsito era sinuoso na chuva interminável.

– A polícia a procurou? – perguntou ele.

– Sim. Estou com eles agora.

– Eu sinto muito, Leonora – disse ele.

– Você está bem? – perguntou ela bruscamente.

– Eu? – Strike ficou surpreso. – Estou ótimo.

– Eles não estão te criando problemas? Disseram que você estava sendo interrogado. Eu disse pra eles: "Ele só encontrou Owen porque eu pedi, pra que ele foi preso?"

– Não me prenderam. Só precisavam de um depoimento.

– Mas eles ficaram com você aí o tempo todo.

– Como você sabe quanto tempo...?

– Eu estou aqui – disse ela. – No saguão do térreo. Quero te ver, disse pra eles me trazerem.

Atordoado, com o uísque assentando no estômago vazio, ele disse a primeira coisa que lhe ocorreu:

– Quem está cuidando de Orlando?

– Edna – disse Leonora, tomando como rotina a preocupação de Strike com a filha. – Quando é que vão te deixar sair?

– Estou saindo agora.

– Quem era? – perguntou Anstis quando Strike desligou. – Charlotte preocupada com você?

– Meu Deus, não – disse Strike enquanto entravam juntos no elevador. Ele se esqueceu completamente de que nunca contara a Anstis sobre o rompimento. Como amigo da Polícia Metropolitana, Anstis era lacrado em um compartimento próprio em que a fofoca não penetrava. – Isso acabou. Terminou meses atrás.

– Sério? Que barra – disse Anstis, parecendo se lamentar com seriedade enquanto o elevador começava a descer. Mas Strike pensou que parte da decepção de Anstis era consigo mesmo. Ele foi um dos amigos que mais aceitou Charlotte, com sua beleza extraordinária e seu riso obsceno. "Traga Charlotte" era o frequente refrão de Anstis quando os dois se viram livres de hospitais e do exército, de volta à cidade que era seu lar.

Strike sentiu o desejo instintivo de proteger Leonora de Anstis, mas era impossível. Quando a porta do elevador se abriu, lá estava ela, magra e sem brilho, com o cabelo mole nas presilhas, o casaco velho envolvendo o corpo e um ar de quem ainda calçava chinelos, embora os pés estivessem em sapatos pretos gastos. Estava flanqueada por dois policiais fardados, um deles mulher, que evidentemente deu a notícia da morte de Quine e a trouxe aqui. Strike deduziu pelos olhares cautelosos que lançavam a Anstis que Leonora lhes deu o que pensar; que sua reação à notícia de que o marido estava morto não lhes pareceu normal.

De cara seca e prosaica, Leonora demonstrou alívio ao ver Strike.

– Aí está você – disse ela. – Por que eles te seguraram por tanto tempo?

Anstis a olhou com curiosidade, mas Strike não os apresentou.

– Vamos para lá? – Ele indicou um banco junto da parede. Mancando ao lado dela, ele sentiu os três policiais se unirem atrás deles.

– Como você está? – perguntou-lhe Strike, em parte na esperança de que ela demonstrasse algum sinal de aflição, para mitigar a curiosidade dos que a observavam.

– Sei lá. – Ela baixou no assento de plástico. – Eu nem acredito. Nunca pensei que ele fosse para lá, aquele bobo. Acho que entrou um ladrão e fez aquilo. Ele devia ter ido para um hotel, como sempre, não devia?

Então eles não lhe contaram muito. Strike pensou que ela estava mais chocada do que aparentava, mais do que ela própria sabia. O ato de vir procurá-lo parecia a atitude desorientada de alguém que não sabia mais o que fazer, a não ser se voltar para a pessoa que devia estar ajudando.

– Quer que a leve para casa? – perguntou-lhe Strike.

– Acho que eles vão me dar uma carona de volta – disse ela, com o mesmo senso de direito inalterado que apareceu na declaração de que Elizabeth Tassel pagaria a conta de Strike. – Eu queria te ver para saber se você estava bem e eu não o tinha metido em problemas, e queria te perguntar se você vai continuar trabalhando para mim.

– Continuar trabalhando para você? – repetiu Strike.

Por uma fração de segundo, ele se perguntou se era possível que ela não tivesse apreendido bem o que acontecera, que ela pensasse que Quine ainda poderia ser encontrado em algum lugar por aí. Será que suas maneiras um tanto excêntricas mascaravam algo mais grave, algum problema cognitivo fundamental?

– Eles pensam que eu sei alguma coisa sobre isso – disse Leonora. – Sei que pensam.

Strike hesitou, prestes a dizer "tenho certeza de que não é verdade", mas teria sido uma mentira. Ele tinha plena consciência de que Leonora, esposa de um marido infiel e irresponsável, que decidira não envolver a polícia e deixou que se passassem dez dias antes de fazer estardalhaço à sua procura, que tinha a chave de uma casa vazia onde o corpo foi encontrado e que sem dúvida nenhuma seria capaz de pegá-lo de surpresa, seria a primeira e mais importante suspeita. Porém, ele perguntou:

– Por que pensa assim?

– Eu sei que é assim – repetiu ela. – Pelo jeito como falam comigo. E eles disseram que vão dar uma busca na nossa casa, no escritório dele.

Era rotina, mas ele via o quanto ela sentia ser invasivo e nefasto.

– Orlando sabe o que aconteceu? – perguntou ele.

— Eu contei, mas acho que ela não entende — disse Leonora e, pela primeira vez, ele viu lágrimas em seus olhos. — Ela disse: "Como o Mister Poop"... era nosso gato, que foi atropelado... mas não sei se ela entende, não seriamente. Nunca se sabe quando se trata de Orlando. Eu não disse a ela que alguém o matou. Nem eu consigo entender isso.

Houve uma curta pausa em que Strike teve esperanças, inutilmente, de não ter bafo de uísque.

— Vai continuar trabalhando para mim? — perguntou-lhe ela diretamente. — Você é melhor do que eles, por isso eu quis você, antes de tudo. Você vai?

— Sim — disse ele.

— Porque eu sei que eles pensam que eu tenho alguma coisa a ver com isso — repetiu ela, levantando-se –, pelo jeito como falam comigo.

Ela puxou mais o casaco em volta do corpo.

— É melhor voltar para Orlando. Que bom que está tudo bem com você.

Ela se arrastou mais uma vez para sua escolta. A policial pareceu perplexa ao ser tratada como uma taxista, mas, depois de um olhar a Anstis, concordou com o pedido de carona de Leonora.

— Mas o que foi isso? — perguntou Anstis a ele depois que as mulheres saíram de alcance.

— Ela teve medo de que vocês tivessem me prendido.

— Ela é meio excêntrica, né?

— É, um pouco.

— Mas você não contou nada a ela? — perguntou Anstis.

— Não — disse Strike, que se ressentia da pergunta. Ele sabia muito bem que não devia passar informações sobre uma cena de crime a um suspeito.

— Precisa ter cuidado, Bob — disse Anstis, desajeitado, enquanto eles passavam pelas portas giratórias para a noite chuvosa. — Não atrapalhe. Agora é homicídio e você não tem muitos amigos por essas bandas, parceiro.

— A popularidade é superestimada. Escute, vou pegar um táxi... não – disse ele com firmeza, junto dos protestos de Anstis –, preciso fumar antes de ir a qualquer lugar. Obrigado, Rich, por tudo.

Eles trocaram um aperto de mãos; contra a chuva, Strike virou para cima a gola e, com um aceno de despedida, mancou pela calçada escura. Estava quase tão feliz por ter se livrado de Anstis como por dar a primeira e doce tragada em seu cigarro.

18

> Por isto descubro onde se alimenta o ciúme,
> É pior ter cornos na mente do que na cabeça.
>
> Ben Johnson,
> *Cada qual com seu humor*

Strike se esqueceu completamente de que Robin saiu do escritório na tarde de sexta-feira no que ele classificava como mau humor. Ele só sabia que ela era a única pessoa com quem ele queria conversar sobre o que aconteceu e, embora costumasse evitar telefonemas a ela nos fins de semana, as circunstâncias eram excepcionais o suficiente para justificar um torpedo. Ele o enviou do táxi que encontrou depois de quinze minutos andando a passos pesados nas ruas frias, molhadas e escuras.

Robin estava em casa, enroscada em uma poltrona, com *Investigative Interviewing: Psychology and Practice*, um livro que comprara pela internet. Matthew estava no sofá, falando ao telefone fixo com a mãe em Yorkshire, que passava mal de novo. Ele revirava os olhos sempre que Robin se lembrava de erguer a cabeça e sorrir com solidariedade da exasperação dele.

Quando o celular vibrou, Robin o olhou com irritação; tentava se concentrar no *Investigative Interviewing*.

Encontrei Quine assassinado. C

Ela soltou um arquejar misturado com um gritinho que assustou Matthew. O livro escorregou do colo e caiu, desprezado, no chão. Apanhando o celular, ela correu com ele para o quarto.

Matthew falou com a mãe por mais vinte minutos, depois foi escutar pela porta fechada do quarto. Ouviu Robin fazendo perguntas e recebendo o que pareciam respostas longas e complexas. Algo em seu timbre o convenceu de que era Strike na linha. Seu maxilar enrijeceu.

Quando finalmente saiu do quarto, chocada e aterrorizada, Robin contou ao noivo que Strike tinha encontrado o homem desaparecido que estivera procurando, e que ele fora assassinado. A curiosidade natural de Matthew o puxava para um lado, mas sua antipatia por Strike e o atrevimento dele de procurar Robin numa noite de domingo puxavam-no para o outro.

— Bom, ainda bem que está acontecendo alguma coisa que te interesse esta noite – disse ele. – Sei que você está morta de tédio com a saúde de minha mãe.

— Seu hipócrita! – Robin ofegou, sentindo falta de ar com a injustiça.

A briga se agravou com uma velocidade alarmante. O convite de Strike para o casamento; a atitude desdenhosa de Matthew para com o emprego de Robin; como seria a vida deles juntos; o que cada um devia ao outro: Robin ficou apavorada com a rapidez com que os fundamentos de sua relação eram arrastados para exame e recriminação, mas não cedeu. Foi tomada de uma frustração e uma raiva familiares para com os homens de sua vida – com Matthew, por não conseguir enxergar por que seu emprego importava tanto para ela; com Strike, por não reconhecer seu potencial.

(Mas ele lhe telefonou quando encontrou o corpo... Ela deixou escapar uma pergunta – "A quem mais você contou?" – e ele respondeu, sem nenhum sinal de que sabia o que isto significaria para ela, "A ninguém, só a você".)

Enquanto isso, Matthew sentia-se extremamente injustiçado. Ultimamente vinha notando algo e sabia que não devia se queixar, algo que feria ainda mais por sentir que ele devia engolir: antes de trabalhar para Strike, Robin sempre foi a primeira a ceder numa briga, a primeira a se desculpar, mas parecia que sua natureza conciliatória foi deturpada por aquela porcaria de emprego idiota...

Eles só tinham um quarto. Robin pegou cobertores sobressalentes no alto do guarda-roupa, retirou roupas limpas de dentro dele e anunciou a intenção de dormir no sofá. É claro que logo ela desmoronaria (o sofá era duro e desconfortável). Matthew não tentou dissuadi-la.

Mas ele estava enganado, se esperava que ela se abrandaria. Quando acordou na manhã seguinte, encontrou o sofá vazio e Robin fora de casa. Sua raiva aumentou exponencialmente. Sem dúvida ela foi trabalhar uma hora mais cedo do que o habitual, e sua imaginação – Matthew não costumava ser imaginativo – mostrou-lhe aquele filho da puta grandalhão e feio abrindo a porta de seu apartamento, e não do escritório abaixo...

19

> ... Abrirei a ti
> O livro de um pecado negro, impresso
> fundo em mim.
> ... meu mal reside em minha alma.
>
> Thomas Dekker,
> *O nobre soldado espanhol*

Strike ajustou o despertador para o início da manhã, pretendendo garantir algum tempo tranquilo e ininterrupto, sem clientes ou telefonemas. Levantou-se de imediato, tomou um banho e o café da manhã, teve muito cuidado ao prender a prótese em um joelho definitivamente inchado e mancou para o escritório, 45 minutos depois de acordar, com a parte não lida de *Bombix Mori* debaixo do braço. Uma suspeita que não confidenciou a Anstis o impelia a terminar o livro com urgência.

Depois de preparar uma caneca de chá forte e se sentar à mesa de Robin, onde a luz era melhor, ele começou a ler.

Tendo escapado de Cutter e entrado na cidade que era seu destino, Bombix decidiu se livrar das companheiras de sua longa jornada, Succuba e Tick. Isto ele conseguiu levando-as a um bordel, onde as duas aparentaram satisfação em trabalhar. Bombyx partiu sozinho em busca de Vainglorious, famoso escritor e um homem que esperava que fosse seu mentor.

A meio caminho de uma viela escura, Bombyx foi interpelado por uma mulher de cabelo ruivo comprido e expressão demoníaca, que levava para jantar em casa um punhado de ratos mortos. Quando soube da identidade de Bombyx, Harpy o convidou a sua casa, revelada como uma caverna tomada de crânios de animais. Strike passou os olhos rapidamente pelo sexo, que tomava quatro páginas e envolvia Bombyx pendurado do teto e chicoteado. Em seguida, como Tick, Harpy tentou mamar no peito de Bombyx, mas ele, apesar de amarrado, conseguiu afugentá-la. Enquanto dos mamilos dele vazava uma deslumbrante luz sobrenatural, Harpy chorava e revelava os próprios seios, dos quais escorria um líquido marrom-escuro e viscoso.

Strike fez uma careta ante a imagem. O estilo de Quine não só começava a parecer paródico, dando a Strike uma sensação de fastio nauseante, como a cena podia ser lida como uma explosão de maldade, uma erupção de sadismo reprimido. Teria Quine dedicado meses, talvez anos, de sua vida tentando infligir a maior dor e agonia possíveis? Seria ele mentalmente são? Poderia um homem com tal controle magistral do estilo, por menos que Strike gostasse dele, ser classificado como louco?

Ele tomou um gole do chá, quente, limpo e tranquilizador, e continuou a leitura. Bombyx estava a ponto de sair enojado da casa de Harpy quando outro personagem irrompeu pela porta: Epicoene, que a chorosa Harpy apresentou como sua filha adotiva. Uma menina nova, cujo manto aberto revelava um pênis, Epicoene insistia que ela e Bombyx eram almas gêmeas, compreendendo, como faziam, tanto o masculino como o feminino. Ela o convidou a provar seu corpo de hermafrodita, mas primeiro a ouvi-la cantar. Ao que parece, com a impressão de que tinha uma bela voz, ela emitiu latidos de foca até Bombyx fugir dela, tapando os ouvidos.

Agora Bombyx via pela primeira vez, no alto de uma colina no meio da cidade, um castelo de luz. Subiu as ruas íngremes até lá e foi detido numa porta escura por um anão, apresentado como o escritor Vainglorious. Ele tinha as sobrancelhas de Fancourt, a expressão azeda e as maneiras desdenhosas de Fancourt, e ofereceu a Bombyx uma cama para passar a noite, pois "ouvi falar do seu grande talento".

Para pavor de Bombyx, havia uma jovem acorrentada dentro da casa, escrevendo a uma escrivaninha de porta rolante. Ferretes em brasa ardiam na lareira, em que estavam presas frases de metal torcido, como *simplório pertinaz* e *coito crisostômico*. Evidentemente esperando que Bombyx se divertisse, Vainglorious explicou ter colocado a jovem esposa Effigy para escrever o próprio livro, de forma que ela não o incomodasse enquanto ele criava sua próxima obra-prima. Infelizmente, explicou Vainglorious, Effigy não tinha talento, motivo para ser punida. Ele retirou um dos ferretes do fogo, no que Bombyx fugiu da casa, perseguido pelos gritos de dor de Effigy.

Bombyx correu ao castelo de luz, onde imaginava que encontraria refúgio. Acima da porta estava o nome *Phallus Impudicus*, mas ninguém atendeu ao chamado de Bombyx. Ele, assim, deu a volta pelo castelo, espiando pelas janelas, até que viu um careca nu de pé sobre o cadáver de um menino dourado coberto de punhaladas, e cada uma delas emitia a mesma luz deslumbrante que emanava dos mamilos do próprio Bombyx. O pênis ereto de Phallus parecia apodrecido.

– Oi.

Strike tomou um susto e levantou a cabeça. Robin estava parada ali com seu impermeável, as faces rosadas, o comprido cabelo louro-arruivado solto, desgrenhado e dourado no sol do início de manhã que entrava pela janela. Naquele momento, Strike a achou linda.

– Por que chegou tão cedo? – ele se ouviu perguntar.

– Queria saber o que está acontecendo.

Ela tirou o casaco e Strike virou a cara, castigando-se mentalmente. Claro que ela parecia bonita, surgiu inesperadamente quando sua mente estava tomada da imagem do careca pelado, exibindo um pênis doente...

– Quer outro chá?

– Seria ótimo, obrigado – disse ele sem tirar os olhos do manuscrito. – Me dê cinco minutos, quero terminar isto...

E com a sensação de que mergulhava mais uma vez em água contaminada, reimergiu no grotesco mundo de *Bombyx Mori*.

Enquanto olhava pela janela do castelo, hipnotizado pela terrível visão de Phallus Impudicus e do cadáver, Bombyx viu-se rudemente agarrado por uma multidão de asseclas encapuzados, arrastado para dentro do castelo e despido diante de Phallus Impudicus. A essa altura, a barriga de Bombyx era enorme e ele parecia pronto a dar à luz. Phallus Impudicus deu ordens sinistras aos asseclas, deixando o ingênuo Bombyx convencido de que seria o convidado de honra de um banquete.

Seis dos personagens que Strike reconheceu – Succuba, Tick, Cutter, Harpy, Vainglorious e Impudicus – agora receberam a companhia de Epicoene. Os sete convidados sentaram-se a uma grande mesa em que se destacava um jarro grande, de conteúdo fumarento, e uma travessa vazia do tamanho de um homem.

Ao chegar ao salão, Bombyx descobriu que não havia lugar para ele. Os outros convidados se levantaram, aproximaram-se dele com cordas e o dominaram. Ele foi amarrado, colocado na travessa e aberto. A massa que estivera crescendo em seu interior revelou-se uma bola de luz sobrenatural que Phallus Impudicus arrancou e trancou em uma caixa.

O conteúdo do jarro fumarento era vitríolo, que os sete agressores despejaram alegremente sobre o Bombyx ainda vivo e aos gritos. Quando, por fim, ele se calou, começaram a devorá-lo.

O livro terminava com os convidados saindo do castelo, discutindo sem culpa suas lembranças de Bombyx, deixando para trás um salão vazio, os restos ainda enfumaçados do cadáver na mesa e a caixa trancada pendurada, como uma lâmpada, acima dele.

– Merda – disse Strike em voz baixa.

Ele levantou a cabeça. Robin colocara um novo chá a seu lado sem que ele percebesse. Ela estava empoleirada no sofá, esperando em silêncio que ele terminasse.

– Está tudo aqui – disse Strike. – O que aconteceu com Quine. Está aqui.

– Como assim?

– O herói do livro de Quine morre exatamente como Quine morreu. Amarrado, estripado, com um ácido despejado sobre ele. No livro, eles o devoram.

Robin o olhou fixamente.

– Os pratos. Facas e garfos...

– Exatamente – disse Strike.

Sem pensar, ele pegou o celular no bolso e puxou as fotos que tirara, depois viu a expressão assustada de Robin.

– Não – disse ele –, desculpe, esqueci que você não...

– Me dê – disse ela.

O que ele esqueceu? Que ela não era treinada nem experiente, nem era policial ou soldado? Ela queria ficar à altura do esquecimento momentâneo dele. Queria crescer, ser mais do que era.

– Eu quero ver – mentiu Robin.

Ele lhe entregou o telefone com evidentes temores.

Robin não se encolheu, mas, ao olhar o buraco aberto no peito e na barriga do cadáver, suas próprias entranhas pareciam se encolher de pavor. Levando a caneca aos lábios, ela descobriu que não queria beber. O pior era o close torto da cara, devorada pelo que foi despejado ali, escurecida e com um globo ocular queimado...

Os pratos lhe pareceram uma obscenidade. Strike deu um zoom em um deles; prato e talheres meticulosamente arrumados.

— Meu Deus — disse ela entorpecida, estendendo o telefone de volta.

— Agora leia isto — disse Strike, entregando-lhe as páginas relevantes.

Ela leu em silêncio. Ao terminar, fitou Strike com olhos que pareciam ter o dobro do tamanho.

— Meu *Deus* — repetiu.

Seu celular tocou. Ela o tirou da bolsa no sofá a seu lado e olhou. Matthew. Ainda furiosa com ele, pressionou "ignorar".

— Quantas pessoas — perguntou ela a Strike — você acha que viram este livro?

— A essa altura, podem ser muitas. Fisher mandou partes dele por e-mail para a cidade toda; somando Fisher e as cartas dos advogados, virou material quente.

E uma ideia estranha e desproposital passou pela cabeça de Strike enquanto ele falava: que Quine não poderia ter conseguido publicidade melhor, mesmo que tivesse tentado... mas ele não teria despejado ácido sobre si mesmo enquanto amarrado, nem arrancado as próprias entranhas...

— Esteve guardado em um cofre da Roper Chard cujo código metade da empresa parece conhecer — continuou ele. — Foi assim que consegui.

— Mas não acha provável que o assassino seja alguém que está *no*...?

O celular de Robin voltou a tocar. Ela o olhou: Matthew. Mais uma vez, pressionou "ignorar".

— Não necessariamente. — Strike respondeu à pergunta inacabada. — Mas as pessoas sobre quem ele escreveu vão para o topo da lista quando a polícia começar a tomar depoimentos. Dos personagens que reconheço, Leonora alega não ter lido, assim como Kathryn Kent...

— Acredita nelas? — perguntou Robin.

— Acredito em Leonora. Não tenho certeza sobre Kathryn Kent. Como era mesmo aquele verso? "Ver-te torturado dar-me-ia prazer"?

— Não acredito que uma mulher teria feito isto — disse Robin de pronto, olhando o celular de Strike, agora na mesa entre eles.

— Nunca ouviu falar da australiana que esfolou o amante, decapitou, cozinhou sua cabeça e as nádegas e tentou servir aos filhos dele?

— Não está falando sério.

— Muito sério. Procure na internet. Quando as mulheres surtam, elas surtam de verdade – disse Strike.

— Ele era um homem grande...

— E se fosse uma mulher em quem ele confiava? Uma mulher com quem se encontrou para transar?

— Quem temos certeza de que leu isto?

— Christian Fisher, Ralph, assistente de Elizabeth Tassel, a própria Tassel, Jerry Waldegrave, Daniel Chard... todos são personagens, exceto Ralph e Fisher. Nina Lascelles...

— Quem são Waldegrave e Chard? Quem é Nina Lascelles?

— Editor de Quine, presidente da editora e a garota que me ajudou a roubar isto – disse Strike, dando um tapa no manuscrito.

O celular de Robin tocou pela terceira vez.

— Com licença – disse ela com impaciência e atendeu: – Sim?

— Robin.

A voz de Matthew estava estranhamente congestionada. Ele jamais chorava e nunca na vida se mostrou particularmente tomado de remorsos por uma discussão.

— Sim? – disse ela, um pouco menos áspera.

— Minha mãe teve outro derrame. Ela... ela...

Um elevador caiu na boca do estômago de Robin.

— Matt?

Ele estava chorando.

— Matt? – repetiu ela com urgência.

— Morreu – disse ele, como um garotinho.

— Já estou indo – disse Robin. – Onde você está? Irei agora.

Strike observava seu rosto. Viu notícia de morte ali e torceu para que não fosse ninguém que ela amasse, nenhum de seus pais, nem de seus irmãos...

— Tudo bem. Fique aí. Estou chegando – disse ela, já de pé.

— É a mãe de Matt – disse Robin a Strike. – Ela morreu.

Parecia completamente irreal. Ela não conseguia acreditar.

— Eles conversaram ontem à noite mesmo por telefone – disse ela. Lembrando-se de Matt revirando os olhos e da voz abafada que ela acabara de ouvir, Robin foi tomada de ternura e solidariedade. – Desculpe, mas...

– Vá – disse Strike. – E diga a ele que lamento muito, sim?

– Sim – disse Robin, tentando fechar a bolsa, seus dedos mais desajeitados com o nervosismo. Conhecia a Sra. Cunliffe desde a escola primária. Robin pendurou a capa de chuva no braço. A porta de vidro faiscou e se fechou a suas costas.

Os olhos de Strike continuaram fixos por alguns segundos no lugar onde Robin desaparecera. Depois ele consultou o relógio. Nem eram nove horas. A morena divorciada cujas esmeraldas estavam em seu cofre chegaria ao escritório dali a meia hora.

Ele recolheu e lavou as canecas, depois tirou o colar que recuperara, trancou os originais de *Bombyx Mori* no cofre, encheu a chaleira e verificou os e-mails.

Eles vão adiar o casamento.

Ele não queria ficar feliz com isso. Pegando o celular, ligou para Anstis, que atendeu quase no primeiro toque.

– Bob?

– Anstis, não sei se você já tem isso, mas há algo que deve saber. O último romance de Quine descreve seu assassinato.

– Pode repetir?

Strike explicou. Estava claro, pelo breve silêncio depois de ele ter falado, que Anstis ainda não tinha essa informação.

– Bob, preciso de uma cópia dos originais. E se eu mandar alguém...?

– Me dê 45 minutos – disse Strike.

Ele ainda estava fazendo a fotocópia quando a cliente morena chegou.

– Onde está sua secretária? – Foram suas primeiras palavras, virando-se para ele com uma exibição coquete de surpresa, como se tivesse certeza de ele ter arranjado para que os dois ficassem a sós.

– De licença médica. Diarreia e vômito – disse Strike, repressivo. – Vamos entrar?

20

> Será a Consciência um camarada para um velho Soldado?
>
> Francis Beaumont e John Fletcher,
> *O falso*

No final daquela tarde, Strike estava sentado sozinho a sua mesa, comendo macarrão Singapore com uma das mãos e escrevendo uma lista para si mesmo com a outra enquanto o trânsito pulsava na rua chuvosa. O resto do trabalho do dia se encerrara, ele estava livre para dar atenção plena ao assassinato de Owen Quine e, com sua letra pontuda e difícil de entender, estava anotando o que deveria ser feito agora. Ao lado de algumas coisas, ele anotou a letra A de Anstis e, se passou pela mente de Strike que seria considerado arrogância ou ilusão de um detetive particular sem autoridade na investigação imaginar ter o poder de delegar tarefas ao policial encarregado do caso, a ideia não o incomodou.

Tendo trabalhado com Anstis no Afeganistão, Strike não tinha uma opinião particularmente favorável da capacidade do policial. Julgava Anstis competente, mas sem imaginação, eficiente no reconhecimento de padrões, um perseguidor confiável do óbvio. Strike não desprezava essas características – o óbvio costumava ser a resposta, e a eliminação metódica de alternativas, um meio de prová-la –, mas este assassinato era complexo, estranho, sádico e grotesco, de inspiração literária e execução impiedosa. Seria Anstis capaz de compreender a mente que nutriu um plano de homicídio no solo fétido da imaginação do próprio Quine?

O celular de Strike tocou, perfurando o silêncio. Só quando o pôs na orelha e ouviu Leonora Quine é que percebeu ter esperanças de que fosse Robin.

– Como vai você? – perguntou ele.

– Tive a polícia por aqui – disse ela, dispensando as amabilidades sociais. – Eles vasculharam todo o escritório de Owen. Eu não queria, mas Edna disse que eu devia deixar. Não podemos ficar em paz depois do que aconteceu?

– Eles têm fundamentos para uma busca – disse Strike. – Pode haver algo no escritório de Owen que lhes dê uma pista do homicídio.

– O quê, por exemplo?

– Não sei – disse Strike com paciência –, mas acho que Edna tem razão. Era melhor deixá-los entrar.

Fez-se silêncio.

– Ainda está aí? – perguntou ele.

– Estou – disse ela –, e agora deixaram tudo trancado, então não posso entrar. E eles vão voltar. Não gosto deles por aqui. Orlando não gosta disso. Um deles – ela parecia ofendida – perguntou se eu queria me mudar da casa por um tempo. Eu disse, "Não, é claro que não". Orlando nunca ficou em outro lugar, ela não poderia lidar com isso. Eu não vou pra lugar nenhum.

– A polícia não disse se queria interrogar você?

– Não. Só perguntou se podia ir no escritório.

– Ótimo. Se quiserem lhe fazer perguntas...

– Eu devo procurar um advogado, sei. Foi o que a Edna disse.

– Tudo bem se eu aparecer para ver você amanhã de manhã? – perguntou-lhe Strike.

– Tá. – Ela parecia feliz. – Chegue lá pelas dez, preciso fazer compras de manhã. Não posso ficar fora o dia todo. Não quero deixá-los na casa sem que eu esteja aqui.

Strike desligou, refletindo novamente que as maneiras de Leonora provavelmente não a deixariam em boas graças com a polícia. Será que Anstis veria, como Strike, que a leve obtusidade de Leonora, sua recusa obstinada em olhar o que ela não queria ver – possivelmente as mesmas características que lhe permitiam suportar a provação de viver com Quine – teria tornado impossível que ela o matasse? Ou suas esquisitices, sua recusa em mostrar reações normais de tristeza devido a uma sinceridade inata, porém talvez insensata, poderiam levar a um aumento na suspeita que já aparecia na mente comum de Anstis, anulando outras possibilidades?

Havia uma intensidade, um caráter quase febril, no modo com que Strike voltou às anotações, a mão esquerda ainda levando comida à boca. Os pensamentos lhe vinham com fluência e irresistíveis: anotando as perguntas que ele queria respondidas, locais que queria cobertos, as pistas que queria seguir. Era um plano de ação para si mesmo e um meio de cutucar Anstis na direção correta, ou de ajudar a abrir seus olhos para o fato de que nem *sempre* era a esposa quando a vítima era o marido, mesmo que o homem tenha sido indiferente, pouco confiável e infiel.

Por fim Strike baixou a caneta, terminou o macarrão em duas grandes garfadas e limpou a mesa. Colocou as anotações na pasta de papelão com o nome de Owen Quine na lombada, tendo primeiro riscado "Desaparecido" e substituído pela palavra "Assassinado". Apagou as luzes e estava prestes a trancar a porta de vidro quando pensou em algo e voltou ao computador de Robin.

Lá estava, no site da BBC. Não nas manchetes, é claro, porque Quine podia pensar o que fosse, mas ele não era um homem muito famoso. Apareciam três matérias abaixo da principal notícia de que a União Europeia concordara com um resgate financeiro para a República da Irlanda:

> O corpo de um homem que se acredita ser o escritor Owen Quine, 58, foi encontrado numa casa na Talgarth Road, Londres. A polícia deu início à investigação de homicídio logo após a descoberta do corpo, feita ontem por um amigo da família.

Não havia fotografia de Quine com sua capa de tirolês, nem detalhes dos horrores a que o corpo foi submetido. Mas eram os primeiros dias; ainda havia tempo.

Ao subir para o seu apartamento, parte da energia de Strike o abandonou. Ele arriou na cama e esfregou os olhos, cansado, depois caiu de costas e ficou ali, totalmente vestido, com a prótese ainda presa. Pensamentos que ele conseguira manter ao largo agora tentavam invadi-lo...

Por que ele não alertou a polícia para as duas semanas de desaparecimento de Quine? Por que não suspeitou de que Quine estivesse morto? Ele não teve respostas para essas perguntas quando a detetive Rawlins as fez, respostas lógicas, sensatas, mas achava muito mais difícil satisfazer a si mesmo.

Não precisou sacar o celular para ver o corpo de Quine. A visão daquele corpo amarrado e em decomposição parecia impressa em suas retinas. Quanta astúcia, quanto ódio, quanta perversidade foram necessários para transformar em realidade a excrescência literária de Quine? Que tipo de gente conseguia abrir um homem e despejar ácido, estripá-lo e dispor pratos em torno de seu cadáver esvaziado?

Strike não conseguia se livrar da convicção desarrazoada de que ele, de algum modo, deveria ter sentido o cheiro da cena de longe, como o abutre que foi treinado para ser. Como é possível que ele – com seu instinto antes famoso para o estranho, o perigoso, o suspeitoso – não percebesse que o ruidoso, exagerado e narcisista Quine desaparecera havia tempo demais, que estava silencioso demais?

Porque o idiota filho da mãe sempre dava alarmes falsos... e porque eu estou esgotado.

Ele rolou, saindo da cama para o banheiro, mas seus pensamentos insistiam em perseguir o corpo; o buraco escancarado no tronco, os globos oculares queimados. O assassino andou em volta daquela monstruosidade enquanto ainda sangrava, quando os gritos de Quine talvez estivessem parando de ecoar pelo grande espaço abobadado, e delicadamente endireitou os garfos... e havia outra pergunta para sua lista: o que os vizinhos ouviram dos últimos instantes de Quine, se ouviram alguma coisa?

Strike enfim foi para a cama, cobriu os olhos com o braço grande e peludo e ouviu os próprios pensamentos, que tagarelavam com ele como um gêmeo compulsivo que não calava a boca. A perícia já completara mais de 24 horas. Eles teriam formado opiniões, mesmo que todos os testes ainda estivessem em andamento. Ele devia telefonar para Anstis, descobrir o que estavam dizendo...

Chega, disse ele a seu cérebro cansado e hiperativo. *Chega.*

E pela mesma força de vontade que no exército lhe permitia cair imediatamente no sono no concreto nu, em terreno perigoso ou em camas de campanha encaroçadas que guinchavam queixas enferrujadas sobre seu corpanzil sempre que ele se mexia, ele resvalou suavemente no sono como um navio de guerra deslizando na água escura.

21

Está ele então morto?
Morto enfim, total e inteiramente para sempre?

William Congreve,
A noiva enlutada

À s quinze para as nove da manhã seguinte, Strike desceu lentamente a escada de metal, perguntando-se, e não pela primeira vez, por que não fez alguma coisa para conseguir o conserto do elevador de gaiola. Seu joelho ainda estava inflamado e inchado depois da queda, assim ele se dava mais de uma hora para chegar a Ladbroke Grove, porque não podia pagar por corridas de táxi constantes.

Uma lufada de ar gelado atingiu seu rosto quando ele abriu a porta, depois tudo ficou branco, pois um clarão explodiu a centímetros de seus olhos. Ele piscou – as silhuetas de três homens dançaram à sua frente – e ergueu a mão contra outra saraivada de flashes.

– Por que não informou à polícia que Owen Quine estava desaparecido, Sr. Strike?

– Sabia que ele estava morto, Sr. Strike?

Por uma fração de segundo ele pensou em bater em retirada, fechando a porta na cara deles, mas isto significaria ficar preso e ter de encará-los depois.

– Sem comentários – disse ele com frieza e andou na direção deles, recusando-se a alterar seu rumo por um fio de cabelo que fosse, de modo que eles foram obrigados a se afastar, dois fazendo perguntas e um correndo de costas, tirando fotos sem parar. Pela vitrine, a garota que costumava se juntar a Strike para fumar nos intervalos na porta da loja de instrumentos musicais estava boquiaberta para a cena.

– Por que não contou a ninguém que ele estava desaparecido há mais de duas semanas, Sr. Strike?

– Por que não notificou à polícia?

Strike andou em silêncio, de mãos nos bolsos e a expressão severa. Eles correram a seu lado, tentando fazê-lo falar, uma dupla de gaivotas de bico afiado mergulhando em uma traineira de pesca.

– Tentando constrangê-los e roubar a cena de novo, Sr. Strike?

– Levando a melhor sobre a polícia?

– A publicidade é boa para os negócios, Sr. Strike?

Ele lutou boxe no exército. Em sua imaginação, ele girava o corpo e metia um gancho de esquerda nas costelas flutuantes para que o merdinha se dobrasse...

– Táxi! – gritou ele.

Flash, flash, flash, continuou a câmera enquanto ele entrava; felizmente, o sinal de trânsito à frente ficou verde, o táxi se afastou suavemente do meio-fio e eles desistiram de correr depois de alguns passos.

Cambada de escrotos, pensou Strike, olhando por sobre o ombro enquanto o táxi virava a esquina. Algum cretino da Polícia Metropolitana deve ter vazado que foi ele que encontrou o corpo. Não teria sido Anstis, que segurou as informações do pronunciamento oficial, mas um dos filhos da puta ressentidos que não o perdoavam por Lula Landry.

– Você é famoso? – perguntou o taxista, olhando-o fixamente pelo retrovisor.

– Não – disse Strike rispidamente. – Me deixe em Oxford Circus, por favor?

Decepcionado com uma corrida tão curta, o taxista resmungou.

Strike pegou o celular e mandou outra mensagem para Robin:

2 jornalistas na portaria quando saí. Diga que trabalha p/ Crowdy.

Depois ligou para Anstis.

– Bob.

– Acabam de me pegar na porta. A imprensa sabe que encontrei o corpo.

– Como?

– E pergunta pra mim?

Uma pausa.

— Ia acabar vazando, Bob, mas não fui eu que dei isso a eles.

— Eu sei, eu vi a descrição "amigo da família". Estão achando que não contei a vocês porque queria publicidade.

— Amigo, eu nunca...

— É melhor que isso seja refutado por uma fonte oficial, Rich. Essas merdas pegam e preciso ganhar a vida por aqui.

— Vou conseguir isso – prometeu Anstis. – Escute, por que não vem jantar esta noite? A perícia voltou com as primeiras impressões, seria bom conversarmos.

— Tá bom – disse Strike enquanto o táxi se aproximava de Oxford Circus. – A que horas?

Ele ainda estava de pé no trem do metrô, porque se sentar significava ter de se levantar e pressionar ainda mais o joelho dolorido. Ao passar por Royal Oak, ele sentiu o celular zumbir e viu duas mensagens de texto, a primeira de sua irmã Lucy:

Feliz aniversário, Stick! Bjs

Ele se esquecera completamente de que seu aniversário era hoje. Abriu a segunda mensagem:

Oi, Cormoran, obrigada por avisar da imprensa, acabo de encontrá-los, ainda rondam pela portaria. Te vejo depois. Bjs

Agradecido porque o dia estava temporariamente seco, Strike chegou à casa de Quine pouco antes das dez. Parecia tão suja e deprimente à fraca luz do sol como em sua última visita, mas com uma diferença: havia um policial parado na frente. Era um jovem alto, com o queixo de aparência belicosa, e, quando viu Strike andando na direção dele com o fantasma de uma claudicação, suas sobrancelhas se contraíram.

— Posso lhe perguntar quem é, senhor?

— Pode, assim eu espero – disse Strike, passando por ele e tocando a campainha. Apesar do convite para jantar de Anstis, naquele momento ele não se sentia solidário com a polícia. – Isto deve estar no âmbito de sua capacidade.

A porta se abriu e Strike se viu cara a cara com uma garota alta e desajeitada de pele amarelada, uma cabeleira castanho-clara encaracolada, boca larga e expressão ingênua. Os olhos, de um verde claro e pálido, eram grandes e bem separados. Vestia o que era ou um moletom comprido, ou um vestido curto que terminava acima dos joelhos ossudos, e meias cor-de-rosa felpudas, e aninhava um grande orangotango de pelúcia no peito achatado. O macaco de brinquedo tinha acessórios de Velcro nas patas e estava pendurado em seu pescoço.

– Oiê – disse ela. Ela girava muito levemente, de lado, passando o peso de um pé para o outro.

– Olá – disse Strike. – Você é Orlan...?

– Pode me informar o seu nome, por favor, senhor? – perguntou o jovem policial em voz alta.

– Tá, tudo bem... se eu puder perguntar por que você está na frente desta casa – disse Strike com um sorriso.

– Houve interesse da imprensa – disse o jovem policial.

– Apareceu um homem – disse Orlando – com uma câmera e mamãe disse que...

– Orlando! – chamou Leonora de dentro da casa. – O que está fazendo aí?

Ela veio pisando duro pelo corredor atrás da filha, abatida e lívida, com um vestido azul-marinho antigo de bainha pendurada.

– Ah – disse ela –, é você. Entre.

Ao passar pela soleira, Strike sorriu para o policial, que o fuzilou com os olhos.

– Qual é o seu nome? – perguntou Orlando a Strike enquanto a porta da frente se fechava.

– Cormoran – disse ele.

– Que nome engraçado.

– É, é mesmo – disse Strike, e algo o fez acrescentar –, me deram o nome de um gigante.

– É engraçado – disse Orlando, balançando-se.

– Entre. – Leonora foi ríspida, apontando a cozinha para Strike. – Preciso ir ao banheiro. Volto rapidinho.

Strike andou pelo corredor estreito. A porta do escritório estava fechada e, ele suspeitou, ainda trancada.

Ao chegar à cozinha, ele descobriu, para sua surpresa, que não era o único visitante. Jerry Waldegrave, editor da Roper Chard, estava sentado à mesa, segurando um ramalhete de flores em sombrios tons de roxo e azul, seu rosto pálido ansioso. Um segundo buquê, ainda no celofane, projetava-se de uma pia até a metade de louça suja. Sacolas de supermercado com comida estavam intactas pelas laterais.

– Oi – disse Waldegrave, colocando-se de pé e piscando gravemente para Strike através dos óculos de aro de chifre. Evidentemente não reconhecia o detetive de seu encontro anterior no jardim escuro do terraço porque perguntou, ao estender a mão: – É da família?

– Amigo da família – disse Strike enquanto eles apertavam-se as mãos.

– Que coisa horrível – disse Waldegrave. – Tive de vir para ver se podia fazer alguma coisa. Ela esteve no banheiro desde que cheguei.

– Tudo bem – disse Strike.

Waldegrave voltou a se sentar. Orlando aproximou-se andando de lado na cozinha escura, agarrada ao orangotango de pelúcia. Um minuto muito longo se passou enquanto Orlando, claramente a que estava mais à vontade, olhava descaradamente os dois homens.

– Seu cabelo é bonito – anunciou ela por fim a Jerry Waldegrave. – Parece uma cabeça de peruca.

– Acho que sim – disse Waldegrave, e sorriu para ela. Ela se afastou novamente.

Seguiu-se outro breve silêncio, durante o qual Waldegrave mexeu nas flores, com os olhos disparando pela cozinha.

– Eu nem acredito – disse ele por fim.

Eles ouviram a descarga barulhenta de uma privada lá em cima, um barulho na escada, e Leonora voltou com Orlando em seus calcanhares.

– Desculpe – disse ela aos dois. – Estou meio perturbada.

Era evidente que ela se referia ao estômago.

– Olha, Leonora – disse Jerry Waldegrave em uma agonia de constrangimento, colocando-se de pé –, não quero me intrometer enquanto você recebe seu amigo aqui...

– Ele? Não é meu amigo, é um detetive – disse Leonora.

– Como?

Strike lembrou-se de que Waldegrave era surdo de um ouvido.

– Ele tem nome de gigante – disse Orlando.

– Ele é detetive – disse Leonora mais alto, passando por cima da voz da filha.

– Ah – disse Waldegrave, perplexo. – Eu não... por quê...?

– Porque eu preciso de um – disse Leonora rispidamente. – A polícia acha que fiz aquilo com Owen.

Fez-se silêncio. O desconforto de Waldegrave era palpável.

– Meu papai morreu – Orlando informou ao ambiente. Seu olhar era direto e ávido, procurando uma reação. Strike, que sentia algo sendo exigido de um deles, falou:

– Eu sei. É muito triste.

– Edna falou que foi triste – respondeu Orlando, como se tivesse esperado ouvir algo mais original, e saiu correndo da cozinha mais uma vez.

– Sentem-se – Leonora convidou os dois homens. – São para mim? – acrescentou ela, indicando as flores na mão de Waldegrave.

– Sim – disse ele, atrapalhando-se um pouco enquanto as entregava, porém permanecendo de pé. – Olha, Leonora, não quero tomar o seu tempo agora, você deve estar muito ocupada com... com os preparativos e...

– Eles não me liberam o corpo – disse Leonora com uma sinceridade arrasadora –, então ainda não posso fazer preparativo nenhum.

– Ah, e tem um cartão – disse Waldegrave desesperadamente, apalpando os bolsos. – Tome... bom, se houver alguma coisa que possamos fazer, Leonora, qualquer coisa...

– Não vejo o que alguém possa fazer – respondeu Leonora asperamente, pegando o envelope que ele estendia. Ela se sentou à mesa onde Strike já puxava uma cadeira, feliz por aliviar o peso da perna.

– Bom, acho que vou andando, deixarei vocês em paz – disse Waldegrave. – Escute, Leonora, detesto perguntar numa hora dessas, mas o *Bombyx Mori*... tem alguma cópia aqui?

– Não. Owen levou.

– Peço desculpas, mas nos ajudaria se... eu pudesse dar uma olhada e ver se não ficou nenhuma para trás.

Ela o espiou através dos óculos enormes e fora de moda.

— A polícia levou tudo o que ele deixou – disse ela. — Passaram um pente-fino pelo escritório ontem. Trancaram e levaram a chave. Nem eu posso entrar lá agora.

— Ah, bom, se a polícia precisa... não – disse Waldegrave –, muito justo. Não, eu mesmo encontro a saída, não se levante.

Ele andou pelo corredor e eles ouviram a porta da frente se fechar depois de sua saída.

— Sei lá por que ele veio – disse Leonora de mau humor. — Acho que para parecer que fez alguma coisa gentil.

Ela abriu o cartão que ele entregara. Havia uma aquarela de violetas na frente. Dentro dele, muitas assinaturas.

— É todo mundo muito bonzinho agora, porque eles se sentem culpados – disse Leonora, jogando o cartão na mesa de tampo de fórmica.

— Culpados?

— Eles não gostavam dele. Você tem de divulgar os livros – disse ela, surpreendentemente. — Precisa promover. É papel dos editores dar um empurrão neles. Eles nunca o colocaram na televisão nem nada que ele precisasse.

Strike imaginou que estas eram queixas que ela ouvira do marido.

— Leonora – disse ele, pegando seu bloco. — Algum problema se eu te fizer umas perguntas?

— Acho que não. Mas eu não sei de nada.

— Você soube de alguém que falou com Owen ou o viu depois de ele ter saído daqui no dia 5?

Ela balançou a cabeça.

— Nenhum amigo, nem familiar?

— Ninguém – disse ela. — Quer uma xícara de chá?

— Sim, seria ótimo – disse Strike, a quem não agradava nada algo preparado naquela cozinha suja, mas queria que ela continuasse falando.

— Você conhecia bem o pessoal da editora de Owen? – perguntou ele junto com o barulho da água enchendo a chaleira.

Ela deu de ombros.

— Mal e porcamente. Conheci esse Jerry quando Owen fez uma noite de autógrafos uma vez.

— Você não fez amizade com ninguém da Roper Chard?

— Não. E por que faria? Era Owen que trabalhava com eles, não eu.

— E você não leu *Bombyx Mori*, não foi? – perguntou Strike casualmente.

— Já te disse isso. Não gosto de ler nada antes que esteja publicado. Por que todo mundo fica me perguntando isso? – Ela ergueu os olhos do saco plástico em que procurava biscoitos.

— Qual é o problema do corpo? – exigiu saber de repente. – O que aconteceu com ele? Eles não me contaram. Pegaram a escova de dentes dele para tirar o DNA e identificá-lo. Por que não me deixaram vê-lo?

Ele já tivera de lidar com essa pergunta, de outras esposas, de pais atormentados. Strike reteve, como fez com frequência, parte da verdade.

— Ele ficou morto lá por um tempo – disse ele.

— Quanto tempo?

— Ainda não sabem.

— Como foi morto?

— Acho que eles ainda não sabem exatamente.

— Mas deviam...

Ela se calou enquanto Orlando voltava arrastando os pés para a cozinha, agarrada não só com o orangotango de pelúcia, mas também com uma folha de desenhos em cores vivas.

— Para onde foi o Jerry?

— Voltou para o trabalho – disse Leonora.

— Ele tem o cabelo bonito. Não gosto do seu cabelo – disse ela a Strike. – É crespo.

— Eu também não gosto muito dele – disse Strike.

— Ele não quer olhar os desenhos agora, Dodo – disse a mãe com impaciência, mas Orlando a ignorou e abriu suas figuras na mesa para Strike ver.

— Eu que fiz.

Eram reconhecivelmente flores, peixes e aves. Um cardápio para crianças podia ser lido nas costas de cada um deles.

— São muito bons – disse Strike. – Leonora, você sabe se a polícia encontrou alguma parte de *Bombyx Mori* ontem, quando deram a busca no escritório?

— Sim – disse ela, largando saquinhos de chá nas canecas lascadas. – Duas fitas velhas de máquina de escrever; tinham caído por trás da mesa. Eles saíram e me perguntaram onde estavam as outras; eu disse que ele levou quando saiu.

— Eu gosto do escritório do papai – anunciou Orlando –, porque ele me dá papel para desenhar.

— É uma lixeira, aquele escritório – disse Leonora, acendendo a chaleira. – Levaram séculos para vasculhar tudo.

— A tia Liz entrou lá – disse Orlando.

— Quando? – perguntou Leonora, olhando feio a filha, com as canecas nas mãos.

— Quando ela veio e você estava no banheiro – disse Orlando. – Ela entrou no escritório do papai. Eu vi.

— Ela não tem o direito de entrar lá – disse Leonora. – Ela estava fuçando?

— Não – disse Orlando. – Só entrou e depois saiu, e ela me viu e tava chorando.

— É – disse Leonora com um ar satisfeito. – Ela ficou toda chorosa comigo e tudo. Outra que se sente culpada.

— Quando foi que ela apareceu? – perguntou Strike a Leonora.

— Na segunda de manhã cedo – disse Leonora. – Queria ver se podia ajudar. Ajudar! Já basta o que ela fez.

O chá de Strike estava tão fraco e leitoso que parecia nunca ter visto um saquinho; ele preferiria um da cor de creosoto. Enquanto tomava um gole educado e simbólico, lembrou-se do desejo manifesto de Elizabeth Tassel de que Quine tivesse morrido quando seu Dobermann o mordeu.

— Eu gosto do batom dela – anunciou Orlando.

— Hoje você está gostando de tudo em todo mundo – disse Leonora vagamente, voltando a se sentar com sua caneca de chá fraco. – Perguntei por que ela fez aquilo, por que ela disse a Owen que não podia publicar o livro dele e o aborreceu daquele jeito.

— E o que ela disse? – perguntou Strike.

— Que ele extrapolou e colocou um monte de gente real no livro – disse Leonora. – Não sei por que eles ficaram tão incomodados com isso. Ele sempre faz assim. – Ela bebeu o chá. – Ele me colocou em um monte de livros.

Strike pensou em Succuba, a "prostituta acabada", e viu-se desprezando Owen Quine.

— Eu queria lhe perguntar sobre a Talgarth Road.

— Não sei por que ele foi pra lá – disse ela de imediato. – Ele detestava aquele lugar. Queria vender há anos, mas o tal de Fancourt não quis.

— É, eu estava me perguntando sobre isso.

Orlando deslizara para a cadeira ao lado dele, com uma perna exposta torcida por baixo do corpo enquanto acrescentava barbatanas de cores vibrantes ao desenho de um peixe grande com uma caixa de lápis de cor que parecia ter sacado do nada.

— Por que Michael Fancourt impediu a venda por todos esses anos?

— Tem alguma coisa a ver com a casa ter sido deixada para eles por aquele tal de Joe. Alguma coisa sobre como era usada. Sei lá. Vai ter de perguntar a Liz, ela sabe de tudo isso.

— Quando foi a última vez que Owen esteve lá, você sabe?

— Anos atrás. Sei lá. Anos.

— Quero mais papel pra desenhar – anunciou Orlando.

— Eu não tenho mais nenhum – disse Leonora. – Está tudo no escritório do papai. Use as costas desse.

Ela pegou uma circular na bancada abarrotada e empurrou pela mesa para Orlando, mas a filha a empurrou de lado e saiu da cozinha em um passo lânguido, o orangotango balançando-se de seu pescoço. Quase na mesma hora eles a ouviram tentando forçar a porta do escritório.

— Orlando, *não*! – berrou Leonora, levantando-se num salto e correndo para o corredor. Strike se aproveitou de sua ausência para se recostar e despejar a maior parte do chá leitoso na pia; espirrou no buquê e grudou traiçoeiramente no celofane.

— *Não*, Dodo. Não pode fazer isso. *Não*. Não temos permissão... *Não temos permissão, sai daí...*

Um gemido agudo seguido de uma pancada proclamou a subida de Orlando ao segundo andar. Leonora reapareceu na cozinha de cara vermelha.

— Agora estou pagando por isso todo dia – disse ela. – Ela está alterada. Não gosta da polícia aqui.

Ela bocejou, nervosa.

— Você tem dormido? – perguntou Strike.

— Não muito. Porque não paro de pensar, *quem*? Quem fez isso com ele? Ele irritava as pessoas, eu sei – disse ela, distraída –, mas era o jeito dele. Temperamental. Ficava zangado com coisinhas miúdas. Ele sempre foi assim, não tinha má intenção nenhuma. Quem o mataria por causa disso?

"Michael Fancourt ainda deve ter a chave da casa", continuou ela, torcendo os dedos e mudando de assunto. "Pensei nisso ontem à noite, quando não conseguia dormir. Eu sei que Michael Fancourt não gostava dele, mas isso já tem séculos. Mas então Owen nunca fez aquela coisa que Michael disse que ele fez. Ele nunca escreveu aquilo. Só que Michael Fancourt não mataria Owen." Ela ergueu a cabeça para Strike, os olhos claros tão inocentes quanto os da filha. "Ele é rico, né? Famoso... não faria isso."

Strike sempre se admirou da estranha santidade que o público conferia às celebridades, mesmo enquanto os jornais as depreciavam, caçavam ou perseguiam. Não importava quantos famosos foram condenados por estupro ou homicídio, a crença ainda persistia, de intensidade quase pagã: *ele não*. Não pode ter sido *ele*. Ele é *famoso*.

– E aquele maldito Chard – explodiu Leonora –, mandando cartas com ameaças a Owen. Owen não gostava nada dele. E depois ele assina o cartão e diz que se puder fazer alguma coisa... cadê o cartão?

O cartão com a foto de violetas desaparecera da mesa.

– Ela pegou – disse Leonora, ruborizando de raiva. – Ela levou. – E tão alto que fez Strike dar um pulo, ela berrou para o teto: – DODO!

Era a fúria irracional de uma pessoa nos primeiros estágios brutais do luto e, como seu estômago perturbado, revelava o quanto ela sofria por baixo da superfície carrancuda.

– DODO! – gritou mais uma vez Leonora. – O que foi que eu te disse sobre pegar coisas que não pertencem...?

Orlando reapareceu com uma subitaneidade assustadora na cozinha, ainda agarrada ao orangotango. Deve ter se esgueirado pela escada sem que eles ouvissem, silenciosa como um gato.

– Você pegou meu cartão! – disse Leonora com raiva. – O que foi que te falei sobre pegar coisas que não são suas? Onde ele está?

– Eu gosto das flores – disse Orlando, mostrando o cartão brilhante, agora amassado, que a mãe arrebanhou dela.

– É *meu* – disse ela à filha. – Veja – continuou ela, dirigindo-se a Strike e apontando a mais longa mensagem escrita à mão, em uma letra cursiva precisa: – "Diga-me se houver algo que você precisar. Daniel Chard." Hipócrita desgraçado.

– Papai não gostava do Dannulchar – disse Orlando. – Ele falou pra mim.

– Ele é um hipócrita desgraçado, eu sei disso – disse Leonora, que semicerrava os olhos para as outras assinaturas.

— Ele me deu um pincel – disse Orlando – depois que tocou em mim.

Houve um silêncio curto e sugestivo. Leonora olhou para a filha. Strike ficou petrificado, com a caneca a meio caminho da boca.

— Como é?

— Eu não gostava dele tocando em mim.

— Do que você está falando? Quem tocou em você?

— No trabalho do papai.

— Não fale bobagem – disse a mãe.

— Quando papai me levou e eu vi...

— Ele a levou mais ou menos um mês atrás, porque eu tinha hora marcada com o médico – disse Leonora a Strike, aturdida, tensa. – Não sei do que ela está falando.

— ... e eu vi as figuras que eles iam botar nos livros, tudo colorido – disse Orlando –, e Dannulchar tocou mesmo...

— Você nem mesmo sabe quem é Daniel Chard – disse Leonora.

— Ele não tem cabelo – disse Orlando. – E depois papai me levou pra ver a moça e eu dei pra ela meu melhor desenho. Ela tem o cabelo bonito.

— Que moça? Do que está falando...?

— Quando Dannulchar tocou em mim – disse Orlando em voz alta. – Ele tocou em mim e eu gritei e depois ele me deu um pincel.

— Você não vai sair por aí dizendo essas coisas – disse Leonora, e sua voz tensa falhou. – Já não basta o que passamos... não seja idiota, Orlando.

Orlando ficou com a cara muito vermelha. Fuzilando a mãe com os olhos, ela saiu da cozinha. Desta vez bateu a porta com força; não fechou, quicou e voltou a se abrir. Strike a ouviu pisar duro pela escada; depois de alguns passos, ela começou a gritar incompreensivelmente.

— Agora ela está aborrecida – disse Leonora pesadamente e as lágrimas se derramaram dos olhos claros. Strike estendeu a mão para o rolo de papel-toalha áspero ao lado, arrancando algumas folhas e colocando na mão de Leonora. Ela chorou em silêncio, seus ombros finos se sacudindo e Strike ficou calado, bebendo o resto do chá horroroso.

— Conheci Owen num pub – murmurou ela inesperadamente, empurrando os óculos para cima e enxugando a cara molhada. – Ele foi para um festival. Em Hay-on-Wye. Nunca tinha ouvido falar dele, mas sabia que ele era alguém, pelo jeito como se vestia e falava.

E o leve brilho de regeneração do herói, quase extinto pelos anos de desprezo e infelicidade, de suportar sua arrogância e ataques de fúria, de tentar pagar as contas e cuidar da filha naquela casinha miserável, acendeu-se mais uma vez por trás de seus olhos cansados. Talvez tenha se reanimado porque seu herói, como todos os melhores heróis, estava morto; talvez ardesse agora para sempre, como uma chama eterna, ela se esquecesse do pior e nutrisse a ideia do homem que um dia amou... desde que não lesse seu último manuscrito e a descrição cruel que fez dela...

— Leonora, eu queria lhe perguntar mais uma coisa — disse Strike com gentileza —, depois vou embora. Você recebeu mais excremento de cachorro por sua caixa de correio na semana passada?

— Na semana passada? — repetiu ela com a voz embargada, ainda enxugando os olhos. — Foi. Na terça, acho. Ou quarta, será? Mas foi. Mais uma vez.

— E chegou a ver a mulher que você pensou que estava te seguindo?

Ela meneou a cabeça, assoando o nariz.

— Talvez eu tenha imaginado, sei lá...

— Você está bem de dinheiro?

— Estou — disse ela, enxugando os olhos. — Owen tinha seguro de vida. Eu o obriguei a fazer, por causa de Orlando. Então, agora vai ficar tudo bem. Edna se ofereceu para me emprestar até que saia o dinheiro.

— Então, já vou indo — disse Strike, impelindo-se para se levantar.

Ela o seguiu pelo corredor sujo, ainda fungando, e, antes que a porta se fechasse, ele a ouviu gritar:

— Dodo! Dodo, desce aqui, eu não quis dizer isso!

O jovem policial do lado de fora bloqueava parcialmente o caminho de Strike. Estava furioso.

— Sei quem você é — disse ele. Seu celular ainda estava agarrado à mão. — Você é Cormoran Strike.

— É difícil te passar a perna, não é? — disse Strike. — Agora saia do caminho, garoto, algumas pessoas no mundo têm trabalho mais sério para fazer.

22

> ... que assassino, cérbero, demônio pode ser este?
>
> Ben Jonson,
> *Epicoene, ou A mulher silenciosa*

Esquecendo de que se levantar era a parte difícil quando o joelho estava inflamado, Strike arriou num banco de canto no trem do metrô e ligou para Robin.

– Oi – disse ele –, os jornalistas foram embora?

– Não, ainda estão zanzando lá fora. Você virou notícia, sabia?

– Vi o site da BBC. Liguei para Anstis e pedi a ele para ajudar a atenuar as coisas sobre mim. Ele fez isso?

Ele ouviu os dedos de Robin batendo no teclado.

– Fez, ele é citado: "O inspetor-detetive Richard Anstis confirmou os boatos de que o corpo foi encontrado pelo investigador particular Cormoran Strike, que ganhou os noticiários no início deste ano quando..."

– Deixa essa parte pra lá.

– "O Sr. Strike foi contratado pela família para encontrar o Sr. Quine, que costumava ausentar-se de casa sem informar seu paradeiro a ninguém. O Sr. Strike não está sob suspeita e a polícia está satisfeita com seu relato da descoberta do corpo."

– O bom e velho Dickie – disse Strike. – Hoje de manhã insinuaram que eu escondo corpos para fazer propaganda dos negócios. É uma surpresa que a imprensa tenha todo esse interesse por um fracassado morto de 58 anos. Parece até que já sabem que o crime foi medonho.

– Não foi Quine que despertou o interesse deles – disse Robin. – Foi você.

A ideia não dava nenhum prazer a Strike. Ele não queria sua cara nos jornais ou na TV. As fotos dele que apareceram na esteira do caso Lula Landry eram pequenas (o espaço foi requisitado para fotos da modelo deslumbrante, de preferência parcialmente vestida); suas feições morenas e rabugentas não eram bem reproduzidas na impressão borrada e ele conseguira evitar uma foto de rosto inteiro ao entrar no tribunal para dar provas contra o assassino de Landry. Desencavaram antigas fotografias dele de farda, mas estas tinham anos, de quando ele era vários quilos mais leve. Ninguém o reconheceu ao aparecer sozinho desde sua breve explosão de fama, e ele não desejava arriscar ainda mais seu anonimato.

– Não quero me deparar com um bando de picaretas. Não que eu – acrescentou ele ironicamente, com o joelho latejando – não possa me deparar, se for pago. Você pode me encontrar...

Seu local favorito era o Tottenham, mas ele não queria expor o lugar à possibilidade de futuras incursões da imprensa.

– ... no Cambridge em quarenta minutos?

– Tudo bem – disse ela.

Só depois de desligar foi que ocorreu a Strike, primeiro, que ele devia ter perguntado sobre o enlutado Matthew, e segundo, que ele devia ter pedido a ela para levar suas muletas.

O pub do século XIX ficava em Cambridge Circus. Strike encontrou Robin no segundo andar, em uma banqueta de couro, entre lustres de bronze e espelhos com molduras douradas.

– Você está bem? – perguntou ela com preocupação enquanto ele mancava na sua direção.

– Esqueci de te contar – disse ele, baixando-se cautelosamente e com um gemido na cadeira de frente para ela. – Arrebentei meu joelho de novo no domingo, tentando pegar uma mulher que me seguia.

– Que mulher?

– Ela me seguiu da casa de Quine até a estação do metrô, onde eu me estabaquei feito uma besta e ela sumiu de vista. Ela combina com a descrição de uma mulher que, segundo Leonora, esteve rondando por lá desde o desaparecimento de Quine. Bem que preciso de uma bebida.

– Vou pegar – disse Robin. – Já que é seu aniversário. E eu te comprei um presente.

Ela colocou na mesa um cesto pequeno coberto de celofane, enfeitado de fitas, contendo comida e bebida da Cornualha: cerveja, sidra, doces e mostarda. Ele ficou ridiculamente comovido.

— Não precisava fazer isso...

Mas ela já estava fora de alcance, no balcão. Quando voltou, trazendo uma taça de vinho e um copo de London Pride, ele disse:

— Muito obrigado.

— Não há de quê. Então, acha que essa mulher estranha esteve vigiando a casa de Leonora?

Strike tomou um longo e providencial gole da cerveja.

— E possivelmente colocou cocô de cachorro pela porta da frente dela – disse Strike. — Não entendo o que ela tem a ganhar me seguindo, a não ser que estivesse pensando que eu a levaria a Quine.

Ele fez uma cara de dor ao erguer a perna machucada e colocá-la em uma banqueta embaixo da mesa.

— Eu devia estar fazendo vigilância para Brocklehurst e o marido de Burnett essa semana. Que ótima hora para lascar a perna.

— Eu posso segui-los para você.

A oferta empolgada saiu pela boca de Robin antes que ela percebesse, mas Strike não deu sinais de tê-la ouvido.

— Como está indo Matthew?

— Não muito bem – disse Robin. Ela não conseguia se decidir se Strike registrara sua sugestão ou não. — Vai ficar com o pai e a irmã.

— Masham, né?

— É. – Ela hesitou, depois disse: — Vamos ter de adiar o casamento.

— Eu sinto muito.

Ela deu de ombros.

— Não vamos poder fazer isso tão cedo... foi um choque terrível para a família.

— Você se dava bem com a mãe de Matthew?

— Sim, claro. Ela era...

Mas, na realidade, a Sra. Cunliffe sempre foi complicada; uma hipocondríaca, ou assim pensava Robin. Ela se sentia culpada por isso nas últimas 24 horas.

— ... adorável – disse Robin. — E como está se saindo a pobre Sra. Quine?

Strike descreveu sua visita a Leonora, inclusive o breve aparecimento de Jerry Waldegrave e as impressões dele de Orlando.

– Qual é exatamente o problema dela? – perguntou Robin.

– Chamam de dificuldades de aprendizagem, não é assim?

Ele parou, lembrando-se do sorriso ingênuo de Orlando, seu orangotango fofo.

– Ela disse uma coisa estranha enquanto eu estava lá, e parecia novidade para a mãe dela. Contou-nos que certa vez ela foi ao trabalho com o pai e que o diretor da editora de Quine tocou nela. Seu nome é Daniel Chard.

Ele viu refletido no rosto de Robin o medo inconfesso que as palavras conjuraram naquela cozinha suja.

– Como assim, tocou nela?

– Ela não foi específica. Ela disse "ele tocou em mim" e "eu não gosto de ser tocada". E que ele lhe deu um pincel depois de fazer isso. Pode não ser nada – disse Strike em resposta ao silêncio carregado de Robin, sua expressão tensa. – Pode ser que ele tenha esbarrado nela por acaso e lhe dado alguma coisa para acalmá-la. Ela teve uns ataques enquanto eu estive lá, gritando, porque não conseguia o que queria ou a mãe lhe dava uma bronca.

Com fome, ele rasgou o celofane do presente de Robin, pegou uma barra de chocolate e a abriu enquanto Robin ficava num silêncio, pensativa.

– O caso – disse Strike, rompendo o silêncio – é que Quine insinua em *Bombyx Mori* que Chard é gay. Pelo menos é o que eu acho que ele está dizendo.

– Humm – disse Robin, sem se impressionar. – E você acredita em tudo que Quine escreveu naquele livro?

– Bom, se lembrarmos que ele jogou os advogados para cima de Quine, o livro incomodou Chard – disse Strike, quebrando um pedaço grande do chocolate e colocando na boca. – Imagine só – continuou ele com a voz densa –, o Chard de *Bombyx Mori* é um assassino, possivelmente estuprador, e seu pênis está caindo, então essa história de ser gay pode não ter sido o estopim da irritação.

– É um tema constante na obra de Quine, a dualidade sexual – disse Robin, e Strike a encarou, mastigando, de sobrancelhas erguidas. – Dei uma passada na Foyles a caminho do trabalho e comprei um exemplar de *Hobart's Sin* – explicou ela. – É todo sobre um hermafrodita.

Strike engoliu em seco.

— Ele devia ter uma queda por eles. Tem um em *Bombyx Mori* também — disse Strike, examinando o papel-cartão que cobria a barra de chocolate. — Isto foi feito em Mullion. Fica no litoral, mais adiante de onde fui criado... E que tal é *Hobart's Sin*? É bom?

— Eu não teria me dado ao trabalho de ler além das primeiras páginas se o autor não tivesse sido assassinado agora — admitiu Robin.

— Provavelmente vai alavancar as vendas até a Lua, ser assassinado a sangue-frio.

— O que quero dizer — Robin pressionou obstinadamente — é que você não pode necessariamente confiar em Quine quando se trata da vida sexual dos outros, porque todos os personagens parecem dormir com tudo e com todos. Procurei por ele na Wikipedia. Uma das principais características de seus livros é a troca de gênero ou orientação sexual dos personagens.

— O *Bombyx Mori* é assim — grunhiu Strike, servindo-se de mais chocolate. — Isso é bom, quer um pedaço?

— Eu devia estar de dieta — disse Robin com tristeza. — Para o casamento.

Strike achava que ela não precisava perder peso nenhum, mas não disse nada enquanto ela pegava um pedaço.

— Estive pensando — disse Robin timidamente — no assassino.

— Sempre às ordens para ouvir a psicóloga. Continue.

— Eu *não sou* psicóloga. — Ela riu um pouco.

Ela abandonara a faculdade de psicologia. Strike nunca tentou arrancar uma explicação dela, nem Robin deu nenhuma. Era algo que eles tinham em comum, ter largado a universidade. Ele a deixou quando a mãe morreu de uma misteriosa overdose e, talvez por causa disso, sempre supôs que algo traumático também tivesse feito Robin abandonar os estudos.

— Estive me perguntando por que eles ligaram tão obviamente o assassinato ao livro. Superficialmente, o crime parece um ato premeditado de vingança e maldade, para mostrar ao mundo que Quine teve o que mereceu por escrever aquilo.

— Parece mesmo — concordou Strike, que ainda estava com fome; estendeu a mão a uma mesa vizinha e pegou o cardápio. — Vou pedir filé com fritas, quer alguma coisa?

Robin escolheu uma salada qualquer e depois, para poupar o joelho de Strike, foi ao balcão fazer o pedido.

— Por outro lado — continuou Robin, voltando a se sentar —, reproduzir a última cena do livro pode ser uma boa maneira de esconder um motivo diferente, não acha?

Ela se obrigava a falar com frieza, como se eles discutissem um problema abstrato, mas Robin não conseguia esquecer as fotos do corpo de Quine: a caverna escura do tronco escavado, as fissuras queimadas onde antes estiveram a boca e os olhos. Se ela pensasse demais no que foi feito a Quine, sabia que talvez não conseguisse almoçar, ou que de algum modo traísse seu pavor a Strike, que a observava com uma astúcia desconcertante nos olhos escuros.

— Não tem problema admitir que o que aconteceu com ele lhe dá vontade de vomitar — disse ele com a boca cheia de chocolate.

— Não dá — mentiu ela, no automático. E depois: — Bom, obviamente... quer dizer, foi apavorante...

— É, foi mesmo.

Se ele estivesse com seus colegas do SIB, teria feito piada disso agora. Strike lembrava-se de muitas tardes cheias de humor negro: era o único jeito de suportar algumas investigações. Robin, porém, ainda não estava pronta para a autodefesa profissionalmente insensível, e a prova era sua tentativa de uma discussão desapaixonada sobre um homem de quem arrancaram os intestinos.

— O motivo é complicado, Robin. Em nove entre dez casos você só descobre o *porquê* depois de ter descoberto o *quem*. É o meio e a oportunidade que queremos. Pessoalmente — ele tomou um gole da cerveja —, acho que talvez devamos procurar por alguém com conhecimento de medicina.

— Medicina...?

— Ou anatomia. Não parece coisa de amador, o que fizeram com Quine. Podiam ter esfacelado o corpo, tentando retirar os intestinos, mas não vi largadas falsas: foi uma incisão limpa e confiante.

— Sim — disse Robin, esforçando-se para manter sua atitude objetiva e clínica. — É verdade.

— A não ser que estejamos lidando com algum maníaco literário que apenas colocou as mãos em um bom livro didático — refletiu Strike. — Parece forçado, mas nunca se sabe... Se ele foi amarrado e drogado e tiveram coragem suficiente, talvez fossem capazes de tratá-lo como uma aula de biologia.

Robin não conseguiu se conter:

— Sei que você sempre diz que os motivos servem para os advogados — disse ela com certo desespero (e Strike repetira esta máxima muitas vezes desde que ela veio trabalhar com ele) —, mas siga minha linha de raciocínio por um momento. O assassino deve ter sentido que matar Quine do mesmo jeito que acontece no livro valia a pena por algum motivo que supera as desvantagens óbvias...

— Que eram?

— Bom — disse Robin —, a dificuldade logística de cometer um... um crime tão *elaborado* e o fato de que o grupo de suspeitos seria restrito às pessoas que leram o livro...

— Ou ouviram falar dele em detalhes — disse Strike —, e você disse "restrito", mas não sei se estamos procurando um pequeno número de pessoas. Christian Fisher fez questão de espalhar o conteúdo do livro o máximo que pôde. A cópia do manuscrito da Roper Chard estava em um cofre a que metade da empresa parecia ter acesso.

— Mas... — disse Robin.

Ela se interrompeu quando um garçom mal-humorado aproximou-se para largar os talheres e guardanapos de papel na mesa deles.

— Mas — voltou Robin quando ele sumiu dali — Quine não pode ter sido morto tão recentemente, não é? Quer dizer, não sou especialista...

— Nem eu — disse Strike, terminando o que restava do chocolate e contemplando o pé de moleque com menos entusiasmo —, mas entendo o que quer dizer. O corpo parecia estar lá há pelo menos uma semana.

— Além disso, deve ter se passado algum tempo entre o assassino ler *Bombyx Mori* e matar Quine. Havia muito a organizar. Era preciso levar cordas, ácido, pratos e talheres a uma casa desabitada...

— E a não ser que já soubessem que ele pretendia ir à Talgarth Road, tiveram de seguir Quine — disse Strike, decidindo não comer o pé de moleque porque o filé com fritas se aproximava — ou atraí-lo para lá.

O garçom baixou o prato de Strike e a tigela de salada de Robin, respondeu aos agradecimentos com um grunhido indiferente e se retirou.

— Então, quando você leva em conta o planejamento e o aspecto prático, não parece possível que o assassino tenha lido o livro mais de dois ou três dias depois do desaparecimento de Quine — disse Strike, enchendo o garfo. – O problema é que quanto mais empurramos para trás o momento em que o assassino começou a tramar o homicídio de Quine, pior fica para minha cliente. Só o que Leonora precisava fazer era andar alguns passos por seu corredor; o manuscrito estaria ali para ela ler assim que Quine o concluiu. Pensando bem, ele pode ter contado a ela meses atrás como pretendia terminá-lo.

Robin comeu a salada sem sentir o gosto.

– E Leonora Quine parece... – começou ela, insegura.

– O tipo de mulher que estripa o marido? Não, mas a polícia tende a ela e, se está procurando um motivo, ela tem aos montes. Ele era um marido de merda: irresponsável, adúltero e gostava de descrevê-la de um jeito revoltante nos livros.

– Mas *você* não acha que foi ela?

– Não – disse Strike –, mas vamos precisar de muito mais do que minha opinião para deixá-la fora da cadeia.

Robin levou os copos vazios ao balcão para completá-los sem perguntar. Strike gostou muito de Robin quando ela colocou outro copo de cerveja diante dele.

– Também precisamos pensar na possibilidade de alguém preocupado que Quine pudesse disponibilizar o livro na internet – disse Strike, colocando batatas fritas na boca –, uma ameaça que ele supostamente fez em um restaurante lotado. Isto pode constituir motivo para matar Quine, nas condições corretas.

– Quer dizer – disse Robin devagar –, se o assassino reconheceu algo no manuscrito que não queria levar a um público maior?

– Exatamente. O livro é muito enigmático em determinados trechos. E se Quine descobriu algo grave sobre alguém e colocou uma referência velada no livro?

– Bom, isso faria sentido – disse Robin lentamente –, porque eu não paro de pensar, *Por que matá-lo?* O fato é que quase todas essas pessoas têm meios mais eficazes de lidar com o problema de um livro difamatório, não têm? Elas podiam ter dito a Quine que não o representariam nem publicariam, ou podiam tê-lo ameaçado com um processo judicial, como esse tal de Chard. A morte dele vai piorar muito a situação para qualquer um que seja personagem no livro, não acha? Já tem muito mais publicidade do que haveria antes disso.

— Concordo. Mas você está supondo que o assassino pensa sensatamente.

— Este não foi um crime passional — retorquiu Robin. — Foi planejado. Pensaram muito nele. Devem ter se preparado para as consequências.

— De novo é verdade — disse Strike, comendo as fritas.

— Estive dando uma olhada em *Bombyx Mori* esta manhã.

— Depois de ficar entediada com *Hobart's Sin*?

— Sim... bom, estava ali no cofre e...

— Leia o troço todo, quanto mais, melhor — disse Strike. — Até onde você foi?

— Pulei várias partes. Li o trecho sobre Succuba e Tick. É maldoso, mas não parece haver algo... bom... *oculto* ali. Basicamente, ele acusa a esposa e sua agente de serem parasitas dele, não é isso?

Strike assentiu.

— Mais tarde, quando aparece Epi... Epi... como se chama mesmo?

— Epicoene? A hermafrodita?

— É uma pessoa real, não acha? E aquela cantoria? Não parece que está falando realmente de *cantar*, não é?

— E por que a namorada Harpy vive numa caverna cheia de ratos? Simbolismo ou outra coisa?

— E o saco sujo de sangue no ombro de Cutter — disse Robin —, e o anão que ele tenta afogar...

— E os ferretes na lareira da casa de Vainglorious — disse Strike, mas ela demonstrou confusão. — Não chegou nessa parte? Jerry Waldegrave explicou isso a meu grupo na festa da Roper Chard. Trata-se de Michael Fancourt e sua primeira...

O celular de Strike tocou. Ele o pegou e viu o nome de Dominic Culpepper. Com um leve suspiro, atendeu.

— Strike?

— É ele.

— Que merda tá rolando?

Strike não ia perder tempo fingindo não saber do que Culpepper falava.

— Não posso discutir o assunto, Culpepper. Pode prejudicar a investigação policial.

— Que se foda... já temos alguém da polícia falando conosco. Ele disse que esse Quine foi assassinado exatamente como um cara morto em seu último livro.

— Ah, é? E quanto você está pagando ao cretino idiota para abrir a boca e ferrar o caso?

— Mas que droga, Strike, você se mete num crime desse e nem mesmo pensa em ligar para mim?

— Não sei o que você acha que é nossa relação, parceiro – disse Strike –, mas, no que diz respeito a mim, eu faço trabalhos para você e você me paga. Só isso.

— Eu te coloquei em contato com Nina para que você fosse naquela festa da editora.

— O mínimo que você podia fazer depois de eu te entregar um monte de coisas extras que nunca pediu sobre Parker – disse Strike, garfando uma ou outra batata frita com a mão livre. – Eu podia ter segurado isso e vendido tudo para os tabloides.

— Se quer pagamento...

— Não, não quero pagamento, imbecil – disse Strike, irritado, enquanto Robin voltava a atenção educadamente para o site da BBC em seu próprio celular. – Não vou ajudar a estragar uma investigação de homicídio falando nela para o *News of the World*.

— Posso arrumar dez paus, se você der uma entrevista pessoal.

— Tchau, Cul...

— Espera! Só me diga que livro é... esse que tem a descrição do assassinato.

Strike fingiu hesitar.

— *The Brothers Balls... Balzac* – disse ele.

Sorrindo com malícia, ele encerrou o telefonema e pegou o cardápio para ver as sobremesas. Com sorte, Culpepper passaria uma longa tarde chafurdando por uma sintaxe desvirtuada e escrotos apalpados.

— Alguma novidade? – perguntou Strike enquanto Robin erguia os olhos do celular.

— Não, a não ser que você conte o *Daily Mal* dizendo que amigos da família pensavam que Pippa Middleton daria um casamento melhor do que Kate.

Strike franziu o cenho para ela.

— Eu só estava olhando coisas ao acaso enquanto você falava ao telefone – disse Robin, meio na defensiva.

— Não – disse Strike –, não é isso. Acabo de me lembrar... Pippa2011.

— Eu não... – Robin ficou confusa, ainda pensando em Pippa Middleton.

— Pippa2011... no blog de Kathryn Kent. Ela alegou ter ouvido uma parte de *Bombyx Mori*.

Robin ofegou e passou a trabalhar no celular.

— Está aqui! – disse ela, alguns minutos depois. – "O que você diria se eu te falasse que ele leu uma parte pra mim"! E isso foi... – Robin rolou para cima – no dia 21 de outubro. Em 21 de outubro! Ela pode ter sabido do final antes até de Quine ter desaparecido.

— É isso mesmo – disse Strike. – Vou pedir torta de maçã, quer alguma coisa?

Quando Robin voltou do balcão depois de fazer outro pedido, Strike disse:

— Anstis me convidou para jantar esta noite. Diz que tem algumas conclusões preliminares da perícia.

— Ele sabe que é seu aniversário? – perguntou Robin.

— Meu Deus, não – disse Strike, soando tão revoltado com a ideia que Robin riu.

— Por que seria assim tão ruim?

— Já tive um jantar de aniversário – disse Strike sombriamente. – O melhor presente que posso receber de Anstis é a hora da morte. Quanto mais cedo for, menor o número de prováveis suspeitos: aqueles que puseram as mãos no manuscrito antes. Infelizmente, isto inclui Leonora, mas temos essa misteriosa Pippa, Christian Fisher...

— Por que Fisher?

— Meios e oportunidade, Robin: ele teve acesso cedo, ele tem de entrar na lista. E temos Ralph, assistente de Elizabeth Tassel, a própria Elizabeth Tassel e Jerry Waldegrave. Daniel Chard presumivelmente viu o manuscrito logo depois de Waldegrave. Kathryn Kent nega tê-lo lido, mas isso pode ser balela. E temos também Michael Fancourt.

Robin levantou a cabeça, sobressaltada.

— Como ele pode...?

O celular de Strike voltou a tocar; era Nina Lascelles. Ele hesitou, mas a lembrança de que o primo pode ter dito que acabara de falar com Strike o convenceu a atender a chamada.

— Oi – disse ele.

— Oi, Famoso – disse ela. Ele ouviu certa tensão, mal encoberta pelo bom humor ofegante. – Estava com muito medo de te ligar, porque você poderia estar inundado de telefonemas da imprensa, tietes e tal.

— Nem tanto – disse Strike. – Como estão as coisas na Roper Chard?

— Uma loucura. Ninguém está trabalhando em nada; só o que todo mundo faz é falar. Foi mesmo um assassinato de verdade?

— Parece que sim.

— Meu Deus, nem acredito... Acho que você não pode me contar nada, não é? – perguntou ela, reprimindo muito mal o tom interrogativo.

— A polícia não quer que os detalhes sejam divulgados nessa etapa da investigação.

— Foi por causa do livro, não foi? O *Bombyx Mori*.

— Não posso dizer.

— E Daniel Chard quebrou a perna.

— Como assim? – ele perguntou, surpreso com a falta de lógica da conclusão.

— Tem muita coisa esquisita acontecendo. – Ela parecia nervosa, agitada. – Jerry está todo atrapalhado. Daniel ligou para ele de Devon agora mesmo e gritou com ele de novo... metade do escritório ouviu porque Jerry o colocou no viva-voz por acidente e depois não conseguia encontrar o botão para desligar. Ele não pode ir para a casa de veraneio devido à perna quebrada. Daniel, quero dizer.

— Por que ele gritou com Waldegrave?

— A segurança do *Bombyx*. A polícia conseguiu uma cópia completa do manuscrito em algum lugar e Daniel *não* está nada satisfeito com isso. Enfim, só pensei em te ligar para dar os parabéns... acho que os detetives são parabenizados quando encontram um corpo, ou não é assim? Me liga quando não estiver tão ocupado.

Ela desligou antes que ele pudesse dizer mais alguma coisa.

— Nina Lascelles – disse ele enquanto o garçom reaparecia com sua torta de maçã e um café para Robin. – A garota...

— Que roubou o manuscrito para você – disse Robin.

— Sua memória seria um desperdício nos recursos humanos – disse Strike, pegando a colher.

— Fala sério sobre Michael Fancourt? — perguntou ela em voz baixa.

— É claro — disse Strike. — Daniel Chard deve ter dito a ele o que Quine fez... ele não ia querer que Fancourt soubesse por mais ninguém, não é? Fancourt é uma grande aquisição para eles. Não, acho que precisamos supor que Fancourt sabia, desde o início, o que havia no...

Agora tocou o celular de Robin.

— Oi — disse Matthew.

— Oi, como você está? — perguntou ela, ansiosa.

— Não muito bem.

Em algum lugar ao fundo, alguém aumentou a música: *"First day that I saw you, thought you were beautiful..."* *

— Onde você está? — perguntou Matthew asperamente.

— Eu? Num pub — disse Robin.

De repente o ar pareceu se encher dos ruídos do bar; copos tilintando, risos estridentes do balcão.

— É aniversário de Cormoran — disse ela, ansiosa. (Afinal, Matthew e os colegas iam a pubs no aniversário de cada um...)

— Que legal — disse Matthew, parecendo furioso. — Te ligo mais tarde.

— Matt, não... espere...

Com a boca cheia de torta de maçã, Strike observou pelo canto dos olhos Robin se levantar e se afastar para o balcão sem dar explicações, evidentemente tentando ligar para Matthew. O contador estava desconsolado porque a noiva saíra para almoçar, por não estar sentando shivá pelo falecimento da mãe dele.

Robin ligava sem parar. Por fim conseguiu. Strike terminou a torta e a terceira cerveja e percebeu que precisava ir ao banheiro.

Seu joelho, que não o incomodou muito enquanto ele comia, bebia e conversava com Robin, queixou-se violentamente quando ele se levantou. Quando voltou do banheiro para sua cadeira, ele suava um pouco de dor. A julgar pela expressão de Robin, ela ainda tentava apaziguar Matthew. Quando por fim desligou e se reuniu a ele, Strike voltou à curta resposta se ele tinha ou não razão.

---

* "Na primeira vez que te vi, eu te achei linda..." (N. do E.)

– Sabe de uma coisa, eu podia seguir a Brocklehurst para você – ofereceu-se Robin novamente –, se sua perna está tão...?

– Não – rebateu Strike.

Ele se sentia dolorido, furioso consigo mesmo, irritado com Matthew e de repente meio nauseado. Não devia ter comido o chocolate antes do filé, das fritas, da torta e das três cervejas.

– Preciso que você volte ao escritório e digite a última conta de Gunfrey. E me mande um SMS se aqueles malditos jornalistas ainda estiverem por lá, porque, se estiverem, vou daqui direto para a casa de Anstis.

Depois acrescentou a meia-voz:

– Precisamos mesmo pensar em arrumar outra pessoa.

A expressão de Robin endureceu.

– Então, vou para lá digitar – disse ela. Ela arrebanhou o casaco, a bolsa e saiu. Strike teve um vislumbre de sua expressão zangada, mas uma aflição irracional o impediu de chamá-la de volta.

23

> De minha parte, não creio que ela possua
> alma tão negra
> Para feito tão sangrento.
>
> John Webster,
> *O diabo branco*

Uma tarde no pub com a perna erguida não reduziu muito o inchaço no joelho de Strike. Depois de comprar analgésicos e uma garrafa de vinho tinto barato a caminho do metrô, ele partiu para Greenwich, onde Anstis morava com a mulher, Helen, comumente conhecida como Helly. A jornada até a casa deles em Ashburnham Grove levou mais uma hora devido a um atraso na linha central; ele ficou em pé o tempo todo, jogando o peso na perna esquerda, arrependendo-se mais uma vez das cem libras que gastou em táxis para ir e voltar da casa de Lucy.

Quando saiu da Docklands Light Railway, as gotas de chuva mais uma vez pontilharam seu rosto. Ele virou a gola para cima e mancou no escuro no que deveria ser uma caminhada de cinco minutos, mas que consumiu quase quinze.

Só ocorreu a Strike que ele talvez devesse ter trazido um presente para o afilhado ao virar a esquina para a organizada rua de casas geminadas, com seus jardins bem cuidados. Não sentia quase entusiasmo nenhum pela parte social da noite que teria pela frente, nem vontade de discutir com Anstis as informações da perícia.

Strike não ia com a cara da mulher de Anstis. Sua bisbilhotice, mal disfarçada sob um ocasional calor humano pegajoso, surgia uma hora ou outra como um canivete automático faiscando repentinamente por baixo de um casaco de peles. Tinha arroubos de gratidão e solicitude sempre que Strike girava em sua órbita, mas ele sabia que ela se coçava para ter os detalhes de seu passado atribulado, ter informações do pai, astro do rock, da mãe morta pelas drogas, e ele podia imaginar muito bem que ela ansiava pelos detalhes de seu rompimento com Charlotte, a quem sempre tratou com uma efusividade que não conseguia disfarçar a antipatia e a desconfiança.

Na festa que se seguiu ao batizado de Timothy Cormoran Anstis – adiada até que ele tivesse 18 meses, porque pai e padrinho precisavam ser retirados do Afeganistão e receber alta de seus respectivos hospitais –, Helly insistiu em fazer um discurso embriagado e choroso sobre como Strike havia salvado a vida do pai de seu filho e o quanto significava para ela que ele concordasse em ser o anjo da guarda também de Timmy. Strike, que não conseguia pensar num motivo válido para se recusar a ser o padrinho do menino, ficou olhando a toalha de mesa enquanto Helly falava, com o cuidado de não olhar nos olhos de Charlotte, para que ela não o fizesse rir. Ela estava – ele se lembrava nitidamente – com seu vestido trespassado azul-pavão preferido, grudado a cada centímetro do corpo perfeito. Ter uma mulher tão linda nos braços, mesmo enquanto ele ainda estava de muletas, funcionava como um contrapeso para a meia perna que ainda não estava pronta para uma prótese. Transformou-o do Homem de um Pé Só no homem que conseguira – miraculosamente, como ele sabia que devia pensar quase todo homem que tinha contato com ela – uma noiva tão deslumbrante que os homens paravam de falar no meio de uma frase quando ela entrava no ambiente.

– Cormy, querido – arrulhou Helly ao abrir a porta. – Veja só você, todo famoso... achamos que tinha se esquecido de nós.

Ninguém mais o chamava de Cormy. Ele nunca se deu ao trabalho de dizer a ela que não gostava.

Ela o convidou, sem encorajar, para um abraço terno que ele sabia pretender sugerir compaixão e pesar por sua condição de solteiro. A casa estava aquecida e muito iluminada depois da noite de inverno hostil na rua, e ele ficou feliz em ver, ao se desvencilhar de Helly, Anstis entrar em seu campo de visão, segurando um copo de Doom Bar como um presente de boas-vindas.

– Ritchie, deixe-o entrar. Francamente...

Mas Strike aceitou a cerveja e tomou vários goles agradecidos antes mesmo de tirar o casaco.

O afilhado de três anos e meio de Strike entrou de rompante no vestíbulo, fazendo barulhos estridentes de motor. Era muito parecido com a mãe, cujas feições, embora pequenas e bonitas, eram estranhamente amontoadas no meio do rosto. Timothy exibia um pijama do Super-Homem e golpeava as paredes com um sabre de luz de plástico.

– Oh, Timmy, querido, *não*, nossa pintura nova e linda... Ele queria ficar acordado para ver o tio Cormoran. Falamos sobre você o tempo todo – disse Helly.

Strike contemplou a pequena figura sem entusiasmo, detectando muito pouco interesse recíproco do afilhado. Timothy era a única criança cujo aniversário Strike tinha esperança de se lembrar, mas isso não bastava para levar o padrinho a lhe comprar um presente. O menino nasceu dois dias antes de o Viking explodir naquela estrada de terra no Afeganistão, levando a parte inferior da perna direita de Strike e parte do rosto de Anstis.

Strike jamais confidenciou a ninguém ter se perguntado, nas longas horas em seu leito hospitalar, por que foi Anstis que ele agarrou e puxou para a traseira do veículo. Ele repassava o evento mentalmente: o estranho pressentimento, crescendo quase a uma certeza, de que eles estavam prestes a explodir, o braço estendido apanhando Anstis, quando ele podia igualmente ter agarrado o sargento Gary Topley.

Teria sido porque Anstis passou a maior parte do dia anterior no Skype com Helen, ao alcance dos ouvidos de Strike, vendo o filho recém-nascido que ele talvez jamais tivesse conhecido? Teria sido porque a mão de Strike se estendeu sem hesitação para o homem mais velho, o policial do Exército Territorial, e não ao boina vermelha Topley, noivo, porém sem filhos? Strike não sabia. Não era sentimental com crianças e não gostava da mulher que salvou da viuvez. Ele sabia ser apenas um entre milhões de soldados, mortos e vivos, cujos atos em fração de segundo, estimulados por instinto e por treinamento, alteravam para sempre o destino de outros homens.

– Quer ler uma história para Tim dormir, Cormy? Compramos um livro novo, não foi, Timmy?

Strike nem conseguia pensar no que talvez quisesse menos, em especial se envolvia o menino hiperativo sentado em seu colo e talvez chutando seu joelho direito.

Anstis foi o primeiro a entrar na cozinha americana. As paredes eram creme, o piso de madeira sem tapete, com uma mesa de madeira comprida colocada junto das janelas de batente no final do cômodo, cercada de cadeiras estofadas de preto. Strike tinha a vaga ideia de que tinham uma cor diferente quando ele veio pela última vez, com Charlotte. Helly alvoroçou-se atrás deles e meteu um livro ilustrado muito colorido nas mãos de Strike. Ele não teve alternativa senão se sentar numa cadeira da sala de jantar, com o afilhado colocado firmemente a seu lado, e ler a história de *Kyla*, um canguru que adorava pular, que fora (o que normalmente ele não teria percebido) publicada pela Roper Chard. Timothy não parecia nem remotamente interessado nas travessuras de Kyla e brincou o tempo todo com o sabre de luz.

— Hora de dormir, Timmy, dê um beijo em Cormy — disse Helly ao filho, que, com a bênção silenciosa de Strike, meramente se torceu da cadeira e correu da cozinha, protestando aos gritos. Helly o acompanhou. As vozes elevadas de mãe e filho se abafavam à medida que eles subiam a escada.

— Ele vai acordar Tilly — previu Anstis, e, como era de esperar, Helly reapareceu com uma garotinha de um ano berrando nos braços, que ela empurrou para o marido e se voltou para o fogão.

Strike ficou sentado estupidamente à mesa da cozinha, cada vez mais faminto, sentindo-se profundamente grato por não ter tido filhos. Foram necessários quase 45 minutos para que os Anstis convencessem Tilly a voltar para a cama. Por fim, a caçarola chegou à mesa e, com ela, outro copo de Doom Bar. Strike podia ter relaxado, não fosse a sensação de que Helly Anstis agora se preparava para o ataque.

— Eu lamentei tanto, mas tanto ao saber de você e Charlotte — disse-lhe ela.

A boca de Strike estava cheia, assim ele fez a mímica de um vago agradecimento por sua solidariedade.

— Ritchie! — disse ela, brincalhona, enquanto o marido ia lhe servir uma taça de vinho. — Acho melhor não! Estamos esperando de novo — disse ela a Strike com orgulho e uma das mãos na barriga.

Ele engoliu.

— Meus parabéns — disse ele, chocado que eles aparentassem tanta satisfação com a perspectiva de outro Timothy ou Tilly.

Bem na deixa, o filho reapareceu e anunciou estar com fome. Para decepção de Strike, foi Anstis que saiu da mesa para cuidar dele, deixando

Helly encarando Strike com seus olhos de conta por sobre uma garfada de *boeuf bourguignon*.

– Então ela vai se casar no dia 4. Nem *imagino* como é para você.

– Quem vai se casar? – perguntou Strike.

Helly demonstrou surpresa.

– Charlotte – disse.

Fraco, pela escada, veio o choro do afilhado.

– Charlotte vai se casar no dia 4 de dezembro – disse Helly, e ao notar que era a primeira a lhe dar a notícia, veio-lhe uma empolgação explosiva; mas algo na expressão de Strike pareceu deixá-la nervosa.

– Eu... ouvi dizer – disse ela, baixando o olhar a seu prato enquanto Anstis voltava.

– O safadinho – disse ele. – Eu disse que vou dar um tapa no bumbum se ele sair da cama de novo.

– Ele só está animado – disse Helly, que ainda parecia atrapalhada com a raiva que sentiu em Strike – porque Cormy está aqui.

A caçarola virou borracha e isopor na boca de Strike. Como é possível que Helly Anstis soubesse quando Charlotte ia se casar? Os Anstis não andavam no mesmo círculo dela ou do futuro marido, que (como Strike se menosprezava por lembrar) era filho do décimo quarto visconde de Croy. O que Helly Anstis poderia saber do mundo de clubes privados para cavalheiros, das alfaiatarias da Savile Row e das supermodelos cocainônamas dos quais o Honorável Jago Ross foi um habituée por toda a sua vida de beneficiário de fundos fiduciários? Ela não sabia mais do que o próprio Strike. Charlotte, para quem este era seu território natal, uniu-se a Strike em uma terra de ninguém social quando eles ficaram juntos, um lugar em que nenhum dos dois ficava à vontade com o meio social do outro, onde duas normas inteiramente díspares entravam em choque e tudo se tornava uma luta por um terreno comum, por um consenso.

Timothy estava de volta à cozinha, aos prantos. Os pais se levantaram nessa hora e conjuntamente o levaram a seu quarto enquanto Strike, mal tendo consciência de que eles saíram, ficou ali para desaparecer em um bafio de recordações.

Charlotte era volátil ao ponto de um de seus padrastos certa vez tentar fazê-la noivar. Ela mentia como as outras mulheres respiravam; era perturbada até à medula. O período consecutivo mais longo em que ela e Strike conseguiram ficar juntos foi de dois anos; entretanto, com a mesma frequência com que sua confiança mútua se despedaçava, eles eram atraídos de volta, sempre (assim parecia a Strike) mais frágeis do que antes, mas com o desejo pelo outro fortalecido. Por 16 anos, Charlotte desafiou a descrença e o desdém da família e dos amigos para voltar, repetidas vezes, a um soldado grande, ilegítimo e por fim incapacitado. Strike teria aconselhado qualquer amigo a ir embora e não olhar para trás, mas passou a vê-la como um vírus em seu sangue que duvidava que um dia fosse erradicado; o máximo a esperar era controlar os sintomas. O último suspiro veio oito meses antes, pouco antes de ele virar matéria de jornal graças ao caso Landry. Ela finalmente contou uma mentira imperdoável, ele a deixou para sempre e ela se retirou para um mundo em que os homens ainda caçavam tetrazes e as mulheres tinham tiaras no cofre da família; um mundo que ela disse desprezar (embora parecesse ter sido uma mentira também...).

Os Anstis voltaram, sem Timothy, mas com uma Tilly chorando e com soluços.

– Aposto que você está feliz por não ter nenhum, não é? – disse Helly alegremente, voltando a se sentar à mesa com Tilly no colo. Strike sorriu sem vontade nenhuma e não a contradisse.

Houve um filho: ou, mais precisamente, um fantasma, a promessa de um filho e então, supostamente, a morte de um filho. Charlotte lhe disse que estava grávida, recusou-se a procurar um médico, mudou de ideia sobre as datas, depois anunciou que tudo estava acabado, sem a menor prova de que tivesse sido real. Era uma mentira que a maioria dos homens teria julgado impossível perdoar, e para Strike foi, como certamente ela saberia, a mentira que daria um fim a todas as mentiras e a morte daquela mínima confiança que sobreviveu aos anos de sua mitomania.

Casa-se em 4 de dezembro, daqui a 11 dias... como Helly Anstis poderia saber?

Agora ele estava perversamente agradecido pelo choro e os ataques de birra das duas crianças, que efetivamente perturbaram a conversa durante toda a sobremesa de flã de ruibarbo e manjar. A sugestão de Anstis de que eles tomassem outras cervejas em seu escritório para ver o relatório da perícia foi a melhor que Strike ouviu o dia todo. Eles deixaram uma Helly um tanto zangada, que claramente sentia não valer a atenção de Strike, lidando com a agora muito sonolenta Tilly e o irritantemente acordado Timothy, que voltou para anunciar ter derramado sua água na cama toda.

O escritório de Anstis era um cômodo pequeno e ladeado de livros junto ao corredor. Ele ofereceu a Strike a cadeira do computador e se sentou em um velho futon. As cortinas não estavam fechadas; Strike via uma chuva enevoada cair como grãos de poeira na luz alaranjada de um poste de rua.

– A perícia disse que foi o trabalho mais difícil que já fizeram – começou Anstis, e a atenção de Strike imediatamente foi apontada para ele. – Tudo isto é extraoficial, veja bem, ainda não temos tudo.

– Eles conseguiram saber o que realmente o matou?

– Um golpe na cabeça – disse Anstis. – A parte de trás do crânio foi perfurada. Pode não ter sido instantâneo, mas só o trauma encefálico o teria matado. Eles não podem ter certeza de que o homem estava morto quando foi estripado, mas quase certamente estava inconsciente.

– Felizmente. Alguma ideia se ele foi amarrado antes ou depois de ser derrubado?

– Houve alguma discussão sobre isso. Parte da pele abaixo das cordas em um dos pulsos tem hematomas, o que eles pensam indicar que ele foi amarrado antes de ser morto, mas não há sinal se ele ainda estava consciente quando passaram as cordas. O problema é que todo aquele maldito ácido por todo lado eliminou quaisquer marcas no chão que pudessem revelar uma luta ou o arrasto do corpo. Ele era um cara grande e pesado...

– Mais fácil de manejar se estivesse amarrado – concordou Strike, pensando na baixa e magra Leonora –, mas seria bom saber em que ângulo ele foi atingido.

– De cima – disse Anstis –, porém, como não sabemos se estava de pé, sentado ou ajoelhado...

– Acho que podemos ter certeza de que ele foi morto naquele cômodo – disse Strike, seguindo sua própria linha de raciocínio. – Não vejo como alguém tenha força para carregar um corpo tão pesado escada acima.

– O consenso é que ele morreu mais ou menos no local onde o corpo foi encontrado. É ali que está a maior concentração de ácido.

– Sabe que ácido é?

– Ah, eu não disse? Clorídrico.

Strike esforçou-se para se lembrar de algo de suas aulas de química.

– Não usam isso para galvanizar aço?

– Entre outras coisas. É a substância mais cáustica que se pode comprar legalmente e é usada em muitos processos industriais. Também como agente de limpeza pesada. O estranho nisso é que ocorre naturalmente em seres humanos. Em nosso suco gástrico.

Strike bebeu a cerveja, refletindo.

– No livro, despejam vitríolo nele.

– Vitríolo é ácido sulfúrico, e o ácido clorídrico é derivado dele. Fortemente corrosivo para tecido humano... como você viu.

– Mas onde foi que o assassino conseguiu uma quantidade tão grande dessa coisa?

– Você pode nem acreditar, mas parece que já estava na casa.

– Mas por quê...?

– Ainda não encontramos ninguém que nos diga isso. Havia galões vazios no chão da cozinha e recipientes empoeirados e fechados com a mesma descrição em um armário embaixo da escada, cheios da coisa. Vieram de uma empresa de química industrial em Birmingham. Havia marcas nos galões vazios dando a impressão de terem sido feitas por mãos enluvadas.

– Muito interessante. – Strike coçou o queixo.

– Ainda estamos verificando quando e como foram comprados.

– E o objeto rombudo que golpeou sua cabeça?

– Tem um antigo calço de porta no aposento... de ferro maciço modelado como um punho: quase certamente foi isso. Combina com a impressão no crânio. Despejaram ácido clorídrico nele, como em quase todo o resto.

– Qual parece ter sido a hora da morte?

– Ah, bom, esta parte é espinhosa. O entomologista não quis se comprometer, disse que as condições do corpo rejeitam todos os cálculos habituais. Bastam os vapores do ácido clorídrico para afastar os insetos por um tempo, e assim não se pode datar a morte pela infestação. Nenhuma varejeira que se digne quer depositar ovos em ácido. Conseguimos uma ou duas larvas no corpo que não foram mergulhadas na coisa, mas a infestação comum não aconteceu.

"Enquanto isso, o aquecimento da casa foi colocado no máximo, e assim o corpo podia apodrecer um pouco mais rápido do que aconteceria normalmente neste clima. Mas o ácido clorídrico teria perturbado a decomposição normal. Partes dele foram queimadas até o osso.

"O fator decisivo teriam sido os intestinos, a última refeição e assim por diante, mas foram retirados do corpo. Parece que foram levados pelo assassino", disse Anstis. "Nunca soube de alguém fazendo isso, e você? Quilos de intestino cru sendo levados."

– Não – disse Strike –, essa é nova para mim.

– Conclusão: a perícia se recusa a determinar um intervalo de tempo e se limita a dizer que ele estava morto havia pelo menos dez dias. Mas dei uma palavrinha em particular com Underhill, que era o melhor deles, e ele me disse, em off, que Quine pode ter sido assassinado há umas boas duas semanas. Ele calcula que ainda será duvidoso o suficiente para dar muito pano para a defesa, mesmo quando conseguirem todas as provas.

– E a farmacologia? – perguntou Strike, seus pensamentos voltando ao volume de Quine, à dificuldade de se manejar um corpo tão grande.

– Bom, ele pode ter sido drogado – concordou Anstis. – Ainda não temos os resultados do sangue e estamos analisando também o conteúdo das garrafas na cozinha. Mas – ele terminou sua cerveja e baixou o copo com um floreio – há outro jeito de ele ter facilitado as coisas para o assassino. Quine gostava de ser amarrado... jogos sexuais.

– Como soube disso?

– A amante – disse Anstis. – Kathryn Kent.

– Então já falou com ela?

– Falei. Encontramos um motorista de táxi que pegou Quine às nove horas no dia 5, a duas ruas de distância da casa dele, e o deixou na Lillie Road.

– Bem na Stafford Cripps House – disse Strike. – Então ele foi direto de Leonora para a amante?

– Bom, não, não foi. Kent estava fora, com a irmã moribunda, e tivemos confirmação... ela passou a noite numa clínica para doentes terminais. Disse que não via Quine há um mês, mas foi surpreendentemente cooperativa a respeito da vida sexual dos dois.

– Você pediu detalhes?

– Tive a impressão de que ela achou que sabíamos mais do que na realidade sabíamos. Abriu o bico sem precisarmos nos esforçar.

— Sugestivo – disse Strike. – Ela me disse que nunca leu o *Bombyx Mori*...

— Disse o mesmo a nós.

— ... mas a personagem dela amarra e ataca o herói no livro. Talvez ela quisesse deixar registrado na polícia que amarra as pessoas para o sexo, não para torturar ou assassinar. E quanto à cópia do manuscrito que Leonora disse que ele levou ao sair? Todas as anotações e as fitas da máquina de escrever? Vocês encontraram?

— Nada. Até descobrirmos se ele ficou em outro lugar antes de ir para a Talgarth Road, temos de supor que o assassino levou tudo. O lugar estava vazio, tinha apenas um pouco de comida e bebida na cozinha, e um colchão de camping e um saco de dormir em um dos quartos. Parece que Quine esteve dormindo ali. Também despejaram ácido clorídrico nesse quarto, por toda a cama de Quine.

— Nenhuma digital? Pegadas? Um cabelo inexplicado, lama?

— Nada. Ainda temos gente trabalhando no local, mas o ácido destruiu tudo pelo caminho. Nosso pessoal está usando máscara só para que os vapores não rasguem a garganta.

— Alguém além desse taxista admitiu ter visto Quine desde o desaparecimento?

— Ninguém o viu entrar na Talgarth Road, mas temos uma vizinha no número 183 que jura ter visto Quine *sair* à uma da manhã. Na madrugada do dia 6. A vizinha estava chegando depois de uma celebração da Noite das Fogueiras.

— Estava escuro e ela viu duas portas adiante, e assim o que ela realmente viu foi...?

— A silhueta de uma figura alta de capa, carregando uma bolsa de viagem.

— Uma bolsa de viagem – repetiu Strike.

— É – disse Anstis.

— A figura de capa entrou em um carro?

— Não, andou até sair de vista, mas evidentemente podia haver um carro estacionado pela esquina.

— Mais alguém?

— Teve um velho em Putney jurando que viu Quine no dia 8. Ligou para a central de polícia do bairro e o descreveu com precisão.

— O que Quine estava fazendo?

— Comprando livros na livraria Bridlington, onde o cara trabalha.

— Até que ponto ele é uma testemunha convincente?

— Bom, ele é velho, mas alega se lembrar do que Quine comprou e fez uma boa descrição física. E tivemos outra mulher que mora no edifício do outro lado da rua que imagina ter cruzado com Michael Fancourt passando pela casa, também na manhã do dia 8. Sabe quem, aquele escritor do cabeção? O famoso?

— Sim, eu sei – disse Strike lentamente.

— A testemunha alega que olhou de novo para ele por sobre o ombro e encarou, porque ela o reconheceu.

— Ele só estava passando?

— Assim ela afirma.

— Alguém já verificou isso com Fancourt?

— Ele está na Alemanha, mas disse que ficará feliz em cooperar conosco quando voltar. O agente nos fez o favor de ser útil.

— Alguma outra atividade suspeita perto da Talgarth Road? Câmeras de vigilância?

— A única câmera fica no ângulo errado para a casa, vigia o trânsito... mas estou guardando o melhor para o final. Conseguimos um vizinho diferente... do outro lado, quatro portas adiante... que jura ter visto uma gorda de burca entrando sozinha na tarde do dia 4, carregando um saco plástico de um restaurante halal. Disse que percebeu porque a casa ficou vazia por muito tempo. Alega que ela ficou lá por uma hora, depois foi embora.

— Ele tem certeza de que entrou na casa de Quine?

— É o que ele diz.

— E a mulher tinha a chave?

— Essa é história dele.

— Uma burca – repetiu Strike. – Caramba.

— Eu não poderia jurar que a acuidade visual dele seja confiável, pois usa óculos de lentes muito grossas. Disse-me não saber de nenhum muçulmano morando na rua, o que chamou sua atenção.

— Então, temos dois supostos avistamentos de Quine desde que ele se afastou da esposa: na madrugada do dia 6 e no dia 8, em Putney.

— É, mas eu não teria muita esperança em nenhum dos dois, Bob.

— Acha que ele morreu na noite em que saiu de casa — disse Strike, mais uma afirmativa do que uma pergunta, e Anstis assentiu:

— Underhill pensa assim.

— Nenhum sinal da faca?

— Nada. A única faca na cozinha estava muito cega, uma faca do dia a dia. Definitivamente, não servia para a tarefa.

— Quem sabemos que tem uma chave da casa?

— Sua cliente — disse Anstis —, obviamente. O próprio Quine devia ter uma. Fancourt tem duas, já nos disse por telefone. Os Quine emprestaram uma à agente dele quando ela organizava umas reformas para eles; ela diz que devolveu. Um vizinho recebeu uma chave para poder entrar se houvesse algum problema no lugar.

— Ele não entrou depois que o cheiro de podre se espalhou?

— Um vizinho do lado colocou de fato um bilhete pela porta reclamando do cheiro, mas quem tinha a chave viajou há 15 dias para uma temporada de dois meses na Nova Zelândia. Falamos com ele por telefone. A última vez que entrou na casa foi em maio, quando recebeu algumas encomendas, enquanto os trabalhadores entraram e as colocaram no vestíbulo. A Sra. Quine é vaga a respeito de quem possa ter apanhado a chave emprestada com o passar dos anos. É uma mulher estranha a Sra. Quine, não acha? — concluiu Anstis calmamente.

— Não pensei nisso — mentiu Strike.

— Sabia que os vizinhos a ouviram correndo atrás dele na noite em que ele sumiu?

— Não sabia.

— Foi. Ela saiu correndo de casa atrás dele, aos gritos. Todos os vizinhos disseram — Anstis observava Strike atentamente — que ela gritou "Eu sei aonde você vai, Owen!".

— Bom, ela achou que sabia — disse Strike, dando de ombros. — Pensou que ele ia para o retiro de escritores de que Christian Fisher falara com o marido. Bigley Hall.

— Ela se recusa a sair da casa.

— Ela tem uma filha deficiente mental que nunca dorme em outro lugar. Consegue imaginar Leonora dominando Quine?

— Não — disse Anstis —, mas sabemos que ele gostava de ser amarrado e duvido que eles fossem casados há trinta anos e ela não soubesse disso.

— Acha que eles tiveram uma briga, depois ela o seguiu e sugeriu um pouco de bondage?

Anstis soltou um leve riso curto e simbólico.

— Não está bom para ela, Bobby. Esposa furiosa com a chave do local do crime, acesso antecipado ao manuscrito, muitos motivos, se ela sabia da amante, em especial se havia a questão de Quine abandonando a esposa e a filha por Kent. Só ela afirma que "Eu sei aonde você vai" significa esse retiro de escritores e não a casa na Talgarth Road.

— Parece convincente quando você coloca dessa forma — disse Strike.

— Mas não é o que você pensa.

— Ela é minha cliente. Sou pago para pensar em alternativas.

— Ela te falou onde trabalhava antigamente? — perguntou Anstis, com o ar de um homem prestes a jogar seu trunfo. — Em Hay-on-Wye, antes de ele se casarem?

— Continue — disse Strike, com certa apreensão.

— No açougue do tio — disse Anstis.

Do outro lado da porta do escritório, Strike ouviu Timothy Cormoran Anstis descendo a escada de novo, gritando a plenos pulmões por alguma nova decepção. Pela primeira vez em sua relação insatisfatória com Timothy, Strike sentiu uma empatia verdadeira pelo menino.

24

> Todo bem-nascido mente – ademais, és uma mulher; jamais deves dizer o que pensas...
>
> William Congreve,
> *Amor por amor*

Os sonhos de Strike naquela noite, alimentados pelo consumo de Doom Bar no dia, pela conversa sobre sangue, ácido e varejeiras, foram estranhos e feios.

Charlotte ia se casar e ele, Strike, corria para uma sinistra catedral gótica, usando as duas pernas inteiras e funcionais, porque sabia que ela acabara de dar à luz seu filho e ele precisava ver, salvá-lo. Lá estava ela, no vasto espaço vazio e escuro, sozinha no altar, lutando com um vestido vermelho-sangue, e em algum lugar fora de vista, talvez em uma sacristia fria, jazia o filho dele, nu, indefeso e abandonado.

"Onde ele está?", perguntou ele.

"Você não o procura. Não o queria. De qualquer forma, tem algo errado com ele", disse ela.

Ele teve medo do que veria se procurasse o bebê. O noivo não estava em nenhum lugar à vista, mas ela estava pronta para o casamento, com um grosso véu escarlate.

"Deixe-o, é horrível", disse ela com frieza, passando por ele aos empurrões, afastando-se sozinha do altar, voltando pela nave central para a porta distante. "Você tocaria nele!", gritou ela por sobre o ombro. "Não quero que *toque* nele. Um dia você o verá. Ele terá de ser anunciado", acrescentou ela numa voz esvanecida, enquanto se tornava uma lasca de escarlate dançando na luz das portas abertas, "nos jornais..."

Ele acordou subitamente na obscuridade da manhã, com a boca seca e o joelho latejando ameaçador, apesar do descanso da noite.

O inverno deslizara na noite como uma geleira sobre Londres. Uma forte geada congelara a janela do sótão por fora, e a temperatura em seus cômodos, com as janelas e portas mal ajustadas e a falta total de isolamento sob o teto, despencara.

Strike se levantou e pegou um suéter na beira da cama. Quando foi encaixar a prótese, descobriu que o joelho estava excepcionalmente inchado depois da viagem de ida e volta a Greenwich. A água do chuveiro levou um tempo maior do que o normal para esquentar; ele aumentou o termostato, temendo canos estourados e tubos congelados, habitação abaixo de zero e um encanador caro. Depois de se enxugar, desenterrou as antigas ataduras esportivas da caixa no patamar para amarrar o joelho.

Agora ele sabia, com a clareza de quem passou a noite deslindando um enigma, como Helly Anstis soube dos planos de casamento de Charlotte. Foi um idiota por não ter pensado nisso antes. Seu subconsciente sabia.

Depois de limpo, vestido e tendo tomado o desjejum, ele desceu a escada. Olhando pela janela atrás de sua mesa, notou que o frio cortante afastou o pequeno grupo de jornalistas que esperou em vão por sua volta no dia anterior. O granizo batia nas janelas quando ele voltou para a antessala e o computador de Robin. Ali, no motor de busca, digitou: *charlotte campbell hon jago ross casamento*.

Impiedosa e prontamente, vieram os resultados:

Tatler, dezembro de 2010: capa Charlotte Campbell em seu casamento com o futuro visconde de Croy...

– *Tatler* – disse Strike em voz alta na sala.

Ele só sabia da existência da revista porque suas páginas sociais eram repletas de amigos de Charlotte. Às vezes ela comprava, para ler ostensivamente na frente dele, tecendo comentários sobre os homens com quem dormiu na vida, ou as festas nas casas majestosas às quais foi convidada.

E agora ela era a garota da capa de Natal.

Mesmo amarrado, o joelho reclamava de ter de escorá-lo escada de metal abaixo e saindo no granizo. Havia uma fila de início de manhã na banca de jornais. Calmamente, ele passou os olhos pelas prateleiras de revistas: estrelas de novelas de TV nas publicações baratas e de cinema nas caras; edições de dezembro quase esgotadas, embora ainda fosse novembro. Emma Watson de branco na capa da *Vogue* ("Edição Super Star"), Rihanna de rosa na *Marie Claire* ("Edição Glamour") e na capa da *Tatler*...

A pele branca e perfeita, cabelo preto soprado das maçãs altas do rosto e olhos castanho-esverdeados e grandes, mosqueados como uma maçã dourada. Dois enormes diamantes pendurados nas orelhas e um terceiro na mão levemente pousada no rosto. Uma martelada surda e embotada no coração, absorvida sem o mais leve sinal exterior. Ele pegou a revista, a última da prateleira, pagou por ela e voltou à Denmark Street.

Eram vinte para as nove. Strike fechou-se no escritório, sentou-se à mesa e colocou a revista diante dele.

IN-CROY-ABLE! Ex-Menina Rebelde transformada em futura viscondessa, Charlotte Campbell.

A manchete corria pelo pescoço de cisne de Charlotte.

Era a primeira vez que ele a via desde que ela metera as unhas em seu rosto neste mesmo escritório e correu dele, diretamente para os braços do Honorável Jago Ross. Ele supôs que deviam ter retocado todas as fotos. A pele não podia ser tão impecável, o branco dos olhos tão puro, mas não exageraram em mais nada, nem na estrutura óssea delicada, nem (ele tinha certeza) no tamanho do diamante em seu dedo.

Lentamente, ele virou para o sumário, depois ao artigo da revista. Uma foto em página dupla de Charlotte, muito magra em um vestido cintilante longo e prateado, no meio de uma galeria comprida, ladeada de tapeçarias; ao lado dela, recostado em uma mesa de carteado e parecendo uma raposa do Ártico dissoluta, estava Jago Ross. Outras fotografias pela página: Charlotte sentada em uma antiga cama de baldaquino, rindo, com a cabeça jogada para trás, a coluna branca de seu pescoço erguendo-se de uma blusa creme simples; Charlotte e Jago de jeans e botas de borracha, andando de mãos dadas no parque na frente de sua futura casa com dois Jack Russells nos calcanhares; Charlotte exposta ao vento na torre do castelo, olhando por sobre o ombro coberto pelo tartã do visconde.

Sem dúvida Helly Anstis pensou ter valido a pena gastar suas 4 libras e 10.

Em 4 de dezembro deste ano, a capela seiscentista do Castelo de Croy (JAMAIS "Castelo Croy" – isto irrita a família) será espanada para seu primeiro casamento em mais de um século. Charlotte Campbell, filha de beleza deslumbrante da It Girl dos anos 1960 Tula Clermont e do acadêmico e radialista Anthony Campbell, se casará com o Honorável Jago Ross, herdeiro do castelo e dos títulos do pai, cujo principal é visconde de Croy.

A futura viscondessa não é um acréscimo inteiramente incontroverso aos Ross de Croy, mas Jago ri da ideia de que alguém de sua família não fique deliciado em acolher a ex-rebelde na antiga e grandiosa família escocesa.

"Na realidade, minha mãe sempre torceu para que nos casássemos", diz ele. "Fomos namorados em Oxford, mas creio que éramos novos demais... Voltamos a nos encontrar em Londres... ambos saindo de relacionamentos..."

É mesmo?, pensou Strike. *Vocês dois tinham acabado de sair de relacionamentos? Ou você a estava comendo na mesma época que eu, assim ela não sabia qual de nós era o pai do filho que ela teve medo de estar carregando? Alterando as datas para encobrir qualquer eventualidade, mantendo as opções em aberto...*

... ganhou as manchetes em sua juventude quando ficou desaparecida de Bedales por sete dias, levando a uma busca nacional... internada na reabilitação aos 25 anos...

"É passado, vamos em frente, nada mais a ver", diz Charlotte alegremente. "Olha, eu me diverti muito na juventude, mas está na hora de sossegar e, sinceramente, estou louca por isso."

Divertiu-se, foi?, perguntou Strike à foto deslumbrante dela. *Divertiu-se, de pé naquele telhado e ameaçando pular? Divertiu-se, ligando para mim daquele hospital psiquiátrico e me implorando para tirá-la de lá?*

Ross, recém-saído de um divórcio muito turbulento que manteve ocupadas as colunas de fofocas... "Queria ter resolvido tudo sem os advogados", suspira ele... "Não vejo a hora de ter enteados!", diz Charlotte, vibrante...

("Se eu tiver de passar mais uma noite com os filhos capetas dos Anstis, Corm, juro por Deus que vou arrebentar a cabeça de um deles." E, no quintal de subúrbio de Lucy, vendo os sobrinhos de Strike jogando futebol, "Por que as crianças fazem tanta *merda*?" A expressão na cara redonda de Lucy quando ouviu sem querer...)

O próprio nome dele, saltando da página:

... inclusive um caso surpreendente com o filho mais velho de Jonny Rockeby, Cormoran Strike, que ganhou as manchetes no ano passado...

... um caso surpreendente com o filho mais velho de Jonny Rockeby...
... filho mais velho de Jonny Rockeby...

Ele fechou a revista com um movimento súbito e reflexivo e atirou-a na lixeira.

Dezesseis anos, indo e voltando. Dezesseis anos de tortura, a loucura e o ocasional êxtase. E então – depois de todas aquelas vezes em que ela o deixou, jogando-se nos braços de outros homens enquanto outras mulheres se atiravam em trilhos de trem – ele se afastou. Ao fazer isso, atravessou um Rubicão imperdoável, pois sempre se entendeu que ele devia ser como uma rocha, aquele a quem se abandona para depois retornar, o que jamais se encolhe, jamais desiste. Mas, naquela noite em que ele a confrontou com o rolo de mentiras que ela contou sobre o filho no ventre, e ela ficou histérica e furiosa, a montanha enfim se moveu: saindo pela porta, com um cinzeiro atirado depois disso.

Seu olho roxo nem tinha se curado quando ela anunciou o noivado com Ross. Precisou de três semanas, porque ela sabia que só havia um jeito de reagir à dor: ferir o transgressor o mais fundo possível, sem pensar nas consequências para si mesma. E ele sabia, no íntimo, que por mais que os amigos dissessem que ele estava sendo arrogante, que as fotos da *Tatler*, o repúdio a sua relação nos termos que mais o magoariam (ele era capaz de ouvi-la soletrando com clareza para a revista de sociedade: "Ele é filho de *Jonny Rockeby*"); o Castelo de Merda de Croy... tudo isso, *tudo* foi feito tendo em vista magoá-lo, queria que ele olhasse e visse, que se arrependesse e se condoesse. Ela sabia quem era Ross; contou a Strike sobre o alcoolismo e a violência mal disfarçados, transmitidos pela rede de fofocas de sangue azul que a mantinha informada ao longo dos anos. Ela riu de sua escapada por um triz. Riu.

Autoimolação em um vestido de baile. *Veja eu me queimar, Bluey.* O casamento seria dali a dez dias e, se ele tinha alguma certeza na vida, era de que se telefonasse para Charlotte agora e dissesse "Fuja comigo", mesmo depois de suas cenas vulgares, as coisas abomináveis de que ela o chamou, as mentiras, a confusão e as várias toneladas de bagagem sob a qual sua relação finalmente se despedaçou, ela diria sim. A fuga era seu sangue vital e ele era seu destino preferido, a combinação de liberdade e segurança; ela lhe dissera vezes sem conta depois das brigas que teriam matado os dois se as feridas emocionais pudessem sangrar: "Preciso de você. Você é meu tudo, sabe disso. É só com você que me sinto segura na vida, Bluey..."

Ele ouviu a porta de vidro do patamar se abrir e fechar, os ruídos conhecidos de Robin chegando ao trabalho, tirando o casaco, enchendo a chaleira.

O trabalho sempre foi sua salvação. Charlotte detestava que ele conseguisse sair das cenas loucas e violentas, das lágrimas, súplicas e ameaças dela, para mergulhar totalmente em um caso. Ela nunca conseguiu impedi-lo de vestir a farda, nunca impediu sua volta ao trabalho, jamais conseguiu obrigá-lo a se afastar de uma investigação. Ela deplorava seu foco, sua lealdade ao exército, a capacidade de excluí-la, vendo isso como uma traição, como abandono.

Agora, nesta fria manhã de inverno, sentado em sua sala com a fotografia dela na lixeira ao lado, Strike viu-se desejando ordens, um caso no exterior, uma estada forçada em outro continente. Não queria seguir maridos e amantes infiéis, nem se meter em disputas mesquinhas de homens de negócios ordinários. Só um tema equiparava Charlotte com o fascínio que exercia sobre ele: a morte não natural.

– Bom-dia – disse ele, mancando para a antessala, onde Robin preparava duas canecas de chá. – Teremos de ser rápidos com isso. Vamos sair.

– Para onde? – perguntou Robin, surpresa.

A chuva com neve escorria molhando as janelas. Ela ainda sentia o quanto queimara seu rosto ao correr pelas calçadas escorregadias, desesperada para entrar.

– Temos coisas a fazer no caso Quine.

Era mentira. A polícia tinha todo o poder; o que poderia Strike fazer que eles não fizessem melhor? Contudo, ele sabia, intimamente, que Anstis não tinha faro para o estranho e o distorcido, necessários para encontrar este assassino.

– Temos Caroline Ingles marcada para as dez.

— Merda. Bom, vou adiar. O caso é que a perícia calcula que Quine morreu logo depois de ter desaparecido.

Ele tomou um bom gole do chá forte e quente. Parecia mais decidido, mais vigoroso do que ela via há algum tempo.

— Isso coloca os holofotes mais uma vez nas pessoas que tiveram acesso antecipado ao manuscrito. Quero descobrir onde todas moram e se moram sozinhas. Depois, vamos fazer um reconhecimento de suas casas. Descobrir o quanto seria difícil entrar e sair carregando um saco de tripas. Se podem ter lugares onde enterrar ou queimar provas.

Não era muito, mas era só o que ele podia fazer hoje e Strike estava desesperado para fazer alguma coisa.

— Você também vai — acrescentou ele. — Sempre é boa nesse tipo de coisa.

— Como é, sendo sua Watson? — disse ela, aparentemente com indiferença. A raiva que carregava ao sair do Cambridge no dia anterior ainda não se apagara. — Podemos descobrir sobre a casa deles pela internet. Procurar no Google Earth.

— É, bem pensado — respondeu Strike. — Por que investigar locais quando se pode só olhar fotos desatualizadas?

Ofendida, ela disse:

— Estou mais do que satisfeita...

— Ótimo. Vou cancelar Ingles. Entre na internet e descubra os endereços de Christian Fisher, Elizabeth Tassel, Daniel Chard, Jerry Waldegrave e Michael Fancourt. Vamos dar um pulo em Clem Attlee Court e outra olhada do ponto de vista da ocultação de provas; pelo que vi no escuro, havia muitas lixeiras e arbustos... Ah, e telefone à livraria Bridlington, em Putney. Quero dar uma palavrinha com o velho que alega ter encontrado Quine ali no dia 8.

Ele voltou para sua sala e Robin se sentou ao computador. O cachecol que ela acabara de pendurar pingava gelado no chão, mas ela não se importou. A lembrança do corpo mutilado de Quine ainda a assombrava, mas Robin estava possuída pelo desejo (escondido de Matthew como um segredo sujo) de descobrir mais, descobrir tudo.

O que a enfurecia era que Strike, de todas as pessoas que deviam compreender, não conseguia enxergar nela o que tão evidentemente ardia nele.

25

> Assim acontece, quando um homem
> é ignorantemente obsequioso, presta
> serviços e desconhece seus motivos...
>
> Ben Jonson,
> *Epicoene ou A mulher silenciosa*

Eles saíram do escritório para uma pancada repentina de flocos de neve fofos, Robin com os vários endereços que conseguira numa lista telefônica on-line em seu celular. Strike queria primeiro revisitar a Talgarth Road, assim Robin lhe informou os resultados das buscas na lista enquanto estavam de pé num vagão do metrô que, no final da hora do rush, estava cheio, mas não lotado. O cheiro de lã molhada, sujeira e tecido impermeável enchia suas narinas enquanto eles falavam, segurando a mesma barra vertical que três mochileiros italianos de aparência infeliz.

— O velho que trabalha na livraria está de folga — disse ela a Strike. — Volta na segunda que vem.

— Tudo bem, vamos deixar para segunda. E nossos suspeitos?

Ela ergueu uma sobrancelha para a palavra, mas respondeu:

— Christian Fisher mora em Camden com uma mulher de 32 anos... Acha que é uma namorada?

— Provavelmente — concordou Strike. — Isso é inconveniente... nosso assassino precisava de paz e solidão para descartar as roupas sujas de sangue... sem falar nos bons cinco quilos de intestinos humanos. Procuro por um lugar onde se possa entrar e sair sem ser visto.

— Bom, olhei as fotos do lugar no Google Street View — disse Robin com certo desafio. — O edifício tem uma entrada compartilhada com outros três.

— E fica a quilômetros da Talgarth Road.

— Mas você não acha *sinceramente* que foi Christian Fisher, acha? – perguntou Robin.

— É forçar um pouco a credulidade – admitiu Strike. – Ele mal conhecia Quine... não está no livro... não vejo como.

Eles desceram em Holborn, onde Robin educadamente reduziu o passo, acompanhando Strike, sem comentar sua claudicação ou que ele usasse a parte superior do corpo para se impelir.

— E Elizabeth Tassel? – perguntou ele enquanto andava.

— Fulham Palace Road, sozinha.

— Ótimo. Vamos lá dar uma olhada nisso, ver se ela tem algum canteiro de flores cavado há pouco tempo.

— Não é a polícia que deve fazer isso? – perguntou Robin.

Strike franziu o cenho. Tinha perfeita consciência de que ele era um chacal rondando, furtivo, a periferia do caso, torcendo para que os leões deixassem um naco em um osso menor.

— Talvez sim – disse ele –, talvez não. Anstis acha que foi Leonora, e ele não muda de ideia facilmente; eu sei, trabalhei com ele em um caso no Afeganistão. E por falar em Leonora – acrescentou Strike despreocupadamente –, Anstis descobriu que ela antigamente trabalhava em um açougue.

— Ai, nossa! – disse Robin.

Strike sorriu. Em momentos de tensão, o sotaque de Yorkshire de Robin ficava mais pronunciado: ele ouviu "*noss*".

Eles entraram em um trem da linha Piccadilly mais vazia para Barons Court; aliviado, Strike arriou num banco.

— Jerry Waldegrave mora com a mulher, não é? – perguntou ele a Robin.

— Sim, ela se chama Fenella. Na Hazlitt Road, em Kensington. Mora uma Joanna Waldegrave no subsolo...

— A filha deles – disse Strike. – Romancista novata, estava na festa da Roper Chard. E Daniel Chard?

— Sussex Street, Pimlico, com um casal chamado Nenita e Manny Ramos.

— Parecem empregados.

— E ele também tem uma casa de campo em Devon: a Tithebarn House.

— Onde ele presumivelmente está agora em repouso, com a perna quebrada.

— E o antigo registro de Fancourt — concluiu ela —, mas há um monte de dados biográficos sobre ele na internet. Ele é proprietário de uma casa elisabetana nos arredores de Chew Magna chamada Endsor Court.

— Chew Magna?

— Fica em Somerset. Ele mora lá com a terceira esposa.

— Meio longe para ir hoje — disse Strike com pesar. — Nenhum ninho de solteiro perto da Talgarth Road onde ele possa esconder tripas no freezer?

— Não que eu conseguisse descobrir.

— Então, onde ele ficou quando foi olhar a cena do crime? Ou ele apareceu no dia por nostalgia?

— Se foi realmente ele.

— É, se foi ele... e temos também Kathryn Kent. Bom, sabemos onde ela mora e sabemos que está sozinha. Quine desceu do táxi perto da casa dela na noite do dia 5, segundo Anstis, mas ela não estava em casa. Talvez Quine tenha se esquecido de que ela estava na clínica com a irmã — refletiu Strike —, e quem sabe, quando descobriu que ela não estava em casa, ele tenha ido para a Talgarth Road? Ela pode ter voltado da clínica para se encontrar com ele lá. Teremos de dar uma olhada na casa dela logo depois.

Enquanto seguiam na direção oeste, Strike contou a Robin sobre as diferentes testemunhas que alegaram ter visto uma mulher de burca entrando na casa em 4 de novembro e o próprio Quine saindo de lá nas primeiras horas na madrugada do dia 6.

— Mas uma ou as duas podem ter se enganado ou mentido — concluiu ele.

— Uma mulher de burca — disse Robin, hesitante —, o vizinho pode ser um islamófobo louco?

Trabalhar para Strike abrira seus olhos para o número e a intensidade de fobias e ressentimentos que ela jamais percebeu arder no peito das pessoas. A onda de publicidade em torno da solução do caso Landry despejou na mesa de Robin várias cartas que alternadamente a perturbavam e divertiam.

Teve o homem que pediu a Strike para voltar seu talento nitidamente considerável para uma investigação da opressão "judaica internacional" no sistema bancário mundial, um serviço para o qual ele lamentava não poder pagar, mas pelo qual não tinha dúvida de que Strike receberia aclamação do mundo todo. Uma jovem escreveu uma carta de 12 páginas de uma unidade psiquiátrica de segurança, pedindo a Strike que a ajudasse a provar que todos de sua família desapareceram misteriosamente e foram substituídos por impostores idênticos. Um missivista anônimo de sexo desconhecido exigia que Strike os ajudasse a denunciar uma campanha nacional de abusos satânicos que eles sabiam operar através dos escritórios do Centro de Apoio ao Cidadão.

— Podem ser uns lunáticos — concordou Strike. — Os birutas adoram assassinatos. Isso mexe com eles. Talvez devamos ouvi-los, para começar.

Uma jovem de véu hijab os observava conversar de um assento na frente. Tinha olhos grandes, meigos, castanhos e fluidos.

— Supondo que alguém realmente entrou na casa no dia 4, devo dizer que uma burca é uma ótima maneira de entrar e sair sem ser reconhecido. Consegue pensar em outro jeito de esconder totalmente seu rosto e o corpo sem fazer as pessoas a interpelarem?

— E estavam carregando uma sacola de restaurante halal?

— Supostamente. Será que a comida halal foi a última refeição dele? Por isso o assassino retirou as tripas?

— E essa mulher...

— Pode ser um homem...

— ... foi vista saindo da casa uma hora depois?

— Foi o que Anstis disse.

— Então eles estavam esperando por Quine?

— Não, mas podem ter guardado os pratos — disse Strike, e Robin estremeceu.

A jovem de hijab saiu na Gloucester Road.

— Duvido que haja câmeras de circuito interno em uma livraria. — Robin suspirou. Ela passara a se preocupar muito com circuitos de vigilância desde o caso Landry.

— É de pensar que Anstis mencionaria se houvesse — concordou Strike.

Eles saíram em Barons Court em outra rajada de neve. Protegendo os olhos contra os flocos, eles seguiram, por orientação de Strike, à Talgarth Road. Ele sentia ainda mais a necessidade de uma bengala. Na alta do hospital, Charlotte lhe dera uma bengala Malacca antiga e elegante que ela alegava ter pertencido a um bisavô. A bengala velha e bonita era curta demais para Strike, levando-o a tombar para a direita quando andava. Quando ela empacotou as coisas dele para retirá-las de seu apartamento, a bengala não foi incluída.

Perceberam, à medida que se aproximavam da casa, que a equipe da perícia ainda trabalhava no número 179. A entrada tinha uma fita de isolamento, e uma única policial, de braços cruzados apertados contra o frio, montava guarda na frente. Ela virou a cabeça quando eles se aproximaram. Seus olhos se fixaram em Strike e se estreitaram.

– Sr. Strike – disse ela incisivamente.

Um policial ruivo à paisana, que estava na soleira da porta falando com alguém do lado de dentro, girou o corpo, viu Strike e desceu rapidamente os degraus escorregadios.

– Bom-dia – disse Strike descaradamente. Robin ficou dividida entre a admiração pela insolência e o temor; tinha um respeito inato pela lei.

– Por que voltou aqui, Sr. Strike? – perguntou o ruivo com amabilidade. Seus olhos vagaram para Robin de um jeito que ela achou um tanto ofensivo. – Você não pode entrar.

– Que pena – disse Strike. – Então vamos só examinar o perímetro.

Ignorando os dois policiais que observavam cada movimento seu, Strike passou mancando por eles para o número 183 e atravessou os portões, subindo a escada da frente. Robin não conseguiu pensar em nada além de segui-lo; ela o fez constrangida, ciente dos olhos em suas costas.

– O que estamos fazendo? – sussurrou ela quando chegaram ao abrigo da marquise de tijolos e ficaram ocultos dos olhares da polícia. A casa parecia vazia, mas ela estava meio preocupada que alguém estivesse prestes a abrir a porta da frente.

– Calculando se a mulher que mora aqui tinha condições de avistar uma figura de capa carregando uma bolsa de viagem saindo do 179 às duas da madrugada – disse Strike. – E sabe do que mais? Acho que podia sim, a não ser que as luzes da rua estivessem apagadas. Tudo bem, vamos experimentar do outro lado.

– Parky, não é isso? – disse Strike ao policial de testa franzida e sua parceira enquanto ele e Robin voltavam a passar por eles. – Quatro portas adiante, Anstis me disse – acrescentou ele em voz baixa a Robin. – Então, deve ser o número 171...

Mais uma vez, Strike subiu a escada da frente, Robin andando como uma boba atrás dele.

— Sabe, eu estava me perguntando se ele pode ter confundido a casa, mas o 177 tem aquela lixeira de plástico vermelho na frente. A burca teria subido a escada bem atrás dela, o que tornaria fácil saber...

A porta da frente se abriu.

— Posso ajudá-lo? – disse um homem educado, de óculos de lentes grossas.

Enquanto Strike começava a se desculpar por bater na casa errada, o policial ruivo gritou algo incompreensível da calçada do 179. Como ninguém respondesse, ele pulou a fita plástica que bloqueava a entrada da propriedade e começou a correr na direção eles.

— Esse homem não é um policial! – gritou ele absurdamente, apontando para Strike.

— Ele não disse que era – respondeu o homem de óculos numa surpresa dócil.

— Bom, acho que acabamos aqui – disse Strike a Robin.

— Não está preocupado – perguntou Robin ao voltarem à estação do metrô, com certo prazer, mas principalmente ansiosa para deixar o local –, com o que seu amigo Anstis vai dizer de você rondando a cena do crime desse jeito?

— Duvido que ele vá gostar – disse Strike, procurando câmeras de vigilância –, mas manter Anstis feliz não está em minha descrição de cargo.

— Foi decente da parte dele passar as informações da perícia a você – disse Robin.

— Ele fez isso para tentar me desanimar com o caso. Ele acha que tudo aponta para Leonora. O problema é que no momento tudo aponta mesmo.

A rua tinha o trânsito pesado, vigiado por uma única câmera, pelo que Strike podia ver, mas havia muitas ruas transversais em que alguém com a capa tirolesa de Owen Quine, ou uma burca, podia sair de vista sem que se tomasse conhecimento de sua identidade.

Strike comprou dois cafés para viagem no Metro Café do prédio da estação, depois eles passaram pelo salão verde-ervilha da bilheteria e partiram para West Brompton.

— O que você precisa se lembrar – disse Strike enquanto eles estavam na estação de Earls Court, esperando para trocar de trem, Robin notando o quanto

Strike mantinha todo o peso do corpo na perna boa – é que Quine sumiu no dia 5. A Noite das Fogueiras.

– Meu Deus, é claro! – disse Robin.

– Clarões e explosões – disse Strike, bebendo o café rapidamente para esvaziar o copo antes de eles terem de entrar; não confiava que conseguiria equilibrar o café e a si mesmo no piso gelado e molhado. – Rojões disparados para todo lado, chamando a atenção de todos. Não seria surpresa nenhuma se ninguém visse uma figura de capa entrando na casa naquela noite.

– Quer dizer Quine?

– Não necessariamente.

Robin refletiu por um tempo.

– Acha que o homem da livraria mentiu sobre Quine ter ido lá no dia 8?

– Não sei. É cedo demais para saber, não é?

Mas era nisto, ele percebeu, que ele acreditava. A atividade repentina em volta de uma casa deserta nos dias 4 e 5 era fortemente sugestiva.

– Gozado as coisas que as pessoas notam – disse Robin enquanto eles subiam a escada vermelha e verde em West Brompton, Strike agora fazendo uma careta sempre que baixava a perna direita. – A memória é uma coisa estranha, não...

O joelho de Strike de repente parecia em brasa e ele arriou na grade da passarela sobre os trilhos. Um homem de terno atrás dele xingou com impaciência ao encontrar um obstáculo súbito e de bom tamanho no caminho e Robin andou ainda alguns passos, falando, antes de perceber que Strike não estava mais a seu lado. Correu de volta e o encontrou pálido, transpirando e obrigando os passageiros a fazer um desvio em volta dele, que estava arriado contra a grade.

– Senti alguma coisa se soltar – disse ele entredentes – no meu joelho. Merda... *merda*!

– Vamos pegar um táxi.

– Não vamos conseguir nenhum com este tempo.

– Então, vamos voltar para o trem e ao escritório.

– Não, eu quero...

Ele jamais sentira tão agudamente sua escassez de recursos quanto naquele momento, parado em uma passarela de malha de ferro sob o teto de vidro arqueado onde a neve se acumulava. Nos velhos tempos, sempre havia um carro para ele dirigir. Podia convocar as testemunhas a ele. Era da Divisão de Investigação Especial, no comando, tinha o controle.

— Se quer fazer isso, precisamos de um táxi – disse Robin com firmeza. – É uma longa caminhada daqui até a Lillie Road. Não tem...

Ela hesitou. Eles nunca mencionaram a incapacidade de Strike, a não ser por meios oblíquos.

— Você tem uma bengala ou coisa assim?

— Bem que eu queria – disse ele através dos lábios entorpecidos. Que sentido tinha fingir? Ele morria de medo de andar sequer até o final da passarela.

— Podemos arrumar uma – disse Robin. – As drogarias às vezes vendem. Vamos encontrar uma.

E então, depois de hesitar por mais um momento, ela falou:

— Apoie-se em mim.

— Sou pesado demais.

— Para equilibrar. Me use como bengala. Ande – disse ela com firmeza.

Ele pôs o braço em seus ombros e eles percorreram lentamente a passarela e pararam junto da saída. A neve cessara temporariamente, mas o frio, na realidade, era pior do que antes.

— Por que não se tem onde sentar em lugar nenhum? – perguntou Robin, olhando em volta.

— Bem-vinda ao meu mundo – disse Strike, que tinha retirado o braço de seus ombros no instante em que eles pararam.

— O que acha que aconteceu? – perguntou Robin, olhando sua perna direita.

— Sei lá. Estava toda inchada esta manhã. Talvez eu não devesse ter colocado a prótese, mas detesto usar muletas.

— Bom, você não pode perambular pela Lillie Road na neve desse jeito. Vamos pegar um táxi e você pode voltar ao escritório...

— Não. Quero fazer uma coisa – disse ele, zangado. – Anstis está convencido de que é Leonora. Não é.

Tudo era reduzido ao essencial quando se sentia aquele grau de dor.

— Tudo bem – disse Robin. – Vamos nos dividir e você pode ir de táxi. Está bem? *Está bem?* – Ela foi insistente.

— Tudo bem – disse ele, derrotado. – Você vai para Clem Attlee Court.

— O que vou procurar?

— Câmeras. Esconderijos para roupas e intestinos. Kent não pode tê-los guardado no apartamento, se os levou; cheiraria mal. Tire fotos com o celular... qualquer coisa que pareça útil...

Parecia ridiculamente pouco para Strike ao dizer isso, mas ele precisava fazer uma coisa. Por algum motivo, não parava de se lembrar de Orlando, com seu sorriso largo e vago e seu orangotango fofo.

— E depois? – perguntou Robin.

— Sussex Street – disse Strike depois de pensar por uns segundos. – A mesma coisa. Depois ligue para mim e vamos nos encontrar. É melhor você me dar os números das casas de Tassel e Waldegrave.

Ela lhe entregou uma folha de papel.

— Vou arrumar um táxi para você.

Antes que ele pudesse agradecer, ela se afastara para a rua fria.

26

> Devo cuidar por onde piso:
> Em calçamentos escorregadios de gelo
> os homens precisam
> Estar bem encravados ou podem quebrar
> o pescoço...
>
> John Webster,
> *A duquesa de Malfi*

Foi uma sorte que Strike ainda tivesse quinhentas libras em espécie na carteira, entregues a ele para esfaquear um adolescente. Disse ao taxista para levá-lo à Fulham Palace Road, residência de Elizabeth Tassel, tomando nota do trajeto, e teria chegado à casa em apenas quatro minutos se não tivesse localizado uma Boots. Ele pediu ao motorista para encostar e esperar, e reapareceu da farmácia logo depois, andando com muito mais facilidade com o auxílio de uma bengala ajustável.

Strike estimava que uma mulher em boa forma podia fazer a jornada a pé em menos de meia hora. Elizabeth Tassel morava mais longe da cena do crime do que Kathryn Kent, mas Strike, que conhecia razoavelmente bem a região, tinha certeza de que ela podia fazer o percurso pelas ruas mais residenciais, evitando a atenção das câmeras, e mesmo de carro teria evitado a detecção.

Sua casa parecia banal e sombria naquele dia gélido de inverno. Outra casa vitoriana de tijolos aparentes, mas sem a grandeza ou excentricidade da Talgarth Road, ficava em uma esquina, fronteada por um jardim molhado e sombreado demais por grandes laburnos. A chuva misturada com neve voltava a cair enquanto Strike espiava pelo portão do jardim, tentando manter o cigarro aceso na mão em concha. Havia jardins na frente e nos fundos, ambos bem protegidos de vista por arbustos escuros que tremiam com o peso da tempestade gelada. As janelas superiores da casa davam para o Cemitério Fulham Palace Road, uma vista deprimente no meio do inverno, as árvores desfolhadas estendendo braços ossudos em silhueta no céu branco, antigas lápides marchando para a distância.

Poderia ele imaginar Elizabeth Tassel com seu terninho preto elegante, o batom escarlate e a fúria indisfarçada por Owen Quine, voltando para cá sob o manto da escuridão, suja de sangue e ácido, carregando um saco cheio de intestinos?

O frio beliscava cruelmente o pescoço e os dedos de Strike. Ele apagou a guimba do cigarro e pediu ao taxista, que observava com uma curiosidade tingida de desconfiança enquanto Strike examinava a casa de Elizabeth Tassel, para levá-lo à Hazlitt Road, em Kensington. Arriado no banco traseiro, ele engoliu analgésicos com uma garrafa de água que comprou na farmácia.

O táxi era sufocante e cheirava a tabaco passado, sujeira impregnada e couro antigo. Os limpadores de para-brisa chiavam como metrônomos abafados, limpando ritmadamente a vista borrada da larga e movimentada Hammersmith Road, onde ficavam lado a lado pequenos prédios comerciais e fileiras curtas de casas geminadas. Strike olhou a Nazareth House Care Home: mais tijolos aparentes, serena em sua semelhança com uma igreja, mas com portões de segurança e uma guarita mantendo uma firme separação entre aqueles que recebiam seus cuidados e os que não tinham esse direito.

A Blythe House entrou em foco pelas janelas enevoadas, uma estrutura grandiosa como um palácio com domos brancos, parecendo um grande bolo rosado na chuva cinzenta. Strike tinha a vaga noção de que ultimamente era usada como depósito de um dos grandes museus. O táxi virou à direita na Hazlitt Road.

– Que número? – perguntou o taxista.

– Vou descer aqui – disse Strike, que não desejava sair diretamente na frente da casa e não se esquecera de que ainda precisava devolver o dinheiro que estava esbanjando. Apoiando-se fortemente na bengala e agradecido por sua ponta emborrachada, que se agarrava bem à calçada escorregadia, ele pagou ao motorista e andou pela rua para ver mais de perto a residência de Waldegrave.

Aquelas eram verdadeiras casas urbanas geminadas, com quatro andares, incluindo subsolos, tijolos dourados com frontões brancos e clássicos, festões entalhados abaixo das janelas superiores e balaustradas de ferro batido. A maioria fora convertida em apartamentos. Não havia jardins na frente, apenas escadas descendo aos subsolos.

Um leve espírito de decrepitude permeava a rua, uma suave peculiaridade de classe média expressa na coleção aleatória de vasos de plantas em uma varanda, uma bicicleta em outra e, numa terceira, murcha, molhada e possivelmente em breve congelada, a roupa lavada esquecida na chuva.

A casa que Waldegrave dividia com a mulher era uma das muito poucas que não foram convertidas em apartamentos. Ao subir, Strike perguntou-se quanto ganhava um importante editor e se lembrou da declaração de Nina de que a mulher de Waldegrave "tinha dinheiro de família". A varanda do primeiro andar dos Waldegrave (ele precisou atravessar a rua para ver com clareza) exibia duas espreguiçadeiras encharcadas, estampadas com capas de antigas edições em brochura da Penguin, flanqueando uma mesa de ferro mínima do tipo encontrada em bistrôs parisienses.

Ele acendeu outro cigarro e voltou a atravessar a rua para dar uma espiada no apartamento do subsolo, onde morava a filha de Waldegrave, pensando, ao assim fazer, se Quine teria discutido o conteúdo de *Bombyx Mori* com o editor antes de entregar o manuscrito. Teria ele confidenciado a Waldegrave como imaginava a última cena do livro? E este homem afável de óculos com aro de chifre teria assentido com entusiasmo e ajudado a burilar a cena em toda sua sanguinolência absurda, sabendo que um dia a representaria?

Havia sacos de lixo preto empilhados em volta da porta de entrada do apartamento do subsolo. Parecia que Joanna Waldegrave andara fazendo uma boa faxina. Strike virou as costas e contemplou as cinquenta janelas, contando por baixo, que davam para as duas portas da frente da família Waldegrave. Waldegrave precisaria de muita sorte para não ser visto entrando e saindo de sua casa muito devassada.

Mas o problema, refletiu Strike melancolicamente, era que mesmo que Jerry Waldegrave tivesse sido visto entrando disfarçadamente em casa às duas da manhã com um saco volumoso e suspeito debaixo do braço, seria preciso convencer um júri de que Owen Quine não estava vivo naquele momento. Havia dúvidas demais a respeito da hora da morte. O assassino agora teve 19 dias para dispor das provas, um período longo e útil.

Onde foram parar as vísceras de Owen Quine? O que você faz, perguntou-se Strike, com quilos e mais quilos de estômago e intestinos humanos recém-cortados? Enterra? Joga no rio? Atira numa caçamba de lixo? Certamente não queimariam bem...

A porta de entrada da casa dos Waldegrave se abriu e uma mulher de cabelo preto e rugas fundas na testa desceu os três degraus da frente. Vestia um casaco curto vermelho e parecia zangada.

– Estive vendo você pela janela – chamou Strike enquanto se aproximava e ele reconheceu a mulher de Waldegrave, Fenella. – O que pensa que está fazendo? Por que está tão interessado em minha casa?

– Eu estava esperando pelo corretor – mentiu Strike de pronto, sem mostrar sinais de constrangimento. – Este é o subsolo para alugar, não?

– Ah – disse ela, confusa. – Não... fica a três casas daqui. – Ela apontou.

Ele percebeu que ela hesitou, prestes a pedir desculpas, mas concluiu que era melhor não se incomodar. Em vez disso, passou ruidosamente por ele com saltos agulha de couro que não combinavam com as condições de neve até um Volvo estacionado a pouca distância dali. Seu cabelo preto revelava raízes grisalhas, e a breve proximidade dos dois trouxe um sopro de mau hálito tingido de álcool. Considerando que ela pudesse vê-lo pelo retrovisor, ele mancou na direção indicada, esperou até ela arrancar – por muito pouco batendo no Citroën da frente –, atravessou com cuidado para o fim da rua e pegou uma transversal, onde pôde espiar por cima de um muro uma longa fila de jardins privativos e pequenos nos fundos.

Não havia nada digno de nota no terreno dos Waldegrave, a não ser um velho abrigo. O gramado estava gasto e malcuidado, e uma mobília rústica jazia tristemente em sua extremidade, dando a impressão de um longo abandono. Olhando aquele terreno desmazelado, Strike refletiu desolado na possibilidade de depósitos trancados, terrenos e garagens de que talvez ele não tivesse conhecimento.

Gemendo por dentro ao pensar na caminhada longa, fria e molhada à frente, ele debateu suas opções. Estava mais perto de Kensington Olympia, mas a linha District, de que ele precisava, só funcionava nos fins de semana. Como estação de superfície, seria mais fácil percorrer a Hammersmith do que a Baron's Court, uma estação subterrânea, e assim ele decidiu pela jornada mais longa.

Tinha acabado de entrar na Blythe Road, estremecendo a cada passo sobre a perna direita, quando o celular tocou: Anstis.

— O que está aprontando, Bob?

— Como assim? — perguntou Strike, mancando, com uma pontada no joelho.

— Você esteve rondando a cena do crime.

— Voltei para dar uma olhada. Direito público de ir e vir. Nada contra a lei.

— Tentou entrevistar um vizinho...

— Não era para ele abrir a porta da frente — disse Strike. — Não falei uma palavra sobre Quine.

— Olha, Strike...

O detetive notou que Anstis voltou a chamá-lo por seu nome verdadeiro, o que não lamentou. Jamais gostou do apelido que Anstis lhe dera.

— Já te falei, precisa sair de nosso caminho.

— Não posso, Anstis — disse Strike sem rodeios. — Tenho uma cliente...

— Esqueça a cliente — disse Anstis. — Ela parece mais assassina a cada informação que conseguimos. Meu conselho é que você reduza suas perdas, está angariando muitos inimigos. Eu te avisei...

— Avisou. Não podia ter sido mais claro. Ninguém poderá culpá-lo, Anstis.

— Não estou te avisando porque quero proteger meu rabo — rebateu Anstis.

Strike continuou andando em silêncio, o celular pressionado inabilmente contra a orelha. Depois de uma curta pausa, Anstis disse:

— Conseguimos o relatório da farmacologia. Uma pequena quantidade de álcool no sangue, nada mais.

— OK.

— E estamos mandando os cães para Mucking Marshes esta tarde. Queremos nos antecipar ao clima. Dizem que vem uma neve pesada por aí.

Mucking Marshes, Strike sabia, era o maior aterro sanitário do Reino Unido; atendia a Londres, cujo lixo municipal e comercial era levado pelo Tâmisa em barcaças feias.

— Acha que as vísceras foram largadas numa lata de lixo?

— Numa caçamba. Estão reformando uma casa perto da esquina da Talgarth Road; havia duas caçambas estacionadas na frente até o dia 8. Nesse frio, as tripas talvez não tenham atraído moscas. Verificamos e é para lá que todos os construtores levam o entulho: Mucking Marshes.

– Bem, boa sorte na empreitada – disse Strike.

– Estou tentando poupar seu tempo e sua energia, parceiro.

– Sei. Muito agradecido.

E depois de agradecimentos insinceros pela hospitalidade de Anstis na noite anterior, Strike desligou. Em seguida parou, recostando-se numa parede, para digitar melhor outro número. Uma asiática baixinha com um carrinho de bebê, que ele não ouviu se aproximar por trás, teve de dar uma guinada para evitá-lo, mas, ao contrário do homem na passarela de West Brompton, não o xingou. A bengala, assim como uma burca, conferia status de proteção; ela lhe abriu um leve sorriso ao passar.

Leonora Quine atendeu após três toques.

– A porcaria da polícia voltou – foi sua saudação.

– O que eles querem?

– Agora estão pedindo para ver a casa toda e o jardim – disse ela. – Preciso deixar eles entrarem?

Strike hesitou.

– Acho sensato deixar que façam o que quiserem. Escute, Leonora – ele não se censurou por usar um tom de comando militar –, você tem advogado?

– Não, por quê? Não fui presa. Ainda não.

– Acho que precisa de um.

Houve uma pausa.

– Conhece algum que seja bom? – perguntou ela.

– Sim. Ligue para Ilsa Herbert. Vou lhe mandar o número agora.

– Orlando não gosta da polícia fuçando...

– Vou mandar o número por SMS e quero que você ligue para Ilsa imediatamente. Entendeu? *Imediatamente.*

– Tudo bem – disse ela, amuada.

Ele desligou, encontrou no celular o número da velha colega de escola e mandou a Leonora. Depois telefonou a Ilsa e explicou, pedindo desculpas, o que acabara de fazer.

– Não sei por que está se desculpando – disse ela animadamente. – Adoramos gente que tem problemas com a polícia, é nosso ganha-pão.

– Ela pode qualificar-se para assistência jurídica gratuita.

– Quase ninguém faz o contrário hoje em dia – disse Ilsa. – Vamos torcer para que ela seja pobre o bastante.

As mãos de Strike estavam dormentes e ele sentia muita fome. Deslizou o celular para o bolso do casaco e mancou até a Hammersmith Road. Ali, na calçada do outro lado da rua, havia um pub que parecia aconchegante, pintado de preto, a placa de metal redonda retratando um galeão a todo pano. Ele foi diretamente para lá, notando como os motoristas eram mais pacientes com quem usava uma bengala.

Dois pubs em dois dias... mas o clima era ruim e seu joelho, torturante; Strike não conseguia sentir culpa nenhuma. O interior do Albion era tão aconchegante quanto sugeria o exterior. Comprido e estreito, com uma lareira aberta ardendo na extremidade; havia um mezanino com balaustrada e muita madeira polida. Embaixo de uma escada de ferro preto em caracol para o primeiro andar havia dois amplificadores e um suporte para microfone. Fotos em preto e branco de músicos celebrados estavam penduradas em uma parede creme.

Os lugares perto do fogo estavam ocupados. Strike comprou uma cerveja, pegou um cardápio no balcão e foi para a mesa alta cercada por banquetas junto da vidraça que dava para a rua. Ao se sentar, notou, espremido entre fotos de Duke Ellington e Robert Plant, seu próprio pai de cabelo comprido, suado depois de uma apresentação, ao que parece contando uma piada ao baixista, que uma vez, segundo a mãe de Strike, ele tentou estrangular.

("Jonny nunca se deu bem com speed", confidenciou Leda ao filho de nove anos que não a compreendia.)

O celular tocou mais uma vez. Com os olhos na foto do pai, ele atendeu.

– Oi – disse Robin. – Estou no escritório. Onde você está?

– No Albion da Hammersmith Road.

– Você recebeu um telefonema estranho. Encontrei o recado quando voltei.

– Pode falar.

– É de Daniel Chard. Ele quer se encontrar com você.

Franzindo a testa, Strike desviou-se do macacão de couro do pai para olhar o pub à luz do fogo bruxuleante.

– Daniel Chard quer se encontrar comigo? E como Daniel Chard sabe que eu existo?

— Pelo amor de Deus, você encontrou o corpo! Está em todos os jornais.
— Ah, sim... é isso mesmo. Ele disse por quê?
— Disse que tem uma proposta.

Uma nítida imagem mental de um careca pelado de pênis ereto supurando faiscou pela mente de Strike como um slide num projetor e de imediato foi desprezada.

— Pensei que estivesse entocado em Devon por causa da perna quebrada.
— E está. Ele pergunta se você se importa de ir até lá.
— Ah, ele pergunta, é?

Strike refletiu sobre a sugestão, pensando em sua carga de trabalho, as reuniões que tinha no resto da semana. Por fim, falou:

— Posso ir na sexta-feira, se eu desmarcar Burnett. Mas o que ele quer? Vou precisar alugar um carro. Um automático – acrescentou ele, a perna latejando dolorosamente embaixo da mesa. – Pode fazer isso por mim?

— Tudo bem – disse Robin. Ele a ouvia escrevendo.

— Tenho muito para te contar – disse ele. – Quer almoçar comigo? Eles têm um cardápio decente. Não vai levar mais de vinte minutos, se você pegar um táxi.

— Dois dias seguidos? Não podemos continuar pegando táxis e almoçando fora – disse Robin, embora parecesse satisfeita com a ideia.

— Não tem problema. Burnett adora gastar o dinheiro da ex. Vou colocar na conta dela.

Strike desligou, decidiu por uma torta de carne cozida na cerveja e mancou ao balcão para fazer o pedido.

Quando voltou a se sentar, seus olhos vagaram distraidamente de volta ao pai com seu couro justo, o cabelo colado em torno do rosto estreito e sorridente.

A Esposa sabe de mim e finge não saber... ela não o deixaria ir mesmo que fosse o melhor para todos...

Eu sei aonde você vai, Owen!

O olhar de Strike resvalou por uma fila de astros em preto e branco na parede de frente para ele.

Será que estou enganado?, perguntou ele a John Lennon em silêncio, que o olhou de cima pelos óculos redondos, sarcástico, de nariz franzido.

Por que ele não acreditava, mesmo em face do que tinha de admitir serem sinais sugestivos em contrário, que Leonora assassinara o marido? Por que ele ainda estava convencido de que ela fora a seu escritório não para se acobertar, mas porque estava verdadeiramente furiosa que Quine tivesse fugido como uma criança rabugenta? Ele teria jurado que nunca passou pela cabeça de Leonora que o marido estivesse morto... Perdido em pensamentos, Strike terminou a cerveja antes mesmo de perceber.

— Cheguei – disse Robin.

— Essa foi rápida! – disse Strike, surpreso ao vê-la.

— Na verdade, não. O trânsito está bem ruim. Devo pedir?

Homens se viraram para olhá-la enquanto ela foi ao balcão, mas Strike não notou. Ainda pensava em Leonora Quine, magra, simples, encanecida, perseguida.

Quando voltou com outra cerveja para Strike e um suco de tomate para si, Robin lhe mostrou as fotografias que tirara naquela manhã, com o celular, da residência de Daniel Chard. Era um palacete de estuque branco completo, com balaustrada, a porta preta e reluzente flanqueada por colunas.

— Tem um pátio pequeno e estranho, protegido da rua – disse Robin, mostrando uma foto a Strike. Arbustos apareciam em vasos gregos barrigudos. – Acho que Chard pode ter largado as vísceras em um desses – disse ela com irreverência. – Arrancou a planta e enterrou por baixo.

— Não imagino Chard fazendo nada tão vigoroso nem sujo, mas é assim que se deve pensar – disse Strike, lembrando-se do terno imaculado e da gravata berrante do editor. – E quanto a Clem Attlee Court... continua sendo uma área cheia de esconderijos, como eu me lembro?

— Um monte. – Robin mostrou-lhe um novo conjunto de fotografias. – Caçambas de lixo, arbustos, todo tipo de coisa. O problema é que não consigo imaginar alguém fazendo isso sem ser visto ou que ninguém notaria rapidamente. Tem gente andando por ali o tempo todo, e para onde quer que você vá pode ser visto por umas cem janelas. Talvez se consiga no meio da noite, mas tem câmeras também. Mas notei outra coisa. Bom... é só uma ideia.

— Pode falar.

— Tem um centro médico bem na frente do prédio. Pode ser que eles às vezes descartem...

— Lixo biológico! — disse Strike, baixando a cerveja. — Cacete, é uma ideia.

— Então, devo ir lá? — perguntou Robin, tentando esconder o prazer e o orgulho que sentia com o olhar de admiração de Strike. — Para descobrir como e quando...?

— Claro que sim! É uma pista muito melhor do que a de Anstis. Ele acha — explicou ele, respondendo ao olhar indagativo dela — que as vísceras foram largadas em uma caçamba perto da Talgarth Road, que o assassino simplesmente carregou pela esquina e jogou ali.

— Bom, pode ter sido mesmo — começou Robin, mas Strike franziu a testa exatamente como Matthew fazia quando ela mencionava qualquer ideia ou crença de Strike.

— Este assassinato foi planejado nos mínimos detalhes. Não estamos lidando com um assassino que simplesmente larga um saco cheio de tripas humanas numa esquina perto do cadáver.

Eles ficaram em silêncio enquanto Robin refletia ironicamente que a antipatia de Strike pelas teorias de Anstis talvez se devesse mais a uma competitividade inata do que a qualquer avaliação objetiva. Robin conhecia o orgulho masculino; além de Matthew, tinha três irmãos.

— E como eram as casas de Elizabeth Tassel e Jerry Waldegrave?

Strike contou sobre a mulher de Waldegrave pensando que ele vigiava a casa.

— Muito nervosinha com isso.

— Estranho — disse Robin. — Se eu visse alguém olhando fixamente para a nossa casa, não teria chegado tão rápido à conclusão de que estava... sabe como é... *vigiando*.

— Ela é de beber, como o marido — disse Strike. — Senti o cheiro nela. Enquanto isso, a casa de Elizabeth Tassel é o melhor esconderijo para um assassino que já vi.

— Como assim? — perguntou Robin, entre a diversão e a apreensão.

— Muito privativo, nada devassado.

— Bom, ainda não acho...

— ... que seja uma mulher. Você já disse.

Strike tomou sua cerveja em silêncio por um ou dois minutos, considerando um curso de ação que ele sabia que irritaria Anstis mais do que qualquer outro. Ele não tinha o direito de interrogar suspeitos. Disseram para não atrapalhar a polícia.

Pegando o celular, ele o contemplou por um momento, depois ligou para a Roper Chard e pediu para falar com Jerry Waldegrave.

– Anstis falou para você não se meter! – disse Robin, alarmada.

– É – disse Strike, com a linha silenciosa no ouvido –, conselho que ele acaba de repetir, mas eu não te falei metade do que está acontecendo. Já vou te con...

– Alô? – disse Jerry Waldegrave do outro lado da linha.

– Sr. Waldegrave – Strike se apresentou, embora já tivesse dado seu nome à secretária dele. – Nós nos encontramos brevemente na manhã de ontem, na casa da Sra. Quine.

– Sim, claro – disse Waldegrave. Ele parecia educadamente confuso.

– Como penso que a Sra. Quine deve ter lhe falado, ela me contratou porque está preocupada que a polícia suspeite dela.

– Tenho certeza de que não pode ser verdade – disse Waldegrave de imediato.

– Que eles suspeitem dela ou que ela tenha matado o marido?

– Ora... as duas coisas – disse Waldegrave.

– Quando morre o marido, em geral a esposa passa por um exame minucioso – disse Strike.

– Sei que fazem assim, mas não consigo... bom, não acredito em nada disso – disse Waldegrave. – Toda a história é inacreditável e horrível.

– Sim – disse Strike. – Eu estava pensando se podemos nos encontrar para eu lhe fazer umas perguntas. Eu ficaria feliz – disse o detetive, com um olhar a Robin – em ir a sua casa... depois do trabalho... o que for melhor para o senhor.

Waldegrave não respondeu de pronto.

– Naturalmente, farei qualquer coisa para ajudar Leonora, mas o que imagina que posso lhe contar?

– Estou interessado em *Bombyx Mori* – disse Strike. – O Sr. Quine retratou desfavoravelmente muita gente em seu livro.

– É – disse Waldegrave. – Ele fez isso mesmo.

Strike perguntou-se se Waldegrave teria sido interrogado pela polícia, se foi solicitado a explicar o conteúdo dos sacos ensanguentados, o simbolismo de um anão afogado.

– Muito bem – disse Waldegrave. – Não me importo de encontrar-me com você. Minha agenda está cheia esta semana. Você poderia... vejamos... almoçar na segunda-feira?

– Ótimo – disse Strike, refletindo com amargura que isto significaria ter de pagar a conta e que ele teria preferido ver a casa de Waldegrave por dentro. – Onde?

– Prefiro ficar perto do trabalho, tenho uma tarde atarefada. Pode ir ao Simpson's-in-the-Strand?

Strike pensou na escolha estranha, mas concordou, com os olhos em Robin.

– À uma da tarde? Vou pedir para minha secretária agendar. Então, nos vemos lá.

– Ele vai se encontrar com você? – disse Robin assim que Strike desligou.

– Vai. É suspeito.

Ela meneou a cabeça, rindo um pouco.

– Ele não parecia particularmente disposto, pelo que pude ouvir. E você não acha que o fato de ele ter concordado em se encontrar dá a impressão de que ele tem a consciência limpa?

– Não – disse Strike. – Já te falei; muitas pessoas rondam gente como eu para avaliar como vai a investigação. Não conseguem deixar a coisa quieta, sentem-se compelidas a ficar se explicando. Preciso ir ao banheiro... espere aí... tenho mais para contar...

Robin bebeu o suco de tomate enquanto Strike se afastou, mancando, usando a bengala nova.

Outra rajada de neve passou pela janela, dispersando-se rapidamente. Robin olhou as fotos em preto e branco na outra parede e reconheceu, com um leve choque, Jonny Rokeby, o pai de Strike. Além do fato de os dois terem mais de um metro e oitenta de altura, eles não se pareciam nem um pouco; foi preciso um teste de DNA para provar a paternidade. Strike entrou como parte da prole do astro do rock no verbete sobre Rokeby na Wikipedia. Eles se encontraram, assim Strike contara a Robin, duas vezes. Depois de encarar por um tempo a calça de couro muito apertada e reveladora de Rokeby, Robin obrigou-se a voltar os olhos mais uma vez à vidraça, com medo de Strike pegá-la fixada na virilha do pai.

A comida dos dois chegou quando Strike voltava à mesa.

– A polícia está dando uma busca por toda a casa de Leonora agora – anunciou Strike, pegando os talheres.

– Por quê? – Robin tinha o garfo suspenso no ar.

– Por que acha? Procurando roupas ensanguentadas. Verificando o jardim, em busca de buracos cavados há pouco tempo, com as vísceras do marido. Eu a fiz procurar uma advogada. Eles ainda não têm o bastante para prendê-la, mas estão decididos a encontrar alguma coisa.

– Você sinceramente não acha que foi ela, não é?

– Não, não acho.

Strike limpou o prato antes de voltar a falar:

– Adoraria conversar com Fancourt. Quero saber por que ele foi para a Roper Chard quando Quine estava lá e ele supostamente o odiava. Eles forçosamente se encontrariam lá.

– Acha que Fancourt matou Quine para não ter de encontrá-lo nas festas do escritório?

– Essa é boa – disse Strike com ironia.

Ele acabou o copo de cerveja, voltou a pegar o celular, ligou para o auxílio à lista e logo foi colocado na linha da Agência Literária Elizabeth Tassel.

O assistente, Ralph, atendeu. Quando Strike lhe deu seu nome, o jovem demonstrou ao mesmo tempo temor e empolgação.

– Ah, não sei... vou perguntar. Estou colocando na espera.

Mas parecia que ele não se entendia com o sistema telefônico, porque a linha continuou aberta depois de um estalo alto. Strike ouviu um Ralph distante informando à chefe que Strike estava ao telefone e a resposta alta e impaciente dela:

"Mas que merda ele quer agora?"

"Ele não disse."

Passos pesados, o barulho do receptor sendo arrebanhado da mesa.

– Alô?

– Elizabeth – disse Strike com simpatia. – Sou eu, Cormoran Strike.

– Sim, Ralph acaba de me dizer. O que foi?

– Estou me perguntando se podemos nos encontrar. Ainda trabalho para Leonora Quine. Ela está convencida de que a polícia suspeita de que ela assassinou o marido.

– E o que você quer falar comigo? Não sou *eu* que posso lhe dizer se foi ela ou não.

Strike imaginava as caras de choque de Ralph e Sally, ouvindo na sala velha e fedorenta.

– Tenho mais algumas perguntas sobre Quine.

– Ah, pelo amor de Deus! – disse Elizabeth, zangada. – Bom, acho que posso almoçar amanhã, se der para você. Caso contrário, estou ocupada até...

– Amanhã seria ótimo – disse Strike. – Mas não precisa ser o almoço, eu poderia...?

– O almoço me convém.

– Ótimo – disse Strike de imediato.

– Pescatori, na Charlotte Street – disse ela. – Ao meio-dia e meia, a não ser que eu desmarque.

Ela desligou.

– Essa gente de livros adora marcar almoços fora – disse Strike. – Será forçado demais pensar que eles não me querem na casa deles para que eu não veja as tripas de Quine no freezer?

O sorriso de Robin desapareceu.

– Sabe de uma coisa, você pode perder um amigo com tudo isso – disse ela, vestindo o casaco. – Telefonando para as pessoas e pedindo para interrogá-las.

Strike resmungou.

– Você não liga? – perguntou ela, enquanto os dois trocavam o calor pelos flocos de neve gelados e cortantes que lhes queimavam a cara.

– Tenho muitos outros amigos – disse Strike, com sinceridade, sem pretensão. – Devíamos beber uma cerveja em toda hora de almoço – acrescentou ele, apoiando-se fortemente na bengala enquanto se dirigiam para o metrô, os dois de cabeça baixa contra o borrão branco. – Uma folga no dia de trabalho.

Robin, que havia sincronizado seu andar com o dele, sorriu. Hoje estava curtindo o dia mais do que qualquer outro desde que começara a trabalhar para Strike, mas Matthew, ainda em Yorkshire, ajudando a preparar o enterro da mãe, não deveria saber desta segunda ida a um pub em dois dias.

27

> Que eu deva confiar num homem, que sei
> ter traído um amigo!
>
> William Congreve,
> *O impostor*

Um imenso tapete de neve se estendia pela Grã-Bretanha. O noticiário da manhã mostrou o nordeste da Inglaterra já soterrado em uma brancura granulada, carros encalhados como um bando de ovelhas infelizes, faróis brilhando debilmente. Londres esperava sua vez sob o céu cada vez mais sinistro, e Strike, olhando um mapa climatológico em sua TV ao se vestir, imaginou se seria possível a ida de carro a Devon no dia seguinte, se a M5 estaria transitável. Embora estivesse decidido a se encontrar com o incapacitado Daniel Chard, cujo convite lhe pareceu excessivamente peculiar, ele temia dirigir, mesmo um carro automático, com a perna nestas condições.

Os cães ainda estariam nos Mucking Marshes. Ele os imaginou enquanto prendia a prótese, o joelho mais inchado e mais dolorido do que nunca; seus focinhos sensíveis e trêmulos sondando os trechos mais recentes do lixão sob nuvens cinzentas ameaçadoras e gaivotas voando em círculos. Talvez já tivessem começado, em vista da limitada luz do dia, arrastando seus tratadores pelo lixo congelado, procurando pelas entranhas de Owen Quine. Strike já havia trabalhado com cães farejadores. Seus traseiros balançando e os rabos abanando sempre davam um tom animado e incongruente às buscas.

Ele ficou desconcertado ao ver como foi doloroso descer a escada. É claro que, num mundo ideal, teria passado o dia anterior com uma bolsa de gelo pressionada na extremidade do coto, a perna elevada, sem perambular por toda Londres porque precisava parar de pensar em Charlotte e no casamento, que logo ocorreria na capela restaurada do Castelo de Croy... não o Castelo Croy, *porque irrita a porra da família*. Daqui a nove dias...

O telefone tocou na mesa de Robin enquanto ele destrancava a porta de vidro. Estremecendo, ele correu para atender. O amante e chefe desconfiado da Srta. Brocklehurst queria informar a Strike que sua secretária estava em casa, na cama dele, com uma gripe forte, e assim ele só estaria encarregado da vigilância quando ela se recuperasse. Strike mal havia colocado o fone no gancho quando tocou mais uma vez. Outra cliente, Caroline Ingles, anunciou, numa voz palpitante de emoção, que ela e o marido errante se reconciliaram. Strike oferecia os parabéns insinceros quando Robin chegou com a cara rosada de frio.

— Está piorando lá fora — disse ela quando ele desligou. — Quem era?

— Caroline Ingles. Fez as pazes com Rupert.

— *O quê?* — disse Robin, assombrada. — Depois de todo aquele *lap dance*?

— Eles vão se esforçar no casamento pelo bem dos filhos.

Robin soltou um leve bufo de incredulidade.

— A neve parece pior em Yorkshire — comentou Strike. — Se quiser tirar o dia de folga amanhã e sair mais cedo...?

— Não, já fiz uma reserva no leito do trem da noite de sexta-feira, vou ficar bem. Se perdemos Ingles, eu podia telefonar para clientes na lista de espera...?

— Ainda não — disse Strike, arriando no sofá, incapaz de impedir que a mão passasse no joelho inchado, que protestava dolorosamente.

— Ainda está inflamado? — perguntou Robin timidamente, fingindo não tê-lo visto estremecer.

— Está. Mas não é por isso que não quero pegar outro cliente — acrescentou ele com aspereza.

— Eu sei. — Robin, que estava de costas para ele, acendeu a chaleira. — Você quer se concentrar no caso Quine.

Strike não sabia se o tom que ela usou era de reprovação.

— Ela vai me pagar — disse ele com rispidez. — Quine tinha um seguro de vida, ela o obrigou a fazer. Então, haverá dinheiro lá agora.

Robin ouviu seu tom defensivo e não gostou. Strike estava pressupondo que a prioridade dela era o dinheiro. Será que ela não provou que não era isso, quando rejeitou empregos que pagavam muito melhor para trabalhar para ele? Ele não notou a disposição com que ela tentava ajudá-lo a provar que Leonora Quine não matou o marido?

Ela colocou uma caneca de chá, um copo de água e paracetamol ao lado dele.

– Obrigado – disse Strike, entredentes, irritado com os analgésicos, embora pretendesse tomar uma dose dupla.

– Peço um táxi para levar você ao Pescatori ao meio-dia?

– Fica bem perto daqui – disse ele.

– Olha, uma coisa é o orgulho, outra é a burrice – disse Robin, com um dos primeiros lampejos de verdadeiro gênio que ele viu nela.

– Tá, tá. – Ele ergueu as sobrancelhas. – Eu pego a merda do táxi.

E, na verdade, ele ficou feliz com isso três horas depois, enquanto mancava, apoiando-se fortemente na bengala barata, agora vergando sob seu peso, até o táxi que aguardava no final da Denmark Street. Agora ele sabia que não devia ter colocado a prótese. Sair do táxi alguns minutos depois na Charlotte Street foi espinhoso, o taxista, impaciente. Strike chegou ao calor barulhento do Pescatori com alívio.

Elizabeth ainda não estava lá, mas havia feito a reserva em seu próprio nome. Strike foi levado a uma mesa para dois ao lado de uma parede caiada incrustada de pedras. Vigas rústicas de madeira se entrecruzavam no teto; um barco a remo estava suspenso acima do balcão. Na parede oposta, havia cabines de couro laranja vivo. Por força do hábito, Strike pediu uma cerveja, apreciando o leve e luminoso encanto mediterrâneo do ambiente, observando a neve vagar pelas vidraças.

A agente chegou logo depois. Ele tentou se levantar enquanto ela se aproximava da mesa, mas caiu de volta rapidamente. Elizabeth não deu sinais de perceber.

Ela parecia ter emagrecido desde que ele a vira pela última vez; o terno preto bem cortado, o lábio escarlate e o cabelo grisalho não lhe conferiam segurança hoje, parecendo um disfarce mal escolhido. Seu rosto estava amarelado e parecia caído.

– Como vai? – perguntou ele.

– Como acha que vou? – ela disse grosseiramente, com a voz rouca. – O que é? – vociferou ao garçom que adejava por ali. – Ah. Água. Sem gás.

Ela pegou o cardápio com um ar de quem se deixou transparecer demais, e Strike sabia que qualquer expressão de compaixão ou preocupação seria mal recebida.

— Só a sopa — disse ela ao garçom quando ele voltou para os pedidos.

— Agradeço por me ver novamente — disse Strike quando o garçom afastou-se.

— Bom, Deus sabe que Leonora precisa de toda a ajuda que puder conseguir — disse Elizabeth.

— Por que diz isso?

Elizabeth franziu os olhos para ele.

— Não se faça de idiota. Ela me disse que insistiu em ser levada à Scotland Yard para ver você, logo depois de receber a notícia sobre Owen.

— É, ela foi.

— E que impressão Leonora acha que isso deu? Provavelmente a polícia esperava que ela desmaiasse e só o que e-ela quis fazer foi ver o amigo detetive.

Ela reprimiu a tosse com dificuldade.

— Não creio que Leonora dê alguma atenção à impressão que causa nos outros.

— N-não, ora, tem razão nisso. Ela nunca foi lá muito inteligente.

Strike se perguntou que impressão Elizabeth Tassel pensava causar no mundo; se percebia o quão pouco gostavam dela. Ela deu livre expressão à tosse que tentava reprimir e ele esperou passarem os latidos altos de foca antes de perguntar:

— Acha que ela devia fingir alguma tristeza?

— Eu não diria fingir — rebateu Elizabeth. — Sei que ela está perturbada, de seu jeito limitado. Só estou dizendo que não faz mal bancar um pouco mais a viúva de luto. É o que as pessoas esperam.

— Imagino que você tenha conversado com a polícia.

— Claro que sim. Repassamos a briga no River Café, repetindo sem parar o motivo para eu não ter lido direito a porcaria do livro. E eles queriam saber meus movimentos depois da última vez que vi Owen. Especificamente, três dias depois de eu tê-lo visto.

Ela olhou interrogativa e fixamente para Strike, cuja expressão continuava impassível.

– Posso deduzir que eles acham que ele morreu três dias depois de nossa discussão?

– Nem imagino – Strike mentiu. – O que você disse a eles sobre seus movimentos?

– Que fui direto para casa depois de Owen explodir comigo, acordei às seis da manhã, peguei um táxi até Paddington e fui ficar com Dorcus.

– Uma de suas autoras, creio que você disse?

– Sim, Dorcus Pengelly, ela...

Elizabeth notou o leve sorriso irônico de Strike e, pela primeira vez desde que se conheceram, seu rosto relaxou em um sorriso fugaz.

– É seu nome verdadeiro, se dá para acreditar, e não um pseudônimo. Ela escreve pornografia travestida de romance histórico. Owen desdenhava muito dos livros dela, mas teria matado por aquelas vendas. Eles saem feito pão quente.

– Quando você voltou da casa de Dorcus?

– No final da tarde de segunda. Era para ser um longo e agradável fim de semana, mas, graças ao *Bombyx Mori*, agradável é que *não* foi – disse Elizabeth, tensa.

– Eu moro sozinha. Não tenho como *provar* que fui para casa, que não matei Owen assim que voltei a Londres. Certamente *vontade* não me faltou para fazê-lo...

Ela bebeu mais água e continuou:

– A polícia estava interessada principalmente no livro. Parecem pensar que dá motivo a muita gente.

Foi sua primeira tentativa aberta de obter informações dele.

– A princípio parecia muita gente – disse Strike –, mas, se eles obtiveram a hora da morte exata e Quine morreu três dias depois de sua briga com ele no River Café, o número de suspeitos será bem limitado.

– Como assim? – perguntou Elizabeth incisivamente, e ele lembrou-se de um de seus professores mais mordazes em Oxford, que usava esta pergunta de duas palavras como uma agulha gigante para perfurar teorizações mal fundamentadas.

– Não posso dar esta informação, infelizmente – respondeu Strike com amabilidade. – Não devo prejudicar a investigação policial.

A pele pálida de Elizabeth, do outro lado da mesa pequena, tinha poros largos e textura granulada, os olhos verde-escuros eram atentos.

— Eles me perguntaram – disse ela – a quem eu mostrei os originais do livro durante os poucos dias que os tive nas mãos antes de mandar a Jerry e Christian... Resposta: ninguém. E me perguntaram com quem Owen discute seus livros enquanto os escreve. Não sei o porquê disso. – Seus olhos escuros ainda estavam fixos nos de Strike. – Será que eles acham que alguém o instigou?

— Não sei. – Strike mais uma vez mentiu. – *Ele* discutia o livro em que estava trabalhando?

— Pode ter confidenciado algumas partes a Jerry Waldegrave. Ele mal se dignava a me contar os títulos.

— Sério? Ele nunca pediu seus conselhos? Você não disse que estudou inglês em Oxford...?

— Era a primeira da turma – disse ela furiosa –, mas isso contava menos que nada para Owen, que, aliás, foi expulso da escola em Loughborough ou um lugar qualquer desses e nunca obteve diploma nenhum. Sim, e Michael uma vez disse de brincadeira a Owen que eu era "lamentavelmente derivativa" como escritora quando éramos estudantes e Owen nunca se esqueceu disso. – A lembrança do antigo insulto deu um tom arroxeado à pele amarelada. – Owen partilhava o preconceito de Michael com as mulheres na literatura. Nenhum dos dois se importava que as mulheres *elogiassem* seu trabalho, é c-claro... – Ela tossiu no guardanapo e surgiu de cara vermelha e zangada. – Owen tinha a maior gula por elogios que qualquer escritor que já conheci, e a maioria deles é insaciável.

A comida chegou: sopa de tomate e manjericão para Elizabeth e bacalhau com fritas para Strike.

— Da última vez que nos reunimos, você me disse – falou Strike, após engolir a primeira porção generosa – que chegou ao ponto em que você teve de escolher entre Fancourt e Quine. Por que você *escolheu* Quine?

Ela soprava uma colherada de sopa e parecia refletir seriamente na resposta antes de falar.

— Eu senti... na época... que ele era mais vítima que pecador.

— Isso tem algo a ver com a paródia que alguém escreveu do romance da mulher de Fancourt?

— Não foi escrita por "alguém" – disse ela em voz baixa. – Foi Owen.

— Tem certeza?

— Ele me mostrou antes de mandar à revista. Confesso — Elizabeth encontrou o olhar de Strike com um desafio frio — que me fez rir. Era dolorosamente preciso e muito engraçado. Owen sempre foi um bom mímico literário.

— Mas depois a mulher de Fancourt se matou.

— O que foi uma tragédia, é claro — disse Elizabeth, sem emoção perceptível —, embora ninguém pudesse ter esperado por isso. Francamente, qualquer um que vá se matar por causa de uma resenha ruim não deve se meter a escrever um romance, para início de conversa. Mas, naturalmente, Michael ficou furioso com Owen, e acho que ainda mais porque Owen meteu o rabo entre as pernas e negou a autoria depois de saber do suicídio de Elspeth. Talvez tenha sido uma atitude surpreendentemente covarde para um homem que gostava de ser considerado destemido e desregrado. Michael quis que eu dispensasse Owen como cliente. Eu me recusei. Desde então, Michael não fala comigo.

— Na época, Quine gerava mais lucros para você do que Fancourt? — perguntou Strike.

— Meu Deus do céu, não. Não foi por vantagem *pecuniária* minha que fiquei com Owen.

— Então, por quê?

— Eu já lhe disse — ela falou com impaciência. — Acredito na liberdade de expressão, até e inclusive na de incomodar pessoas. De qualquer modo, dias depois de Elspeth se matar, Leonora deu à luz gêmeos prematuros. Houve algum problema no parto, o menino morreu e Orlando é... imagino que a essa altura você a tenha conhecido.

Enquanto concordava com a cabeça, o sonho de Strike da outra noite lhe voltou de repente: o bebê que Charlotte deu à luz, mas que não deixou que ele visse...

— Danos ao cérebro — continuou Elizabeth. — Assim, Owen passava por sua própria tragédia pessoal na época e, ao contrário de Michael, não f-fez nada em prejuízo p-próprio...

Tossindo de novo, ela notou a expressão de leve surpresa de Strike e fez um gesto impaciente pedindo que esperasse, indicando que explicaria quando a crise passasse. Enfim, depois de outro gole de água, ela falou, rouquenha:

– Michael só estimulou Elspeth a escrever para tirá-la de seu pé enquanto ele trabalhava. Eles não tinham nada em comum. Ele se casou com ela porque é doentiamente inseguro por ser de classe média baixa. Ela era filha de um conde e pensava que se casar com Michael significaria festas literárias intermináveis e conversas intelectuais fascinantes. Ela não percebeu que ficaria sozinha na maior parte do tempo enquanto Michael trabalhava. Ela era – disse Elizabeth com desdém – uma mulher de pouca inteligência.

"Mas ficou animada com a ideia de ser escritora. Faz alguma ideia", disse a agente asperamente, "de quantas pessoas pensam saber escrever? Nem imagina as merdas que me mandam todo santo dia. O romance de Elspeth teria sido rejeitado de cara em circunstâncias normais, de tão pretensioso e bobo, mas não eram circunstâncias normais. Depois de encorajá-la a escrever aquela porcaria, Michael não teve colhões de dizer a ela que era medonho. Entregou ao editor e eles o aceitaram para deixar Michael feliz. Depois de uma semana, a paródia apareceu."

– Quine insinua em *Bombyx Mori* que Fancourt escreveu a paródia – disse Strike.

– Sei que ele disse isso... e *eu* não gostaria de provocar Michael Fancourt – acrescentou ela num aparente aparte que pedia para ser ouvido.

– O que quer dizer?

Houve uma curta pausa em que ele quase podia ver Elizabeth decidindo o que contar.

– Conheci Michael – disse ela lentamente – em um grupo que estudava tragédias de vingança da época jacobiana. Digamos que aquele era seu meio natural. Ele adora aqueles escritores com seus sadismos e desejos de vingança... estupros e canibalismo, esqueletos envenenados vestidos de mulheres... a represália sádica é obsessão de Michael.

Ela olhou para Strike, que a observava.

– Que foi? – disse ela rispidamente.

Strike se perguntava quando os detalhes do assassinato de Quine explodiriam nos jornais. A represa já devia estar no limite, com Culpepper no caso.

– Fancourt interpretou como uma represália sádica quando você escolheu Quine em detrimento dele?

Ela baixou os olhos para a tigela de líquido vermelho e a afastou abruptamente.

– Éramos amigos íntimos, muito próximos, mas ele nunca me falou uma palavra que fosse desde o dia em que me recusei a dispensar Owen. Ele fez o máximo para afastar outros autores de minha agência, disse que eu era uma mulher sem honra ou princípios.

"Mas eu tinha um princípio sagrado e ele sabia disso", disse ela com firmeza. "Owen não fez nada, ao escrever a paródia, que Michael não tivesse feito cem vezes com outros autores. É claro que me arrependi amargamente depois, mas foi uma das vezes... das poucas... em que senti que Owen era moralmente inocente."

– Mas deve doer – disse Strike. – Você conhecia Fancourt há mais tempo do que Quine.

– Agora somos inimigos há mais tempo do que éramos amigos.

Strike notou que não era uma resposta adequada.

– Você não deve pensar... nem sempre Owen... ele não era mau *de todo* – disse Elizabeth, irrequieta. – Era obcecado pela virilidade, na vida e em sua obra. Às vezes era uma metáfora para o gênio criativo, mas em outras ocasiões é visto como barreira para a satisfação artística. A trama de *Hobart's Sin* gira em torno de Hobart, que nasceu ao mesmo tempo homem e mulher, tendo de decidir entre a paternidade e abandonar suas aspirações de escritor: abortar seu filho ou abandonar sua criação intelectual.

"Mas quando se trata da paternidade na vida real... você entende, Orlando não era... você não teria escolhido seu filho para... para... mas ele a amava e ela o amava também."

– Exceto pelas vezes em que ele se afastou da família para se consorciar com amantes ou torrar dinheiro em quartos de hotel – sugeriu Strike.

– Tudo bem, ele não teria sido eleito o pai do ano – rebateu Elizabeth –, mas havia amor ali.

Caiu um silêncio sobre a mesa e Strike decidiu não rompê-lo. Tinha certeza de que Elizabeth Tassel concordara com este encontro, como requisitou o anterior, por motivos próprios, e estava louco para saber deles. Assim, comeu seu peixe e esperou.

– A polícia me perguntou – disse ela por fim, quando o prato dele estava quase vazio – se Owen estava me chantageando de alguma maneira.

– É mesmo? – disse Strike.

O restaurante estrepitava e tagarelava em volta deles, e na rua a neve caía mais densa do que nunca. Ali estava novamente o fenômeno conhecido de que ele falou com Robin: o suspeito que desejava se explicar melhor, preocupado de não ter feito um bom trabalho na primeira tentativa.

— Eles notaram as grandes somas que passaram de minha conta para a de Owen no decorrer dos anos – disse Elizabeth.

Strike nada falou; o pronto pagamento dela das contas de hotel de Quine lhe parecera desproposital em seu encontro anterior.

— Que motivos eles acham que alguém teria para me chantagear? – perguntou-lhe ela com uma torção da boca escarlate. — Minha vida profissional tem sido escrupulosamente honesta. Não tenho vida particular de que falar. Sou a própria definição de uma solteirona impoluta, não sou?

Strike, que julgava impossível responder a uma pergunta dessas, mesmo que retórica, sem ofender, não disse nada.

— Começou quando Orlando nasceu – disse Elizabeth. — Owen conseguiu gastar todo o dinheiro que ganhou e Leonora ficou na UTI por duas semanas depois do parto, e Michael Fancourt gritava com todo mundo que pudesse ouvir que Owen tinha assassinado a mulher dele.

"Owen era um pária. Nem ele, nem Leonora tinham família. Eu lhe emprestei dinheiro, como amiga, para comprar as coisas do bebê. Depois adiantei dinheiro para a hipoteca de uma casa maior. Depois foi dinheiro para especialistas examinarem Orlando, quando ficou claro que ela não estava se desenvolvendo como deveria, e terapeutas para ajudá-la. Quando me dei conta, eu era o banco pessoal da família. Sempre que entravam direitos autorais, Owen dizia em altos brados que me pagaria, às vezes eu recebia alguns milhares de volta.

"No fundo", disse a agente, as palavras tropeçando para fora dela, "Owen era uma criança grande, o que podia torná-lo insuportável ou encantador. Irresponsável, impulsivo, ególatra, com uma falta surpreendente de consciência, mas também podia ser divertido, entusiasmado e sedutor. Havia nele um pathos, uma fragilidade divertida, por pior que fosse seu comportamento, que despertava sentimentos de proteção nas pessoas. Jerry Waldegrave sentiu isso. As mulheres sentiam. *Eu* senti. A verdade é que continuei tendo esperanças, até acreditava, que um dia ele produziria outro *Hobart's Sin*. Havia sempre alguma coisa em cada livro horroroso que ele escrevia, algo que implicava que não se podia descartá-lo completamente."

Apareceu um garçom para recolher os pratos. Elizabeth dispensou sua pergunta solícita se havia algum problema com a sopa e pediu um café. Strike aceitou a oferta do cardápio de sobremesas.

— Mas Orlando é um amor — acrescentou Elizabeth bruscamente. — Orlando é muito meiga.

— É... e ela acha que pensa — disse Strike, observando-a atentamente — ter visto você entrando no escritório de Quine outro dia, enquanto Leonora estava no banheiro.

Ele não achava que Elizabeth esperasse a pergunta, nem que parecesse gostar dela.

— Ela viu isso?

Ela bebeu água, hesitou, depois falou:

— Eu desafiaria qualquer um retratado em *Bombyx Mori*, que tivesse a chance de ver outros apontamentos desagradáveis que Owen possa ter escrito, a não aproveitar a oportunidade de dar uma olhada.

— Achou alguma coisa?

— Não — disse ela —, porque o lugar era uma lixeira. De cara eu vi que levaria muito tempo para procurar e — ela ergueu o queixo em desafio —, para ser completamente franca, eu não queria deixar digitais. Então, saí com a mesma rapidez com que entrei. Foi impulso de um momento... possivelmente ignóbil.

Parecia que ela dissera tudo que veio dizer. Strike pediu uma torta de maçã com morangos e tomou a iniciativa:

— Daniel Chard quer me ver — disse-lhe ele. Os olhos verde-escuros de Elizabeth se arregalaram de surpresa.

— Por quê?

— Não sei. Se a neve não estiver muito ruim, vou visitá-lo em Devon amanhã. Gostaria de saber, antes de me encontrar com ele, por que ele é retratado como o assassino de um jovem louro em *Bombyx Mori*.

— Não vou dar a você uma chave para aquele livro obsceno — retorquiu Elizabeth com a volta de toda sua agressividade e desconfiança anteriores. — Não. Não farei isso.

— É uma pena — disse Strike —, porque as pessoas estão comentando.

— Eu não estaria piorando o próprio erro clamoroso de ter mandado aquela droga ao mundo se fofocasse sobre ela?

— Sou discreto — garantiu-lhe Strike. — Ninguém precisa saber onde obtive minhas informações.

Mas ela se limitou a olhá-lo feio, fria e impassível.

— E Kathryn Kent?

— O que tem ela?

— Por que a caverna de sua toca em *Bombyx Mori* é cheia de crânios de ratos?

Elizabeth não disse nada.

— Sei que Kathryn Kent é Harpy, eu a conheci — disse Strike com paciência. — Só o que você está fazendo ao me explicar isso é me poupar algum tempo. Imagino que você queira descobrir quem matou Quine, não?

— Tão transparente — disse ela num tom de petrificar. — Isso costuma funcionar com as pessoas?

— Sim — disse ele sem rodeios —, funciona.

Ela franziu a testa, depois disse abruptamente, sem surpreendê-lo de todo:

— Bom, afinal, não devo nenhuma lealdade a Kathryn Kent. Se você precisa saber, Owen estava fazendo uma referência muito rude ao fato de ela trabalhar em um laboratório para testes em animais. Fazem coisas revoltantes ali com ratos, cachorros e macacos. Soube de tudo isso numa das festas a que Owen a levou. Lá estava ela, despencando de seu vestido e tentando me impressionar — disse Elizabeth com desdém. — Vi o trabalho dela. Ela faz Dorcus Pengelly parecer Iris Murdoch. É típico do lixo... do lixo...

Strike conseguiu dar várias dentadas em sua torta enquanto ela tossia com força no guardanapo.

— ... do *lixo* que a internet nos dá — concluiu Elizabeth, com os olhos lacrimejando. — E é quase pior, ela parecia esperar que eu ficasse ao lado dela contra os estudantes esfarrapados que atacaram os laboratórios. Sou filha de veterinária: cresci com animais e gosto muito mais deles do que de gente. Achei Kathryn Kent uma pessoa horrível.

— Alguma ideia de quem possa ser Epicoene, a filha de Harpy? — perguntou Strike.

— Não — disse Elizabeth.

— Ou o anão no saco de Cutter?

— Não vou explicar mais nada desse livro podre!

— Sabe dizer se Quine conhecia uma mulher chamada Pippa?

— Não conheci Pippa nenhuma. Mas ele dava cursos de redação criativa; mulheres de meia-idade tentando encontrar sua *raison d'être*. Foi onde ele pegou Kathryn Kent.

Ela bebeu o café e consultou o relógio.

— O que pode me dizer de Joe North? — perguntou Strike.

Ela o olhou com desconfiança.

— Por quê?

— Curiosidade.

— Ele era da Califórnia — disse ela. — Veio para Londres encontrar suas origens inglesas. Era gay, alguns anos mais novo do que Michael, Owen e eu, e escrevia o primeiro romance muito sincero sobre a vida que levava em San Francisco.

"Michael me apresentou a ele. Michael achava que o material dele era de primeira, e era mesmo, mas ele não era um escritor veloz. Era muito farrista e também, o que nenhum de nós soube por alguns anos, era HIV positivo e não se cuidava. Chegou um ponto em que ele desenvolveu a Aids plenamente." Elizabeth deu um pigarro. "Bom, você deve se lembrar da histeria que houve sobre o HIV quando ele surgiu."

Strike estava acostumado com o fato de as pessoas acharem que ele era pelo menos dez anos mais velho do que na realidade era. Na verdade, ele ouviu de sua mãe (que jamais segurava a língua em deferência à sensibilidade de uma criança) sobre a doença assassina que acossava aqueles que trepavam livremente e partilhavam agulhas.

— Joe se desintegrou fisicamente e sumiram todas as pessoas que queriam conhecê-lo quando ele era promissor, talentoso e bonito, a não ser... para lhes dar o devido crédito... — disse Elizabeth de má vontade — Michael e Owen. Eles se uniram em torno de Joe, mas ele morreu com o romance inacabado.

"Michael estava doente e não pôde ir ao funeral de Joe, mas Owen ajudou a carregar o caixão. Por gratidão pelo modo como cuidaram dele, Joe deixou aos dois aquela linda casa, onde antigamente davam festas e se sentavam a noite toda discutindo literatura. Estive lá em algumas dessas noites. Foram tempos... felizes", disse Elizabeth.

— Eles usaram muito a casa depois que North morreu?

— Não posso responder por Michael, mas duvido que ele tenha estado lá desde que rompeu com Owen, e não foi muito depois do enterro de Joe — disse Elizabeth com um dar de ombros. — Owen jamais ia lá porque morria de medo de encontrar Michael. Os termos do testamento de Joe eram peculiares: acho que chamam de cláusula restritiva. Joe determinou que a casa fosse preservada como um refúgio de artistas. Foi assim que Michael conseguiu impedir a venda por todos esses anos; os Quine nunca conseguiram encontrar outro artista ou artistas que a comprassem. Um escultor alugou por algum tempo, mas não deu certo. É claro que Michael sempre foi o mais seletivo possível com os inquilinos para impedir que Owen tivesse benefícios financeiros, e ele pode pagar advogados para garantir o cumprimento de seus caprichos.

— O que aconteceu com o livro inacabado de North? — perguntou Strike.

— Ah, Michael abandonou o trabalho em seu próprio romance e terminou o de Joe postumamente. Teve o título *Towards the Mark*, e Harold Weaver o publicou: é um clássico cult, jamais sai de catálogo.

Ela olhou mais uma vez o relógio.

— Preciso ir. Tenho uma reunião às duas e meia. Meu casaco, por favor — ela chamou um garçom de passagem.

— Alguém me contou — disse Strike, que se lembrava perfeitamente de que fora Anstis — que você supervisionou um tempo atrás uma obra na Talgarth Road.

— Sim — disse ela com indiferença —, só mais uma das tarefas incomuns que a agente de Quine acaba fazendo por ele. Era uma questão de coordenar a reforma, controlar operários. Mandei uma conta a Michael cobrando a metade e ele pagou por intermédio dos advogados.

— Você tem uma chave?

— Que entreguei ao mestre de obras — disse ela com frieza —, depois devolvi aos Quine.

— Foi verificar pessoalmente a obra?

— Claro que sim, precisava ver se tinha sido feita. Acho que visitei duas vezes.

— Usaram ácido clorídrico em alguma reforma, sabe dizer?

— A polícia me perguntou sobre ácido clorídrico — disse ela. — Por quê?

— Não posso dizer.

Ela fechou a carranca. Ele duvidava de que as pessoas recusassem informações com frequência a Elizabeth Tassel.

– Bom, só posso lhe dizer o que contei à polícia: deve ter sido deixado por Todd Harkness.

– Quem?

– O escultor de que lhe falei, que alugou o espaço do ateliê. Owen o descobriu e os advogados de Fancourt não acharam motivos para objeção. O que ninguém percebeu era que Harkness trabalhava principalmente com metal enferrujado e usava algumas substâncias muito corrosivas. Ele provocou muitos danos no ateliê antes de ser solicitado a sair. O lado de Fancourt fez *essa* operação de limpeza e mandou a conta para *nós*.

O garçom trouxe seu casaco, em que estavam grudados alguns pelos de cachorro. Strike ouviu um leve assovio de seu peito laborioso quando ela se levantou. Com um aperto de mãos peremptório, Elizabeth Tassel foi embora.

Strike pegou outro táxi de volta ao escritório com a vaga intenção de se reconciliar com Robin; de algum modo eles se toparam do jeito errado aquela manhã e ele não sabia bem como isso aconteceu. Porém, quando finalmente chegou à antessala, transpirava da dor no joelho e as primeiras palavras de Robin varreram de sua mente toda ideia de conciliação:

– A locadora de automóveis acaba de telefonar. Eles não têm um automático, mas podem lhe dar...

– Tem de ser um automático! – vociferou Strike, baixando no sofá numa erupção de flatulência de couro que o irritou ainda mais. – Não posso dirigir a porra de um carro manual nesse estado! Você telefonou...?

– É claro que tentei outros lugares – disse Robin com frieza. – Procurei de tudo. Ninguém pode lhe ceder um carro automático amanhã. A previsão do tempo é horrorosa, de qualquer modo. Acho melhor você...

– Vou entrevistar Chard – disse Strike.

A dor e o medo deixavam-no furioso: medo de ter de desistir da prótese e recorrer de novo às muletas, com a perna da calça alfinetada no alto, os olhos encarando, a compaixão. Ele detestava cadeiras de plástico duro em corredores desinfetados, detestava seu volumoso prontuário sendo desenterrado e examinado, murmúrios sobre mudanças em sua prótese, conselhos de médicos calmos para repousar, mimar a perna como se ela fosse uma criança doente que ele carregasse para todo lado. Nos sonhos, ele não tinha uma perna só; nos sonhos, ele era inteiro.

O convite de Chard foi um presente imprevisto; ele pretendia aproveitar. Tinha muito que perguntar ao editor de Quine. O próprio convite era gritantemente estranho. Ele queria ouvir o motivo de Chard para arrastá-lo a Devon.

– Você ouviu o que eu disse? – perguntou Robin.

– O quê?

– Eu disse que posso dirigir para você.

– Não, não pode – disse Strike com descortesia.

– E por que não?

– Você precisa estar em Yorkshire.

– Preciso estar na King's Cross amanhã, às onze da noite.

– A neve estará horrível.

– Vamos sair cedo. Ou – Robin deu de ombros – você pode cancelar Chard. Mas a previsão para a semana que vem também é horrorosa.

Era difícil reverter da ingratidão ao oposto com os olhos azul-acinzentados e duros de Robin em cima dele.

– Tudo bem – disse ele rigidamente. – Obrigado.

– Então, preciso sair e pegar o carro – disse Robin.

– Está bem – disse Strike entredentes.

Owen Quine pensava que as mulheres não tinham lugar na literatura: ele, Strike, também tinha um preconceito secreto – mas que alternativa tinha agora, com o joelho gritando por misericórdia e nenhum carro com direção automática para alugar?

28

> ... esta (de todas) foi a mais fatal e perigosa
> façanha que me ocorreu, desde que primeiro
> portei armas em face do inimigo...
>
> Ben Johnson,
> *Cada qual com seu humor*

Às cinco horas da manhã seguinte, uma Robin de luvas e muito agasalhada embarcou em um dos primeiros trens do metrô, o cabelo brilhando de flocos de neve, uma pequena mochila no ombro, carregando uma bolsa de viagem em que colocou um vestido, casaco e sapatos pretos que precisaria para o funeral da Sra. Cunliffe. Ela não contava que voltaria para casa depois da viagem a Devon; pretendia ir diretamente a King's Cross quando devolvesse o carro à locadora.

Sentada no trem quase vazio, ela consultou os próprios sentimentos com relação ao dia pela frente e os achou confusos. A empolgação era sua emoção dominante, porque estava convencida de que Strike tinha algum excelente e inadiável motivo para interrogar Chard. Robin aprendeu a confiar na capacidade crítica e nos pressentimentos do chefe; era uma das coisas que tanto irritavam Matthew.

Matthew... Os dedos com luva preta de Robin apertaram a alça da bolsa a seu lado. Ela ainda mentia para Matthew. Robin era uma pessoa confiável e jamais mentiu nos nove anos em que eles estavam juntos ou pelo menos não até recentemente. Uma parte era de mentiras por omissão. Na noite de quarta-feira, Matthew perguntou-lhe ao telefone o que ela fizera no trabalho naquele dia e ela lhe deu uma versão breve e muito editada de suas atividades, omitindo a ida com Strike à casa onde Quine foi assassinado, o almoço no Albion e, é claro, a travessia da passarela na estação West Brompton com o braço pesado de Strike em seus ombros.

Mas havia também mentiras cabais. Na noite anterior mesmo, ele perguntou, como Strike, se ela não devia tirar o dia de folga, pegar um trem mais cedo.

— Eu tentei — disse ela, a mentira escapando facilmente de seus lábios antes que ela pensasse nisso. — Estão todos lotados. É esse clima, não? Acho que as pessoas estão pegando o trem, em vez de se arriscar de carro. Terei de me contentar com o leito.

O que mais eu podia dizer?, pensou Robin enquanto as janelas escuras refletiam seu próprio rosto tenso. *Ele teria ficado uma fera.*

A verdade é que ela queria ir a Devon; queria ajudar Strike; queria sair de trás do computador, por maior que fosse a satisfação tranquila que seu gerenciamento competente dos negócios lhe desse, e queria investigar. Tinha algum problema? Matthew pensava que sim. Não era com isso que ele contava. Ele queria que ela fosse para a agência de publicidade, que trabalhasse com recursos humanos, com um salário quase dobrado. Londres era muito cara. Matthew queria um apartamento maior. Ela supunha que ele a estava carregando...

E então havia Strike. Uma frustração familiar, um nó apertado em seu estômago: *vamos ter de conseguir outra pessoa.* Menções constantes da possível sócia, que assumia consistência mítica na mente de Robin: uma mulher de cabelo curto e expressão ranzinza, como a policial que montava guarda na frente da cena do crime na Talgarth Road. Ela seria competente e treinada de todas as formas que Robin não era, e desimpedida (pela primeira vez, naquele vagão do metrô fortemente iluminado e meio vazio, com o mundo escuro do lado de fora e os ouvidos cheios de rumores e estrépitos, Robin disse isso abertamente a si mesma), sem um noivo como Matthew.

Mas Matthew era o eixo de sua vida, o centro fixo. Ela o amava, sempre o amou. Ele manteve-se ao seu lado nos piores momentos de sua vida, quando muitos rapazes teriam ido embora. Ela queria casar com ele e ia casar. A questão era que eles nunca tiveram discordâncias fundamentais, nunca. Algo no emprego dela, sua decisão de ficar com Strike, a respeito do próprio Strike, introduziu um elemento nocivo no relacionamento dos dois, algo ameaçador e novo...

O Toyota Land Cruiser que Robin alugou ficou estacionado durante a noite no Q-Park em Chinatown, um dos estacionamentos mais próximos da Denmark Street, onde não havia estacionamento nenhum. Escorregando e derrapando em seus sapatos sem salto, mas práticos, com a bolsa de viagem balançando na mão direita, Robin apressou-se pela escuridão até o prédio de vários andares, recusando-se a pensar mais em Matthew, ou no que ele pensaria ou diria se pudesse vê-la, viajando por seis horas sozinha de carro com Strike. Depois de colocar a bolsa na mala, Robin sentou-se ao volante, ajustou o GPS, regulou o aquecimento e deixou o motor ligado para esquentar o interior gelado.

Strike estava meio atrasado, o que era improvável nele. Robin matou tempo familiarizando-se plenamente com os controles. Adorava automóveis, sempre adorou dirigir. Aos três anos, conseguia dirigir um trator na fazenda do tio, desde que alguém a ajudasse a soltar o freio de mão. Ao contrário de Matthew, ela foi aprovada no teste de direção na primeira vez. Aprendeu a não implicar com ele por causa disso.

Um movimento vislumbrado pelo retrovisor a fez erguer a cabeça. Um Strike de terno preto andava com dificuldade para o carro, de muletas, a perna direita da calça presa no alto.

Robin sentiu uma náusea se precipitar na boca do estômago – não devido à perna amputada, que ela já vira, e em circunstâncias muito mais problemáticas, mas porque era a primeira vez que ela sabia que Strike abria mão da prótese em público.

Ela saiu do carro, depois desejou não ter saído quando viu a carranca dele.

– Bem pensado, pegar um quatro por quatro – disse ele, alertando em silêncio para não falar de sua perna.

– É, pensei que seria melhor neste clima – disse Robin.

Ele contornou para o banco do carona. Robin sabia que não devia oferecer ajuda; sentia uma zona de exclusão em volta dele, como se Strike rejeitasse telepaticamente todas as ofertas de ajuda ou solidariedade, mas ela teve medo de que ele não conseguisse entrar sem auxílio. Strike jogou as muletas no banco traseiro e ficou por um momento parado num equilíbrio precário; em seguida, com uma exibição de força da parte superior do corpo que ela nunca vira, impeliu-se tranquilamente para dentro.

Robin voltou a entrar apressadamente, fechou a porta, pôs o cinto de segurança e deu a ré na vaga. A rejeição preventiva de Strike à sua preocupação colocava-se como um muro entre os dois e à sua solidariedade foi acrescentado um toque de ressentimento por ele não deixar que ela se aproximasse, nem minimamente. Quando foi que ela o enervou ou o tratou como mãe? O máximo que fez foi lhe dar paracetamol.

Strike sabia que estava sendo irracional, mas essa consciência só aumentava sua irritação. Ao acordar, ficou evidente que teria sido idiotice tentar forçar a prótese na perna, quando o joelho estava quente, inchado e extremamente dolorido. Viu-se obrigado a descer de bunda a escada de metal, como uma criança pequena. Ao atravessar a Charing Cross Road no gelo e de muletas, atraiu os olhares fixos daqueles poucos pedestres de manhã cedo que enfrentavam a escuridão abaixo de zero. Ele jamais quis voltar a este estado, mas ali estava, devido apenas a um esquecimento temporário de que ele, como o Strike dos sonhos, não era inteiro.

Pelo menos, Strike notou com alívio, Robin sabia dirigir. Sua irmã, Lucy, era distraída e pouco confiável ao volante. Charlotte sempre dirigiu seu Lexus de um jeito que provocava dor física em Strike: acelerando nos sinais vermelhos, entrando na contramão em ruas de mão única, fumando e conversando ao celular, tirando fino de ciclistas e portas abertas de carros estacionados... Desde que o Viking explodiu em volta dele naquela estrada de terra amarela, Strike achava difícil ser conduzido por alguém que não fosse profissional.

Depois de um longo silêncio, Robin falou:

– Tem café na mochila.

– O quê?

– Na mochila... uma garrafa térmica. Achei que não devíamos parar, a não ser que seja realmente necessário. E temos biscoitos.

Os limpadores de para-brisa abriam caminho pelos flocos de neve.

– Você é um assombro – disse Strike, suas reservas se esfarelando. Ele não tomara o café da manhã: tentar sem sucesso prender a perna postiça, procurar um alfinete para a calça do terno, desencavar as muletas e descer a escada consumiram o dobro do tempo que tinha. E, a contragosto, Robin lhe abriu um leve sorriso.

Strike se serviu de café e comeu vários pedaços de biscoito amanteigado, seu apreço pela habilidade de Robin com o carro desconhecido aumentando com o decréscimo da fome.

– Que carro Matthew dirige? – perguntou ele enquanto aceleravam pelo viaduto de Boston Manor.

– Nenhum – disse Robin. – Não temos carro em Londres.

– É, não precisa – disse Strike, no fundo refletindo que se ele pagasse a Robin o salário que ela merecia, talvez eles pudessem comprar um.

– E o que você pretende perguntar a Daniel Chard? – perguntou Robin.

– Muita coisa. – Strike espanou farelos do paletó escuro. – Primeiro, se ele brigou com Quine e, se foi assim, por que motivo. Não consigo entender por que Quine... o idiota completo que ele claramente era... decidiu atacar um homem que tinha nas mãos seu ganha-pão e que tinha dinheiro para processá-lo até o nunca.

Strike mastigou o biscoito por um tempo, engoliu e acrescentou:

– A não ser que Jerry Waldegrave tenha razão e Quine tenha sofrido um colapso nervoso autêntico quando escreveu o livro e atacou qualquer um que ele pensasse poder culpar pela vendagem fraca.

Robin, que terminara de ler *Bombyx Mori* enquanto Strike almoçava com Elizabeth Tassel no dia anterior, disse:

– O texto não é coerente demais para alguém que teve um colapso nervoso?

– A sintaxe pode estar correta, mas não creio que se possa encontrar muita gente que discorde que o conteúdo é totalmente louco.

– Os outros livros dele são muito parecidos.

– Nenhuma de suas coisas era tão louca como *Bombyx Mori* – disse Strike. – *Hobart's Sin* e *The Balzac Brothers* tinham uma trama.

– Este tem uma trama.

– Tem? Ou o pequeno passeio de *Bombyx Mori* é apenas um jeito conveniente de costurar um monte de ataques a diferentes pessoas?

A neve caía grossa e rápida enquanto eles passavam pela saída para Heathrow, falando do grotesco variado do romance, rindo um pouco de seus saltos de lógica ridículos, seu caráter absurdo. As árvores dos dois lados da rodovia davam a impressão de polvilhadas com toneladas de açúcar de confeiteiro.

– Talvez Quine tivesse nascido quatrocentos anos atrasado – disse Strike, ainda comendo biscoito. – Elizabeth Tassel me disse que há uma tragédia de vingança jacobiana retratando um esqueleto envenenado disfarçado de mulher. Parece que alguém transa com ele e morre. Não fica muito longe do Phallus Impudicus se preparando para...

– Não – disse Robin, rindo um pouco e estremecendo.

Mas Strike não se interrompeu devido ao protesto dela ou a qualquer senso de repugnância. Algo palpitou no fundo de seu subconsciente enquanto ele falava. Alguém tinha lhe contado... alguém disse... mas a lembrança se foi num lampejo de prata tantalizante, como um peixinho desaparecendo sob uma planta aquática.

– Um esqueleto envenenado – resmungou Strike, tentando capturar a lembrança fugidia, mas ela se fora.

– E terminei de ler *Hobart's Sin* ontem à noite também – disse Robin, ultrapassando um Prius vagaroso.

– Você gosta de ser maltratada – disse Strike, pegando o sexto biscoito. – Não pensei que fosse gostar dele.

– Não gostei, e não melhorou. Fala de...

– Um hermafrodita que engravida e tem um aborto porque o filho interferia em suas ambições literárias – disse Strike.

– Você leu!

– Não, Elizabeth Tassel me contou.

– Tem um saco ensanguentado nele – disse Robin.

Strike olhou de lado seu perfil branco e sério ao observar a estrada à frente, os olhos adejando ao retrovisor.

– O que tem dentro do saco?

– O bebê abortado. Um horror.

Strike digeria esta informação ao passarem pelo acesso a Maidenhead.

– Estranho – disse ele por fim.

– Grotesco.

– Não, estranho – insistiu Strike. – Quine estava se repetindo. É a segunda coisa de *Hobart's Sin* que ele coloca em *Bombyx Mori*. Dois hermafroditas, dois sacos ensanguentados. Por quê?

– Bom – disse Robin –, não são *idênticos*. Em *Bombyx Mori*, o saco ensanguentado não pertence ao hermafrodita e não contém um bebê abortado... talvez ele tenha alcançado o fim de sua invenção – disse ela. – Talvez *Bombyx Mori* fosse como um... uma última fogueira de todas as suas ideias.

– A pira funerária de sua carreira, é o que foi.

Strike mergulhou em pensamentos enquanto a paisagem pela janela ficava cada vez mais rural. Espaços entre a árvores mostravam campos amplos de neve, branco sobre branco abaixo de um céu cinza-perolado, e a neve ainda caía grossa e veloz no carro.

– Sabe de uma coisa? – disse Strike por fim. – Acho que aqui existem duas alternativas. Ou Quine genuinamente teve um colapso, desligou-se do que fazia e acreditava que *Bombyx Mori* era uma obra-prima... ou ele pretendia causar a maior perturbação possível e as repetições têm seus motivos.

– Que motivos?

– São uma chave – disse Strike. – Se cotejar com os outros livros, ele estava ajudando as pessoas a entender o que ele insinuava em *Bombyx Mori*. Ele tentava falar sem ser acusado de calúnia.

Robin não tirava os olhos da rodovia tomada de neve, mas inclinou o rosto para ele, de cenho franzido.

– Acha que foi inteiramente proposital? Acha que ele queria causar todo esse problema?

– Quando paramos para pensar nisso – disse Strike –, não é um plano de ação ruim para umególatra cascudo que quase não vendeu livro nenhum. Crie a maior celeuma que puder, consiga que o livro seja falado por toda Londres, ameaças de processo, um monte de gente aborrecida, revelações veladas sobre um escritor famoso... depois desapareça onde a lei não possa encontrá-lo e, antes que alguém consiga impedi-lo, lance a coisa como e-book.

– Mas ele ficou furioso quando Elizabeth Tassel lhe disse que não publicaria.

– Ficou mesmo? – disse Strike, pensativo. – Ou estava fingindo? Ele a atormentou para que lesse o livro porque se preparava para encenar uma tremenda briga pública? Ele parece um exibicionista daqueles. Talvez tudo fizesse parte de seu plano promocional. Ele achava que a Roper Chard não dava publicidade suficiente para seus livros... ouvi isso de Leonora.

– Então, você acha que ele já havia planejado a saída intempestiva do restaurante quando se encontrou com Elizabeth Tassel?

– Pode ser.

– E a ida para a Talgarth Road?

– Talvez.

O sol agora nascera plenamente, assim as copas congeladas das árvores faiscavam.

– E ele conseguiu o que queria, não foi? – disse Strike, semicerrando os olhos para os mil pontos de gelo brilhando no para-brisa. – Não poderia ter arrumado publicidade melhor para o livro, mesmo que tivesse tentado. É uma pena que ele não tenha vivido para ver a si mesmo no noticiário da BBC. Ah, droga – acrescentou ele a meia-voz.

– Que foi?

– Acabei com todo o biscoito... desculpe – disse Strike, pesaroso.

– Está tudo bem. – Robin achou graça. – Tomei o café da manhã.

– Eu não – confidenciou Strike.

A antipatia de Strike por discutir sua perna foi dissolvida pelo café quente, pela conversa dos dois e pelas ideias práticas de Robin para o conforto dele.

– Não consegui colocar a merda da prótese. Meu joelho está inchado pra cacete: terei de procurar alguém. Levei séculos para conseguir atendimento.

Ela adivinhara a maior parte, mas apreciou a confiança.

Eles passaram por um campo de golfe, suas bandeiras projetando-se de hectares de brancura suave, e por poços de cascalho cheios de água, agora mantos de peltre lustroso à luz do inverno. Ao se aproximarem de Swindon, o telefone de Strike tocou. Olhando o número (de certo modo ele esperava outra ligação de Nina Lascelles), ele viu que era Ilsa, a ex-colega de escola. Também viu, com preocupação, que havia perdido uma ligação de Leonora Quine às seis e meia, quando ele devia estar lutando pela Charing Cross Road de muletas.

– Oi, Ilsa. O que há?

– Na verdade, muita coisa. – Sua voz soou metálica e distante; ele percebeu que ela devia estar em seu carro.

– Leonora Quine lhe telefonou na quarta-feira?

– Sim, nos encontramos naquela tarde – disse ela. – E acabei de falar com ela de novo. Ela me disse que tentou falar com você esta manhã e não conseguiu.

– É, eu comecei cedo, devo ter perdido a ligação dela.

– Ela me deu permissão para contar...

– O que houve?

– Eles a levaram para interrogatório. Estou a caminho da central de polícia agora.

— Merda – disse Strike. – *Merda*. O que eles conseguiram?

— Ela me contou que encontraram fotografias no quarto dela e de Quine. Ao que parece, ele gostava de ser amarrado e gostava de ser fotografado depois de amarrado – disse Ilsa com uma franqueza mordaz. – Ela me contou tudo isso como se falasse de jardinagem.

Ele ouvia o fraco barulho do trânsito pesado no centro de Londres. Aqui, na rodovia, os ruídos mais altos eram o silvo dos limpadores de parabrisa, o ronco constante do motor potente e o sopro de um ou outro afobado, ultrapassando na neve em turbilhão.

— É de pensar que ela teria o bom senso de se livrar das fotos – disse Strike.

— Vou fingir que não ouvi essa sugestão de destruir provas – disse Ilsa, fingindo severidade.

— Essas fotos não são prova nenhuma – disse Strike. – Meu Deus do céu, *é claro* que eles tinham uma vida sexual pervertida, aqueles dois... de que outra maneira Leonora Quine seguraria um homem como Quine? Anstis tem uma mentalidade puritana demais, esse é o problema; ele acha que tudo, exceto o papai e mamãe, é prova de tendências criminosas.

— O que você sabe dos hábitos sexuais do chefe da investigação? – perguntou Ilsa com ironia.

— Foi ele que eu puxei para a traseira do veículo no Afeganistão – murmurou Strike.

— *Ah*.

— E está decidido a enquadrar Leonora. Se é só isso que eles têm, fotos obscenas...

— Não é. Sabia que os Quine tinham um depósito trancado?

Strike ouviu, tenso, de repente preocupado. Estaria ele enganado, completamente enganado...?

— E aí, sabia? – perguntou Ilsa.

— O que eles acharam? – perguntou Strike, não mais irreverente. – Não foram as tripas?

— *O que* você acaba de dizer? Me pareceu "não foram as tripas"!

— O que eles acharam? – corrigiu-se Strike.

— Não sei, mas espero descobrir quando chegar lá.

— Ela não está presa?

– Só foi levada para interrogatório, mas eles têm certeza de que foi ela, eu sei, e acho que ela não está percebendo como as coisas estão ficando sérias. Quando ela me telefonou, só falava da filha sendo deixada com a vizinha, da filha ficando transtornada...

– A filha tem 24 anos e dificuldades de aprendizado.

– Ah – disse Ilsa. – Que triste... Escute, estou quase lá, preciso ir.

– Mantenha-me informado.

– Não espere nada tão cedo. Tenho a sensação de que vamos demorar um tempo.

– *Merda* – disse Strike mais uma vez enquanto desligava.

– O que houve?

Um enorme caminhão-tanque tinha arrancado na pista nevada para ultrapassar um Honda Civic com um adesivo de Bebê a Bordo no vidro traseiro. Strike observou seu corpo gargantuesco de bala de prata oscilando ao acelerar na estrada congelada e notou com uma aprovação muda que Robin reduziu, deixando mais espaço para frenagem.

– A polícia levou Leonora para interrogatório.

Robin ofegou.

– Encontraram fotos de Quine amarrado em seu quarto e algo mais em um depósito, mas Ilsa não sabe o quê...

Aquilo já havia acontecido com Strike. A mudança instantânea da calma para a calamidade. O tempo ficando mais lento. Cada sentido subitamente tenso, aos gritos.

O caminhão-tanque rabeava.

Ele se ouviu berrar "FREIE!", porque foi o que fez da última vez para tentar adiar a morte...

Mas Robin pisou fundo no acelerador. O carro roncou para frente. Não havia espaço para passar. O caminhão atingiu a estrada congelada a seu lado e rodou; o Civic bateu nele, capotou e derrapou pelo teto para o acostamento; um Golf e uma Mercedes se chocaram e ficaram travados, acelerando para a caçamba do caminhão-tanque...

Eles foram atirados para a vala ao lado da estrada. Robin escapou por um centímetro de bater no Civic capotado. Strike se segurou na maçaneta da porta enquanto o Land Cruiser batia acelerado no terreno irregular – eles iam mergulhar na vala ou talvez capotar –, a traseira do caminhão balançava-se letal para eles, mas eles seguiam com tal velocidade que ela escapou por um fio – um enorme solavanco, a cabeça de Strike bateu no teto do carro e eles deram uma guinada de volta ao asfalto congelado do outro lado do engavetamento, incólumes.

– Puta que pariu...

Ela enfim pisava no freio, em total controle, parando no acostamento, e seu rosto era branco como a neve que batia no para-brisa.

– Tinha uma criança naquele Civic.

E, antes que ele pudesse dizer alguma coisa, ela saiu, batendo a porta do carro.

Ele se inclinou por cima do banco, tentando pegar as muletas. Nunca sentiu de forma mais aguda sua incapacidade. Tinha acabado de conseguir puxar as muletas para o banco dele quando ouviu sirenes. Franzindo os olhos pelo vidro traseiro cheio de neve, localizou o brilho distante da luz azul. A polícia já estava ali. Ele era um peso morto de uma perna só. Jogou as muletas de volta à traseira, xingando.

Robin voltou ao carro dez minutos depois.

– Está tudo bem – ela ofegava. – O garotinho está bem, ele estava na cadeirinha. O motorista do caminhão está coberto de sangue, mas consciente...

– Você está bem?

Ela tremia um pouco, mas sorriu da pergunta.

– Sim, estou ótima. Só tive medo de encontrar uma criança morta.

– Muito bem, então – disse Strike, respirando fundo. – Mas onde foi que você aprendeu a dirigir desse jeito, *porra*?

– Ah, fiz dois cursos de direção avançada. – Robin deu de ombros, tirando o cabelo molhado dos olhos.

Strike a encarou.

– E quando foi isso?

– Logo depois de eu largar a universidade. Eu estava... passava por uma época ruim e não saía muito. Foi ideia do meu pai. Eu sempre adorei carros.

"Era só uma coisa para se fazer", disse ela, colocando o cinto de segurança e girando a ignição. "Às vezes, quando estou na minha cidade, vou praticar na fazenda. Meu tio tem um campo e me deixa dirigir nele."

Strike ainda a olhava fixamente.

– Tem certeza de que não quer esperar um pouco antes de a gente...?
– Não, dei meu nome e endereço a eles. Precisamos ir.

Ela engrenou e arrancou suavemente na rodovia. Strike não conseguia tirar os olhos de seu perfil calmo; os olhos de Robin estavam mais uma vez fixos na estrada, as mãos confiantes e relaxadas no volante.

– Vi direção pior do que essa de motoristas defensivos no exército – disse-lhe ele. – Aqueles que levam generais, que são treinados para bater em retirada debaixo de artilharia. – Ele olhou o emaranhado de veículos capotados que agora bloqueavam a estrada. – Ainda não sei como você conseguiu nos tirar dessa.

O quase acidente não levou Robin às lágrimas, mas, com essas palavras de elogio e apreço, de repente ela achou que podia chorar, desabafar. Com muita força de vontade, ela reprimiu a emoção em um leve riso e falou:

– Sabia que se eu tivesse freado teríamos derrapado direto para o caminhão?

– É – disse Strike, e riu também. – Sei lá por que eu disse isso – mentiu.

29

> Há uma trilha a vossa esquerda
> Que leva da consciência culpada
> A uma floresta de desconfiança e medo...
>
> Thomas Kyd,
> *A tragédia espanhola*

Apesar do quase acidente, Strike e Robin entraram na cidade de Tiverton, em Devonshire, logo depois do meio-dia. Robin seguiu as instruções do GPS e passou por casas rurais tranquilas encimadas por grossas camadas de branco cintilante, por uma pontezinha elegante se abrindo sobre um rio cor de sílex e por uma igreja do século XVI de uma grandeza inesperada para a periferia da cidade, onde dois portões elétricos ficavam discretamente recuados da estrada.

Um jovem filipino bonito, usando o que pareciam mocassins e um casaco grande demais, tentava abri-los manualmente. Quando viu o Land Cruiser, fez a mímica para Robin abrir o vidro.

– Congelado – disse ele sucintamente. – Espere um minuto, por favor.

Eles ficaram ali sentados por cinco minutos, até que enfim ele conseguiu descongelar os portões e cavou uma clareira na neve que caía firme para permitir que os portões se abrissem.

– Quer uma carona de volta para casa? – perguntou-lhe Robin.

Ele subiu no banco traseiro ao lado das muletas de Strike.

– São amigos do Sr. Chard?

– Ele está esperando por nós – disse Strike na evasiva.

Seguiram por uma longa entrada privativa e sinuosa, o Land Cruiser rodando tranquilamente pelo amontoado de neve que caíra durante a noite. As folhas verde-escuras e brilhantes das azaleias que demarcavam o caminho recusavam-se a suportar o peso da neve, e assim o acesso era todo preto e branco: muralhas de densa folhagem amontoavam-se no chão claro e granulado. Minúsculos pontos de luz começaram a pipocar diante dos olhos de Robin. Já fazia muito tempo desde o café da manhã e, é claro, Strike comera todos os biscoitos.

Sua vertigem e uma leve sensação de irrealidade persistiam enquanto ela saía do Toyota e olhava a Tithebarn House, que ficava ao lado de um trecho escuro de mata apertada de um lado da casa. A enorme estrutura oblonga diante deles fora convertida por um arquiteto ousado: metade do telhado fora substituída por vidro; a outra metade parecia estar coberta de painéis solares. Olhar o lugar onde a estrutura ficava transparente e esquelética contra o céu cinza-claro e brilhante deixou Robin ainda mais tonta. Lembrou-lhe da foto horripilante no celular de Strike, o espaço abobadado de vidro e luz em que jazia o corpo mutilado de Quine.

– Você está bem? – disse Strike, preocupado. Ela estava muito pálida.

– Tudo bem – disse Robin, que queria manter seu status heroico aos olhos dele. Tomando longas golfadas de ar gelado, ela seguiu Strike, surpreendentemente ágil de muletas, pelo caminho de cascalho até a entrada. Seu jovem carona desaparecera sem dizer outra palavra a eles.

Daniel Chard abriu pessoalmente a porta. Vestia uma camisa de seda chartreuse do tipo bata com gola mandarim e calça de linho larga. Como Strike, estava de muletas, o pé e a panturrilha esquerdos envolvidos em uma grossa bota cirúrgica com tiras. Chard olhou a perna da calça vazia e pendurada de Strike e por vários segundos dolorosos parecia não conseguir virar a cara.

– E você que pensava ter problemas – disse Strike, estendendo a mão.

A piadinha não teve efeito. Chard não sorriu. A aura de estranheza, de alteridade que o cercou na festa de sua empresa ainda se apegava a ele. Ele apertou a mão de Strike sem olhá-lo nos olhos e suas palavras de recepção foram:

– Passei a manhã toda esperando que você cancelasse.

– Não, nós conseguimos – disse Strike, desnecessariamente. – Esta é minha assistente, Robin, que me trouxe de carro aqui. Espero...

– Não, ela não pode ficar na neve – disse Chard sem nenhum calor humano perceptível. – Entrem.

Ele recuou nas muletas para permitir que os dois passassem da soleira para o piso de tábua corrida muito encerado da cor de mel.

– Importam-se de tirar os sapatos?

Uma filipina atarracada de meia-idade, com o cabelo preto em um coque, surgiu de duas portas de vaivém na parede de tijolos aparentes à direita deles. Vestia-se inteiramente de preto e segurava dois sacos de tecido branco em que Strike e Robin evidentemente deveriam colocar os calçados. Robin entregou os dela; sentia-se estranhamente vulnerável com as solas dos pés nas tábuas do piso. Strike apenas ficou parado ali, num pé só.

– Oh – disse Chard, fixando os olhos novamente. – Não, eu acho... É melhor o Sr. Strike ficar de sapato, Nenita.

A mulher se retirou para a cozinha sem dizer nada.

De algum modo, entrar na Tithebarn House aumentou a desagradável vertigem de Robin. Nenhuma parede dividia seu vasto interior. O primeiro andar, com acesso por uma escada em caracol de vidro e aço, ficava suspenso por grossos cabos de metal vindos do teto alto. A imensa cama de casal de Chard, aparentemente de couro preto, era visível, bem acima deles, com o que parecia um enorme crucifixo de arame farpado pendurado na parede de tijolos aparentes. Robin baixou o olhar apressadamente, sentindo-se pior do que nunca.

A maior parte da mobília no térreo compreendia cubos de couro preto ou branco. Radiadores de aço verticais eram intercalados com estantes engenhosamente simples de madeira e metal. A atração dominante na sala pouco mobiliada era uma escultura de mármore branco em tamanho natural de um anjo empoleirado em uma pedra e parcialmente dissecado para expor metade do crânio, uma parte dos intestinos e um pedaço do osso da perna. Seu seio, Robin viu, incapaz de desviar os olhos, revelava-se como um monte de glóbulos de gordura assentados em um círculo de músculo que se assemelhava às guelras de um cogumelo.

Era ridículo sentir-se mal quando o corpo dissecado era feito de pedra fria e pura, mera alvura inanimada, nada parecido com a carcaça podre preservada no celular de Strike... *não pense nisso*... ela devia ter feito Strike deixar pelo menos um biscoito... o suor brotava acima do lábio superior, em seu couro cabeludo...

– Você está bem, Robin? – perguntou Strike incisivamente. Ela sabia que devia estar mudando de cor, pela expressão dos dois homens, e o medo de desmaiar aumentava o constrangimento de que ela estava sendo um peso morto para Strike.

– Desculpe – disse ela pelos lábios entorpecidos. – Uma longa viagem... se eu puder tomar um copo de água...

– Humm... muito bem – disse Chard, como se a água estivesse em escassez. – Nenita?

A mulher de preto reapareceu.

– A jovem precisa de um copo de água – disse Chard.

Nenita gesticulou para que Robin a seguisse. Robin ouviu as muletas do editor fazendo um suave *tump, tump* atrás dela no piso de madeira enquanto ela entrava na cozinha. Teve a breve impressão de superfícies de aço e paredes brancas, e o jovem a quem ela deu uma carona sondando uma grande panela, depois Robin se viu sentada em uma banqueta baixa.

Robin supunha que Chard havia seguido para ver se ela estava bem, mas, enquanto Nenita colocava um copo frio em sua mão, ela o ouviu falar em algum lugar acima.

– Obrigado por consertar os portões, Manny.

O jovem não respondeu. Robin ouviu a pancada das muletas de Chard recuando e o balançar das portas da cozinha.

– É minha culpa – disse Strike a Chard, quando o editor se reuniu a ele. Ele se sentia verdadeiramente culpado. – Eu devorei toda a comida que ela trouxe para a viagem.

– Nenita pode dar alguma coisa a ela – disse Chard. – Vamos nos sentar?

Strike o seguiu, passando pelo anjo de mármore, refletido nebulosamente na madeira aquecida abaixo, e eles foram em suas quatro muletas para a ponta da sala, onde uma salamandra de ferro preto formava uma poça de calor agradável.

– Uma linda casa – disse Strike, baixando-se em um dos cubos maiores de couro preto e colocando as muletas a seu lado. O elogio era falso; sua preferência era pelo conforto utilitário, e a casa de Chard lhe parecia toda superfície e exibição.

– Sim, trabalhei bem de perto com os arquitetos – disse Chard, com um leve brilho de entusiasmo. – Tem um estúdio – ele apontou por outro par discreto de portas – e uma piscina.

Ele também se sentou, esticando a perna que terminava na bota grossa e atada diante dele.

— Como isso aconteceu? — perguntou Strike, indicando com a cabeça a perna quebrada.

Chard apontou com a extremidade da muleta a escada em espiral de vidro e metal.

— Doloroso — disse Strike, olhando a queda.

— O estalo teve eco por todo o espaço — disse Chard, com um estranho contentamento. — Eu não sabia que se pode realmente *ouvir* quando acontece. Quer um chá ou um café?

— Chá seria ótimo.

Strike viu Chard colocar o pé intacto em uma pequena placa de bronze ao lado de seu assento. Uma leve pressão e Manny surgiu novamente da cozinha.

— Chá, por favor, Manny — disse Chard com uma cordialidade patentemente ausente em suas maneiras habituais. O jovem desapareceu de novo, amuado como sempre.

— Esse é o monte St. Michael? — perguntou Strike, apontando para uma pequena imagem pendurada perto da salamandra. Era uma pintura naïve que parecia feita em madeira.

— Um Alfred Wallis — disse Chard, com outro brilho menor de entusiasmo. — A simplicidade das formas... primitiva e naïve. Meu pai o conheceu. Wallis só passou a levar a pintura a sério depois dos setenta anos. Conhece a Cornualha?

— Fui criado lá — disse Strike.

Mas Chard estava mais interessado em falar de Alfred Wallis. Mencionou de novo que o artista só descobriu seu verdadeiro *métier* tarde na vida e dedicou-se a uma exposição das obras do artista. O completo desinteresse de Strike pelo assunto passou despercebido. Chard não gostava de olhar nos olhos. Os olhos do editor deslizavam da pintura para pontos em torno do grande interior de tijolos, parecendo olhar de lado para Strike só acidentalmente.

— Acaba de voltar de Nova York, não é? — perguntou Strike quando Chard parou para respirar.

— Sim, uma conferência de três dias — disse Chard, e a centelha de entusiasmo esmoreceu. Deu a impressão de repetir clichês ao falar: — Tempos desafiadores. A introdução de dispositivos eletrônicos de leitura tem mudado as regras do jogo. Gosta de ler? — perguntou ele a Strike, à queima-roupa.

— Às vezes — disse Strike. Havia um James Ellroy surrado em seu apartamento que ele pretendia terminar há quatro semanas, mas na maioria das noites estava cansado demais para se concentrar. Seu livro preferido estava em uma das caixas intactas de pertences no patamar; tinha vinte anos e ele não o abria havia muito tempo.

— Precisamos de leitores — resmungou Daniel Chard. — Mais leitores. Menos escritores.

Strike reprimiu o impulso de retorquir, *Bom, vocês já se livraram de pelo menos um deles.*

Manny voltou trazendo uma bandeja transparente de perspex sobre pernas, que colocou diante do patrão. Chard curvou-se para servir o chá em xícaras altas de porcelana branca. Sua mobília de couro, observou Strike, não fazia os irritantes ruídos do sofá de seu escritório, mas provavelmente custou dez vezes mais. O dorso das mãos de Chard estava tão inflamado e de aparência dolorosa quanto na festa da empresa e, na iluminação clara instalada no alto, por dentro do primeiro andar suspenso, ele parecia mais velho do que de longe; sessenta, talvez, entretanto os olhos escuros e fundos, o nariz aquilino e a boca fina ainda eram bonitos em sua severidade.

— Ele se esqueceu do leite — disse Chard, examinando a bandeja. — Toma com leite?

— Sim.

Chard suspirou, mas, em vez de apertar a placa de bronze no piso, lutou com o pé saudável e suas muletas e partiu para a cozinha, deixando Strike encarando pensativamente suas costas.

Quem trabalhava com ele achava Daniel Chard peculiar, embora Nina o tenha descrito como astuto. Seus ataques de fúria descontrolados pelo *Bombyx Mori* pareciam a Strike a reação de um homem supersuscetível e de capacidade crítica questionável. Ele se lembrava do ligeiro constrangimento da multidão enquanto Chard resmungava seu discurso na festa de aniversário. Um homem estranho, difícil de entender...

Os olhos de Strike vagaram para o alto. A neve caía suavemente no teto transparente bem acima do anjo de mármore. O vidro devia ser aquecido de alguma maneira, para evitar o acúmulo de neve, concluiu Strike. E voltou-lhe a lembrança de Quine, eviscerado e amarrado, queimado e apodrecido sob uma grandiosa janela abobadada. Como Robin, de súbito ele achou o teto alto de vidro da Tithebarn House uma reminiscência desagradável.

Chard reapareceu da cozinha e balançou-se pelo chão de muletas, com uma pequena leiteira precariamente na mão.

— Você deve estar se perguntando por que o convidei a vir aqui — disse enfim Chard, quando voltou a se sentar e cada um deles finalmente tinha seu próprio chá. Strike ajeitou as feições para parecer receptivo.

— Preciso de alguém em quem possa confiar — disse Chard sem esperar pela resposta de Strike. — Alguém de fora da empresa.

Um olhar rápido a Strike e ele fixou os olhos mais uma vez em seu Alfred Wallis.

— Creio — disse Chard — que talvez eu seja a única pessoa que percebeu que Owen Quine não trabalhou sozinho. Ele tinha um cúmplice.

— Um cúmplice? — repetiu Strike por fim, pois Chard parecia esperar uma resposta.

— Sim — disse Chard com fervor. — Ah, sim. Veja bem, o estilo de *Bombyx Mori* é de Owen, mas outra pessoa se intrometeu nele. Alguém o ajudou.

A pele amarelada de Chard ruborizara. Ele agarrou e acariciou o punho de uma das muletas a seu lado.

— A polícia se interessará, eu acho, se isto puder ser provado? — disse Chard, conseguindo olhar Strike em cheio na cara. — Se Owen foi assassinado pelo que escreveu em *Bombyx Mori*, um cúmplice não estaria sujeito à culpa?

— Culpa? — repetiu Strike. — Acha que esse cúmplice convenceu Quine a incluir material no livro na esperança de que um terceiro retaliasse com um homicídio?

— Eu... bom, não tenho certeza — disse Chard, de cenho franzido. — Talvez ele não tenha esperado que isso acontecesse, precisamente... mas é certo que pretendia criar confusão.

Os nós de seus dedos embranqueceram-se enquanto ele apertava o punho da muleta.

— O que o faz pensar que Quine teve ajuda? — perguntou Strike.

— Owen não podia saber de certas coisas que são insinuadas em *Bombyx Mori*, a não ser que lhe dessem as informações. — Chard agora olhava a lateral de seu anjo de pedra.

— Acho que o principal interesse da polícia em um cúmplice — disse Strike devagar — seria pela possibilidade de ele ter uma pista do assassino.

Era a verdade, mas também um jeito de lembrar a Chard que um homem morreu em circunstâncias grotescas. A identidade do assassino não parecia de interesse premente para Chard.

– Você acha? – perguntou Chard com um leve franzido na testa.

– Acho. Acho, sim. E eles se interessariam por um cúmplice se conseguissem lançar uma luz sobre algumas das passagens mais públicas do livro. Uma das teorias que a polícia tende a seguir é de que alguém matou Quine para impedir que revelasse algo que ele sugeriu em *Bombyx Mori*.

Daniel Chard olhava detidamente Strike.

– Sim. Eu não tinha... Sim.

Para surpresa de Strike, o editor se levantou e começou a dar alguns passos de um lado a outro, balançando-se nas muletas em uma versão paródica daqueles primeiros exercícios de fisioterapia hesitantes que Strike fizera, anos antes, no Selly Oak Hospital. Strike agora via que ele estava em forma, que os bíceps ondulavam por baixo das mangas de seda.

– Então o assassino... – começou Chard, e depois: – O que é? – vociferou ele de repente, olhando por sobre o ombro de Strike.

Robin reaparecera da cozinha, com uma cor muito mais saudável.

– Desculpe-me – disse ela, parando, nervosa.

– Isto é confidencial – disse Chard. – Não, peço desculpas. Pode voltar à cozinha, por favor?

– Eu... tudo bem – disse Robin, perplexa e, Strike sabia, ofendida. Ela lhe lançou um olhar, esperando que ele dissesse alguma coisa, mas ele ficou em silêncio.

Quando as portas de vaivém se fecharam às costas de Robin, Chard falou com raiva:

– Agora perdi meu fio de raciocínio. Perdi inteiramente...

– Você dizia algo sobre o assassino.

– Sim. Sim – disse Chard como um maníaco, voltando a andar de um lado a outro, balançando-se nas muletas. – O assassino, então, se ele soubesse do cúmplice, quem sabe também o tinha como alvo? E talvez isso tenha ocorrido a ele – disse Chard, mais consigo mesmo do que com Strike, os olhos no caro piso de tábua corrida. – Talvez isso explique... sim.

A janela pequena na parede mais próxima de Strike mostrava apenas a face escura da mata perto da casa; grãos brancos caíam oniricamente contra a escuridão.

— A deslealdade – disse Chard de repente –, nada me fere mais do que a deslealdade.

Ele parou seu andar agitado e se virou de frente para o detetive.

— Se eu lhe contasse de quem suspeito que ajudou Owen e lhe pedisse para me trazer provas, você se sentiria obrigado a passar esta informação à polícia?

Era uma pergunta delicada, pensou Strike, passando a mão distraidamente no queixo, mal barbeado na pressa de partir naquela manhã.

— Se estiver me pedindo para determinar a veracidade de suas suspeitas... – disse Strike lentamente.

— Sim. Sim, estou. Gostaria de ter certeza.

— Então, não, não creio que precisaria contar à polícia o que descobrir. Mas se eu descobrir que houve um cúmplice e tiver a impressão de que ele pode ter matado Quine... ou sabido quem o fez... evidentemente me veria no dever de informar à polícia.

Chard voltou a sentar em um dos cubos grandes de couro, largando as muletas com estrondo no chão.

— Droga – disse ele, seu desagrado tendo eco nas muitas superfícies rígidas à volta enquanto ele se curvava para ver se não tinha marcado a madeira envernizada.

— Sabia que também fui contratado pela mulher de Quine para descobrir quem o matou? – perguntou Strike.

— Soube de algo do gênero. – Chard ainda examinava as tábuas de teca, procurando danos. – Isto não interferiria nesta linha de investigação, não?

Seu egocentrismo era extraordinário, pensou Strike. Ele se lembrava da letra cursiva de Chard no cartão com a imagem das violetas: *Diga-me se houver algo de que você possa precisar*. Talvez sua secretária tenha ditado para ele.

— Gostaria de me dizer quem é o suposto colaborador? – perguntou Strike.

— Isto é extremamente doloroso – resmungou Chard, seus olhos adejando do Alfred Wallis para o anjo de pedra e a escada em espiral.

Strike não disse nada.

— É Jerry Waldegrave – disse Chard, olhando de lado para Strike e desviando-se de novo. – E vou lhe dizer por que suspeito... como eu sei.

"O comportamento dele tem sido estranho há semanas. Notei pela primeira vez quando ele me telefonou sobre o *Bombyx Mori*, para me dizer o que Quine fez. Não houve constrangimento, nem pedido de desculpas."

– Você teria esperado que Waldegrave pedisse desculpas por algo escrito por Quine?

A pergunta pareceu surpreender Chard.

– Bom... Owen era um dos autores de Jerry então, sim, eu teria esperado algum pesar por Owen ter me retratado daquele... daquele jeito.

E a imaginação desgovernada de Strike mais uma vez lhe mostrou Phallus Impudicus nu, parado sobre o corpo de um jovem morto que emitia uma luz sobrenatural.

– Você e Waldegrave não estão se dando bem? – perguntou Strike.

– Eu mostrei muita clemência a Jerry Waldegrave, uma clemência considerável – disse Chard, ignorando a pergunta direta. – Paguei integralmente seu salário enquanto ele esteve em uma instituição para tratamento um ano atrás. Talvez ele se sinta injustiçado – disse Chard –, mas estive ao lado dele, sim, nas ocasiões em que muitos outros homens, homens mais prudentes, talvez permanecessem neutros. Os infortúnios pessoais de Jerry não são de minha conta. Há ressentimento. Sim, eu diria que há um claro ressentimento, embora injustificado.

– Ressentimento com o quê? – perguntou Strike.

– Jerry não gosta de Michael Fancourt – murmurou Chard, com os olhos nas chamas da salamandra. – Michael teve um... um flerte, muito tempo atrás, com Fenella, mulher de Jerry. E por acaso eu de fato *tentei dissuadir Michael*, em vista de minha amizade com Jerry. Sim! – disse Chard, assentindo, profundamente impressionado com a lembrança de seus próprios atos. – Eu disse a Michael que era indelicado e insensato, mesmo em seu estado de... porque Michael tinha perdido a primeira mulher, entenda, pouco tempo antes.

"Michael não gostou de meu conselho não solicitado. Ofendeu-se; partiu para outro editor. O conselho diretor ficou muito insatisfeito. Precisamos de vinte anos para atrair Michael de volta.

"Mas depois desse tempo todo", disse Chard, sua careca apenas mais uma superfície reflexiva em meio a vidro, madeira encerada e aço, "Jerry não pode esperar que sua animosidade pessoal governe a política da empresa. Desde que Michael concordou em voltar para a Roper Chard, Jerry tem feito questão de... de me sabotar, sutilmente, de cem pequenas maneiras.

"O que eu acredito que aconteceu é o seguinte", disse Chard, olhando de vez em quando para Strike, como quem quer avaliar sua reação. "Jerry confiou a Owen o acordo com Michael, que estávamos tentando manter em segredo. É claro que Owen era inimigo de Fancourt havia 25 anos. Owen e Jerry decidiram forjar esse... esse livro pavoroso, em que Michael e eu somos submetidos a... a calúnias revoltantes como forma de desviar a atenção da chegada de Michael e como um ato de vingança contra nós dois, contra a empresa, contra qualquer um que eles quisessem depreciar.

"E, o mais revelador", disse Chard, sua voz agora tendo eco pelo espaço vazio, "depois que eu disse a Jerry, explicitamente, para cuidar que o manuscrito ficasse trancado em segurança, ele deixou que fosse lido amplamente por qualquer um que quisesse, e, depois de ter certeza de ser objeto de fofoca por toda Londres, ele pede demissão e me deixa olhando..."

– Quando foi que Waldegrave pediu demissão? – perguntou Strike.

– Antes de ontem – disse Chard, e se precipitou: – E ele foi extremamente relutante em se juntar a mim em um processo judicial contra Quine. Isto em si mostra...

– Quem sabe ele não pensou que trazer os advogados chamaria mais atenção para o livro? – sugeriu Strike. – O próprio Waldegrave está em *Bombyx Mori*, não é?

– *Isso!* – disse Chard com uma risadinha. Foi o primeiro sinal de humor que Strike viu nele e o efeito era desagradável. – Não deve levar tudo ao pé da letra, Sr. Strike. Owen nunca soube *disso*.

– Isso o quê?

– O personagem Cutter é criação do próprio Jerry... percebi numa terceira leitura – disse Chard. – Inteligente, muito inteligente: parece um ataque a Jerry, mas na realidade é uma forma de atingir Fenella. Eles ainda são casados, entenda, mas muito infelizes. *Muito* infelizes.

"Sim, vi tudo isso ao reler", disse Chard. Os spots no teto suspenso criavam reflexos ondulados em seu crânio enquanto ele assentia. "Owen não escreveu o Cutter. Ele mal conhecia Fenella. Ele não sabia dos velhos problemas."

– Então, o que exatamente seriam o saco ensanguentado e o anão...?

— Arranque isso de Jerry — disse Chard. — Faça com que ele lhe conte. Por que eu o ajudaria a espalhar calúnias?

— Estive pensando — disse Strike, deixando obedientemente de lado esta linha de investigação —, por que Michael Fancourt concordou em ir para a Roper Chard quando Quine trabalhava para vocês, uma vez que eles não se falavam?

Houve uma curta pausa.

— Não tínhamos uma obrigação contratual de publicar o livro seguinte de Owen — disse Chard. — Tínhamos a opção para publicação. Só isso.

— Então você acha que Waldegrave disse a Quine que ele estava prestes a ser dispensado para deixar Fancourt feliz?

— Sim. — Chard olhava as próprias unhas. — Acho. Além disso, eu ofendi Owen da última vez que o vi, assim a notícia de que eu estaria prestes a dispensá-lo sem dúvida eliminou o último vestígio de lealdade que ele pudesse ter para comigo, porque eu o aceitei quando todos os outros editores na Grã-Bretanha desistiram dele...

— Como você o ofendeu?

— Ah, quando ele foi pela última vez no escritório. Ele levou a filha.

— Orlando?

— Cujo nome, ele me disse, foi motivado pelo da protagonista do romance de Virginia Woolf. — Chard hesitou, seus olhos adejando para Strike e de volta às unhas. — Ela... ela não é muito certa, a filha dele.

— É mesmo? — disse Strike. — De que jeito?

— Mentalmente — murmurou Chard. — Eu estava visitando o departamento de arte quando eles entraram. Owen me disse que mostrou tudo a ela, o que ele não tinha o direito de fazer, mas Owen sempre se colocava à vontade... sempre achando que tinha direito a tudo, muita presunção, sempre...

"A filha dele pegou o modelo de uma capa... com as mãos gordurosas... eu segurei o pulso dela para impedir que ela a estragasse..." Ele imitou o ato com um gesto; com a lembrança deste ato de quase profanação, veio uma expressão de repulsa. "Foi por instinto, entenda, o desejo de proteger a capa, mas isto a perturbou muito. Houve uma cena. Muito constrangedora e desagradável", resmungou Chard, que parecia sofrer mais uma vez só de lembrar. "Ela ficou quase histérica. Owen se enfureceu. Este, sem dúvida, foi o meu crime. Este e trazer de volta Michael Fancourt para a Roper Chard."

– Quem – perguntou Strike – você pensaria ter mais motivos para estar aborrecido por ter sido retratado em *Bombyx Mori*?

– Sinceramente, não sei – disse Chard. E, depois uma curta pausa: – Bom, duvido que Elizabeth Tassel tenha ficado deliciada ao se ver retratada como parasita, depois de todos os anos retirando Owen de festas para que ele não se embriagasse e desse vexame, mas acho – disse Chard friamente – que eu não tenho muita simpatia por Elizabeth. Ela permitiu que o livro saísse sem ter lido. Um descuido criminoso.

– Você entrou em contato com Fancourt depois de ter lido o manuscrito? – perguntou Strike.

– Ele precisava saber o que Quine fez. Era muito melhor que ouvisse de mim. Ele tinha acabado de chegar depois de receber o Prix Prévost, em Paris. Não dei aquele telefonema com prazer.

– Como ele reagiu?

– Michael é do tipo que resiste bem ao choque – disse Chard em voz baixa. – Disse-me para eu não me preocupar, que Owen prejudicou mais a si mesmo do que a nós. Michael aprecia suas inimizades. Ficou perfeitamente calmo.

– Contou a ele o que Quine disse ou insinuou sobre ele no livro?

– Claro que sim. Não podia deixar que ele soubesse por outra pessoa.

– E ele não demonstrou aborrecimento?

– Ele disse, "A última palavra será a minha, Daniel. A última palavra será a minha".

– Como você entendeu isso?

– Ah, bom, Michael é um assassino famoso – disse Chard com um leve sorriso. – Ele é capaz de esfolar vivo qualquer um em cinco palavras... Quando digo "assassino" – Chard ficou repentina e comicamente ansioso –, naturalmente estou falando no sentido literário...

– É claro – Strike o tranquilizou. – Pediu a Fancourt para se juntar a você num processo contra Quine?

– Michael despreza os tribunais como meio de reparação em tais questões.

– Você conhecia o falecido Joseph North, não? – perguntou Strike como quem bate papo.

Os músculos da cara de Chard enrijeceram: uma máscara por baixo da pele que escurecia.

– Faz muito... isso foi há muito tempo.

– North não era amigo de Quine?

– Eu rejeitei o romance de Joe North – disse Chard. Sua boca fina trabalhava. – *Foi só o que fiz.* Meia dúzia de outros editores fez o mesmo. Foi um erro, do ponto de vista comercial. Teve algum sucesso póstumo. É claro – acrescentou ele com desprezo – que eu acho que Michael reescreveu grande parte dele.

– Quine se ressentia de você ter rejeitado o livro do amigo?

– Sim, é verdade. Ele fez muito estardalhaço por causa disso.

– Mas mesmo assim ele foi para a Roper Chard?

– Não havia nada de pessoal em minha rejeição ao livro de Joe North – disse Chard, sua cor se avivando. – Um dia Owen acabou entendendo isso.

Houve outra pausa desagradável.

– Então... quando você é contratado para descobrir um... um criminoso desse tipo – disse Chard, mudando de assunto com um esforço palpável –, você trabalha com a polícia nisso, ou...?

– Ah, é – disse Strike, com uma recordação amarga da animosidade que encontrou recentemente por parte dos agentes da lei, mas deliciado que Chard estivesse convenientemente em suas mãos. – Tenho muitos contatos na Polícia Metropolitana. As *suas* atividades não parecem lhes causar nenhuma preocupação – disse ele, com uma fraca ênfase no pronome pessoal.

A formulação provocadora e evasiva teve efeito total.

– A polícia esteve seguindo *minhas* atividades?

Chard falou como um menino assustado, incapaz de invocar sequer uma simulação de frieza autoprotetora.

– Bom, sabe como é, todos que são retratados em *Bombyx Mori* tendem a ser objeto de análise da polícia – disse Strike despreocupadamente, bebendo o chá – e tudo que vocês fizeram depois do dia 5, quando Quine afastou-se da esposa, levando o livro, seria de interesse deles.

E, para grande satisfação de Strike, Chard começou de pronto a analisar as próprias atividades em voz alta, ao que parece para tranquilizar a si próprio.

– Bom, eu só fiquei sabendo do livro no dia 7 – disse ele, de novo olhando fixamente o pé quebrado. – Eu estava aqui quando Jerry me ligou...

voltei direto a Londres... Manny me levou de carro. Passei a noite em casa, Manny e Nenita podem confirmar... na segunda, reuni-me com meus advogados no escritório, falei com Jerry... estive em um jantar naquela noite... amigos íntimos em Notting Hill... e de novo Manny me levou para casa... dormi cedo na terça porque na quarta-feira de manhã eu iria a Nova York. Fiquei lá até o dia 13... em casa o dia todo no dia 14... no dia 15...

Os murmúrios de Chard deterioraram-se no silêncio. Talvez tenha percebido que não havia a menor necessidade de se explicar a Strike. O olhar rápido que lançou ao detetive de repente era cauteloso. Chard queria comprar um aliado; Strike sabia que ele subitamente despertou para a natureza dúbia de uma relação dessas. Strike não estava preocupado. Conseguiu mais com a entrevista do que esperava; ser descontratado agora só lhe custaria dinheiro.

Manny apareceu batendo os pés pelo chão.

– Quer almoçar? – perguntou ele rispidamente a Chard.

– Em cinco minutos – disse Chard, com um sorriso. – Primeiro preciso me despedir do Sr. Strike.

Manny se afastou com os sapatos de solado de borracha.

– Ele está de mau humor – disse Chard a Strike, com um leve riso desconfortável. – Eles não gostam daqui. Preferem Londres.

Ele pegou as muletas no chão e se colocou de pé. Strike, com mais esforço, o imitou.

– E como está... humm... a Sra. Quine? – disse Chard com um ar de quem tardiamente completa o rol de amabilidades enquanto eles se viravam, como estranhos animais de três pernas, para a porta da frente. – Uma mulher grande e ruiva, não?

– Não. Magra. Cabelo grisalho.

– Oh – disse Chard, sem muito interesse. – Conheci outra pessoa.

Strike parou ao lado das portas de vaivém que levavam à cozinha. Chard parou também, aflito.

– Infelizmente tenho o que fazer, Sr. Strike...

– Eu também – disse Strike num tom agradável –, mas não creio que minha assistente me agradeceria se eu a deixasse para trás.

Evidentemente Chard se esquecera da existência de Robin, que ele dispensou tão peremptoriamente.

– Ah, sim... claro... Manny! Nenita!

– Ela está no banheiro – disse a mulher atarracada, saindo da cozinha com o saco de pano contendo os sapatos de Robin.

A espera se passou num silêncio um tanto constrangedor. Enfim Robin apareceu, com a expressão pétrea, e colocou os pés nos sapatos.

O ar frio ardeu no rosto aquecido dos dois enquanto a porta da frente se abria e Strike trocava um aperto de mãos com Chard. Robin foi diretamente para o carro e tomou seu lugar no banco do motorista sem falar com ninguém.

Manny reapareceu com seu casaco grosso.

– Vou descer com vocês – disse ele a Strike. – Para ver os portões.

– Eles podem tocar para a casa se ficarem presos, Manny – disse Chard, mas o jovem não deu atenção, entrando no carro, como antes.

Os três rodaram em silêncio de volta pela entrada preta e branca, através da neve. Manny apertou o controle remoto que trouxera e os portões deslizaram sem dificuldade.

– Obrigado – disse Strike, voltando-se para olhá-lo no banco traseiro. – Infelizmente você terá uma caminhada de volta no frio.

Manny fungou, saiu do carro e bateu a porta. Robin tinha acabado de engrenar a primeira quando Manny apareceu na janela de Strike. Ela pisou no freio.

– Sim? – disse Strike, abrindo a janela.

– Eu não o empurrei – disse Manny intensamente.

– Como disse?

– Pela escada. Eu não o empurrei. É mentira dele.

Strike e Robin o olharam fixamente.

– Acredita em mim?

– Acredito – disse Strike.

– Tudo bem, então – disse Manny, assentindo para os dois. – Tá bom.

Ele se virou e andou, escorregando um pouco nos sapatos de solado de borracha, de volta à casa.

30

> ... como penhor de amizade e confiança,
> apresentar-te-ei um plano que tenho.
> Dizer a verdade e falarmos francamente
> um com o outro...
>
> William Congreve,
> *Amor por amor*

Por insistência de Strike, eles pararam para almoçar no Burger King em Tiverton.

— Você precisa comer alguma coisa antes de pegarmos a estrada.

Robin o acompanhou para dentro sem dizer nada, nem mesmo comentou a afirmação recente e espantosa de Manny. Seu ar frio e um tanto martirizado não era uma completa surpresa para Strike, mas ele ficou impaciente com isso. Ela entrou na fila para pedir os hambúrgueres, porque ele não conseguia lidar ao mesmo tempo com a bandeja e as muletas, e, quando Robin baixou a bandeja carregada na pequena mesa de fórmica, ele disse, tentando aliviar a tensão:

— Olha, sei que você esperava que eu dissesse a Chard para tratá-la como membro da equipe.

— Não esperava — Robin o contradisse automaticamente. (Ouvi-lo dizer isso fez com que ela se sentisse petulante e infantil.)

— Você é que sabe — disse Strike com um dar de ombros irritado, dando uma grande dentada no primeiro hambúrguer.

Eles comeram num silêncio cabisbaixo por um ou dois minutos, até que a sinceridade inata de Robin se reafirmou:

— Tudo bem, eu esperava um pouco — disse ela.

Abrandado pela comida gordurosa e comovido por sua confissão, Strike falou:

— Eu estava conseguindo coisa boa dele, Robin. Não se começa a argumentar com entrevistados quando eles estão a todo vapor.

— Desculpe por meu amadorismo – disse ela, mais uma vez magoada.

— Ah, pelo amor de Deus. Quem está te chamando de...?

— O que você pretendia quando me levou junto? – ela exigiu saber de repente, deixando o sanduíche desembrulhado cair na bandeja.

O ressentimento latente de semanas de súbito rompeu as amarras. Ela não se importava com o que ouvisse; queria a verdade. Era uma digitadora e recepcionista ou algo mais? Ela ficou com Strike e ajudou-o a sair da penúria só para ser enxotada como uma doméstica?

— Pretendia? – repetiu Strike, olhando-a fixamente. – O que quer dizer com pretend...

— Pensei que você queria que eu fosse... pensei que eu ia fazer algum... um treinamento. – O rosto de Robin avermelhava-se e seus olhos brilhavam de um modo fora do comum. – Você falou nisso algumas vezes, mas ultimamente tem falado em trazer outra pessoa. Eu aceitei um corte de salário – disse ela, trêmula. – Rejeitei empregos melhores. Pensei que você quisesse que eu fosse...

Sua raiva, há muito reprimida, deixava-a à beira das lágrimas, mas ela estava decidida a não ceder. A sócia fictícia que ela imaginava para Strike jamais choraria; não aquela ex-policial sensata, durona e impassível em qualquer crise...

— Pensei que você quisesse que eu fosse... eu não achava que só ia atender ao telefone.

— O que você faz não é só atender ao telefone – disse Strike, que tinha terminado seu primeiro hambúrguer e observava, por sob as sobrancelhas grossas, Robin lutar com a raiva. – Você esteve investigando casas de suspeitos de homicídio comigo esta semana. Acaba de salvar a vida de nós dois na estrada.

Mas Robin não se deixaria vergar:

— O que você esperava que eu fizesse quando continuou comigo?

— Não sei se eu tinha algum plano específico – disse Strike lentamente e com insinceridade. – Não sabia que você levaria o trabalho tão a sério... procurando treinamento...

— *Como eu poderia não levar a sério?* – Robin exigiu saber em voz alta.

Uma família de quatro membros no canto da lanchonete mínima olhava para eles. Robin não prestou atenção. De repente estava furiosa. A longa viagem no frio, Strike devorando toda a comida, sua surpresa que ela soubesse dirigir bem, ela ter sido relegada à cozinha com os criados de Chard e agora isso...

— Você me dá metade... *metade*... do que me pagaria o emprego em recursos humanos! Por que acha que fiquei? Eu te ajudei. Ajudei a resolver o caso Lula Landry...

— Tudo bem – disse Strike, erguendo a mão grande de dorso peludo. – Tudo bem, vou falar. Mas não me culpe se não gostar do que vai ouvir.

Ela o olhou, vermelha, de costas retas na cadeira de plástico, a comida intocada.

— Eu *fiquei com você* pensando que podia treiná-la. Não tinha dinheiro para curso nenhum, mas pensei que você poderia aprender no trabalho até que eu pudesse pagar.

Recusando-se a se deixar pacificar antes de ouvir o que viria, Robin não disse nada.

— Você tem muita aptidão para o trabalho – disse Strike –, mas vai se casar com alguém que odeia o que você faz.

Robin abriu a boca e a fechou. Uma sensação de ter sido inesperadamente sufocada subtraiu-lhe a capacidade de falar.

— Você vai embora no horário certinho todo dia...

— Não é verdade! – disse Robin, furiosa. – Caso não tenha percebido, tirei um dia para estar aqui, agora, levando você numa viagem a Devon...

— Porque ele está fora – disse Strike. – Porque ele não vai saber.

A falta de ar se intensificou. Como Strike sabia que ela mentiu para Matthew, se não de fato, mas por omissão?

— Mesmo que isso... quer seja verdade ou não – disse ela, insegura –, é problema meu o que faço com minha... não é Matthew que decide minha profissão.

— Eu fiquei com Charlotte por 16 anos, separados e voltando – disse Strike, pegando o segundo hambúrguer. – Principalmente separados. Ela detestava meu trabalho. Era por isso que vivíamos terminando... uma das coisas que nos fazia terminar – ele se corrigiu, escrupulosamente sincero. – Ela não conseguia entender uma vocação. Algumas pessoas não conseguem;

para elas, o trabalho é no máximo status e um cheque de pagamento, não tem valor em si.

Ele começou a desembrulhar o hambúrguer enquanto Robin o olhava com fúria.

– Preciso de uma parceira que possa dividir o horário puxado – disse Strike. – Alguém que não tenha problemas para trabalhar no fim de semana. Não culpo Matthew por se preocupar com você...

– Ele não se preocupa.

As palavras saíram de sua boca antes que Robin pudesse refletir. No desejo generalizado de refutar tudo que Strike dissesse, ela deixou escapar uma verdade impalatável. O fato era que Matthew tinha muito pouca imaginação. Ele não viu Strike coberto de sangue depois que o assassino de Lula Landry o esfaqueou. Até a descrição dela de Owen Quine amarrado e estripado parece ter sido toldada para ele pelo miasma denso de ciúme através do qual ele ouvia tudo que se relacionasse com Strike. A antipatia dele pelo trabalho de Robin não se devia a um senso de proteção, e ela jamais admitira isso a si mesma.

– O que faço pode ser perigoso – disse Strike junto com outra imensa dentada no sanduíche, como se não a tivesse ouvido.

– Eu tenho sido útil para você. – A voz de Robin soou mais embargada do que a dele, embora sua boca estivesse vazia.

– Sei que tem sido. Eu não estaria onde estou agora se não tivesse você. Ninguém ficou mais agradecido do que eu por um erro da agência de temporários. Você tem sido incrível, eu não podia ter... não chore, merda, aquela família ali já está bem boquiaberta.

– Não estou nem aí – disse Robin em um punhado de guardanapos, e Strike riu.

– Se é o que você quer – disse ele por cima de sua cabeça arruivada –, pode fazer o curso de vigilância quando eu tiver o dinheiro. Mas se você é minha sócia em treinamento, haverá ocasiões em que terei de pedir que faça coisas que não vão agradar a Matthew. Só estou avisando. É você que vai ter de resolver isso.

– Eu vou – disse Robin, lutando para conter o impulso de gritar. – É isso que quero. Por isso eu fiquei.

– Então, anime-se e coma a porra do seu hambúrguer.

Robin achou difícil comer com um bolo imenso na garganta. Estava abalada, porém exultante. Não estava enganada: Strike vira nela o que ele possuía. Eles não eram pessoas que trabalhavam apenas pelo cheque de pagamento...

— E aí, me fale de Daniel Chard – disse ela.

Ele contou enquanto a família barulhenta recolhia suas coisas e saía, ainda lançando olhares disfarçados para o casal que não entendia muito bem (foi uma desavença de amantes? Uma briga de família? E como se resolveu com tanta rapidez?).

— Paranoico, meio excêntrico, obcecado por si mesmo – concluiu Strike cinco minutos depois –, mas pode haver alguma coisa aí. Jerry Waldegrave pode ter colaborado com Quine. Por outro lado, ele pode ter se demitido porque estava farto de Chard, um cara para quem eu acho que não é fácil trabalhar. Quer um café?

Robin olhou o relógio. A neve ainda caía; ela temia atrasos na estrada que a impedissem de pegar o trem para Yorkshire, mas, depois da conversa dos dois, estava decidida a demonstrar seu compromisso com o trabalho, e assim concordou em tomar um café. De qualquer modo, havia coisas que ela queria dizer a Strike enquanto ainda estava sentada de frente para ele. Não seria tão satisfatório falar dentro do carro, onde ela não poderia observar sua reação.

— Eu mesma descobri um pouco sobre Chard – disse ela quando voltou com dois copos e uma torta de maçã para Strike.

— Fofoca dos criados?

— Não. Eles mal disseram uma palavra enquanto eu estava na cozinha. Os dois estavam de mau humor.

— Segundo Chard, eles não gostam de Devon. Preferem Londres. São irmãos?

— Acho que mãe e filho – disse Robin. – Ele a chamou de Mamu. Mas então eu pedi para ir ao banheiro, e o banheiro dos empregados fica ao lado de um ateliê de artista. Daniel Chard entende muito de anatomia. Há gravuras de desenhos anatômicos de Leonardo da Vinci por todas as paredes e um modelo anatômico num canto. Arrepiante... de cera. E no cavalete – disse ela – havia um desenho muito detalhado de Manny, o empregado. Deitado no chão, nu.

Strike baixou o café.

— Muito interessantes essas informações — disse ele lentamente.

— Achei que você ia gostar. — Robin abriu um sorriso recatado.

— Lança uma luz interessante sobre a afirmação de Manny de que ele não empurrou o patrão da escada.

— Eles não gostaram de sua presença lá — disse Robin —, mas isso pode ter sido culpa minha. Eu disse que você era detetive particular, mas Nenita... com um inglês pior do que o de Manny... não entendeu, então eu disse que você era uma espécie de policial.

— O que os levou a supor que Chard me convidou para dar queixa de violência de Manny contra ele.

— Chard falou nesse assunto?

— Nem uma palavra — disse Strike. — Estava muito mais preocupado com a suposta traição de Waldegrave.

Depois de idas ao banheiro, eles voltaram ao frio, onde tiveram de apertar os olhos contra a neve enquanto atravessavam o estacionamento. Uma leve camada de gelo já se acomodara no teto do Toyota.

— Vai conseguir chegar na King's Cross, não é? — disse Strike, consultando o relógio.

— Se não tivermos problemas na estrada. — Robin disfarçadamente tocou o acabamento de madeira na face interna da porta.

Eles tinham acabado de chegar à M4, onde havia alertas sobre o clima em cada placa e o limite de velocidade fora reduzido a 60 por hora, quando o celular de Strike tocou.

— Ilsa? E aí?

— Oi, Corm. Bom, podia ser pior. Eles não a prenderam, mas houve um interrogatório intenso.

Strike colocou o celular no viva-voz para Robin ouvir e juntos escutaram, com um franzido semelhante de preocupação no rosto, enquanto o carro atravessava um turbilhão de neve, precipitando-se no para-brisa.

— Sem dúvida nenhuma eles acham que foi ela — disse Ilsa.

— Com base em quê?

— Oportunidade — disse Ilsa — e o jeito dela. Ela não se ajuda em nada. Muito nervosa ao ser interrogada e ficava falando de você, o que os irritou. Ela disse que você vai descobrir quem realmente fez isso.

— Mas que droga – disse Strike, exasperado. – E o que havia no tal depósito?

— Ah, sim, isso. Era um trapo queimado e sujo de sangue no meio de uma pilha de lixo.

— Grandes merdas. Podia estar lá há anos.

— A perícia vai descobrir, mas eu concordo, não há muito o que ver, se eles ainda não encontraram as vísceras.

— Você sabe das vísceras?

— Agora todo mundo sabe, Corm. Saiu no noticiário.

Strike e Robin trocaram um olhar fugaz.

— Quando?

— Na hora do almoço. Acho que a polícia sabia que estava prestes a estourar e trouxe Leonora para ver se podia espremer alguma coisa dela antes que tudo fosse de conhecimento público.

— Foi alguém do meio deles que vazou – disse Strike com raiva.

— Esta é uma acusação grave.

— Soube pelo jornalista que estava pagando o policial para falar.

— Você conhece uma turma bem interessante, não?

— Ossos do ofício. Obrigado por me informar, Ilsa.

— De nada. Procure mantê-la longe da prisão, Corm. Eu gostei dela.

— Quem é essa? – perguntou Robin enquanto Ilsa desligava.

— Uma velha amiga de escola, da Cornualha; advogada. Ela se casou com um de meus amigos de Londres – disse Strike. – Coloquei Leonora na mão dela porque... merda.

Eles tinham feito uma curva e encontraram uma enorme fila de carros pela frente. Robin pisou no freio e eles pararam atrás de um Peugeot.

— *Merda* – repetiu Strike, olhando rapidamente o perfil imóvel de Robin.

— Outro acidente – disse Robin. – Estou vendo as luzes de emergência.

Sua imaginação lhe mostrou a cara de Matthew se ela tivesse de telefonar e dizer que não chegaria, que tinha perdido o trem-leito. O funeral da mãe dele... *quem perde um funeral?* Ela devia estar lá, na casa do pai de Matt, ajudando nos preparativos, suportando parte do fardo. Sua bolsa de viagem já devia estar em seu antigo quarto em casa, as roupas do enterro passadas e penduradas no antigo armário, tudo pronto para a curta caminhada à igreja na manhã seguinte. Eles iam sepultar a Sra. Cunliffe, sua futura sogra, mas ela preferiu dirigir pela neve com Strike e agora eles estavam num engarrafamento, a mais de 300 quilômetros da igreja onde a mãe de Matthew seria colocada em seu descanso eterno.

Ele nunca me perdoará. Ele nunca me perdoará se eu perder o funeral porque fiz essa...

Por que ela precisava ter de tomar uma decisão dessas, justamente hoje? Por que o clima tinha de ser tão ruim? O estômago de Robin agitava-se de ansiedade e o trânsito não se mexia.

Strike não disse nada, apenas ligou o rádio. O som do Take That encheu o carro, cantando sobre o progresso que havia agora, quando antes não havia nenhum. A música irritava Robin, mas ela não disse nada.

A fila do trânsito avançou alguns metros.

Ah, por favor, meu Deus, que eu consiga chegar na King's Cross a tempo, Robin rezou mentalmente.

Por 45 minutos eles se arrastaram pela neve, a luz da tarde desaparecendo rapidamente a sua volta. O que parecia um vasto oceano de tempo até a partida do trem noturno começava a parecer a Robin uma piscina que secava rapidamente, em que logo ela estaria sentada e sozinha, abandonada.

Agora eles podiam ver o acidente à frente; a polícia, as luzes, um Polo amassado.

– Você vai conseguir – disse Strike, falando pela primeira vez desde que ligou o rádio enquanto eles esperavam a autorização do guarda de trânsito para avançar. – Vai ser por pouco, mas vai conseguir.

Robin não respondeu. Sabia que era tudo culpa dela, e não dele: ele propôs que ela tirasse o dia de folga. Foi ela que insistiu em vir com ele a Devon, ela que mentiu a Matthew sobre a disponibilidade de passagens de trem hoje. Devia ter ido a pé de Londres a Harrogate, em vez de perder o funeral da Sra. Cunliffe. Strike ficou 16 anos com Charlotte, indo e voltando, e o trabalho os separou. Ela não queria perder Matthew. Por que fez isso? Por que se ofereceu para levar Strike?

O trânsito estava pesado e lento. Às cinco horas, eles estavam viajando no fluxo intenso do rush nos arredores de Reading, arrastando-se e voltando a parar. Strike aumentou o volume do rádio quando veio o noticiário. Robin tentou se importar com o que diziam sobre o assassinato de Quine, mas seu coração agora estava em Yorkshire, como se tivesse saltitado pelo trânsito e por todos os quilômetros de neve implacáveis entre ela e sua casa.

"A polícia confirmou hoje que o escritor assassinado Owen Quine, cujo corpo foi encontrado seis dias atrás em uma casa em Barons Court, Londres, foi morto da mesma forma que o herói de seu último livro inédito. Ainda não fizeram nenhuma prisão no caso.

"O inspetor-detetive Richard Anstis, encarregado da investigação, falou aos repórteres no início desta tarde."

Anstis, Strike notou, parecia empolado e tenso. Não era assim que ele teria preferido soltar a informação.

"Estamos interessados em ouvir todos que tiveram acesso aos originais do último romance do Sr. Quine..."

"Pode nos dizer exatamente como o Sr. Quine foi morto, inspetor-detetive?", perguntou uma voz ansiosa de homem.

"Estamos esperando o relatório definitivo da perícia", disse Anstis, e foi interrompido por uma repórter:

"Pode confirmar que partes do corpo do Sr. Quine foram retiradas pelo assassino?"

"Parte das vísceras do Sr. Quine foi levada da cena do crime", disse Anstis. "Estamos seguindo várias pistas, mas apelamos ao público por qualquer informação. Foi um crime hediondo e acreditamos que o criminoso seja de alta periculosidade."

– De novo não – disse Robin desesperadamente, e Strike ergueu os olhos, vendo uma parede de luzes vermelhas à frente. – Outro acidente não...

Strike desligou o rádio, abriu a janela e meteu a cabeça na neve em rodopio.

– Não! – gritou ele para ela. – Alguém ficou encalhado no acostamento... em um banco de neve... vamos andar de novo daqui a pouco – ele lhe garantiu.

Mas se passaram outros quarenta minutos para que limpassem o bloqueio. Todas as três pistas estavam abarrotadas e eles retomaram a viagem no que pouco passava de um arrastar.

– Não vou conseguir – disse Robin, de boca seca, quando finalmente chegaram à periferia de Londres. Eram dez e vinte.

— Você vai – disse Strike. – Desligue esta merda – disse ele, silenciando o GPS – *e não pegue aquela saída...*

— Mas eu tenho de deixar você...

— Esqueça de mim, não precisa me deixar... a próxima à esquerda...

— Não posso entrar ali, é contramão!

— À esquerda! – gritou ele, puxando o volante.

— Não faça isso, é perigoso...

— Quer perder a porra do enterro? Pisa fundo! Primeira à direita...

— Onde estamos?

— Sei o que estou fazendo – disse Strike, franzindo os olhos através da neve. – Em frente... Nick, amigo do meu pai, era taxista, ele me ensinou umas coisas... à direita de novo... e ignore a merda da placa de não entre, quem sai de lá numa noite dessas? Em frente e à esquerda no sinal!

— Não posso deixar você na King's Cross! – disse ela, obedecendo às instruções dele às cegas. – Você não pode dirigir, o que vai fazer com isso?

— Foda-se o carro, vou pensar em alguma coisa... pegue aqui, a segunda à direita...

Às cinco para as onze, a torre da estação St. Pancras apareceu para Robin como uma visão do paraíso através da neve.

— Pare o carro, saia e corra – disse Strike. – Me ligue se conseguir. Vou ficar aqui, se você não chegar lá.

— *Obrigada.*

E ela partiu, disparando pela neve com a bolsa de viagem pendurada da mão. Strike a viu desaparecer no escuro, imaginou-a derrapando um pouco no piso escorregadio da estação, sem cair, procurando loucamente pela plataforma... Ela deixou o carro, por instrução dele, junto ao meio-fio numa fila dupla. Se conseguisse pegar o trem, ele estaria preso em um carro alugado que não podia dirigir e que certamente seria rebocado.

Os ponteiros dourados do relógio da St. Pancras avançavam inexoravelmente para as onze horas. Mentalmente, Strike viu as portas do trem baterem, Robin correndo pela plataforma, o cabelo louro-arruivado voando...

Passou-se um minuto. Ele manteve os olhos fixos na entrada da estação e esperou.

Ela não reapareceu. Ele ainda esperou. Passaram-se cinco minutos. Seis. Seu celular tocou.

– Você conseguiu?

– Por um triz... estava quase saindo... Cormoran, obrigada, muito obrigada...

– Não há de quê – disse ele, olhando em volta, a área gelada e escura, a neve que se aprofundava. – Boa viagem. É melhor eu sair daqui. Boa sorte amanhã.

– *Obrigada!* – ela exclamou enquanto ele desligava.

Ele devia a ela, pensou Strike, pegando as muletas, mas isso não tornava muito mais atraente a perspectiva de uma jornada através de Londres debaixo de neve com uma perna só, ou uma multa pesada por abandonar o carro alugado no meio da cidade.

31

> Perigo, o estímulo de toda mente grandiosa.
>
> George Chapman,
> *A vingança de Bussy d'Ambois*

Daniel Chard não teria gostado do minúsculo apartamento de sotão alugado de sótão na Denmark Street, pensou Strike, a não ser que visse um encanto primitivo nas linhas da torradeira velha ou do abajur, mas isto dizia muito se por acaso você fosse um homem de uma perna só. Seu joelho ainda não estava pronto para aceitar uma prótese na manhã de sábado, mas as superfícies ficavam ao alcance; as distâncias podiam ser cobertas em saltos curtos; havia comida na geladeira, água quente e cigarros. Hoje Strike sentia uma ternura genuína pelo lugar, com a janela embaçada de condensação e a neve borrada e visível no peitoril do lado de fora.

Depois do café da manhã, ele ficou deitado na cama, fumando, com uma caneca de chá marrom-escuro na caixa que servia de mesa de cabeceira a seu lado, de cara amarrada não por mau humor, mas de concentração.

Seis dias e nada.

Nenhum sinal dos intestinos que desapareceram do corpo de Quine, nem de alguma prova pericial que pudesse determinar o possível assassino (pois ele sabia que um fio de cabelo traiçoeiro ou uma impressão digital certamente teriam evitado o interrogatório infrutífero de Leonora na véspera). Nenhuma declaração de outros avistamentos da figura oculta que entrou no prédio pouco antes de Quine morrer (será que a polícia achava que isso foi fruto da imaginação do vizinho de óculos de lentes grossas?). Nenhuma arma do crime, nenhum vídeo incriminador de visitantes inesperados à Talgarth Road, nem vagabundos suspeitos notando terra recém-revirada, nenhum monte de tripas podres revelado, embrulhado numa burca preta, nenhum sinal da bolsa de viagem de Quine contendo suas anotações para o *Bombyx Mori*. Nada.

Seis dias. Ele já pegou assassinos em seis horas, embora, reconhecidamente, aqueles tenham sido crimes repentinos de fúria e desespero, em que fontes de pistas esguicharam com o sangue e os culpados em pânico ou incompetentes respingaram suas mentiras em todos a seu redor.

O assassinato de Quine era diferente, mais estranho e mais sinistro.

Ao levar a caneca aos lábios, Strike viu mais uma vez o corpo com a mesma clareza que tinha visto a foto no celular. Era uma peça teatral, um palco montado.

Apesar de suas censuras a Robin, Strike não pôde deixar de se perguntar: por que foi feito assim? Vingança? Loucura? Ocultação (do quê?)? Provas periciais destruídas pelo ácido clorídrico, hora da morte obscura, entrada e partida indetectáveis da cena do crime. *Meticulosamente planejado. Cada detalhe bem pensado. Seis dias e nem uma única pista...* Strike não acreditava na alegação de Anstis de ter várias. É claro que seu velho amigo não ia mais partilhar informações, não depois dos tensos alertas a Strike para não atrapalhar, para se afastar.

Strike espanou distraidamente as cinzas da frente do suéter velho e acendeu outro cigarro com a guimba do anterior.

Acreditamos que o criminoso seja de alta periculosidade, dissera Anstis aos repórteres, uma declaração, na opinião de Strike, ao mesmo tempo dolorosamente óbvia e estranhamente enganadora.

E lhe veio uma lembrança: a lembrança da grande aventura do aniversário de dezoito anos de Dave Polworth.

Polworth era o amigo mais antigo de Strike; eles se conheciam desde o jardim de infância. Por toda a infância e adolescência, Strike saía da Cornualha regularmente, depois voltava, e a amizade recomeçava onde a mãe de Strike e seus caprichos a haviam interrompido.

Dave tinha um tio que foi para a Austrália na adolescência e agora era multimilionário. Convidou o sobrinho para ficar em seu décimo oitavo aniversário e para levar um amigo.

Os dois adolescentes voaram para o outro lado do mundo; foi a melhor aventura de sua juventude. Eles ficaram na enorme casa de praia do tio Kevin, toda de vidro e madeira reluzente, com um bar na sala de estar; o mar de diamante respingava em um sol ofuscante e em enormes camarões cor-de-rosa em um espeto de churrasco; os sotaques, a cerveja, mais cerveja, o tipo de louras com pernas de caramelo que nunca se via na Cornualha, e então, no dia do aniversário de Dave, o tubarão.

– Eles só são perigosos quando provocados – disse o tio Kevin, que gostava de fazer mergulho. – Não toquem neles, meninos, está bem? Não provoquem.

Mas, para Dave Polworth, que adorava o mar, que surfava, pescava e velejava em seu país, a provocação era um estilo de vida.

Um assassino nato, com seus olhos achatados e inanimados e fileiras de dentes de agulha, mas Strike testemunhara a indiferença indolente do galha-preta enquanto nadavam acima dele, assombrados com sua beleza elegante. O tubarão teria se contentado em se afastar pelas trevas azuis, ele sabia disso, mas Dave estava decidido a tocar.

Ele ainda tinha a cicatriz: o tubarão arrancou um bom pedaço de seu braço e ele ficou com uma sensibilidade parcial no polegar direito. Isso não afetou a capacidade de fazer seu trabalho: Dave era engenheiro civil em Bristol e era chamado de "Amigão" no Victoria Inn, onde ele e Strike ainda se encontravam para beber Doom Bar quando visitavam sua terra natal. Teimoso, impulsivo, amante da emoção até a medula, Polworth ainda fazia mergulho nas horas de folga, embora deixasse em paz os tubarões que se regozijavam pelo Atlântico.

Havia uma fina rachadura no teto acima da cama de Strike. Ele percebeu que nunca havia reparado nela antes. Seus olhos a acompanharam enquanto ele se lembrava da sombra no fundo do mar e uma súbita nuvem de sangue escuro; o corpo de Dave se debatendo num grito silencioso.

O assassino de Owen Quine era como aquele tubarão, pensou ele. Não havia predadores furiosos e indiscriminados entre os suspeitos do crime. Nenhum deles tinha histórico conhecido de violência. Não havia, como costuma acontecer quando surgem corpos, um rastro de delitos do passado levando à porta de um suspeito, nenhum passado manchado de sangue arrastando-se atrás de algum deles como um saco de carniça para cães famintos. O assassino era uma fera mais rara e mais estranha: daquela que esconde sua verdadeira natureza até ser suficientemente perturbada. Owen Quine, como Dave Polworth, provocara temerariamente um assassino à espera, desencadeando o horror sobre si mesmo.

Strike já ouvira essa afirmação superficial inúmeras vezes, que todos tinham em si a capacidade de matar, mas sabia que era mentira. Sem dúvida havia aqueles para quem matar era fácil e prazeroso: ele conheceu alguns. Milhões foram treinados com sucesso para dar cabo da vida dos outros; ele, Strike, era um deles. O homem matava por oportunidade, por vantagem e em defesa própria, descobrindo em si a capacidade de verter sangue quando não parecia haver alternativa possível; mas também havia aqueles que refugavam na hora H, mesmo sob a pressão mais intensa, incapazes de forçar a vantagem, de aproveitar a oportunidade, de romper o tabu maior e definitivo.

Strike não subestimava o que foi necessário para amarrar, espancar e retalhar Owen Quine. Quem fez isso atingiu seu objetivo sem detecção, dispôs com sucesso das provas e parecia não demonstrar tormento ou culpa suficientes para alertar alguém. Tudo isso falava de uma personalidade perigosa, uma personalidade *muito* perigosa – se perturbada. Enquanto se acreditasse encoberto e insuspeito, não haveria perigo para ninguém perto dele. Mas se tocado novamente... tocado, talvez, no lugar onde Owen Quine conseguira tocar...

– Porra – resmungou Strike, baixando o cigarro apressadamente no cinzeiro ao lado; tinha queimado até seus dedos sem que ele percebesse.

E o que ele faria agora? Se o rastro deixado pelo crime era praticamente inexistente, pensou Strike, ele devia perseguir o rastro *para* o crime. Se a esteira da morte de Quine era estranhamente desprovida de pistas, era hora de olhar seus últimos dias de vida.

Strike pegou o celular e suspirou fundo, olhando para ele. Havia ali, perguntou-se ele, qualquer outro jeito de conseguir essa primeira informação que procurava? Ele correu mentalmente a extensa lista de conhecidos, descartando opções com a mesma rapidez com que lhe ocorriam. Por fim, e sem muito entusiasmo, concluiu que sua escolha original era a que mais provavelmente lhe traria benefícios: o meio-irmão Alexander.

Eles tinham um pai famoso, mas nunca moraram sob o mesmo teto. Al era nove anos mais novo do que Strike e filho legítimo de Jonny Rokeby, o que significava que praticamente não havia nenhum ponto de coincidência na vida dos dois. Al foi educado em escola particular na Suíça e agora podia estar em qualquer lugar: na residência de Los Angeles de Rokeby;

no iate de um rapper; até numa praia australiana branca, porque a terceira mulher de Rokeby era de Sydney.

Entretanto, dos meios-irmãos por parte de pai, Al se mostrou mais disposto do que qualquer um a forjar uma relação com o irmão mais velho. Strike lembrava-se de Al visitando-o no hospital depois que sua perna foi estourada; um encontro desajeitado, mas, ao pensar nisso agora, comovente.

Al levou a Selly Oak uma oferta de Rokeby que podia ter sido feita por carta: ajuda financeira para começar o trabalho de detetive de Strike. Al anunciou a oferta com orgulho, considerando-a prova de altruísmo do pai. Strike tinha certeza de que não se tratava disso. Desconfiava de que Rokeby e seus consultores ficaram com medo de que o veterano condecorado de uma perna só vendesse sua história. A oferta de um presente era para calar sua boca.

Strike rejeitou a doação do pai e em seguida foi recusado por cada banco a que solicitou um empréstimo. Telefonou para Al com enorme relutância, recusando-se a aceitar o dinheiro como presente, rejeitando uma reunião proposta com o pai, mas perguntando se podia ter um empréstimo. Isto evidentemente ofendeu. O advogado de Rokeby subsequentemente perseguiu Strike por seus pagamentos mensais com todo o zelo do banco mais voraz.

Se Strike não decidisse manter Robin na folha de pagamento, o empréstimo já teria sido pago. Ele estava decidido a pagá-lo antes do Natal, decidido a não ficar em dívida para com Jonny Rokeby, motivo pelo qual assumiu uma carga de trabalho que ultimamente vinha sendo de oito ou nove horas, sete dias por semana. Nada disso tornava mais agradável a perspectiva de telefonar para o irmão mais novo pedindo um favor. Strike podia entender a lealdade de Al ao pai que ele claramente amava, mas qualquer menção a Rokeby entre eles era necessariamente carregada.

O número de Al tocou várias vezes e finalmente caiu na caixa postal. Ao mesmo tempo aliviado e decepcionado, Strike deixou um breve recado pedindo que Al telefonasse e desligou.

Acendendo seu terceiro cigarro desde o café da manhã, Strike voltou a contemplar a rachadura no teto. O rastro para o crime... muita coisa dependia de quando o assassino viu o manuscrito e reconheceu seu potencial como um plano para o assassinato...

E, mais uma vez, ele virou os suspeitos como cartas de baralho que tivesse na mão, examinando suas potencialidades.

Elizabeth Tassel, que não fez segredo da raiva e do sofrimento que *Bombyx Mori* lhe causou. Kathryn Kent, que alegou não ter lido nada. A ainda desconhecida Pippa2011, a quem Quine leu partes do livro em outubro. Jerry Waldegrave, que tinha o manuscrito no dia 5, mas podia saber o que havia nele muito antes, a se acreditar em Chard. Daniel Chard, que alegou só ter visto o manuscrito no dia 7, e Michael Fancourt, que soube do livro por intermédio de Chard. Sim, havia muitos outros, olhando, espiando e rindo das partes mais obscenas do livro, enviadas por e-mail para toda Londres por Christian Fisher, mas Strike achava muito difícil desenvolver mesmo o mais vago dos casos contra Fisher, o jovem Ralph do escritório de Tassel ou Nina Lascelles, porque nenhum deles era retratado em *Bombyx Mori*, nem conheceu realmente Quine.

Precisava, pensou Strike, chegar mais perto, o suficiente para agitar as pessoas cuja vida já fora ridicularizada e distorcida por Owen Quine. Com um entusiasmo um pouco maior do que se incumbiu da tarefa de telefonar a Al, ele percorreu sua lista de contatos e ligou para Nina Lascelles.

Foi um telefonema curto. Ela ficou deliciada. É claro que ele podia aparecer esta noite. Ela faria a comida.

Strike não conseguia pensar em outra forma de procurar mais informações sobre a vida particular de Jerry Waldegrave ou pela reputação de Michael Fancourt como assassino literário, mas não ansiava pelo doloroso processo de recolocar a prótese, sem falar do esforço exigido para se desvencilhar, na manhã seguinte, das garras esperançosas de Nina Lascelles. Porém, tinha um jogo do Arsenal contra o Aston Villa para ver antes de precisar sair; analgésicos, cigarros, bacon e pão.

Preocupado com o próprio conforto, com a mistura de crime e futebol na mente, não ocorreu a Strike olhar a rua coberta de neve onde consumidores, sem se deixarem abater pelo clima congelante, entravam e saíam das lojas de música, de fabricantes de instrumentos e cafés. Se tivesse olhado, poderia ter visto a figura encapuzada e magra de casaco preto recostada na parede entre o número 6 e o 8, olhando seu apartamento. Mas, por melhor que fosse sua acuidade visual, era improvável que ele visse a faca Stanley sendo virada ritmadamente entre dedos longos e finos.

32

> Ascendei, meu bom anjo,
> Cuja sagrada melodia expulsa-me o espírito do mal
> Que a meu cotovelo puxa...
>
> Thomas Dekker,
> *O nobre soldado espanhol*

Mesmo com as correntes para neve nos pneus, o velho Land Rover da família dirigido pela mãe de Robin teve trabalho entre a estação de York e Masham. Os limpadores formavam janelas em leque, rapidamente cobertas, nas estradas conhecidas de Robin desde a infância, agora transformadas pelo pior inverno que ela via em muitos anos. A neve era incansável e a viagem, que deveria ter levado uma hora, durou quase três. Houve momentos em que Robin pensou que ainda perderia o funeral. Por fim conseguiu falar com Matthew pelo celular, explicando que estava perto. Ele disse que vários outros ainda estavam a quilômetros de distância, que ele temia que a tia de Cambridge talvez nem conseguisse chegar.

Em casa, Robin esquivou-se das boas-vindas babonas do velho labrador chocolate e correu até seu quarto no andar de cima, colocando o vestido preto e o casaco sem se incomodar em passar a ferro, furando o primeiro par de meias na pressa, depois desceu correndo ao vestíbulo, onde os pais e os irmãos esperavam por ela.

Eles seguiram juntos pelo turbilhão de neve sob guarda-chuvas pretos, subindo o aclive suave por que Robin andara todo dia de seus anos na escola primária e atravessaram a praça larga que era o antigo coração de sua cidadezinha mínima, de costas para a chaminé gigantesca da cervejaria local. O mercado de sábado foi cancelado. Canais fundos foram criados na neve por aquelas corajosas almas que atravessaram a praça nessa manhã, pegadas convergindo para a igreja, onde Robin podia ver um grupo de enlutados de preto. Os telhados dourado-claros das casas georgianas que ladeavam a praça tinham um manto de gelo brilhante e congelado, e a neve ainda caía. Um crescente mar de branco soterrava constantemente as grandes lápides quadradas do cemitério.

Robin tremeu enquanto a família ia para a porta da St. Mary the Virgin, passando pelo que restava de uma cruz do século XIX de ponta arredondada que tinha uma aparência curiosamente pagã, e então, enfim, viu Matthew, de pé na entrada com o pai e a irmã, pálido e de uma beleza de parar o coração com seu terno preto. Enquanto Robin olhava, tentando pegar seus olhos por cima da fila, uma jovem estendeu a mão e o abraçou. Robin reconheceu Sarah Shadlock, amiga antiga de Matthew da universidade. Seu cumprimento foi um pouco mais sensual, talvez, do que era adequado nas circunstâncias, mas a culpa de Robin por ter ficado a dez minutos de perder o trem noturno e por não ter visto Matthew há quase uma semana a fez entender que não tinha o direito de se ressentir.

– Robin – disse ele com urgência quando a viu e se esqueceu de apertar a mão de três pessoas ao estender os braços para ela. Eles se abraçaram e ela sentiu as lágrimas ardendo por trás das pálpebras. Isso era a vida real, afinal, Matthew e sua casa...

– Vá se sentar na frente – ele lhe disse e ela obedeceu, deixando sua família no fundo da igreja para se sentar no primeiro banco com o cunhado de Matthew, que balançava a filha pequena no joelho e cumprimentou Robin com um gesto de cabeça, carrancudo.

Era uma igreja antiga e linda, e Robin a conhecia bem dos serviços de Natal, Páscoa e colheita a que ela compareceu a vida toda com a escola primária e os familiares. Seus olhos percorreram lentamente de um objeto conhecido a outro. Bem no alto, sobre o arco da capela-mor, havia uma pintura de Sir Joshua Reynolds (ou pelo menos da *escola* de Joshua Reynolds) e ela se fixou ali, tentando apaziguar a mente. Uma imagem enevoada e mística, o menino-anjo contemplando a visão distante de uma cruz que emitia raios dourados... Quem realmente a fez, perguntou-se ela, Reynolds ou algum discípulo do ateliê? E então ela se sentiu culpada por ceder à sua eterna curiosidade, em vez de se entristecer pela Sra. Cunliffe...

Ela pensou que estaria se casando nesta igreja dali a algumas semanas. O vestido de noiva estava pronto e pendurado no guarda-roupa do quarto de hóspedes, mas, em vez disso, ali estava o caixão da Sra. Cunliffe subindo a nave central, brilhando negro com alças prateadas, Owen Quine ainda no necrotério... sem caixão reluzente para seu corpo estripado, apodrecido e queimado...

Não pense nisso, disse ela severamente a si mesma enquanto Matthew se sentava a seu lado, a extensão de sua perna quente contra a dela.

As últimas 24 horas foram tão recheadas de incidentes que era difícil para Robin acreditar que estivesse ali, em sua terra natal. Ela e Strike podiam estar no hospital, eles quase bateram de frente naquele caminhão virado... o motorista coberto de sangue... a Sra. Cunliffe provavelmente incólume em seu caixão forrado de seda... *Não pense nisso...*

Era como se seus olhos estivessem sendo despojados de um foco suave e confortável. Talvez ver coisas como corpos amarrados e estripados causasse alguma coisa na pessoa, mudasse o modo como se via o mundo.

Ela se ajoelhou meio atrasada para rezar, o genuflexório de ponto-cruz áspero nos joelhos enregelados. *Coitada da Sra. Cunliffe...* só que a mãe de Matthew jamais gostou muito dela. *Seja gentil*, Robin implorou a si mesma, embora fosse esta a verdade. A Sra. Cunliffe não gostava da ideia de Matthew se prender à mesma namorada por tanto tempo. Mencionou, ao alcance dos ouvidos de Robin, como era bom que os rapazes tivessem várias namoradas, fizessem suas loucuras... O fato de Robin ter abandonado a universidade a maculou, ela sabia, aos olhos da Sra. Cunliffe.

A estátua de Sir Marmaduke Wyvill ficava de frente para Robin, a pouca distância. Enquanto ela se levantava para o hino, ele parecia olhá-la fixamente em seu traje jacobiano, em tamanho natural e deitado em sua plataforma de mármore, apoiado no cotovelo para olhar a congregação. Sua esposa jazia abaixo dele em uma pose idêntica. Eles eram estranhamente verídicos naquelas poses irreverentes, com almofadas sob os cotovelos para o conforto dos ossos de mármore, e, acima deles, nos tímpanos do arco, figuras alegóricas da morte e da mortalidade. *Até que a morte nos separe...* e seus pensamentos vagaram novamente: ela e Matthew, amarrados para sempre até morrerem... *não, amarrados não... não pense em amarras... Qual é o seu proble-*

ma? Ela estava exausta. O trem estava quente e sacudiu demais. Ela acordava de hora em hora, com medo de ter ficado presa na neve.

Matthew segurou sua mão e apertou os dedos.

O enterro foi realizado com a maior rapidez permitida pela decência, a neve caindo grossa em volta deles. Ninguém se demorou junto ao túmulo; Robin não era a única que tremia visivelmente.

Todos voltaram para a grande casa de tijolos aparentes dos Cunliffe e se reuniram em volta do calor acolhedor. O Sr. Cunliffe, sempre um pouco mais barulhento do que pedia a ocasião, servia os copos e cumprimentava as pessoas como se fosse uma festa.

– Senti sua falta – disse Matthew. – Foi horrível sem você.

– Eu também – disse Robin. – Queria poder ter estado aqui.

Mais uma mentira.

– A tia Sue vai passar a noite aqui – disse Matthew. – Pensei em ficar na sua casa, seria bom me afastar um pouquinho. Foi uma semana cheia...

– Ótimo, sim – disse Robin, apertando a mão dele, agradecida por não precisar ficar na casa dos Cunliffe. Ela achava a irmã de Matthew uma parada dura e o Sr. Cunliffe, autoritário.

Mas você podia ter suportado isso por uma noite, disse Robin a si mesma com rigor. Parecia uma folga imerecida.

E assim eles voltaram à casa dos Ellacott, uma curta caminhada da praça. Matthew gostava da família dela; ficou feliz em trocar o terno pelo jeans, em ajudar a mãe de Robin a pôr a mesa da cozinha para o jantar. A Sra. Ellacott, uma mulher ampla com o cabelo louro-arruivado de Robin preso em um coque desarrumado, tratou-o com gentileza e carinho; era uma mulher de muitos interesses e entusiasmos, atualmente fazendo um curso de literatura inglesa na Universidade Aberta.

– Como vão os estudos, Linda? – perguntou Matthew enquanto tirava a pesada travessa do forno para ela.

– Estamos estudando Webster, *A duquesa de Malfi*: "E eu enlouqueço com isto."

– Difícil, é? – perguntou Matthew.

– É uma citação, querido. Ah – ela deixou de lado as colheres de servir, com estrondo –, o que me lembra uma coisa... aposto que teria esquecido...

Ela atravessou a cozinha e pegou um exemplar da *Radio Times*, sempre presente naquela casa.

– Não, é às nove. Tem uma entrevista com Michael Fancourt que quero ver.

– Michael Fancourt? – disse Robin, olhando em volta. – Por quê?

– Ele é muito influenciado por todos aqueles autores de tragédias de vingança – disse sua mãe. – Espero que ele explique por quê.

– Viu isso? – disse o irmão mais novo de Robin, Jonathan, recém-saído da loja da esquina com o pedido extra de leite feito pela mãe. – Está na primeira página, Rob. Aquele escritor das tripas arrancadas...

– Jon! – disse incisivamente a Sra. Ellacott.

Robin sabia que a mãe não repreendia o filho por qualquer suspeita de que Matthew não apreciasse a menção ao trabalho de Robin, mas devido a uma aversão mais geral a discutir uma morte súbita depois do enterro.

– Que foi? – disse Jonathan, sem dar atenção ao que fosse impróprio, colocando o *Daily Express* embaixo do nariz de Robin.

Quine ganhara a primeira página, agora que a imprensa sabia o que foi feito com ele:

AUTOR DE TERROR ESCREVEU O PRÓPRIO ASSASSINATO.

Autor de terror, pensou Robin, *ele não era nada disso... mas deu uma boa manchete.*

– Acha que seu chefe vai resolver esse? – perguntou-lhe Jonathan, folheando o jornal. – Vai superar a polícia de novo?

Ela começou a ler a reportagem por cima do ombro de Jonathan, mas pegou o olhar de Matthew e se afastou.

Um zunido foi emitido da bolsa de Robin, largada em uma cadeira arriada no canto da cozinha de laje, enquanto eles comiam sua refeição de carne com batatas assadas. Ela o ignorou. Só quando terminaram de comer e Matthew foi ajudar a mãe de Robin a tirar a mesa foi que ela andou até a bolsa para ver as mensagens. Para sua grande surpresa, viu uma chamada perdida de Strike. Com um olhar disfarçado para Matthew, que colocava os pratos no lava-louças, ela discou para a caixa postal enquanto os outros conversavam.

Você tem uma nova mensagem. Recebida hoje às 19h20.

O estalo de uma linha aberta, mas ninguém falou.

Depois um baque. Um grito de Strike, de longe:

"Não, não faça isso, sua filha da..."

Um grito de dor.

Silêncio. O estalo da linha aberta. Um triturar indefinido, barulho de arrastamento. Um ofegar alto, um raspar, a linha muda.

Robin ficou horrorizada, com o telefone apertado na orelha.

– Qual é o problema? – perguntou seu pai, com os óculos pela metade do nariz, parando a caminho do guarda-louça, segurando garfos e facas.

– Eu acho... acho que meu chefe... teve um acidente...

Ela apertou o número de Strike com os dedos trêmulos. A chamada caiu direto na caixa postal. Matthew a olhava do meio da cozinha, sem disfarçar o desagrado.

33

> Que difícil destino o das mulheres
> compelidas ao galanteio!
>
> Thomas Dekker e Thomas Middleton,
> *A meretriz honesta*

Strike não ouviu Robin ligar porque, sem que ele soubesse, seu celular tinha sido silenciado quando bateu no chão quinze minutos antes. Nem tinha ele consciência de que seu polegar atingira o número de Robin quando o telefone escorregou de seus dedos.

Ele havia acabado de sair de seu prédio quando aconteceu. A porta da rua se fechara às costas e ele teve dois segundos, com o celular na mão (esperando por um toque do táxi que pediu com relutância) quando a figura alta de casaco preto veio correndo para ele no escuro. Um borrão de pele clara por baixo de um capuz e um cachecol, o braço estendido, inexperiente, mas decidido, com a faca apontada diretamente para ele em uma pegada hesitante.

Preparando-se para o encontro com ela, ele quase escorregou de novo, mas, batendo a mão na porta, equilibrou-se e o celular caiu. Chocado e furioso com a mulher, quem quer que fosse, pelos danos que sua perseguição já causara ao joelho, ele berrou – ela titubeou por uma fração de segundo e investiu para ele mais uma vez.

Enquanto ele girava a bengala para a mão em que já havia visto a faca Stanley, seu joelho se torceu mais uma vez. Ele soltou um urro de dor e ela deu um pulo para trás, como se o tivesse esfaqueado sem saber, e então, pela segunda vez, entrou em pânico e fugiu, correndo pela neve e deixando um Strike furioso e frustrado, incapaz de persegui-la e sem alternativa senão raspar a neve em busca do celular.

Merda de perna!

Quando Robin lhe telefonou, ele estava sentado e transpirando de dor num táxi que se arrastava. Era de pequeno consolo que a minúscula lâmina triangular que ele vira cintilando na mão de sua perseguidora não o tivesse perfurado. Seu joelho, no qual ele se sentiu obrigado a encaixar a prótese antes de sair para encontrar-se com Nina, mais uma vez o torturava e ele ardia de fúria por sua incapacidade de dar caça à perseguidora louca. Nunca bateu numa mulher, jamais machucou nenhuma intencionalmente, mas a visão da faca aproximando-se dele pelo escuro esvaziou esses escrúpulos. Para consternação do taxista, que observava o passageiro grandalhão e furioso pelo retrovisor, Strike ficava se virando no banco, tentando avistá-la pelas calçadas movimentadas de sábado à noite, os ombros redondos no casaco preto, a faca escondida no bolso.

O táxi deslizava sob as luzes de Natal da Oxford Street, embrulhos prateados, grandes e frágeis com laços dourados, e Strike conteve a irritação enquanto eles seguiam, sem ter prazer na ideia do jantar iminente. Robin ligava sem parar, mas ele não conseguia sentir o celular vibrar porque estava no fundo do bolso do casaco, colocado a seu lado no banco.

– Oi – disse Nina com um sorriso forçado quando abriu a porta de seu apartamento meia hora depois da hora combinada.

– Desculpe-me pelo atraso – disse Strike, mancando pela soleira. – Tive um acidente ao sair de casa. Minha perna.

Ele não trouxe nada para ela, como percebeu, parado ali de sobretudo. Devia ter comprado vinho ou chocolates, e sentia que Nina notava isso com seus olhos grandes percorrendo seu corpo; Nina era meio refinada e de repente ele se sentiu um pobretão.

– E esqueci o vinho que comprei para você – ele mentiu. – Uma merda. Me dê um pé na bunda.

Enquanto ela ria, embora a contragosto, Strike sentiu o telefone vibrar no bolso e automaticamente o pegou.

Robin. Ele não conseguia imaginar por que ela queria falar com ele num sábado.

– Com licença – disse ele a Nina –, preciso atender à ligação, é urgente, é minha assistente...

O sorriso de Nina decaiu. Ela se virou e saiu do vestíbulo, deixando-o ali de casaco.

– Robin?

– Você está bem? O que houve?

– Como você...?

– Tinha um recado na caixa postal que parecia uma gravação de você sendo atacado!

– Meu Deus, eu liguei para você? Deve ter sido quando deixei o telefone cair. É, foi exatamente o que estava...

Cinco minutos depois, tendo contado a Robin o que aconteceu, ele pendurou o casaco e seguiu seu faro à sala de estar, onde Nina pusera a mesa para dois. A sala era iluminada por um abajur; ela arrumara, colocara flores frescas pelo lugar. Um forte cheiro de alho queimado pendia no ar.

– Desculpe – disse ele enquanto ela voltava, trazendo um prato. – Às vezes eu queria ter um emprego em horário comercial.

– Sirva-se de vinho – disse ela com frieza.

A situação era profundamente rotineira. Quantas vezes ele já havia se sentado de frente para uma mulher irritada com seu atraso, sua atenção dividida, sua negligência? Mas ali, pelo menos, a escala era em tom menor. Se estivesse atrasado para jantar com Charlotte e recebesse um telefonema de outra mulher assim que chegasse, talvez esperasse uma taça de vinho na cara e pratos voando. Pensar nisso fez com que se sentisse mais gentil em relação a Nina.

– Detetives só fazem merda nos encontros – disse-lhe ele ao se sentar.

– Eu não diria "merda" – respondeu ela, mais branda. – Não acho que seja um trabalho que se possa deixar para trás.

Ela o observava com seus imensos olhos de rato.

– Tive um pesadelo com você ontem à noite – disse ela.

– Estamos começando muito bem, não é? – disse Strike, e ela riu.

– Bom, você não era realmente o motivo do pesadelo. Estávamos juntos, procurando pelo trato intestinal de Owen Quine.

Ela tomou um grande gole de vinho, olhando-o fixamente.

– E encontramos? – perguntou Strike, tentando manter o clima leve.

– Sim.

– Onde? A essa altura, aceito qualquer pista.

— Na última gaveta da mesa de Jerry Waldegrave — disse Nina, e ele pensou vê-la reprimir um estremecimento. — Foi horrível. Sangue e tripas quando abri... e você bateu em Jerry. Isso me acordou, foi tão real.

Ela tomou mais vinho, sem tocar na comida. Strike, que já dera várias boas garfadas (alho demais, mas ele estava com fome), sentiu que não estava sendo muito solidário. Engoliu às pressas e falou:

— Parece de dar arrepios.

— Foi depois de ver o noticiário ontem — disse ela, olhando-o. — Ninguém percebeu, ninguém sabia que ele... que ele seria morto daquele jeito. Como *Bombyx Mori*. Você não me disse — ela falou e um sopro de acusação chegou a ele através dos vapores do alho.

— Eu não podia — disse Strike. — É papel da polícia liberar esse tipo de informação.

— Está na primeira página do *Daily Express* de hoje. Ele teria gostado disso, o Owen. Ser a manchete. Mas eu preferia não ter lido — disse ela, com um olhar furtivo a ele.

Ele já conhecia mal-estar semelhante. Algumas pessoas se retraíam ao tomarem conhecimento do que ele vira, fizera ou tocara. Era como se ele carregasse o cheiro da morte. Sempre havia mulheres que se sentiam atraídas pelo soldado, pelo policial: experimentavam uma emoção por tabela, um apreço voluptuoso pela violência que um homem pode ter visto ou perpetrado. Outras mulheres sentiam-se repelidas. Nina, ele suspeitava, era uma das primeiras, mas agora que a realidade da crueldade, do sadismo e do caráter doentio lhe foi forçada, Nina descobria que afinal podia pertencer ao segundo grupo.

— Não foi nada divertido no trabalho ontem — disse ela. — Não depois do que soubemos. Todo mundo estava... É só que, se ele foi morto daquele jeito, se o assassino copiou o livro... isso limita os possíveis suspeitos, não é? Ninguém mais ri de *Bombyx Mori*, isso eu posso te dizer. Parece uma das antigas tramas de Michael Fancourt, da época em que a crítica dizia que ele era medonho demais... e Jerry pediu demissão.

— Eu soube.

— Não sei por quê — disse ela, inquieta. — Ele estava há séculos na Roper Chard. Estava totalmente fora de si. Com raiva o tempo todo, e ele em geral é muito amável. E está bebendo de novo. Muito.

Ela ainda não comia.

– Ele era íntimo de Quine? – perguntou Strike.

– Acho que ele era mais íntimo do que pensava – disse-lhe Nina devagar. – Eles trabalharam juntos por um bom tempo. Owen o deixava maluco... Owen deixava todo mundo maluco... mas Jerry ficou verdadeiramente perturbado, isso eu posso garantir.

– Não imagino Quine gostando de ser editado.

– Acho que às vezes ele era complicado, mas Jerry agora não suporta ouvir uma palavra contra Owen. Está obcecado por sua teoria do colapso. Você o viu na festa, ele acha que Owen estava mentalmente doente e *Bombyx Mori* na verdade não foi culpa dele. E ele ainda está *furioso* com Elizabeth Tassel por deixar o livro vazar. Ela apareceu outro dia para falar de uma de suas autoras...

– Dorcus Pengelly? – perguntou Strike, e Nina soltou uma risada arquejante.

– Não me diga que você leu aquele lixo! Peitos arrebitados e naufrágios?

– O nome não me saiu da cabeça – disse Strike, sorridente. – Continue falando sobre Waldegrave.

– Ele viu Liz chegando e bateu a porta da sala quando ela passou. Você já viu, é de vidro e ele quase a quebrou. Foi desnecessário e, óbvio, quase matou todo mundo de susto. Ela está péssima – acrescentou Nina. – Liz Tassel. Horrível. Se estivesse em forma, teria invadido a sala de Jerry e dito a ele para não ser tão grosso...

– Ela teria feito isso?

– Ficou maluco? O mau gênio de Liz Tassel é lendário.

Nina olhou o relógio.

– Michael Fancourt será entrevistado pela televisão esta noite. Estou gravando – disse ela, completando as taças dos dois. Ela ainda não tocara na comida.

– Eu não me importaria de assistir – disse Strike.

Nina lhe lançou um olhar estranhamente calculista e Strike imaginou que ela estava tentando avaliar até que ponto a presença dele se devia ao desejo de desencavar informações, até que ponto tinha em mira seu corpo magro de menino.

O celular de Strike tocou de novo. Por vários segundos, ele ponderou o desgosto que poderia causar se atendesse *versus* a possibilidade de que o telefonema anunciasse algo mais útil do que as opiniões de Nina sobre Jerry Waldegrave.

– Desculpe – disse ele, e o pegou no bolso. Era seu irmão, Al.

– Corm! – disse a voz numa linha com um ruído. – É bom saber de você, mano!

– Oi – disse Strike, inibitório. – Como você vai?

– Ótimo! Estou em Nova York, acabo de receber seu recado. Do que você precisa?

Ele sabia que Strike só ligaria se quisesse alguma coisa, mas, ao contrário de Nina, Al não parecia se ressentir deste fato.

– Eu estava me perguntando se você queria jantar nessa sexta-feira – disse Strike –, mas se você está em Nova York...

– Vou voltar na quarta, seria legal. Quer que eu faça uma reserva em algum lugar?

– Quero – disse Strike. – Tem de ser no River Café.

– Vou conseguir – disse Al sem perguntar por quê: talvez supusesse que Strike apenas tinha desejo pela boa comida italiana. – Eu te mando uma mensagem com o horário, está bem? Não vejo a hora!

Strike desligou, a primeira sílaba de um pedido de desculpas já nos lábios, mas Nina tinha ido à cozinha. O astral ali é claro que azedou.

34

> Oh, Senhor! O que disse eu: desventurada língua minha!
>
> William Congreve,
> *Amor por amor*

"O amor é uma miragem", disse Michael Fancourt na tela da televisão. "Uma miragem, uma quimera, uma ilusão."

Robin estava sentada entre Matthew e a mãe no sofá arriado e desbotado. O labrador chocolate, deitado no chão diante da lareira acesa, o rabo batendo indolente no tapete, dormia. Robin estava sonolenta depois de duas noites de muito pouco sono e dias de estresse e emoção inesperados, mas tentava se concentrar em Michael Fancourt. Ao lado dela a Sra. Ellacott, que expressara a esperança otimista de que Fancourt largasse algumas pérolas que a ajudassem em seu trabalho sobre Webster, tinha um caderno e uma caneta no colo.

"Certamente", começou o entrevistador, mas Fancourt o atropelou.

"Não amamos um ao outro; amamos a *ideia* que temos do outro. Pouquíssimas pessoas compreendem isto ou suportam pensar na questão. Têm uma fé cega em suas próprias capacidades de criação. Todo amor, em última análise, é amor-próprio."

O Sr. Ellacott dormia, com a cabeça recostada na poltrona mais próxima da lareira e do cachorro. Roncava baixinho, com os óculos na metade do nariz. Os três irmãos de Robin escapuliram discretamente da casa. Era noite de sábado e os amigos esperavam na Bay Horse na praça. Jon veio da universidade para o funeral, mas não sentia dever ao noivo de sua irmã dispensar algumas garrafas de Black Sheep com os irmãos, sentados a mesas com tampo de cobre perto de uma fogueira.

Robin desconfiava de que Matthew queria se juntar a eles, mas teria parecido impróprio a ele. Agora estava preso ali, vendo um programa sobre literatura que nunca suportaria em casa. Ele teria desligado sem perguntar a ela, pressupondo que ela não poderia estar interessada no que dizia aquele homem sentencioso de cara azeda. Não era fácil gostar de Michael Fancourt, pensou Robin. A curva do lábio e das sobrancelhas insinuava uma noção de superioridade arraigada. O apresentador, bem conhecido, parecia meio nervoso.

"E este é o tema de seu novo...?"

"Um dos temas, sim. Em vez de punir a si mesmo por sua insensatez quando o herói percebe que ele simplesmente imaginou a existência da esposa, ele procura punir a mulher de carne e osso que ele acredita que o abandonou. O desejo dele por vingança norteia a trama."

– Arrá – disse a mãe de Robin suavemente, pegando a caneta.

"Muitos de nós... talvez a maioria", disse o entrevistador, "consideram o amor um ideal purificador, uma fonte de altruísmo, em vez de...".

"Uma mentira autojustificativa", disse Fancourt. "Somos mamíferos que precisam de sexo, precisam de companhia, que procuram o enclave protetor da família por motivos de sobrevivência e reprodução. Escolhemos um suposto amado pelas razões mais primitivas... a preferência de meu herói por uma mulher em forma de pera é autoexplicativa, segundo penso. O ser amado ri ou tem o cheiro do genitor que nos socorreu na juventude e todo o resto é projetado, tudo o mais é inventado..."

"A amizade...", começou o entrevistador, com certo desespero.

"Se eu pudesse me obrigar a fazer sexo com qualquer um de meus amigos homens, teria uma vida mais feliz e mais produtiva", disse Fancourt. "Infelizmente, sou programado para desejar a forma feminina, embora infrutiferamente. E assim digo a mim mesmo que uma mulher é mais fascinante, mais sintonizada com minhas necessidades e desejos, do que outra. Sou uma criatura complexa, altamente evoluída e imaginativa que se sentiu compelida a justificar uma decisão tomada com base nos fundamentos mais rudimentares. Esta é a verdade que enterramos sob mil anos de papo furado cortês."

Robin perguntou-se que diabos a mulher de Fancourt (pois ela parecia se lembrar de que ele era casado) acharia dessa entrevista. Ao lado dela, a Sra. Ellacott escrevia algumas palavras no caderno.

— Ele não está falando de vingança – murmurou Robin.

A mãe lhe mostrou o caderno. Tinha escrito: mas que merda ele é. Robin riu.

Ao lado dela, Matthew estava curvado sobre o *Daily Express* que Jonathan deixara abandonado numa cadeira. Ele virou as três primeiras páginas, onde o nome de Strike aparecia várias vezes no texto junto da matéria sobre Owen Quine e começou a ler um artigo sobre uma cadeia de lojas que proíbe as canções de Natal de Cliff Richard.

"Você foi criticado", disse o entrevistador corajosamente, "pelo retrato que fez das mulheres, mais especificamente..."

"Já ouço os críticos correndo feito baratas para suas canetas enquanto conversamos", disse Fancourt, seu lábio se torcendo no que passava por um sorriso. "Pouca coisa me interessa menos do que o que diz a crítica sobre mim ou minha obra."

Matthew virou uma página do jornal. Robin olhou de lado a foto de um caminhão-tanque virado, um Honda Civic capotado e uma Mercedes amassada.

— Foi nesse acidente que quase entramos!

— O quê? – disse Matthew.

Ela falou sem pensar. O cérebro de Robin ficou paralisado.

— Isso aconteceu na M4 – disse Matthew, rindo um pouco dela por pensar que poderia ter se envolvido, que ela não conseguisse reconhecer uma rodovia quando via uma.

— Ah... ah, sim – disse Robin, fingindo olhar mais atentamente o texto abaixo da imagem.

Mas agora ele estava de cenho franzido, envolvido.

— Você quase *teve* um acidente de carro ontem?

Ele falava em voz baixa, tentando não incomodar a Sra. Ellacott, que acompanhava a entrevista de Fancourt. A hesitação era fatal. Decida.

— Sim, foi. Não queria preocupar você.

Ele a encarou. Do outro lado, Robin sentia a mãe fazendo outras anotações.

— Este? – disse ele, apontando a foto, e ela assentiu. – Por que você estava na M4?

— Precisei levar Cormoran a um interrogatório.

"Estou pensando nas mulheres", disse o entrevistador, "suas opiniões sobre as mulheres..."

– Mas onde foi esse interrogatório?

– Devon – disse Robin.

– *Devon?*

– Ele machucou a perna de novo. Não podia ir até lá sozinho.

– Você o levou de carro a *Devon*?

– Sim, Matt, eu o levei a...

– Então foi por isso que você não veio ontem? Assim você podia...

– Matt, é claro que não.

Ele jogou o jornal de lado, levantou-se e saiu da sala.

Robin sentia náuseas. Deu uma olhada na porta, que ele não batera, mas fechou com força suficiente para fazer o pai dela se mexer e resmungar dormindo e o cachorro acordar.

– Deixe-o – aconselhou a mãe, com os olhos ainda na tela.

Robin girou o corpo, desesperada.

– Cormoran precisava ir a Devon e não podia dirigir com uma perna só...

– Não há necessidade de você se defender *comigo* – disse a Sra. Ellacott.

– Mas agora ele pensa que menti sobre não poder vir para casa ontem.

– E você *mentiu*? – perguntou a mãe, com os olhos ainda fixos em Michael Fancourt. – *Deita*, Rowntree, você não é transparente.

– Bom, eu poderia ter vindo, se conseguisse uma passagem de primeira classe – confessou Robin enquanto o labrador bocejava, se espreguiçava e voltava a se acomodar no tapete. – Mas eu já havia comprado o leito.

– Matt sempre fala de quanto você ganharia se tivesse aceitado aquele emprego de RH – disse a mãe, com os olhos na tela da TV. – É de pensar que ele apreciaria você ter economizado uns centavos. Agora cale a boca, quero ouvir sobre vingança.

O entrevistador tentava formular uma pergunta.

"Mas, no que diz despeito às mulheres, o senhor nem sempre tem... *costumes* contemporâneos, o chamado politicamente correto... Estou pensando particularmente em sua afirmação de que as escritoras..."

"*De novo* isso?", disse Fancourt, batendo as mãos nos joelhos (o entrevistador deu um pulo perceptível). "Eu disse que as maiores escritoras, quase sem exceções, não tiveram filhos. Um fato. E eu disse que as mulheres de modo geral, em virtude de seu desejo de ser mães, são incapazes do foco necessário que qualquer um deve ter para se dedicar à criação da literatura, da *verdadeira* literatura. Não me retrato em nem uma palavra. Isto é um *fato*."

Robin girava a aliança de noivado no dedo, dividida entre seu desejo de seguir Matt e convencê-lo de que ela não tinha feito nada de errado e a raiva de que uma persuasão dessas fosse necessária. As exigências do emprego *dele* sempre vinham em primeiro lugar; ela nunca o viu pedir desculpas pelos serões, por trabalhos que o levavam ao outro lado de Londres e o traziam para casa às oito da noite...

"Eu ia dizer", apressou-se o entrevistador, com um sorriso lisonjeiro, "que este livro pode calar os críticos. Achei que a personagem feminina central foi tratada com muita compreensão, com verdadeira empatia. É claro", ele olhou suas anotações e levantou a cabeça; Robin sentia o nervosismo dele, "podemos traçar paralelos... ao falar do suicídio de uma jovem, imagino que o senhor tenha ligado... o senhor deve ter..."

"Essa gente obtusa supõe que escrevi um relato autobiográfico do suicídio de minha primeira mulher?"

"Bem, pode ser visto como... pode suscitar perguntas..."

"Então direi o seguinte", disse Fancourt, e parou.

Eles estavam sentados diante de uma janela comprida que dava para um gramado ensolarado e batido pelo vento. Robin imaginou por um momento quando o programa fora gravado – antes de vir a neve, claramente –, mas Matthew dominava seus pensamentos. Ela devia procurá-lo, contudo, por algum motivo, continuava no sofá.

"Quando Eff... Ellie morreu", começou Fancourt, "quando ela morreu..."

O close era aflitivamente invasivo. As rugas mínimas nos cantos dos seus olhos se aprofundaram quando ele os fechou; a mão quadrada voou para esconder o rosto.

Parecia que Michael Fancourt chorava.

– Lá se foi a ideia de que o amor é uma miragem e uma quimera. – A Sra. Ellacott suspirou ao baixar a caneta. – Isso não é bom. Eu queria sangue e tripas, Michael. *Sangue e tripas.*

Incapaz de suportar por mais tempo a inação, Robin se levantou e foi para a porta da sala. Aquelas não eram circunstâncias normais. A mãe de Matthew fora sepultada naquele dia. Cabia a ela pedir desculpas, fazer as pazes.

35

> Tendemos todos ao erro, senhor; se é este vosso caso, não há necessidade de desculpas adicionais.
>
> William Congreve,
> *O velho solteirão*

No dia seguinte, os jornais de domingo esforçavam-se para encontrar um equilíbrio digno entre uma análise objetiva da vida e obra de Owen Quine e a natureza macabra e gótica de sua morte.

"Uma figura literária menor, por vezes interessante, ultimamente se inclinando à paródia pessoal, eclipsado por seus contemporâneos, mas ainda um pioneiro ultrapassado", disse o *Sunday Times* numa coluna de primeira página que levava a uma promessa de muito mais empolgação dentro do jornal: *O projeto de um sádico: ver pp. 10-11,* e, ao lado de uma pequena foto de Kenneth Halliwell, *Livros e letrados: assassinos literários, p. 3, Cultura.*

"Os boatos sobre o livro inédito que supostamente inspirou seu assassinato agora se espalham para além dos círculos literários de Londres", garantiu o *Observer* aos leitores. "Se não fosse pelos ditames do bom gosto, a Roper Chard teria um sucesso instantâneo nas mãos."

ESCRITOR PERVERTIDO ESTRIPADO EM JOGO SEXUAL, declarou o *Sunday People.*

Strike comprou todos os jornais a caminho de casa ao deixar Nina Lascelles, embora fosse difícil lidar com todos eles e sua bengala nas calçadas cheias de neve. Ocorreu-lhe, enquanto se arrastava para a Denmark Street, que ele estava imprudentemente sobrecarregado se a possível agressora da noite anterior aparecesse, mas ela não estava à vista.

No final daquela tarde, ele se dedicou às reportagens enquanto comia batatas fritas, deitado na cama com a perna protética misericordiosamente retirada mais uma vez.

Ver os fatos pela lente distorcida da imprensa estimulava sua imaginação. Por fim, tendo terminado a matéria de Culpepper no *News of the World* ("Fontes próximas à história confirmam que Quine gostava de ser amarrado pela mulher, que negou saber que o escritor pervertido fora para sua segunda casa"), Strike empurrou os jornais da cama, estendeu a mão para o bloco que mantinha ao lado e escreveu uma lista de lembretes para o dia seguinte. Não acrescentou a inicial de Anstis a nenhuma das tarefas ou perguntas, mas *homem da livraria* e *MF gravado quando?* foram seguidos por uma letra R maiúscula. Ele então mandou um torpedo a Robin, lembrando-a de ficar atenta a uma mulher alta de casaco preto na manhã seguinte e não entrar na Denmark Street se ela estivesse lá.

Robin não viu ninguém que correspondesse a essa descrição em sua curta jornada do metrô e chegou ao escritório às nove horas da manhã seguinte, encontrando Strike sentado a sua mesa, usando seu computador.

– Bom-dia. Nenhum biruta lá fora?

– Ninguém – disse Robin, pendurando o casaco.

– Como está Matthew?

– Bem – mentiu Robin.

As sequelas da briga dos dois sobre a decisão dela de levar Strike a Devon grudavam nela como fumaça. A discussão ferveu e explodiu repetidamente por toda a viagem de carro de volta a Clapham; os olhos dela ainda estavam inchados de chorar e da falta de sono.

– É duro para ele – murmurou Strike, ainda de testa franzida para o monitor. – O enterro da própria mãe.

– Humm – disse Robin, indo encher a chaleira e irritada por Strike preferir demonstrar empatia por Matthew hoje, justo quando ela teria acolhido uma garantia de que ele era uma besta irracional.

– O que está procurando? – perguntou ela, colocando uma caneca de chá junto ao cotovelo de Strike, que resmungou um obrigado.

– Tentando descobrir quando foi gravada a entrevista com Michael Fancourt. Ele estava na televisão no sábado à noite.

– Eu vi – disse Robin.

– Eu também.

– Idiota arrogante – disse Robin, sentando-se no sofá que imitava couro, que por algum motivo não fez som de peido com ela. Talvez, pensou Strike, fosse o peso dele.

– Notou uma coisa estranha quando ele estava falando da falecida mulher? – perguntou Strike.

– As lágrimas de crocodilo foram meio demais – disse Robin –, depois de ele ter explicado que o amor é uma ilusão e toda aquela besteirada.

Strike olhou-a novamente. Robin tinha o tipo de pele clara e delicada que sofria com os excessos de emoção; os olhos inchados contavam sua própria história. Parte de sua animosidade por Michael Fancourt, ele imaginou, talvez fosse deslocada de outro alvo mais meritório.

– Achou que ele fingiu, foi? – perguntou Strike. – Eu também.

Ele olhou o relógio.

– Caroline Ingles chegará em meia hora.

– Pensei que ela e o marido tivessem se reconciliado.

– Isso é passado. Ela quer me ver, algo a respeito de uma mensagem de texto que encontrou no celular dele no fim de semana. E então – disse Strike, levantando-se da mesa –, preciso que você continue tentando descobrir quando aquela entrevista foi gravada, enquanto darei uma olhada nas anotações do caso para dar a impressão de que me lembro do que ela está falando. Depois tenho um almoço com o editor de Quine.

– E eu tenho algumas novidades sobre o que a clínica na frente do prédio de Kathryn Kent faz com o lixo biológico – disse Robin.

– Pode falar – disse Strike.

– Uma empresa especializada coleta o lixo toda terça-feira. Entrei em contato com eles – disse Robin, e Strike viu, pelo suspiro que ela soltou, que a linha de investigação ia fazer água – e não perceberam nada de estranho nem incomum nos sacos que recolheram na terça, depois do crime. Suponho que foi meio fantasioso pensar que eles não teriam notado um saco de intestinos humanos. Eles me disseram que em geral só contém algodão e agulhas, e que é tudo lacrado em sacos especiais.

– Mas teve de verificar – disse Strike, com estímulo. – É um bom trabalho de detetive... eliminar todas as possibilidades. De qualquer forma, há outra coisa que preciso fazer, se você puder encarar a neve.

— Eu adoraria sair – disse Robin, iluminando-se de imediato. – O que é?

— Aquele homem na livraria em Putney que acha ter visto Quine no dia 8 – disse Strike. – Ele deve ter voltado das férias.

— Tudo bem.

No fim de semana, ela não teve a oportunidade de discutir com Matthew o fato de que Strike desejava lhe dar treinamento em investigação. Teria sido a hora errada antes do funeral e, depois da briga na noite de sábado, teria parecido provocação, até incendiária. Hoje ela ansiava por sair às ruas, investigar, sondar, ir para casa e contar sem rodeios a Matthew o que fez. Ele queria sinceridade, ela lhe daria sinceridade.

Caroline Ingles, que era uma loura acabada, passou uma hora na sala de Strike naquela manhã. Quando por fim saiu, parecendo manchada de lágrimas, mas decidida, Robin tinha novidades para Strike:

— Aquela entrevista com Fancourt foi gravada no dia 7 de novembro – disse ela. – Telefonei para a BBC. Levou séculos, mas no fim cheguei lá.

— No dia 7 – repetiu Strike. – Era um domingo. Onde foi gravada?

— Uma equipe foi enviada à casa dele em Chew Magna. O que você notou na entrevista que o deixou tão interessado?

— Assista de novo. Veja se consegue encontrar no YouTube. Estou surpreso que você não tenha visto na primeira vez.

Chateada, ela se lembrou de Matthew ao lado dela, interrogando sobre o acidente na M4.

— Vou trocar de roupa para o Simpson's – disse Strike. – Vamos trancar tudo e sair juntos, sim?

Eles partiram quarenta minutos depois para o metrô, Robin indo à livraria Bridlington em Putney, Strike, ao restaurante na Strand, ao qual ele pretendia chegar a pé.

— Muito tempo passado em táxis ultimamente – disse ele a Robin bruscamente, sem vontade de lhe contar quanto lhe custou cuidar do Toyota Land Cruiser em que ficou empacado na noite de sexta. – Muito tempo.

Ela observou por alguns segundos enquanto ele se afastava, se apoiando muito na bengala e mancando demais. Uma infância observadora na companhia de três irmãos dera a Robin um discernimento incomum e preciso da reação frequentemente contrária dos homens à preocupação feminina, mas ela se perguntou até onde Strike conseguiria forçar o joelho para se escorar antes de se encontrar incapacitado por mais de alguns dias.

Era quase a hora do almoço e as duas mulheres na frente de Robin no trem para Waterloo conversavam em voz alta, com sacolas cheias de compras de Natal entre os joelhos. O piso do metrô estava molhado e sujo, e o ar, mais uma vez, tomado de roupa molhada e corpos fedorentos. Robin passou a maior parte do percurso tentando sem sucesso ver clipes da entrevista de Michael Fancourt no celular.

A livraria Bridlington ficava em uma rua comercial de Putney, suas vitrines antiquadas atulhadas de alto a baixo com uma mescla de livros novos e usados, todos empilhados horizontalmente. Um sino tilintou quando Robin atravessou a soleira para uma atmosfera agradável e bolorenta. Duas escadas estavam apoiadas em prateleiras cheias de mais livros empilhados horizontalmente, subindo até ao teto. Lâmpadas penduradas iluminavam o espaço, tão baixas que Strike teria batido a cabeça.

– Bom-dia! – disse um cavalheiro idoso com um paletó grande demais de tweed, saindo com rangidos quase audíveis de uma sala com uma porta de vidro facetado. Ao se aproximar, Robin sentiu um forte sopro de ce-cê.

Ela já planejara sua linha simples de inquirição e perguntou de pronto se ele tinha algum Owen Quine em seu acervo.

– Ah! Ah! – disse ele com astúcia. – Acho que nem preciso perguntar o motivo deste interesse súbito!

Um homem cheio de si do tipo recluso e abnegado, ele se lançou sem convite a uma aula sobre o estilo e a baixa qualidade literária de Quine enquanto a levava para as profundezas da loja. Parecia convencido, depois de travar relações por dois segundos, de que Robin só podia estar pedindo um exemplar de um dos livros de Quine porque ele fora assassinado há pouco tempo. Embora esta claramente fosse a verdade, Robin ficou irritada.

– O senhor tem *The Balzac Brothers*? – perguntou ela.

– Então você sabe que não deve procurar o *Bombyx Mori* – disse ele, deslocando uma escada com as mãos frágeis. – Tive três jovens jornalistas que pediram por ele.

– Por que os jornalistas estão vindo aqui? – perguntou Robin com inocência enquanto ele começava a subir a escada, revelando um centímetro da meia mostarda acima dos velhos sapatos.

— O Sr. Quine fez compras aqui pouco antes de morrer – disse o velho, agora olhando as lombadas cerca de dois metros acima de Robin. – *Balzac Brothers, Balzac Brothers*... deve estar aqui... ai, meu Deus, tenho certeza de que tinha um exemplar...

— Ele veio mesmo aqui, em sua loja? – perguntou Robin.

— Ah, sim. Eu o reconheci de imediato. Eu era um grande admirador de Joseph North e eles uma vez apareceram no mesmo anúncio do Hay Festival.

Ele agora descia a escada, os pés tremendo a cada degrau. Robin teve medo de que caísse.

— Darei uma olhada no computador – disse ele, respirando com dificuldade. – Tenho certeza de que tinha um *Balzac Brothers* aqui.

Robin o seguiu, refletindo que, se da última vez que o velho pôs os olhos em Owen Quine foi em meados dos anos 1980, sua confiabilidade para identificar de novo o escritor podia ser questionável.

— Acho que o senhor não poderia tê-lo confundido – disse ela. – Vi fotos dele. Uma aparência muito característica com a capa de tirolês.

— Os olhos dele têm cores diferentes – disse o velho, agora olhando o monitor de um Macintosh Classic dos primeiros tempos que devia ter, pensou Robin, uns vinte anos: bege, quadrado, teclas gordas como cubos de caramelo. – Dá para ver de perto. Um é castanho e o outro, azul. Acho que o policial ficou impressionado com minha capacidade de observação e memória. Eu fui da inteligência durante a guerra.

Ele se virou para ela com um sorriso presunçoso.

— Eu tinha razão, temos *mesmo* um exemplar... usado. Por aqui.

Ele se arrastou para uma caixa desarrumada e cheia de livros.

— Esta é uma informação muito importante para a polícia – disse Robin, acompanhando-o.

— Sim, de fato – disse ele com complacência. – A hora da morte. Sim, eu pude garantir a eles que ele ainda estava vivo no dia 8.

— Acho que o senhor não deve se lembrar do motivo para ele vir aqui – disse Robin com uma risadinha. – Adoraria saber o que ele lia.

— Ah, eu me lembro, sim – disse seu companheiro de imediato. – Ele comprou três romances: *Freedom*, de Jonathan Franzen, *The Unnamed*, de Joshua Ferris, e... esqueci o terceiro... disse que ia tirar férias e queria material de leitura. Conversamos sobre o fenômeno digital... ele era mais tolerante com os dispositivos de leitura do que eu... *em algum lugar* por aqui – resmungou ele, vasculhando a caixa. Robin se uniu à procura sem muita disposição.

– No dia 8 – repetiu ela. – Como pode ter certeza de que foi no dia 8?

Os dias, pensou ela, devem se misturar perfeitamente nesta atmosfera turva de mofo.

– Era uma segunda-feira – disse ele. – Um interlúdio agradável, discutir Joseph North, de quem ele tinha lembranças muito ternas.

Robin ainda não entendia por que ele acreditava que esta segunda em particular teria caído no dia 8, mas, antes que pudesse perguntar mais, ele havia puxado das profundezas da caixa uma antiga brochura com uma exclamação de triunfo.

– Aqui está. Aqui está. Eu *sabia* que o tinha.

– Eu nunca consigo me lembrar das datas – Robin mentiu enquanto eles voltavam à caixa registradora com o troféu. – Acho que o senhor não teria nenhum Joseph North, já que estou aqui?

– Apenas um – disse o velho. – *Towards the Mark*. Agora, eu sei que temos esse, um de meus preferidos pessoalmente...

E ele foi mais uma vez à escada.

– Eu confundo os dias o tempo todo – Robin continuou corajosamente enquanto as meias em tom mostarda voltavam a se revelar.

– Como muita gente – disse ele, presunçoso –, mas sou um perito na dedução reconstitutiva, rá-rá. Lembro-me de que era uma segunda, porque é sempre na segunda-feira que compro leite fresco, e eu havia acabado de fazer isso quando o Sr. Quine entrou na loja.

Ela esperou enquanto ele percorria as prateleiras acima de sua cabeça.

– Expliquei à polícia que eu podia datar precisamente esta segunda-feira em particular porque naquela tarde fui à casa de meu amigo Charles, como faço na maioria das segundas, mas me lembro nitidamente de contar a ele sobre Owen Quine ter ido à minha livraria *e* conversado sobre os cinco bispos anglicanos que desertaram para Roma naquele dia. Charles é um pregador laico da Igreja Anglicana. Ele ficou muito sentido.

– Entendo – disse Robin, que tomava nota mentalmente para verificar a data de tal deserção. O velho encontrara o livro de North e descia lentamente a escada.

– Sim, e eu me lembro – disse ele com um repente de entusiasmo –, Charles me mostrou algumas imagens extraordinárias de um buraco que apareceu da noite para o dia em Schmalkalden, na Alemanha. Fiquei baseado perto de Schmalkalden durante a guerra. Sim... naquela noite, eu me lembro, meu amigo me interrompeu quando eu falava de Quine visitando a loja... o interesse dele por escritores é nulo... "Onde você ficou em Schmalkalden?", ele me perguntou – as mãos frágeis e nodosas agora estavam ocupadas na caixa registradora –, e então me contou de uma cratera enorme que tinha aparecido... fotos extraordinárias no jornal daquele dia...

"A memória é uma coisa maravilhosa", disse ele com complacência, entregando a Robin um saco de papel pardo contendo os dois livros e recebendo sua nota de 10 libras.

– Lembro-me desse buraco – disse Robin, outra mentira. Ela tirou o celular do bolso e apertou alguns botões enquanto ele contava o troco conscienciosamente. – Sim, aqui está... Schmalkalden... que incrível, esse buraco enorme aparecendo do nada. Mas isso aconteceu – disse ela, olhando para ele – no dia 1º de novembro, e não no dia 8.

Ele piscou.

– Não, foi no dia 8 – disse ele, com toda a convicção que um profundo desgosto de estar equivocado podia invocar.

– Mas olhe aqui. – Robin lhe mostrou a tela minúscula; ele empurrou os óculos da testa para olhar. – O senhor se lembra mesmo de falar sobre a visita de Owen Quine e o buraco durante a mesma conversa?

– Algum equívoco – ele resmungou e, se ele se referia ao site do *Guardian*, a si mesmo ou a Robin, não ficou claro. Ele empurrou o telefone para ela.

– O senhor não se lemb...

– É só isso? – disse ele em voz alta, aturdido. – Então, um bom dia para a senhora, um bom dia.

E Robin, reconhecendo a teimosia de um velho egoísta ofendido, partiu num tilintar do sino.

36

> Mr. Scandal, ficarei feliz em conversar
> convosco sobre tais coisas que ele expressou
> – as palavras dele são por demais misteriosas
> e hieroglíficas.
>
> William Congreve,
> *Amor por amor*

Strike pensava que o Simpson's-in-the-Strand era um lugar estranho para Jerry Waldegrave querer se encontrar para almoçar, e sua curiosidade aumentou enquanto ele se aproximava da fachada imponente de pedra, com suas portas giratórias de madeira, placas de bronze e lanterna suspensa. Motivos de xadrez decoravam o ambiente ladrilhado da entrada. Ele nunca havia posto os pés ali, embora fosse uma instituição da velha Londres. Strike supôs que seria lar de executivos abastados e forasteiros querendo se regalar.

Entretanto, Strike se sentiu em casa assim que colocou os pés no saguão. Antigamente um clube de xadrez masculino do século XVIII, o Simpson's falava a Strike em uma língua antiga e familiar, de hierarquia, ordem e decoro majestoso. Ali estavam as cores escuras e lamacentas dos clubes que os homens escolhiam sem referência a suas mulheres: colunas de mármore grossas e poltronas de couro sólidas que suportariam um dândi embriagado e, vislumbrado para além de portas duplas, depois da garota que recolhia os casacos, um restaurante cheio de painéis de madeira escura. Ele parecia estar de volta a um dos refeitórios para sargentos que frequentava durante sua carreira militar. Para que o lugar parecesse verdadeiramente familiar, só faltavam as cores do regimento e um retrato da rainha.

Cadeiras sólidas com encosto de madeira, toalhas de mesa alvas, salvas de prata em que repousavam enormes peças de carne; enquanto se sentava a uma mesa para dois ao lado da parede, Strike se pegou perguntando o que

Robin acharia do lugar, se ela se divertiria ou ficaria irritada com seu tradicionalismo ostentoso.

Ele estava sentado havia dez minutos quando Waldegrave apareceu, olhando como míope o salão de jantar. Strike ergueu a mão e Waldegrave dirigiu-se a sua mesa com um andar trôpego.

– Olá, olá. É um prazer revê-lo.

Seu cabelo castanho-claro estava despenteado como sempre e o paletó amassado tinha uma mancha de pasta de dentes na lapela. Uma fraca lufada de vapores de vinho alcançou Strike do outro lado da mesa pequena.

– Que bom que você veio me ver – disse Strike.

– Nem tanto. Quero ajudar. Espero que não se importe de vir aqui. Eu escolhi – disse Waldegrave – porque não encontraríamos ninguém que eu conheça. Meu pai me trouxe uma vez, anos atrás. Não pense que eles mudaram alguma coisa.

Os olhos redondos de Waldegrave, emoldurados pelos óculos com aro de chifre, percorreram o reboco muito mofado do alto dos painéis de madeira escura. Era de um tom ocre, como se escurecido pelos longos anos de fumaça de cigarro.

– Cansado de seus colegas de trabalho? – perguntou Strike.

– Não há nada de errado com eles – disse Jerry Waldegrave, empurrando os óculos pelo nariz e gesticulando para um garçom –, mas o clima agora está nocivo. Uma taça de vinho tinto, por favor – disse ele ao jovem que atendeu a seu aceno. – Não me importa, qualquer um.

Mas o garçom, cujo peitilho exibia bordado um cavalo do jogo de xadrez, respondeu, sério, antes de se retirar:

– Enviarei o garçom do vinho, senhor.

– Viu o relógio acima das portas quando você entrou aqui? – perguntou Waldegrave a Strike, empurrando de novo os óculos pelo nariz. – Dizem que parou quando a primeira mulher entrou no lugar em 1984. Uma piadinha interna. E o menu se chama "cardápio". Eles não usariam "menu", veja só, porque a palavra é francesa. Meu pai adorava essas coisas. Eu tinha acabado de entrar para Oxford, por isso ele me trouxe aqui. Ele detestava comida estrangeira.

Strike podia sentir o nervosismo de Waldegrave. Ele estava acostumado a provocar esse efeito nas pessoas. Agora não era hora de perguntar se Waldegrave ajudara Quine a escrever o plano para seu assassinato.

— O que você estudou em Oxford?

— Inglês — disse Waldegrave com um suspiro. — Meu pai encarou isso com coragem; queria que eu fizesse medicina.

Os dedos na mão direita de Waldegrave tocaram um arpejo na toalha de mesa.

— As coisas estão tensas no trabalho, é? — perguntou Strike.

— Nem me fale. — Waldegrave olhou em volta novamente, procurando pelo garçom do vinho. — Agora que sabemos como Owen foi morto é que a ficha está caindo. Gente apagando e-mails como idiotas, fingindo que nunca viram o livro, não sei como isso vai acabar. Não é tão engraçado agora.

— Foi engraçado antes?

— Bom... sim, foi quando as pessoas pensaram que Owen tinha fugido. As pessoas adoram ver os poderosos ridicularizados, não é? Eles não são homens populares, nenhum dos dois, Fancourt e Chard.

O garçom de vinhos chegou e entregou a carta a Waldegrave.

— Posso pedir uma garrafa? — disse Waldegrave, passando os olhos por ela. — Devo entender que é por sua conta?

— Sim — disse Strike, mas com temor.

Waldegrave pediu uma garrafa de Château Lezongars, que Strike viu com profunda apreensão custar quase cinquenta libras, embora houvesse garrafas na carta de vinhos que custassem quase duzentas.

— E então — disse Waldegrave, com uma súbita ousadia, enquanto o garçom se retirava —, nenhuma pista ainda? Sabem quem foi?

— Ainda não — disse Strike.

Seguiu-se outro segundo desagradável. Waldegrave empurrou os óculos pelo nariz suado.

— Desculpe — murmurou ele. — Que grosseria... mecanismo de defesa. É... eu não consigo acreditar. Não acredito que aconteceu.

— Ninguém consegue — disse Strike.

Em uma explosão de confiança, Waldegrave falou:

— Não consigo me livrar da ideia louca de que Owen fez isso consigo mesmo. Que ele encenou tudo.

— É mesmo? — Strike observava atentamente Waldegrave.

— Sei que ele não pode ter feito, sei disso. — As mãos do editor tocavam uma escala hábil na beira da mesa. — É tão... tão *teatral*, como ele... como ele foi morto. Tão... tão grotesco. E... o detalhe medonho... a melhor publicidade que qualquer escritor poderia conseguir para seu livro. Meu Deus, Owen adorava publicidade. Pobre Owen. Uma vez ele me disse... e isso não é brincadeira... uma vez ele me disse com toda seriedade que gostava que sua namorada o entrevistasse. Disse que esclarecia seus processos de pensamento. Eu falei, "O que você usa como microfone?", entrando na brincadeira, entende, e sabe o que o bobalhão me disse? "Principalmente esferográficas. O que tiver por perto."

Waldegrave explodiu em um riso ofegante que mais parecia soluço.

– Um coitado filho da puta – disse ele. – Filho da puta e bocó. Tudo perdido completamente no fim, não foi? Bom, espero que Elizabeth Tassel esteja satisfeita. Ficou dando corda a ele.

O garçom inicial voltou com um bloco.

– O que vai querer? – perguntou o editor a Strike, concentrando sua miopia em seu cardápio.

– A carne – disse Strike, que teve tempo de vê-la sendo cortada da salva de prata em um carrinho que circulava pelas mesas. Ele não comia pudim Yorkshire há anos; na verdade, desde a última vez que voltou a St. Mawes para ver os tios.

Waldegrave pediu linguado, depois esticou o pescoço de novo para ver se o garçom do vinho voltava. Quando viu o homem se aproximando com a garrafa, relaxou visivelmente, afundando com mais conforto na cadeira. Com a taça cheia, bebeu vários goles antes de suspirar como um homem que recebera tratamento médico de urgência.

– Você dizia que Elizabeth Tassel ficava dando corda ao Quine – disse Strike.

– Hein? – Waldegrave colocou a mão em concha na orelha.

Strike se lembrou da surdez de um lado. O restaurante enchia, ficando mais barulhento. Ele repetiu a pergunta num tom mais alto.

– Ah, sim – disse Waldegrave. – Sim, falando de Fancourt. Os dois gostavam de remoer as ofensas que Fancourt lhes fazia.

– Que ofensas? – perguntou Strike, e Waldegrave bebeu mais vinho.

– Fancourt falou mal dos dois por anos. – Waldegrave coçou o peito distraidamente através da camisa amarrotada e bebeu mais vinho. – De Owen, devido àquela paródia do romance de sua esposa morta; de Liz, porque ela foi fiel a Owen... Veja bem, ninguém jamais culpou Fancourt por deixar Liz Tassel. A mulher é uma megera. Agora reduzida a um ou dois clientes. Mulherzinha ardilosa. Deve passar as noites calculando quanto perdeu: 15 por cento dos royalties de Fancourt dão um bom dinheiro. Jantares editoriais, estreias de cinema... em vez disso, ela consegue Quine entrevistando a si mesmo com uma esferográfica e salsichas queimadas no quintal de Dorcus Pengelly.

— Como sabe que houve salsichas queimadas? — perguntou Strike.

— Dorcus me contou — disse Waldegrave, que já terminara a primeira taça de vinho e se servia da segunda. — Ela queria saber por que Liz não estava na festa de aniversário da empresa. Quando lhe falei sobre *Bombyx Mori*, Dorcus me garantiu que Liz era uma mulher adorável. *Adorável*. Não poderia saber o que estava no livro de Owen. Jamais feriu os sentimentos de ninguém... não machucaria nem uma mosca... Rá!

— Você discorda?

— Mas é claro que discordo, porra. Conheci umas pessoas que começaram no escritório de Liz Tassel. Elas falam como vítimas de sequestro que foram resgatadas. Tirana. Um gênio de assustar.

— Acha que ela propôs a Quine escrever o livro?

— Bom, não diretamente. Mas você pega um escritor iludido que estava convencido de que não era um best-seller porque as pessoas tinham inveja dele ou não faziam seu trabalho direito e o prende a Liz, que está sempre zangada, amargurada pra cacete, alardeando que Fancourt caluniava os dois, e é uma surpresa que ele tenha ficado em tal agitação?

"Ela nem mesmo se incomodou em ler o livro dele direito. Se ele não tivesse morrido, eu diria que ela teve o que merecia. O filho da puta louco e otário não atacou só Fancourt, não foi? Foi atrás dela também, rá-rá! Foi atrás do desgraçado do Daniel, atrás de mim, atrás de todo mundo. *Todo mundo*."

À maneira de outros alcoólatras que Strike conhecia, Jerry Waldegrave cruzou a fronteira para a embriaguez com duas taças de vinho. Seus movimentos eram subitamente mais desajeitados, seus modos, mais exagerados.

— Acha que Elizabeth Tassel atiçou Quine a atacar Fancourt?

— Não tenho dúvida disso — disse Waldegrave. — Nenhuma dúvida.

— Mas, quando a encontrei, Elizabeth Tassel disse que o que Quine escreveu sobre Fancourt era mentira — disse Strike a Waldegrave.

— Hein? — repetiu Waldegrave, com a mão na orelha.

— Ela me disse — falou Strike em voz alta — que o que Quine escreveu em *Bombyx Mori* sobre Fancourt é falso. Que Fancourt não escreveu a paródia que fez a mulher dele se matar... que foi escrita por Quine.

— Não estou falando *disso*. — Waldegrave balançou a cabeça como se Strike fosse obtuso. — Eu não quis dizer... esqueça. Esqueça.

Ele já havia passado da metade da garrafa; o álcool o induzira a certa confiança. Strike se conteve, sabendo que a pressão só levaria à teimosia de granito do bêbado. Era melhor deixar que ele vagasse para onde quisesse, mantendo a mão leve no leme.

— Owen gostava de mim — disse Waldegrave a Strike. — Ah, sim. Eu sabia lidar com ele. Alimente aquela vaidade masculina e você podia conseguir que ele fizesse o que você quisesse. Elogie por meia hora antes de pedir a ele para mudar alguma coisa nos originais. Elogie por outra meia hora antes de pedir para fazer outra mudança. O único jeito.

"Ele não queria me magoar. Não estava raciocinando direito, o bobalhão. Queria aparecer na televisão. Pensava que todo mundo estava contra ele. Não percebeu que brincava com fogo. Mentalmente doente."

Waldegrave arriou na cadeira e sua cabeça se chocou com a de uma mulher grande e pomposamente vestida sentada atrás dele.

— Desculpe! Desculpe!

Enquanto ela o olhava feio por sobre o ombro, ele puxou a cadeira, provocando estrondo nos talheres sobre a mesa.

— E então, de que se tratava o Cutter? — perguntou Strike.

— Hein? — fez Waldegrave.

Desta vez, Strike tinha certeza de que a mão em concha na orelha era pose.

— O Cutter...

— Cutter é o editor, óbvio, quem corta — disse Waldegrave.

— E o saco ensanguentado e o anão que você tentava afogar?

— Simbólico — disse Waldegrave, com um gesto largo que quase virou a taça de vinho. — Alguma ideia dele que eu reprimi, alguma parte de prosa elaborada com carinho que eu quis eliminar. Magoa os sentimentos dele.

Strike, que já ouvira mil respostas ensaiadas, achou a resposta oportuna demais, fluente e rápida demais.

— Só isso?

— Bom — disse Waldegrave, com um riso ofegante —, eu nunca afoguei um anão, se é o que você está insinuando.

Os bêbados sempre eram complicados de se interrogar. Nos tempos do SIB, suspeitos ou testemunhas embriagados eram uma raridade. Ele se lembrava do major alcoólatra cuja filha de vinte anos revelou abuso sexual em sua escola na Alemanha. Quando Strike chegou à casa da família, o major virou-se para ele com uma garrafa quebrada. Strike o colocou a nocaute. Mas aqui, no mundo civilizado, com um garçom adejando, este editor bêbado e de maneiras gentis podia escolher ir embora e não haveria nada que Strike pudesse fazer. Só podia torcer por uma chance de voltar ao assunto do Cutter para manter Waldegrave em sua cadeira, mantê-lo falando.

Agora o carrinho se dirigia suntuoso para o lado de Strike. Uma costela de carne escocesa foi cortada com cerimônia enquanto Waldegrave recebia o linguado.

Nada de táxis por três meses, disse Strike a si mesmo severamente, salivando enquanto seu prato recebia pudim Yorkshire, batatas e pastinaca. O carrinho se afastou. Waldegrave, que agora havia bebido dois terços da garrafa de vinho, contemplou seu peixe como se não soubesse bem como parou na sua frente e colocou uma batatinha na boca com os dedos.

— Quine discutia o que estava escrevendo com você, antes de lhe entregar os originais? — perguntou Strike.

— Nunca. A única coisa que ele um dia me contou sobre *Bombyx Mori* era que o bicho-da-seda era uma metáfora para o escritor, que precisava passar por agonias para conseguir um material bom. Só isso.

— Ele nunca pediu seus conselhos ou contribuição?

— Não, não, Owen sempre se achou o melhor.

— Isso é comum?

— Os escritores variam — disse Waldegrave. — Mas Owen estava sempre na extremidade sigilosa da escala. Gostava das grandes revelações, sabe como é. Apelava a seu senso de drama.

— A polícia perguntará a você sobre suas atividades depois de você ter recebido o livro, eu suponho — disse Strike despreocupadamente.

— É, já passei por tudo isso — disse Waldegrave com indiferença. Estava tentando, sem muito sucesso, retirar as espinhas do linguado que ele, imprudentemente, pedira que deixassem inteiro. – Recebi os originais na sexta-feira, só olhei no domingo...

– Você pretendia viajar, não é?

– Paris. Fim de semana de aniversário. Não aconteceu.

– Houve alguma coisa?

Waldegrave esvaziou o que restava da taça de vinho. Várias gotas do líquido escuro caíram na toalha de mesa branca e se espalharam.

– Tive uma briga, uma briga feia, a caminho do Heathrow. Dei a volta e fui para casa.

– Parada dura – disse Strike.

– Falido há anos – disse Waldegrave, abandonando sua luta desigual com o linguado e jogando garfo e faca com um estrondo que fez os comensais próximos se virarem. – JoJo é adulta. Não tem mais sentido. Separação.

– Lamento saber disso – disse Strike.

Waldegrave deu de ombros tristemente e bebeu mais vinho. As lentes de seus óculos estavam cobertas de digitais e a gola da camisa era suja e puída. Ele tinha a aparência, pensou Strike, de que era experiente nesses assuntos, de um homem que dormira com aquelas roupas.

– Você foi direto para casa depois da briga, não?

– Casa grande. Ninguém precisa se ver, se não quiser.

As gotas de vinho se espalhavam como flores carmim pela toalha de mesa branca.

– Ponto negro, é o que isso me lembra – disse Waldegrave. – O ponto negro de *A ilha do tesouro*, sabe... Suspeita de todos que leram aquela droga de livro. Todo mundo olhando de banda pra todo mundo. Todo mundo que sabe o final é suspeito. A polícia na merda da minha sala, todo mundo olhando...

"Eu li no domingo", disse ele, voltando à pergunta de Strike, "e falei com Liz Tassel o que pensava dela... e a vida continuou. Owen não atendia ao telefone. Pensei que ele talvez tivesse sofrido um colapso... tenho meus próprios problemas, porra. Daniel Chard louco de raiva..."

"Ele que se foda. Pedi demissão. Já bastava. Acusações. Chega. Ouvir berros na frente do escritório todo. Chega."

– Acusações? – perguntou Strike.

Sua técnica de interrogatório começava a parecer o toque hábil de peças de futebol de botão; o entrevistado vacilante dirigido pelo leve toque certo.

(Strike teve um time do Arsenal nos anos 1970; jogava com o Plymouth Argyles de pintura customizada de Dave Polworth, os dois meninos deitados de bruços no tapete da lareira da mãe de Dave.)

– Dan acha que fofoquei com Owen sobre ele. Idiota de merda. Acha que o mundo não sabe... vem fofocando há anos. Não precisava falar com Owen. Todo mundo sabe.

– Que Chard é gay?

– Gay, quem liga... enrustido. Nem sei se Dan *sabe* que ele é gay. Mas ele gosta de garotos bonitos, gosta de pintar os garotos pelados. É notório.

– Ele se propôs a pintar você? – perguntou Strike.

– Meu Deus, não. Joe North me contou, anos atrás. Ah!

Ele pegou o garçom do vinho olhando.

– Outra taça disto, por favor.

Strike ficou agradecido por ele não ter pedido uma garrafa.

– Lamento, senhor, não servimos este por...

– Então, qualquer coisa. Tinto. Qualquer coisa.

"Anos atrás, foi isso", continuou Waldegrave, de onde tinha parado. "Dan queria que Joe posasse para ele; Joe o mandou à merda. É notório, há anos."

Ele se recostou, de novo esbarrando na mulher grande atrás dele, que infelizmente agora tomava sopa. Strike observou o companheiro de jantar dela, furioso, convocar o garçom de passagem para reclamar. O garçom se curvou para Waldegrave e disse, num tom escusatório, mas com firmeza:

– Poderia puxar sua cadeira para frente, senhor? A senhora atrás...

– Desculpe, desculpe.

Waldegrave se puxou para mais perto de Strike, colocou os cotovelos na mesa, tirou o cabelo embaraçado dos olhos e disse em voz alta:

– Babaca presunçoso.

– Quem? – perguntou Strike, terminando com pesar a melhor refeição que fazia em muito tempo.

– Dan. Recebeu a merda da empresa de bandeja... nadou em dinheiro a vida toda... ele que viva no campo e pinte seu empregadinho, se é o que ele quer... já chega disso. Começo minha própria... começo minha própria empresa.

O celular de Waldegrave tocou. Ele levou algum tempo para localizá-lo. Espiou por sobre os óculos o número de quem chamava antes de atender:

– O que é que manda, JoJo?

Embora o restaurante estivesse movimentado, Strike ouviu a resposta: um grito estridente e distante pela linha. Waldegrave parecia apavorado:

– JoJo? Você está...?

Mas então o rosto macilento e amável ficou mais tenso do que Strike teria acreditado possível. As veias se destacavam no pescoço de Waldegrave e sua boca se esticava em um esgar feio.

– Vai se foder! – disse ele, e sua voz chegou alta a todas as mesas circundantes, de modo que cinquenta cabeças se viraram sobressaltadas, as conversas interrompidas. – *Não me ligue pelo número de JoJo!* Não, sua bêbada de merda... você me ouviu bem... eu bebo porque estou casado com *você*, caralho, é por isso!

A gorda atrás de Waldegrave olhou em volta, escandalizada. Garçons fuzilavam com os olhos; um deles ficou tão distraído que parou com o pudim Yorkshire a meio caminho do prato de um executivo japonês. O clube masculino decoroso sem dúvida já vira outras brigas de bêbado, mas não podia deixar de se chocar em meio aos painéis de madeira escura, os lustres de vidro e os cardápios, onde tudo era estolidamente britânico, calmo e sisudo.

– Bom, *e de quem é a culpa dessa merda?* – gritou Waldegrave.

Ele se colocou de pé, cambaleando, esbarrando na infeliz vizinha mais uma vez, mas desta feita não houve protestos de seu companheiro. O restaurante caíra em silêncio. Waldegrave saía dali trocando as pernas, uma garrafa e um terço mais bêbado, xingando ao celular, e Strike, abandonado na mesa, divertiu-se ao descobrir em si parte da reprovação sentida pela confusão do homem que não conseguia controlar a bebida.

– A conta, por favor – disse Strike ao garçom boquiaberto mais próximo. Estava decepcionado por não ter conseguido provar o pudim com frutas secas, que notou no cardápio, mas devia alcançar Waldegrave, se pudesse.

Enquanto os comensais resmungavam e o olhavam pelo canto dos olhos, Strike pagou, impeliu-se da mesa e, apoiado na bengala, seguiu os passos desajeitados de Waldegrave. Pela expressão ultrajada do maître e o barulho de Waldegrave ainda berrando do lado de fora da porta, Strike suspeitou que tenha sido necessária alguma persuasão para convencer o homem a sair do local.

Ele encontrou o editor encostado na parede fria à esquerda das portas. A neve caía densa em volta deles; a calçada estalava sob os sapatos, os transeuntes agasalhados até as orelhas. Sem o pano de fundo da grandeza sólida, Waldegrave não parecia mais um acadêmico vagamente desmazelado. Bêbado, sujo e amarfanhado, xingando ao telefone oculto pela mão grande, podia ser um vagabundo doente mental:

– ... *não é culpa minha, caralho, sua vaca idiota!* Eu escrevi aquela merda? Escrevi?... É melhor você falar com ela então, porra, não é?... Se você não fizer, eu faço... Não me ameace, sua puta horrorosa de merda... se você ficasse de pernas fechadas... *você vai me ouvir, caralho...*

Waldegrave viu Strike. Ficou boquiaberto por alguns segundos, depois interrompeu a chamada. O celular escorregou de seus dedos atrapalhados e caiu na calçada coberta de neve.

– Saco – disse Jerry Waldegrave.

O lobo voltara à pele de cordeiro. Ele tateou com os dedos nus, procurando pelo telefone na neve suja em volta de seus pés, e seus óculos caíram. Strike os pegou para ele.

– Obrigado. Obrigado. Desculpe por isso. Desculpe...

Strike viu lágrimas no rosto inchado de Waldegrave enquanto o editor recolocava os óculos. Metendo o telefone rachado no bolso, ele voltou sua expressão de desespero para o detetive.

– Isso acabou com a merda da minha vida – disse ele. – Aquele livro. Eu não pensava que Owen... uma coisa que era sagrada pra ele. Pai e filha. Uma coisa...

Com outro gesto de desdém, Waldegrave virou-se e se afastou, oscilando muito, completamente bêbado. Deve ter bebido, imaginou o detetive, pelo menos uma garrafa antes de se encontrarem. Não tinha sentido segui-lo.

Observando Waldegrave desaparecer na neve em turbilhão, passando pelos consumidores de Natal que se arrastavam, carregados, pelas calçadas lamacentas, Strike lembrou-se da mão se fechando com urgência em um braço, uma voz masculina severa, uma voz de mulher mais furiosa. "*A mamãe foi direto pra lá, por que você não segurou o braço dela?*"

Puxando a gola do casaco para cima, Strike pensou que agora sabia o que isto significava: o anão em um saco ensanguentado, os chifres por baixo da capa do Cutter e, o mais cruel de tudo, a tentativa de afogamento.

37

> ... quando me provocam à fúria, não consigo me associar com a paciência e a razão.
>
> William Congreve,
> *O impostor*

Strike partiu para seu escritório sob o céu de um prata sujo, seus pés deslocando-se com dificuldade pela neve que se acumulava rapidamente, ainda caindo veloz. Embora não tivesse bebido nada além de água, ele se sentia meio embriagado pela comida boa e suculenta, o que lhe deu a falsa sensação de bem-estar que Waldegrave deve ter bebido em seu escritório algum tempo pela manhã. A caminhada entre o Simpson's-in-the-Strand e seu pequeno escritório frio na Denmark Street teria custado talvez quinze minutos a um adulto em boa forma e sem problemas. O joelho de Strike ainda estava inflamado e extenuado, mas ele acabara de gastar em uma única refeição mais do que o orçamento para a comida de uma semana inteira. Acendendo um cigarro, ele mancou pelo frio cortante, de cabeça baixa contra a neve, perguntando-se o que Robin teria descoberto na livraria Bridlington.

Ao passar pelas colunas caneladas do Lyceum Theatre, Strike ponderou o fato de que Daniel Chard estava convencido de que Jerry Waldegrave ajudou Quine a escrever seu livro, enquanto Waldegrave achava que Elizabeth Tassel havia explorado o ressentimento do autor até que explodisse no papel. Seriam estes, perguntou-se ele, simples casos de raiva deslocada? Tendo sido frustrados pelo verdadeiro culpado da horrível morte de Quine, será que Chard e Waldegrave procuravam bodes expiatórios vivos sobre quem descarregar sua fúria frustrada? Ou eles tinham razão em detectar, em *Bombyx Mori*, uma influência de fora?

A fachada escarlate do Coach and Horses, na Wellington Street, constituía uma forte tentação enquanto ele se aproximava, a bengala agora fazendo o trabalho pesado e seu joelho reclamando: calor, cerveja e uma cadeira confortável... mas uma terceira ida a um pub na hora do almoço em uma semana... não era um hábito que devesse criar... Jerry Waldegrave era uma aula prática de para onde esse comportamento podia levar...

Ele não conseguiu resistir a um olhar invejoso pela janela ao passar, as luzes cintilando nas bombas de bronze de cerveja e homens alegres com uma consciência mais relaxada do que a dele...

Ele a viu pelo canto dos olhos. Alta e recurvada no casaco preto, de mãos nos bolsos, andando apressada pelas calçadas sujas atrás dele: sua perseguidora e possível agressora da noite de sábado.

O passo de Strike não falhou e ele não se virou para olhá-la. Desta vez não faria joguinho nenhum; não ia parar para testar seu estilo amador de perseguição, nem deixaria que ela soubesse que ele a localizara. Continuou andando sem olhar por sobre o ombro, e só um homem ou mulher com a mesma experiência em contravigilância teria percebido suas olhadas displicentes por vitrines proveitosamente posicionadas e placas de bronze reflexivas nas portas; só profissionais reconheceriam aquele estado hiperalerta disfarçado de desatenção.

A maioria dos assassinos era de amadores descuidados, por isso eram apanhados. Insistir depois do encontro dos dois na noite de sábado revelava uma imprudência de alto calibre e era com isso que Strike contava ao continuar pela Wellington Street, aparentemente distraído da mulher que o seguia com uma faca no bolso. Quando ele atravessou a Russell Street, ela escapou de vista, fingindo entrar na Marquess of Anglesey, mas logo reapareceu, escondendo-se e saindo dos pilares quadrados de um prédio comercial e espreitando por uma porta para deixar que ele ganhasse a dianteira.

Strike agora mal sentia o joelho. Transformara-se em um metro e noventa de potencial altamente concentrado. Desta vez não havia vantagem para ela; ela não o pegaria de surpresa. Se a mulher tinha algum plano, ele imaginava que seria aproveitar qualquer oportunidade disponível. Cabia a ele dar-lhe uma oportunidade que ela não se atrevesse a desperdiçar e cuidar para que não obtivesse sucesso.

Passou pela Royal Opera House com seu pórtico clássico, suas colunas e estátuas; na Endell Street, ela entrou em uma antiga cabine telefônica vermelha, criando coragem, sem dúvida, verificando se ele não a notara. Strike continuou, sem alterar o passo, com os olhos na rua à frente. Ela criou confiança e foi novamente para a calçada movimentada, seguindo-o por entre transeuntes apressados com sacolas de compras balançando nas mãos, aproximando-se dele quando a rua se estreitava, escondendo-se em portarias.

À medida que se aproximava do escritório, ele tomou sua decisão, saindo à esquerda da Denmark Street para a Flitcroft Street, que levava à Denmark Place, onde uma viela escura, tomada de cartazes de bandas, o levaria de volta ao escritório.

Será que ela se atreveria?

Ao entrar na viela, os passos de Strike ecoando um pouco nas paredes úmidas, ele reduziu imperceptivelmente o ritmo. Foi quando a ouviu chegando – correndo na sua direção.

Girando o corpo sobre a perna saudável, ele arremessou a bengala – houve um grito de dor quando ela atingiu o braço da mulher –, a faca Stanley pulou de sua mão, bateu na parede de pedra, ricocheteou e por pouco não pegou o olho de Strike – ele agora tinha a mulher sob um domínio feroz que a fez gritar.

Strike receou que algum herói viesse em auxílio da mulher, mas não apareceu ninguém e agora a velocidade era crucial – ela era mais forte do que ele supunha e reagia com ferocidade, tentando chutar seu saco e arranhar seu rosto. Com uma torção econômica a mais do corpo, ele a pegou em uma gravata, os pés da mulher escorregando e se debatendo no chão molhado da viela.

Enquanto ela se contorcia nos braços dele, tentando mordê-lo, Strike abaixou-se para pegar a faca, puxando a mulher para baixo também, de forma que ela quase perdeu o pé de apoio. Em seguida, abandonando a bengala, que não podia carregar enquanto lidasse com ela, Strike a arrastou para a Denmark Street.

Ele foi rápido e ela, esbaforida ainda pela luta, não teve fôlego para gritar. A rua curta e fria não tinha consumidores, e nenhum transeunte na Charing Cross Road notou nada de estranho enquanto ele a obrigava a percorrer a curta distância até a portaria preta.

– Preciso entrar, Robin! Rápido! – gritou ele no interfone, jogando o corpo na porta da rua assim que Robin a abriu eletronicamente. Ele a arrastou escada de metal acima, seu joelho direito agora protestando violentamente, e ela começou a gritar, os berros tendo eco pelo poço da escada. Strike viu movimento por trás da porta de vidro do designer gráfico carrancudo e excêntrico que trabalhava no escritório abaixo do dele.

– Só estamos namorando! – ele gritou para a porta, carregando a perseguidora para cima.

– Cormoran? O quê... Ah, meu *Deus*! – disse Robin, olhando do patamar. – Você não pode... o que você está aprontando? Solte a mulher!

– Ela acaba... de tentar... meter a faca em mim... de novo – ofegou Strike e, com um último e gigantesco esforço, obrigou sua perseguidora a passar pela soleira. – Tranque a porta! – gritou ele a Robin, que correu atrás deles e obedeceu.

Strike jogou a mulher no sofá de couro falso. O capuz caiu e revelou uma cara branca e comprida com grandes olhos castanhos e cabelo escuro, ondulado e grosso que caía na altura dos ombros. Seus dedos terminavam em unhas vermelhas e pontudas. Ela mal parecia ter vinte anos.

– Seu filho da puta! *Filho da puta!*

Ela tentou se levantar, mas Strike estava parado sobre ela com um olhar homicida e assim ela pensou melhor, arriando no sofá e massageando o pescoço branco, que tinha arranhões num rosa escuro onde ele a apanhara.

– Vai me dizer por que está tentando me esfaquear? – perguntou Strike.

– Vai se foder!

– Que original – disse Strike. – Robin, chame a polícia...

– Nãããão! – gritou a mulher de preto como um cachorro latindo. – Ele me machucou – disse ela ofegante a Robin, puxando a blusa para baixo com uma autopiedade desembaraçada e revelando as marcas no pescoço branco e forte. – Ele me arrastou, me puxou...

Robin olhou para Strike, com a mão no telefone.

– Por que você estava me seguindo? – disse Strike, ofegante e parado sobre ela, num tom ameaçador.

Ela se encolheu nas almofadas rangentes, mas Robin, cujos dedos não deixaram o telefone, detectou certo contentamento no medo da mulher, um sussurro de voluptuosidade no jeito com que se afastava dele, contorcendo-se.

– Última chance – rosnou Strike. – *Por quê...?*

— O que está havendo aí em cima? – veio a pergunta ranzinza do andar de baixo.

Robin olhou nos olhos de Strike. Correu para a porta, destrancou e deslizou para o patamar enquanto Strike montava guarda de sua cativa, com o maxilar cerrado e um punho fechado. Ele viu a ideia de gritar por ajuda passar pelos olhos escuros e grandes, arroxeados como amor-perfeito, e desaparecer. Tremendo, ela começou a chorar, mas seus dentes estavam expostos e ele pensou que havia mais fúria do que infelicidade em suas lágrimas.

— Está tudo bem, Sr. Crowdy – Robin gritou. – Foi só uma confusão. Desculpe pelo barulho que fizemos.

Robin voltou ao escritório e trancou a porta mais uma vez. A mulher estava rígida no sofá, as lágrimas caindo pelo rosto, as unhas feito garras segurando a beira do assento.

— Foda-se – disse Strike. – Não quer falar... vou ligar para a polícia.

Ao que parecia, ela acreditou nele. Ele mal tinha dado dois passos para o telefone quando ela soluçou:

— Eu queria impedir você.

— Me impedir de fazer o quê? – disse Strike.

— Até parece que você não sabe!

— Não me venha com esses joguinhos de merda! – gritou Strike, curvando-se para ela com os grandes punhos cerrados. Ele sentia agudamente o joelho machucado. Era culpa dela o tombo que levou rompendo seus ligamentos mais uma vez.

— Cormoran – disse Robin com firmeza, metendo-se entre os dois e obrigando-o a recuar um passo. – Escute – disse ela à garota. – Preste atenção. Diga a ele por que está fazendo isso e talvez ele não telefone...

— Você só pode estar de sacanagem – disse Strike. – Por duas vezes ela tentou me esfaque...

— ... talvez ele não chame a polícia – disse Robin em voz alta, sem se abalar.

A mulher deu um pulo e tentou correr para a porta.

— Nada disso – disse Strike, mancando rapidamente por Robin, pegando sua agressora pela cintura e jogando-a sem nenhuma gentileza no sofá.

— *Quem é você?*

— Agora você me machucou! Você me machucou de verdade... minhas costelas... vou dar queixa de agressão, seu filho da puta...

— Então eu devo chamá-la de Pippa? — disse Strike.

Um ofegar estremecido e um olhar malévolo.

— Seu... seu... vai se...

— Tá, tá, eu vou me foder — disse Strike com irritação. — *Seu nome*.

O peito da garota subia e descia por baixo do sobretudo pesado.

— Como vai saber se estou dizendo a verdade, mesmo que eu te fale? — Ela ofegava, com uma exibição a mais de desafio.

— Vou trancar você aqui até ter verificado — disse Strike.

— Sequestro! — gritou ela, a voz rude e alta de um estivador.

— Direito de detenção por cidadão em defesa própria — disse Strike. — Você tentou me esfaquear, merda! Agora, pela última vez...

— Pippa Midgley — ela desembuchou.

— Até que enfim. Tem identidade?

Soltando outro palavrão, ela pôs a mão no bolso e tirou um passe de ônibus, que jogou para ele.

— Aqui diz Phillip Midgley.

— Não brinca.

Vendo que Strike entendeu a implicação e apesar da tensão na sala, Robin sentiu o impulso repentino de rir.

— Epicoene — disse Pippa Midgley, furiosa. — Não entendeu? É sutil demais pra você, *idiota*?

Strike a olhou de cima. O pomo de adão em seu pescoço arranhado e marcado ainda era proeminente. Ela voltou a enterrar as mãos nos bolsos.

— Serei Pippa em todos os meus documentos no ano que vem — disse ela.

— Pippa — repetiu Strike. — Você é a autora de "Vou girar a porra da roda do suplício pra você", não é?

— *Ah* — disse Robin, com um longo suspiro arrastado de compreensão.

— *Aaaaaah*, como você é *inteligente*, Mr. Butch — disse Pippa numa imitação maldosa.

— Você conhece Kathryn Kent pessoalmente ou são apenas amigas virtuais?

— Por quê? Agora é crime conhecer Kath Kent?

– Como conheceu Owen Quine?
– Não quero falar daquele escroto – disse ela, com o peito se erguendo. – O que ele fez comigo... o que ele fez... fingindo... ele mentiu... filho da puta mentiroso...

Novas lágrimas escorreram por seu rosto e ela se dissolveu na histeria. Suas mãos de unhas escarlate agarraram o cabelo, os pés batiam no chão, ela se balançava para a frente e para trás, gemendo. Strike a observou com desprazer e disse, depois de trinta segundos:

– Dá pra você *calar a merda*...

Mas Robin o reprimiu com um olhar, pegou alguns lenços de papel na caixa em sua mesa e colocou na mão de Pippa.

– O-o-ob...

– Quer uma xícara de chá ou café, Pippa? – perguntou Robin com gentileza.

– Ca... fé... por fa...

– Ela acabou de tentar me esfaquear, Robin!

– Bom, ela não conseguiu, não foi? – comentou Robin, ocupada com a chaleira.

– A inépcia – disse Strike, sem acreditar – não é defesa, segundo a lei!

Ele cercou Pippa novamente, que acompanhava boquiaberta este diálogo.

– Por que esteve me seguindo? O que tentava me impedir de fazer? Estou te avisando... só porque a Robin aqui está engolindo esse seu chororô...

– Você está trabalhando pra *ela*! – gritou Pippa. – Aquela vaca pervertida, a viúva dele! Ela agora tem o dinheiro dele, não é? A gente sabe o que você foi contratado pra fazer, nós não somos idiotas, caralho!

– "Nós" quem? – Strike exigiu saber, mas os olhos escuros de Pippa deslizaram de novo para a porta. – Juro por Deus – disse Strike, cujo joelho sobrecarregado agora latejava de um jeito que lhe dava vontade de cerrar os dentes –, se você for para essa porta mais uma vez, eu vou chamar a polícia, porra, vou testemunhar e será ótimo te ver acusada de tentativa de homicídio. E não vai ser nada divertido pra você lá dentro, Pippa – acrescentou ele. – Sem pré-operatório.

– Cormoran! – disse Robin incisivamente.

– Só estou esclarecendo os fatos – disse Strike.

Pippa voltou a se encolher no sofá e encarava Strike com pavor genuíno.

– O café – disse Robin com firmeza, saindo de trás da mesa e colocando a caneca em uma das mãos de garras compridas. – Diga a ele do que se trata tudo isso, pelo amor de Deus, Pippa. *Diga a ele.*

Embora Pippa parecesse desequilibrada e agressiva, Robin não podia deixar de sentir pena da garota, que parecia não ter pensado quase nada nas possíveis consequências de atacar com uma faca um detetive particular. Robin só podia supor que a garota fosse dona de um tipo extremo de caráter, o mesmo que afetava seu irmão mais novo Martin, famoso na família pela falta de precaução e amor ao perigo, o que o levou mais vezes ao pronto-socorro do que todos os irmãos juntos.

– Sabemos que ela contratou você pra incriminar a gente – disse Pippa com a voz rouca.

– Quem é *"ela"* e quem é *"a gente"*? – rosnou Strike.

– Leonora Quine! – disse Pippa. – Sabemos como é essa mulher e sabemos do que é capaz! Ela nos odeia, a mim e a Kath, ela faria qualquer coisa pra nos atingir. Ela matou Owen e está tentando botar a culpa em nós! Pode fazer a cara que quiser! – ela gritou para Strike, cujas sobrancelhas pesadas tinham subido pela metade da testa. – Ela é uma piranha maluca, ciumenta pra cacete... não suportava que ele nos visse e agora colocou você fuçando por aí, tentando arrumar o que usar contra nós!

– Não sei se você acredita nessa besteira paranoica...

– A gente sabe o que está acontecendo! – gritou Pippa.

– *Cale a boca.* Ninguém, a não ser o assassino, sabia que Quine estava morto quando você começou a me seguir. Você me seguiu no dia em que eu encontrei o corpo e eu sei que estava seguindo Leonora por uma semana antes disso. Por quê? – Como a garota não respondeu, ele repetiu: – Última chance: por que você me seguiu da casa de Leonora?

– Pensei que você me levaria aonde ele estava – disse Pippa.

– Por que você queria saber onde ele estava?

– Assim eu podia matar aquele merda! – gritou Pippa. Robin teve confirmada a impressão de que Pippa partilhava da ausência quase completa de autopreservação de Martin.

– E por que você queria matá-lo? – perguntou Strike, como se ela não tivesse dito nada fora do comum.

— Pelo que ele fez conosco naquele livro horrível! Você conhece... você leu... Epicoene... aquele filho da puta, filho da puta...

— Trate de se acalmar! Então você leu *Bombyx Mori* na época?

— É, claro que li...

— E foi aí que você começou a colocar merda na caixa de correio de Quine?

— Uma merda para outra! – gritou ela.

— Genial você. E quando foi que leu o livro?

— Kath leu as partes sobre nós por telefone, depois eu fui lá e...

— Quando ela leu para você as partes por telefone?

— Q-Quando ela chegou em casa e o encontrou em seu capacho. O manuscrito todo. Ela mal conseguia abrir a porta. Ele meteu por baixo da porta dela com um bilhete – disse Pippa Midgley. – Ela me mostrou.

— O que dizia o bilhete?

— Dizia, "Hora da revanche para nós dois. Espero que você fique feliz! Owen".

— "Hora da revanche para nós dois"? – repetiu Strike, de cenho franzido. – Sabe o que isso significa?

— Kath não quis me contar, mas sei que ela entendeu. Ela ficou a-arrasada – disse Pippa, com o peito ofegante. – Ela é... ela é uma pessoa maravilhosa. Você não a conhece. Ela tem sido uma m-mãe pra mim. A gente se conheceu no curso de redação dele e ficamos... nós ficamos como... – Ela recuperou o fôlego e choramingou: – Ele foi muito escroto. Mentiu pra nós sobre o que estava escrevendo, mentiu sobre... sobre tudo...

Ela recomeçou a chorar, gemendo e soluçando, e Robin, preocupada com o Sr. Crowdy, disse com gentileza:

— Pippa, conte-nos sobre o que ele mentiu. Cormoran só quer a verdade, ele não está tentando incriminar ninguém...

Ela não sabia se Pippa ouviu ou se acreditou nela; talvez simplesmente quisesse aliviar seus sentimentos extenuados, mas respirou fundo e trêmula e desabafou numa torrente de palavras:

— Ele disse que eu era como sua segunda filha, ele *falou* isso pra mim; eu contei *tudo* a ele, ele sabia que minha mãe me expulsou e *tudo*. E mostrei a ele m-m-meu livro sobre a minha vida e ele f-foi muito g-gentil e interessado, disse que me ajudaria a conseguir que fosse p-publicado, e ele d-disse a nós duas, eu e Kath, que estávamos no romance n-novo dele e disse que eu e-era uma "b-bela alma perdida"... *foi isso que ele me disse*. – Pippa arquejava, a boca móvel trabalhando. – E um dia ele f-fingiu ler uma parte pra mim, por telefone, e era... era lindo, e depois eu l-li e ele... ele escreveu *aquilo*... Kath ficou um t-trapo... a caverna... Harpy e Epicoene...

– Então Kathryn chegou em casa e o encontrou no capacho, foi isso? – disse Strike. – Chegou em casa de onde... do trabalho?

– Da c-clínica, com a irmã que morria.

– E isso foi *quando*? – disse Strike pela terceira vez.

– Quem liga pra quando...?

– *Eu ligo, caralho!*

– Foi no dia 9? – perguntou Robin. Ela havia acessado o blog de Kathryn Kent no computador, a tela fora de vista do sofá onde Pippa estava sentada. – Pode ter sido no dia 9, terça-feira, Pippa? Na terça, depois da Noite das Fogueiras?

– Foi... é, acho que foi! – disse Pippa, aparentemente assombrada com a adivinhação correta de Robin. – É, Kath saiu na Noite das Fogueiras porque Angela estava muito doente...

– Como você sabia que era Noite das Fogueiras? – perguntou Strike.

– Porque Owen disse a Kath que ele não p-podia vê-la naquela noite, tinha de ver os fogos de artifício com a filha – disse Pippa. – E Kath ficou muito chateada, porque ele devia estar saindo de casa! Ele prometeu a ela, tinha prometido *há muito tempo* que largaria a piranha da mulher, depois ele diz que tem de soltar estalinhos com a retar...

Ela se interrompeu, mas Strike completou por ela:

– Com a retardada?

– É só uma piadinha – murmurou Pippa, envergonhada, mostrando mais arrependimento pelo uso da palavra do que por ter tentado apunhalar Strike. – Só entre mim e Kath: a filha dele sempre foi a desculpa pra Owen não ir embora e ficar com Kath...

– O que Kathryn fez naquela noite, em vez de ver Quine? – perguntou Strike.

– Eu fui pra casa dela. Depois ela recebeu um telefonema dizendo que Angela, a irmã, tinha piorado muito e saiu. Angela tinha câncer. Espalhou pra todo canto.

— Onde Angela estava?

— Na clínica em Clapham.

— Como Kathryn chegou lá?

— E o que isso importa?

— Só responda à merda da pergunta, está bem?

— Não sei... acho que de metrô. E ela ficou com Angela por três dias, dormindo num colchão no chão ao lado de sua cama porque eles achavam que Angela morreria a qualquer momento, mas Angela se aguentava, aí Kath foi em casa pegar roupas limpas e foi quando ela encontrou o manuscrito em cima do capacho.

— Por que você tem certeza de que ela foi em casa na terça-feira? – perguntou Robin, e Strike, prestes a fazer a mesma pergunta, olhou-a surpreso. Ele não sabia sobre o velho na livraria e a cratera na Alemanha.

— Porque nas noites de terça eu trabalho em um disque-ajuda – disse Pippa – e eu estava lá quando Kath me telefonou aos p-prantos, porque ela colocou o manuscrito em ordem e leu o que estava escrito sobre nós...

— Bom, tudo isso é muito interessante – disse Strike –, porque Kathryn Kent disse à polícia que nunca leu *Bombyx Mori*.

Em outras circunstâncias, a expressão apavorada de Pippa teria sido engraçada.

— *Você me enganou, seu merda!*

— É, você é osso duro de roer – disse Strike. – Nem *pense* nisso – acrescentou ele, erguendo-se sobre a garota quando ela tentou se levantar.

— Ele era um... um merda! – gritou Pippa, fervilhando de uma fúria impotente. – Era um aproveitador! Fingindo estar interessado em nosso trabalho e usando a gente o tempo todo, aquele f-filho da puta m-mentiroso... pensei que ele entendia o que era a minha vida... a gente conversava por horas sobre isso e ele me deu uma força com minha história de vida... ele me d-disse que ia me ajudar a conseguir uma editora...

Strike sentiu-se dominado por um súbito cansaço. Que mania era essa de ser publicado?

— ... e ele só estava tentando me amaciar, pra contar a ele todos os meus pensamentos e sentimentos mais particulares, e Kath... o que ele fez com Kath... você *não entende*... ainda bem que a vaca da mulher dele o matou! Se ela não tivesse...

— Por que — Strike exigiu saber — você insiste em dizer que a esposa de Quine o matou?

— Porque Kath tem provas!

Uma curta pausa.

— Que provas? — perguntou Strike.

— Você não ia gostar de saber! — gritou Pippa com uma gargalhada histérica. — Não te interessa!

— Se ela tem provas, por que não entregou à polícia?

— Por compaixão! — gritou Pippa. — Uma coisa que *você* não...

— Por que — veio uma voz queixosa do outro lado da porta de vidro — ainda há toda essa *gritaria* aí?

— Ah, que diabo — disse Strike enquanto a silhueta indistinta do Sr. Crowdy do andar de baixo se apertava no vidro.

Robin aproximou-se para destrancar a porta.

— Mil desculpas, Sr. Crow...

Pippa saiu do sofá num átimo. Strike tentou agarrá-la, mas seu joelho entortou de forma agonizante quando ele investiu. Jogando de lado o Sr. Crowdy ao sair, ela se foi, descendo com estrondo a escada.

— Deixe que vá! — disse Strike a Robin, que se preparava para persegui-la. — Pelo menos fiquei com a faca.

— Faca? — gritou o Sr. Crowdy, e eles precisaram de quinze minutos para convencê-lo a não entrar em contato com o senhorio (pois a publicidade depois do caso Lula Landry irritara o designer gráfico, que vivia com medo de que outro assassino viesse atrás de Strike e talvez entrasse por engano na sala errada).

— Pelo amor de Deus — disse Strike quando eles enfim convenceram Crowdy a ir embora. Ele arriou no sofá; Robin sentou-se à cadeira do computador, eles se olharam por alguns segundos e começaram a rir.

— Tivemos uma boa rotina do tira bom, tira mau — disse Strike.

— Eu não estava fingindo — disse Robin —, senti mesmo pena dela.

— Eu notei. E quanto a mim, sendo atacado?

— Ela *realmente* queria te esfaquear ou só estava simulando? — perguntou Robin com ceticismo.

— Talvez ela gostasse mais da ideia do que da realidade — reconheceu Strike. — O problema é que você pode ser morto se apunhalado por uma pentelha dramática tanto quanto por um profissional do crime. E o que ela pensou que ganharia me apunhalando...

— Amor materno — disse Robin em voz baixa.

Strike a encarou.

— A mãe dela a deserdou — disse Robin — e ela está passando por uma fase muito traumática, imagino, tomando hormônios e Deus sabe o que mais que precise fazer antes da cirurgia. Ela pensou que tinha uma nova família, não foi? Pensou que Quine e Kathryn Kent eram seus novos pais. Ela nos disse que Quine falou que ela era uma segunda filha para ele e a colocou no livro como filha de Kathryn Kent. Mas em *Bombyx Mori* ele a revelou ao mundo como um ser meio masculino, meio feminino. Também sugeriu que, por baixo de todo aquele afeto filial, ela queria dormir com ele.

"O novo pai dela", disse Robin, "a decepcionou terrivelmente. Mas a nova mãe ainda era boa e amorosa e ela também foi traída, assim Pippa decidiu ir à forra pelas duas."

Ela não conseguia parar de sorrir do olhar de admiração pasmo de Strike.

— Por que você desistiu de formar-se em psicologia?

— Uma longa história — disse Robin, afastando-se para o monitor do computador. — Ela é nova... uns vinte anos, não acha?

— É o que parece — concordou Strike. — Que pena que não deu para perguntar sobre o que ela fez no dia depois do desaparecimento de Quine.

— Ela não fez isso — disse Robin com certeza, voltando a olhá-lo.

— É, você deve ter razão — Strike suspirou —, no mínimo porque enfiar cocô de cachorro pela caixa de correio dele é um anticlímax depois de escavar suas entranhas.

— E ela parece meio fraca no planejamento ou na eficiência, não é?

— Fraca é pouco — concordou ele.

— Vai dar queixa dela na polícia?

— Não sei. Talvez. Mas, merda — disse ele, dando um tapa na própria testa —, nós nem descobrimos por que ela estava cantando no livro!

— Talvez eu saiba — disse Robin depois de uma curta explosão de digitação e lendo os resultados no computador. — Cantar suaviza a voz... exercícios vocais para pessoas transgênero.

— Era só isso? — perguntou Strike, incrédulo.

— O que você está dizendo... que ela estava errada em se ofender? — disse Robin. — Qual é... ele zombou de uma coisa muito pessoal em público...

— Não foi o que quis dizer.

Ele olhou pela janela, pensando, de cenho franzido. A neve caía grossa e rápida.

Depois um tempo, ele falou:

— O que aconteceu na livraria Bridlington?

— Meu Deus, sim, eu quase me esqueci!

Ela contou tudo sobre o vendedor e sua confusão entre o dia 1º e 8 de novembro.

— Um velho estúpido — disse Strike.

— Não seja cruel — disse Robin.

— Ele não era metido a besta? As segundas são sempre as mesmas, procurar o amigo Charles toda segunda-feira...

— Mas como vamos saber se era a noite do bispo anglicano ou a noite da cratera?

— Você disse que ele alega que Charles o interrompeu com a história da cratera enquanto ele contava sobre a ida de Quine à loja.

— Foi o que ele falou.

— Então, é provável que Quine tenha ido à loja no dia 1º, e não no dia 8. Ele se lembra dessas duas informações como se fossem relacionadas. O bobalhão ficou confuso. Ele *queria* ter visto Quine depois de seu desaparecimento, queria poder ajudar a determinar a hora da morte, assim, subconscientemente, procurou motivos para pensar que foi a segunda-feira da semana do crime, e não uma segunda-feira irrelevante uma semana antes de alguém se interessar pelo paradeiro de Quine.

— Mas ainda há uma coisa estranha no que ele alega que Quine disse a ele, não acha? — perguntou Robin.

— Sim, há. Comprar material de leitura porque ia sair de férias... então ele já planejava se afastar, quatro dias antes da briga com Elizabeth Tassel? Ele já planejava ir para a Talgarth Road, depois de todos aqueles anos em que supostamente detestava e evitava o lugar?

— Vai contar isso a Anstis? — perguntou Robin.

Strike soltou um bufo irônico e risonho.

– Não, não vou contar a Anstis. Não temos uma prova real de que Quine esteve lá no dia 1º, e não no dia 8. De qualquer modo, Anstis e eu agora não estamos nos entendendo muito bem.

Houve outra longa pausa, depois Strike assustou Robin ao falar:

– Preciso conversar com Michael Fancourt.

– Por quê?

– Por muitos motivos. As coisas que Waldegrave me disse no almoço. Pode falar com o agente dele ou qualquer contato que consiga para encontrá-lo?

– Sim – disse Robin, tomando nota para si mesma. – Sabe de uma coisa, assisti àquela entrevista agora mesmo e ainda não consegui...

– Veja de novo – disse Strike. – Preste atenção. *Pense.*

Ele voltou a se calar, agora olhando o teto. Sem querer interromper sua linha de raciocínio, Robin apenas trabalhou no computador para descobrir quem representava Michael Fancourt.

Enfim, Strike falou junto do barulho da digitação:

– O que Kathryn Kent pensa ter sobre Leonora?

– Talvez nada – disse Robin, concentrando-se nos resultados que descobria.

– E ela está segurando "por compaixão"...

Robin não disse nada. Examinava o site da agência literária de Fancourt, procurando um número de contato.

– Tomara que seja só mais uma bobagem histérica – disse Strike.

Mas ele estava preocupado.

38

> Em tão pouco papel
> Estará a ruína...
>
> John Webster,
> *O diabo branco*

A Sra. Brocklehurst, a secretária possivelmente infiel, ainda alegava estar incapacitada pela gripe. Seu amante, cliente de Strike, achou isto excessivo e o detetive estava inclinado a concordar com ele. Às sete horas da manhã seguinte, encontraram Strike estacionado em um recesso escuro do outro lado do prédio da Srta. Brocklehurst, em Battersea, embrulhado num casaco, cachecóis e luvas, bocejando à larga enquanto o frio penetrava por suas extremidades, desfrutando do segundo de três Egg McMuffins que comprara no McDonald's no caminho.

Houve vários alertas de clima severo para todo o sudeste. A neve azul-escura e grossa já cobria toda a rua, e os primeiros flocos hesitantes do dia vagavam de um céu sem estrelas enquanto ele esperava, mexendo os dedos dos pés de vez em quando para ver se ainda os sentia. Um por um, os moradores saíram para trabalhar, escorregando e deslizando para a estação ou entrando em carros cujo escapamento parecia particularmente barulhento no silêncio abafado. Três árvores de Natal faiscavam para Strike de janelas de salas de estar, embora dezembro só começasse no dia seguinte, luzes tangerina, esmeralda e azul-néon piscando com extravagância enquanto ele se recostava na parede, com os olhos na janela do apartamento da Srta. Brocklehurst, apostando consigo mesmo se ela sairia de casa com aquele tempo ruim. O joelho ainda o matava, mas a neve reduzira o resto do mundo a um ritmo que combinava com o dele. Ele nunca vira a Srta. Brocklehurst com saltos de menos de dez centímetros. Nessas condições, ela bem poderia estar mais incapacitada do que ele.

Na última semana, a busca pelo assassino de Quine começou a eclipsar todos os outros casos de Strike, mas era importante continuar com eles, a não ser que quisesse perder negócios. O amante da Srta. Brocklehurst era um homem rico que provavelmente daria muitos outros serviços a Strike se gostasse do trabalho do detetive. O homem de negócios tinha uma predileção por louras jovens, uma sucessão das quais (como ele confessou abertamente a Strike em sua primeira reunião) exigia dele grandes quantias e presentes caros, acabando por deixá-lo ou traí-lo. Como ele não dava sinais de criar uma capacidade melhor para avaliar o caráter das pessoas, Strike previu muitas outras horas lucrativas seguindo futuras senhoritas Brocklehurst. Talvez fosse a traição que emocionasse seu cliente, refletiu Strike, com o hálito se erguendo em nuvens pelo ar gelado; ele conheceu outros homens assim. Era uma preferência que encontrava sua expressão mais plena naqueles que se apaixonavam por prostitutas.

Às dez para as nove, as cortinas se agitaram um pouco. Mais rápido do que se teria esperado de sua atitude de relaxamento despreocupado, Strike ergueu a câmera com visão noturna que tinha escondida a seu lado.

A Srta. Brocklehurst ficou brevemente exposta à rua escura e nevada, de calcinha e sutiã, embora seus seios cosmeticamente melhorados não precisassem de sustentação. Atrás dela, no escuro do quarto, andou um homem barrigudo de peito despido que brevemente colocou a mão em concha em um seio, angariando uma censura aos risos. Os dois se viraram para dentro do quarto.

Strike baixou a câmera e olhou sua obra. A imagem mais incriminadora que conseguira capturar mostrava o contorno claro da mão e do braço de um homem, o rosto da Srta. Brocklehurst meio virado num riso, mas a cara de quem a abraçava estava na sombra. Strike suspeitou de que ele talvez estivesse a ponto de sair para trabalhar, assim colocou a câmera em um bolso lateral, pronto para uma caçada lenta e enfadonha, e começou a comer seu terceiro McMuffin.

E lá estava, às cinco para as nove a portaria da Srta. Brocklehurst se abriu e o amante saiu; não era nada parecido com o chefe dela, a não ser na idade e na aparência endinheirada. Uma elegante bolsa de couro estava pendurada em diagonal por seu peito, com tamanho suficiente para caber uma camisa limpa e uma escova de dentes. Strike vira isto tão frequentemente nos últimos tempos que passara a pensar nelas como Bolsas Noturnas do Adúltero. O casal desfrutou de um beijo na boca na escada, interrompido pelo frio gélido e porque a Srta. Brocklehurst vestia menos de 50 gramas de tecido. Em seguida, ela se retirou para dentro e o Barrigudo partiu para Clapham Junction, já falando ao celular, sem dúvida explicando que chegaria atrasado devido à neve. Strike lhe deu vinte metros de dianteira e saiu do esconderijo, apoiando-se na bengala que Robin gentilmente recuperou da Denmark Place na tarde anterior.

Era uma vigilância fácil, pois o Barrigudo concentrava-se apenas na conversa telefônica. Eles andaram juntos pelo aclive suave de Lavander Hill, a uma distância de vinte metros, a neve caindo constantemente de novo. O Barrigudo escorregou várias vezes em seus sapatos feitos à mão. Quando chegaram à estação, foi fácil para Strike segui-lo, ainda falando, no mesmo vagão, e, com o pretexto de ler mensagens de texto, tirar fotos dele em seu próprio celular.

Ao fazer isso, chegou de fato uma mensagem de Robin:

O agente de Michael Fancourt acaba de me retornar – MF diz que terá prazer em se encontrar com você! Está na Alemanha, mas voltará no dia 6. Sugere o Groucho Club na hora que for conveniente. Bjs

Era extraordinário, pensou Strike enquanto o trem entrava com estrépito em Waterloo, o quanto as pessoas que leram *Bombyx Mori* queriam falar com ele. Quando na vida os suspeitos pulavam com tal avidez na oportunidade de se sentar cara a cara com um detetive? E o que o famoso Michael Fancourt esperava ganhar de uma entrevista com o detetive particular que encontrou o corpo de Owen Quine?

Strike saiu do trem atrás do Barrigudo, seguindo-o pelas multidões nos ladrilhos molhados e escorregadios da estação de Waterloo, sob o teto de vigas creme e vidro que lembrava Strike da Tithebarn House. Mais uma vez no frio, com o Barrigudo ainda distraído e falando sem parar ao celular, Strike o seguiu pelas calçadas nevadas e traiçoeiras guarnecidas com montinhos de neve suja, entre prédios comerciais quadrados construídos de vidro e concreto, entrando e saindo do enxame de trabalhadores financeiros alvoroçados, feito formigas, com seus casacos pardos, até que por fim o Barrigudo entrou no estacionamento de um dos maiores prédios e foi para o que evidentemente era seu próprio carro. Ao que parecia, ele achou mais sensato deixar o BMW no escritório do que estacionado na frente do edifício da Srta. Brocklehurst. Enquanto observava, à espreita atrás de um conveniente Range Rover, Strike sentiu o celular no bolso vibrar, porém o ignorou, sem querer chamar atenção para si. O Barrigudo tinha uma vaga com seu nome no estacionamento. Depois de pegar alguns objetos na mala, ele entrou no prédio, deixando Strike livre para ir à parede onde estavam escritos os nomes dos diretores e tirar uma foto do nome completo do Barrigudo e seu cargo, para melhor informar ao cliente.

Strike voltou ao escritório. Já no metrô, examinou o celular e viu que tinha uma chamada perdida de seu mais antigo amigo, o mutilado pelo tubarão, Dave Polworth.

Polworth tinha o antigo hábito de chamar Strike de "Diddy". A maioria das pessoas supunha que fosse uma referência irônica a seu tamanho (por toda a escola primária, Strike foi o maior garoto do ano e em geral da série acima dele), mas na realidade derivava das entradas e saídas intermináveis da escola que se deviam ao estilo de vida peripatético da mãe. Certa vez, há muito tempo, isto resultou em um pequeno e estridente Dave Polworth dizendo a Strike que ele parecia um *didicoy*, a palavra cornualesa para cigano.

Strike retornou o telefonema assim que saiu do metrô, e eles ainda estavam conversando vinte minutos depois quando ele entrou em sua sala. Robin ergueu a cabeça e começou a falar, mas vendo que Strike estava ao telefone, limitou-se a sorrir e voltou a seu monitor.

– Vem passar o Natal em casa? – perguntou Polworth a Strike enquanto ele entrava em sua sala e fechava a porta.

– Talvez – disse Strike.

– Umas cervejas no Victory? – Polworth insistiu. – Pegar a Gwenifer Arscott de novo?

– Eu nunca – disse Strike (era uma piada antiga) – peguei a Gwenifer Arscott.

– Bom, ataque de novo, Diddy, desta vez você pode descobrir ouro. Está na hora de alguém tirar a virgindade dela. E, por falar em mulheres, nenhum de nós nunca pegou...

A conversa degenerou para uma série de historietas obscenas e engraçadas de Polworth sobre as travessuras de amigos mútuos que ambos deixaram em St. Mawes. Strike ria tanto que ignorou o sinal de "chamada em espera" e não se deu ao trabalho de ver quem era.

— Voltou com a Milady Frenética, hein, amigo? — perguntou Dave, sendo este o nome que em geral ele usava para se referir a Charlotte.

— Não — disse Strike. — Ela vai se casar daqui a... quatro dias — calculou ele.

— É, bom, fique atento, Diddy, por sinais dela galopando de volta no horizonte. Não seria surpresa se ela escapulisse. Solte um suspiro de alívio se a coisa rolar, parceiro.

— Tá. Tudo bem.

— E aí, estamos combinados? — disse Polworth. — Em casa no Natal? Cervejas no Victory?

— É, por que não?

Depois de mais algumas obscenidades, Dave voltou a seu trabalho, e Strike, ainda sorrindo, olhou o celular e viu que tinha perdido uma ligação de Leonora Quine.

Ele voltou à antessala enquanto ligava para a caixa postal.

— Vi o documentário sobre Michael Fancourt de novo — disse Robin, animada — e percebi o que você...

Strike levantou a mão para ela se calar enquanto a voz normalmente inexpressiva de Leonora falava em seu ouvido, parecendo agitada e desorientada:

"Cormoran, eu fui presa. Não sei por quê... ninguém está me dizendo nada... eles me levaram para a central. Estão esperando por um advogado ou coisa assim. Não sei o que fazer... Orlando está com Edna, eu não... enfim, é aqui que eu estou..."

Alguns segundos de silêncio e a mensagem terminou.

— Merda! — disse Strike, tão alto que Robin deu um pulo. — MERDA!

— O que foi?

— Prenderam Leonora... Por que ela ligou para mim, e não para Ilsa? Merda...

Ele martelou o número de Ilsa Herbert e esperou.

— Oi, Corm...

— Prenderam Leonora Quine.

– O quê? – exclamou Ilsa. – *Por quê?* Não por aquele trapo velho e sujo de sangue no depósito?

– Talvez eles tenham mais alguma coisa.

(Kath tem provas...)

– Onde ela está, Corm?

– Na central de polícia... deve ser em Kilburn, é a mais próxima.

– Deus do céu, por que ela não me telefonou?

– Vai saber. Ela disse algo sobre eles encontrarem um advogado para ela...

– Ninguém entrou em contato comigo... Deus do céu, será que ela não *pensa*? Por que ela não deu meu nome a eles? Eu vou agora, Corm, vou deixar essa parte para outro. Te devo um favor...

Ele ouviu uma série de baques, vozes distantes, os passos rápidos de Ilsa.

– Me ligue quando souber o que está acontecendo – disse ele.

– Pode demorar um pouco.

– Não importa. Me telefone.

Ela desligou. Strike se virou para Robin, que estava horrorizada.

– Ah, não – sussurrou ela.

– Estou ligando para Anstis – disse Strike, socando de novo o telefone.

Mas o velho amigo não estava com humor para dispensar favores.

– Eu te avisei, Bob, avisei que isso ia acontecer. Foi ela, parceiro.

– O que você tem? – Strike exigiu saber.

– Não posso te contar, Bob, desculpe.

– Conseguiu isso de Kathryn Kent?

– Não posso falar, parceiro.

Mal se dignando de retribuir os convencionais bons votos de Anstis, Strike desligou.

– Imbecil! – disse ele. – *Imbecil* de merda!

Leonora agora estava em um lugar onde ele não podia alcançá-la. Strike tinha receio de como pareceriam aos interlocutores suas maneiras rancorosas e a animosidade para com a polícia. Quase podia ouvi-la reclamar que Orlando estava sozinha, exigindo saber quando poderia voltar para sua filha, indignada que a polícia tivesse se imiscuído na amolação diária de sua existência infeliz. Ele tinha medo da falta de autopreservação dela; queria Ilsa lá, rápido, antes que Leonora fizesse inocentemente comentários autoincriminadores sobre a negligência geral e as amantes do marido, antes que ela fizesse de novo sua alegação quase inacreditável e suspeita de que nada sabia sobre os livros do marido antes que tivessem uma capa, antes que ela tentasse explicar por que se esqueceu temporariamente de que eles eram donos de uma segunda casa onde os restos do marido ficaram em decomposição por semanas.

As cinco horas da tarde chegaram e passaram sem notícias de Ilsa. Olhando o céu que escurecia e a neve, Strike insistiu que Robin fosse para casa.

— Mas você vai me ligar quando souber? – ela lhe pediu, vestindo o casaco e enrolando o grosso cachecol de lã no pescoço.

— Vou, é claro – disse Strike.

Mas Ilsa telefonou só às seis e meia.

— Não podia ser pior – foram suas primeiras palavras. Ela parecia cansada e estressada. – Eles têm provas da compra, no cartão de crédito conjunto dos Quine, de trajes de proteção, botas de borracha, luvas e cordas. Foram comprados pela internet e pagos com o Visa deles. Ah... e uma burca.

— Tá de sacanagem comigo.

— Não estou. Sei que você acha que ela é inocente...

— É, eu acho – disse Strike, transmitindo um claro alerta para que ela não tentasse convencê-lo do contrário.

— Muito bem – disse Ilsa, cansada –, pense o que quiser, mas vou lhe dizer o seguinte: ela não está se ajudando. É agressiva demais, insistindo que Quine deve ter comprado as coisas ele mesmo. Uma burca, pelo amor de Deus... As cordas compradas no cartão são idênticas às encontradas amarrando o cadáver. Eles lhe perguntaram por que Quine ia querer uma burca ou macacões de plástico resistentes a respingos químicos, e só o que ela disse foi: "Eu não sei, como vou saber?" Entre uma frase e outra, ela insistia em perguntar quando iria para casa ver a filha; ela simplesmente não entende. A coisa foi comprada seis meses atrás e enviada à Talgarth Road... só pareceria mais premeditado se eles encontrassem um plano escrito de próprio punho. Ela nega saber como Quine ia terminar o livro, mas o seu amigo Anstis...

— Ele estava lá pessoalmente?

— Estava, fazendo o interrogatório. Ficou perguntando se ela realmente esperava que eles acreditassem que Quine nunca falava do que escrevia. E aí ela disse, "Eu não presto muita atenção". "Então ele *falava* do enredo?" E assim continuou, tentando esgotá-la, e no fim ela disse, "Bom, ele falou alguma coisa sobre o bicho-da-seda ser fervido". Era só o que Anstis precisava para se convencer de que ela mentira o tempo todo e sabia de toda a trama do livro. Ah, e eles encontraram terra revirada no quintal dela.

– E eu vou apostar com você que encontrarão um gato morto chamado Mr. Poop – rosnou Strike.

– Isso não vai dissuadir Anstis – previu Ilsa. – Ele tem certeza absoluta de que é ela, Corm. Eles têm o direito de ficar com ela até às 11 da manhã de amanhã e eu tenho certeza de que vão indiciá-la.

– Eles não têm o suficiente – disse Strike com ferocidade. – Onde está a prova de DNA? Onde estão as testemunhas?

– É esse o problema, Corm, eles não têm nada e essa fatura de cartão de crédito incrimina demais. Olha, estou do seu lado – disse Ilsa com paciência. – Quer minha opinião sincera? Anstis está jogando verde, na esperança de que dê certo. Acho que ele sente a pressão de todo o interesse da imprensa. E, para falar com franqueza, ele está nervoso com você rondando o caso e quer tomar a iniciativa.

Strike gemeu.

– De onde eles tiraram uma conta do Visa de seis meses? Levaram esse tempo todo para examinar as coisas que tiraram do escritório dele?

– Não. Estava no verso de um dos desenhos da filha. Ao que parece, a filha o deu a uma amiga dele meses atrás, e esta amiga procurou a polícia com isto hoje cedo, alegando que tinha acabado de virar o papel e perceber o que tinha ali. O que você disse?

– Nada – Strike suspirou.

– Me pareceu "Tashkent".

– Chegou perto. Vou te liberar, Ilsa... Obrigado por tudo.

Strike ficou alguns segundos sentado num silêncio frustrado.

– Merda – disse ele baixinho ao escritório escuro.

Ele sabia como isso aconteceu. Pippa Midgley, em sua paranoia e histeria, convencida de que Strike foi contratado por Leonora para atribuir o assassinato a outra pessoa, saiu correndo de seu escritório direto para Kathryn Kent. Pippa confessou ser mentira a alegação de Kathryn nunca ter lido *Bombyx Mori* e insistiu que ela usasse a prova que tinha contra Leonora. E assim Kathryn Kent arrancou o desenho da filha do amante (Strike o imaginava preso, com um ímã, na geladeira) e correu à central de polícia.

– *Merda* – repetiu ele, mais alto, e ligou para Robin.

39

> Tão íntima sou do desespero
> Que não sei ter esperanças...
>
> Thomas Dekker e Thomas Middleton,
> *A meretriz honesta*

Como previu a advogada, Leonora Quine foi acusada do assassinato do marido às 11 horas da manhã seguinte. Alertados por telefone, Strike e Robin viram a notícia se espalhar pela internet, onde, a cada minuto, a história proliferava como bactéria. Às onze e meia, o site do *Sun* tinha um artigo completo sobre Leonora com a manchete: SÓSIA DE ROSE WEST TREINADA NO AÇOUGUE.

Os jornalistas estiveram ocupados recolhendo provas do péssimo histórico de Quine como marido. Seus desaparecimentos frequentes foram relacionados com outras mulheres, os temas sexuais de sua obra, dissecados e enfeitados. Kathryn Kent foi localizada, acuada na porta, fotografada e classificada como "amante ruiva e curvilínea de Quine, escritora de ficção erótica".

Logo depois do meio-dia, Ilsa voltou a telefonar a Strike.

— Ela irá ao tribunal amanhã.

— Onde?

— Wood Green, às 11 horas. Direto dali para a Holloway, pelo que sei.

Strike uma vez morou com a mãe e Lucy em uma casa apenas a trinta minutos da penitenciária feminina de segurança máxima que atendia ao norte de Londres.

— Eu quero vê-la.

— Pode tentar, mas nem imagino que a polícia vá querer você perto dela e preciso te dizer, Corm, como advogada dela, que pode não parecer...

— Ilsa, eu sou a única chance que ela tem agora.

— Obrigada pelo voto de confiança — disse ela com secura.

— Você entendeu o que eu quis dizer.

Ele a ouviu suspirar.

— Estou pensando em você também. Quer deixar a polícia puta da vida...?

— Como está Leonora? — interrompeu Strike.

— Nada bem. A separação de Orlando a está matando.

A tarde foi pontuada de telefonemas de jornalistas e conhecidos de Quine, os dois grupos igualmente desesperados por informações internas. A voz de Elizabeth Tassel era tão grave e áspera ao telefone que Robin a tomou por um homem.

— Onde está Orlando? — a agente exigiu saber de Strike quando ele atendeu ao telefone, como se ele fosse o representante de todos os membros da família Quine. — Quem está com ela?

— Ela está com uma vizinha, eu acho — disse ele, ouvindo-a ofegar na linha.

— Meu Deus, que confusão — disse a agente com a voz áspera. — Leonora... a lagarta se transformando depois de todos esses anos... é inacreditável...

A reação de Nina Lascelles, Strike não se surpreendeu inteiramente, foi de um alívio mal disfarçado. O assassinato fora restituído a seu lugar de direito na margem nebulosa do possível. Sua sombra não a tocava mais; o assassino não era ninguém que ela conhecesse.

— A mulher dele *é mesmo* meio parecida com Rose West, não é? — perguntou ela a Strike ao telefone, e ele entendeu que ela via o site do *Sun*. — A não ser pelo cabelo comprido.

Ela parecia se condoer por ele. Strike não resolveu o caso. A polícia o derrotou.

— Escute, vou receber algumas pessoas na sexta-feira, quer vir?

— Não posso, desculpe — disse Strike. — Vou jantar com meu irmão.

Ele sabia que ela pensava ser uma mentira. Houve uma hesitação quase imperceptível antes de ele ter dito "meu irmão", que podia muito bem sugerir uma pausa para pensar rapidamente. Strike não conseguia se lembrar de algum dia ter descrito Al como irmão. Raras vezes falava dos meios-irmãos por parte de pai.

Antes de sair do escritório naquele final de tarde, Robin colocou uma caneca de chá na frente dele, que estava sentado examinando o arquivo

Quine. Ela quase sentia a raiva que Strike fazia o máximo para esconder e suspeitava que fosse dirigida tanto a si mesmo quanto a Anstis.

– Não acabou – disse ela, passando o cachecol pelo pescoço ao se preparar para partir. – Nós vamos provar que não foi ela.

Ela usara uma vez o pronome no plural quando a confiança de Strike em si mesmo estava numa maré baixa. Ele apreciava o apoio moral, mas uma sensação de impotência inundava seu raciocínio. Strike detestava patinhar na periferia do caso, obrigado a observar enquanto os outros mergulhavam atrás de dicas, pistas e informações.

Naquela noite, ele ficou até tarde com o arquivo Quine, revisando as anotações que tomou dos interrogatórios, examinando mais uma vez fotografias que imprimira do celular. O corpo mutilado de Owen Quine parecia sinalizar a ele no silêncio, como costumavam fazer os cadáveres, exalando apelos mudos por justiça e compaixão. Às vezes as vítimas traziam mensagens de seus assassinos, como sinais forçados em suas mãos mortas e rígidas. Strike olhou por um bom tempo a cavidade peitoral aberta e queimada, as cordas bem amarradas nos tornozelos e pulsos, a carcaça atada e estripada como de um peru; por mais que tentasse, porém, não conseguia colher das fotos nada que já não soubesse. Por fim apagou todas as luzes e subiu para dormir.

Foi um alívio agridoce ter de passar a manhã de quinta-feira nos escritórios dos exorbitantemente caros advogados de divórcio de sua cliente morena em Lincoln's Inn Fields. Strike ficou feliz por ter algo que consumisse o tempo que não poderia ser usado investigando o assassinato de Quine, mas ainda sentia que fora atraído à reunião sob um falso pretexto. A divorciada sedutora dera a entender que seu advogado queria ouvir de Strike, pessoalmente, como ele coletara as copiosas provas da duplicidade do marido. Ele se sentou ao lado dela a uma mesa de mogno muito polida com espaço para 12 pessoas enquanto ela se referia constantemente a "o que Cormoran conseguiu descobrir" e "como Cormoran testemunhou, não foi?", de vez em quando tocando seu pulso. Strike não precisou de muito tempo para deduzir, pela irritação mal disfarçada do advogado educado, que não foi ideia dele ter a presença de Strike. Todavia, como se podia esperar quando os honorários por hora passavam de quinhentas libras, ele não mostrou disposição de apressar o assunto.

Em uma ida ao banheiro, Strike verificou o celular e viu, em fotos minúsculas, Leonora sendo levada para dentro e para fora do Tribunal da Coroa em Wood Green. Ela foi indiciada e levada em um furgão da polícia. Havia muitos fotógrafos da imprensa, mas nenhum popular berrando pelo sangue de Leonora; pelo visto, ela não assassinou ninguém com quem o público se importasse muito.

Um torpedo de Robin chegou assim que ele estava prestes a voltar à sala de reuniões:

Vc pode ver Leonora hoje seis da tarde?

Ótimo, ele respondeu.

– Eu acho – disse sua cliente sedutora quando ele voltou a se sentar – que Cormoran pode dar uma testemunha impressionante na corte.

Strike já mostrara ao advogado dela as meticulosas anotações e fotografias que compilara, detalhando cada transação secreta do Sr. Burnett, incluídos aí a tentativa de venda do apartamento e o sumiço do colar de esmeraldas. Para evidente decepção da Sra. Burnett, nenhum dos dois homens viu algum motivo para Strike comparecer pessoalmente ao tribunal, em vista da qualidade de seus registros. Na realidade, o advogado mal conseguia esconder seu ressentimento pela confiança que ela parecia depositar no detetive. Sem dúvida ele pensava que as carícias discretas e as pestanas batidas da divorciada rica podiam muito bem ser dirigidas a ele, com seu terno risca de giz feito sob medida, seu cabelo grisalho distinto, em vez de a um homem que parecia um pugilista manco.

Aliviado por sair da atmosfera rarefeita, Strike pegou o metrô de volta ao escritório, feliz por tirar o terno em seu apartamento, satisfeito em pensar que logo se livraria deste caso e estaria de posse do gordo cheque que foi o único motivo para que o aceitasse. Agora estava livre para se concentrar na mulher magra e grisalha de cinquenta anos em Holloway que era anunciada como ESPOSA SIMPLÓRIA DE ESCRITOR É ESPECIALISTA EM CUTELO na página 2 do *Evening Standard* que ele comprou no caminho.

– O advogado dela ficou satisfeito? – perguntou Robin quando ele reapareceu no escritório.

– Razoavelmente – disse Strike, olhando a miniárvore de Natal barata que ela colocara em sua mesa arrumada. Estava enfeitada com quinquilharias minúsculas e lâmpadas de LED.

— Por quê? — perguntou ele sucintamente.

— Natal — disse Robin, com um sorriso amarelo, mas sem se desculpar. — Eu ia colocar ontem, mas depois que Leonora foi acusada, não me senti muito festiva. Mas então marquei para você vê-la às seis horas. Vai precisar levar identidade com foto...

— Bom trabalho, obrigado.

— ... e eu comprei seus sanduíches e pensei que você talvez quisesse ver isto — disse ela. — Michael Fancourt deu uma entrevista sobre Quine.

Ela lhe passou o pacote de sanduíches de queijo e picles e um exemplar do *The Times*, dobrado na página correta. Strike baixou no sofá de couro peidorrento e comeu enquanto lia o artigo, enfeitado com uma fotografia dividida. Do lado esquerdo havia uma foto de Fancourt na frente de uma casa de campo elisabetana. Fotografada de baixo, sua cabeça parecia menos desproporcional do que o de costume. Do lado direito estava Quine, excêntrico e de olhar desvairado com seu chapéu de feltro com pena, dirigindo-se a uma plateia magra no que parecia uma pequena tenda.

O redator do artigo aproveitou-se muito do fato de Fancourt e Quine terem se conhecido bem, até sido considerados talentos equivalentes.

> Poucos agora se lembram da obra explosiva de Quine, *Hobart's Sin*, embora Fancourt ainda a elogie como um ótimo exemplo do que ele chama de brutalismo mágico de Quine. Apesar de toda a reputação de Fancourt como um homem que guarda seus rancores, ele mostra uma surpreendente generosidade em nossa discussão sobre a obra de Quine.
>
> "Sempre interessante e frequentemente subestimada", diz ele. "Desconfio de que ele será tratado com mais gentileza pela crítica futura do que por nossos contemporâneos."
>
> Esta inesperada generosidade é ainda mais surpreendente quando se considera que 25 anos atrás a primeira mulher de Fancourt, Elspeth Kerr, matou-se depois de ler uma paródia cruel de seu primeiro romance. A sátira foi largamente atribuída ao amigo íntimo de Fancourt e rebelde companheiro literário: o falecido Owen Quine.
>
> "Um homem amolece quase sem perceber — uma compensação da idade, porque a raiva é exaustiva. Aliviei-me de muitos sentimentos sobre a morte de Ellie em meu último romance, que não deve ser lido como autobiográfico, embora..."

Strike passou os olhos pelos dois parágrafos seguintes, que pareciam promover o próximo livro de Fancourt, e reassumiu a leitura no ponto em que a palavra "violência" saltou-lhe aos olhos:

> É difícil conciliar o Fancourt de paletó de tweed diante de mim com o antes autodescrito punk literário que atraía ao mesmo tempo louvores e críticas pela violência inventiva e gratuita de seu trabalho inicial.
> "Se o Sr. Graham Greene estava correto", escreveu o crítico Harvey Bird sobre o primeiro romance de Fancourt, "ao dizer que o escritor precisa de uma lasca de gelo no coração, então Michael Fancourt certamente a tem em abundância. Lendo a cena do estupro em *Bellafront*, começa-se a imaginar que as vísceras deste jovem devem ser glaciais. De fato, há duas maneiras de olharmos *Bellafront*, que sem dúvida é bem realizado e original. A primeira possibilidade é de que o Sr. Fancourt escreveu um primeiro romance incomumente maduro, em que ele resistiu à tendência neófita de se inserir no papel do (anti-)herói. Podemos estremecer com seu caráter grotesco ou sua moralidade, mas ninguém pode negar o poder ou a arte da prosa. A segunda possibilidade, mais perturbadora, é de que o Sr. Fancourt não possui bem um órgão em que colocar uma lasca de gelo, e sua narrativa singularmente inumana corresponde a sua própria paisagem interior. O tempo – e os trabalhos posteriores – dirá."
> Fancourt é originário de Slough, filho único de uma enfermeira solteira. A mãe ainda mora na casa em que ele foi criado.
> "Ela é feliz lá", disse ele. "Tem uma capacidade invejável de desfrutar do familiar."
> A própria casa do autor fica a uma longa distância de uma casa geminada em Slough. Nossa conversa acontece em uma sala de estar comprida e apinhada de objetos de porcelana Meissen e tapetes Aubusson, as janelas dando para o extenso terreno de Endson Court.
> "Tudo isso é escolha de minha mulher", diz Fancourt, desdenhoso. "Meu gosto para a arte é muito diferente e se limita ao básico." Uma grande trincheira ao lado da casa está sendo preparada para as fundações de concreto que darão suporte a uma escultura de metal enferrujado representando Tisífone, uma das três Fúrias, que ele descreve, aos risos, como uma "compra por impulso... a vingadora dos assassínios... uma peça muito poderosa. Minha mulher a detesta".
> E de algum modo nos vemos de volta ao início da entrevista: ao destino macabro de Owen Quine.
> "Ainda não digeri o assassinato de Owen", diz Fancourt em voz baixa. "Como a maioria dos escritores, tenho uma tendência a descobrir o que sinto sobre um assunto quando escrevo sobre ele. É como interpretamos o mundo, como o compreendemos."

Significará isto que podemos esperar um relato ficcional do assassinato de Quine?

"Já ouço as acusações de mau gosto e exploração", Fancourt sorri. "Estou certo de que os temas da amizade perdida, de uma última chance de conversar, explicar e fazer as pazes aparecerão no devido tempo, mas o assassinato de Owen já foi tratado na ficção – por ele mesmo."

Ele é um dos poucos a ter lido o notório manuscrito que parece ter formado o plano do homicídio.

"Li no dia mesmo em que o corpo de Quine foi descoberto. Meu editor fez questão de que eu o visse – sou retratado nele, veja você." Ele parece genuinamente indiferente com sua inclusão, embora o retrato possa ter sido ofensivo. "Não me interessei em procurar os advogados. Deploro a censura."

O que ele pensa do livro, em termos literários?

"É o que Nabokov chamava de obra-prima de um maníaco", responde ele, sorrindo. "Pode ser que o publiquem no devido tempo, quem sabe?"

Mas estaria ele falando sério?

"Por que não deveria ser publicado?", quer saber Fancourt. "A arte deve provocar: só por este padrão, *Bombyx Mori* satisfaz plenamente este escopo. Sim, por que não?", pergunta o punk literário, escondido em seu solar elisabetano.

"Com uma apresentação de Michael Fancourt?", sugiro.

"Coisas mais estranhas aconteceram", responde Michael Fancourt, com um sorriso irônico. "Muito mais estranhas."

– Deus Todo-poderoso – resmungou Strike, jogando *The Times* de volta à mesa de Robin e errando por pouco a árvore de Natal.

– Você viu que ele só alega ter lido *Bombyx Mori* no dia em que você encontrou Quine?

– Vi.

– Ele está mentindo – disse Robin.

– Nós *pensamos* que ele está mentindo – Strike a corrigiu.

Firme em sua decisão de não desperdiçar mais dinheiro com táxis, mas com a neve ainda caindo, Strike pegou o ônibus n° 29 pela tarde que escurecia. Ia para o norte, levando Strike num percurso de vinte minutos por ruas recém-cobertas de sal. Uma mulher emaciada entrou na Hampstead Road, acompanhada de um menino pequeno e choramingas. Um sexto sentido disse a Strike que os três iam para o mesmo lado e, tinha razão, ele e a mulher saíram na Camden Road, pelo flanco despojado da Penitenciária Feminina Holloway.

– Você vai ver a mamãe – disse ela a seu tutelado, que Strike imaginou ser o neto, embora ela aparentasse uns quarenta anos.

Cercado por árvores de galhos nus e bordas gramadas cobertas de uma neve grossa, o presídio podia ser uma faculdade de tijolos aparentes se não fosse pelas placas autoritárias no azul e branco governamental e as portas de cinco metros de altura engastadas na parede de forma que os furgões da prisão pudessem passar. Strike se juntou ao pinga-pinga de visitantes, vários com crianças que se esforçavam para deixar marcas na neve intocada, amontoada ao lado da calçada. A fila se arrastou unida, passando pelos muros terracota com seus relevos de cimento, pelas cestas de basquete penduradas, agora bolas de neve no ar congelante de dezembro. A maioria dos companheiros visitantes era de mulheres; Strike era singular entre os homens não apenas pelo tamanho, mas por não dar a impressão de que a vida o mergulhara em um estupor inerte. Um jovem muito tatuado de jeans arriados andando à frente dele cambaleava um pouco a cada passo. Strike vira danos neurológicos em Selly Oak, mas imaginou que esse garoto não tenha ficado sob fogo de morteiro.

A robusta policial da penitenciária feminina, cuja tarefa era verificar identidades, examinou sua carteira de habilitação, depois o olhou fixamente.

– Sei quem você é – disse ela, com o olhar penetrante.

Strike se perguntou se Anstis pedira para ser avisado se ele quisesse ver Leonora. Era provável.

Ele chegou propositalmente cedo para não perder um minuto de seu tempo permitido com a cliente. Esta precaução lhe permitiu um café no centro de visitantes, administrado por uma instituição de caridade para crianças. A sala era iluminada e quase animada, e muitos garotos cumprimentavam os caminhões e ursinhos de pelúcia como velhos amigos. A companheira emaciada de Strike do ônibus olhava, abatida e impassível, o menino brincar com um Action Man perto dos pés grandes de Strike, tratando-os como uma escultura imensa (*Tisífone, a vingadora dos assassínios...*).

Ele foi chamado à sala dos visitantes às seis em ponto. Passos ecoavam do piso reluzente. As paredes eram de blocos de concreto, mas murais coloridos pintados pelas prisioneiras faziam o máximo para atenuar o espaço cavernoso, que tinha o eco do clangor de metal e chaves e do murmúrio de conversas. Os assentos de plástico eram fixados dos dois lados de uma mesa pequena, baixa e central, igualmente inamovível, de modo a minimizar o contato entre prisioneiro e visitante e impedir a passagem de contrabando. Um bebê chorava. Carcereiras ficaram pelas paredes, vigiando. Strike, que na vida só teve de lidar com prisioneiros homens, sentiu repugnância por aquele lugar que lhe era incomum. As crianças olhando mães abatidas, os sinais sutis da doença mental nos dedos que se remexiam e se torciam, roídos, mulheres sonolentas e medicadas demais enroscadas em seus assentos de plástico, tudo era bem diferente das instalações de detenção masculinas com que ele estava familiarizado.

Leonora esperava, sentada, mínima e frágil, pateticamente feliz ao vê-lo. Vestia as próprias roupas, uma blusa de moletom larga e calças em que ela parecia ter encolhido.

– Orlando esteve aqui – disse ela. Seus olhos estavam muito vermelhos; ele sabia que ela estivera chorando por um bom tempo. – Não queria me deixar. Eles a arrastaram para fora. Não me deixaram acalmá-la.

Onde ela teria mostrado desafio e raiva, ele ouvia os primórdios da desesperança institucionalizada. Quarenta e oito horas lhe ensinaram que ela perdera todo controle e poder.

– Leonora, precisamos conversar sobre aquela fatura de cartão de crédito.

– Eu nunca tive aquele cartão – disse ela, seus lábios brancos tremendo. – Sempre ficava com Owen, eu nunca o tive, exceto algumas vezes, se eu precisasse ir ao supermercado. Ele sempre me dava dinheiro vivo.

Strike se lembrou de que ela o procurou porque o dinheiro estava acabando.

– Deixei todas as nossas finanças nas mãos de Owen, que era como ele preferia, mas ele era descuidado, nunca olhava suas contas nem o extrato do banco, só costumava jogar pelo escritório. Eu dizia a ele, "Precisa ver isso, alguém pode estar te passando a perna", mas ele nunca se importou. Ele dava qualquer coisa a Orlando para desenhar, e por isso tinha um desenho dela...

– Deixe o desenho pra lá. Alguém além de você ou Owen devia ter acesso a esse cartão de crédito. Vamos repassar algumas pessoas, está bem?

– Tudo bem – murmurou ela, amedrontada.

— Elizabeth Tassel supervisionou a obra na casa da Talgarth Road, não foi? Como a obra foi paga? Ela possuía uma cópia de seu cartão de crédito?

— Não – disse Leonora.

— Tem certeza?

— Sim, eu tenho, porque nós oferecemos e ela disse que era mais fácil só tirar dos direitos autorais seguintes de Owen, porque ele ia receber a qualquer hora. Ele vende bem na Finlândia, sei lá por quê, mas eles gostam do seu...

— Não consegue pensar em *nenhuma* hora em que Elizabeth Tassel fez alguma coisa pela casa e ficou com o cartão Visa?

— Não – disse ela, balançando a cabeça –, nunca.

— Tudo bem – disse Strike –, você consegue se lembrar... e não precisa ter pressa... de alguma ocasião em que Owen pagou por alguma coisa com o cartão de crédito na Roper Chard?

E, para assombro dele, ela disse:

— Não exatamente na Roper Chard, mas sim.

"Eles estavam todos lá. Eu também estava. Foi... sei lá... há dois anos? Talvez menos... um jantar grande para editores, foi isso, no Dorchester. Eles me colocaram com Owen em uma mesa com o pessoal menor. Daniel Chard e Jerry Waldegrave não estavam perto de nós. De qualquer modo, houve um leilão silencioso, sabe como é, quando você escreve seu lance para..."

— É, sei como funciona – disse Strike, tentando conter a impaciência.

— Era em prol de uns escritores, quando eles tentam tirar escritores da prisão. E Owen deu um lance para um fim de semana num hotel-fazenda e venceu, e ele teve de dar os dados do cartão de crédito no jantar. Tinha umas garotas das editoras, todas produzidas, pegando o pagamento. Ele deu o cartão à garota. Eu me lembro disso porque ele ficou irritado – disse ela, com uma sombra de sua antiga rabugice – e ele pagou 800 libras por isso. Se exibindo. Tentando parecer que ganhava dinheiro como os outros.

— Ele entregou o cartão de crédito a uma garota das editoras – repetiu Strike. – Ela pegou os dados na mesa ou...?

— Ela não conseguia fazer a maquininha funcionar – disse Leonora. – Levou o cartão e trouxe de volta.

— Mais alguém lá que você tenha reconhecido?

— Michael Fancourt estava lá com o editor dele – disse ela – do outro lado do salão. Isso foi antes de ele se mudar para a Roper Chard.

— Ele e Owen se falaram?

— Provavelmente não – disse ela.

— Muito bem, e quanto a...? – Ele hesitou. Eles nunca haviam reconhecido a existência de Kathryn Kent.

— A amante dele pode ter conseguido isso a qualquer hora, não é? – disse Leonora, como se lesse os pensamentos de Strike.

— Você sabia a respeito dela? – perguntou ele, sem rodeios.

— A polícia disse alguma coisa – respondeu Leonora, com a expressão vaga. – Sempre tinha alguém. Ele era assim. Pegava nas aulas de redação. Eu costumava dar umas broncas nele. Quando disseram que ele estava... quando disseram que ele estava... ele estava amarrado...

Ela recomeçou a chorar.

— Eu entendi que quem fez isso deve ter sido mulher. Ele gostava. Ficava excitado.

— Você não sabia sobre Kathryn Kent antes de a polícia falar no nome dela?

— Vi o nome dela numa mensagem no celular dele uma vez, mas ele disse que não era nada. Disse que era só uma das alunas. Como ele sempre dizia. Me dizia que nunca ia nos abandonar, eu e Orlando.

Ela enxugou os olhos por baixo dos óculos ultrapassados com as costas da mão fina e trêmula.

— Mas você nunca tinha visto Kathryn Kent antes de ela aparecer na sua porta para dizer que a irmã dela tinha morrido?

— Então foi ela? – perguntou Leonora, fungando e enxugando os olhos com o punho. – A gorda, é ela mesmo? Bom, ela podia ter os dados do cartão de crédito dele a qualquer hora, não podia? Tirando da carteira dele quando ele estivesse dormindo.

Ia ser difícil encontrar e interrogar Kathryn Kent, Strike sabia. Ele tinha certeza de que ela teria fugido de seu apartamento para evitar a atenção da imprensa.

— As coisas que o assassino comprou no cartão – disse ele, mudando de assunto – foram pedidas pela internet. Você não tem um computador em casa, tem?

— Owen jamais gostou deles, preferia a velha máquina de...

— Você já fez alguma compra pela internet?

— Fiz – respondeu ela, e Strike se deprimiu um pouco. Ele tivera esperanças de que Leonora pudesse ser aquele animal quase mítico: uma virgem em computadores.

— Onde você fez isso?

— Na casa da Edna, ela me deixou usar o dela para pedir uma caixa de lápis de cor para dar de aniversário a Orlando, assim eu não teria de ir ao centro – disse Leonora.

Sem dúvida a polícia logo estaria confiscando e desmontando o computador da generosa Edna.

Uma mulher com a cabeça raspada e um lábio tatuado na mesa ao lado começou a gritar com uma carcereira, que a avisou para que ficasse em seu lugar. Leonora se retraiu da prisioneira enquanto ela explodia em palavrões e a policial se aproximava.

— Leonora, uma última coisa – disse Strike em voz alta, enquanto a gritaria na mesa ao lado atingia um crescendo. – Owen lhe disse alguma vez que pretendia ir embora, dar um tempo, antes de sair no dia 5?

— Não – disse ela –, claro que não.

A prisioneira da mesa ao lado foi convencida a se aquietar. Sua visita, uma mulher igualmente tatuada e com uma aparência só um pouco menos agressiva, mostrou o dedo médio à carcereira enquanto ela se afastava.

— Não consegue pensar em nada que Owen tenha dito ou feito que sugerisse que ele pretendia se afastar por um tempo? – Strike insistiu enquanto Leonora observava as vizinhas com olhos ansiosos de coruja.

— O quê? – disse ela, distraída. – Não... ele nunca fala... falava... simplesmente saía... se ele sabia que ia embora, por que não teria se despedido?

Ela começou a chorar, a mão fina cobrindo a boca.

— O que vai acontecer com Dodo se eles me deixarem na prisão? – perguntou-lhe ela entre os soluços. – Edna não pode ficar com ela para sempre. Não pode cuidar dela. Ela saiu e deixou o Cheeky Monkey, e Dodo fez alguns desenhos para mim – e, depois de um ou dois segundos de desconcerto, Strike concluiu que ela devia estar falando do orangotango de pelúcia que Orlando estivera aninhando quando ele visitou sua casa. – Se me obrigarem a ficar...

— Vou tirar você daqui – disse Strike com mais confiança do que sentia; mas que mal haveria em lhe dar algo a que se agarrar, algo que a fizesse suportar as 24 horas seguintes?

O tempo dos dois estava encerrado. Ele saiu da sala sem olhar para trás, perguntando-se o que havia em Leonora, murcha e amuada, com cinquenta anos, uma filha com lesão cerebral e uma vida sem esperanças, que inspirava nele esta determinação feroz, esta fúria...

Porque ela não fez isso, foi a resposta simples. *Porque ela é inocente.*

Nos últimos oito meses, um fluxo de clientes abrira a porta de vidro gravada com seu nome, e os motivos para o procurarem foram incrivelmente parecidos. Eles iam lá porque queriam um espião, uma arma, um meio de restaurar algum equilíbrio a favor deles ou de se livrar de ligações inconvenientes. Apareciam porque procuravam uma vantagem, porque sentiam que lhes deviam retribuição ou compensação. Na maioria esmagadora das vezes, porque queriam mais dinheiro.

Mas Leonora o procurou porque queria que o marido voltasse para casa. Foi um simples desejo nascido do cansaço e do amor, se não pelo errante Quine, pelo menos pela filha que sentia falta dele. Pela pureza desse desejo, Strike sentia que devia o melhor que pudesse dar.

O ar frio do lado de fora da prisão tinha um sabor diferente. Já fazia muito tempo desde que Strike estivera em um ambiente onde obedecer ordens era a espinha dorsal da vida diária. Apoiando-se pesadamente na bengala, ele podia sentir sua liberdade ao caminhar de volta ao ponto de ônibus.

No ônibus, três jovens bêbadas de bandanas das quais se projetavam chifres de rena cantavam:

"They say it's unrealistic,
But I believe in you Saint Nick..."*

Bosta de Natal, pensou Strike, irritado com os presentes que esperavam que ele comprasse para sobrinhos e afilhados, cujas idades ele nunca conseguia lembrar.

O ônibus roncava pela lama e a neve. Luzes de todas as cores brilhavam desfocadas para Strike pela janela embaçada. Carrancudo, com a mente fixada na injustiça e no assassinato, ele facilmente repelia em silêncio qualquer um que pensasse em se sentar a seu lado.

---

* "Dizem que é fantasia / Mas eu acredito em você, Papai Noel..." (N. da E.)

40

> Regozijai-vos pela arte sem nome; não é digna do dono.
>
> Francis Beaumont e John Fletcher,
> *O falso*

Granizo, neve e chuva batiam alternadamente nas janelas do escritório no dia seguinte. O chefe da Srta. Brocklehurst apareceu por volta do meio-dia para ver confirmações de sua infidelidade. Logo depois de Strike se despedir dele, Caroline Ingles chegou. Tinha pressa, a caminho de pegar os filhos na escola, mas estava decidida a dar a Strike o cartão para o recém-inaugurado Golden Lace Gentleman's Club and Bar que ela encontrara na carteira do marido. A promessa do Sr. Ingles de ficar longe de dançarinas de lap dance, garotas de programa e strippers foi uma exigência de sua reconciliação. Strike concordou em vigiar o Golden Lace para ver se o Sr. Ingles tinha novamente sucumbido à tentação. Quando Caroline Ingles saiu, Strike estava pronto para o pacote de sanduíches que o esperava na mesa de Robin, mas mal tinha dado uma dentada quando seu telefone tocou.

Ciente de que a relação profissional dos dois estava perto do fim, a cliente morena lançava a cautela às favas e convidava Strike para jantar. Strike pensou ver Robin sorrindo enquanto comia seu sanduíche, olhando decidida o monitor. Ele tentou declinar com educação, no início apelando a sua carga de trabalho pesada e por fim dizendo-lhe que tinha namorada.

— Você nunca me contou isso — disse ela, fria de repente.

— Gosto de manter minha vida pessoal separada da profissional — disse ele.

Ela desligou no meio da despedida educada de Strike.

– Talvez você devesse sair com ela – disse Robin com inocência. – Só para ter certeza de que ela vai pagar a conta.

– Ela vai pagar – rosnou Strike, compensando o tempo perdido e metendo metade do sanduíche na boca. O telefone tocou. Ele gemeu e baixou os olhos, vendo quem lhe mandara um torpedo.

Seu estômago se contraiu.

– Leonora? – perguntou Robin, que viu a cara dele cair.

Strike balançou a cabeça com a boca cheia de sanduíche.

A mensagem resumia-se a duas palavras:

Era seu.

Ele não havia trocado de número desde que se separara de Charlotte. Seria confuso demais, pois seus contatos profissionais tinham aquele número. Esta era a primeira vez que ela o usava em oito meses.

Strike se lembrou do aviso de Dave Polworth:

Fique atento, Diddy, por sinais dela galopando de volta no horizonte. Não seria surpresa se ela escapulisse.

Hoje é dia 3, lembrou Strike a si mesmo. Ela se casaria no dia seguinte.

Pela primeira vez desde que tinha um celular, Strike desejou que ele tivesse um dispositivo para revelar a localização de quem ligou. Teria ela mandado a mensagem do Castelo da Merda de Croy, em uma pausa enquanto verificava os canapés e as flores na capela? Ou estaria na esquina da Denmark Street, vigiando seu escritório como Pippa Midgley? Fugir de um casamento grandioso e midiático como esse seria a realização máxima de Charlotte, o ápice de sua carreira de caos e rupturas.

Strike devolveu o celular ao bolso e começou seu segundo sanduíche. Deduzindo que agora não ia descobrir o que deixara pétrea a expressão de Strike, Robin amassou sua embalagem vazia, jogou na lixeira e disse:

– Vai se encontrar com seu irmão esta noite, não é?

– O quê?

– Você não vai se encontrar com seu irmão...?

– Ah, sim. É.

– No River Café?

– É.

Era seu.

– Por quê? – perguntou Robin.

Meu. Uma merda que era. Se é que ele existiu.

– O quê? – disse Strike, vagamente consciente de que Robin lhe fizera uma pergunta.

– Você está bem?

– Sim, estou – disse ele, recompondo-se. – O que você me perguntou?

– Por que você vai ao River Café?

– Ah. Bom – disse Strike, pegando seu pacote de fritas –, é um tiro no escuro, mas quero falar com alguém que tenha testemunhado a briga de Quine com Tassel. Quero descobrir se ele a encenou, se planejava seu desaparecimento o tempo todo.

– Tem esperança de encontrar alguém entre os funcionários que estivesse lá naquela noite? – Robin claramente tinha suas dúvidas.

– E por isso estou levando Al – disse Strike. – Ele conhece cada garçom de cada restaurante elegante de Londres. Todos os filhos do meu pai conhecem.

Quando terminou o almoço, ele levou o café para sua sala e fechou a porta. O granizo batia novamente na janela. Ele não resistiu a olhar a rua congelada, de certo modo esperando (torcendo?) para vê-la ali, o cabelo preto e comprido batendo na pele clara e perfeita, olhando para ele, implorando com seus olhos castanho-esverdeados... mas não havia ninguém na rua além de estranhos agasalhados contra o clima impiedoso.

Ele estava completamente louco. Ela estava na Escócia e era muito, muito melhor assim.

Mais tarde, quando Robin foi para casa, ele vestiu o terno italiano que Charlotte lhe comprou um ano antes, quando eles jantaram nesse mesmo restaurante para comemorar o trigésimo quinto aniversário dele. Depois de vestir o sobretudo, trancou a porta de seu apartamento e partiu para o metrô no frio abaixo de zero, ainda se apoiando na bengala.

O Natal o assaltava de cada vitrine por que passava; luzes fortes, montes de artigos novos, brinquedos e engenhocas, neve falsa em vidro e vários cartazes de liquidação pré-natalina dando um tom triste às profundezas da recessão. Outros passageiros pré-natalinos no metrô de sexta à noite: meninas com vestidos cintilantes ridiculamente pequenos arriscando-se a uma hipotermia por uns amassos com o garoto do empacotamento. Strike se sentiu cansado e deprimido.

A caminhada de Hammersmith foi mais longa do que ele se lembrava. Ao andar pela Fulham Palace Road, ele notou como estava perto da casa de Elizabeth Tassel. Presumivelmente ela sugeriu o restaurante, bem longe da casa de Quine na Ladbroke Grove, exatamente por ser conveniente a ela.

Depois de dez minutos, Strike virou à direita e andou na escuridão para Thames Wharf, por ruas vazias e cheias de eco, seu hálito se erguendo numa nuvem fumarenta. O jardim à beira do rio, que no verão estaria cheio de gente jantando em cadeiras com mesas cobertas por toalhas brancas, estava soterrado por uma neve espessa. O Tâmisa cintilava sombriamente mais além do tapete claro, gélido e ameaçador. Strike entrou em um armazém de tijolos aparentes convertido e logo foi envolvido por luz, calor e barulho.

Ali, pouco além da porta, recostado no balcão com o cotovelo em sua superfície de aço reluzente, estava Al, numa conversa amistosa com o barman.

Ele não chegava a ter um metro e setenta e cinco, o que era pouco para um filho de Rokeby, e carregava um peso um tanto excessivo. Seu cabelo castanho-acinzentado estava penteado para trás; ele tinha o queixo estreito da mãe, mas herdara o ligeiro estrabismo divergente que conferia uma singularidade atraente à cara bonita de Rokeby e marcava inescapavelmente Al como filho dele.

Ao ver Strike, Al soltou um grito de boas-vindas, lançou-se para frente e o abraçou. Strike mal reagiu, sendo estorvado pela bengala e o casaco que tentava tirar. Al recuou, demonstrando timidez.

– Como está, mano?

Seu sotaque cômico era um estranho híbrido da Nova Inglaterra que revelava os anos vividos entre a Europa e a América.

– Nada mal – disse Strike. – E você?

– É, nada mal também. – Al lhe fez eco. – Nada mal. Podia estar pior.

Ele deu de ombros com um exagero gaulês. Al foi educado em Le Rosey, o colégio interno internacional na Suíça, e sua linguagem corporal ainda trazia vestígios das maneiras continentais que encontrara lá. Algo por baixo da reação, porém, algo que Strike sentia sempre que eles se encontravam: a culpa de Al, seu caráter defensivo, uma preparação para ouvir acusações de ter tido uma vida tranquila e fácil, se comparada com a do irmão mais velho.

— O que vai beber? — perguntou Al. — Cerveja? Quer uma Peroni?

Eles se sentaram lado a lado no balcão abarrotado, de frente para prateleiras de vidro com garrafas, esperando pela mesa. Olhando o restaurante comprido e lotado, com seu teto de aço industrial em ondas estilizadas, o carpete cerúleo e o fogão a lenha na ponta como uma colmeia gigante, Strike localizou um escultor celebrado, uma famosa arquiteta e pelo menos um ator conhecido.

— Soube de você e Charlotte — disse Al. — Uma pena.

Strike se perguntou se Al conhecia alguém que a conhecia. Ele andava com uma turma do jet-set que podia muito bem se estender ao futuro visconde de Croy.

— É — disse Strike, dando de ombros. — Foi para melhor.

(Ele e Charlotte se sentaram ali, naquele restaurante maravilhoso perto do rio, e curtiram juntos sua derradeira noite feliz. Quatro meses foram necessários para o relacionamento se desfazer e implodir, quatro meses de agressões e infelicidade exaustivas... *era seu*.)

Uma jovem bonita que Al cumprimentou pelo nome os levou a sua mesa; um jovem igualmente atraente lhes entregou os cardápios. Strike esperou que Al pedisse vinho e que os funcionários partissem antes de explicar por que eles estavam ali.

— Quatro semanas atrás — disse ele a Al —, um escritor chamado Owen Quine teve uma briga com sua agente bem aqui. Segundo dizem, o restaurante todo viu. Ele saiu de rompante e logo depois disso... provavelmente dias depois e talvez na mesma noite...

— ...ele foi assassinado — disse Al, que ouvia Strike boquiaberto. — Vi no jornal. Você encontrou o corpo.

O tom de Al transmitia o desejo por detalhes que Strike optou por ignorar.

— Talvez não haja nada para se descobrir aqui, mas se eu...

— Mas foi a mulher dele — disse Al, confuso. — Eles a prenderam.

— A mulher dele não fez isso — disse Strike, voltando a atenção ao cardápio de papel. Ele já havia notado que Al, que cresceu cercado de inúmeras histórias imprecisas da imprensa a respeito do pai e da sua família, nunca parecia estender sua saudável desconfiança da imprensa britânica a outros temas.

(A escola de Al tinha dois campi: aulas junto ao lago Genebra nos meses de verão e depois eles subiam para Gstaad no inverno; tardes passadas esquiando e patinando. Al foi criado respirando o caríssimo ar da montanha, protegido pela companhia dos filhos de outras celebridades. Os rosnados distantes dos tabloides eram mero ruído de fundo em sua vida... Era assim, pelo menos, que Strike interpretava o pouco que Al lhe contou de sua juventude.)

– Não foi a mulher dele? – disse Al quando Strike voltou a levantar a cabeça.

– Não.

– Cacete. Vai me sair com outra Lula Landry? – perguntou Al, com um largo sorriso que aumentava o encanto de seu olhar excêntrico.

– A ideia é essa.

– Quer que eu dê uma sondada com os funcionários? – perguntou Al.

– Exatamente – disse Strike.

Ele achou divertido e comovente Al ficar deliciado por ter a chance de lhe prestar um serviço.

– Tudo bem. Vou procurar alguém conveniente para você. Para onde foi Loulou? Ela é uma garota inteligente.

Depois que fizeram os pedidos, Al foi ao banheiro para ver se localizava a inteligente Loulou. Strike ficou sozinho à mesa, bebendo o Tignanello pedido por Al, observando os chefs de jaleco branco trabalhando na cozinha aberta. Eram jovens, habilidosos e eficientes. Chamas disparavam, facas tremulavam, pesadas panelas de ferro eram passadas daqui para lá.

Ele não é burro, pensou Strike do irmão, vendo Al voltar para a mesa, trazendo uma morena de avental branco. *Ele só é...*

– Esta é Loulou – disse Al, sentando-se. – Ela estava aqui naquela noite.

– Você se lembra da briga? – perguntou-lhe Strike, concentrando-se de imediato na garota que estava ocupada demais para se sentar, permanecendo de pé, sorrindo vagamente para ele.

– Ah, sim – disse ela. – Foi uma barulheira. Deixou o lugar todo em suspenso.

– Consegue se lembrar de como era o homem? – disse Strike, querendo certificar-se de que ela havia testemunhado a briga certa.

— Um cara gordo de chapéu, foi isso – disse ela. — Gritando com uma mulher de cabelo grisalho. É, tiveram um arranca-rabo daqueles. Desculpe, preciso ir para...

E ela se foi, para pegar o pedido de outra mesa.

— Vamos agarrá-la quando estiver voltando. – Al tranquilizou Strike. – Eddie manda um abraço, aliás. Queria que ele estivesse aqui.

— Como vai ele? – perguntou Strike, fingindo interesse. Enquanto Al se mostrara disposto a forjar uma amizade, seu irmão mais novo, Eddie, era indiferente. Tinha 24 anos e era vocalista de sua própria banda. Strike nunca ouviu nada da música deles.

— Ele está ótimo – disse Al.

O silêncio caiu entre os dois. Suas entradas chegaram e eles comeram sem falar. Strike sabia que Al obteve notas excelentes na Organização do Bacharelado Internacional. Certa noite, numa barraca militar no Afeganistão, Strike viu uma fotografia na internet de Al com 18 anos num blazer creme com um escudo no bolso, o cabelo comprido jogado de lado e brilhando dourado no sol forte de Genebra. Rokeby tinha o braço em volta de Al, radiante de orgulho paterno. A foto valia uma matéria porque Rokeby nunca havia sido fotografado de terno e gravata.

— Oi, Al – disse uma voz conhecida.

E, para assombro de Strike, ali estava Daniel Chard de muletas, a cabeça careca refletindo os spots sutis acesos nas ondas industriais do alto. Com uma camisa vermelho-escura de colarinho aberto e um paletó cinza, o editor estava elegante em meio a uma turma mais boêmia.

— Ah – disse Al, e Strike sabia que ele se esforçava para situar Chard –, humm... oi...

— Dan Chard – disse o editor. — Nós nos conhecemos quando eu conversei com seu pai sobre a autobiografia dele.

— Ah... ah, sim! – disse Al, levantando-se e apertando sua mão. — Este é meu irmão, Cormoran.

Se Strike ficou surpreso ao ver Chard abordar Al, não foi nada perto do choque registrado no rosto de Chard ao ver Strike.

— Seu... seu irmão?

— Meio-irmão – disse Strike, rindo intimamente da evidente perplexidade de Chard. Como foi que ele contratou os serviços do detetive que era parente do príncipe playboy?

O esforço que custou a Chard se aproximar do filho de um sujeito potencialmente lucrativo parecia tê-lo abandonado, deixando apenas um silêncio canhestro de três vias.

– Sua perna está melhor? – perguntou Strike.

– Ah, sim – disse Chard. – Muito. Bom, eu vou... vou deixar vocês jantarem.

Ele se afastou, balançando-se habilidosamente entre as mesas, e voltou a se sentar onde Strike não podia mais observá-lo. Strike e Al sentaram-se, Strike pensando em como Londres era muito pequena quando se chegava a determinada altitude; depois que se deixava para trás aqueles que não conseguiam garantir facilmente mesas nos melhores restaurantes e boates.

– Não conseguia me lembrar de quem ele era – disse Al com um sorriso tímido.

– Ele está pensando em publicar uma autobiografia? – perguntou Strike.

Ele nunca se referia a Rokeby como pai, mas tentava se lembrar de não chamá-lo de Rokeby na frente de Al.

– Está. Ofereceram muito dinheiro. Não sei se ele vai fazer com esse cara ou com outro. Provavelmente terá um ghost.

Strike se perguntou fugazmente como Rokeby trataria num livro desses a concepção acidental de seu filho mais velho e seu nascimento controverso. Talvez, pensou ele, Rokeby pulasse qualquer menção a isso. Certamente seria da preferência de Strike.

– Ele ainda gostaria de se encontrar com você, sabia? – disse Al, com o ar de quem criou coragem para dizer isso. – Ele tem muito orgulho... leu tudo sobre o caso Landry.

– É? – disse Strike, procurando por Loulou no restaurante, a garçonete que se lembrava de Quine.

– É – disse Al.

– E o que ele fez? Conversou com editoras? – Strike pensou em Kathryn Kent e no próprio Quine: uma incapaz de encontrar uma editora, o outro, abandonado; e o rock star velho podendo escolher.

– É, mais ou menos. Não sei se ele vai fazer isso ou não. Acho que esse Chard foi recomendado a ele.

– Por quem?

— Michael Fancourt. — Al limpou o prato de risoto com uma fatia de pão.

— Rokeby conhece Fancourt? — perguntou Strike, esquecendo-se de sua resolução.

— Conhece — disse Al com um leve franzido na testa; depois: — Vamos combinar, meu pai conhece todo mundo.

Isso lembrou Strike do jeito como Elizabeth Tassel disse "pensei que todo mundo soubesse" por que ela não representava mais Fancourt, mas havia uma diferença. Para Al, "todo mundo" significava quem era "alguém": os ricos, os famosos, os influentes. Os coitados que compravam a música de seu pai eram ninguéns, como Strike era um ninguém até ser alçado à proeminência por pegar um assassino.

— Quando foi que Fancourt recomendou a Roper Chard a... quando foi que ele recomendou Chard? — perguntou Strike.

— Sei lá... uns meses atrás? — disse Al vagamente. — Ele disse a papai que tinha acabado de se transferir para lá. Meio milhão de adiantamento.

— Que legal.

— Disse a papai para ver o noticiário, que haveria alvoroço sobre o lugar depois que ele fosse para lá.

Loulou, a garçonete, voltara a seu campo de visão. Al a chamou de novo; ela se aproximou com uma expressão atormentada.

— Me dê dez minutos — disse ela — e vou poder conversar. Só dez.

Enquanto Strike terminava o porco, Al perguntou de seu trabalho. Strike ficou surpreso com a sinceridade do interesse de Al.

— Sente falta do exército? — perguntou Al.

— Às vezes — confessou Strike. — O que você anda fazendo ultimamente?

Ele sentiu uma vaga culpa por já não ter perguntado. Agora que pensou nisso, não sabia como Al ganhava a vida ou mesmo se trabalhava.

— Pode ser que eu entre num negócio com um amigo — disse Al.

Então não trabalha, pensou Strike.

— Serviços sob encomenda... oportunidades de lazer — murmurou Al.

— Ótimo.

— Será ótimo se der em alguma coisa.

Uma pausa. Strike procurou por Loulou, o sentido de sua presença ali, mas estava fora de vista, ocupada, enquanto Al provavelmente nunca esteve ocupado na vida.

— Pelo menos você conseguiu credibilidade – disse Al.

— Humm? – disse Strike.

— Você se fez sozinho, não foi?

— O quê?

Strike percebeu que havia uma crise unilateral acontecendo na mesa. Al o olhava com um misto de desafio e inveja.

— É, bom – disse Strike, dando com os ombros largos.

Ele não conseguia pensar em nenhuma resposta mais significativa que não parecesse superior ou magoada, nem queria estimular Al no que parecia ser uma tentativa de uma conversa mais pessoal do que eles já tiveram na vida.

— Você é o único de nós que não usa isso – disse Al. – Acho que não teria sido útil no exército, teria?

Era inútil fingir não saber o que significava "isso".

— Acho que não – disse Strike (e de fato, nas raras ocasiões que sua ascendência chamou a atenção de colegas soldados, ele não encontrou nada além de incredulidade, em especial pela pouca semelhança que ele tinha com Rokeby).

Mas ele pensou com ironia em seu apartamento nesta noite gelada de inverno: dois cômodos e meio abarrotados, vidraças mal instaladas. Al passaria a noite em Mayfair, na casa cheia de empregados do pai. Podia ser salutar mostrar ao irmão a realidade da independência antes que ele romantizasse demais...

— Você deve pensar que isso é chorumela de autopiedade, né? – quis saber Al.

Strike vira a foto da formatura de Al na internet uma hora depois de interrogar um inconsolável soldado de 19 anos que acidentalmente baleara o melhor amigo no peito e no pescoço com uma metralhadora.

— Todo mundo tem o direito de reclamar – disse Strike.

Al deu a impressão de que ficaria ofendido, mas depois, com relutância, sorriu.

Loulou de repente estava ao lado deles, segurando um copo de água, habilidosamente retirando o avental com uma das mãos e se sentando com eles.

— Tudo bem, eu tenho cinco minutos – disse ela a Strike sem preâmbulos. – Al disse que você quer saber daquele escritor babaca?

— É – disse Strike, concentrado de pronto. – O que a faz dizer que ele era um babaca?

— Ele adorou aquilo – disse ela, bebendo água.

— Adorou...?

— Fazer uma cena. Gritou e xingou, mas era para se mostrar, dava para ver. Ele queria que todo mundo ouvisse, queria uma plateia. Não era um bom ator.

— Você se lembra do que ele falou? – perguntou Strike, pegando um bloco. Al observava, animado.

— Foi muita coisa. Chamou a mulher de piranha, disse que ela mentiu para ele, que ele mesmo lançaria o livro e ela estaria ferrada. Mas ele estava curtindo – disse ela. – A fúria era falsa.

— E Eliz... a mulher?

— Ah, ficou muito puta – disse Loulou alegremente. – *Ela* não estava fingindo. Quanto mais ele se exibia, agitando os braços, e gritava com ela, mais vermelha ela ficava... tremia de raiva, mal conseguia se conter. Ela disse alguma coisa sobre "amarrado naquela mulher estúpida", e acho que foi aí que ele saiu de repente, deixando a conta para ela, todo mundo encarava a mulher... ela ficou pra morrer. Eu me senti péssima por ela.

— Ela foi atrás dele?

— Não, pagou e foi ao banheiro por um tempinho. Pensei que talvez ela estivesse chorando. Depois ela foi embora.

— Isso me ajudou muito – disse Strike. – Não se lembra de mais nada que eles tenham falado?

— Lembro – disse Loulou calmamente –, ele gritou, "Tudo por causa de Fancourt e a merda do pau mole dele".

Strike e Al a olhavam fixamente.

— "Tudo por causa de Fancourt e a merda do pau mole dele"? – repetiu Strike.

— É – disse Loulou. – Foi nessa parte que o restaurante ficou em silêncio...

— Dá pra entender por quê – comentou Al, com uma risadinha.

– Ela tentou calar a boca do sujeito, estava fula da vida, mas ele não estava nem aí. Adorou a atenção. Caiu de boca nela. Olha, preciso ir – disse Loulou –, desculpe. – Ela se levantou e amarrou o avental. – A gente se vê, Al.

Ela não sabia o nome de Strike, mas sorriu para ele ao se afastar agitada de novo.

Daniel Chard estava saindo; sua careca apareceu acima da multidão, acompanhada por um grupo de pessoas igualmente elegantes e envelhecidas, todas andando juntas, conversando, assentindo uma para a outra. Strike os observou sair com a mente em outro lugar. Não notou que retiraram seu prato vazio.

Tudo por causa de Fancourt e a merda do pau mole dele...
Estranho.
Não consigo me livrar da ideia louca de que Owen fez isso a si mesmo. Que ele encenou...

– Está tudo bem, mano? – perguntou Al.
Um bilhete com um beijo: *Hora da revanche para nós dois...*
– Está – disse Strike.

Muito sangue e simbolismo arcano... Alimente aquela vaidade masculina e você podia conseguir que ele fizesse o que você quisesse... Dois hermafroditas, dois sacos ensanguentados... Uma bela alma perdida, foi isso que ele me disse... O bicho-da-seda era uma metáfora para o escritor, que precisava passar por agonias para conseguir um material bom...

Como uma tampa torta que encontra sua rosca, uma multiplicidade de informações sem relação nenhuma girava pela mente de Strike e de repente se encaixavam, incontroversamente corretas, inegavelmente certas. Ele revirou sem parar sua teoria: era perfeita, firme e sólida.

O problema é que ele ainda não sabia como prová-la.

41

> Julgais que meus pensamentos são
> loucuras de amor?
> Não, são ferros que ardem na forja
> de Plutão...
>
> Robert Greene,
> *Orlando Furioso*

Strike levantou cedo na manhã seguinte, cansado, frustrado e tenso, depois de uma noite de sono interrompido. Procurou mensagens no telefone antes de tomar banho e depois de se vestir, em seguida desceu a seu escritório vazio, irritado que Robin não estivesse lá no sábado e sentindo, sem razão, a ausência como sinal de sua falta de comprometimento. Ela teria sido uma interlocutora útil esta manhã; ele teria gostado da companhia depois da revelação que teve na noite anterior. Pensou em telefonar para ela, mas seria infinitamente mais satisfatório dizer cara a cara, em vez de fazê-lo por telefone, ainda mais se Matthew estivesse ouvindo.

Strike preparou um chá, mas deixou que esfriasse enquanto examinava o arquivo Quine.

Sua sensação de impotência crescia no silêncio. Ele não parava de verificar o celular.

Queria fazer alguma coisa, mas estava inteiramente impedido pela falta de status oficial, sem ter autoridade para dar buscas em propriedade particular ou obrigar testemunhas a cooperar. Não havia nada que pudesse fazer até sua entrevista com Michael Fancourt, na segunda-feira, a não ser que... Deveria ele telefonar para Anstis e apresentar sua teoria? Strike franziu o cenho, passando os dedos grossos pelo cabelo denso, imaginando a resposta paternalista de Anstis. Não havia literalmente nem um fio de prova. Era tudo conjectura – *mas eu tenho razão*, pensou Strike com uma arrogância tranquila, *e ele está ferrado*. Anstis não tinha nem a inteligência, nem a imaginação para valorizar uma teoria que explicava cada elemento estranho no crime, mas que lhe pareceria inacreditável, se comparada com a solução fácil, cheia de inconsistências e perguntas sem resposta que era o caso contra Leonora.

Explique, Strike exigiu saber de um Anstis imaginário, *por que uma mulher com inteligência suficiente para sumir com as tripas dele sem deixar vestígios seria burra para comprar cordas e uma burca em seu próprio cartão de crédito. Explique por que uma mãe sem familiares, cuja única preocupação na vida é o bem-estar da filha, correria o risco de uma sentença de prisão perpétua. Explique por que, depois de anos conformada com a infidelidade e as peculiaridades sexuais de Quine para manter a família unida, ela repentinamente decidiu matá-lo?*

Porém, à última pergunta, Anstis poderia ter uma resposta racional: que Quine estava prestes a abandonar a mulher por Kathryn Kent. O escritor tinha um bom seguro de vida: talvez Leonora tenha decidido preferir a segurança financeira como viúva a uma existência incerta e apertada enquanto seu ex irresponsável esbanjava dinheiro com uma segunda esposa. Um júri podia engolir essa versão dos acontecimentos, em especial se Kathryn Kent subisse ao banco das testemunhas e confirmasse que Quine prometera se casar com ela.

Strike receava ter estragado suas chances com Kathryn Kent, ao aparecer inesperadamente em sua porta, como fez – pensando bem agora, uma atitude canhestra e inepta. Ele a assustara, assomando da escuridão de sua varanda, facilitando demais que Pippa Midgley o retratasse como fantoche sinistro de Leonora. Ele devia ter agido com sagacidade, conquistado sua confiança, como fizera com a secretária de Lord Parker, de modo a extrair confissões como dentes sob a influência da solidariedade preocupada, em vez de apelar ao autoritarismo a sua porta como um oficial de justiça.

Strike verificou o celular mais uma vez. Nenhuma mensagem. Olhou o relógio. Mal passava das nove e meia. A contragosto, sentiu sua atenção lutando para se libertar do lugar onde ele queria e precisava dela – no assassinato de Quine e nas coisas que devia ter feito para garantir uma prisão – para se concentrar na capela seiscentista do Castelo de Croy...

Ela estaria se arrumando, sem dúvida com um vestido de noiva que custara milhares de libras. Ele podia imaginá-la nua diante do espelho, maquiando-se. Ele a vira fazer isso umas cem vezes; empunhava seus pincéis de maquiagem na frente de espelhos de penteadeira, de espelhos de hotel, tão atenta a sua própria capacidade de atração que ela quase atingia a inconsciência.

Estaria Charlotte verificando seu celular enquanto os minutos passavam, agora que a curta caminhada pela nave central estava tão próxima, agora que parecia ser a caminhada em uma prancha de navio? Estaria esperando, torcendo por uma resposta de Strike a sua mensagem de duas palavras da véspera?

E se ele mandasse uma resposta agora... o que seria necessário para fazê-la dar as costas ao vestido de noiva (ele o imaginava pendurado como um fantasma no canto de seu quarto) e vestir jeans, jogar umas coisas numa bolsa de viagem e escapulir por uma porta dos fundos? Dentro de um carro, pisando fundo, voltando para o sul, para um homem que sempre significou a fuga...

– Que se foda – resmungou Strike.

Ele se levantou, meteu o celular no bolso, jogou fora o que restava do chá frio e vestiu o sobretudo. Manter-se ocupado era a única resposta: a ação sempre foi sua droga preferida.

Embora soubesse que Kathryn Kent agora teria fugido para a casa de uma amiga, depois de a imprensa tê-la encontrado, e apesar de ele se arrepender de ter aparecido sem ser anunciado a sua porta, Strike voltou a Clem Attlee Court só para ter suas suspeitas confirmadas. Ninguém atendeu à porta, as luzes estavam apagadas e tudo parecia silencioso ali dentro.

Um vento gelado soprou pela varanda de tijolos aparentes. Enquanto Strike se afastava, a mulher de aparência zangada da porta ao lado apareceu, desta vez ansiosa para conversar.

– Ela se mandou. Você é da imprensa?

– Sou – disse Strike, porque ele sabia que a vizinha estava animada com a ideia e porque ele não queria que Kathryn soubesse que ele voltara.

– As coisas que seu pessoal tem escrito – disse ela com uma alegria mal disfarçada. – As coisas que vocês disseram sobre ela! Não, ela se mandou.

– Tem ideia de quando ela vai voltar?

– Não – disse a vizinha, com pesar. Seu couro cabeludo cor-de-rosa era visível através do cabelo ralo, grisalho e com permanente. – Eu posso te ligar – sugeriu ela. – Se ela aparecer.

– Isso me ajudaria muito – disse Strike.

Seu nome esteve nos jornais há muito pouco tempo para que ele entregasse um de seus cartões. Ele arrancou a página do bloco, escreveu seu número para ela e lhe passou uma nota de 20 libras.

– Valeu – disse ela, toda prática. – Tchau.

Ele passou por um gato ao descer, o mesmo gato, ele tinha certeza, em que Kathryn Kent dera um chute. O bicho o observou com cautela e olhar superior ao passar. A gangue de jovens que ele encontrara anteriormente tinha sumido; hoje estava frio demais para quem a peça mais quente de vestuário fosse um moletom.

Mancar pela neve cinzenta e escorregadia exigiu esforço físico, o que ajudou a distrair sua mente agitada, colocando em debate se ele estava indo de um suspeito a outro por Leonora ou por Charlotte. Esta última que continue na prisão de sua própria escolha: ele não telefonaria, não mandaria nenhum torpedo.

Quando chegou ao metrô, Strike pegou o celular e telefonou para Jerry Waldegrave. Tinha certeza de que o editor possuía informações de que Strike precisava, informações de que ele não sabia que precisava antes do momento de revelação no River Café, mas Waldegrave não atendeu. Strike não ficou surpreso. Waldegrave tinha um casamento falido, uma carreira moribunda e uma filha com que se preocupar; por que atender aos telefonemas de um detetive? Por que complicar a vida quando ela não precisava de complicações quando se tinha uma opção?

O frio, o toque de telefones que ninguém atendia, apartamentos silenciosos com portas trancadas: ele não podia fazer mais nada hoje. Strike comprou um jornal e foi para o seu pub preferido, o Tottenham, sentando-se abaixo de uma das voluptuosas mulheres pintadas por um cenógrafo vitoriano, que cabriolavam com a flora vestidas com tecidos transparentes. Hoje Strike sentia estranhamente estar numa sala de visitas, matando o tempo. Lembranças como estilhaços, cravadas para sempre, infectadas pelo que veio depois... palavras de amor e devoção imorredoura, tempos de sublime felicidade, uma mentira após a outra, após a outra... sua atenção escapando das reportagens que ele lia.

A irmã Lucy certa vez lhe disse, exasperada: "Por que você suporta isso? Por quê? Só porque ela é bonita?"

E ele respondeu: "Isso ajuda."

Ela esperava que ele dissesse "não", é claro. Embora elas passassem muito tempo tentando ficar bonitas, não se devia admitir às mulheres que a beleza era importante. Charlotte *era* bonita, a mulher mais bonita que ele já viu, e ele nunca se livrou do assombro com sua aparência, nem da gratidão que ela inspirava, nem do orgulho por associação.

O amor, dissera Michael Fancourt, *é uma ilusão*.

Strike virou a página do jornal para uma foto da cara zangada do chanceler do Tesouro, sem vê-la. Teria ele imaginado coisas em Charlotte que nunca estiveram lá? Teria inventado virtudes para ela, para dar lustre a sua beleza estonteante? Ele tinha 19 anos quando os dois se conheceram. Agora parecia incrivelmente jovem para Strike, sentado neste pub, carregando bons 12 quilos a mais e meia perna a menos.

Talvez ele tenha *mesmo* criado uma Charlotte em sua própria imagem que nunca existiu fora de sua mente enlouquecida, mas qual? Ele amou a verdadeira Charlotte também, a mulher que tirava a roupa na frente dele, querendo saber se ele ainda a amaria se ela fizesse *isso*, se ela confessasse *aquilo*, se ela o tratasse *assim*... até que finalmente ela descobriu os limites dele, e a beleza, a raiva e as lágrimas foram insuficientes para segurá-lo, e ela fugiu para os braços de outro homem.

E talvez isto seja amor, pensou ele, tomando partido mentalmente de Michael Fancourt contra uma Robin invisível e censora que, por algum motivo, parecia estar sentada criticando-o enquanto ele bebia Doom Bar e fingia ler sobre o pior inverno da história registrada. *Você e Matthew...* Strike podia ver, mesmo que ela não visse: a condição de estar com Matthew era não ser ela mesma.

Onde estava o casal que via um ao outro com clareza? No desfile interminável de conformidade suburbana que parecia ser o casamento de Lucy e Greg? Nas tediosas variações de traição e desilusão que levavam um fluxo interminável de clientes a sua porta? Na lealdade cega e obstinada de Leonora Quine para com o homem cujos defeitos, cada um deles, eram desculpados porque "ele é escritor", ou o herói venerado que enganara igualmente Kathryn Kent e Pippa Midgley, amarrado como um peru e estripado?

Strike se deprimia. Estava na metade da terceira cerveja. Enquanto se perguntava se tomaria uma quarta, seu celular zumbiu na mesa onde ele o pusera, virado para baixo.

Ele bebeu a cerveja lentamente enquanto o pub enchia a sua volta, olhando o celular, fazendo apostas consigo mesmo. *Na frente da capela, dando-me uma última chance de impedir? Ou já casou e quer me contar?*

Ele bebeu o último gole da cerveja antes de abrir o celular.

Me dê os parabéns. Sra. Jago Ross.

Strike olhou as palavras por alguns segundos, depois colocou o celular no bolso, levantou-se, dobrou o jornal embaixo do braço e foi para casa.

Enquanto andava com a ajuda da bengala de volta à Denmark Street, ele se lembrou de umas palavras de seu livro preferido, intocado há muito tempo, enterrado no fundo da caixa de pertences no patamar.

... difficile est longum subito deponere amorem,
difficile est, uerum hoc qua lubet efficias...
... é difícil deixar de repente um grande amor:
difícil, mas tenta como podes...

A inquietude que o consumiu o dia todo passara. Ele sentiu fome e a necessidade de relaxar. O Arsenal jogaria com o Fulham às três horas; havia tempo de preparar um almoço tardio antes do início da partida.

Mais tarde, pensou Strike, ele podia procurar Nina Lascelles. Não era uma noite que ele quisesse passar sozinho.

42

> MATHEO: ... um brinquedo estranho.
> GIULIANO: Oh, zombar, ademais, de um macaco.
>
> Ben Johnson,
> *Cada qual com seu humor*

Robin chegou ao trabalho na manhã de segunda-feira cansada e vagamente esgotada de uma batalha, mas orgulhosa de si mesma.

Ela e Matthew passaram a maior parte do fim de semana conversando sobre seu trabalho. De certo modo (é estranho pensar assim, depois de nove anos juntos) foi a conversa mais profunda e mais séria que eles tiveram na vida. Por que ela não admitiu durante tanto tempo seu interesse secreto pelo trabalho de investigação que existia muito antes de ela ter conhecido Cormoran Strike? Matthew ficou assombrado quando ela enfim confessou que tinha a ambição de trabalhar em alguma forma de investigação criminal desde o início da adolescência.

– Eu pensei que seria a última coisa que... – murmurou Matthew, murchando, mas se referindo obliquamente, como Robin sabia, ao motivo para ela ter largado a universidade.

– Eu nunca soube como contar isso a você – disse-lhe ela. – Achei que você ia rir. Então, não foi Cormoran que me fez ficar, nem tem nada a ver com ele como... como pessoa (ela estava a ponto de dizer "como homem", mas se salvou bem a tempo). Era eu. É o que eu quero fazer. Eu adoro. E agora ele diz que vai me treinar, Matt, e era isso que eu sempre quis.

A discussão continuou por todo o domingo, o Matthew desconcertado deslocando-se lentamente, como um rochedo.

– Vai trabalhar quanto no fim de semana? – ele lhe perguntou, desconfiado.

— Não sei, o quanto for necessário. Matt, eu adoro esse trabalho, não entende? Não quero mais fingir. Só quero fazê-lo e queria seu apoio.

No fim, ele a abraçou e concordou. Ela tentou não se sentir grata pela morte recente da mãe dele, que o deixava, Robin não conseguia deixar de pensar, só um pouco mais influenciável à persuasão do que seria normalmente.

Robin estava ansiosa para contar a Strike sobre este amadurecimento de sua relação, mas ele não estava no escritório quando ela chegou. Na mesa, ao lado da árvore de Natal, havia um curto bilhete em sua caligrafia distinta e de difícil leitura:

Leite acabou, saí para o café da manhã, depois à Hamleys, quero evitar a multidão. PS: Sei quem matou Quine.

Robin ofegou. Pegando o telefone, discou para o celular de Strike, ouvindo apenas o sinal de ocupado.

A Hamleys só abria às dez, mas Robin achou que não suportaria esperar tanto tempo. Repetidas vezes, apertou a rediscagem enquanto abria e classificava a correspondência, mas Strike ainda estava na outra ligação. Ela abriu e-mails, com o telefone preso numa orelha; meia hora se passou, depois uma hora, e o tom de ocupado ainda emanava do número de Strike. Robin começou a se irritar, suspeitava que fosse uma trama proposital para criar suspense.

Às dez e meia, um suave sinal sonoro do computador anunciou a chegada de um e-mail de um remetente desconhecido chamado Clodia2@live.com, que enviou apenas um anexo intitulado *FYI*.

Robin clicou nele automaticamente, ainda ouvindo o tom de ocupado. Uma grande foto em preto e branco cresceu e tomou o monitor do computador.

O fundo era austero; um céu nublado e o exterior de uma antiga construção de pedra. Todos na foto estavam fora de foco, menos a noiva, que se virava diretamente para a câmera. Usava um longo branco, simples e de cintura justa com um véu que ia até o chão, preso por uma tiara fina de diamantes. O cabelo preto voava como as dobras do tule no que parecia uma brisa firme. Uma das mãos segurava uma figura borrada num fraque que parecia estar rindo, mas a expressão dela era diferente de qualquer noiva que Robin vira na vida. Ela parecia abalada, desolada, assombrada. Seus olhos fitavam diretamente os de Robin, como se elas fossem amigas, como se Robin fosse a única que pudesse entender.

Robin baixou o celular que estivera ouvindo e olhou a foto. Já havia visto aquele rosto extraordinariamente bonito. Elas se falaram uma vez, ao telefone: Robin se lembrava de uma voz rouca, baixa e atraente. Essa é Charlotte, ex-noiva de Strike, a mulher que uma vez Robin viu sair correndo deste mesmo prédio.

Ela era *tão* bonita. Robin sentiu-se estranhamente humilhada com a aparência da mulher e espantada com sua profunda tristeza. Dezesseis anos, terminando e voltando, com Strike – Strike, com seu cabelo de pentelho, o perfil de pugilista e a meia perna... não que essas coisas importassem, disse Robin a si mesma, olhando hipnotizada aquela noiva triste e incomparavelmente deslumbrante...

A porta se abriu. De repente Strike estava ao lado dela, com duas sacolas de brinquedos nas mãos, e Robin, que não o ouviu subir a escada, deu um salto como se tivesse sido apanhada roubando do fundo para pequenas despesas do escritório.

– Bom-dia – disse ele.

Ela pegou apressadamente o mouse do computador, tentando fechar a imagem antes que ele pudesse ver, mas sua luta para encobrir o que via atraiu irresistivelmente os olhos dele à tela. Robin ficou petrificada e envergonhada.

– Ela enviou há alguns minutos, só soube o que era quando abri. Eu... peço desculpas.

Strike olhou a foto por alguns segundos, depois se virou, colocando as sacolas de brinquedos no chão, ao lado de sua mesa.

– Delete – disse ele. Não parecia triste nem zangado, apenas firme.

Robin hesitou, depois fechou o arquivo, deletou o e-mail e esvaziou a lixeira do computador.

– Valeu – disse ele, endireitando o corpo, e, por suas maneiras, informou a Robin que não haveria discussão da foto de casamento de Charlotte.

– Recebi umas trinta ligações perdidas de você em meu celular.

— Bom, o que você esperava? — disse Robin com ânimo. — Seu bilhete... você disse...

— Recebi um telefonema de minha tia. Uma hora e dez minutos de doenças de todos em St. Mawes, tudo porque eu disse a ela que vou passar o Natal lá.

Ele riu ao ver a frustração mal contida de Robin.

— Tudo bem, mas temos de ser rápidos. Acabo de perceber que há uma coisa que podemos fazer esta manhã antes de me encontrar com Fancourt.

Ainda de casaco, ele se sentou no sofá de couro e falou por dez minutos inteiros, expondo detalhadamente sua teoria.

Quando terminou, houve um longo silêncio. A imagem enevoada e mística do menino-anjo em sua igreja local flutuou na mente de Robin enquanto ela olhava para Strike numa incredulidade quase completa.

— Que parte está te causando problemas? — perguntou Strike com gentileza.

— Humm...

— Já concordamos que o desaparecimento de Quine não pode ter sido espontâneo, não é? — perguntou-lhe Strike. — Se você juntar o colchão na Talgarth Road... conveniente, numa casa que não era usada há 25 anos... e o fato de que uma semana antes de desaparecer Quine disse àquele sujeito da livraria que ia viajar e comprou material de leitura... e a testemunha no River Café dizendo que Quine não estava sinceramente com raiva quando gritou com Tassel, que ele estava curtindo... acho que podemos formular a hipótese de um desaparecimento encenado.

— Tudo bem — disse Robin. Esta parte da teoria de Strike parecia no mínimo rara. Robin não sabia por onde começar a dizer que ela achou implausível o resto, mas o impulso de achar defeito a fez falar: — Ele não teria contado o que planejava a Leonora?

— É claro que não. Ela não pode agir para salvar a própria vida; ele *queria* que ela se preocupasse, assim ela seria convincente quando saísse por aí dizendo a todos que ele sumira. Talvez ela envolvesse a polícia. Fizesse estardalhaço com o editor. Criasse pânico.

— Mas isso nunca deu certo — disse Robin. — Ele estava sempre sumindo e ninguém se importava... certamente até ele deve ter percebido que não teria muita publicidade só por fugir e se esconder em sua velha casa.

— Ah, mas desta vez ele deixava para trás um livro que pensava que seria o assunto da Londres literária, não é? Atrairia a atenção que pudesse para ele brigando com sua agente no meio de um restaurante lotado e fazendo uma ameaça pública de publicar o livro na internet. Ele vai para casa, encena a grandiosa partida na frente de Leonora e escapole para a Talgarth Road. No final daquela noite, deixa entrar o cúmplice sem pensar duas vezes, convencido de que eles estavam nisso juntos.

Depois, uma longa pausa, Robin disse corajosamente (porque ela não estava acostumada a contestar as conclusões de Strike, que nunca viu erradas):

— Mas você não tem nenhuma prova de que *houve* um cúmplice, que dirá... quer dizer... é só uma... opinião.

Ele começou a reiterar pontos que já havia abordado, mas Robin ergueu a mão para impedi-lo.

— Eu entendo tudo isso da primeira vez, mas... você está extrapolando a partir de coisas ditas pelas pessoas. Não há... não há prova *material* de nada disso.

— É claro que há – disse Strike. – *Bombyx Mori*.

— Isso não é...

— É a maior prova que temos.

— Sempre é você – disse Robin – que me diz: *meios e oportunidade*. É você que sempre está dizendo que o motivo não...

— Eu não falei uma só palavra sobre o motivo – Strike lembrou a ela. – Por acaso, não sei qual foi o motivo, embora eu tenha algumas ideias. E se você quiser mais prova material, pode me ajudar a conseguir agora mesmo.

Ela o olhou com desconfiança. Em todo o tempo que trabalhou para ele, Strike nunca lhe pediu para coletar uma pista material.

— Quero que você venha me ajudar a falar com Orlando Quine – disse ele, impelindo-se do sofá. – Não quero fazer isso sozinho, ela é... bom, ela é complicada. Não gosta do meu cabelo. Ela está na Ladbroke Grove como a vizinha; então é melhor irmos andando.

— Ela é a filha com dificuldades de aprendizado? – perguntou Robin, confusa.

— É. Tem um macaco, um bicho de pelúcia, que fica pendurado no pescoço. Vi um monte deles na Hamleys... na verdade são porta-pijamas. Cheeky Monkeys é como chamam.

Robin o olhava como se temesse pela sanidade mental dele.

– Quando eu a conheci, Orlando tinha um deles no pescoço e ficava tirando coisas do nada... desenhos, lápis de cor e um cartão que ela afanou da mesa da cozinha. Agora sei que ela tirava tudo do porta-pijama. Ela rouba coisas das pessoas – continuou Strike – e entrava e saía do escritório do pai o tempo todo, quando ele estava vivo. Ele costumava lhe dar papel para desenhar.

– Você espera que ela esteja carregando uma pista do assassino do pai dentro de um porta-pijama?

– Não, mas acho que há uma chance razoável de que ela tenha apanhado uma parte do *Bombyx Mori* enquanto zanzava pelo escritório de Quine ou que ele tenha dado a ela o verso de algum rascunho para desenhar. Estou procurando folhas de papel com anotações, alguns parágrafos descartados, qualquer coisa. Olha, sei que é um tiro no escuro – disse Strike, interpretando corretamente a expressão dela –, mas não podemos entrar no escritório de Quine, a polícia já vasculhou tudo que havia lá e não encontrou nada. Estou apostando que os blocos e rascunhos que Quine levou foram destruídos. O Cheeky Monkey é o último lugar em que consigo pensar para procurar e – ele olhou o relógio – não temos muito tempo, se tivermos de ir a Ladbroke Grove e voltar antes de meu encontro com Fancourt. O que me lembra uma coisa...

Ele saiu do escritório. Robin o ouviu subir a escada e pensou que devia ter ido ao apartamento, mas depois o barulho de uma busca lhe disse que ele vasculhava as caixas com seus pertences no patamar. Quando voltou, segurava uma caixa de luvas de látex que claramente tinha surrupiado antes de deixar para sempre o SIB e um saco plástico transparente para provas exatamente do tamanho que as companhias aéreas forneciam para guardar produtos de toalete.

– Há outra prova material essencial que gostaria de obter – disse ele, tirando um par de luvas e entregando-as a uma Robin que não conseguia compreender. – Achei que você podia dar um pulo lá para pegar enquanto eu estou com Fancourt esta tarde.

Em algumas palavras sucintas, ele explicou o que queria que ela pegasse e por quê.

Sem nenhuma surpresa para Strike, um silêncio assombrado seguiu suas instruções.

— Está brincando — disse Robin com a voz fraca.

— Não estou.

Sem perceber, ela levou a mão à boca.

— Não será perigoso — garantiu-lhe Strike.

— Não é isso que me preocupa. Cormoran, e só que é... é *horrível*. Você... está mesmo falando sério?

— Se você tivesse visto Leonora Quine na cadeia semana passada, não me faria essa pergunta — disse Strike sombriamente. — Temos de ser espertos pra cacete, se quisermos tirá-la de lá.

Espertos?, pensou Robin, ainda amedrontada e parada ali com as luvas moles penduradas na mão. As sugestões dele para as atividades do dia pareciam loucas, bizarras e, no caso da última, nojentas.

— Olha — disse ele, de repente sério. — Não sei o que dizer a você, exceto que posso sentir. *Eu sinto o cheiro, Robin*. Alguém perturbado, perigoso, mas eficiente, à espreita por trás de tudo isso. Colocaram aquele idiota do Quine exatamente onde queriam usando seu narcisismo, e eu não sou o único que pensa assim.

Strike jogou a Robin seu casaco e ela vestiu; ele colocava sacos para provas no bolso interno do paletó.

— As pessoas insistem em me dizer que houve mais alguém envolvido: Chard disse que é Waldegrave, Waldegrave disse que é Tassel, Pippa Midgley é idiota demais para interpretar o que está na cara dela, e Christian Fisher... bom, ele tem mais perspectiva, pois não está no livro — disse Strike. — Ele colocou o dedo na ferida sem perceber.

Robin, que se esforçava para acompanhar o raciocínio de Strike e cética daquelas partes que conseguia compreender, acompanhou-o pela escada de metal, indo para o frio.

— E este crime — disse Strike, acendendo um cigarro enquanto eles andavam juntos pela Denmark Street — teve meses, se não anos de planejamento. Obra de gênio, quando se pensa bem, mas é elaborado demais e esta será sua ruína. Não se pode tramar um homicídio como um romance. Sempre ficam pontas soltas na vida real.

Strike sabia que não estava convencendo Robin, mas não se preocupou. Ele já havia trabalhado com subordinados incrédulos. Juntos, eles desceram para o metrô e pegaram o trem da linha central.

– O que você comprou para seus sobrinhos? – perguntou Robin depois de um longo silêncio.

– Roupa de camuflagem e armas de brinquedo – disse Strike, cuja escolha foi inteiramente motivada pelo desejo de irritar o cunhado –, e comprei um tambor grande para Timothy Anstis. Ele vai curtir às cinco horas da manhã de Natal.

Apesar da preocupação que sentia, Robin bufou de rir.

A fila tranquila de casas das quais Owen Quine havia fugido um mês antes estava, como o resto de Londres, coberta de neve, imaculada e clara nos telhados e de um cinza sujo no chão. O inuíte feliz sorria de sua placa no pub como a deidade que presidia a rua no inverno enquanto os dois passavam abaixo dele.

Um policial diferente montava guarda na frente da residência dos Quine e um furgão branco estava estacionado junto ao meio-fio de portas abertas.

– Procurando tripas no quintal – cochichou Strike a Robin enquanto se aproximavam e viram pás jogadas no piso do furgão. – Eles não tiveram sorte nenhuma no Mucking Marshes e não terão sorte nenhuma também nos canteiros de flores de Leonora.

– É o que *você* diz – respondeu Robin *sotto voce*, meio intimidada com o policial atento, que era bem bonito.

– Então, *você* vai me ajudar a provar isto esta tarde – respondeu Strike a meia-voz. – Bom-dia – disse ele ao guarda, que não respondeu.

Strike parecia revigorado por sua teoria louca, mas se ele tivesse razão, por qualquer chance remota, pensou Robin, o crime teria feições grotescas muito além daquele cadáver estripado...

Eles foram para a calçada na frente da casa vizinha da residência dos Quine, o que os colocou a pouca distância do policial vigilante. Strike tocou a campainha e depois de uma curta espera a porta se abriu, revelando uma mulher pequena, de jeito ansioso, no início de seus sessenta anos, vestindo um robe e chinelos enfeitados de lã.

– A senhora é a Edna? – perguntou Strike.

– Sim – disse ela timidamente, olhando para ele.

Quando Strike apresentou a si mesmo e Robin, a testa franzida de Edna relaxou, substituída por uma expressão de alívio digno de pena.

– Ah, é *você*, eu ouvi falar muito de *você*. Está ajudando Leonora, vai tirá-la de lá, não é?

Robin ficou terrivelmente consciente do policial bonito, ouvindo tudo, a pouca distância deles.

– Entrem, entrem – disse Edna, saindo do caminho dos dois e acenando com entusiasmo para passarem.

– Senhora... desculpe, não sei seu sobrenome – começou Strike, limpando os pés no capacho (a casa dela era aquecida, limpa e muito mais aconchegante do que a dos Quine, embora tivesse projeto idêntico).

– Pode me chamar de Edna – disse ela, sorrindo radiante para ele.

– Edna, obrigado... Sabe de uma coisa, você deve pedir para ver a identidade antes de deixar que alguém entre na sua casa.

– Ah, mas – disse Edna, atrapalhada – Leonora me falou tudo sobre você...

Ainda assim, Strike insistiu em mostrar sua carteira de habilitação antes de segui-la pelo corredor até uma cozinha azul e branca muito mais clara do que a de Leonora.

– Ela está lá em cima – disse Edna quando Strike explicou que vieram ver Orlando. – Não está num bom dia. Querem um café?

Enquanto esvoaçava pegando xícaras, Edna falava sem parar daquele jeito contido dos estressados e solitários:

– Não me entenda mal, eu não me importo de ficar com ela, coitadinha, mas... – Ela olhou esperançosa entre Strike e Robin, depois soltou: – Mas por quanto tempo? Elas não têm família, sabe? Apareceu uma assistente social por aqui ontem para vê-la; disse que, se eu não puder ficar com ela, ela deve ir para uma instituição ou coisa assim; eu disse que não posso fazer isso com Orlando, elas nunca ficaram separadas, ela e a mãe, não, ela pode ficar comigo, mas...

Edna olhou o teto.

– Ela agora está muito inquieta, muito perturbada. Só quer que a mãe venha para casa e o que posso dizer a ela? Não posso contar a verdade, posso? E eles estão aqui do lado, cavando o jardim todo, chegaram a ponto de desenterrar Mr. Poop...

– O gato morto – disse Strike em voz baixa a Robin enquanto as lágrimas borbulhavam por trás dos óculos de Edna e desciam pelas bochechas redondas.

– Coitadinha – disse ela de novo.

Depois de entregar os cafés a Strike e Robin, Edna subiu para pegar Orlando. Levou dez minutos para convencer a menina a descer, mas Strike ficou feliz ao ver Cheeky Monkey agarrado em seus braços quando ela apareceu, hoje vestida num moletom sujo e trazendo uma expressão rabugenta.

– Ele tem nome de gigante – anunciou ela à cozinha de modo geral quando viu Strike.

– Tenho mesmo – disse Strike, assentindo. – Bem lembrado.

Orlando deslizou para a cadeira que Edna puxou para ela, segurando com força o orangotango nos braços.

– Meu nome é Robin – disse Robin, sorrindo para ela.

– Robin quer dizer tordo – disse Orlando de pronto. – Um passarinho como o dodô.

– É assim que a mãe e o pai a chamam – explicou Edna.

– Somos dois passarinhos – disse Robin.

Orlando a olhou, depois se levantou e saiu da cozinha sem dizer nada. Edna soltou um suspiro fundo.

– Ela anda aborrecida com tudo. Nunca se sabe o que está...

Mas Orlando voltou com lápis de cor e um bloco de desenho em espiral que Strike tinha certeza de ter sido comprado por Edna para mantê-la feliz. Orlando sentou-se à mesa da cozinha e sorriu para Robin, um sorriso doce e franco que deixou Robin inexplicavelmente triste.

– Vou desenhar um tordo pra você – anunciou ela.

– Eu *adoraria* – disse Robin.

Orlando atacou o trabalho com a língua entre os dentes. Robin não disse nada, apenas olhou o desenho se desenvolver. Sentindo que Robin já havia forjado um entendimento melhor com Orlando do que ele conseguira, Strike comeu um biscoito de chocolate oferecido por Edna e bateu papo sobre a neve.

Por fim, Orlando terminou o desenho, arrancou do bloco e o empurrou para Robin.

— É lindo — disse Robin, sorrindo radiante para ela. — Eu queria saber desenhar um dodô, mas não sei desenhar nada. — Isto, Strike sabia, era mentira. Robin desenhava muito bem, ele já vira seus traços. — Mas tenho de dar uma coisa a você.

Ela procurou na bolsa, vigiada com ansiedade por Orlando, e por fim tirou um pequeno espelho de maquiagem redondo e enfeitado nas costas com uma ave cor-de-rosa estilizada.

— Pronto — disse Robin. — Olha. É um flamingo. Outro passarinho. Pode ficar com isso.

Orlando pegou seu presente com os lábios separados, olhando-o fixamente.

— Diga obrigada à moça — Edna a incitou.

— Obrigada — disse Orlando, e deslizou o espelho para dentro do porta-pijama.

— Ele é um saco? — perguntou Robin com vivo interesse.

— Meu macaco — disse Orlando agarrando mais o orangotango. — Meu papai deu pra mim. Meu papai morreu.

— Lamento saber disso — disse Robin em voz baixa, desejando que a imagem do corpo de Quine não entrasse de imediato em sua mente, o tronco oco como um porta-pijama...

Strike olhou o relógio disfarçadamente. O compromisso com Fancourt se aproximava cada vez mais. Robin bebeu um pouco do café e perguntou:

— Você guarda coisas no seu macaco?

— Eu gosto do seu cabelo — disse Orlando. — Ele brilha e é amarelo.

— Obrigada — disse Robin. — Tem mais algum desenho aí dentro?

Orlando assentiu.

— Posso comer um biscoito? — perguntou ela a Edna.

— Posso ver seus outros desenhos? — perguntou Robin enquanto Orlando mastigava.

E, depois de uma breve pausa para refletir, Orlando abriu o orangotango.

Apareceu uma porção de desenhos amassados, em um sortimento de diferentes tamanhos e papéis coloridos. Nem Strike nem Robin os viraram de início, fazendo comentários elogiosos enquanto Orlando os abria pela mesa, Robin perguntando sobre a estrela-do-mar colorida e os anjos dançando que Orlando desenhara com lápis de cor e hidrocor. Feliz com o apreço deles,

Orlando procurou mais fundo no orangotango por seu material de trabalho. Saiu um cartucho usado de máquina de escrever, oblongo e cinza, com uma fita fina carregando as palavras invertidas que havia impresso. Strike resistiu ao impulso de pegá-lo imediatamente enquanto ele desaparecia debaixo de uma lata de lápis de cor e uma caixa de pastilhas de hortelã, mas ficou de olho nele enquanto Orlando abria o desenho de uma borboleta através da qual podiam ser vistos traços da letra garranchosa de um adulto no verso.

Estimulada por Robin, Orlando agora mostrava mais: uma folha de adesivos, um cartão-postal dos Mendip Hills, um ímã de geladeira redondo que dizia *Cuidado! Você pode terminar no meu romance!* No fim de tudo, ela lhes mostrou três imagens num papel de melhor qualidade: duas provas de ilustração de livro e um modelo de capa de livro.

– Meu papai me deu do trabalho dele – disse Orlando. – Dannulchar *tocou* em mim quando eu quis isso – disse ela, apontando uma imagem em cores vivas que Strike reconheceu: Kyla, o canguru que adorava pular. Orlando acrescentou um chapéu e uma bolsa a Kyla e coloriu com hidrocor néon o desenho de uma princesa falando com um sapo.

Deliciada ao ver Orlando tão falante, Edna preparou mais café. Consciente do tempo, mas também da necessidade de não provocar uma briga e uma apropriação possessiva de todos os seus tesouros, Robin e Strike conversavam enquanto pegavam e examinavam cada uma das folhas de papel na mesa. Sempre que pensava que uma coisa podia ser útil, Robin a deslizava de lado para Strike.

Havia uma lista de nomes escritos no verso do desenho da borboleta:

Sam Breville. Eddie Boyne? Edward Baskinville? Stephen Brook?

O postal dos Mendip Hills fora enviado em julho e trazia uma breve mensagem:

Clima ótimo, hotel decepcionante, espero que o livro esteja indo bem! Bjs V

Além disso, não havia traço de letra manuscrita. Alguns desenhos de Orlando eram familiares a Strike, de sua última visita. Um deles foi desenhado atrás do cardápio infantil de um restaurante, outro na conta de gás dos Quine.

— Bom, é melhor irmos andando — disse Strike, terminando o café com uma demonstração convincente de pesar. Quase distraidamente, ele ainda segurava a ilustração de capa de *Upon the Wicked Rocks*, de Dorcus Pengelly. Uma mulher desgrenhada estava deitada de costas na areia pedregosa de uma enseada fechada por um penhasco íngreme, com a sombra de um homem caindo por sua cintura. Orlando desenhara um peixe preto em traços grossos na água azul tempestuosa. O cartucho de máquina de escrever usado estava embaixo da ilustração, escondido ali por Strike.

— Não quero que você vá embora — disse Orlando a Robin, de repente tensa e chorosa.

— Foi maravilhoso, não foi? — disse Robin. — Sei que a gente vai voltar a se ver. Você vai guardar seu espelho do flamingo, não vai, e eu vou guardar meu desenho do tordo...

Mas Orlando começara a gemer e bater os pés. Não queria outra despedida. Aproveitando-se do escândalo infantil, Strike enrolou disfarçadamente o cartucho na capa de *Under the Wicked Rocks* e o deslizou para o bolso, sem suas digitais.

Eles chegaram à rua cinco minutos depois, Robin um pouco abalada porque Orlando chorou e tentou agarrá-la enquanto ela se dirigia para a porta de saída. Edna teve de conter fisicamente Orlando para que não os seguisse.

— Coitada — disse Robin em voz baixa, para que o policial vigilante não os ouvisse. — Ah, meu Deus, isso foi medonho.

— Mas foi útil — disse Strike.

— Pegou aquela fita de máquina de escrever?

— Peguei — disse Strike, olhando por sobre o ombro para ver se o guarda estava fora de vista antes de retirar o cartucho, ainda embrulhado na capa de Dorcus, colocando-o num saco plástico de provas. — E um pouco mais do que isso.

— Foi? — disse Robin, surpresa.

— Uma possível pista — disse Strike —, pode não ser nada.

Ele consultou o relógio novamente e apressou o passo, estremecendo quando o joelho latejou, protestando.

— Terei de andar logo ou chegarei atrasado para encontrar Fancourt.

Enquanto se sentavam no metrô lotado que os levava de volta ao centro de Londres vinte minutos depois, Strike disse:

– Entendeu bem o que vai fazer esta tarde?

– Perfeitamente – disse Robin, mas com certa reserva.

– Sei que não é uma tarefa divertida...

– Não é isso que está incomodando.

– E, como eu lhe disse, não deve ser perigosa – disse ele, preparando-se para se levantar ao se aproximarem da Tottenham Court Road. – Mas...

Algo o fez reconsiderar, um leve franzido entre suas sobrancelhas grossas.

– Seu cabelo – disse ele.

– Qual é o problema dele? – Robin levantou a mão, constrangida.

– É fácil de lembrar – disse Strike. – Você não tem um gorro, tem?

– Eu... posso comprar um – disse Robin, sentindo-se estranhamente perturbada.

– Use o nosso fundo para pequenas despesas – disse-lhe ele. – Ter cuidado nunca é demais.

43

> Que enxame de vaidade vem chegando!
>
> William Shakespeare,
> *Timão de Atenas*

Strike andou pela Oxford Street apinhada, passando por fragmentos de música pop enlatada de Natal, e entrou à esquerda, na mais tranquila e mais estreita Dean Street. Não havia lojas ali, apenas blocos de prédios espremidos com suas diferentes fachadas, brancas, vermelhas e pardas, abrindo-se para escritórios, bares, pubs ou restaurantes do tipo bistrô. Strike parou para permitir a passagem de caixas de vinho de um furgão de entrega à entrada de um bufê: o Natal era uma questão mais sutil ali no Soho, onde o mundo da arte, publicitários e editores se congregavam, e em nenhum lugar mais do que no Groucho Club.

Um edifício cinza, quase indefinido, com suas janelas de caixilhos pretos e pequenas topiarias colocadas atrás de balaustradas simples e convexas. Seu toque de classe não estava no exterior, mas no fato de que relativamente poucos tinham permissão para entrar no clube exclusivo de membros das artes criativas. Strike mancou pela soleira e se viu em um pequeno saguão, onde uma mulher a um balcão disse num tom agradável:

— Posso ajudá-lo?

— Vim me encontrar com Michael Fancourt.

— Ah, sim... é o Sr. Strick?

— O próprio.

Ele foi levado por um longo bar com assentos de couro lotados de bebedores da hora do almoço, depois por uma escada. Ao subir, Strike refletiu, e não pela primeira vez, que seu treinamento na Divisão de Investigação Especial não contemplava que ele realizasse interrogatórios sem sanção ou autoridade oficial, no território do próprio suspeito, onde o interrogado tinha o direito de encerrar o encontro sem dar motivos ou desculpas. O SIB exigia que seus oficiais organizassem o interrogatório em um modelo de *pessoas, lugares, coisas...* Strike nunca perdeu de vista a metodologia eficaz e rigorosa, mas ultimamente era essencial disfarçar o fato de que ele arquivava informações em caixas mentais. Técnicas diferentes eram necessárias quando interrogava aqueles que pensavam estar lhe fazendo um favor.

Ele viu sua presa assim que entrou em um segundo bar com piso de madeira, onde havia sofás em cores primárias junto à parede, encimados por pinturas de artistas modernos. Fancourt sentava-se obliquamente em um sofá vermelho vivo, com um braço passado pelo encosto, uma perna um pouco erguida numa exagerada pose de relaxamento. Uma tela pontilhista de Damien Hirst estava pendurada à direita de sua cabeça enorme, como um halo de néon.

O escritor tinha uma farta cabeleira preta agrisalhada, suas feições eram pesadas e as rugas ao lado da boca generosa eram fundas. Ele sorriu com a aproximação de Strike. Talvez não fosse o sorriso que ele abrisse a alguém que considerasse um igual (impossível não pensar nesses termos, em vista da afetação premeditada de relaxamento, a expressão habitualmente azeda), mas o gesto de alguém que desejava ser benevolente.

– Sr. Strike.

Talvez ele tenha pensado em se levantar para um aperto de mãos, mas a altura e o volume de Strike em geral dissuadiam homens menores de sair de seus assentos. Eles se cumprimentaram através da pequena mesa de madeira. De má vontade, mas sem alternativa, a não ser que quisesse se sentar no sofá com Fancourt – uma situação demasiado aconchegada, em particular com o braço do escritor atravessado pelo encosto –, Strike sentou-se em um sólido pufe redondo que era inadequado tanto para seu porte como para o joelho inflamado.

Ao lado deles estava um ex-astro de novela de cabeça raspada que recentemente interpretara um soldado num drama da BBC. Falava alto sobre si mesmo com outros dois homens. Fancourt e Strike pediram as bebidas, mas rejeitaram os cardápios. Strike ficou aliviado por Fancourt não sentir fome. Não podia pagar o almoço de outra pessoa.

— Há quanto tempo você é sócio deste lugar? – perguntou ele a Fancourt, quando o garçom saiu.

— Desde a inauguração. Fui um dos primeiros investidores – disse Fancourt. – O único clube de que precisei na vida. Posso passar a noite aqui, se necessário. Há quartos lá em cima.

Fancourt fixou seu olhar intencionalmente intenso em Strike.

— Eu estava ansioso para me encontrar com você. O herói de meu próximo romance é um veterano da chamada guerra ao terrorismo e seus corolários militares. Gostaria de usar sua experiência depois de tirarmos Owen Quine do caminho.

Por acaso Strike sabia um pouco dos recursos de que dispunham os famosos quando desejavam manipular. O pai guitarrista de Lucy, Rick, era menos famoso do que o pai de Strike ou do que Fancourt, porém ainda era celebrado o bastante para provocar um ofegar e tremores numa mulher de meia-idade ao vê-lo na fila para o sorvete em St. Mawes – "Aimeudeus... *o que você está fazendo aqui*?" Certa vez Rick confidenciou ao Strike adolescente que um jeito seguro de levar uma mulher para a cama era dizer que estava compondo uma música sobre ela. A declaração de Michael Fancourt de que estava interessado em capturar algo de Strike em seu próximo romance parecia uma variação sobre o mesmo tema. Claramente ele não percebia que se ver no papel não era novidade para Strike, nem era algo que procurasse. Com um gesto de cabeça sem nenhum entusiasmo ao pedido reconhecido de Fancourt, Strike pegou um bloco.

— Importa-se se eu usar isto? Ajuda a me lembrar o que quero lhe perguntar.

— Fique à vontade – disse Fancourt, com uma expressão irônica. Ele jogou de lado o exemplar do *Guardian* que estivera lendo. Strike viu de cabeça para baixo a foto de um velho enrugado de aparência distinta que era vagamente familiar. A legenda dizia: *Pinkelman aos noventa*.

— O velho e querido Pinks – disse Fancourt, notando o olhar de Strike. – Daremos uma festinha para ele no Chelsea Arts Club na semana que vem.

— É? – disse Strike, procurando uma caneta.

— Ele conhecia meu tio. Eles fizeram juntos o serviço militar – disse Fancourt. – Quando escrevi meu primeiro romance, *Bellafront*... eu tinha saído há pouco de Oxford... meu pobre e velho tio, tentando ajudar, mandou uma cópia para Pinkelman, que era o único escritor que ele conhecia.

Ele falava em frases estudadas, como se um terceiro invisível estivesse anotando taquigraficamente cada palavra. A história parecia ensaiada, como se contada já muitas vezes, e talvez assim fosse; Fancourt era um homem entrevistado com frequência.

— Pinkelman... na época autor da série seminal *Bunty's Big Adventure*... não entendeu uma palavra do que escrevi – continuou Fancourt –, mas, para agradar a meu tio, encaminhou o livro à Chard Books, onde ele parou, muito fortuitamente, na mesa da única pessoa no lugar que *podia* entendê-lo.

— Um golpe de sorte – disse Strike.

O garçom voltou com vinho para Fancourt e um copo de água para Strike.

— E então – disse o detetive –, você estava retribuindo um favor quando apresentou Pinkelman a sua agente?

— Sim – disse Fancourt, e seu gesto de cabeça tinha a sugestão de aprovação de um professor satisfeito em notar que um de seus alunos prestava atenção. – Naquela época, Pinks estava com um agente que sempre "esquecia" de lhe repassar seus direitos autorais. Pode-se dizer o que quiser de Elizabeth Tassel, mas ela é honesta... nos negócios, ela é honesta –, corrigiu-se Fancourt, bebendo o vinho.

— Ela também estará na festa de Pinkelman, não? – disse Strike, observando a reação de Fancourt. – Ela ainda o representa?

— A mim não importa se Liz estiver lá. Ela ainda imagina que eu vivo querendo prejudicá-la? – perguntou Fancourt, com seu sorriso azedo. – Acho que não penso em Liz Tassel há um século.

— Por que ela *se recusou* a abandonar Quine quando você pediu? – perguntou Strike.

Strike não entendia por que ele não deveria implementar um ataque direto a um homem que alegara um motivo escuso para se reunir segundos depois do primeiro encontro.

— Nunca foi uma questão de eu ter pedido a ela para abandonar Quine – disse Fancourt, ainda numa cadência estudada em benefício daquele amanuense invisível. – Expliquei que eu não podia continuar na agência dela enquanto ele estivesse lá e saí.

– Sei – disse Strike, acostumado a distinções medíocres. – Por que acha então que ela o deixou ir embora? Você era o peixe grande, não era?

– Acho que seria justo dizer que eu era uma barracuda, se comparado ao esgana-gata do Quine – disse Fancourt com um sorriso irônico –, mas, veja bem, Liz e Quine estavam dormindo juntos.

– É mesmo? Não sabia disso – disse Strike, fazendo pressão na ponta da caneta.

– Liz chegou a Oxford, uma garotona robusta que ajudava o pai a castrar touros e que tais em várias fazendas do norte, *desesperada* para trepar, e ninguém queria encarar a tarefa. Ela teve uma queda por mim, uma queda *muito* grande... éramos colegas de estudos, intrigas jacobianas picantes calculadas para excitar uma garota... mas eu nunca me senti altruísta o suficiente para aliviá-la de sua virgindade. Continuamos amigos e, quando ela criou sua agência, eu a apresentei a Quine, que notoriamente preferia raspar o fundo do tacho, sexualmente falando. Ocorreu o inevitável.

– Muito interessante – disse Strike. – É de conhecimento comum?

– Duvido. Quine já estava casado com sua... bom, sua assassina, suponho que temos de chamá-la assim agora, não? – disse ele pensativamente. – Não é de imaginar que "assassina" supere "esposa" quando definimos um relacionamento íntimo? E Liz o teria ameaçado com terríveis consequências se ele usasse de sua habitual indiscrição a respeito de suas travessuras na cama, na remota e louca possibilidade de que eu pudesse ser persuadido a dormir com ela.

Seria isto vaidade cega, perguntou-se Strike, um fato banal ou uma mistura das duas coisas?

– Ela me olhava com aqueles grandes olhos bovinos, esperando, cheia de expectativa... – disse Fancourt, com uma torção cruel da boca. – Depois que Ellie morreu, ela percebeu que eu não lhe faria este favor, mesmo tomado de tristeza. Imaginei que ela foi incapaz de suportar a ideia de décadas de celibato futuro, assim foi fiel a seu amante.

– Você falou com Quine novamente depois de sair da agência? – perguntou Strike.

– Nos primeiros anos depois da morte de Ellie, ele escapulia correndo de qualquer bar em que eu entrasse – disse Fancourt. – Por fim ele teve coragem suficiente para ficar no mesmo restaurante, lançando-me olhares nervosos. Não, acho que nunca voltamos a nos falar – disse Fancourt, como se a questão fosse de pouco interesse. – Você foi ferido no Afeganistão, não?

– Fui – disse Strike.

Podia funcionar com as mulheres, refletiu Strike, a intensidade calculada do olhar. Talvez Owen Quine tenha fixado um olhar ávido e vampiresco idêntico em Kathryn Kent e Pippa Midgley quando lhes disse que as colocaria em *Bombyx Mori*... e elas ficaram emocionadas ao pensar em um pouco delas, de sua vida, encerrada para sempre no âmbar da prosa de um escritor...

– Como isso aconteceu? – perguntou Fancourt, com os olhos nas pernas de Strike.

– Mina na estrada – disse Strike. – E quanto a Talgarth Road? Você e Quine eram coproprietários da casa. Vocês nunca precisaram se comunicar sobre o lugar? Nunca se encontraram lá?

– Nunca.

– Você não ia até lá para verificar? É o proprietário... há quanto tempo...?

– Vinte, vinte e cinco anos, algo assim – disse com indiferença Fancourt. – Não, não entro lá desde que Joe morreu.

– Suponho que a polícia tenha lhe perguntado sobre a mulher que pensa ter visto você na frente da casa em 8 de novembro.

– Sim – disse Fancourt rispidamente. – Ela se enganou.

Ao lado deles, o ator ainda estava a todo vapor, falando alto:

"... pensei que tinha conseguido, não conseguia enxergar onde eu devia estar correndo, porra, com a merda da areia nos olhos..."

– Então você não vai àquela casa desde 86?

– Não – disse Fancourt com impaciência. – Nem eu, nem Owen a queria, antes de mais nada.

– Por que não?

– Porque nosso amigo Joe morreu ali em circunstâncias excepcionalmente miseráveis. Ele detestava hospitais, recusou medicação. Quando ficou inconsciente, o lugar estava em um estado lastimável, e ele, que foi a encarnação de Apolo, reduzido a um saco de ossos, sua pele... foi um fim terrível – disse Fancourt –, agravado por Daniel Ch...

A expressão de Fancourt endureceu. Ele fez um estranho movimento de mastigação, como se literalmente comesse as palavras não ditas. Strike esperou.

– É um homem interessante, Dan Chard – disse Fancourt, com um esforço palpável de escapar do beco sem saída em que se meteu. – Achei que o tratamento que ele deu ao *Bombyx Mori* de Owen foi a maior oportunidade perdida de todas... embora os futuros estudiosos provavelmente não venham a procurar sutilezas de caracterização em *Bombyx Mori*, não é mesmo? – acrescentou ele com uma risada curta.

– Como você teria retratado Daniel Chard no papel? – perguntou Strike, e Fancourt demonstrou surpresa com a pergunta. Depois de refletir por um momento, respondeu:

– Dan é o homem mais *manqué* que conheci na vida. Trabalha em uma área em que é competente, porém infeliz. Deseja os corpos dos rapazes, mas não tem coragem de fazer nada além de desenhá-los. É cheio de inibições e carente de autoconfiança, o que explica sua reação insensata e histérica à caricatura que Owen fez dele. Dan era dominado por uma mãe socialite monstruosa que queria que o filho patologicamente tímido assumisse os negócios da família. Creio que eu poderia criar algo interessante com isso tudo.

– Por que Chard rejeitou o livro de Joe North? – perguntou Strike.

Fancourt fez de novo um movimento de mastigação, depois falou:

– Eu gosto de Daniel Chard, entenda.

– Tive a impressão de que a certa altura houve algum ressentimento – disse Strike.

– O que lhe deu essa ideia?

– Você disse que "certamente não esperava se ver" de volta à Roper Chard quando falou na festa de aniversário da empresa.

– Você estava lá? – disse Fancourt incisivamente, e, quando Strike assentiu, ele perguntou: – Por quê?

– Eu procurava por Quine. A mulher dele me contratou para encontrá-lo.

– Mas, como agora sabemos, ela sabia exatamente onde ele estava.

– Não, não creio que soubesse.

– Você *sinceramente* acredita nisso? – perguntou Fancourt, seu cabeção tombado de lado.

– Sim, acredito.

Fancourt ergueu as sobrancelhas, considerando atentamente Strike, como se ele fosse uma curiosidade num museu.

– Então você não guarda rancor de Chard por ele ter rejeitado o livro de North? – perguntou Strike, voltando à questão principal.

Depois de uma breve pausa, Fancourt respondeu:

– Bem, sim, eu guardei rancor. Exatamente por que Dan mudou de ideia sobre publicá-lo, só Dan pode lhe dizer, mas creio que foi porque houve algum falatório na imprensa em torno do estado de Joe, martelando a repulsa da Inglaterra medieval pelo livro ímpio que ele estava prestes a publicar, e Dan, sem perceber que agora Joe tinha uma Aids desenvolvida, entrou em pânico. Ele não queria ser associado a banheiros públicos e Aids, assim disse a Joe que afinal não queria o livro. Foi um ato de grande covardia, e Owen e eu...

Outra pausa. Quanto tempo fazia que Fancourt incluía a si mesmo e a Quine numa amizade?

– Owen e eu acreditamos que isso matou Joe. Ele mal conseguia segurar uma caneta, estava praticamente cego, mas tentava desesperadamente concluir o livro antes de morrer. Sentíamos que era só isso que o mantinha vivo. E então chegou a carta de Chard, cancelando o contrato. Joe parou de trabalhar e em 48 horas estava morto.

– Existem semelhanças – disse Strike – com o que aconteceu a sua primeira mulher.

– De maneira nenhuma são a mesma coisa – disse Fancourt categoricamente.

– Por que não?

– O livro de Joe era infinitamente melhor.

Outra pausa, desta vez mais longa.

– Estou considerando a questão – disse Fancourt – de uma perspectiva puramente literária. Naturalmente, existem outros meios de ver a questão.

Ele terminou a taça de vinho e levantou a mão para indicar ao garçom que queria outra. O ator ao lado, que mal puxava o ar para respirar, ainda falava:

"... disse, 'Foda-se a autenticidade, o que você quer que eu faça, que serre meu próprio braço, porra?'"

— Deve ter sido uma época muito difícil para você — disse Strike.

— Sim — disse Fancourt, irascível. — Sim, acho que podemos chamar de "difícil".

— Você perdeu um bom amigo e uma esposa em... o que... meses de intervalo?

— Alguns meses, sim.

— Continuou escrevendo por aquele tempo todo?

— Sim — disse Fancourt com um riso colérico e condescendente —, continuei escrevendo *por aquele tempo todo*. É minha profissão. Alguém lhe perguntaria se você *ainda estava no exército* enquanto tinha suas dificuldades particulares?

— Duvido — disse Strike, sem rancor. — O que você estava escrevendo?

— Nunca foi publicado. Abandonei o livro em que trabalhava para terminar o de Joe.

O garçom colocou uma segunda taça diante de Fancourt e partiu.

— O livro de North exigiu muito trabalho?

— Quase nada. Ele era um escritor brilhante. Amarrei algumas pontas soltas e dei um polimento no final. Ele deixou anotações sobre como queria que fosse feito. Depois levei para Jerry Waldegrave, que estava na Roper.

Strike se lembrava do que Chard dissera sobre a proximidade excessiva de Fancourt com a mulher de Waldegrave e continuou com certa cautela:

— Você havia trabalhado antes com Waldegrave?

— Nunca havia trabalhado com ele em meus próprios textos, mas eu conhecia sua fama de editor talentoso e sabia que ele gostava de Joe. Nós colaboramos no *Towards the Mark*.

— Ele fez um bom trabalho nele?

O lampejo de mau gênio de Fancourt sumira. No máximo, ele parecia se divertir com esta linha de interrogatório de Strike.

— Sim — disse ele, bebendo um gole do vinho —, muito bom.

— Mas você não quis trabalhar com ele, agora que se mudou para a Roper Chard?

— Não particularmente. — Fancourt ainda sorria. — Ele vem bebendo muito ultimamente.

— Por que você acha que Quine colocou Waldegrave em *Bombyx Mori*?

— E como posso saber?

— Waldegrave parece ter sido bom com Quine. É difícil entender por que Quine sentiu a necessidade de atacá-lo.

— É? – perguntou Fancourt, olhando atentamente Strike.

— Todos com quem converso parecem ter uma visão diferente do personagem Cutter em *Bombyx Mori*.

— É mesmo?

— A maioria das pessoas ficou revoltada por Quine ter atacado Waldegrave. Não conseguem entender o que fez Waldegrave para merecer isso. Daniel Chard acha que o Cutter mostra que Quine teve um colaborador – disse Strike.

— E quem ele pensa que teria colaborado com Quine em *Bombyx Mori*? – perguntou Fancourt com uma gargalhada curta.

— Ele tem suas ideias – disse Strike. — Enquanto isso, Waldegrave acredita que na realidade o Cutter é um ataque a você.

— Mas eu sou Vainglorious – disse Fancourt com um sorriso. — Todo mundo sabe disso.

— Por que Waldegrave pensaria que Cutter é você?

— Precisa perguntar a Jerry Waldegrave. — Fancourt ainda sorria. — Mas tenho a estranha sensação de que o senhor acha que sabe, Sr. Strike. E vou lhe dizer o seguinte: Quine estava enganado, muito enganado... como ele próprio deveria saber.

Impasse.

— Então, nesses anos todos, vocês nunca conseguiram vender a casa da Talgarth Road?

— Foi muito difícil encontrar um comprador que satisfizesse os termos do testamento de Joe. Foi um gesto quixotesco da parte de Joe. Ele era um romântico, um idealista. Registrei meus sentimentos em relação a tudo isso... a herança, o fardo, a pungência de seu legado... em *House of Hollow* – disse Fancourt, como um professor recomendando leituras complementares. — Owen fez o mesmo, tal como está em *The Balzac Brothers* – acrescentou Fancourt, com a sombra de um sorriso.

— *Balzac Brothers* fala da casa na Talgarth Road, não? – perguntou Strike, que não colheu essa impressão nas cinquenta páginas que leu.

— Era ambientado lá. Na realidade, fala de nossa relação, dos três – disse Fancourt. – Joe morto no canto e Owen e eu tentando seguir seus passos, entender sua morte. Foi ambientado no ateliê, onde creio... pelo que li... você encontrou o corpo de Quine, não foi?

Strike não disse nada, continuando a tomar notas.

— O crítico Harvey Bird chamou *Balzac Brothers* de "medonhamente assustador, um assombro de trincar o esfíncter".

— Só me lembro de muita mexida no saco – disse Strike, e Fancourt soltou uma risadinha repentina e espontânea.

— Então você leu? Ah, sim, Owen estava obcecado com o próprio saco.

O ator ao lado enfim parou para respirar. As palavras de Fancourt soaram no silêncio temporário. Strike sorriu enquanto o ator e seus dois companheiros de jantar olhavam fixamente para Fancourt, que lhes abriu seu sorriso azedo. Os três homens recomeçaram a falar apressadamente.

— Ele tinha uma *idée fixe* – disse Fancourt, virando-se para Strike. – Como Picasso, os testículos eram a fonte de sua capacidade de criação. Era obcecado na vida e no trabalho pela macheza, virilidade, fertilidade. Alguns podem dizer que era uma estranha fixação para um homem que gostava de ser amarrado e dominado, mas vejo como uma consequência natural... o yin e yang da persona sexual de Quine. Não notou os nomes que ele nos deu no livro?

— Vas e Varicocele – disse Strike ao observar novamente aquela leve surpresa em Fancourt por um homem com a aparência de Strike ler livros ou prestar atenção em seu conteúdo.

— Vas, que era Quine, o vaso, o duto que carrega o esperma do saco ao pênis... a força saudável, potente, criadora. Varicocele... uma dilatação dolorosa de uma veia do testículo, levando às vezes à infertilidade. Uma alusão grosseira, bem no estilo Quine, ao fato de que eu contraí caxumba logo depois de Joe morrer, e na realidade estava péssimo para ir ao enterro, mas também ao fato de que na época, como você observou, eu estava escrevendo em circunstâncias difíceis.

— A essa altura vocês ainda eram amigos? – Strike quis esclarecer.

— Quando ele começou o livro, ainda éramos, em tese, amigos – disse Fancourt, com um sorriso amargo. – Mas os escritores são uma raça selvagem, Sr. Strike. Se quiser amizade eterna e camaradagem desprendida, entre para o exército e aprenda a matar. Se quiser uma vida de alianças temporárias com colegas que se regozijarão a cada fracasso seu, escreva romances.

Strike sorriu. Fancourt falou com um prazer desinteressado:

– *Balzac Brothers* recebeu uma das piores críticas que já li.

– Você resenhou?

– Não – disse Fancourt.

– Na época você estava casado com sua primeira mulher? – perguntou Strike.

– É isso mesmo – disse Fancourt. O tremular em sua expressão parecia o tremor do flanco de um animal quando tocado por uma mosca.

– Só estou tentando entender bem a cronologia... você a perdeu logo depois da morte de North?

– Os eufemismos para a morte são tão interessantes, não? – disse levemente Fancourt. – Eu não a "perdi". Ao contrário, tropecei nela no escuro, morta em nossa cozinha com a cabeça no forno.

– Eu lamento muito – disse Strike formalmente.

– É...

Fancourt pediu outra bebida. Strike sabia que havia chegado a um ponto delicado, onde o fluxo de informações ou seria aberto, ou secaria para sempre.

– Chegou a falar com Quine sobre a paródia que provocou o suicídio de sua mulher?

– Eu já lhe disse, nunca voltei a falar com ele sobre nada depois que Ellie morreu – disse Fancourt calmamente. – Então, não.

– Mas tem certeza de que foi ele que escreveu?

– Sem nenhuma dúvida. Como muitos escritores sem grande coisa a dizer, Quine era verdadeiramente um bom mímico literário. Lembro-me dele parodiando parte do material de Joe e foi bem engraçado. Ele não zombaria *publicamente* de Joe, é claro, fazia muito bem a ele andar com nós dois.

– Alguém admitiu ter visto a paródia antes da publicação?

– Ninguém me disse muita coisa, mas teria sido uma surpresa se dissessem, não acha, em vista do que causou? Liz Tassel negou na minha cara que Owen tenha mostrado a ela, mas eu soube, por fofocas, que ela leu sim antes da publicação. Tenho certeza de que ela o estimulou a publicar. Liz tinha um ciúme louco de Ellie.

Houve uma pausa, depois Fancourt falou com uma pretensão de leveza:

– Hoje em dia é difícil lembrar que houve uma época em que se precisava esperar pelas críticas em tinta e papel para ver seu trabalho desmontado. Com a invenção da internet, qualquer cretino subletrado pode ser uma Michiko Kakutani.

– Quine sempre negou tê-lo escrito, não é? – perguntou Strike.

– Sim, negava, como o bom filho da puta covarde que era – disse Fancourt, aparentemente sem consciência da falta de gosto. – Como muitos *soi-disant* autores malditos, Quine era uma criatura terminantemente competitiva que ansiava por bajulação. Ficou morto de medo de cair no ostracismo depois da morte de Ellie. É claro – disse Fancourt, com um prazer inconfundível – que isso aconteceria de qualquer modo. Owen se beneficiou do triunfo alheio, por fazer parte de um triunvirato comigo e com Joe. Quando Joe morreu e eu o isolei, ele foi visto em sua essência: um homem com uma imaginação suja e um estilo interessante que não tinha uma ideia que não fosse pornográfica. Alguns escritores – disse Fancourt – só têm um livro bom na vida. Este era Owen. Ele atingiu sua potência máxima... uma expressão que ele teria aprovado... com *Hobart's Sin*. Depois disso, tudo foi reprise supérflua.

– Você não disse que considerava *Bombyx Mori* a "obra-prima de um maníaco"?

– Então você leu isso? – disse Fancourt, com uma surpresa vagamente lisonjeada. – Bem, assim é, uma verdadeira curiosidade literária. Nunca neguei que Owen soubesse escrever, veja bem, apenas digo que ele nunca foi capaz de desencavar nada profundo ou interessante sobre o que escrever. É um fenômeno surpreendentemente comum. Mas, com *Bombyx Mori*, ele enfim encontrou seu tema, não foi? Todo mundo me odeia, todos estão contra mim, eu sou um gênio e ninguém enxerga isso. O resultado é grotesco e cômico, exala amargura e autopiedade, mas tem um fascínio inegável. E a linguagem – disse Fancourt, com o maior entusiasmo que até então colocara na conversa – é admirável. Algumas passagens estão entre as melhores que ele escreveu na vida.

– Tudo isso é muito útil – disse Strike.

Fancourt parecia se divertir.

– Como assim?

— Tenho a sensação de que *Bombyx Mori* é central para esta investigação.

— "Investigação"? – repetiu Fancourt, sorrindo. Houve uma curta pausa. – Está me dizendo *seriamente* que você ainda acha que o assassino de Owen Quine está à solta?

— Sim, eu penso que sim.

— Então – disse Fancourt, com um sorriso ainda mais largo –, não seria mais útil analisar os escritos do assassino do que os da vítima?

— Talvez – disse Strike –, mas não sabemos se o assassino escreve.

— Ah, quase todo mundo escreve hoje em dia – disse Fancourt. – O mundo todo escreve romances que ninguém lê.

— Sei que as pessoas leriam *Bombyx Mori*, ainda mais se você fizesse uma apresentação.

— Creio que tem razão. – O sorriso de Fancourt ampliou-se ainda mais.

— Quando exatamente você leu o livro pela primeira vez?

— Deve ter sido... vejamos...

Fancourt parecia fazer um cálculo mental.

— Não foi antes do, ah, meio da semana depois que Quine o entregou – disse Fancourt. – Dan Chard me telefonou, disse-me que Quine ficou insinuando que eu escrevi a paródia do livro de Ellie e tentou me convencer a me juntar a ele num processo contra Quine. Eu me recusei.

— Chard leu alguma coisa do livro para você?

— Não – disse Fancourt, sorrindo novamente. – Com medo de perder sua aquisição estelar, veja bem. Não, ele simplesmente esboçou o argumento do que Quine tinha feito e me ofereceu os serviços de seus advogados.

— Quando ocorreu este telefonema?

— Na noite do... dia 7, deve ter sido – disse Fancourt. – Na noite de domingo.

— No dia em que você gravou uma entrevista sobre seu novo romance.

— Você é muito bem informado. – Os olhos de Fancourt se estreitaram.

— Vi o programa.

— Sabe de uma coisa – disse Fancourt, com uma alfinetada de maldade –, você não tem a aparência de um homem que gosta de programas sobre arte.

— Eu nunca disse que gostava deles – disse Strike e não ficou surpreso ao notar que Fancourt apreciou sua resposta. – Mas notei que você se enganou quando disse o nome de sua primeira mulher para as câmeras.

Fancourt não disse nada, apenas observou Strike por cima da taça de vinho.

– Você disse "Eff", depois se corrigiu e disse "Ellie" – completou Strike.

– Bom, como você disse... eu me enganei. Acontece com as pessoas mais articuladas.

– Em *Bombyx Mori*, sua falecida esposa...

– ... chama-se "Effigy".

– O que é uma coincidência – disse Strike.

– Evidentemente.

– Porque, no dia 7, você ainda não podia saber que Quine a chamara de "Effigy".

– Obviamente que não.

– A amante de Quine recebeu uma cópia do manuscrito colocada em sua porta pouco depois de ele desaparecer – disse Strike. – Você por acaso não recebeu nenhuma cópia antecipadamente, não?

A pausa que se seguiu foi longa demais. Strike sentiu romper o fio tênue que ele conseguira trançar entre os dois. Não importava. Tinha guardado essa pergunta para o final.

– Não – disse Fancourt. – Não recebi.

Ele pegou a carteira. Sua intenção declarada de explorar a experiência de Strike para um personagem no romance seguinte parecia, sem o pesar de Strike, esquecida. Strike pegou algum dinheiro, mas Fancourt ergueu a mão e disse, inconfundivelmente ofendido:

– Não, não, permita-me. A cobertura que você recebeu da imprensa deixou muito claro que você já teve dias melhores. Na verdade, me faz lembrar Ben Jonson: "Sou um pobre cavalheiro, um soldado; aquele que, no melhor estado de minha sina, desdenhou maldosamente um refúgio."

– Sério? – disse Strike com simpatia, devolvendo o dinheiro ao bolso. – Me lembra mais

sicine subrepsti mi, atque intestina perurens
ei misero eripuisti omnia nostra bona?
Eripuisti, eheu nostrae crudele uenenum
Uitae, eheu nostrae pestis amicitiae.

Ele olhou sem sorrir o assombro de Fancourt. O escritor se recuperou rapidamente.

– Ovídio?

– Catulo – disse Strike, erguendo-se do pufe baixo com ajuda da mesa. – Em tradução aproximada:

Como pudeste te insinuar, abrasar as entranhas
deste pobre e levar toda a riqueza que mais prezo?
Sim, roubaste: cruel veneno de nossa vida
Mal incurável da amizade que um dia tivemos.

– Bom, espero que nos vejamos por aí – disse Strike num tom agradável. Ele mancou para a escada, com os olhos de Fancourt em suas costas.

44

> Todos os seus aliados e amigos avançam sobre as tropas
> Como torrentes em fúria.
>
> Thomas Dekker,
> *O nobre soldado espanhol*

Strike ficou sentado por um bom tempo no sofá de sua sala-cozinha naquela noite, mal ouvindo o ronco do trânsito na Charing Cross Road e os ocasionais gritos abafados dos que começaram cedo os festejos de Natal. Tinha retirado a prótese, estava confortavelmente sentado de cueca, o toco da perna ferida livre da pressão, o latejar do joelho amortecido por outra dose dupla de analgésicos. A massa inacabada esfriou no prato a seu lado no sofá, o céu do outro lado da pequena janela transformou-se no veludo azul-escuro da verdadeira noite e Strike não se mexia, embora estivesse acordado.

Parecia fazer muito tempo desde que vira a foto de Charlotte de vestido de noiva. Não havia pensado nela o dia todo. Seria este o início da verdadeira cura? Ela se casou com Jago Ross e ele estava sozinho, remoendo as complexidades de um crime elaborado à luz fraca de seu apartamento gelado de sótão. Talvez cada um dos dois estivesse enfim em seu lugar de direito.

Na mesa à sua frente, no saco plástico de coleta de provas, ainda meio embrulhado na capa fotocopiada de *Upon the Wicked Rocks*, estava o cartucho cinza-escuro de máquina de escrever que ele tirara de Orlando. Ele ficou olhando o cartucho pelo que pareceu no mínimo meia hora, sentindo-se uma criança na manhã de Natal que avista um pacote misterioso e convidativo, o maior embaixo da árvore. Só que não devia olhar, nem tocar, menos ainda interferir em qualquer prova pericial que pudesse estar na fita. Qualquer suspeita de adulteração...

Ele olhou o relógio. Prometera a si mesmo não dar o telefonema antes das nove e meia. Havia crianças a ser colocadas na cama, uma esposa para acalmar depois de outro longo dia no trabalho. Strike queria tempo para se explicar inteiramente...

Mas sua paciência tinha limites. Levantando-se com certa dificuldade, ele pegou a chave do escritório e desceu laboriosamente, segurando-se no corrimão, pulando e de vez em quando se sentando. Dez minutos depois, entrava no apartamento e voltava ao ponto ainda quente do sofá com seu canivete e usando outro par de luvas de látex, das que dera antes a Robin.

Tirou cautelosamente do saco plástico a fita de máquina de escrever e a ilustração de capa amassada e colocou o cartucho, ainda no papel, na mesa frágil com tampo de fórmica. Mal respirando, abriu o palito do canivete e o inseriu delicadamente atrás de cinco centímetros de fita que estavam expostos. Por manipulação cuidadosa, conseguiu puxar um pouco mais. Palavras invertidas foram reveladas, as letras de trás para frente:

YOB EIDDE RECEHNOC AVASNEP EUQ UE E

A súbita onda de adrenalina foi expressa apenas num suspiro baixo de satisfação de Strike. Ele ajeitou habilidosamente a fita, usando a chave de fenda do canivete na engrenagem do alto do cartucho, o todo intocado por suas mãos, e depois, ainda com as luvas de látex, recolocou no saco de provas. Olhou novamente o relógio. Incapaz de esperar mais tempo, pegou o celular e ligou para Dave Polworth.

— Hora ruim? — perguntou ele quando o velho amigo atendeu.

— Não — disse Polworth, mostrando curiosidade. — O que é que há, Diddy?

— Preciso de um favor, Amigão. E dos grandes.

O engenheiro, a mais de 150 quilômetros em sua sala de estar em Bristol, ouviu sem interromper o detetive explicar o que queria que ele fizesse. Quando finalmente ele terminou, houve uma pausa.

— Sei que estou pedindo demais — disse Strike, ouvindo com ansiedade os estalos da linha. — Nem sei se isto será possível com este clima.

— Claro que será — disse Polworth. — Tenho de ver quando vou poder fazer, Diddy. Tenho dois dias de folga... não sei se Penny vai querer...

– É, eu achei que isto seria um problema – disse Strike –, sei que seria arriscado.

– Não me insulte, já fiz coisa pior do que isso – disse Polworth. – Não, ela queria que eu a levasse com a mãe para fazer compras de Natal... mas foda-se, Diddy, você não disse que era um caso de vida ou morte?

– Quase – disse Strike, fechando os olhos e sorrindo. – Vida e liberdade.

– E sem compras de Natal, cara, o que é bom para o velho Amigão. Considere feito e darei um toque se conseguir alguma coisa, tá legal?

– Te cuida, amigo.

– Vai te catar.

Strike largou o celular a seu lado no sofá e passou as mãos no rosto, ainda sorrindo. Podia ter acabado de dizer a Polworth para fazer algo ainda mais louco e mais insensato do que segurar o tubarão de passagem, mas Polworth era um homem que gostava do perigo e chegou a hora de medidas desesperadas.

A última coisa que Strike fez antes de apagar a luz foi reler as anotações de sua conversa com Fancourt e sublinhar, tão forte que cortou o papel, a palavra "Cutter".

45

> Não notaste o gracejo do bicho-da-seda?
>
> John Webster,
> *O diabo branco*

Tanto a casa da família como a da Talgarth Road ainda passavam por um pente-fino na busca de provas periciais. Leonora continuava em Holloway. Passou a ser um jogo de espera.

Strike estava acostumado a ficar horas no frio, vigiando janelas escuras, seguindo estranhos sem rosto; a telefonemas e portas não atendidos, expressões vagas, testemunhas sem informações; à inação forçada e frustrante. Mas o que diferia e atrapalhava desta vez era aquela ansiedade chorosa no pano de fundo de tudo que ele fazia.

Era preciso manter uma distância, mas sempre havia alguém que o afetava, injustiças que feriam. Leonora na prisão, pálida e chorosa, a filha confusa, vulnerável e privada dos pais. Robin tinha prendido um desenho de Orlando na parede atrás de sua mesa, de modo que um alegre passarinho de barriga vermelha fitava de cima o detetive e sua assistente, ocupados com outros casos, lembrando-os de que uma garota de cabelo cacheado na Ladbroke Grove ainda esperava que a mãe voltasse para casa.

Robin, por fim, tinha uma tarefa significativa a fazer, embora sentisse decepcionar Strike. Voltou ao escritório dois dias seguidos sem nada para mostrar de seus esforços, o saco de provas vazio. O detetive a alertara para pecar pelo excesso de cautela, dar no pé ao menor sinal de que pudesse ter sido vista ou lembrada. Ele não gostou de ser explícito sobre o quanto a achava reconhecível, mesmo com o cabelo louro-avermelhado amontoado debaixo de um gorro. Ela estava muito bonita.

– Não sei se preciso ter tanta cautela – disse ela, tendo seguido as instruções dele ao pé da letra.

– Vamos lembrar com o que estamos lidando aqui, Robin – rebateu ele, a ansiedade ainda gemendo em suas entranhas. – Quine não arrancou as próprias tripas.

Parte dos temores de Strike era estranhamente amorfa. Naturalmente, ele receava que o assassino escapasse, que houvesse buracos grandes e escancarados na frágil teia da acusação que ele montava, uma acusação que nesse exato momento era em grande parte constituída de sua próprias fantasias reconstrutivas, que precisava de provas materiais para ancorá-la, para que a polícia e a defesa não a descartassem. Mas ele tinha outras preocupações. Por mais que desgostasse do rótulo de Mystic Bob que Anstis lhe pregara, Strike agora sentia o perigo se aproximar, quase com a mesma força de quando soube, sem nenhuma dúvida, que o Viking estava a ponto de explodir em volta dele. Intuição, é como chamavam, mas Strike sabia que seria a leitura de sinais sutis, a ligação subconsciente dos pontinhos. Um quadro claro do assassino surgia da massa de evidências desconexas, e a imagem era intensa e apavorante: um caso de obsessão, de fúria violenta, de uma mente calculista, talentosa, mas profundamente perturbada.

Quanto mais ele se detinha, recusando-se a desistir, quanto mais perto rondava e mais direcionadas suas perguntas, maiores as chances de o assassino despertar para a ameaça que ele representava. Strike tinha confiança em sua própria capacidade de detectar e repelir o ataque, mas não conseguia contemplar com serenidade as soluções que poderiam ocorrer em uma mente doentia que demonstrara gosto pela crueldade bizantina.

Os dias de folga de Polworth vieram e passaram sem resultados tangíveis.

– Não desista agora, Diddy – disse ele a Strike por telefone. Como era típico dele, a inutilidade de seus esforços parecia ter estimulado e não desencorajado Polworth. – Vou alegar doença na segunda. Farei outra tentativa.

– Não posso te pedir para fazer isso – murmurou Strike, frustrado. – O percurso...

– Estou oferecendo, seu perna de pau filho da puta e mal-agradecido.

– A Penny vai te matar. E as compras de Natal dela?

— E minha chance de desmascarar a Polícia Metropolitana? – disse Polworth, que não gostava da capital e de seus habitantes por princípios consolidados.

— Você é um grande parceiro, Amigão – disse Strike.

Quando desligou, ele viu o sorriso de Robin.

— Qual é a graça?

— "Amigão" – disse ela. Parecia tão de escola pública, tão diferente de Strike.

— Não é o que você está pensando – disse Strike. Ele estava na metade da história de Dave Polworth e o tubarão quando seu celular voltou a tocar: um número desconhecido. Ele atendeu.

— É Cameron... humm... Strike?

— Ele mesmo.

— Aqui é Jude Graham. Vizinha de Kath Kent. Ela voltou – disse a voz de mulher, toda feliz.

— Que boa notícia. – Strike mostrou o polegar para cima a Robin.

— É, ela voltou hoje de manhã. Alguém está aqui com ela. Perguntei aonde ela foi, mas ela não disse – falou a vizinha.

Strike se lembrou de que Jude Graham achava que ele era jornalista.

— Esse alguém é homem ou mulher?

— Mulher – respondeu ela com pesar. – Uma garota morena, alta e magricela, sempre zanzando em volta de Kath.

— Foi de grande ajuda, Sra. Graham – disse Strike. – Eu vou... humm... passar uma coisa por sua porta mais tarde, uma retribuição pelo seu trabalho.

— Ótimo – disse, feliz, a vizinha. – Valeu.

Ela desligou.

— Kath Kent voltou para casa – disse Strike a Robin. – Parece que levou Pippa Midgley para ficar com ela.

— Ah – disse Robin, esforçando-se para não sorrir. – E eu, humm, acho que você agora está arrependido de ter dado uma gravata nela, não?

Strike sorriu com tristeza.

— Elas não vão falar comigo – disse ele.

— Não – concordou Robin. – Acho que não vão.

— Para elas está ótimo, Leonora no xadrez.

— Se você contar toda sua teoria, talvez elas cooperem – sugeriu Robin.

Strike coçou o queixo, olhando para Robin sem ver.

– Não posso – disse ele por fim. – Se vazar que estou farejando essa pista, terei sorte se não levar uma facada nas costas numa noite escura.

– Fala sério?

– Robin – disse Strike, um tanto exasperado –, Quine foi amarrado e estripado.

Ele se sentou no braço do sofá, que guinchou menos do que as almofadas, mas rangeu sob seu peso.

– Pippa Midgley gostou de você.

– Eu faço isso – disse Robin sem pestanejar.

– Sozinha, não – disse ele –, mas quem sabe você consegue me colocar para dentro? Que tal esta noite?

– Claro que sim! – disse ela, extasiada.

Será que ela e Matthew estabeleceram novas regras? Esta era a primeira vez que ela o testava, mas Robin foi ao telefone com confiança. A reação dele quando ela lhe falou que não sabia a que horas chegaria em casa naquela noite não podia ser chamada de entusiasmada, mas ele aceitou a notícia sem se opor.

E assim, às sete horas daquela noite, depois de discutir extensamente a tática que estavam prestes a empregar, Strike e Robin partiram separadamente pela noite gelada, com dez minutos de diferença, Robin na dianteira, para Stafford Cripps House.

Uma turma de jovens estava de novo no pátio de concreto do bloco e não permitiu que Robin passasse com o respeito cauteloso que concedera a Strike duas semanas antes. Um deles ia dançando na frente dela à medida que ela se aproximava da escada interna, convidando-a a uma festa, dizendo-lhe que ela era linda, rindo desdenhosamente de seu silêncio, enquanto os colegas escarneciam atrás dela no escuro, comentando o seu traseiro. Ao entrarem na escada de concreto, as chacotas do rapaz tiveram um eco estranho. Ela pensou que ele devia ter no máximo 17 anos.

– Preciso subir – disse ela com firmeza enquanto ele relaxava pela escada, para diversão dos amigos, mas o suor ardia em seu couro cabeludo. *Ele é uma criança*, disse a si mesma. *E Strike está bem atrás de você.* A ideia lhe deu coragem. – Saia do caminho, por favor – disse ela.

Ele hesitou, soltou um comentário de desprezo sobre o corpo de Robin e saiu da frente. De certo modo, esperava que ele a agarrasse quando ela passou, mas ele pulou de volta aos amigos, todos gritando palavrões a Robin, que subiu a escada e saiu com alívio, sem ser seguida, na varanda que levava ao apartamento de Kath Kent.

As luzes dentro do apartamento estavam acesas. Robin parou por um segundo, preparando-se, e tocou a campainha.

Após alguns segundos, a porta se abriu 15 centímetros cautelosos e lá estava uma mulher de meia-idade com um emaranhado comprido de cabelo ruivo.

– Kathryn?

– Sim? – disse a mulher, com desconfiança.

– Tenho informações muito importantes que você precisa ouvir – disse Robin.

("Não diga 'Preciso falar com você'", Strike a havia orientado, "nem 'Tenho algumas perguntas para fazer'. Elabore de forma que pareça que a vantagem é dela. Vá até onde puder sem lhe dizer quem você é; faça com que pareça urgente, que ela tenha medo de perder alguma coisa se deixar você ir embora. Você precisa entrar no apartamento antes que ela consiga raciocinar bem. Dirija-se a ela pelo nome. Estabeleça uma conexão pessoal. Não pare de falar.")

– O que é? – Kathryn Kent exigiu saber.

– Posso entrar? – perguntou Robin. – Está muito frio aqui fora.

– Quem é você?

– Você precisa ouvir o que eu tenho a dizer, Kathryn.

– Quem...?

– Kath? – disse alguém atrás dela.

– Você é jornalista?

– Sou uma amiga – Robin improvisou, com as pontas dos pés atravessando a soleira. – Quero ajudá-la, Kathryn.

– Ei...

Uma cara branca, comprida e familiar com grandes olhos castanhos apareceu ao lado da de Kath.

– É a mulher de quem eu te falei! – disse Pippa. – Ela trabalha com ele...

– Pippa – disse Robin, olhando nos olhos da menina alta –, você sabe que estou do seu lado... tem uma coisa que preciso dizer a vocês duas, é urgente...

Seus pés estavam dois terços para dentro da soleira. Robin pôs cada grama de capacidade de persuasão determinada que podia invocar em sua expressão enquanto olhava nos olhos em pânico de Pippa.

– Pippa, eu não teria aparecido se não pensasse que era realmente importante...

– Deixa entrar – disse Pippa a Kathryn. Ela parecia assustada.

O vestíbulo era apertado e cheio de casacos pendurados. Kathryn levou Robin a uma sala de estar pequena e iluminada por abajur com paredes pintadas em tom de magnólia. Cortinas marrons pendiam nas janelas, o tecido tão fino que brilhavam por elas as luzes dos prédios do outro lado da rua e os carros que passavam a distância. Uma manta laranja e um pouco suja cobria o velho sofá, que fora colocado sobre um tapete com padronagem de formas abstratas e espirais, e restos de comida chinesa para viagem estavam na mesa de centro barata de pinho. No canto havia uma mesa de computador bamba com um laptop. As duas mulheres, Robin viu, com uma pontada de algo semelhante ao remorso, estavam decorando juntas uma pequena árvore de Natal falsa. Uma fileira de luzes estava no chão e havia vários enfeites na única poltrona. Um deles era um disco de porcelana que dizia *Futura escritora famosa!*

– O que você quer? – perguntou, exigente, Kathryn Kent, de braços cruzados.

Ela fitava raivosamente Robin, com seus olhos pequenos e ferozes.

– Posso me sentar? – disse Robin, e assim ela fez, sem esperar pela resposta de Kathryn. ("Fique à vontade o máximo que puder, sem ser grosseira, dificulte para ela expulsar você", dissera Strike.)

– O que você quer? – repetiu Kathryn Kent.

Pippa ficou de pé na frente da janela, olhando Robin fixamente, que viu que ela mexia num enfeite da árvore: um ratinho vestido de Papai Noel.

– Você sabe que Leonora Quine foi presa por homicídio? – disse Robin.

– É claro que sei. Fui eu – Kathryn apontou para o próprio peito amplo – que encontrou a conta do Visa com as cordas, a burca e o macacão.

– Sim – disse Robin –, sei disso.

– Cordas e uma burca! – exclamou Kathryn Kent. – Ele teve mais do que pediu, não foi? Todos esses anos pensando que ela era só uma baixinha desmazelada... tediosa... uma *vaquinha*... e olha só o que ela fez com ele!

– Sim – disse Robin –, sei que é assim que parece.

– O que quer dizer com "é assim que parece"...?

– Kathryn, vim aqui para te avisar: eles não acham que ela fez aquilo.

("Não seja específica. Não fale na polícia explicitamente, se puder evitar, não se comprometa com uma história que possa ser verificada, deixe tudo vago", Strike lhe dissera.)

– Como assim? – disse Kathryn asperamente. – A polícia não...?

– E você teve acesso ao cartão dele, mais oportunidades de copiar...

Kathryn olhou desvairada de Robin para Pippa, que estava agarrada ao ratinho-Papai Noel, lívida.

– Mas Strike não acha que você fez isso – disse Robin.

– Quem? – disse Kathryn. Ela parecia confusa, em pânico demais para pensar direito.

– O chefe dela. – Pippa lhe serviu de ponto.

– Ele! – disse Kathryn, cercando Robin novamente. – Ele trabalha para *Leonora*!

– Ele não acha que foi você – repetiu Robin –, mesmo com a conta do cartão de crédito... o fato de que você estava de posse dela. Quer dizer, parece estranho, mas ele tem certeza de que você a conseguiu por acá...

– Ela me deu! – disse Kathryn Kent, agitando os braços, gesticulando furiosamente. – A filha dele... ela me deu, e eu nem olhava aquilo há semanas, nunca pensei nisso. Eu estava sendo *gentil*, aceitando a porcaria do seu desenho e fingindo que era bom... eu estava sendo *gentil*!

– Entendo isso – disse Robin. – Nós acreditamos em você, Kathryn, eu lhe garanto. Strike quer encontrar o verdadeiro assassino, ele não é como a polícia. ("Insinue, não declare.") *Ele* não está interessado em pegar a próxima mulher que Quine pode ter... sabe o quê...

As palavras *deixado que o amarrasse* pendiam no ar, implícitas.

Era mais fácil interpretar a expressão de Pippa do que a de Kathryn. Crédula e entrando em pânico facilmente, ela olhou para Kathryn, que parecia furiosa.

— Talvez eu não ligue para quem o matou! — rosnou Kathryn entre os dentes.

— Mas certamente você não quer ser presa...?

— Eu só tenho a sua palavra de que eles estão de olho em mim! Não havia nada no noticiário!

— Bom... nem poderia haver, não é mesmo? — disse Robin com gentileza. — A polícia não dá coletivas para anunciar que pensa ter prendido a pessoa errad...

— Quem tinha o cartão de crédito? *Ela*.

— Em geral era Quine que ficava com ele — disse Robin —, e a esposa não é a única pessoa que tinha acesso a ele.

— Como você sabe o que a polícia está pensando mais do que eu sei?

— Strike tem bons contatos na Metropolitana — disse Robin calmamente. — Ele esteve no Afeganistão com o investigador-chefe, Richard Anstis.

O nome do homem que a interrogara parecia ter peso para Kathryn. Ela olhou novamente para Pippa.

— Por que está me dizendo isso? — perguntou Kathryn.

— Porque não queremos ver outra inocente presa — disse Robin —, porque pensamos que a polícia está perdendo tempo suspeitando das pessoas erradas e porque ("use uma pitada de vantagem pessoal depois de ter colocado a isca, isso mantém as coisas plausíveis") evidentemente — disse Robin, com uma exibição de constrangimento — faria um bem enorme a Cormoran se fosse ele que pegasse o verdadeiro assassino. De novo — acrescentou ela.

— É — disse Kathryn, assentindo com veemência —, é isso, não é? Ele quer a publicidade.

Nenhuma mulher que ficou com Owen Quine por dois anos ia acreditar que a publicidade era uma bênção inadequada.

— Olha, só queremos avisar a você de como eles estão pensando — disse Robin — e pedir a sua ajuda. Mas, obviamente, se você não quer...

Robin fez menção de se levantar.

("Depois que der as cartas, aja como se dissesse 'é pegar ou largar'. Você estará lá quando ela começar a correr atrás.")

— Eu contei tudo que sabia à polícia — disse Kathryn, que parecia desconcertada agora que Robin, mais alta do que ela, havia se levantado de novo. — Não tenho mais nada a declarar.

— Bom, não temos certeza de que eles fizeram as perguntas certas – disse Robin, voltando a se sentar no sofá. – Você é escritora – disse ela, saindo subitamente do roteiro preparado por Strike, com os olhos no laptop no canto. – Você percebe as coisas. Você o compreendia e a seu trabalho melhor do que qualquer um.

A guinada inesperada para a lisonja fez com que morressem na garganta quaisquer palavras de fúria que Kathryn estivesse prestes a atirar a Robin (sua boca havia se aberto, pronta para pronunciá-las).

— E daí? – disse Kathryn. Sua agressividade agora parecia meio falsa. – O que você quer saber?

— Você deixaria Strike vir aqui ouvir o que você tem a dizer? Ele não virá, se você não quiser – garantiu-lhe Robin (uma oferta que não foi sancionada pelo chefe). – Ele respeita seu direito de se recusar. (Strike não fez tal declaração.) Mas ele gostaria de ouvir em suas próprias palavras.

— Não sei o que eu teria de útil a dizer – disse Kathryn, cruzando os braços de novo, mas sem conseguir disfarçar um toque de vaidade satisfeita.

— Sei que é pedir muito – disse Robin –, mas, se nos ajudar a pegar o verdadeiro assassino, Kathryn, você aparecerá nos jornais pelos motivos *certos*.

Esta promessa acomodou-se suavemente pela sala – Kathryn entrevistada por jornalistas ávidos e agora admiradores, perguntando sobre seu trabalho, talvez: *Fale-me de* O sacrifício de Melina...

Kathryn olhou Pippa de lado, que disse:

— Aquele filho da puta me *sequestrou*!

— Você tentou atacá-lo, Pip – disse Kathryn. Ela se virou um tanto ansiosa para Robin. – Eu *nunca* disse a ela para fazer isso. Ela ficou... depois de vermos o que ele escreveu no livro... nós duas ficamos... nós pensávamos que *ele*... seu chefe... foi contratado para nos incriminar.

— Eu entendo – Robin mentiu, achando o raciocínio tortuoso e paranoico, mas talvez este fosse o resultado de ficar com Owen Quine.

— Ela ficou fora de si e não raciocinou – disse Kathryn, com um olhar que mesclava afeto e censura a sua protegida. – Pip tem uns problemas de mau gênio.

— É compreensível – disse Robin, hipócrita. – Posso ligar para Cormoran... Strike, quero dizer? Pedir a ele que nos encontre aqui?

Ela já havia tirado o celular do bolso e o olhava. Strike mandara um torpedo:

Na varanda. Congelando.

Ela respondeu:

Espere 5.

Na realidade, ela só precisou de três minutos. Abrandada pela franqueza e o ar de compreensão de Robin, e pelo estímulo da alarmada Pippa a deixar Strike entrar e descobrir o pior, quando ele finalmente bateu, Kathryn foi à porta com algo perto do entusiasmo.

A sala parecia muito menor com a chegada dele. Ao lado de Kathryn, Strike era enorme e quase desnecessariamente másculo; quando ela teve de afastar os enfeites de Natal, ele engoliu a única poltrona. Pippa se retirou para a ponta do sofá e se empoleirou no braço, lançando a Strike olhares compostos de desafio e pavor.

– Quer beber alguma coisa? – Kathryn falou a Strike com seu sobretudo pesado, seus pés tamanho 47 plantados no tapete de espirais.

– Uma xícara de chá seria ótimo – disse ele.

Ela foi à cozinha minúscula. Vendo-se sozinha com Strike e Robin, Pippa entrou em pânico e correu atrás dela.

– Você se saiu muito bem – sussurrou Strike para Robin –, se elas estão oferecendo chá.

– Ela tem *muito* orgulho de ser escritora – sussurrou Robin em resposta –, o que significa que pode compreendê-lo de uma forma que os outros...

Mas Pippa havia voltado com uma caixa de biscoitos baratos, e Strike e Robin se calaram de imediato. Pippa voltou a se sentar na ponta do sofá, lançando a Strike olhares assustados e de banda que tinham, como na ocasião em que ela se encolheu de medo em seu escritório, um sopro de prazer teatral.

– É muita bondade de sua parte, Kathryn – disse Strike quando ela colocou uma bandeja de chá na mesa. Uma das canecas, Robin viu, dizia *Keep Clam and Proofread*.

— Veremos — retorquiu Kent, de braços cruzados e olhando feio para ele de cima.

— Kath, sente-se. — Pippa a persuadiu, e Kathryn sentou-se com relutância entre Pippa e Robin no sofá.

A prioridade número um de Strike era alimentar a tênue confiança que Robin conseguira fomentar; o ataque direto não tinha lugar. Ele, assim, embarcou em um discurso fazendo eco ao de Robin, insinuando que as autoridades estavam pensando melhor sobre a prisão de Leonora e que reexaminariam as provas atuais, evitando a menção direta à polícia, mas implicando com cada palavra que a Metropolitana agora voltava sua atenção a Kathryn Kent. Enquanto ele falava, uma sirene ecoou ao longe. Strike acrescentou garantias de que ele tinha certeza, pessoalmente, de que Kent era inteiramente inocente, mas que ele a via como um recurso que a polícia não conseguira compreender ou utilizar adequadamente.

— É, bom, talvez você tenha razão nisso — disse ela. Ela não desabrochou tanto com as palavras tranquilizadoras dele, mas se abria. Pegando a caneca *Keep Clam*, ela disse com uma demonstração de desdém: — Eles só queriam saber de nossa vida sexual.

Pelo modo como Anstis contara, Strike se lembrava, Kathryn deu voluntariamente muitas informações sobre o assunto sem precisar de muita pressão.

— Não estou interessado em sua vida sexual — disse Strike. — É evidente que ele... para ser franco... não conseguia o que queria em casa.

— Ele não dormia com ela há anos — disse Kathryn. Lembrando-se das fotografias no quarto de Leonora mostrando Quine amarrado, Robin baixou o olhar para a superfície do chá. — Eles não tinham nada em comum. Ele não conseguia conversar com ela sobre seu trabalho, ela não se interessava, não dava a mínima. Ele nos disse... não foi?... — Ela olhou para Pippa, empoleirada no braço do sofá a seu lado — ... que ela nunca leu seus livros direito. Ele queria alguém que se ligasse a ele nesse nível. Comigo, ele podia realmente falar de literatura.

— E comigo — disse Pippa, abrindo o bico: — Ele tinha interesse em política de identidade, sabe, e conversou horas comigo de como era para mim ter nascido, basicamente, do jeito errado...

— É, ele me disse que era um alívio poder conversar com alguém que realmente compreendia seu trabalho – disse Kathryn em voz alta, tragando a voz de Pippa.

— Foi o que pensei – disse Strike, assentindo. – E a polícia não se deu ao trabalho de lhe perguntar sobre nada disso, não é?

— Bom, eles perguntaram onde nos conhecemos e eu contei: em seu curso de redação criativa – disse Kathryn. – Foi tudo gradual, sabe, ele estava interessado em meus textos...

— ... em nossos textos... – disse Pippa em voz baixa.

Kathryn falou extensamente, Strike assentindo com toda mostra de interesse à progressão gradual da relação professor/aluna a algo muito mais quente, Pippa acompanhando, ao que parecia, e deixando Quine e Kathryn apenas na porta do quarto.

— Eu escrevo fantasia com um toque a mais – disse Kathryn, e Strike ficou surpreso e achou um tanto engraçado que ela começasse a falar como Fancourt: por frases de efeito ensaiadas. Ficou imaginando quantas pessoas sentavam-se sozinhas por horas escrevendo suas histórias e exercitando um discurso sobre seu trabalho durante os intervalos para o café, e se lembrou do que Waldegrave lhe contou sobre Quine, de que ele admitiu abertamente fingir dar entrevistas com uma esferográfica. – É na verdade *slash*, ficção homoerótica, mas muito literária. E esse é o problema das editoras tradicionais, sabe, elas não querem se arriscar com algo que nunca foi visto, tudo tem de combinar com suas categorias de vendas, e se você estiver misturando vários gêneros, se estiver criando algo inteiramente novo, eles têm medo de correr o risco... eu sei que *Liz Tassel* – Kathryn pronunciou o nome como se fosse uma queixa ao médico – disse a Owen que meu trabalho era de "nicho" demais. Mas isso é que é bacana na publicação independente, a liberdade...

— É – disse Pippa, claramente desesperada para dar seus pitacos –, é verdade, na ficção de gênero, acho que a via independente pode ser uma saída...

— Só que eu não sou realmente de gênero – disse Kathryn, com um leve franzido na testa –, esta é a minha questão...

— ... mas Owen achava que, para minhas memórias, era melhor eu tomar a via tradicional – disse Pippa. – Sabe, ele tinha interesse verdadeiro em identidade de gênero e ficou fascinado pelo que eu passei. Apresentei a ele duas outras pessoas transgênero e ele prometeu falar com o editor a meu respeito porque pensava que, com a promoção certa e com uma história que nunca foi contada...

— Owen adorou *O sacrifício de Melina*, ficou louco para ler. Praticamente arrancava das minhas mãos sempre que eu terminava um capítulo – disse Kathryn mais alto –, e ele me disse...

Ela parou de repente, no meio do fluxo. A evidente irritação de Pippa por ser interrompida desbotou comicamente de seu rosto. As duas, Robin sabia, de súbito se lembraram de que o tempo todo em que Quine lhes demonstrava um estímulo efusivo, interesse e elogios, os personagens de Harpy e Epicoene tomavam forma obscena em uma velha máquina de escrever elétrica escondida de seus olhares ávidos.

— Então ele falou com vocês sobre o próprio trabalho? – perguntou Strike.

— Um pouco – disse Kathryn Kent numa voz monótona.

— Quanto tempo ele trabalhou no *Bombyx Mori*, você sabe?

— Na maior parte do tempo em que o conheci – disse ela.

— O que ele dizia a respeito dele?

Houve uma pausa. Kathryn e Pippa se olharam.

— Eu já contei a ele – Pippa falou com Kathryn, com um olhar significativo para Strike – que ele nos disse que ia ser diferente.

— É. – A voz de Kathryn era embargada. Ela cruzou os braços. – Ele não nos contou que ia ser assim.

Assim... Strike se lembrou da substância marrom e viscosa vazando dos seios de Harpy. Foi, para ele, uma das imagens mais revoltantes do livro. A irmã de Kathryn, ele se lembrava, morreu de câncer de mama.

— Ele disse como seria? – perguntou Strike.

— Ele mentiu – disse Kathryn simplesmente. – Disse que seria a jornada do escritor ou coisa assim, mas ele escreveu... ele nos disse que nós seríamos...

— "Belas almas perdidas" – disse Pippa, em quem a expressão parece ter ficado impressa.

— É – disse severamente Kathryn.

— Ele chegou a ler alguma coisa para você, Kathryn?

— Não. Ele disse que queria que fosse uma... uma...

— Ah, *Kath* – disse Pippa tragicamente. Kathryn enterrara a cara nas mãos.

– Tome – disse Robin com gentileza, tirando lenços de papel de sua bolsa.

– Não. – Kathryn foi rude, levantando-se do sofá e desaparecendo na cozinha. Voltou com algumas toalhas de papel.

– Ele disse – repetiu ela – que queria que fosse uma surpresa. Aquele canalha – disse ela, voltando a se sentar. – *Canalha*.

Ela enxugou os olhos e meneou a cabeça, a longa cabeleira ruiva balançando, enquanto Pippa acariciava suas costas.

– Pippa me contou – disse Strike – que Quine colocou uma cópia do manuscrito por sua porta.

– É – disse Kathryn.

Estava claro que Pippa já havia confessado essa indiscrição.

– Jude, a vizinha, o viu fazendo isso. Ela é uma vaca enxerida, sempre me espreitando.

Strike, que acabara de colocar mais vinte libras pela porta da vizinha enxerida como agradecimento por mantê-lo informado das atividades de Kathryn, perguntou:

– Quando?

– No dia 6, de madrugada – disse Kathryn.

Strike quase pôde sentir a tensão e a empolgação de Robin.

– Nesse dia a luz na frente da sua porta funcionava?

– As lâmpadas? Estavam apagadas há meses.

– Ela falou com Quine?

– Não, só espiou pela janela. Eram duas da madrugada ou coisa assim, ela não ia sair de camisola. Mas ela o viu chegar e sair muitas vezes. Sabia como ele e-era – disse Kathryn com um soluço – com aquela capa i-idiota e o chapéu.

– Pippa disse que havia um bilhete – disse Strike.

– É... "hora da revanche para nós dois" – disse Kathryn.

– Você ainda o tem?

– Eu queimei.

– Era endereçado a você? "Querida Kathryn"?

– Não – disse ela –, só o recado e uma merda de um beijo. *Canalha!* – Ela soluçava.

— Posso sair e comprar uma bebida de verdade para nós? — ofereceu-se Robin surpreendentemente.

— Tem alguma coisa na cozinha — disse Kathryn, sua resposta abafada pela aplicação do papel-toalha na boca e nas bochechas. — Pip, vai pegar.

— Tem certeza de que o bilhete era dele? — perguntou Strike enquanto Pippa corria em busca do álcool.

— Tenho, era a letra dele, eu a reconheceria em qualquer lugar.

— O que você entendeu disso?

— Sei lá — disse Kathryn numa voz fraca, enxugando o transbordamento dos olhos. — Revanche para mim porque ele brigou com a mulher dele? E revanche para ele por todos... até eu. Filho da puta covarde — disse ela, inconscientemente fazendo eco a Michael Fancourt. — Ele podia ter me dito que não queria... se ele queria terminar... por que fazer isso? *Por quê?* E não só comigo... com a Pip... fingindo que se importava, falando com ela da vida dela... ela passou por uma época horrorosa... quer dizer, as memórias dela não são grande literatura nem nada, mas...

Pippa voltou trazendo copos tilintando e uma garrafa de conhaque, e Kathryn se calou.

— Estávamos guardando isso para o Dia de Natal — disse Pippa, habilidosamente abrindo o conhaque. — Aí está, Kath.

Kathryn pegou uma grande dose de conhaque e a tomou de um gole só. Parece ter tido o efeito desejado. Fungando, ela endireitou as costas. Robin aceitou uma dose pequena. Strike declinou.

— Quando foi que você leu o manuscrito? — perguntou ele a Kathryn, que já estava se servindo de mais conhaque.

— No dia em que o encontrei, no dia 9, quando cheguei em casa para pegar mais roupas. Eu estava com Angela na clínica, sabe... ele não atendia a nenhum de meus telefonemas desde a Noite das Fogueiras, nem um, e eu disse a ele que Angela estava muito mal, deixei mensagens. E aí eu venho para casa e encontro o manuscrito espalhado pelo chão. Pensei, É por isso que ele não está atendendo, ele quer que eu leia o livro primeiro? Levei para a clínica e foi lá que li, sentada ao lado de Angela.

Robin só podia imaginar como tinha sido ler a descrição que o amante fez dela enquanto ela estava sentada junto da irmã moribunda.

— Liguei para Pip... não foi? – disse Kathryn; Pippa concordou com a cabeça. – E contei o que ele fez. Continuei telefonando, mas ele *ainda* não atendia. Bom, depois que Angela morreu, eu pensei, Foda-se. Eu encontro *você*. – O conhaque dera cor às bochechas pálidas de Kathryn. – Fui à casa deles, mas quando vi... a mulher dele... percebi que ela dizia a verdade. Ele não estava lá. Então eu disse para contar a ele que Angela tinha morrido. Ele conheceu Angela – disse Kathryn, o rosto se contraindo de novo. Pippa baixou o copo e abraçou os ombros trêmulos de Kathryn –, pensei que ele enfim tivesse percebido o que fez comigo quando eu estava perdendo... quando eu perdia...

Por mais um minuto não houve outro som na sala além dos soluços de Kathryn e os gritos distantes dos jovens no pátio lá embaixo.

— Eu lamento muito – disse Strike formalmente.

— Deve ter sido horrível para você – disse Robin.

Agora, um frágil senso de camaradagem unia os quatro. Podiam concordar pelo menos numa coisa; que Owen Quine agira muito mal.

— Vim aqui por sua capacidade de análise de texto – disse Strike a Kathryn quando ela mais uma vez enxugou os olhos, agora inchados em fendas no rosto.

— Como assim? – perguntou ela, mas Robin ouviu o orgulho satisfeito por trás da rispidez.

— Não entendo parte do que Quine escreveu em *Bombyx Mori*.

— Não é difícil – disse ela, e mais uma vez estava, sem saber, fazendo eco a Fancourt: "Não ganharia prêmios pela sutileza, não?"

— Não sei – disse Strike. – Há um personagem muito intrigante.

— Vainglorious? – disse ela.

Naturalmente, pensou ele, ela chegara a esta conclusão sem dificuldade. Fancourt era famoso.

— Eu estava pensando no Cutter.

— Não quero falar nisso – disse ela, com uma aspereza que espantou Robin. Kathryn olhou para Pippa e Robin reconheceu o brilho mútuo, mal disfarçado, de um segredo compartilhado.

— Ele fingia ser melhor do que isso – disse Kathryn. – Ele fingiu que havia umas coisas que eram sagradas. Depois ele foi lá e...

— Ninguém parece querer interpretar o Cutter para mim – disse Strike.

— Isso porque alguns de nós têm alguma decência – disse Kathryn.

Strike pegou o olhar de Robin. Ele a instava a assumir o comando.

— Jerry Waldegrave já disse a Cormoran que ele é o Cutter – disse ela, hesitante.

— Eu gosto de Jerry Waldegrave – disse Kathryn, em desafio.

— Você o conheceu? – perguntou Robin.

— Owen me levou a uma festa, no Natal retrasado – disse ela. – Waldegrave estava lá. Um amor de pessoa. Ele tomou umas e outras – disse ela.

— Ele já bebia nessa época? – interveio Strike.

Foi um erro; ele estimulou Robin a conduzir a conversa porque imaginou que ela assustava menos. Sua interrupção fez Kathryn se calar.

— Mais alguém interessante na festa? – perguntou Robin, bebendo seu conhaque.

— Michael Fancourt estava lá – disse Kathryn de imediato. – Dizem que ele é arrogante, mas eu o achei encantador.

— Oh... você falou com ele?

— Owen queria que eu ficasse de longe – disse ela –, mas fui ao toalete das mulheres e na volta disse a Fancourt o quanto adorei *House of Hollow*. Owen não teria gostado disso – disse ela com uma satisfação patética. – Sempre falando que Fancourt era superestimado, mas *eu* o acho maravilhoso. Mas então conversamos por um tempo e depois alguém o puxou de lado, mas sim – repetiu ela, em desafio, como se a sombra de Owen Quine estivesse na sala e pudesse ouvi-la elogiar seu rival –, ele foi encantador *comigo*. Desejou-me sorte com minha escrita – disse ela, bebendo o conhaque.

— Você disse a ele que era namorada de Owen? – perguntou Robin.

— Disse – respondeu Kathryn, com um sorriso meio perverso –, e ele riu e falou, "Você tem minha compaixão". Isso não o incomodou. Ele não se importava mais com Owen, posso lhe garantir. Não, acho que ele é um homem gentil e um escritor maravilhoso. As pessoas são invejosas, não são, quando você tem sucesso?

Ela se serviu de mais conhaque. Estava se aguentando extraordinariamente bem. Tirando o rubor que aparecia no rosto, não havia nenhum sinal de embriaguez.

— E você gostou de Jerry Waldegrave – disse Robin, quase distraidamente.

— Ah, ele é adorável – disse Kathryn, agora a toda, elogiando qualquer um que Quine possa ter atacado. – Um homem adorável. Ele estava muito, mas *muito* bêbado. Estava numa sala lateral e as pessoas o evitavam, sabe? Aquela vaca da Tassel nos disse para deixá-lo ali, que ele estava falando besteira.

— Por que você a chama de vaca? – perguntou Robin.

— Uma vaca velha esnobe – disse Kathryn. – O jeito como falou comigo, com todo mundo. Mas eu sei o que era: ela estava irritada porque Michael Fancourt estava lá. Eu disse a ela... Owen precisava ver se Jerry estava bem, não ia deixar que ele desmaiasse numa cadeira, independentemente do que dissesse a vaca velha... Eu disse a ela: "Acabei de conversar com Fancourt, ele foi encantador." Ela não gostou disso – disse Kathryn com satisfação. – Não gostou da ideia de ele ser encantador comigo quando a detesta. Owen me disse que antigamente ela era apaixonada por Fancourt e que ele não dava a menor bola para ela.

Ela saboreava a fofoca, apesar de antiga. Pois naquela noite, pelo menos, ela foi uma *insider*.

— Ela foi embora logo depois que eu lhe disse isso – disse Kathryn com satisfação. – Mulher horrível.

— Michael Fancourt me falou – disse Strike, e os olhos de Kathryn e Pippa de pronto cravaram-se nele, ansiosas para ouvir o que o famoso escritor pode ter dito – que Owen Quine e Elizabeth Tassel tiveram um caso no passado.

Um momento de silêncio estupefato, e Kathryn Kent deu uma gargalhada. Era inquestionavelmente sincera: guinchos ásperos, quase alegres, encheram a sala.

— Owen e *Elizabeth Tassel*?

— Foi o que ele disse.

Pippa ficou radiante ao ver e ouvir a alegria inesperada e exuberante de Kathryn Kent. Ela rolou no encosto do sofá, tentando recuperar o fôlego; o conhaque derramou em sua calça enquanto ela se sacudia com o que parecia um deleite inteiramente autêntico. Pippa pegou a histeria e começou a rir também.

— Nunca – arquejou Kathryn –, nem... em... *um milhão*... de anos...

— Isto deve ter sido há muito tempo – disse Strike, mas a cabeleira ruiva e comprida balançava com a continuação da gargalhada sincera.

— Owen e Liz... nunca. Nunca, jamais... Você não entende – disse ela, agora enxugando os olhos molhados. – Ele a achava *medonha*. Ele teria me contado... Owen falou de todo mundo com quem dormiu, não era um *cavalheiro* nesse aspecto, era, Pip? Eu saberia se eles um dia... não sei *de onde* Michael Fancourt tirou isso. *Nunca* – disse Kathryn Kent, com uma alegria espontânea e total convicção.

O riso a deixou mais solta.

— Mas você não sabe o que realmente significa o Cutter? – perguntou Robin, colocando o copo vazio na mesa de centro de pinho com a determinação de uma convidada prestes a ir embora.

— Eu nunca disse que não sabia – respondeu Kathryn, ainda sem fôlego da gargalhada prolongada. – Eu *sei*. Foi simplesmente horrível fazer isso com Jerry. Hipócrita desgraçado... Owen me diz para não contar a ninguém e depois vai lá e coloca em *Bombyx Mori*...

Robin não precisou que o olhar de Strike lhe dissesse para continuar em silêncio e deixar que o bom humor estimulado pelo conhaque de Kathryn, seu prazer com a atenção exclusiva dos dois e a glória refletida de conhecer segredos delicados sobre figuras literárias fizessem seu trabalho.

— Tudo bem – disse ela. – Tudo bem, lá vai...

"Owen me contou quando estávamos indo embora. Jerry estava muito bêbado naquela noite e você sabe que o casamento dele está falindo, já estava há anos... ele e Fenella tiveram uma briga horrorosa naquela noite antes da festa e ela disse a ele que a filha talvez não fosse dele. Que podia ser de..."

Strike sabia o que viria.

— ... Fancourt – disse Kathryn depois de uma pausa adequadamente teatral. – O anão da cabeça grande, o bebê que ela pensava em abortar porque não sabia de quem era, entendeu? O Cutter com seus chifres de corno...

"E Owen me disse para ficar de boca fechada. 'Não é engraçado', disse ele, 'Jerry ama a filha, a única coisa boa que ele tem na vida.' Mas ele falou sobre isso por todo o caminho para casa. Falou sem parar de Fancourt e do quanto ele odiaria descobrir que tinha uma filha, porque Fancourt jamais quis ter filhos... Toda aquela besteira sobre proteger Jerry! Qualquer coisa para atingir Michael Fancourt. *Qualquer coisa*."

46

> Leandro lutava; as ondas o envolviam,
> E o puxavam para baixo, onde pérolas
> Esparramavam-se no fundo do mar...
>
> Christopher Marlowe,
> *Hero e Leandro*

Grato pelo efeito do conhaque barato e pela combinação de lucidez e calor humano de Robin, Strike se separou dela com muitos agradecimentos meia hora depois. Robin foi para casa e para Matthew em um calor de satisfação e empolgação, agora olhando com mais gentileza a teoria de Strike sobre o assassino de Owen Quine. Isto porque, em parte, nada do que foi dito por Kathryn Kent contradisse a teoria, mas principalmente porque ela se sentia particularmente empolgada com o chefe depois do interrogatório compartilhado.

Strike voltou a seus aposentos no sótão em um estado mental menos elevado. Não bebeu nada além de chá e acreditava mais do que nunca em sua teoria, mas a única prova que podia fornecer era um cartucho de máquina de escrever: não seria suficiente para derrubar a acusação da polícia contra Leonora.

Houve uma forte geada nas noites de sábado e domingo, mas, durante o dia, centelhas de sol penetraram o manto das nuvens. A chuva transformou em lama escorregadia parte da neve acumulada nas sarjetas. Strike ruminava sozinho entre seu apartamento e o escritório, ignorando uma ligação de Nina Lascelles e rejeitando um convite para jantar de Nick e Ilsa, alegando trabalho no escritório, mas na realidade preferindo a solidão sem pressão para discutir o caso Quine.

Ele sabia que agia como se seguisse um padrão profissional não mais vigente quando deixou a Divisão de Investigação Especial. Embora estivesse legalmente livre para comentar sobre suas suspeitas com quem bem lhe aprouvesse, continuava a tratá-las como confidenciais. De certa forma este era um hábito antigo, mas principalmente motivado porque (por mais que os outros debochassem) ele levava bastante a sério a possibilidade de o assassino poder ouvir o que pensava e fazia. Na opinião de Strike, a forma mais segura de garantir que uma informação secreta não vazasse era não falar com ninguém a respeito dela.

Na segunda-feira, ele recebeu mais uma vez a visita do chefe e amante da infiel Srta. Brocklehurst, cujo masoquismo agora se estendia ao desejo de saber se ela, como ele suspeitava fortemente, tinha um terceiro amante escondido em algum lugar por aí. Strike ouviu com metade de sua atenção voltada para as atividades de Dave Polworth, que começava a lhe parecer a última esperança. Os esforços de Robin ainda eram infrutíferos, apesar das horas que ela passava buscando as provas que Strike lhe pedira para encontrar.

Às seis e meia daquela noite, sentado em seu apartamento, vendo o boletim do tempo, que previa uma volta do clima ártico no final da semana, seu telefone tocou.

— Adivinha só, Diddy? – disse Polworth pela linha cheia de estalos.

— Tá de sacanagem – disse Strike, o peito de repente apertado de expectativa.

— Consegui o lance, amigo.

— Puta merda – sussurrou Strike.

Tinha sido sua própria teoria, mas ele se sentiu igualmente assombrado, como se Polworth tivesse feito tudo sem ajuda.

— Está ensacado aqui, esperando por você.

— Vou mandar alguém amanhã bem cedo...

— E eu vou para casa tomar um bom banho quente – disse Polworth.

— Amigão, você é um...

— Sei que sou. Vamos falar sobre meu crédito depois. Estou congelando, porra, Diddy, vou pra casa.

Strike ligou para Robin com a notícia. Seu júbilo combinou com o dele.

— Tudo bem, amanhã! – disse ela, cheia de determinação. – Amanhã eu vou pegar, vou verificar se...

— Não se descuide — Strike a interrompeu. — Isso não é uma competição.

Ele mal conseguiu dormir naquela noite.

Robin só apareceu no escritório à uma hora da tarde, mas, no instante em que ele ouviu a porta de vidro bater e a escutou chamá-lo, ele entendeu.

— Você não pegou...?

— Sim — disse ela, sem fôlego.

Robin pensou que ele ia abraçá-la, o que seria atravessar um limite do qual ele jamais se aproximou, mas o gesto que julgou dirigido a ela era na realidade para o celular em sua mesa.

— Vou ligar para Anstis. Conseguimos, Robin.

— Cormoran, eu acho... — Robin começou a falar, mas ele não escutou. Voltou às pressas para sua sala e fechou a porta.

Robin baixou em sua cadeira de computador, indócil. A voz abafada de Strike se elevava e caía do outro lado da porta. Impaciente, ela se levantou para ir ao banheiro, onde lavou as mãos e olhou o espelho rachado e manchado acima da pia, observando o brilho dourado e inconveniente de seu cabelo. Voltando ao escritório, ela se sentou, sem conseguir se conformar com nada, notou que não tinha acendido sua minúscula árvore de Natal, acendeu e esperou, roendo distraidamente a unha do polegar, algo que não fazia há anos.

Vinte minutos depois, de queixo cerrado e expressão feia, Strike saiu de sua sala.

— O idiota burro de merda! — foram suas primeiras palavras.

— Não! — Robin ofegou.

— Ele não aceitou nada — disse Strike, agitado demais para se sentar, mancando de um lado a outro no espaço fechado. — Mandou analisar aquela merda de tapete do depósito trancado e tinha sangue de Quine... grandes merdas, ele pode ter se cortado meses antes. Ele está tão apaixonado pela porra de sua teoria que...

— Você disse que se ele conseguir um mandado...?

— IMBECIL! — rugiu Strike, socando o arquivo de metal de tal modo que ele reverberou e Robin deu um pulo.

— Mas ele não poderá negar... depois que a perícia for feita...

— É este o problema, Robin! — disse ele, aproximando-se dela. — Se ele não der a busca *antes* que a perícia termine, pode não haver nada para encontrar lá!

— Mas você falou com ele sobre a máquina de escrever?

— Só o simples fato de que *existe* não acerta o imbecil entre os olhos...

Ela não se arriscou a dar mais sugestões, observando-o andar de um lado a outro, carrancudo, intimidada demais para dizer a ele, agora, o que a preocupava.

— Foda-se — grunhiu Strike na sexta volta à mesa de Robin. — Choque e pavor. Não tenho opções. Al — murmurou ele, pegando de novo o celular — e Nick.

— Quem é Nick? — perguntou Robin, tentando desesperadamente acompanhá-lo.

— É casado com a advogada de Leonora — disse Strike, socando os botões no celular. — Um velho amigo... é gastroenterologista...

Ele se retirou novamente para sua sala e bateu a porta.

Por vontade de ter o que fazer, Robin encheu a chaleira, com o coração aos saltos, e preparou chá para os dois. As canecas esfriaram, intocadas, enquanto ela esperava.

Quando Strike saiu, quinze minutos depois, parecia mais calmo.

— Tudo bem — disse ele, pegando um chá e tomando um gole. — Tenho um plano e vou precisar de você. Está preparada para essa?

— É claro! — disse Robin.

Ele lhe deu um plano conciso do que queria fazer. Era ambicioso e exigiria uma saudável dose de sorte.

— E então? — perguntou-lhe Strike por fim.

— Tudo bem.

— Talvez não precisemos de você.

— Não — disse Robin.

— Por outro lado, você pode ser fundamental.

— Sim.

— Tem certeza de que está tudo bem? — perguntou Strike, observando-a atentamente.

— Não tem problema nenhum — disse Robin. — Eu quero fazer, de verdade... É só que... — ela hesitou — acho que...

— O quê? — disse Strike incisivamente.

— Acho que seria melhor eu ter o treinamento — disse Robin.

– Ah – disse Strike, olhando-a. – Sim, muito justo. Espere até quinta-feira, acho. Vou verificar a data agora...

Ele desapareceu pela terceira vez em sua sala. Robin voltou à cadeira do computador.

Ela queria desesperadamente fazer seu papel na captura do assassino de Owen Quine, mas o que estava prestes a dizer, antes de a resposta incisiva de Strike cortar seu pânico, era: "Talvez eu tenha sido vista."

47

> Rá, rá, rá, enredastes-vos em vossa própria
> obra como um bicho-da-seda.
>
> John Webster,
> *O diabo branco*

À luz do antigo poste de rua, os murais caricaturais que cobriam a frente do Chelsea Arts Club eram estranhamente sinistros. Aberrações de circo foram pintadas nas paredes coloridas e pontilhadas de uma longa fileira baixa de casas brancas comuns, tratadas como uma só: uma loura de quatro pernas, um elefante comendo seu tratador, um contorcionista debilitado com uniforme de presidiário, cuja cabeça parecia desaparecer no próprio ânus. O clube ficava em uma rua arborizada, sonolenta e tranquila, silencioso com a neve que voltara com toda força, caindo depressa e se acumulando nos telhados e calçadas como se a breve trégua no inverno ártico jamais tivesse existido. Por toda a quinta-feira, a nevasca ficou mais densa, e agora, visto através de uma cortina de flocos de neve encrespados iluminada pelo poste, o antigo clube, com suas cores pastel recentes, parecia estranhamente insubstancial, um cenário de cartolina, uma tenda em *trompe l'oeil*.

Strike estava numa viela escura, transversal à Old Church Street, observando um por um os que chegavam para sua festinha. Ele viu o envelhecido Pinkelman auxiliado a sair de seu táxi por um Jerry Waldegrave impassível, enquanto Daniel Chard estava de pé, com um chapéu de inverno russo e suas muletas, assentindo e sorrindo com boas-vindas desajeitadas. Elizabeth Tassel chegou sozinha num táxi, atrapalhando-se ao pagar a corrida e tremendo no frio. Por fim, em um carro com motorista, chegou Michael Fancourt. Demorou-se a sair, endireitando o paletó antes de subir a escada para a porta de entrada.

O detetive, em cujo denso cabelo crespo a neve caía grossa, pegou o celular e ligou para o meio-irmão.

– Oi – disse Al, que parecia animado. – Estão todos no salão de jantar.

– Quantos?

– Cerca de uns doze.

– Estou entrando agora.

Strike mancou pela rua com a ajuda da bengala. Deixaram-no entrar de imediato quando ele lhes deu seu nome e explicou que estava ali como convidado de Duncan Gilfedder.

Al e Gilfedder, um fotógrafo de celebridades que Strike ainda ia conhecer, estavam a uma curta distância da entrada, dentro do prédio. Gilfedder estava confuso sobre quem seria Strike, ou por que ele, membro deste clube excêntrico e charmoso, foi solicitado pelo amigo Al a convidar uma pessoa que ele nem conhecia.

– Meu irmão – disse Al, apresentando os dois. Ele parecia ter orgulho.

– Ah – disse Gilfedder inexpressivamente. Usava o tipo de óculos de Christian Fisher, e seu cabelo liso tinha um corte irregular na altura do ombro. – Achei que seu irmão fosse mais novo.

– O mais novo é o Eddie – disse Al. – Este é Cormoran. Era do exército. Agora é detetive.

– Ah – disse Gilfedder, parecendo ainda mais confuso.

– Obrigado pelo convite – disse Strike, dirigindo-se igualmente aos dois. – Querem outra bebida?

O clube era tão barulhento e estava tão abarrotado que era difícil ter grande coisa além de vislumbres de sofás moles e uma lareira crepitando. As paredes do bar de teto baixo eram generosamente cobertas de gravuras, pinturas e fotografias, dando a impressão de uma casa de campo, aconchegante e um pouco desarrumada. Como o homem mais alto no ambiente, Strike conseguia enxergar por cima da cabeça das pessoas as janelas nos fundos do clube. Para além delas, havia um grande jardim iluminado por lâmpadas externas, de modo que era aceso em trechos. Uma grossa camada imaculada de neve, pura e lisa como glacê, cobria os arbustos verdejantes e as esculturas de pedra ocultas pela vegetação.

Strike chegou ao bar e pediu vinho para seus companheiros, olhando o salão de jantar.

Os comensais enchiam várias mesas compridas de madeira. Havia a festa da Roper Chard, com um par de janelas francesas ao lado, o jardim gelado, branco e espectral atrás da vidraça. Uma dúzia de pessoas, algumas que Strike não reconheceu, reuniu-se para homenagear o nonagenário Pinkelman, sentado à cabeceira. Quem se encarregou do arranjo dos lugares, pelo que viu Strike, colocou Elizabeth Tassel e Michael Fancourt bem separados. Fancourt falava alto no ouvido de Pinkelman, com Chard de frente para ele. Elizabeth Tassel estava sentada ao lado de Jerry Waldegrave. Eles não se falavam.

Strike passou as taças de vinho a Al e Gilfedder, depois voltou ao bar para pegar um uísque para si, mantendo deliberadamente uma visão clara da festa da Roper Chard.

– Por que – disse uma voz, clara como sino, mas em algum lugar abaixo dele – *você* está aqui?

Nina Lascelles estava parada junto ao cotovelo de Strike com o mesmo vestido preto de alcinha que usara no jantar de aniversário de Strike. Não restava nenhum vestígio de sua antiga sedução risonha. Ela parecia acusatória.

– Oi – disse Strike, surpreso. – Não esperava ver você aqui.

– Nem eu ver você – disse ela.

Ele não havia retornado nenhum de seus telefonemas por mais de uma semana, desde a noite em que dormiu com ela para não ter de pensar em Charlotte no dia de seu casamento.

– Então você conhece Pinkelman – disse Strike, tentando bater papo diante do que ele sabia que era animosidade.

– Assumi alguns autores de Jerry, agora que ele vai embora. Pinks é um deles.

– Meus parabéns – disse Strike. Ela ainda não sorriu. – Mas Waldegrave mesmo assim veio à festa?

– Pinks gosta de Jerry. Por que – repetiu ela – *você* está aqui?

– Fazendo o que fui contratado para fazer – disse Strike. – Tentando descobrir quem matou Owen Quine.

Ela revirou os olhos, claramente sentindo que a insistência dele ultrapassava os limites do racional.

– Como entrou aqui? É só para sócios.

– Tenho um contato – disse Strike.

– Não está pensando em me usar de novo, não é? – perguntou ela.

Ele não gostou muito do reflexo de si que viu naqueles olhos grandes de ratinho. Não havia como negar que ele a usara repetidas vezes. Já se transformara em algo desprezível e vergonhoso, e ela merecia coisa melhor.

– Achei que isso já está ficando chato – disse Strike.

– É – disse Nina. – Achou certo.

Ela se afastou dele e voltou à mesa, ocupando o último lugar vago, entre dois funcionários que ele não conhecia.

Strike estava diretamente na linha de visão de Jerry Waldegrave. Waldegrave o viu e Strike notou os olhos do editor se arregalarem por trás dos óculos de aro de chifre. Alertado pelo olhar petrificado de Waldegrave, Chard se virou na cadeira e, visivelmente, também reconheceu Strike.

– Como está indo? – perguntou animadamente Al junto ao cotovelo de Strike.

– Ótimo – disse Strike. – Onde está aquele Gil-sei-lá-o-quê?

– Tomou sua bebida e saiu. Não sabia que diabos íamos aprontar – disse Al.

Al também não sabia por que eles estavam ali. Strike não lhe dissera nada, apenas que precisava entrar esta noite no Chelsea Arts Club e que precisava de uma carona. O Alfa Romeo Spider vermelho vivo de Al estava estacionado um pouco além na rua. Foi uma agonia para o joelho de Strike entrar e sair do veículo baixo.

Como ele pretendia, metade da mesa da Roper Chard agora parecia ter uma consciência aguda de sua presença. Strike estava posicionado de modo a vê-los refletidos claramente nas escuras janelas francesas. Duas Elizabeth Tassel o olhavam feio por cima do cardápio, duas Ninas estavam determinadas a ignorá-lo e dois Chards de careca reluzente chamavam um garçom e cochichavam no ouvido deles.

– É aquele careca que vimos no River Café? – perguntou Al.

– É – disse Strike, sorrindo enquanto o garçom sólido se separava de seu reflexo espectral e vinha na direção deles. – Acho que estamos prestes a ser indagados se temos o direito de estar aqui.

– Com licença, senhor – começou o garçom em um sussurro ao alcançar Strike –, mas posso perguntar...?

– Al Rokeby... meu irmão e eu viemos para cá com Duncan Gilfedder – disse Al num tom agradável antes que Strike pudesse responder. O tom de

Al expressava surpresa por eles terem sido contestados. Ele era um jovem encantador e privilegiado que era bem recebido em toda parte, cujas credenciais eram impecáveis e cujo laço casual de Strike no redil familiar lhe conferia o mesmo senso de direito tranquilo. Os olhos de Jonny Rokeby observavam toda a cara estreita de Al. O garçom murmurou desculpas apressadas e se retirou.

— Você só está querendo dar corda neles? — perguntou Al, olhando a mesa da editora.

— Não vai fazer mal — disse Strike com um sorriso, bebericando o uísque enquanto observava Daniel Chard fazer o que claramente era um discurso forçado em homenagem a Pinkelman. Um cartão e um presente foram retirados de baixo da mesa. Para cada olhar e sorriso que davam ao velho escritor havia um olhar nervoso ao homem parrudo e moreno que os encarava do bar. Michael Fancourt era o único que não olhava em volta. Ou continuava ignorando a presença do detetive, ou não se incomodava com ela.

Quando as entradas foram colocadas diante de todos, Jerry Waldegrave levantou-se e saiu da mesa para o bar. Os olhos de Nina e Elizabeth o seguiram. No caminho para o banheiro, Waldegrave apenas assentiu para Strike, mas, ao voltar, ele parou.

— Estou surpreso por ver você aqui.

— É? — disse Strike.

— É. Você está... humm... deixando as pessoas pouco à vontade.

— Não posso fazer nada quanto a isso — disse Strike.

— Podia tentar não nos encarar.

— Este é meu irmão, Al — disse Strike, ignorando o pedido.

Al abriu um sorriso radiante e estendeu a mão, que Waldegrave apertou, parecendo envergonhado.

— Você está irritando Daniel — disse Waldegrave a Strike, olhando bem nos olhos do detetive.

— Que peninha — disse Strike.

O editor mexeu no cabelo despenteado.

— Bom, se é essa sua atitude.

— Estou surpreso de você se importar com os sentimentos de Daniel Chard.

— Não me importo particularmente — disse Waldegrave —, mas ele pode tornar a vida dos outros desagradável quando está de mau humor. Gostaria que esta noite fosse boa para Pinkelman. Não entendo por que você está aqui.

— Vim fazer uma entrega — disse Strike.

Ele pegou um envelope em branco no bolso interno do paletó.

— O que é isso?

— É para você — disse Strike.

Waldegrave o pegou, aparentando completa confusão.

— Algo em que você deve pensar — disse Strike, aproximando-se do editor perplexo no bar barulhento. — Fancourt teve caxumba, sabe, antes de a mulher dele morrer.

— O quê? — disse Waldegrave, espantado.

— Nunca teve filhos. Com toda certeza é estéril. Achei que você poderia se interessar.

Waldegrave o encarou, abriu a boca, não achou o que dizer, depois se afastou, ainda segurando o envelope branco.

— O que foi isso? — perguntou Al a Strike, irrequieto.

— O plano A — disse Strike. — Veremos.

Waldegrave voltou a se sentar à mesa da Roper Chard. Espelhado na janela escura ao lado, ele abriu o envelope que Strike lhe dera. Perplexo, retirou um segundo envelope. Neste havia um nome escrito.

O editor olhou para Strike, que ergueu as sobrancelhas.

Jerry Waldegrave hesitou e virou-se para Elizabeth Tassel, passando-lhe o envelope. Ela leu o que estava escrito ali, de cenho franzido. Seus olhos voaram até Strike. Ele sorriu e fez um brinde com seu copo.

Por um momento, parecia que ela não sabia o que fazer; depois cutucou a mulher a seu lado e passou o envelope adiante.

Ele percorreu a mesa e a atravessou, caindo nas mãos de Michael Fancourt.

— Lá vamos nós — disse Strike. — Al, vou fumar no jardim. Fique aqui e deixe o telefone ligado.

— Eles não permitem celulares...

Mas Al pegou a expressão de Strike e se corrigiu apressadamente:

— Vou deixar.

48

> Despenderia o bicho-da-seda seus cultivos amarelos
> Por ti? Desfar-se-ia por ti?
>
> Thomas Middleton,
> *A tragédia do vingador*

O jardim estava deserto e num frio de amargar. Strike afundou até os tornozelos na neve, incapaz de sentir o frio penetrar pela perna direita da calça. Todos os fumantes que normalmente se reuniam nos gramados lisos escolheram em vez disso a rua. Ele cavou uma trincheira solitária pela brancura congelada, cercado da beleza silenciosa, parando ao lado de um pequeno espelho-d'água redondo que se tornara um disco de gelo cinza e grosso. Um cupido roliço de bronze ficava no meio em uma gigantesca concha de mexilhão. Usava uma peruca de neve e apontava seu arco e flecha, não para onde pudesse atingir um ser humano, mas diretamente para o céu escuro.

Strike acendeu um cigarro e se virou para olhar as janelas flamejantes do clube. Comensais e garçons pareciam recortados em papel, movendo-se contra uma tela iluminada.

Se Strike conhecia seu homem, ele viria. Não seria esta uma situação irresistível para um escritor, para o louco compulsivo por experiências em palavras, para um amante do macabro e do estranho?

Dito e feito, depois de alguns minutos Strike ouviu uma porta se abrir, um fragmento de conversa e música apressadamente abafado, depois o som de passos amortecidos.

– Sr. Strike?

A cabeça de Fancourt parecia particularmente grande no escuro.

– Não seria mais fácil ir para a rua?

– Prefiro fazer isso no jardim – disse Strike.

– Entendo.

Fancourt parecia vagamente irônico, como se pretendesse, pelo menos no curto prazo, fazer a vontade de Strike. O detetive suspeitava de que apelava ao senso teatral do escritor que ele fosse o único convocado da mesa de uma gente ansiosa para falar com o homem que deixava a todos nervosos.

– Do que se trata? – perguntou Fancourt.

– Valorizo sua opinião – disse Strike. – Questão de análise crítica de *Bombyx Mori*.

– De novo? – perguntou Fancourt.

Seu bom humor esfriava junto com os pés. Ele puxou o casaco para mais perto do corpo e disse, com a neve caindo grossa e veloz:

– Eu disse tudo que queria dizer sobre este livro.

– Uma das primeiras coisas que soube sobre *Bombyx Mori* – disse Strike – foi que lembrava um trabalho seu inicial. Muito sangue e simbolismo arcano, acho que foram as palavras usadas.

– E daí? – disse Fancourt, com as mãos nos bolsos.

– Daí que quanto mais conversei com pessoas que conheciam Quine, mais claro ficou que o livro que todos liam trazia apenas uma vaga semelhança com aquele que ele alegava estar escrevendo.

O sopro de Fancourt ergueu-se numa nuvem diante dele, cobrindo o pouco que Strike podia ver de suas feições pesadas.

– Até conheci uma garota que diz ter ouvido parte do livro que não aparece no manuscrito final.

– Os escritores editam – disse Fancourt, remexendo os pés, os ombros erguidos até as orelhas. – Owen teria feito muito bem em editar muito mais. Vários romances, na verdade.

– Também há todas as cópias do trabalho anterior dele – disse Strike. – Dois hermafroditas. Dois sacos ensanguentados. Todo aquele sexo gratuito.

– Ele era um homem de imaginação limitada, Sr. Strike.

– Ele deixou um bilhete escrito com o que parece um monte de nomes possíveis de personagens. Um dos nomes aparece em um cartucho usado de máquina de escrever que saiu de seu escritório antes que a polícia o lacrasse, mas não está em nenhum lugar no manuscrito final.

— Então, ele mudou de ideia — disse Fancourt com irritação.

— É um nome corriqueiro, não é simbólico nem arquetípico como os que aparecem no manuscrito final.

Seus olhos se adaptavam ao escuro. Strike viu uma expressão de ligeira curiosidade nas feições pesadas de Fancourt.

— Um restaurante cheio de gente testemunhou o que eu penso que vai se tornar a última refeição de Quine e sua última apresentação em público — continuou Strike. — Uma testemunha convincente disse que Quine gritou para todo o restaurante ouvir que um dos motivos para Tassel ser covarde demais para representar o livro era "o pau mole de Fancourt".

Ele duvidava de que ele e Fancourt estivessem claramente visíveis às pessoas tensas à mesa da editora. Suas figuras se misturariam com as árvores e a estatuária, mas o determinado ou desesperado ainda podia distinguir sua localização pelo olho luminoso e mínimo do cigarro aceso de Strike: a alça de mira do atirador.

— O caso é que não há nada em *Bombyx Mori* sobre o seu pau — continuou Strike. — Não há nada ali sobre a amante de Quine e sua jovem amiga transgênero sendo "belas almas perdidas", como ele lhes disse que as descreveria. E não se despeja ácido em bichos-da-seda; eles são fervidos para a retirada dos casulos.

— *E daí?* — repetiu Fancourt.

— Daí que fui levado a concluir que o *Bombyx Mori* que todos leram é um livro muito diferente do *Bombyx Mori* escrito por Owen Quine.

Fancourt parou de remexer os pés. Petrificado por um momento, parecia considerar seriamente as palavras de Strike.

— Eu... não — disse ele, quase, ao que parecia, consigo mesmo. — Quine escreveu esse livro. É o estilo dele.

— Engraçado você dizer isso, porque todo mundo que tem um bom ouvido para o estilo particular de Quine parece detectar uma voz estranha no livro. Daniel Chard pensou ser de Waldegrave. Waldegrave pensou que fosse de Elizabeth Tassel. E Christian Fisher achou ter ouvido *você*.

Fancourt deu de ombros, com a arrogância tranquila de sempre.

— Quine tentava imitar um escritor melhor.

— Não acha estranhamente ímpar o jeito como ele trata suas modelos vivas?

Fancourt, aceitando o cigarro e o isqueiro que Strike lhe oferecia, agora ouvia em silêncio e com interesse.

— Ele diz que a mulher e a agente eram parasitas dele — disse Strike. — Desagradável, mas o tipo de acusação que qualquer um pode lançar a pessoas que, podemos dizer, vivem dos ganhos dele. Ele insinua que sua amante não gosta de animais e lança mão de algo que pode ser ou uma referência velada à produção dos livros de merda dela, ou uma alusão muito doentia ao câncer de mama. A amiga transgênero recebeu uma zombaria sobre exercícios vocais... e isso depois de ela ter alegado mostrar a ele a história de vida que escrevia e contar todos os seus segredos mais íntimos. Ele acusa Chard de efetivamente ter matado Joe North e faz uma sugestão grosseira do que na realidade Chard queria fazer com ele. E há a acusação de que vocês foram responsáveis pela morte de sua primeira mulher. Tudo isso ou é de domínio público, fofoca pública ou uma acusação fácil de fazer.

— O que não significa que não feriu — disse Fancourt em voz baixa.

— Concordo. Deu a muita gente motivos para se irritar com ele. Mas a única revelação verdadeira no livro é a insinuação de que você é pai de Joanna Waldegrave.

— Eu já lhe disse... quase disse... quando nos encontramos da última vez — disse Fancourt, tenso — que esta acusação não apenas é falsa, como impossível. Eu sou estéril, como Quine...

— ... como Quine devia saber — concordou Strike —, porque você e ele ainda mantinham boas relações quando você teve caxumba e ele já havia feito a paródia disso em *The Balzac Brothers*. Isso torna a acusação contida no Cutter ainda mais estranha, não? Como se fosse escrito por alguém que não soubesse que você era estéril. Não lhe ocorreu nada disso quando você leu o livro?

A neve caía densa no cabelo dos dois homens, em seus ombros.

— Não creio que Owen se importasse se algo nisso era verdadeiro ou não — disse lentamente Fancourt, soltando a fumaça. — As calúnias pegam. Ele só estava espalhando mais. Pensei que ele quisesse causar a maior perturbação possível.

— Não acha que foi por isso ele lhe mandou uma primeira cópia do manuscrito? — Como Fancourt não respondesse, Strike continuou: — Isso pode ser verificado com facilidade, sabia? Os mensageiros... o serviço postal... terão um registro. Você pode muito bem me contar.

Uma longa pausa.

– Tudo bem – disse por fim Fancourt.

– Quando você o recebeu?

– Na manhã do dia 6.

– O que fez com ele?

– Queimei – disse rispidamente Fancourt, exatamente como Kathryn Kent. – Eu entendia o que ele estava fazendo: tentando provocar uma briga pública, aumentar a publicidade. O último recurso de um fracassado... eu não ia fazer a vontade dele.

Outro fragmento da festa interior lhes chegou quando as portas para o jardim se abriram e se fecharam. Passos inseguros, sinuosos pela neve, depois uma sombra grande assomando do escuro.

– O que – disse Elizabeth Tassel com a voz rouca, embrulhada em um grosso casaco com gola de pele – está havendo aqui fora?

No momento em que ouviu a voz dela, Fancourt fez menção de voltar para dentro. Strike perguntou-se quando foi a última vez que eles ficaram cara a cara em algo menos do que uma multidão de centenas de pessoas.

– Espere um minuto, sim? – pediu Strike ao escritor.

Fancourt hesitou. Tassel dirigiu-se a Strike com sua voz grave e rouca:

– Pinks sente falta de Michael.

– Algo que você saberia bem – disse Strike.

A neve sussurrava pelas folhas e caía no espelho-d'água congelado onde estava o cupido apontando sua flecha para o céu.

– Você achou o texto de Elizabeth "lamentavelmente derivativo", não é verdade? – perguntou Strike a Fancourt. – Os dois estudaram tragédias de vingança jacobianas, o que explica as semelhanças de estilo. Mas você é uma imitadora muito boa da escrita de outras pessoas, segundo penso – disse Strike a Tassel.

Ele sabia que ela apareceria se ele levasse Fancourt para fora, sabia que ela ficaria com medo do que ele estivesse dizendo ao escritor no escuro. Ela ficou inteiramente imóvel enquanto a neve caía em sua gola de pele, no cabelo grisalho. Strike distinguia os contornos de seu rosto pela luz fraca das janelas distantes do clube. A intensidade e o vazio de seu olhar eram extraordinários. Elizabeth tinha os olhos apáticos e inexpressivos de um tubarão.

— Por exemplo, você pegou com perfeição o estilo de Elspeth Fancourt.

A boca de Fancourt abriu-se silenciosamente. Por alguns segundos, o único som além do sussurro da neve era o assovio pouco audível que emanava dos pulmões de Elizabeth Tassel.

— Desde o início, pensei que Quine devia ter algum controle sobre você — disse Strike. — Você nunca pareceu o tipo de mulher que se deixa ser transformada em banco particular e criada, que preferiria ficar com Quine e deixar Fancourt ir embora. Todo aquele papo furado sobre liberdade de expressão... *você* escreveu a paródia ao livro de Elspeth Fancourt, que a fez se matar. Esses anos todos, houve apenas a sua palavra para isso, de que Quine lhe mostrou a parte que ele escrevera. E foi o contrário.

Fez-se silêncio, exceto pelo farfalhar de neve na neve e o ruído fraco e sinistro que emanava do peito de Elizabeth Tassel. Fancourt olhava da agente para o detetive, boquiaberto.

— A polícia suspeitava de que Quine estivesse chantageando você — disse Strike —, mas você os enganou com uma história comovente de emprestar dinheiro a ele para Orlando. Você bancava Owen há mais de vinte e cinco anos, não é?

Ele tentava induzi-la a falar, mas ela não dizia nada, ainda olhando fixamente dos olhos escuros e vagos como buracos em seu rosto branco e comum.

— Como foi mesmo que você se descreveu quando almoçamos juntos? — perguntou-lhe Strike. — "A própria definição de uma solteirona impoluta"? Mas encontrou uma válvula de escape para suas frustrações, não foi, Elizabeth?

Os olhos loucos e inexpressivos viraram-se repentinamente para Fancourt, que tinha se mexido onde estava parado.

— Foi bom estuprar e matar a seu jeito todos que você conhecia, Elizabeth? Uma grande explosão de maldade e obscenidade, vingando-se de todos, retratando-se como o gênio não aclamado, fazendo observações ofensivas de todos que tinham uma vida amorosa melhor, uma vida mais satisfatória...

Uma voz suave falou no escuro, e por um segundo Strike não sabia de onde vinha. Era estranha, desconhecida, aguda e enjoativa: a voz que uma louca podia imaginar para expressar inocência e gentileza.

— Não, Sr. Strike — sussurrou ela, como uma mãe dizendo a uma criança sonolenta para não se sentar, para não resistir. — Que simplório. Você é um pobre coitado.

Ela se obrigou a um riso que deixou o peito ofegante, seus pulmões assoviando.

— Ele foi muito ferido no Afeganistão — disse ela a Fancourt naquela voz sinistra e sussurrada. — Creio que é neurótico de guerra. Danos cerebrais, como a pequena Orlando. Ele precisa de ajuda, o pobre Sr. Strike.

Seus pulmões assoviaram com a respiração mais acelerada.

— Não devia ter levado uma máscara, Elizabeth? — perguntou Strike.

Ele pensou ter visto os olhos escurecerem e se alargarem, suas pupilas se dilatando com a adrenalina que corria pelo corpo. As mãos grandes e masculinas se curvaram em garras.

— Pensou que tinha tudo arranjado, não foi? Cordas, disfarce, roupas protetoras para se guardar do ácido... mas você não percebeu que teria dano tissular se inalasse os vapores.

O ar frio exacerbava a falta de ar de Elizabeth. Em seu pânico, ela parecia sexualmente excitada.

— Eu acho — disse Strike, com uma crueldade calculada — que isto deixou você literalmente louca, não foi, Elizabeth? É melhor torcer para que o júri engula essa, hein? Que desperdício de uma vida. Sua empresa descendo pelo ralo, sem homem, sem filhos... Diga-me, chegou a haver alguma cópula malograda entre vocês dois? — perguntou Strike abruptamente, observando o perfil dos dois. — Essa história de "pau mole"... parece-me como Quine teria ficcionalizado o fato no verdadeiro *Bombyx Mori*.

De costas para a luz, ele não conseguia ver suas expressões, mas a linguagem corporal dos dois dava a resposta que queria: o afastamento imediato um do outro para ficar de frente para ele expressava o fantasma de uma frente unida.

— Quando foi isso? — perguntou Strike, observando a silhueta escura que era Elizabeth. — Depois que Elspeth morreu? Mas então você passou para Fenella Waldegrave, hein, Michael? Devo deduzir que não teve problemas para ficar duro ali?

Elizabeth emitiu um leve ofegar. Era como se ele tivesse batido nela.

— Pelo amor de Deus — grunhiu Fancourt. Agora ele estava furioso com Strike. Strike ignorou a censura implícita. Ainda estava ocupado com Elizabeth, espicaçando-a, enquanto seus pulmões lutavam assoviando para ter oxigênio na neve que caía.

— Deve ter te irritado muito quando Quine se entusiasmou e gritou sobre o conteúdo do verdadeiro *Bombyx Mori* no River Café, não foi, Elizabeth? Depois de você ter avisado a ele para não falar uma palavra sobre o texto?

— Louco. Você é louco — sussurrou ela, com um sorriso forçado abaixo dos olhos de tubarão, cintilando os dentes grandes e amarelados. — A guerra não só o deixou aleijado...

— Legal — disse Strike, com apreço. — Aí está a vaca tirana que todo mundo me disse que você é...

— Você manca por Londres, querendo aparecer nos jornais — ela ofegava. — Você é exatamente como o coitado do Owen, igualzinho a ele... como ele adorava os jornais, não é, Michael? — Ela se virou para apelar a Fancourt: — Owen não adorava publicidade? Fugindo como um garotinho que brinca de esconde-esconde...

— Você estimulou Quine a sumir e se esconder na Talgarth Road — disse Strike. — Tudo isso foi ideia sua.

— Não vou ouvir mais nada — sussurrou ela, e seus pulmões assoviaram enquanto ofegava no ar de inverno e elevava a voz: — *Não estou ouvindo, Sr. Strike, não estou ouvindo. Ninguém dá ouvidos a você, seu pobre idiota...*

— Você me disse que Quine tinha a maior gula por elogios — disse Strike, elevando a voz para superar a cantilena aguda com que ela tentava tragar as palavras dele. — Acho que ele lhe contou toda a futura trama de *Bombyx Mori* meses antes e acho que o Michael aqui estava nela de alguma forma... nada tão grosseiro como Vainglorious, mas escarnecido por não ficar duro, talvez? "Hora da revanche para nós dois", hein?

E, como Strike esperava, ela soltou um curto arquejar e parou a cantilena frenética.

— Você disse a Quine que *Bombyx Mori* era brilhante, que era a melhor coisa que ele já tinha feito, que seria uma enorme sucesso, mas que ele devia manter o conteúdo em grande sigilo, para evitar algum processo judicial e fazer um estardalhaço maior quando fosse revelado. E nesse tempo todo você estava escrevendo sua própria versão. Você teve muito tempo para fazer tudo direitinho, não foi, Elizabeth? Vinte e seis anos de noites vazias, você pode ter escrito muitos livros a essa altura, com seu diploma de Oxford... mas sobre o que escreveria? Você não teve exatamente uma vida plena, teve?

A fúria sem disfarces palpitou pelo rosto de Elizabeth. Seus dedos se flexionaram, mas ela se controlou. Strike queria que ela quebrasse, queria que cedesse, mas os olhos de tubarão pareciam esperar que ele mostrasse um ponto fraco, uma abertura.

– Você fez um romance de um plano de homicídio. A retirada das entranhas e a cobertura do cadáver com ácido não foram simbólicos, foram planejados para estragar a perícia... mas todos entenderam como literatura.

"E você conseguiu que aquele cretino idiota eególatra colaborasse no planejamento da própria morte. Disse a ele que tinha uma ótima ideia para maximizar sua publicidade e seus lucros: os dois encenariam uma briga bem pública... você dizendo que o livro era difamatório demais para ser lançado... e ele desapareceria. Você espalharia o boato sobre o conteúdo do livro e por fim, quando Quine se permitisse ser encontrado, você garantiria a ele um acordo bem gordo."

Ela balançava a cabeça, seus pulmões audivelmente laboriosos, mas os olhos inertes não deixavam o rosto de Strike.

– Ele entregou o livro. Você protelou por alguns dias, até a Noite das Fogueiras, para garantir a distração de muito barulho, depois enviou cópias do *Bombyx* falso a Fisher... o melhor para conseguir que o livro fosse falado... a Waldegrave e ao Michael aqui. Você fingiu sua briga pública, depois seguiu Quine até a Talgarth Road...

– Não – disse Fancourt, aparentemente incapaz de se conter.

– Sim – disse Strike, cruel. – Quine não percebeu que tinha motivos para ter medo de Elizabeth... não de sua coconspiradora no retorno do século. Acho que na época ele quase esqueceu que o que esteve fazendo com você durante anos foi chantagem, não? – perguntou ele a Tassel. – Ele simplesmente criou o hábito de pedir dinheiro a você e receber. Duvido que você tenha sequer voltado a falar na paródia, aquilo que arruinou sua vida...

"E sabe o que eu acho que aconteceu depois que ele abriu a porta para você, Elizabeth?"

A contragosto, Strike se lembrou da cena: a grande janela abobadada, o corpo centralizado ali como que para uma natureza-morta horrenda.

– Acho que você fez aquele pobre ingênuo narcisista posar para uma foto de publicidade. Ele se ajoelhou? O herói do livro real implorou ou rezou? Ou ele foi amarrado, como o *seu* Bombyx? Ele teria gostado disso, não teria, o Quine, posar com cordas? Assim seria mais fácil e satisfatório deslocar-se para trás dele e bater em sua cabeça com o calço de metal da porta, não foi? Sob o disfarce dos fogos de artifício no bairro, você deixou Quine inconsciente, amarrou-o, abriu-o e...

Fancourt soltou um gemido estrangulado de pavor, mas Tassel voltou a falar, sussurrando a ele em uma caricatura de consolo:

– Devia procurar ajuda, Sr. Strike. *Pobre* Sr. Strike. – E, para surpresa dele, ela estendeu o braço e colocou a mão grande em seu ombro coberto de neve. Lembrando-se do que aquelas mãos fizeram, Strike recuou por instinto e o braço dela caiu pesado junto do corpo, pendendo ali, os dedos se fechando por reflexo.

– Você encheu uma bolsa de viagem com as entranhas de Owen e o verdadeiro manuscrito – disse o detetive. Ela se aproximara tanto que ele mais uma vez sentia o cheiro da combinação de perfume e cigarro passado. – Depois você vestiu a capa e o chapéu do próprio Quine e saiu. E lá foi você de imediato meter uma quarta cópia do falso *Bombyx Mori* pela porta de Kathryn Kent, para aumentar o número de suspeitos e incriminar outra mulher que conseguia o que você nunca teve... sexo. Companhia. No mínimo um amigo.

Ela fingiu rir novamente, mas desta vez o som era maníaco. Seus dedos ainda se flexionavam, abrindo-se e fechando.

– Você e Owen teriam se entendido muito bem – sussurrou ela. – Não é, Michael? Ele não teria se dado maravilhosamente bem com Owen? Fantasistas doentes... as pessoas vão rir do senhor, Sr. Strike. – Ela agora ofegava mais do que antes, aqueles olhos inexpressivos fixos de sua cara branca e rígida. – Um pobre aleijado tentando recriar a sensação do sucesso, perseguindo seu pai famo...

– Tem prova de alguma coisa disso? – Fancourt exigiu saber na neve em turbilhão, a voz áspera do desejo de não acreditar. Esta não era uma tragédia em papel e tinta, nenhuma cena de morte maquiada. Ali, ao lado dele, estava a amiga em carne e osso de seus tempos de estudante e, independentemente do que a vida lhes fez depois, era quase insuportável a ideia de que a garota grande, desajeitada e apatetada que ele conheceu em Oxford podia se transformar em uma mulher capaz de um crime grotesco.

– É, eu tenho provas – disse Strike em voz baixa. – Tenho uma segunda máquina de escrever, um modelo exato da máquina de Quine, enrolada em uma burca preta, e um macacão sujo de ácido clorídrico e pesado de pedras. Um mergulhador amador que por acaso eu conheço o retirou do mar há poucos dias. Estava abaixo de um penhasco famoso em Gwithian: Hell's Mouth, um lugar retratado na capa do livro de Dorcus Pengelly. Imagino que ela tenha lhe mostrado quando você a visitou, não foi, Elizabeth? Você não foi para lá sozinha com seu celular, dizendo que precisava encontrar um sinal melhor?

Ela soltou um gemido baixo e horripilante, como o som de um homem esmurrado na barriga. Por um segundo ninguém se mexeu, depois Tassel se virou desajeitada e correu, cambaleando, para longe deles, de volta ao clube. Um retângulo amarelo vivo de luz tremeluziu e desapareceu enquanto a porta era aberta e fechada.

– Mas – disse Fancourt, dando alguns passos e olhando meio desvairado para Strike –, você não pode... precisa detê-la!

– Eu não poderia alcançá-la, mesmo que quisesse – disse Strike, jogando a guimba do cigarro na neve. – Joelho manhoso.

– Ela pode fazer qualquer coisa...

– Foi se matar, provavelmente – concordou Strike, pegando o celular.

O escritor o encarou.

– Seu... seu filho da puta insensível!

– Você não é o primeiro a me dizer isso – disse Strike, apertando as teclas no telefone. – Pronto? – disse ele ao celular. – Vamos nessa.

49

> Os perigos, como as estrelas, brilham mais no escuro.
>
> Thomas Dekker,
> *O nobre soldado espanhol*

Pelos fumantes na frente do clube, a mulher grandalhona passou quase às cegas, escorregando um pouco na neve. Desandou a correr pela rua escura, seu casaco com gola de pele batendo às costas.

Um táxi, com a luz de "livre" acesa, saiu de uma transversal e ela fez sinal, agitando os braços como louca. O táxi parou numa derrapada, os faróis formando dois cones de luz cuja trajetória era interrompida pela neve que caía densa.

– Fulham Palace Road – disse a voz grave e áspera, respirando aos soluços.

Eles arrancaram do meio-fio. O táxi era velho, a divisória de vidro arranhada e um pouco suja pelos anos de tabagismo de seu dono. Elizabeth Tassel era visível pelo retrovisor enquanto a luz da rua passava por ela, chorando em silêncio nas mãos grandes, sacudindo-se toda.

A motorista não perguntou qual era o problema, olhava para além de sua passageira, para a rua atrás, onde era possível ver diminuindo a silhueta de dois homens, correndo na direção de um carro esporte vermelho e distante.

O táxi entrou à esquerda no final da rua e Elizabeth Tassel ainda chorava nas mãos. O grosso gorro de lã da motorista coçava, mas ela estava grata por ele durante as longas horas de espera. Na King's Road o táxi acelerou, sobre a neve grossa e pulverulenta que resistia às tentativas dos pneus de esmagá-la para virar lama, a nevasca num turbilhão impiedoso, tornando as ruas cada vez mais letais.

– Você está indo para o lado errado.

– Tem um desvio – Robin mentiu. – Por causa da neve.

Ela olhou brevemente nos olhos de Elizabeth pelo retrovisor. A agente olhou por sobre o ombro. O Alfa Romeo vermelho estava longe demais para ser visto. Ela olhava loucamente os prédios que passavam. Robin ouvia o assovio sinistro de seu peito.

– Estamos indo para o lado contrário.

– Vou fazer a volta em um minuto – disse Robin.

Ela não viu Elizabeth Tassel experimentar a porta, mas ouviu. Estavam todas trancadas.

– Pode me deixar aqui mesmo – disse ela em voz alta. – Eu disse para me deixar sair!

– Não vai conseguir outro táxi com este tempo – disse Robin.

Eles contavam que Tassel ficasse perturbada demais para perceber para onde iam por mais algum tempo. O táxi estava quase na Sloane Square. Ainda havia mais de um quilômetro e meio para chegar à New Scotland Yard. Os olhos de Robin adejaram novamente para o retrovisor. O Alfa Romeo era um ponto mínimo e vermelho na distância.

Elizabeth abriu o cinto de segurança.

– Pare este táxi! – gritou. – Pare e me deixe sair!

– Não posso parar aqui – disse Robin, com uma calma muito maior do que a que sentia, porque a agente saíra do banco e suas mãos grandes arranhavam a divisória. – Terei de pedir que se sente, senhora...

A divisória se abriu. A mão de Elizabeth segurou o gorro de Robin e um punhado de cabelo, sua cabeça quase lado a lado com a de Robin, a expressão maligna. O cabelo de Robin caiu nos olhos em mechas suadas.

– Me solta!

– Quem é você? – gritou Tassel, sacudindo a cabeça de Robin com um punhado do cabelo em sua mão. – Ralph disse que viu uma loura mexendo na lixeira... *quem é você?*

– Me larga! – gritou Robin, enquanto a outra mão de Tassel agarrava seu pescoço.

Duzentos metros atrás delas, Strike gritou com Al:

– Pisa fundo nessa merda, tem algum problema, olha só...

O táxi à frente disparava pela rua.

– Ele sempre foi uma merda no gelo – gemeu Al enquanto o Alfa derrapava um pouco e o táxi entrava acelerado na esquina da Sloane Square e sumia de vista.

Tassel estava com meio corpo na frente do táxi, aos berros – Robin tentava repeli-la com uma só mão enquanto segurava firme o volante –, ela não conseguia enxergar para onde estava indo porque o cabelo, a neve e agora as duas mãos de Tassel estavam em seu pescoço, apertando. Robin procurou o freio, mas, quando o táxi saltou para frente, ela percebeu ter pisado no acelerador – não conseguia mais respirar –, tirando as duas mãos do volante, tentou livrar-se da mão que a sufocava – gritos de pedestres, um forte solavanco e em seguida o triturar ensurdecedor de vidro, de metal no concreto e a dor lancinante do cinto de segurança contra seu corpo enquanto o táxi batia, mas ela afundava e tudo ficava escuro...

– Foda-se o carro, deixe-o aqui, temos de chegar lá! – berrou Strike para Al por cima da sirene de alarme de uma loja e os gritos de transeuntes espalhados. Al parou o Alfa Romeo derrapando no meio da rua, a cem metros de onde o táxi havia se chocado com uma vitrine. Al saltou e Strike lutou para se levantar. Um grupo de pedestres, alguns festejando o Natal de black-tie e que tinham saído correndo da frente enquanto o táxi subia o meio-fio, viram, assombrados, Al correr pela neve, escorregar e quase cair, na direção do acidente.

A porta traseira do táxi se abriu. Elizabeth Tassel se jogou do banco traseiro e começou a correr desabalada.

– Al, pegue a mulher! – berrou Strike, ainda lutando pela neve. – Pegue, Al!

Le Rosey tinha uma soberba equipe de rúgbi. Al estava acostumado a ouvir ordens. Uma curta corrida e ele a derrubou num *tackle* perfeito. Ela bateu no asfalto com um barulho maior do que os gritos de protesto de muitas mulheres que assistiam e ele a prendeu ali, lutando e xingando, repelindo cada tentativa de homens cavalheirescos de ajudar sua vítima.

Strike ficou imune a tudo isso: parecia correr em câmera lenta, procurando não cair, cambaleando para o táxi assustadoramente silencioso e imóvel. Distraídos por Al e sua cativa que lutava e xingava, ninguém pensou na motorista do táxi.

– Robin...

Ela estava tombada de lado, ainda presa pelo cinto de segurança. Havia sangue no rosto, mas, quando ele disse seu nome, ela respondeu com um gemido abafado.

– Graças, porra...

Sirenes da polícia já enchiam a praça. Gemiam mais alto do que o alarme da loja, os crescentes protestos dos londrinos chocados, e Strike, abrindo o cinto de segurança de Robin, puxando-a gentilmente para dentro do táxi enquanto ela tentava sair, disse:

– Fique aqui.

– Ela percebeu que não estávamos indo pra casa dela – sussurrou Robin. – Logo viu que eu peguei o caminho errado.

– Não importa. – Strike ofegava. – Você trouxe a Scotland Yard até nós.

Luzes claras como diamante cintilavam das árvores da praça. A neve vertia na multidão reunida, o táxi se projetando da vitrine quebrada e o carro esporte estacionado de qualquer jeito no meio da rua enquanto viaturas policiais paravam, suas luzes azuis faiscando no chão tomado de cacos de vidro, as sirenes perdidas no gemido do alarme da loja.

Enquanto seu meio-irmão tentava gritar uma explicação de por que estava deitado por cima de uma mulher de sessenta anos, o detetive aliviado e exausto arriou ao lado da parceira no táxi e viu-se – contra a sua vontade e os ditames do bom gosto – rindo.

Uma semana depois

50

> CÍNTIA: Como podes dizer, Endimião,
> que foi tudo por amor?
> ENDIMIÃO: Digo, senhora, então os
> deuses enviam-me o ódio de uma mulher.
>
> John Lyly,
> *Endimião: ou O homem na lua*

Strike nunca havia ido ao apartamento de Robin e Matthew em Ealing. A insistência dele de que Robin tirasse uma folga do trabalho para se recuperar da leve concussão e tentativa de estrangulamento não caiu muito bem.

— Robin — ele lhe dissera com paciência ao telefone —, terei de fechar o escritório de qualquer jeito. A imprensa está tomando toda a Denmark Street... vou ficar na casa de Nick e Ilsa.

Mas ele não podia desaparecer na Cornualha sem vê-la. Quando ela abriu a porta, ele ficou feliz ao ver que o hematoma no pescoço e na testa já desbotara a um leve amarelo e azulado.

— Como está se sentindo? — perguntou ele, limpando os pés no capacho.

— Ótima! — disse ela.

O lugar era pequeno, mas alegre, e tinha o cheiro do perfume de Robin, que ele nunca havia notado bem antes. Talvez uma semana sem o cheiro o tivesse deixado mais sensível. Ela o levou pela sala de estar, pintada de magnólia, como o apartamento de Kathryn Kent, onde ele ficou interessado ao notar o exemplar de *Investigative Interviewing: Psychology and Practice* de capa virada para cima numa cadeira. Uma pequena árvore de Natal estava no canto, os enfeites brancos e prateados como as árvores na Sloane Square que formaram o pano de fundo de fotos da imprensa do táxi acidentado.

— Matthew já superou? — perguntou Strike, arriando no sofá.

— Não posso dizer que ele esteja mais feliz do que já vi — respondeu ela, sorrindo. — Chá?

Ela sabia como Strike gostava: da cor de creosoto.

— Presente de Natal — disse-lhe ele quando ela voltou com a bandeja, entregando um envelope branco indefinido. Robin o abriu com curiosidade e tirou um maço grampeado de material impresso.

— Curso de vigilância em janeiro — disse Strike. — Assim, da próxima vez que você tirar um saco de cocô de cachorro de uma lixeira, ninguém vai notar.

Ela riu, deliciada.

— Obrigada. *Obrigada!*

— A maioria das mulheres teria esperado flores.

— Não sou como a maioria das mulheres.

— É, isso eu reparei — disse Strike, pegando um biscoito de chocolate.

— Eles já analisaram? O cocô de cachorro?

— Já. Cheio de tripas humanas. Ela estava descongelando as entranhas pedaço por pedaço. Eles encontraram vestígios na tigela do Dobermann e o resto em seu freezer.

— Que horror, meu Deus — disse Robin, o sorriso sumindo do rosto.

— Um gênio do crime — disse Strike. — Entrando de mansinho no escritório de Quine e plantando duas de suas próprias fitas de máquina de escrever usadas atrás da mesa... Anstis agora concordou em testar; não têm DNA nenhum de Quine. Ele nunca tocou naquilo... logo, ele nunca datilografou o que estava ali.

— Anstis ainda está falando com você?

— Mais ou menos. É difícil para ele me excluir. Eu salvei a vida dele.

— Entendo como isso deixaria as coisas estranhas — concordou Robin. — E aí, eles agora estão aceitando toda a sua teoria?

— O caso está resolvido, agora que eles sabem o que procuram. Ela comprou uma máquina de escrever idêntica quase dois anos atrás. Encomendou a burca e as cordas no cartão de Quine e fez com que mandassem para a casa enquanto os operários estavam lá. Muitas oportunidades de conseguir seu Visa com o passar dos anos. O casaco pendurado na sala enquanto ele ia ao banheiro... afanando sua carteira enquanto ele dormia, embriagado, quando ela o levava das festas para casa.

"Ela o conhecia o suficiente para saber que ele era displicente com as contas. Ela teve acesso à chave da Talgarth Road... fácil fazer uma cópia. Ela andou pela casa toda, sabia que o ácido clorídrico estava lá.

"Brilhante, mas elaborado demais", disse Strike, bebendo seu chá marrom-escuro. "Ela, ao que parece, está em vigilância de suicida. Mas você não ouviu a parte mais doida."

– Tem mais? – disse Robin, apreensiva.

Por mais que ansiasse por ver Strike, Robin ainda se sentia meio frágil depois dos acontecimentos de uma semana antes. Ela endireitou as costas e o encarou, preparada.

– Ela guardou a merda do livro.

Robin franziu o cenho para ele.

– O que você...?

– Estava no freezer com as tripas. Sujo de sangue, porque ela o carregou na bolsa com as entranhas. O verdadeiro manuscrito. O *Bombyx Mori* que Quine escreveu.

– Mas... por que será que...?

– Só Deus sabe. Fancourt disse...

– Você o viu?

– Brevemente. Ele concluiu que sabia que foi Elizabeth o tempo todo. Posso apostar com você qual será o tema do próximo romance dele. Mas então ele disse que ela não teria sido capaz de destruir os manuscritos originais.

– Pelo amor de Deus... ela não teve problemas para destruir seu autor!

– É, mas isto era *literatura*, Robin – disse Strike, sorrindo. – E olha só: a Roper Chard está muito disposta a publicar o verdadeiro. Fancourt vai escrever a apresentação.

– Está *brincando*?

– Não. Quine, enfim, terá um best-seller. Não fique assim – disse Strike com estímulo enquanto ela balançava a cabeça, incrédula. – Há muito que comemorar. Leonora e Orlando estarão rolando em dinheiro depois que *Bombyx Mori* chegar às livrarias. O que me lembra que tenho outra coisa para você.

Ele pôs a mão no bolso interno do paletó a seu lado no sofá e lhe entregou um desenho enrolado que estivera guardado ali. Robin o desenrolou e sorriu, seus olhos se enchendo de lágrimas. Dois anjos de cabelos cacheados dançavam juntos abaixo da legenda escrita cuidadosamente a lápis *Para Robin, com amor de Dodo*.

– Como estão as duas?

– Ótimas.

Ele tinha ido à casa na Southern Row a convite de Leonora. Ela e Orlando o receberam de mãos dadas na porta, Cheeky Monkey pendurado no pescoço de Orlando, como sempre.

– Cadê a Robin? – Orlando quis saber. – Eu queria que a Robin estivesse aqui. Fiz um desenho pra ela.

– A moça teve um acidente – Leonora lembrou à filha, recuando no vestíbulo para deixar Strike entrar, segurando firmemente a mão de Orlando como se tivesse medo de que alguém as separasse de novo. – Eu já te falei, Dodo, a moça fez uma coisa muito corajosa e teve um acidente de carro.

– A tia Liz era *má* – disse Orlando a Strike, andando de costas pelo vestíbulo, ainda de mãos dadas com a mãe, mas olhando fixamente Strike o tempo todo, com aqueles olhos verdes límpidos. – Foi ela que fez meu papai morrer.

– Sim, eu... humm... eu sei – respondeu Strike, com a sensação familiar de inadequação que Orlando sempre parecia induzir nele.

Ele encontrou Edna, a vizinha, sentada à mesa da cozinha.

– Ah, vocês foram inteligentes – ela dizia sem parar. – Mas não foi *pavoroso*? Como está sua pobre parceira? Mas não foi *terrível*?

– Deus as abençoe – disse Robin depois que ele descreveu esta cena com algum detalhamento. Ela abriu o desenho de Orlando na mesa de centro entre os dois, ao lado das informações do curso de vigilância, onde pudesse admirar a ambos. – E como está Al?

– Fora de si de tanta empolgação – disse Strike com tristeza. – Demos a ele a falsa impressão da emoção da vida profissional.

— Eu gostei dele — disse Robin, sorrindo.

— É, bom, você teve uma concussão — disse Strike. — E Polworth está em êxtase por ter batido a Polícia Metropolitana.

— Você tem uns amigos muito interessantes. Quanto terá de pagar para consertar o táxi do pai de Nick?

— Ainda não recebi a conta. — Ele suspirou. — Suponho — acrescentou ele, vários biscoitos depois, com os olhos no presente que deu a Robin — que terei de arrumar outra temporária enquanto você está fora, aprendendo vigilância.

— É, suponho que terá — concordou Robin e, depois de uma leve hesitação, acrescentou: — Tomara que ela seja uma porcaria.

Strike riu ao se levantar, pegando o casaco.

— Eu não me preocuparia. Um raio não cai duas vezes no mesmo lugar.

— Alguém alguma vez te chamou disso, entre todos os seus muitos apelidos? — perguntou ela enquanto eles voltavam para a porta.

— Me chamou do quê?

— Strike "Raio"?

— Acha mesmo provável? — disse ele, indicando a perna. — Bom, feliz Natal, parceira.

A ideia de um abraço pairou brevemente no ar, mas ela estendeu a mão com uma falsa masculinidade e ele a apertou.

— Divirta-se na Cornualha.

— E você em Masham.

Na hora de soltar a mão de Robin, ele deu uma virada rápida nela. Beijou seu dorso antes que ela percebesse o que tinha acontecido. Em seguida, com um sorriso e um aceno, ele se foi.

Agradecimentos

Escrever como Robert Galbraith foi pura alegria e as seguintes pessoas colaboraram para tanto. Minha gratidão sincera a:

SOBE, Deeby e o Back Door Man, porque eu nunca iria muito longe sem vocês. Agora vamos combinar um roubo.

David Shelley, meu editor incomparável, apoiador vigoroso e parceiro INFJ. Obrigada por ser brilhante em seu trabalho, por levar a sério todas as coisas que importam e por achar todo o resto tão divertido quanto eu.

Meu agente, Neil Blair, que alegremente concordou em me ajudar a realizar minha ambição de me tornar um escritor de primeira viagem. Você é verdadeiramente um em um milhão.

A todos da Little, Brown que trabalharam tanto e com tal entusiasmo no primeiro romance de Robert sem ter a menor ideia de quem ele fosse. Minha gratidão especial à equipe de audiolivros, que deu prioridade a Robert antes que ele fosse desmascarado.

Lorna e Steve Barnes, que me permitiram beber em The Bay Horse, examinar o túmulo de Sir Marmaduke Wyvill e descobrir que a cidade natal de Robin se pronuncia "Mass-am" e não "Mash-em", poupando-me de muito constrangimento futuro.

Fiddy Henderson, Christine Collingwood, Fiona Shapcott, Angela Milne, Alison Kelly e Simon Brown, sem cujo trabalho árduo eu não teria tempo para escrever *O bicho-da-seda*, nem nada mais.

Mark Hutchinson, Nicky Stonehill e Rebecca Salt, que podem levar grande parte do crédito pelo fato de eu ainda ter alguma sanidade mental.

Minha família, em especial Neil, por muito mais do que posso expressar em algumas linhas, mas, neste caso, por apoiar tanto o crime sangrento.

RR DONNELLEY

IMPRESSÃO E ACABAMENTO
Av Tucunaré 299 - Tamboré
Cep. 06460.020 - Barueri - SP - Brasil
Tel.: (55-11) 2148 3500 (55-21) 3906 2300
Fax: (55-11) 2148 3701 (55-21) 3906 2324

IMPRESSO EM SISTEMA CTP